谨以此书献给

中国核试验基地研究所及中国核试验基地的战友们
中国探空火箭设计院的朋友们
所有参加中国核试验的战友们

不！不是狂风与旋转的沙丘

不是燥热的太阳
还有我多姿的遐想和梦幻
还有我的爱
对那些岁月的爱
我的爱是聚合成火焰的一簇小红花
燃烧在沙砾举着的骆驼刺上
哦！我的戈壁
我放牧过骆驼与青春的戈壁

——引自《读者文摘》1987年第7期

LUOBUPO ZHI GE

罗布泊之歌

杨吉纯 著

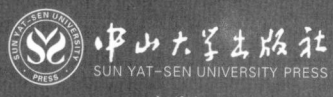

中山大学出版社
·广州·

版权所有　翻印必究

图书在版编目（CIP）数据

罗布泊之歌/杨吉纯著. —广州：中山大学出版社，2013.10
ISBN 978-7-306-04710-6

Ⅰ. ①罗… Ⅱ. ①杨… Ⅲ. ①长篇小说—中国—当代 Ⅳ. ①I247.5

中国版本图书馆CIP数据核字（2013）第222082号

出 版 人：	徐　劲
策划编辑：	嵇春霞
责任编辑：	嵇春霞
封面设计：	曾　斌
责任校对：	廖泽恩
责任技编：	何雅涛
出版发行：	中山大学出版社
电　　话：	编辑部 020-84111996，84113349，84111997，84110779
	发行部 020-84111998，84111981，84111160
地　　址：	广州市新港西路135号
邮　　编：	510275　传　真：020-84036565
网　　址：	http://www.zsup.com.cn　E-mail:zdcbs@mail.sysu.edu.cn
印 刷 者：	广州中大印刷有限公司
规　　格：	787mm×1092mm　1/16　30印张　696千字
版次印次：	2013年10月第1版　2013年10月第1次印刷
定　　价：	70.00元

如发现本书因印装质量影响阅读，请与出版社发行部联系调换

挺进号火箭取样器

火箭上架

火箭飞出发射井

火箭起飞

着落的火箭回收物

马兰公园内的挺进-2号火箭和歼-6取样飞机

自　序

　　长篇小说《罗布泊之歌》以中国在20世纪60年代至80年代初进行的大气层核试验为背景，以核试验基地取样队采集蘑菇云的故事为主线，真实而又艺术地再现了新中国第一代青年知识分子投笔从戎、献身国防、不畏艰难、顽强拼搏、勇于创新的精神风貌和鏖战于蘑菇云下的风采，热情地讴歌了他们热爱祖国、艰苦奋斗、无私奉献的"两弹一星"精神，同时也生动地描述了他们的爱情、友情、亲情和家庭生活……

　　在这部小说里，通过对林清泉等人物的塑造及其活动场景的描写，真实地反映历次核试验的情景。——这是历史，不容虚构。除了国家领导人、中国人民解放军国防科学技术委员会等部委以及基地司令员采用真名实姓之外，小说中的人物从普通的干部、战士到基地领导均用了化名，但其原型就在我们当中。我的战友们都会在这部小说里看到自己的影子和走过的足迹。

　　我塑造的主要人物都是些微不足道的小人物，往大了说也不过是一些小科学家。他们像夜空里闪烁的群星数也数不清，分也分不明。然而，就是这些小人物，在罗布泊核试验场上，不畏艰险、冲锋陷阵、上天入地，演绎了一曲史无前例的、轰轰烈烈的、扣人心弦的"罗布泊之歌"。

杨吉纯
2011年10月于西安

目 录

第一章　走出校园/1
第二章　走进军营/17
第三章　走进罗布泊/35
第四章　第一声巨响/53
第五章　凯歌声声/73
第六章　造反风暴/90
第七章　比1 000个太阳还亮/106
第八章　他们在相爱/126
第九章　旅途风波/146
第十章　雪地标语/165
第十一章　棒打鸳鸯/184
第十二章　扬眉吐气/206
第十三章　红山风云/227
第十四章　柳暗花明/249
第十五章　双喜临门/272
第十六章　家家有本难念的经/294
第十七章　解燃眉之急/316
第十八章　故乡的呼唤/336
第十九章　意外重逢/353
第二十章　何去何从/375
第二十一章　红山欢迎您/394
第二十二章　欢乐的红山/415
第二十三章　最后的蘑菇云/432
第二十四章　各奔前程/448
后记/467

第一章　走出校园

北国冰城哈尔滨，1963 年的夏天。

阳光灿烂，松花江流水滔滔，太阳岛上绿树成荫，美不胜收。

闻名遐迩的哈尔滨，素有"东方莫斯科"之称。她有不少俄式建筑：秋林公司、索菲亚大教堂和喇嘛台。喇嘛台也是一座教堂，它矗立在南岗区红军街的一个十字路口上，特别醒目。从喇嘛台往西是哈尔滨火车站，往北是东大直街，往南是西大直街。两座全国著名的高等学府——哈尔滨工业大学（简称"哈工大"）和哈尔滨军事工程学院（简称"哈军工"）恰恰都位于南岗区，哈工大在西大直街上，哈军工在东大直街上。

西大直街上，来来往往的大卡车、小汽车、公共汽车、无轨电车、有轨电车，络绎不绝。路两旁的林荫道上，来来往往的行人，川流不息。一辆有轨电车"轰隆轰隆"地从喇嘛台方向开过来，在"哈工大"站停下，乘客们下上车后，电车一直朝前开去；迎面开过来的一辆有轨电车响着"叮零零"的铃声到达"哈工大"站，乘客们下车后，电车朝喇嘛台方向开去。"哈工大"站北面，一座大楼高耸入云，这就是哈尔滨工业大学的主楼。主楼的旁边是电机楼，电机楼的对面是机械楼。

在刚下车的人流中，走过来三个英姿勃勃的大学生。他们穿戴打扮一个样，上身白衬衣，下身蓝裤子，脚蹬一双黑色塑料凉鞋。他们一手拿着一本毕业论文，一手拿着一卷挂图，并肩朝主楼走去。这三个风华正茂的大学生，高个子的叫林清泉，矮个子的叫马文超，中流个子、戴一副近视眼睛的叫李保国。林清泉，英俊潇洒，刚毅的面孔，清澈的眼睛，是农民的儿子。马文超，圆圆的脸上长着一双笑眯眯的大眼睛，是中学教师的儿子。李保国，长方脸，眼镜后面闪动着一双机灵的眼睛，是工人的儿子。三个人虽然出身不同、个头不同，但性格相投。他们从步入哈工大的校门开始就成了形影不离的好朋友，三个人一同起床，一同吃饭，一同上课，一同就寝，一同去图书馆。今天，他们又一同走向毕业答辩教室。

哈工大工程物理系核物理专业应届毕业生的毕业答辩在主楼内的一间小教室里进行。教室里，只有前两排座位上坐着10多位答辩委员会的委员，显得空空荡荡的。黑板上，写着一行清晰、工整的粉笔字：几种材料的γ射线线性吸收系数的测定。讲台旁边的图架上挂着一张曲线图。图上画着四条曲线，各条曲线旁分别标注铅、铁、铜、铝。图的下方是一行清晰、工整的毛笔字：几种材料的γ射线线性吸收系数。林清泉站在讲台上用教鞭指点着曲线图正在讲解他毕业论文。答辩委员会的委员们和林清泉的导师——副教授杨华聚精会神地听着。答辩委员会主席是马光教授。杨华是马教授的夫人。脸上汗津津的林清泉讲完后，把教鞭放在讲桌上，举目望着他的老师们，说："各位老师，我的论文宣读完了。谢谢！"

马教授说："林清泉同学的论文讲完了，现在请各位委员提问。"

"林清泉同学，请问，你在将线性吸收系数换算成质量吸收系数时，所使用的材料密度，是你自己测量的呢还是用书本上的？"一位戴眼镜的老教授率先发问。林清泉答道："教授，是我自己测量的。""为什么不用书本上的呢？那多省事啊！"那位教授继续问。林清泉回答："第一，趁此机会，我想进一步锻炼和提高我应用所学知识的能力；第二，我想进一步锻炼和提高我的实验动手能力，一个科技工作者，不能眼高手低。"杨华点点头。马教授高兴地说："说得好！如果我们培养出来的学生，只能夸夸其谈、纸上谈兵，动手能力很差，连个实验都做不好，那就是我们教学的一个缺欠。"

"大家都知道，测量材料的密度需要测量它的重量和体积，用天平可以把材料的重量称得很准，但是要测准形状不规则材料的体积就不那么容易了。请问林清泉同学，你是如何测量你所用的几种材料的体积的？"一位中年女讲师接着问。林清泉答："我没有采用直接的测量方法，而是采用间接的测量方法。就是把这块材料先在天平上称量一次，然后再用一根头发丝系着这块材料放进盛水的量杯中再称量一次，于是便得到了两次称量的重量差。根据阿基米得原理，我们便不难准确地得到它的体积。""林清泉同学，你的科研作风严谨，考虑问题周到细致，希望你到了工作岗位之后，继续发扬这种精神！"那位女讲师满意地说。林清泉谦虚地说："谢谢老师的鼓励，我一定不辜负老师们的谆谆教导和殷切期望！"杨华微微一笑，为她的学生，也为自己。马教授说："时间到了，提问到此结束。林清泉同学，你可以走了。"林清泉从架子上取下那张曲线图，从讲桌上拿起他的毕业论文，走下讲台。"林清泉，请你把马文超叫进来，让李保国做好准备。"马教授嘱咐。林清泉边开门边应道："好的。"

林清泉出得门来，赶紧掏出手帕擦汗，边擦边对等在门口的两位老同学传达："马文超，请你进去！李保国，请你做好准备！"马文超拿着他的毕业论文和一卷图纸，推门进了教室。"怎么样，吓尿裤子了没有？"李保国问。林清泉道："尿没吓出来，汗倒是吓出一身。"

答辩完的第三天，马教授宣布了毕业论文评定结果：林清泉得了优秀，而马文超和李保国却只得了良好。他们三人出了大楼，漫步在林荫道上，边走边议论。"林清泉，你的毕业论文得了优秀，我衷心祝贺你。"李保国说，"但是，我看你是沾了你导师的光，因为她是马教授的夫人。""耳边风厉害呀！"马文超添油加醋地说，"杨教授在马教授耳边美言你几句，就使你的论文提高一个档次。""你们俩不服气吗？"林清泉嘿嘿一笑，挑战地说，"谁英雄谁好汉，工作岗位上比比看！""比就比，谁怕谁呀！"李保国应战。"要是咱们三个人分配到一个单位，还可以比。"马文超说，"要是分到三个不同单位，可怎么比呀？"

"林清泉！林清泉！"三个人争论不休时，突然背后一声叫打断了他们的谈话。三个人停下脚步，转身一看，只见一位精神抖擞的少校军官大步流星地追上来。

等少校来到他们面前时，林清泉眨巴了几下眼睛，疑惑地问："咦，少校同志，我不认识您，您怎么知道我的姓名呀？"

"我不但知道你的姓名，还知道他俩的姓名呢！"少校一一指认，"你叫马文超。你叫李保国。"

"少校同志，您是怎么知道我们的姓名的？"马文超问。少校微笑道："我有仙人指点呀。"

"他准是侦察科长。"李保国猜测。林清泉推断："不，他不是侦察科长，他一定是来校招毕业生的，恐怕他在系里已经把我们的祖宗三代都查过啦。"

"林清泉，您真聪明。"少校实话实说，"我就是到你们学校来招人的，对你们核物理专业的毕业生尤其感兴趣。我自我介绍一下，我叫于学前，从北京来，是8023部队的干部科科长，不是侦察科科长。来，咱们握握手，正式认识一下。"说完，他与三位学生一一握手。

"于科长，"林清泉直言不讳，"我们是耍笔杆子的，不会玩枪杆子，您招我们去干什么呀？"

"咱们还是向前走，边走边说。"于学前建议。于是，四个人继续往前走。

于学前边走边回答林清泉的问题："军队里不但要有拿枪杆子的，还要有拿笔杆子的。在我国国防现代化的建设中，现在最缺少的就是拿笔杆子的，难道你们几位不想为我国国防现代化建设贡献点儿力量吗？"

"那您能告诉我，8023部队是干什么的吗？"林清泉问。于学前直率地说："对不起，暂时我还不能告诉你们。"

"于科长，您不相信我们？"李保国单刀直入。于学前用盾牌一挡："不，是保密！"

"那我们到了你部队上，还不把我们的嘴上都贴上封条。"林清泉开了一句玩笑。于学前笑道："您看我嘴上有封条吗？"大家都笑了。

"有！您嘴上贴了一张看不见的封条。"林清泉说。于学前笑道："说得好！为了保守国家和军队的机密，我们每个人的嘴上都应该贴上一张看不见的封条！"

"于科长，"马文超说，"我本打算到黑龙江省科学院工作，留在哈尔滨，对参军问题我还从未考虑过。"

"于科长，马文超有了亲爱的绊脚石，"李保国插言，"他必须请示以后才能作决定。"

"那你呢？也有了亲爱的绊脚石了吗？"于学前问。

"我还没有，"李保国说，"但是，我是独生子，我必须写信回家问问我的父母再说。"

"林清泉，那你的意思呢？"

"我本打算留在哈尔滨的,如果去北京,那得让我回家请示我的父母再作决定吧。"

"林清泉,"于学前赞美道,"你的家乡山清水秀,美得很呀!"

"于科长,"林清泉惊讶地说,"怎么,您去过清泉村?!"

于学前诡秘地笑了。

林清泉的家住在哈尔滨东部山区的金山公社清泉村。有一趟近郊列车往来于哈尔滨站到金山站之间。这趟车是由闷罐车改装的,只是在车厢内四周安装了几排座位而已,其他什么都没有,没有列车员,连上下的车梯也没有,旅客上下车都是爬上跳下。林清泉手里拎着一个书包站在车厢门口,凉风吹拂着。他望着远处的青山、近处的绿水,心旷神怡,不由赞叹道:"哦,多么美丽的家乡啊!"

林家祖籍山东。林清泉的父亲叫林发祥,母亲叫王桂香。林发祥和王桂香结婚不久,小两口不甘心忍受家乡的贫穷,便打算去闯关东。同村另一对新婚夫妻——孙连胜和李秀莲也有此意。两家一拍即合,结伴同行。他们千里迢迢从山东来到了哈尔滨附近的一个小山村——清泉村,一看这里山清水秀,土地肥沃,地广人稀,民风纯朴,便决定在这里安家落户。由于租不起房子,林家和孙家便在清泉村东南的一个山沟里搭了两间窝棚,窝棚靠山临水,生活十分方便。本地人给他们住的这个地方起了个名副其实的地名——山东窝棚。在这个偏僻的山沟里,这两户人家用他们勤劳的双手,起早贪黑地干活,开荒种地,卖草卖柴,小日子果然一天天好起来,不愁吃不愁穿不说,还有了些结余。在窝棚里,林家生下他们的第一个儿子,小名叫大喜子,村里的教书先生又给他起了大名叫林清洋。两年后,他们有能力在村里租房住了,于是从山东窝棚搬进了村里。一年后,临近过年的一天夜里,林家又一个小生命呱呱坠地,还是一个男孩,夫妇二人自是喜出望外,给他起名叫二喜子,那位先生给他起名叫林清泉。1950年,正在建设中的哈尔滨某兵工厂到村里招收徒工,初小刚毕业的林清洋和他的五个同学被录用了,于是他进城当了工人。林清泉是"土改"后上学的,他很聪明,又很努力,于是一帆风顺地读完小学、初中、高中,最后考上了哈尔滨工业大学。17年的寒窗之苦终于苦尽甘来,他大学毕业了,正等待分配工作,他要向父母报喜,要征求父母的意见。

黄昏时分,林清泉乘坐的近郊车到达金山站。他出了火车站,穿过金山镇,然后沿着火车道旁的一条大路回家。清泉村离金山镇有10多里路,走路得一个小时。这条路,他自己也不知道走了多少次了:上小学时就开始走;在县城上中学时经常想家,走的次数最多;在哈工大上大学时,虽然学习紧张,走的次数也不算少。这条路太熟悉了,就是闭着眼睛他都能摸回家去,虽然他从来没有闭着眼睛走过一回,但在漆黑的夜里独自一人走回家去,至少也不下几十次了。眼下,他大学毕业了,即将离开家乡,离开哈尔滨,以后再走这条路恐怕是少之又少了。几年一次?几十年一次?故土难离呀!想到这里,他心中不免有一丝惆怅。他抬头一望:一座巍峨的大山像一道巨大的绿色屏障横在眼前,在灿烂的晚霞映照下,益发显得绚丽多姿;一个村庄掩映在一片绿色的田野中,炊烟袅袅;滨绥铁路穿过村庄,伸向大山深处。快到家了,林清泉心中一喜,不由加快了脚步。他嘴里哼着《游击队之歌》,脚步轻盈地走过青纱帐,跨过一座小桥,从村北口走进村里。

迎面走过来一位挎着筐、领着一个小女孩的老人。林清泉抬头一看，来人原来是父亲的老朋友孙连胜和他的孙女小花。

他赶紧上前打招呼："孙大爷，您老人家可好啊？"

孙大爷笑吟吟地说："哟，是二喜子回来了！"

小花抱怨道："爷爷呀爷爷，我二叔现在都是大学生了，您怎么还叫他小名呀？"

孙大爷笑着说："从他生下来就叫，叫惯了，一时半时还改不了口。大号叫……叫什么来着？"

小花高声地说："林清泉！我这么小都记住了，您那么老还记不住！"

孙大爷说："小花，你刚好说反了，人年轻记性好，人老了记性差。等你老了就明白了。"

小花却说："我不老，我老是这么大！"天真的孩子话逗得爷爷和叔叔哈哈笑起来。

清泉说："孙大爷，您就叫我二喜子吧。在您老人家面前，我永远都是一个孩子，不用改口。"

"二喜子，大学该毕业了吧？"

"已经毕业了，正等着分配工作呢。"

"好，好，你爹你娘可盼到头了。你这书念的年头可不短了，有多少年了？"

"一晃就是17年了。"

"你念了那么多书，脑子装得下吗？"

"装得下。我这脑子就像一个无底洞，里面还能装很多呢！"

"咱村里就数你学问大，有出息，你爹你娘命好啊！不早了，我去自留地里摘点儿菜，你也快回家吧！"

"孙大爷，我从哈尔滨带回两瓶酒，有空到家来和我爹划几拳。"

"好，我明天就去。"说完，孙大爷领着孙女朝村外走去。清泉甩开步子朝村里走去。

林家住在一座典型的东北农家小院里：三间屋的茅草房，房前有一小块菜地、一座玉米楼和一个鸡窝。

"上窝，上窝，上窝。"林母赶着一群鸡进了鸡窝，关上鸡窝门。

清泉匆匆进了院子，看到母亲的背影，欣喜地叫道："娘！我回来啦！"

林母转身，惊喜地应道："哟，清泉回来啦！这学期你还是头一次回家呢，把娘都想死了！"

"成天忙着写毕业论文，一点儿空都没有。"

"现在写完了？"

"写完了，连毕业答辩也完了，就等着分配工作呢。"

林父听到儿子的说话声，急忙从屋里走出来。

清泉高兴地说："爹，我回来了！"

"清泉，"林父问，"你还没吃晚饭吧？"

"没有，快把我饿死了！"

"你这个老太太，"林父埋怨道，"就知道在外头瞎说八道，还不快给孩子弄饭去！"

"你们爷俩先进屋吧，我这就去弄饭。现成的，一会儿就得。"

清泉随着父亲进了家门，一见外屋地上的水缸，舀起一瓢凉水咕嘟咕嘟就喝。

林母抱着一捆柴火进来，埋怨道："别喝凉水，别喝凉水！暖瓶里有开水，茶壶里有凉开水。"

"大热的天，还是喝凉水痛快。咱村的井水又清凉又甜，比哈尔滨的汽水还好喝！"清泉说完进了里屋。

里屋有南北两条大炕，南墙上开了两扇窗户，北墙上开了一扇窗户，三扇窗户大敞四开，穿堂风从屋里流过，屋里凉爽许多。在父子俩说话间，林母已经在南炕上的饭桌上摆好了一盘叠好的山东大煎饼、一盘大葱、一碟黄酱和一盘煎得金黄的豆腐。清泉坐在南炕沿上，拿起一张煎饼，抹上酱，卷上葱，细嚼慢咽地吃起来。吃了几口，他便赞道："新苞米摊的山东大煎饼，又甜又香啊！就是不吃菜也能吃上四五张。"

林母自豪地说："山东，山东，煎饼大葱。山东大煎饼也是天下闻名啊！"

清泉夹起一块煎豆腐吃了，又夸道："这煎豆腐，好香啊！"

"好吃你就多吃点儿，"林父鼓励道，"人是铁饭是钢，吃得多才能长得壮！"

林父和林母看着儿子吃得这么香甜，沧桑的脸上挂满笑意。

这户普通的农民家庭，像全国千千万万个农民家庭一样，经历了新中国成立后农村的各种变革和风风雨雨："土改"，"互助组"，"初级社"，"高级社"，"人民公社"，"大跃进"，"大炼钢铁"，"三年困难时期"。刚刚度过了三年困难时期之后，日子又一天天好起来。

天黑了，屋里的电灯亮了。林母盘腿坐在炕里。林父坐在炕梢"吧嗒吧嗒"地抽他的小烟袋锅。

清泉坐在炕沿上，看看父亲，又看看母亲，说道："爹，娘，明天早晨我就回学校去，明天晚上就得填完毕业分配志愿表。填表完全是自愿的，可以自己挑自己想去的地方和单位；也可以不挑，听从国家分配。我呢，要是填留在哈尔滨工作呢，离家近可以照顾你们；要是填服从国家分配呢，那可就没有准了，说不定被分到江南，也说不定被分到海北，还可能被分到部队里。我到底该怎么填，我想听听爹和娘的意见。"

林父说："支部书记告诉我，前些天村里来了一个姓于的少校，他进村就找他和大队长打听咱家和你的情况，连咱家祖宗三代都查问了。当时，他们跟我都挺纳闷，现在看来一定和你的毕业分配有关系。"

清泉说："那位少校是北京一个部队的干部科科长，他动员我去他们那个部队。"

"什么?! 到北京去当军官?!"林父惊讶地说，"好事儿！天大的好事！你小子命真好，什么好事都让你赶上了！"

林母高兴地说："去！去！"

"爹，娘，"清泉深思远虑地说，"你们不是老说，铁打的营盘流水的兵嘛，我真要是到了部队上，今后说不定走天涯去海角，那离家可就远啦！"

林父鼓励说："好男儿志在四方，总在家门口转悠，那能有什么出息！"

清泉说："我要是走远了，可就不能在跟前孝敬你们了。"

林母却另有一番道理:"你呀,注定是要远走高飞的,我想留也留不住呀!"

"娘,这话怎么讲?"

"前几天来了个算卦先生,我请他给我算了一卦。"

"娘,您还信这个?"

"你信不信我不管,我信。"

"好,我就听听他是怎么说我的。"

"他说,你的这个二儿子是要远走高飞的,不能为你们老两口养老送终啊!"

"娘,您甭听他胡说八道!"

林父坚决地说:"你远走高飞就远走高飞吧!家里的事你放心,跟前有你弟弟和妹妹,哈尔滨还有你哥哥。再说了,别看我六十多了,我还真不服老,挑个百儿八十斤东西,走起路来还是'嗖嗖'地!"

林母也不甘示弱,说:"推磨摊煎饼,我还一点儿也不打怵!"

清泉说:"爹,娘,那我可就要远走高飞了!"

在清泉和父母商量毕业分配的时候,马文超和白雪并肩漫步走在校园马路上,也在商量毕业后何去何从的问题。白雪是哈尔滨某中学的语文教师,她与他相恋多年,感情深厚,已经达到了形影不离、难舍难分的地步。白雪是个性格开朗、爱说爱笑的大姑娘。每到星期六的晚上,她便到学校来接马文超,马文超便抛下他的两个好朋友高高兴兴地跟她走了。

"白雪,"马文超吞吞吐吐地说,"北京8023部队的于科长……动员……我去他们单位。你说……我去……还是不去?"

"嘿嘿,"白雪笑了起来,说,"这是你自己的事,怎么问起我来了?"

"我想去,可又舍不得离开你呀。"

"我也希望你留在哈尔滨,以后我们建立一个家庭,咱俩共同工作在一个城市、生活在一个城市,那该有多好啊!"

"那你不同意我去部队工作?"

"许多人的理想就是当一名光荣的革命军人,既然有这么好的机会,你干吗要放弃呢?机不可失,时不再来呀!同时,我也为能成为军人的妻子感到骄傲。如果部队需要你,你就去吧!"

"你这位中学老师为人师表,就是通情达理。"

"古人尚且知道:两情若是久长时,又岂在朝朝暮暮。难道我们这一代共产党培养出来的大学生,还不如他们吗?你想远走你就走,我绝不拖你的后腿;你想高飞你就飞,我绝不扯你的翅膀。"

"本打算咱们今年就结婚的,要是我成了一名军人,咱们的婚期可能就得往后推几年。"

"推就推吧,不管推多少年,我永远等着你!"

马文超轻舒猿臂揽住了白雪的腰,相依相偎着渐渐消失在朦胧的夜色中……

夜幕低垂，在宽敞美丽的哈军工校园内，核测试专业应届毕业学员陈南、郑茂功和赵万林漫步在院内的林荫道上。1958年，哈军工根据国家需要特设了一个核测试专业班，主要专业教材是翻译苏联的《原子武器》，针对性很强。赵万林家在长春，父亲是工人，自己当过几年海军，后来在速成中学读了几年书，再后来被保送到哈军工上学；他，性格开朗，爱开玩笑。郑茂功家在上海，父亲也是一位工人；他，认真细致，一丝不苟，甚至有些教条。陈南家在湖南某农村，父亲是位农民；他，脑袋聪明，但语言迟钝，沉默寡言，不苟言笑。这三个好朋友，一边散步一边议论毕业分配之事。

赵万林说："时间过得真快呀，转眼之间，我们的五年军校生活就结束了。我们毕业了，还不知把我们往哪儿分呢？"

郑茂功说："我听说8023部队的于科长把我们这个核测试专业班连窝端了！"

赵万林惊讶地问："好大的胃口呀！这个8023部队是干什么的？"

"以我的估计，"郑茂功推测说，"既然敢吃下我们核测试专业班，就说明我国的核试验上马了，8023部队很有可能就是搞核试验的。"

"太好了！"赵万林眉飞色舞地说，"养兵千日，用兵一时，我们终于有用武之地了！"

郑茂功说："把我们这个班连窝端了也好，我们三个人以后就能并肩战斗了。"

陈南嘴里只蹦出一个字："好！"

郑茂功提议道："我们三个人的家都不在哈尔滨，这次走了之后，以后恐怕很难再到这座城市来了。明天，咱们仨上太阳岛痛痛快快地玩一天，二位以为如何？"

"我举双手赞成！"赵万林态度明朗。

"去！"陈南嘴里又蹦出一个字。

就在哈军工的三位学员讨论去太阳岛游玩的时候，在哈工大的一间学生寝室里，林清泉、李保国和马文超正在填毕业分配志愿表。这是一间有四张双层床的八人寝室，同寝室里的其他五位同学躺在床上，正在谈论自己的理想和抱负。

一位上海籍同学说："阿拉的志愿是上海原子核研究所。哈尔滨的窝窝头实在难以下咽，阿拉还是回上海吃白米饭吧。"

一位北京籍同学说："我家在北京，还是到中科院（中国科学院）原子能所去工作。那里人才济济，设备先进，是我们搞核物理的广阔天地，在那里我一定会大有作为的。"

一位哈尔滨籍同学说："我哪儿都不去，就留在哈尔滨，黑龙江省科学院也需要搞核物理的人才。"

上海籍同学催促道："林清泉、李保国、马文超，你们到现在还没填完志愿表，三位是想上月球啊，还是想留洋啊？阿拉要睡觉了，赶快填完熄灯吧！"

李保国回敬一句："你别没良心啊！你们填完了腾出桌子来，我们才开始填的！"

马文超说："我填完了。林清泉、李保国，把你们俩的表拿过来。"

林清泉和李保国把自己的表格分别放在马文超那张表格的两边，排成一排，只见在分配志愿一栏内，三人填的都是：服从组织分配，到祖国最需要的地方去。

马文超高兴地说："咱们仨是理想一致、目标一个呀！"

李保国说："我们三个亲密的同学不久就会变成三个亲密的战友。"

"太好了，"林清泉建议，"在实现这个转变之前，我们三个亲密的同学，明天到太阳岛去划船吧，你们说好不好？"

"好！"另外两人齐声响应。

夏天，凉爽的气候使哈尔滨成为避暑的好地方，这时节，松花江南岸的斯大林公园和北岸的太阳岛便成为哈尔滨的游览胜地。滚滚的松花江给盛夏的斯大林公园带来些许凉意，引来许多哈尔滨人到此消暑、游玩。雄伟的防洪纪念塔，掩映在绿树丛中的太阳岛，横跨大江南北的铁路大桥及江面上的点点白帆，构成了一幅美丽的风景画。防洪纪念塔周围，游人如织，有的在照相，有的在欣赏纪念塔，有的在凭栏远眺，有的在沿江漫步。

江南岸的一座简易码头上停泊着一艘江轮，游客们正在登船。林清泉、马文超和李保国刚走到江边，林清泉一眼看到了停泊在码头上的江轮，叫了一声"快跑"，于是带着他的两个好友，沿着陡峭的台阶连蹦带跳地往下跑。跑在前面的林清泉匆忙地买了船票，跟在两位同学后面跑进了船舱。"呜——"随着一声低沉的汽笛声，船开了。他们三人恰恰站在陈南等三位学员旁边，气喘吁吁，不停地用手帕擦脸上的汗。

郑茂功扭头看了一眼林清泉，劝说道："船有的是，你们等下一趟船多好，何必累得满头大汗呢！"

"那还得等20分钟，"林清泉回答，"我们要和时间赛跑嘛！"

"凭你这水平，"赵万林讥笑道，"还是去和乌龟赛跑吧！"船舱里顿然笑声一片。

"我就是跟乌龟赛跑，也绝不会像那只骄傲的兔子，败在乌龟的脚下。"林清泉机敏地回应对方的挑衅，又挑战地说，"喂，当兵的，要不咱们两个比试比试？"船舱里又是一片笑声。

"你……你……"赵万林一时语塞。

"这小子，"郑茂功附在赵万林的耳边悄声说，"伶牙俐齿，反应机敏，不好斗。"

"呜！"随着一声长鸣，江轮把一船游客拉到了太阳岛码头。游客们下了船，各奔东西，有的去逛岛，有的去游泳，有的去划船，自己找自己的快乐去了。

划船区在太阳岛西边的江湾里。白茫茫的江面上，群舟穿梭，笑声荡漾。

一只小船光在原地打转转。船上，一个人喊"划左桨！划左桨！"，而另一个人却喊"划右桨！划右桨！"。在两个人的瞎指挥下，划桨人左划一下，右划一下，瞎划一气。笨拙的划船者原来是林清泉，瞎指挥者原来是马文超和李保国。

郑茂功娴熟地荡着双桨划过来，陈南坐船头，赵万林侧身坐船尾，双脚在水里划动着，十分惬意。郑茂功的船快速地朝林清泉这边划过来。林清泉手忙脚乱地摇桨，不料那船却打了个转，船尾"嗵"的一声把来船撞出好远，随着"扑通"一声，赵万林一头栽进江里。郑茂功停桨，和陈南一起大喊："赵万林！赵万林！"

林清泉丢开桨，"扑通"一声跳进江中，朝赵万林游去。赵万林从水里钻出来，然后站起身来，原来江水却只有齐腰深。他，甩了甩头发，用双手擦了几把脸。林清泉游

到赵万林面前站起来,歉疚地说:"对不起!实在对不起!呛着没有?"

赵万林瞪着愤怒的双眼,质问道:"哎,你会不会划船?!"

"还不会,正在学。"

"那你还是学会了再来划吧!"

"我不是正在练吗?"

"凭你这水平,还是在炕头上练会了再到江上来练!"

"如果我在炕头上练,那是永远也学不会的,只有在游泳中才能学会游泳,在划船中才能学会划船!"

"你的一张嘴巧得像八哥,可是,你的两只手笨得却像老鸹爪子!"

"妙!"林清泉不但没恼,反而拍手喝彩,"老兄,你形容得真妙!"

赵万林反而没词了。

"赵万林!回来吧!"郑茂功在喊。

"林清泉!回来吧!"李保国在叫。

"再见!"林清泉说完,朝自己的船游去。

"我不想再见到你!"赵万林气哼哼地扔出一句之后,也游走了。

两个落水者被同伴们连拉带拽地拖上船,湿淋淋地站在船上,活像两只落汤鸡。

"喂!"李保国高声问道,"当兵的,你们是哈军工的吧?"

"没错!"郑茂功回答完,反问道,"那你们是哈工大的吧?"

马文超回答:"也没错!"

"不打不成交嘛,咱们认识一下吧!"李保国建议道,"我叫李保国。下面请各位自报家门!"

"我叫郑茂功!"

"我叫马文超!"

"我叫陈南!"

"我这只落汤鸡叫林清泉!你们那只落汤鸡叫赵万林!"林清泉朝赵万林一抱拳,说,"老兄!小弟向你赔礼了!"

林清泉的幽默把大家都逗笑了,赵万林也禁不住放松了满脸的肌肉,笑了。

江面上的笑声刚刚消失,哈工大礼堂里的笑声又响起来了。

哈工大礼堂的舞台上方悬挂着一条红底白字醒目横幅:哈尔滨工业大学1963届毕业生联欢晚会。一阵热烈的掌声过后,一位身穿白裙子的女学生"噔噔"地走到台前,报幕:"下一个节目:《采茶扑蝶》舞。表演者:工程物理系两位同学,是谁?看完大家就知道了。掌声欢迎!"在热烈的掌声中,响起了钢琴伴奏的《采茶扑蝶》舞曲。从舞台两侧同时舞出两个面戴墨镜、身穿花衣花裤、腰系花围裙的采茶姑娘。其中,一人头戴红纱巾,手拿一把纸扇;另一人头戴绿纱巾,手拿一根木棍,棍上挑着一只颤巍巍的纸蝴蝶。蝴蝶忽上忽下、忽左忽右纷飞,舞动的纸扇扑打着纷飞的蝴蝶。

台下,马教授和杨华副教授在悄悄议论。马教授疑惑地说:"咦,这两人是谁呀?咱们系好像没有这么两位女同学呀?"杨华道:"是没见过。再仔细瞧瞧。"

台上两人舞姿翩翩。突然，戴绿头巾的那人从袖口里放出一只麻雀，被绳子拴在棍上的麻雀"扑棱扑棱"乱飞，那纸扇又围着麻雀扑来扑去，麻雀吓得"喳喳"乱叫。《采茶扑蝶》舞一下子变成了采茶扑鸟舞。

台下笑声大作！钢琴声戛然而止，两个表演者随之收住脚步。在热烈的掌声中，两个采茶姑娘走到台前，摘掉头巾，摘下墨镜，向观众鞠躬谢幕。这两个采茶姑娘原来是林清泉和李保国扮演的！

台下笑声一片。马教授说："闹了半天还是林清泉和李保国，这一对大活宝！"杨华说："又是我的弟子林清泉出的鬼点子！""那还有错，同学们叫他鬼点子大王嘛！""这小伙子，真能独出心裁！""敢于独出心裁就是不墨守成规、勇于创新的表现。"马教授惋惜地说："我真想把他留下来当我的助教，可惜呀，8023部队把他要走了。我只能顾全大局、忍痛割爱了。"

女报幕员又走到台前，报幕："下一个节目：诗朗诵——《我们要飞了》。朗诵者：电机系，常春红。掌声欢迎！"一位漂亮的女同学在一片掌声中走到麦克风前，深情地朗诵道：

我们唱着"没有共产党就没有新中国"，
蹦蹦跳跳地走进了小学的校门。
我们唱着"东方红　太阳升"，
兴高采烈地跨进了中学的校门。
我们唱着五星红旗迎风飘扬，
昂首阔步地迈进了大学的校门。
哦，弹指一挥间的17年啊！
这17年，我们怎么能忘记呀？
是您，亲爱的老师，
是您用知识的雨露把我们浇灌，
使我们一天天长高，长壮。
是您，亲爱的党，
是您用甘甜的乳汁把我们哺育，
使我们长出了一对坚强的翅膀。
我们终于会飞了，
我们马上就要远走高飞了，
飞上九霄云外，
飞向祖国的四面八方！

礼堂里响起了暴风雨般的掌声。

于学前在哈尔滨招兵买马之后，又来到了沈阳。他在沈阳化工学校，又招收了几名应届毕业生。这些学生都十分年轻，一般都在十八九岁，最大的也不超过20岁。肖亮和李海生就是其中的两位。沈阳化工学校举行了毕业典礼后，应届毕业生第二天就要离校了。夜幕降临时，一位女生在一间男生宿舍门外轻轻敲了几下门后，叫道："肖亮！请你出来一下！"门开了，露出一张不笑自笑的娃娃脸。"是你叫我吗？梁馨。""如果你叫肖亮，那我就是叫你。"她调皮地回答。"有事吗？""你看，外边的夜色是多么迷人哪，我想和你出去走走。""好吧。"他走出来，随手关上房门。

肖亮，一个健壮、可爱的小伙子，红脸膛，一对粗眉下闪动着一双笑眯眯的大眼睛，工人之子。梁馨，一个小巧玲珑的姑娘，白净脸，性格直爽，一位女医生之女。两个人并肩走在寂静的校园林荫道上。

"咱们同学三年了，你觉得我这个人怎么样？"梁馨问。肖亮答："你学习努力、刻苦，学习成绩优秀。"

"还有呢？"

"聪明，漂亮。"

"别光拍马屁！说说缺点。"

"你刚才这句话就暴露了你的缺点，说话太直，不委婉；嘴太厉害，不饶人。所以，有的男同学背后叫你小辣椒。"

"我知道我这个缺点，以后我慢慢改。不过，我这个人是刀子嘴豆腐心。"

"礼尚往来。我评价完你，你也该评价评价我了。"

"其实，论聪明，论学习成绩，你都在我之上。我最羡慕你的是对人热情、诚恳，性情温和，人缘好。如果把你的这些优点给我就好了。"

"那我的缺点呢？"

"你的温和既是优点又是缺点，你好像缺乏男子汉的那种刚烈。"

"茫茫人海，芸芸众生，各人有各人的长相，各人有各人的性格，这才构成了五彩缤纷的世界。"

"嗬！你说的还挺有哲理的。"

"我不是白吃干饭的吧？"

"看来，我们彼此之间还是相当了解的，没白同学三年。明天我们就要离校了，从此走向祖国的四面八方，如果你我之间，就这样萍水相逢又错过，你不觉得太遗憾了吗？"

"是有一点儿。不过，我马上要到北京的8023部队去报到，你也要到太原钢铁厂去报到，一切都晚了。"

"正因为如此，我才来找你，向你表一表我的心，这几天我一闭上眼睛，你就在我眼前转……"

"其实，这几天我一闭上眼睛就看到你的笑脸，但一直藏在心里，不敢对你说……"

"怕我什么呀？我也不会吃你。"

"怕你直不愣腾地说：黑不溜秋的，靠边站吧！"

梁馨"咯咯"地笑起来："你真是个可爱的小傻瓜呀！你要是早说了，填分配志愿的时候，咱俩同时填上有恋爱关系，组织上肯定会照顾我们的，把我俩分在一个单位。但是，只要你这个大军官不嫌弃我这个小技术员，从现在起，我这个少女的心就全部交给你了。"

肖亮站住了，转身看着梁馨，激动地一下子抓住梁馨的一只手放在自己胸前，说："我这颗火热的心，永远属于你！"两个青年热烈地拥抱在一起。

"嘿嘿……嘿嘿……"

一阵笑声突然打破了夜的沉寂，被爱情之火点燃了的两个年轻人正欲接吻的两张嘴急忙分开了。

"啊哈！梁馨，你找肖亮原来是为了这个呀！"从树后闪出一个大大咧咧的男青年来。

梁馨又羞又恼，照着他的后背就是一巴掌，说道："李海生，你这个该死的！"

肖亮问："李海生，你跟踪我们？"

李海生笑嘻嘻地说："不是跟踪，我是来学习怎么谈恋爱的。没想到啊没想到，小辣椒还有这么温柔的时候。"然后学着梁馨的腔调说，"只要你这个大军官不嫌弃我这个小技术员，从现在起，我这个少女的心就全部交给你了。"

"李海生，你坏死啦！"梁馨又给了他一巴掌。

毕业联欢会后，林清泉回到清泉村，来度他的最后一个暑假。美好的假期是短暂的，一转眼就要结束了，清泉第二天就要远走他乡，到北京的8023部队去报到。也是他有口福，头一天村里有一户人家杀猪，林父便去割了几斤肉，包饺子为儿子饯行，并说这是滚蛋饺子，吃了就滚蛋，爱滚到哪里就滚到哪里。傍晚时分，林家一家五口坐在院子里吃饺子。饭桌上除了几盘饺子外，还有一盘凉拌黄瓜、一盘糖拌西红柿、一盘煎豆腐和一盘煎小鱼。这小鱼是弟弟和妹妹特意为哥哥从河里捞来的。林父美滋滋地边吃饺子边喝酒。"爹，"青霞给父亲提意见，"你又吃饺子又喝酒，浪费！"林父笑呵呵地说："吃饺子不喝酒，等于喂了狗。""爹，"青霞抗议道，"你这是打击了一大片！"林父"嘿嘿"一笑，一仰脖子，一杯酒又灌进嘴里。

林母现在最关心的当然是儿子的婚姻大事。打清泉上大学开始，林母就张罗找儿媳妇，但都被清泉一一拒绝了。但作为母亲，她对儿子的婚事，不仅挂在心头，也挂在嘴上。她又开口了："清泉，这几年给你保媒的都踩破咱家的门槛了，可你连见都不见，说上学期间，不谈恋爱不结婚。现在你大学毕业了，有了工作，该订门亲事了。"林父帮腔说："前几天，我跟你孙大爷一起喝酒，又提起了这事儿。他们老两口就相中你了，他们家的桂芝都18岁了，还没找婆家，其实就是等你呢。"林母说："桂芝可是个百里挑一的好姑娘，长得好，人品好，脾气好，劳动好，样样都好，就是文化低点，可也是小学毕业呀，算个账呀，写个信呀，都行。""爹，娘，桂芝的确是个好姑娘。"清泉解释说，"可我一直把她当自己的妹妹看，从来没想过娶她做媳妇。"

人怕念叨，说曹操曹操就到，随着一阵脚步声，孙连胜带着桂芝和孙女小花进了院子。桂芝的确长得漂亮，一双水灵灵的大眼睛，高挑的身材，两条乌黑的大辫子，走路轻盈，着实招人喜爱。

"哟！"孙连胜爽朗地叫道，"你们一家子都吃上了，我来晚了！"

清泉急忙撂下筷子，起身打招呼："孙大爷，桂芝。"

"二哥，"桂芝羞答答地说，"明天你就走了，我跟爹来看看你。"

"桂芝，谢谢你。"清泉大方地致谢。

"二哥，你还跟我客气。"桂芝脸红了，转过脸，双手捋着一条辫子。

"我吃饱了，"青山撂下筷子，让客道，"孙大爷，有酒有饺子，你坐下跟我爹划两拳。"

"我也吃饱了，"青霞撂下筷子，让客道，"二姐，你坐下尝尝饺子吧。"

桂芝客气地说："我吃过了。"

小花可不客气。她说："老姑，你让我二姑吃饺子，怎么不让让我呀？"

"小花，坐下，你吃饺子，我喝酒。"孙连胜和小花落座。

孙连胜在林家就像在自己家一样，想吃就吃、想喝就喝，从不外道。清泉给孙大爷斟了一杯酒送上。孙连胜吃了一个饺子，喝了一口酒，说道："吃饺子不喝酒，等于喂了狗。"

"孙大爷，"青霞抗议道，"你跟我爹一个样，你们喝酒就喝吧，还非得找个借口。吃饺子不喝酒的人多了，都是狗了？"

"这个老姑娘，"孙连胜说，"小嘴巴巴的，随谁呀？"

"老妹子，走，咱姐俩进里屋去。"桂芝拉着青霞的手进了里屋。"老妹子，二哥的那个喝水杯呢？"桂芝问。青霞说："在他书包里呢。"桂芝说："那你给我找出来。"青霞从哥哥的书包里拿出那个水杯，递给桂芝。原来这是一个带盖的水果罐头瓶，吃完了里面的水果，罐头瓶就成了喝水杯。这种喝水杯，一不怕开水烫，可以沏茶；二不怕水洒出来，因为有密封盖，就是把杯子倒过来，一滴水也流不出来，旅行带着十分方便。因此，当时十分流行。

桂芝从兜里掏出一个白线钩的杯子套，套在杯子的外面，不松不紧刚刚好。青霞接过水杯端详着：杯子套，花纹清晰，美观大方，上面还钩出一个"林"字。

青霞夸奖道："二姐，你的手真巧，钩得真好看。我二哥一定喜欢。"

桂芝说："二哥喜欢，我就没白织。"这一针一线凝聚了一个少女的多少情和爱呀！可是啊，她心目中的那个人的心却在远方。

院子里，清泉已经离席而去，林发祥和孙连胜还在喝酒。

"大哥，二喜子说，他不想老早就背个家庭包袱，影响工作，他打算工作个三五年后再结婚。"

林母委婉地说："桂芝不小了，你给她另外找一个婆家吧，别再等二喜子了。"

"弟妹，我心里跟明镜似的，二喜子志气大、眼光高，心不在娶媳妇生儿育女上。"孙连胜忧伤地说："可惜呀，桂芝没福气，枉费了她的一片心呀！"

"大哥，咱老哥俩虽然做不了亲家，可还是好朋友。"林发祥赶紧岔开话题，"来，咱老哥俩划几拳！"

于是，院子里响起了"哥俩好呀！"、"六六六呀！"的猜拳行令声。

第二天早晨，林清泉告别了父母，出发了。青霞、青山和桂芝一直把他送到村北口。

"送君千里,终有一别。"清泉说,"你们都回去吧,别再送了。"

"二哥,你穿上军装,赶快照张相寄回来,让我们看看你的军人风采。"青霞说。

"没问题。"

"二哥,也给我寄一张,行吗?"桂芝要求道。

"行!"清泉爽快地应道。

"二哥,你走远了,可别忘了家乡,忘了我们呀!"桂芝说。

"走到天涯海角,我也不会忘记家乡和亲人们呀!"之后,清泉道了声再见,转身走了。他沿着那条熟悉的路,大踏步地走向前方。

各学校的青年学子们怀着满腔爱国热情和对未来的美好憧憬,踌躇满志地走出校门,踏上人生的新旅程。

哈尔滨开往北京的18次特快列车停靠在哈尔滨车站内,提着大包小裹的旅客们正在上车。林清泉、李保国、马文超和白雪一同来到一节硬座车厢旁。马文超把手提包交给林清泉,自己和白雪到一旁说知心话去了。林清泉和李保国先上了车,走进车厢,东张西望地找座位。

"嗬!这不是不会划船的落汤鸡嘛!"一个旅客突然从座位上站起来,看着林清泉,惊讶地叫起来。

林清泉一看是赵万林,立即回敬道:"嘿!这不是掉进江里的落汤鸡嘛!"

两个人一起笑起来,笑声把郑茂功和陈南从座位上"拉"了起来,五个人一齐呵呵地笑,为他们戏剧性的相遇,也为他们戏剧性的重逢。

"哈哈,太巧了!"李保国看了看座位号,笑道:"咱们仨正好坐在他们仨对面!"说罢,跟林清泉一起把他们三人的旅行包放在行李架上,之后五个人各就各位坐下。

郑茂功问:"哎,林清泉,你们的那匹马呢?"

林清泉指着窗外说:"看,他正在和他的未婚妻依依不舍地告别呢!"

放眼望去,只见马文超和白雪站在一根大柱子旁正在依依惜别,泪流眼观泪流眼,断肠人对断肠人。

"林清泉,"赵万林回过头来,盯着林清泉,问,"你们仨干吗老跟着我们仨呀?"

"赵万林,"清泉微微一笑,出乎意外地回答,"我们是《羊城暗哨》,就得《跟踪追击》呀!"他一连说出两部电影名字,而且把这两个名字巧妙地连在一起。

赵万林惊讶地问:"啊,那你们把我们当特务了?!"

大家又一起笑了起来。这几个快乐的年轻人吸引了不少旅客羡慕的目光。

"清泉!清泉!"一个身穿工作服的工人呼喊着跑到车厢旁。

"大哥!我在这里!我在这里!"清泉趴在车窗口叫道。林清洋来到车窗下。

清泉说:"大哥,厂里生产忙,你就不要来送了嘛!"

清洋说:"你这一走,说不定哪一年才回来,咱哥俩哪年才能再见面,还是送送你好。现在正是午休时间,不耽误下午上班。"

清泉说:"我走了,照顾父母的责任主要就靠你了。"

清洋说:"你就放心地走吧,我会经常回家看看的。"

广播喇叭里响起一个清脆的声音："旅客同志们,开往北京的18次列车马上就要启动了,请没有上车的旅客赶快上车,请送亲友的同志们赶快下车!"

马文超松开握着白雪的手,头也不回地登上火车,回到座位上坐下。他望着站台上的白雪,两人默默无语,热泪盈眶。真是"相见时难别亦难"哪!

一阵长鸣之后,列车徐徐启动了。

林清泉挥手跟哥哥告别,清洋转过身急忙跑走了。

马文超挥手跟白雪告别,白雪转过身,眼泪不由自主地"哗哗"流淌。

18次列车驶出哈尔滨站,跨过松花江大桥,奔驰在辽阔的东北大平原上。车厢里,列车员来送水,三名哈军工学员和三名哈工大学生各自掏出自己的水杯放在茶几上,林清泉掏出的正是那个套着白线套的杯子。列车员给六个杯子依次倒完水,又给其他旅客倒水去了。

赵万林看了看林清泉的杯子,说:"好漂亮的杯子套啊!这个织杯子套的人一定是长得漂亮又心灵手巧的人。"

清泉说:"对,你说得没错。"

赵万林说:"老林,这个人是不是你的未婚妻呀?"

清泉干脆地说:"不,她是我妹妹。"

列车"哗哗"地向前飞驰,驶过长春,驶过沈阳,继续向前飞奔……

18次列车进入夜间行车。赵万林等三人与林清泉等三人,一面喝水一面聊天。

"我们是去北京报到的,你们呢?"马文超问。赵万林答:"我们也是。"

"你们三位分配到哪个单位了?"马文超又问。赵万林颇自豪地说:"军人嘛,当然是分到部队了,担负起保卫祖国的责任!"

"那你们分到哪个部队了?"李保国问。郑立功一本正经地说:"同志,不该问的不要问,不该打听的不要打听!"

"嗬!这位嘴上果然贴了一张看不见的封条!"林清泉笑道。赵万林说:"我们军人是受过严格保密教育的,不像你们老百姓,嘴上没有把门的,想说什么就说什么。"

"那你们三个人分到哪个单位了?"郑茂功问。李保国阴阳怪气地说:"我们老百姓嘛,当然是分到地方单位了,担负起建设祖国的责任。"

林清泉和马文超窃笑。

夜深了,六个年轻人已经困得睁不开眼睛,无心再说笑了,很快就东倒西歪地睡着了。

列车在茫茫的黑夜里,一路飞向北京……

第二章　走进军营

霞光万道，灿烂的朝阳照耀着北京城。

18次列车缓缓驶进北京站。到首都了，郑茂功等三人迫不及待地背上背包、提起行装下车，而林清泉等三人还稳坐不动。郑茂功催促道："林清泉，还坐着不动，下车下车！"林清泉说："你们先走吧，省得你们老说我们三人跟踪你们！"郑茂功道了声再见，便跟他的两个老同学先下车走了。等车厢里的人几乎下光了的时候，林清泉等三人才不慌不忙地起身，提起行装下车。

林清泉等一行三人随着熙熙攘攘的客流出了北京站，沿着站前大街来到北京站口，乘上一辆1路公共汽车。他们在郎家园车站下车后，又登上一辆开往通县的42路公共汽车。42路车一路东行，过了管庄、定福庄，驶进通州镇，在万寿宫站停住。林清泉等三人下了车，朝前走到十字路口。林清泉问一位行人："同志，请问保安胡同怎么走？"那行人往南边一条胡同一指，三人向这条胡同走去。他们沿着胡同来到门口站着一个持枪警卫战士的军营门前，抬头一看墙上门牌恰是保安胡同1号。

保安胡同1号原是北京市的一所财经学校，因为刚刚组建的这支部队连个窝都没有，北京市政府为顾全大局，忍痛割爱，于是这个大院就成了这支部队的营房。大院内，树木苍老，房屋陈旧。院西北是两座灰色二层小楼，前面一座是机关办公楼，后面一座是资料楼。院东南是一座比较大的灰色二层楼，俯瞰形似马蹄子，因此俗称马蹄楼。马蹄楼对面是一座较大的灰色平房，这是礼堂。其他房屋，家属宿舍也罢，食堂也罢，澡堂也罢，一律都是灰色平房。金窝银窝不如自己的草窝，部队有了自己的立足之地，已经感到十分满足了。

林清泉问："警卫同志，请问这里是8023部队吗？"警卫战士立正，回答："是！你们是来报到的大学生吧？"林清泉答："是！"战士指路："报到请到干部科。北面那座灰色二层小楼是机关办公楼，干部科在二层。请进吧！"

三人走进大门，门旁传达室门前立着一块大黑板，上书："热烈欢迎新战友！"他们过了传达室向北来到小楼门前，这里也立着一块热烈欢迎新战友的黑板。他们进了小楼上了二层，来到干部科门前，放下行装，林清泉敲门。

　　干部科里，科长于学前和两个干事正在接待郑茂功、陈南和赵万林三人，一位女干事坐在桌前正在为他们进行登记。听到敲门声，负责接待的刘干事拉开门，并说："欢迎，请进！"林清泉等三人走进来，微笑地打量屋里的人，当哈工大的三个学生与哈军工的三位学员目光相对时，顿时人人脸上都写满了问号。林清泉、李保国和马文超各自拿出报到通知书，于学前起身，迎上前高兴地说："欢迎啊，欢迎！欢迎你们光荣入伍啊！"随后跟他们一一握手，并接过他们的报到通知书放在办公桌上。女干事又为他们做登记。

　　"你们六个人是第一批来报到的人，"于学前指着郑茂功等三人说，"来，我给你们介绍一下，这三位是……"

　　"于科长，不劳您大驾了。这三位来自哈军工，"林清泉一一指认，"这位是郑茂功，这位是陈南，这位是赵万林。"

　　"原来你们认识呀！"于学前颇感意外。

　　"在太阳岛，哈工大这三个小子的船撞了我们的船；在火车上，这三个小子就更不地道了，他们明明白白告诉我们，他们分配到地方单位了，没想到啊没想到，他们居然也到这里来报到了。他们撒了个弥天大谎！"郑茂功牢骚满腹。

　　"三个骗子！"赵万林气愤难平，忍不住骂了一句。

　　"你们说我们的嘴上没有把门的，想说什么就说什么；我们的嘴上贴上了封条，你们又横加指责，是何道理？"李保国质问道。

　　"其实我们不是欺骗你们，而是保密。自从我们接到部队的报到通知书之日起，我们就已经是军人了。"林清泉振振有词。

　　"说得好！"于学前高兴地说，"不是欺骗，是保密！我们军人，特别是我们这支特殊军队的军人，时时刻刻都要注意保守军事机密。"

　　"说得也是。既然我们向他们保密，为什么不允许他们向我们保密。"郑茂功说，"我们以前是陌生的朋友，今后就是亲密的战友了。来，我们握握手吧！"于是，六个人互相握手言和。

　　于学前说："这些天，将有大批的新同志来报到，我们干部科人手少，忙不过来，请你们三个老兵给我们当几天助手，协助我们接待新战友。"

　　郑茂功高兴地说："好！这样我们还可以结识许多新战友。"

　　林清泉也感兴趣，要求道："于科长，让我们三个人也参加接待工作吧。"

　　"你们？"赵万林讥笑道，"新兵蛋子，连军装还没穿呢，靠边站吧！"

　　赵万林总是透着一种老兵的优越感。

　　"于科长，什么时候发我们军装啊？"李保国不禁问，"我们穿上军装，就和他们平等了。"

　　"你们今天就可以去领军装。"于学前说，"刘干事，你把他们六个人先送到马蹄楼安排好宿舍，然后再带哈工大的同志到军务科领军装。"

刘干事带领六个人沿着林荫路朝前走,来到院东南的马蹄楼前,门口还有一道岗,警卫战士给刘干事敬礼。刘干事带领他们走进马蹄楼,上了二层,走在走廊里。"刘干事,"林清泉问:"等报到人都到齐了,是不是就给我们分配工作了?"刘干事说:"新同志首先要接受三个月的军事训练,然后再分配工作。"李保国惊讶地说:"三个月的军事训练,时间太长了吧!"刘干事笑道:"三个月的军训还嫌长啊,新学员本来是要下放到连队当兵锻炼一年的,我就在新疆当了一年的兵。因为咱们部队要执行特别任务,才改为就地进行三个月军训的。这是最短的军训时间。"走到走廊的尽头,刘干事把哈军工的三位学员安排在201房间,把哈工大的三位学生安排在202房间。房间里,除了四张床、两张办公桌和四把椅子之外,别无他物。林清泉等三人放好自己的行装,又随刘干事出了马蹄楼,到了军务科。每人领了一套夏装、一双解放鞋和一双皮鞋,另外还价拨了一套军用被褥。价拨被褥虽然要自己掏钱,但不要布票和棉花票,而且只收成本费,便宜。军人还是使用军用被褥最好,再说,有了军用被褥,和哈军工那三个小子就完全一样了,而且比他们还优越:他们是干部,可以领工资,可以乘坐卧铺;而哈军工那三个小子,虽然有了五年军龄,可还是战士,只领津贴,不能乘坐卧铺只能坐硬板。这下子,哈工大三个小子在哈军工三个小子面前,可以扬眉吐气了。

林清泉等三人回到宿舍,便迫不及待地脱掉了学生装,穿上了新军装,佩戴上了鲜红的学员领章和有"八一"帽徽的新军帽。一照镜子,嘿,青春的脸上又增添了一种军人的风采,精神焕发,英姿勃勃,心里美得没法说。他们开始铺床,一边铺床一边快乐地哼着《真是乐死人》。

这时,赵万林和陈南领着两位新学生走进来,三位英姿勃勃的青年军人看着两位比他们还年轻的小伙子。赵万林命令式地说:"你们自我介绍一下吧!"

一个自我介绍:"我叫肖亮,沈阳化工学校毕业,今年18岁。"

另一个自我介绍:"我叫李海生,不但和肖亮是同班同学,还是同岁。"

林清泉笑道:"嘿,你们俩还是毛孩子呀!"大家都笑了起来,房间里的气氛随之愉快起来。

林清泉自我介绍:"我叫林清泉,哈工大毕业,今年23岁。"

马文超自我介绍:"我叫马文超,是林清泉的同班同学,比他大一岁。"

李保国自我介绍:"我叫李保国,也是林清泉的同班同学,比他小一岁。"

李海生笑道:"你们哪,也不过是三个毛头小伙子嘛!"

赵万林依然命令式地说:"肖亮,你,就住这间宿舍,和来自哈工大的新学员住在一起!李海生,你住隔壁那间宿舍,和我们哈军工的老学员住在一起。别啰唆了,马上跟我们到军务科领军装。"

两人异口同声地说:"是!"肖亮和李海生跟着哈军工两个老学员高高兴兴地走了。

新兵穿上军装后的第一件事想干什么?照相,当然是照相,首次为自己的军旅生涯留下自己的光辉形象,给自己的人生留下永恒的纪念。第二天上午,林清泉、李保国、马文超、肖亮和李海生,便一同到通州照相馆去照相,照标准相,照全身相。青年军人,满面红光,英俊威武,怎么照都好看。林清泉坐在照相机前的凳子上看着镜头。照相师走上前去,扶了扶他的头,告诉他保持这个姿势别动,然后回到照相机后看了看镜

头里的倒像，起身提示说："别太严肃了，笑一点儿，再笑一点儿，别动……"照相师快速地按动了快门，随后喊了一声："好啦！"林清泉照完了标准相，又照了一张全身相。李保国、马文超、肖亮和李海生，如法炮制，依次照了相。

在林清泉等人在照相的时候，郑茂功、陈南和赵万林正在忙着接待来自各个学校的新战友，其中有北大、清华、复旦、南开的，有高的、有矮的，有胖的、有瘦的，有男的、有女的，其中还有不少人是戴眼镜的，这是知识分子的显著标志。郑茂功等三人的任务是给报到者带路，带他们进马蹄楼里的宿舍，带他们到军务科领军装，带他们到财务科领取薪金，带他们进食堂就餐，忙得不亦乐乎。

大量热血青年的到来，为部队注入了大量的新鲜血液，使这支新组建的神秘部队充满了青春的活力和勃勃生机，寂静的军营热闹起来，歌声、笑声响彻军营的上空。

家书抵万金。一封封家书跨过千山万水，从北京飞往全国各地。

一封信飞到了哈尔滨。白雪接到了马文超的信，心花怒放。她把信看了又看，她把照片看了又看，越看越爱，情不自禁地吻了一下照片上的那个人；然后把照片放进摆在书桌上的相框里，和自己的那张照片并排放在一起，再把信锁进她的那个小箧子里。

一封信飞到了太原。梁馨看到了肖亮的信，心潮起伏，春心荡漾，把照片夹在她的影集里，把信珍藏在她的小箧子里。

一封信飞到了清泉村。黄昏时分，林青霞背着书包，手里举着一封信，风风火火地跑进家门。她向在院子里劈柴的林青山喊道："三哥！二哥来信啦！"她跑进外屋，向正在锅台旁炒菜的母亲喊道："娘！我二哥来信啦！"她跑进里屋，冲正在抽烟的父亲喊道："爹！我二哥来信啦！"林父把烟袋锅在炕沿上磕了磕，把烟袋放在炕上的烟筐里，说："念念，念念！"这时，林母和青山也进了里屋。青霞拆开信，抽出信纸打开，见里面夹着几张照片，便一一看了一遍，原来是四张照片，标准相两张，全身相两张。"给我看看！给我看看！"青山伸手就抢走了两张照片。青霞赞美道："嘿，我二哥穿上军装多神气呀！"青山叫道："我二哥真有气派呀！"青霞看完把照片给了母亲，青山看完把照片给了父亲。林母举着照片端详了一会儿，喜滋滋地说："人是衣服马是鞍哪，这小子穿上军装神气多了！""青霞，快念信吧！"林父催促道。

青霞双手举着信，调皮地清了清嗓子，念道："爹、娘：儿已穿上了军装，成为中国人民解放军的一名干部了。但是，我们这是一支不带枪的神秘部队，到现在我还不知道这支部队究竟是干什么的……"

1963年8月1日，对8023部队刚刚入伍的新学员来说，这是他们的第一个军人生日，他们感到尤为新奇、兴奋。上午，他们打扫公共卫生，把院子、操场、走廊、房间都打扫得干干净净；下午，他们打扫个人卫生，洗澡，理发，洗衣服；晚饭进行了"八一"大会餐；晚上举办了"八一"联欢会，新学员八仙过海各显其能，有唱歌的，有唱京戏的，有唱评戏的，有跳蒙古舞蹈的，有跳维吾尔舞蹈的，有朗诵诗歌的。大家过了一个快乐的节日。

过了"八一"节，军事训练就开始了，学员们过上了紧张的部队生活。军训完全按照连队编制进行，全体学员共分为两个连，每个连三个排，每个排三个班，连长由上尉担任，排长由中尉担任，班长由从军校来的学员担任。全体女学员单独编成一个排，为一连三排，排长是女中尉。林清泉、李保国、马文超、郑茂功、陈南、赵万林、肖亮和李海生分在一个班，编为一连一排一班，一班长是郑茂功，一排长是中尉金振兴。训练场地在大院南部的大操场上，一连在东半部，二连在西半部。

第一个阶段的课目是基本军事动作训练，即立正、稍息、向左（右）转、向后转、齐步走、正步走和跑步走等。

操场上，烈日下，一连长喊着口令正在训练他的队伍："立正！"、"稍息！"、"立正！"、"向左转！"、"向右转！"、"跑步——走！"学员们跑了起来，步伐整齐。

连长喊着口令："一、一、一二一、一、二、三——四！"

队伍响亮地喊道："一、二、三——四！"

跑着跑着，林清泉悄悄地解开了风纪扣。他的这个举动逃不过连长的眼睛，连长立即下令："立正！"

连长点名："林清泉！""到！"林清泉顿时成为全连的焦点人物，许多双眼睛都盯着他。

连长严厉地说："风纪扣！为什么解开风纪扣？！"

林清泉申述："报告连长，解开风纪扣是为了散热，同时也是为了解放被勒紧的脖子！"林清泉不是理由的理由引起笑声一片。

"哈哈！你的理由还不少啊！"连长冷笑一声，脸色陡然一变，说，"风纪扣是军人军容风纪的重要标志，就是热得浑身冒油，也要系风纪扣！系上！""是！"林清泉赶紧系上风纪扣。

连长喊着口令带领队伍继续前进……

下午，是政治学习时间，先在礼堂听报告，然后分班讨论。

一天过去，一天又来；一个礼拜过去，一个礼拜又来；一个月过去，一个月又来。过了立秋，进入9月，天凉快多了。第一阶段训练结束之后，立即转入第二阶段的训练。这个阶段的训练课目是起立、卧倒、匍匐前进、持枪训练等。操场上，正在分排进行持枪训练。

一排长金振兴喊着口令："立正！"、"枪上肩！"、"向右转！"、"齐步走！"学员们扛着枪、迈着整齐的步伐前进。

金振兴喊着口令："一、一、一二一、一、二、三——四！"

队伍响亮地喊道："一、二、三——四！"

走着走着，林清泉迅速地把枪换到左肩上，并纵了纵右肩。他身后的马文超小声提醒他："换回去，换回去。"他身旁的李保国也悄声提醒他："换回去，换回去。"

"不要说话！"金振兴说完，一眼瞧见了左肩扛枪的林清泉，立即下令，"立正！向左转！向右看齐！向前看！"队伍遵照他的命令，整齐地站在他的面前。

"林清泉！出列！"林清泉左肩扛着枪，乖乖地走出队列。

"立正！向后转！"林清泉暴露在整个队伍面前，立即引起一阵哄笑。

"严肃点儿！不许笑！"笑声顿时消失。

"林清泉！你看看，有谁是左肩扛枪的？""没有，除了我之外。""那你为什么偏要独出心裁，是哪个教官教给你的？""右肩扛枪时间太长了，压得肩膀又酸又痛，所以我让它休息休息；而左肩老是闲着，不如让它也发挥发挥作用，两肩轮流扛枪才合理。""嗬！你的道理还一套一套的！那好，我成全你，你就用左肩扛着枪立正站着，直到响下班号为止！""排长，你这是变相惩罚，我抗议！""抗议无效！林清泉，你现在是军人，不再是学生，军人就必须服从命令！""是！"林清泉傻了眼。

金振兴对他的队伍下口令："立正！向右看齐！向右转！齐步走！"队伍向前走了……

在众目睽睽之下，林清泉孤零零地站在操场中间，左肩扛着那把枪……

天上，大雨"哗哗"下；地上，雨水遍地流。

下雨天不集合。下班军号响过之后，军人们从马蹄楼里不断地涌出来，或撑开雨伞，或穿上雨衣，各自走向食堂。楼内的人几乎走光了，林清泉才从楼梯上快步走下来，到了楼门口抬头一看门外的大雨，方知自己忘了带雨具。他正踌躇间，一把雨伞罩在他的头上，同时一个银铃般的声音在他耳旁响起："跟我走吧，咱俩打一把伞。"

林清泉扭头一看，原来是一位年轻漂亮的女学员，眉清目秀，身材修长，坚挺的胸脯、丰满的乳房，既透着女性的魅力，又透着军人的风采，虽然面熟但还不相识。对她的关心，林清泉心里一热，但还是有点不好意思，便婉言谢绝道："谢谢你，我还是回去拿伞吧。"说完刚想走。她一把拉住了他的胳膊，莞尔一笑，说："你还挺封建哪！你戴上头巾，穿上花衣服，比大姑娘还漂亮呢！咱两个女人打一把伞，你还顾虑什么？"

"呀！这么说，你也是哈工大的？"

"哈工大，无线电系。走吧，咱俩边走边说。"她打着雨伞，拉着他走出楼门。他却只把头放在伞下，半个身子暴露在雨中。和一个漂亮的女青年这么近的接触，这还是他有生以来的第一次，他感到既紧张又激动。

她嗔怪地说："靠近点儿，我吃不了你！这样吧，林清泉，你个子高你打伞。"他接过雨伞，她挽住他的胳膊。她的大方使他的心情放松了。

"你是怎么知道我的姓名的？""左肩扛枪的兵，独一无二，哪个不知哪个不晓呀！""我还没有请教你的尊姓大名呢。""我叫夏彩虹。""夏彩虹，夏天的彩虹，好名字，好名字！你真像彩虹一样美丽动人呀！""说来也巧，我生下来后，正好是雨过天晴，天空中出现了一道美丽的彩虹。于是爸爸就给我取名叫彩虹。"

在军营里，在大雨中，林清泉结识了夏彩虹。

一个月过去，一个月又来，转眼之间就到了国庆节。

国庆节期间，部队组织集训队游览北京的名胜古迹，一是让学员们轻松轻松、开开眼界，二是对学员们进行一次爱国主义教育。这次活动，由干部科科长于学前组织，由政治部李主任亲自带队。

10月1日，阳光明媚，秋风送爽。一个车队浩浩荡荡地驶出通县城，李主任和于学前乘坐一辆五座吉普车在前面开路，后面跟着几辆坐满了学员的大轿车和几辆站满了学员的大卡车。车队出了德胜门，过了沙河，过了昌平，爬上了八达岭长城。长城宛如一条巨龙，在八达岭上蜿蜒起伏，极为壮观，极为宏伟，令人叹为观止。学员们站在长城上，看着巍峨的长城、巍峨的群山，不觉心旷神怡、感慨万千。

李主任站在台阶上讲话："同志们，长城是我们伟大祖国的象征，是我们伟大的中华民族勤劳、勇敢、聪明和智慧的结晶，是我们文明古国防御外敌侵略的坚固防线。如今，全国人民把中国人民解放军比喻成伟大的长城。我们不要辜负全国人民的期望，一定要把我们这座长城铸造得更加坚固！"

10月2日，参观队伍驱车来到了颐和园。学员们站在万寿山上，眺望着碧波荡漾的昆明湖。于学前侃侃而谈："慈禧太后只是为了遛遛腿，竟然挪用了建设海军的3 000万两白银，修建了这座颐和园。在中日甲午战争中，中国海军几乎全军覆没，腐败的清朝政府不得不与日本签订了丧权辱国的《马关条约》。"李主任说："同志们，我们千万不要忘记国耻呀，我们一定要发愤图强，建设我们强大的国防！"

10月3日，参观队伍驱车来到了圆明园。学员看着满目疮痍、杂草丛生、残垣断壁的圆明园，心情沉重，黯然神伤。李主任指着残垣断壁说："同志们，这些残垣断壁就是英法联军侵略北京时焚烧圆明园的铁的罪证，同时也是我国贫穷落后、被动挨打的铁证。我们要想不受人欺负，就一定要使国家强大起来！"

学员们在众多历史事实面前，又接受了一次生动的爱国主义教育，更加坚定了他们报效祖国的决心。

过了国庆节，军训进入最后一个阶段，主要训练课目是紧急集合和急行军。一天后半夜，学员们睡得正香。突然，走廊里响起了紧急集合的哨音。一班学员，急忙起床、穿衣、摸黑打背包，背起背包跑下楼，跑出楼，跑到操场上，在连长面前排队集合。这次紧急集合，一连一排一班获得了第一名，受到了连长的表扬。

秋高气爽，红日东升。学员们背着背包、排着队出了通县城，沿着一条土公路进行10公里急行军。起初，大家还是雄赳赳气昂昂的，步履矫健，快步如飞，人人争先恐后，个个奋勇当先。随着太阳渐渐升高，一些人的脚步渐渐放慢了，队伍渐渐拉开了距离。到了一个村庄的村口，率先到达转折点的第一方队开始返回，一连一排一班紧随第一方队之后，他们采用的是后发制人的跟随战术。第一方队对迎面相遇的队伍不时骄傲地发起挑战：要当英雄，不要当狗熊啊！他们在女学员队伍面前，骄傲得像昂头挺胸的大公鸡，嗷嗷叫着：巾帼不让须眉，女同胞们，加油啊！行军队伍越拉越长，有些人步履沉重，走得越来越慢，但还是咬牙坚持着。郑茂功带领一班逐渐加快了脚步，赶上并超越了第一方队，全班最后夺得了10公里急行军的第一名。在总结会上，全班一致认为，林清泉制定的跟随战术十分正确，为全班夺得第一名立下了头功，并给他起了个诨号——智多星。全班受到了部队的嘉奖，全班每个人都被评为优秀学员。

军训结束的时候，天气已经冷了，部队换上了冬装。军训结束了，学员们还不知道这支部队究竟是干什么的，自己将来干什么工作，不免焦急起来。一天晚上，林清泉、马文超、李保国和肖亮，坐在宿舍里聊天。这时有人敲门，李保国大声地说："请进！"门开了，走进来的是于学前，大家赶忙起身。

于学前笑呵呵地问:"你们讨论什么问题呢?这么热闹。"

"于科长,"林清泉一连串地发问,"军训已经结束了,为什么还让我们蒙在鼓里呀?为什么还对我们保密呀?为什么还不告诉我们,咱们这支部队究竟是干什么的呀?"

"于科长,"马文超说,"是你把我们要来的,你就应该对我们说实话。不然的话,要是把我们都憋出病来,你可要负责任呀。"

"于科长,请你告诉我们吧。"肖亮赌咒发誓地说,"我们保证谁也不对别人说,谁说谁是小狗子、大王八、癞蛤蟆!"孩子般的发誓,引发一片笑声。

"同志们,"于学前笑道,"我就是来告诉你们这个消息的。明天在礼堂里召开全体干部大会,张政委在会上就向你们揭开我们这支部队的神秘面纱!"大家高兴得嗷嗷叫。

礼堂就在马蹄楼对面。第二天部队便在礼堂里召开全体干部大会。在主席台上就座的有大校政委张国华、大校所长张潮、上校副所长程开甲,还有副政委和副所长等其他几位领导。台下,前几排就座的是中校、少校和大尉等军官们;后面黄压压的一大片是年轻的尉官,有少量的上尉、中尉和少尉,但大多数是新学员。

会议由政治部李主任主持,他首先来了一段开场白:"有许多新同志问我:李主任,你把我们要来了,又不告诉我们实话,你这葫芦里到底卖的是什么药啊?我现在可以回答你们了:我这葫芦里呀,卖的是兴奋剂,而且还是强兴奋剂,你们可不要兴奋得把礼堂跳塌喽!……"会场顿时鸦雀无声,人们用期待的目光看着他。

"是的,我们这支刚刚组建的部队披着一层神秘的面纱。现在就请张政委来揭开我们这支部队的神秘面纱!大家鼓掌欢迎!"

掌声热烈地响起来。在一片掌声中,张国华健步走到讲台前,敬礼,然后慷慨激昂地发表讲话:"同志们:现在,美国、苏联、英国和法国都拥有了核武器,而我们堂堂中国却没有。因此,有的核大国挥舞着他们手中的核武器,对我国进行核威胁和核讹诈。他们还想欺负我们哪!面对这种严峻的国际形势,我们应该怎么办?!还是毛主席说得好:没有那个东西,人家就说你不算数,在当今世界上要不受人欺负,就不能没有那个东西!毛主席说的那个东西指的就是核武器!就像用革命的战争反对反革命的战争一样,我们要用核武器打破他们的核垄断!粉碎他们的核讹诈!所以,我们也要造原子弹,造氢弹!……"(掌声)

张政委自豪地说:"咱们中国的第一颗原子弹很快就要造出来啦!……"会场里爆发出暴风雨般的掌声。

"大家都知道,造颗新子弹,造发新炮弹,还要到靶场上打靶试验试验呢,更何况是威力巨大的原子弹呢?所以,要做好原子弹,就一定要会试验原子弹。试验原子弹的靶场,必须选在荒无人烟的地方,最理想的地方那就是新疆的戈壁滩!我现在向你们揭开第二层面纱:中国的核试验场已经在新疆建成了,这就是中国的罗布泊核试验场!而且很快就要在这块神秘的土地上爆炸中国的第一颗原子弹啦!"掌声雷动。

"我现在向你们揭去最后一层面纱:我们这支部队不是拿枪杆子的部队,而是拿笔杆子的部队;不是开炮的部队,而是开仪器的部队;我们单位实际上是核试验基地研究所，专门从事核试验测试技术的研究并执行国家核试验任务！因此是全军乃至全国唯一的一个核试验研究所。"

台下的学员们，有的惊得目瞪口呆，有的露出灿烂的笑容，有的流出了激动的热泪。紧接着，又爆发出一阵经久不息的掌声。

"同志们，研制原子弹在我们中华民族的伟大历史上，是开天辟地的第一次！因此，你们肩负着伟大的历史使命和民族的热切期望。你们肩上的责任重大呀！你们前进道路上困难重重啊！但是，祖国相信你们，人民相信你们，党相信你们，你们一定能用你们的热血和汗水，用你们的青春和生命，用你们的忠诚和智慧，完成党和国家交给你们的这项光荣而艰巨的任务，取得一个又一个伟大的胜利！"掌声雷动。

"我的话讲完了。谢谢大家。"张政委说完，敬礼，在一片掌声中走回座位。

李主任走上讲台，宣布："现在，请所长张潮宣布各个研究室的室主任和政委名单！"

在一片掌声中，张潮走上讲台，宣布了研究所七个研究室的主任和政委。第一研究室为力学研究室（简称"一室"），室主任是王德明，政委是丁盛；第二研究室为光学研究室（简称"二室"），室主任是孙洪瑞，政委是吴强；第三研究室是核物理研究室（简称"三室"），室主任是吕启明，政委是赵亮；第四研究室是核爆炸控制研究室（简称"四室"），室主任是邢先杰，政委是周涛；第五研究室是计算物理研究室（简称"五室"），室主任是乔大江，政委是孙山；第六研究室是地质研究室（简称"六室"），室主任是丁浩良，政委是李民；第七研究室是放射化学研究室（简称"七室"），室主任是路雨声，政委是郭臣。这七位主任都在程开甲的领导下，参加了组建研究所的筹备工作和首次核试验总体测试方案的制订工作，他们都是程开甲的得力干将。

张潮宣读完名单，说道："各位主任，各位政委，各个研究室的任务、项目及人员都已经明确，下面你们就可以宣布各个项目组人员名单并立即开展工作。"

随着所领导的一声令下，各个研究室立即行动起来，按项目组分配每个人的具体工作。每个人更是翘首以待，期望着得到一份称心如意的工作，以施展自己的抱负和才能。

七室和三室的全体干部集合在马蹄楼中间的天井里，七室在南半部，三室在北半部。

七室行政干事王铁成少尉整理好队伍，然后跑步来到政委郭臣少校面前，立正，敬礼，报告："郭政委，队伍集合完毕，请您讲话！"

郭臣走到队伍面前，敬礼，讲话："同志们！马上就要分组了，大家所期望的时刻就要来到了！组织上在分配每个同志工作的时候，费尽了心机，绞尽了脑汁，尽可能照顾到每个人的专业特长，尽可能使每个人都如愿以偿。但是，我们所干的事业，是前人从来没有干过的事业，有一些项目是从来就没有的项目，这些项目却需要有人来干！因此，就有一部分同志用非所学，甚至是南辕北辙。请同志们务必做好充分的思想准备……"林清泉和李保国吓得吐了吐舌头。

"同志们，你们是在党的教育下、在红旗下长大的第一代青年，你们是革命军人，

因此组织上相信你们，一定会处理好个人利益和国家利益之间的关系，听从祖国的召唤，服从组织的分配，愉快地走向自己的工作岗位！我的话讲完了，谢谢大家！"（掌声）

王铁成宣布："下面请路主任宣布各个项目组人员名单。主任点到谁的名字，谁就出列，然后面对我站好，每组站成一行。"

路雨声少校手拿一份名单，来到队伍面前，敬礼，讲话："同志们，我们七室下设取样大队、核化学大组和核物理大组三个大项目组。取样大队由飞机取样队和火炮取样队组成，大队长暂时由我直接兼任。下面我就宣布各组人员名单！"

路雨声看着名单，宣布："飞机取样队：金振兴、郑茂功、李海生、李建国。队长——金振兴！"被点名的人喊声"到！"然后出列，面对王铁成站成一行。

路雨声继续宣读："火炮取样队：林清泉、陈南、肖亮、孙宝山。"林清泉、陈南和肖亮依次出列，站成另一行。路雨声抬头一看，孙宝山似乎没听见，不但没有应答而且连动也没动，便提高了嗓门，连叫两声："孙宝山！孙宝山！""到——"随着蚊子般的声音，从队伍里缓缓走出一个无精打采的学员来。他，中等个头，消瘦的身材，长挂脸，小眼睛，此人虽然其貌不扬，但眉宇间和嘴角上却挂着些许桀骜不驯和傲慢。他拖着沉重的脚步走进行列，站在肖亮的身后。

"火炮取样队，队长——林清泉！"林清泉的脸上一惊。

路雨声接着宣读："化学组：欧秀丽、丁雪梅、赵巧玲、黎英俊、陈忠诚。组长——欧秀丽！"欧秀丽等人依次出列，站成第三行。欧秀丽是女中尉；丁雪梅、赵巧玲是女学员。

路雨声继续宣读："物理组：常达志、李茂松、严明、张晓荣、刘宝来。组长——常达志！"常达志等依次出列，站成第四行。

在七室宣布分组名单的同时，三室主任吕启明少校也在宣读命令："链式反应测量组：黄山、刘福祥、李有才、韩光、马文超。组长——黄山！"黄山等一一出列，站成一行。

"地面沾染测量组：庄家栋、高升、夏彩虹、方芳、赵万林。组长——庄家栋！"庄家栋等依次出列，站成一行。夏彩虹、方芳是女学员。

在七室会议室里，路雨声站在讲台上作报告："同志们，我们第七研究室是放射化学分析研究室。我们的任务是：对核爆炸样品进行放射化学分析，从而测定出核装料的燃耗及核武器爆炸威力等许多信息，为核武器的鉴定和改进提供重要的、准确可靠的科学依据。我们这个研究室下设三个大业务组：取样队、核化学组和核物理组。取样队负责从蘑菇云中采集核爆炸样品，所以，每个取样队的队员都是采蘑菇云的人。核化学组负责对核爆炸样品的溶解、分离、纯化，直至制成可供测量的放射源。核物理组负责对放射源进行核物理监测，直至给出核爆炸的裂变当量、聚变当量以及总当量的最后结果。以后，我将分别给各个项目组介绍具体任务……"

与此同时，在三室会议室里，吕启明站在讲台上报告："同志们，我们第三研究室是核物理研究室。我们的主要任务是：对早期核爆炸过程进行核物理监测。我们这个研究室主要由链式反应组、中子组、γ组、地面沾染组组成。链式反应组负责监测核爆炸的发生、发展、结束的整个过程。地面沾染组负责监测地面放射性沾染的水平和衰减规律……"

与此同时，在一室会议室里，王德明站在讲台上报告："同志们，我们第一研究室是核爆炸力学研究室。我们的主要任务是：测量动压、静压、冲击波到达时间等重要力学参数……"

与此同时，在四室会议室里，邢先杰站在讲台上报告："同志们，我们第四研究室是核爆炸控制研究室。我们的主要任务是：用有线和无线手段实施对原子弹和氢弹爆炸的控制……"

与此同时，在五室会议室里，乔大江站在讲台上报告："同志们，我们第五研究室计算物理研究室，也就是核爆炸理论研究室，或者说是'纸上谈兵'研究室。我们的主要任务是：根据已知的核爆炸条件，我们能预报出不同距离处的力学、光学、地面放射性沾染以及放射性烟云的浓度和走向……"

之后便是全所大调整，按研究室和项目组各就各位。七个研究室都工作和居住在马蹄楼内，一室、二室、四室和六室住在一层；五室、三室和七室住在二层，三室住东半部、七室住西半部、五室住中间。因为人多房间少，除了各室领导有单独的办公室外，其他各组的房间，既是办公室又是宿舍。每四人住一个房间，两个人一张办公桌。

七室按组调整房间，201房间成了飞机取样队宿舍兼办公室，202房间成了火炮取样队的宿舍兼办公室。分组后，有人欢喜有人愁：专业对口的，如愿以偿，自然欢喜；专业离谱的，用非所学，自然愁闷。

在201房间里，林清泉、陈南、肖亮各自在铺床，孙宝山抱着铺盖卷进屋一看，气得一下子把铺盖卷往地上一摔，阴沉着脸说："你们三个人把好位置都占了，就给我留一张靠门口的床?！我要靠里边靠窗户的！"三人同时转过身看孙宝山。"宝山同志，"林清泉温和地说，"你别生气，咱俩换换。"说完，抱起自己的行李放到靠门口的那张床上，又抱起孙宝山丢在地上的行李放在他刚让出来的靠窗口的床上，又去铺自己的床。孙宝山一边铺床一边冷言冷语："当官的嘛，就该吃苦在前，享受在后。"清泉说："宝山同志，山中无老虎，猴子称大王。我这个队长实在是勉为其难哪！队长就像连队里的一个小班长，只不过是一个带领战士们冲锋陷阵的小头目而已，可不是什么官呀！"孙宝山阴阳怪气地说："一个新兵蛋子，不系风纪扣，左肩扛枪，不是出洋相，就是为了出风头。这样的人居然还能当队长！"清泉一听来者不善，没再理睬他。为了缓和紧张气氛，机灵的肖亮开玩笑道："林队长，我这个战士，一定跟着你这个小班长冲锋陷阵！"清泉诚恳地说："谢谢你，肖亮，谢谢你对我工作的支持！从今以后，咱们四个人就成了采蘑菇云的人了，成了一个战壕里的战友了，我们不仅睡在一起、吃在一起，还要战斗在一起！"孙宝山恼火地说："我可不想当采蘑菇云的人！我是学无线电技术的，既不是学火炮的，也不是学取样的！"肖亮说："我还是学化工的呢，不是也分到这儿来了吗？"宝山说："肖亮，你是中专生，专业对口不对口无所谓；我可是大学生，专业不对口就毁了我一生的前途！"陈南嘟囔着："就你的前途值钱，别人的前途

都不值钱。"

肖亮不满地说:"孙宝山,你瞧不起我们中专生是不是?我虽然没有你的学历高,但只要我肯努力,工作起来就未必比你差!"林清泉说:"孙宝山,就你一个人专业不对口吗?飞机取样队的同志有谁是专业对口的?!我们火炮取样队又有谁是专业对口的?!要是人人强调专业对口,那飞机取样工作谁来干?!那火炮取样工作谁来干?!"孙宝山说:"专业对口只是问题的一个方面,最可怕的是放射性问题!搞取样就要长年和蘑菇云打交道,那可就是和魔鬼打交道呀!我一听说放射性就毛骨悚然!"

"其实,放射性不是洪水猛兽,并不可怕。"清泉说,"只要你学点放射性防护知识,你就知道如何对付放射性了。"

"你不怕,我怕!"孙宝山激动地说,"队长,你去和路主任说说,给我调换工作!"

"宝山同志,"清泉好言相劝,"我劝你还是服从组织分配吧,别给组织上添麻烦。"

宝山出言不逊:"我是个老兵,用不着你这个新兵蛋子来教训我!"

清泉心平气和地说:"不是教训,是奉劝。你要找主任你自己去,我可不给你当枪使!"

宝山气哼哼地说:"去就去,你以为我不敢?!"说完把门"砰"地一摔,扬长而去。

路雨声办公室的门"嗵"的一声被推开了,孙宝山一头闯了进去。

路雨声气得火冒三丈,说:"孙宝山!你给我出去!老兵了,一点儿规矩都不懂!"

"是!"孙宝山这才明白,由于自己的一时冲动,莽撞地闯进首长办公室是失礼,便赶紧退出办公室并带上了门,然后站在门外大声喊:"报告!"当听到从屋里传出"请进"的命令后,他方轻轻推开门进了办公室,规规矩矩地站在主任面前。

"孙宝山,你找我有什么事?说吧!"

"主任,我请求调换工作!"

"什么理由?"

"第一,专业不对口,我是学无线电的,既不是学火炮的,也不是学取样的,我胜任不了这项工作;第二,我对放射性一窍不通,一听放射性就过敏,浑身打哆嗦。听人说,接触放射性的人,轻者恶心、呕吐、掉头发、不生孩子;重者,那后果就不堪设想了!"

"简直是耸人听闻!这都是一些根本不懂放射性的人以讹传讹,你怎么也相信呢?这个问题三言两语我也跟你说不清楚,你去请教你的队长吧!"

"主任,我谁也不请教,我就要求调换工作!"

"工作分配问题是经过室党委讨论决定的,我们尽可能使大多数同志都能专业对口。但是,由于工作需要,还有一部分同志就得用非所学,最典型的就是取样队。你是从军校来的老兵了,应该懂得一切行动听指挥,请你带头服从组织决定!"

"那你为什么让林清泉当队长,不让我当?我哪一点儿不比他强?他是新兵,我是老兵;他父亲是农民,我父亲是将军。"

"就凭你这一番话,你就不够资格当队长!既然如此,我也把你们俩对比一下:他自觉服从组织分配,你却闹着要调换工作;他团结同志,谦虚谨慎,你却趾高气扬,盛气凌人；他以优异的成绩毕业，你却有好几门功课不及格，只是一个肄业生！"

孙宝山万万没想到这位主任不但不买张政委和他爸爸的账，还竟然当面揭他的短，脸涨得通红，半晌说不出话来。少顷，他决心打出他的王牌，说："那我到所里找张政委去！"

"你可以去。但是我要奉劝你，别再给张政委添麻烦，要不是张政委看在你父亲是他老战友的分上，根本就不想要你！请你为张政委和你父亲争光，别给他们丢脸！"孙宝山气得一摔门，径直走了！

孙宝山之所以如此狂妄，是因为他父亲是省军区司令员，张政委是他父亲的老战友，自己又是老兵。由于母亲对他的溺爱，从小就养尊处优，惯成了狂妄自大的毛病。上了大学，就更觉得了不起了，瞧不起工农子弟，学习不上进，却学会了抽烟、喝酒、追女同学，因此学习越来越差，最后混成一个肄业生。

孙宝山去找主任要求换工作，不但工作没换成，还被主任训了一顿，窝了一肚子火，连晚饭都没到食堂吃，一个人到饭馆借酒浇愁去了。

黄昏时分，学员们三个一群两个一伙地在操场上散步。林清泉、李保国和马文超，肩并肩地溜达过来。

"马文超，咱们三个老同学，就你最幸运了，学核物理搞核物理，专业十分对口。我和林清泉搞取样，完全是南辕北辙，背道而驰嘛！"李保国说。

"说实在的，我还挺羡慕你们呢！目前，包括我们中国在内，全世界搞核爆炸烟云取样的只有五个国家；在中国，搞核爆炸烟云取样的也只有你们取样队一家，你们可是蝎子尾巴——独一处啊！自豪吧！骄傲吧！我的老同学。"马文超一番高论。

"精彩！说得精彩！"林清泉一声喝彩，"一张白纸，好写最新最美的文字，好画最新最美的图画！"

"哟！谁有这么大的雄心壮志呀？！"一个人惊喜地问。

"还能有谁呀？敢左肩扛枪的兵呗！"一个人挖苦地说。

林清泉举目一望，迎面走过来两个女学员，一个是夏彩虹，挖苦他的是方芳。方芳，一个浓眉大眼、眼睛又黑又亮、瓜子脸、肤色黝黑的女学员。因为她长得黑，还演过藏族姑娘，所以男学员们背后叫她藏族姑娘。

"我还以为是小夏在揭我的短呢，原来还是我们的藏族姑娘呀！"林清泉回击道。

"下一次联欢会，我不跟肖亮一起演《逛新城》了，我想跟你一同跳《采茶扑蝶》舞，队长阁下，肯赏光吗？"方芳凝视着他问。

李保国被这个美貌开朗的黑姑娘吸引了，便毛遂自荐说："我跳得不比林清泉差。小方，下次我跟你一起跳《采茶扑蝶》舞吧。"

方芳上下打量打量李保国，像导演一样用挑剔的眼光看着他，说："你嘛，相貌、身材、个头，还可以，就是你这副眼镜挡住了你不少的光彩。"

"跳舞时，我把眼镜摘了！"

"近视眼摘了眼镜，那你的眼睛就更无神了！"

"小方，你不跟我跳就罢了，何必对我评头论足的呢？！再见吧！"话不投机半句

多,自尊心受到伤害的李保国生气地走了。

"大男子汉,小心眼!"

"小方,你说话也太直了,连个弯儿都不会拐,谁受得了你呀!"夏彩虹批评方芳。

方芳不但不恼,反而爽朗地笑起来,一个率直、开朗、大大咧咧的东北大姑娘。

"林清泉,"夏彩虹问,"这几天,你这个队长当得怎么样啊?"

"哎——"林清泉长叹一声,"不好当呀!"

一天夜里,北京纷纷扬扬地飘下一场大雪来,地白了,树白了,屋顶白了,到处都一片洁白。七室会议室里,路雨声给取样队员们讲了一个取样的故事:

1952年11月1日,美国进行了世界上首次氢弹原理性试验。实验装置用液态氘做聚变核装料,总重量达65吨,因此试验只能在地面上进行。这种庞大笨重的装置根本不能作为武器用!

1953年8月12日,苏联从飞机上投下了第一颗氢弹。美国立即出动多架飞机收集到了这颗氢弹爆炸后所产生的全球环流样品,并对这些样品进行了放射化学分析。分析结果令美国人大吃一惊:原来苏联用的聚变材料不是液体核燃料,而是固体核燃料氘化锂。美国科学家经过研究,终于揭开了用氘化锂做聚变核材料的奥秘。于是,美国便把这种先进技术学到手。

取样队员们兴趣盎然地听完了这个故事,悟到了取样在核试验中的重要性。

接着,路雨声给他们布置任务:"根据所里制订的总体测试方案,采用伊尔-12运输机携带苏-138型取样器实施飞机取样,采用122加农炮发射特制的取样炮弹实施火炮取样。要完成核爆炸烟云取样任务,并不像有人说的那样,只要头脑简单四肢发达就可以了。烟云的发展变化规律是怎么样的?烟云中放射性物质是怎么样分布的?用何种材料收集样品?如何设计取样器?使用何种运载工具?这一系列问题都等待你们去研究,去探索!"

路雨声给取样队布置完任务,又给核化学组和核物理组布置任务:"大家都知道,我们这个刚刚组建的研究所,还是一穷二白呀!没有仪器设备,没有实验室。可是,搞核化学也好,搞核物理也好,没有实验室那就只能是纸上谈兵。我报告大家一个好消息,原子能研究所的钱三强所长已经答应为我们长期培训一批放化分析人才,直到我们建立起自己的实验室为止。你们可以长期住在原子能研究所里,一边学习,一边工作,一边执行任务。请你们打点好自己的行装,明天所里就派车把你们送到原子能所去,但是只准穿便衣,不许穿军装。"

三室会议室里,室主任吕启明在给链式反应组布置任务:"当原子弹起爆之后,核裂变过程的链式反应随即就开始了,同时释放出大量的瞬发中子、瞬发γ射线和巨大的能量,直至产生核爆炸。这个时间极短,需要采用纳秒测量技术。你们这个组的任务,就是通过测量瞬发γ射线,测量出核裂变过程曲线,为核武器的鉴定和改进提供有力的科学依据。测量纳秒信号的原理并不复杂,搞核物理的人都懂。但是,测量纳秒信号是极其困难的,我们需要响应时间极快的闪烁晶体、光电倍增管、高速示波器和高速照相机。这几种急需的产品,由于西方国家的封锁,苏联的背信弃义,我们国家尚没有生产能力,目前还没有完全解决。党中央、国务院正在动员各方面的力量,积极帮助我们解决这些问题。原子能研究所正在研制我们所需要的高速示波器,北京核仪器厂正在研制闪烁晶体,外交部正在通过各种渠道为我们搞到英国产的光电倍增管和德国产的莱伊卡照相机。"

之后,吕启明给地面沾染组布置任务:"地面沾染组的任务是用无线遥测手段监测广大放射性沾染区的γ射线剂量率,确定沾染水平及其衰减规律。目前,中国人民解放军总参谋部(简称"总参"或者"总参谋部")防化研究所正在为我们研制γ射线探测器,军事通信技术研究所正在为我们研制无线遥测设备。"

任务明确之后,全所各个项目组紧锣密鼓地行动起来,调研、讨论和制订测量方案。进行任何研究课题,都要先从调研开始。在静悄悄的图书馆里,一些人从书架上查找图书。林清泉、陈南、肖亮各自站在一个书架前浏览着,不时拿下一本书翻翻,然后又放回原处。清泉眼前突然一亮,从书架上抽出一本《原子武器》。随后,陈南和肖亮每人也拿了一本。《原子武器》是由总参谋部翻译的苏联图书,属于秘密资料,只供内部使用。在另一个书架上,他们又各自拿了一本 *THE EFFECT OF NUCLEAR WEAPONS*。这本书是美国出版的原版书。这两本书就成了他们的主要参考资料。于是,他们便在办公室里日夜研读起来,并不时在保密本上做记录。他们从这些书中,学到了许多核试验的基本知识,受益匪浅。

一天夜里,林清泉、陈南和肖亮还在聚精会神地学习,独不见孙宝山。

孙宝山不仅觉得取样索然无味,也觉得大食堂的饭菜索然无味。这天晚上,他又跨进了通州饭庄的门槛,走到角落里一张无人的桌子旁坐下。一位年轻漂亮的女服务员拿着一本饭卡来到他面前,热情地问:"同志,您要点儿什么?"

"一个宫保鸡丁、一个糖醋鱼,再来半斤二锅头。"孙宝山熟练地点菜。"主食呢?""米饭一小碗。"女服务员边说边记:"一个宫保鸡丁、一个糖醋鱼,二锅头半斤,米饭一小碗。好,请您稍等,一会儿就到。"随后,她冲孙宝山妩媚一笑,转身离去。孙宝山目不转睛地看着她那飘然而去的背影,心里飘飘然起来,微微一笑,然后点燃一支烟,深深地吸了一口,缓缓地吐着烟圈。

转眼之间,酒到菜到,孙宝山自斟自饮起来,想起不顺心的事来,越加心烦意乱。借酒浇愁愁更愁嘛!不知不觉之间,菜盘一片狼藉,半斤酒只剩下一小杯,他已是醉眼蒙眬了。女服务员端着一小碗米饭放在桌上,说:"同志,您的米饭。"正要转身离开,孙宝山一把抓住她的手,语无伦次地说:"同……同志,你……你先别走,我……我好孤独,陪……陪我一会儿……"

"同志,请您放尊重点儿!"脸一下子飞红了的女服务员猛一甩手,吓得急忙跑走了。

"同……同志……你……你回来。"醉眼惺忪的孙宝山还在叫。

孙宝山在饭馆里的一时失态给自己惹下了不小的祸!

第二天上午,他就遭到政委郭臣严厉的批评:"孙宝山,这些日子你表现得很不好呀,非常令我失望!不服从组织分配,闹着调换工作;当组织上没有满足你的个人要求

时,你就消极对抗,成天泡蘑菇,不参加学习和工作。你泡谁呀?泡你自己!泡你的青春年华!"

孙宝山不但不做自我批评,还迁怒于他人:"准是林清泉告我的黑状!"

"这你可冤枉他了。他每天带领陈南和肖亮,看书、学习、查资料,根本就没有向组织上汇报你的问题。为这事,我还要批评他呢!""那你是怎么知道的?""你以为我是吃干饭的吗?不过,的确有人告你的状。""谁敢告我?""通州饭庄的党支部书记!""啊?!……"孙宝山吓傻了!

"这么大好的时机你不把它紧紧抓住,难道你就这样毁了你的美好青春吗?调戏妇女是要受军纪处分的,念你是酒后失态,处分就免了,但是,你必须写一份深刻的检讨!"

"政委,只要不给我处分,我一定深刻检讨自己,保证今后不犯类似的错误!"孙宝山像霜打的茄子一样——蔫了。

郭臣语重心长地说:"孙宝山,年轻人犯错误不怕,改了就是好同志。要珍爱自己的生命,要珍惜自己的青春,要珍爱自己的名誉。你看看,全所同志都在夜以继日地工作,你不要再闹情绪了,赶快参加到火热的工作中去吧!"

孙宝山犯了错误,那股张狂劲收敛了许多,说话也客气了许多。他回到办公室,见林清泉、陈南和肖亮正在讨论问题,便和颜悦色地说:"林队长,你们在讨论什么呢,我可以参加吗?"

清泉热情地说:"欢迎欢迎!我们正在讨论科委情报所调研取样文献的事。"

孙宝山问:"咱们所资料室不是有不少文献吗?"

"有是有,就是太少了,我们仨去查过了,关于取样的文献一篇都没有查到。"清泉说,"所以,明天我们到科委情报所去查,那里文献很多。飞机取样队的同志都去。"

"那我也去!"孙宝山表现出从来没有的热情。

第二天,飞机取样队和火炮取样队一同乘公共汽车从通县出发,在市内又换了几次汽车,才到了位于北京西郊的科委情报所。科学文献犹如浩瀚的大海,从中查找出自己所需要的文献来,就好比大海捞针。幸亏有许多情报资料人员,及时地把发表在各种科学杂志上的文章,写成文章摘要,汇编成文献索引,其中又分成主题索引和姓名索引,便于人们查找。在科委情报所文献检索室里,飞机取样队和火炮取样队的队员,每个人都在翻看《核科学文摘》,并在主题索引里想查出他们所需要的有关核试验取样的文献来。那时,只有美、英、苏、法等四国是进行核试验的国家。苏联和法国都守口如瓶,从不公开发表有关核试验的文章;英国有时稍微透一点风;美国不太在乎,他们把大量的可以解密的核试验资料公开发表出来。从美国的报纸上,飞机取样队员们获得了不少重要信息:"美国把飞机作为空中取样的主要运载工具。1954年2月28日和3月26日,美国在比基尼岛进行了两次千万吨级的热核装置试验,爆后不久曾派多架飞机穿过蘑菇云采集样品;1957年10月7日,美国在内华达核试验场进行的一次只有8 000吨的原子弹试验,竟然动用15架飞机取样。"由此可见,美国对样品是何等重视。

"英国对核爆炸样品也视为珍品。1953年10月26日,英国在一次只有千吨级的塔爆后,曾出动两架B-29轰炸机取样;1956年5月16日,在又一次只有千吨级的原子弹爆炸后立即派出四架飞机收集样品。"

从原子能研究所提供的一份内部报告中，他们获知："苏联对自己的核试验信息实行严格保密，然而他们对别国的试验情报却极感兴趣，千方百计地去获取。1956年夏，美国在比基尼岛连续两次进行了威力巨大的氢弹试验。苏联为了获取美国核武器的信息，派了一个由120人和四架飞机组成的取样团来到我国南方某地，以采集美国氢弹试验后的大气层环流样品。他们用的飞机取样器是138型，其直径为800毫米，长度为3米。他们用的过滤材料是用过氯乙烯超细纤维制成的，其型号为Φпп–15。"

他们还获悉："我国空军从苏方购买了四台138型取样器，完全可以用在首次核试验上；北京造纸厂仿制苏联Φпп–15的过滤材料1号滤布，也完全可以用在首次核试验上。飞机取样器和过滤材料解决了，飞机取样问题就解决了一大半。"

调研告一段落后，取样队员们又开始了考察工作。

林清泉带领他的火炮取样队，冒着严寒来到北京军区某炮兵连。炮兵阵地上，整齐地排列着一排122加农炮。在一门122加农炮旁，炮兵连连长为他们讲解。

金振兴带领他的飞机取样队来到了北京南苑机场。在冰天雪地的南苑机场上，一个停机坪上停着一架伊尔–12运输机。一位空军上尉向他们介绍："伊尔–12飞机，它的航速是每小时300公里，升限是7 000米。"然后，他又带领他们上了飞机，在机舱里参观、考察。

考察结束后，飞机取样队和火炮取样队分别制订了飞机和火炮的取样方案，然后就向程所长汇报。在研究所会议室里，前排坐着程开甲、路雨声、计划科科长靳心田上尉和中尉参谋唐峰。后面是取样队队员们。

金振兴汇报："我们选用伊尔–12运输机携带两个138型取样器进行取样。过滤材料选用国产1号滤布。机舱右侧安装一台γ射线剂量仪，由一名剂量监督员负责操作和记录。机舱左侧装一台取样器控制台，以控制取样器的进气口阀门的打开和关闭，由一名控制员负责操作。剂量仪由总参防化研究所研制。控制器由西安飞机厂研制。首次核试验任务，剂量监督员由郑茂功担任，控制员由我亲自担任。"

"好！"路雨声一声喝彩，"你们两个都是党员，党员就应该起模范带头作用，越是艰险越向前！"

之后，林清泉汇报："这次任务，我们选用122加农炮作取样炮弹的运载工具，因为这种炮弹的口径大，能容纳一顶小取样伞。我们的炮弹是一种特殊的炮弹，在炮弹头内不装炸药，而装一顶用1号滤布特制的小降落伞。这种小降落伞我们就叫它取样伞。核爆炸后，数门大炮一齐朝蘑菇云发射炮弹，当炮弹到达顶点时，将炮伞抛射出来，炮伞在烟云里的降落过程中，就把烟云中的粒子样品采集到滤布上，完成了取样。根据这次任务对炮伞取样量的要求，我们共需要四门122加农炮。炮兵阵地设在爆心西北11公里的地方。为了人员的安全，在阵地上要建一个人员隐蔽工号；为了大炮的安全，要给每门大炮建一个掩体。我的汇报完了，谢谢大家。"

路雨声请示："程副所长，请您对这两个方案发表意见。"

程开甲说："我看两个方案都可行，就照这样干吧！咱们现在是摸着石头过河，出

现这样那样的问题在所难免。取样工作需要开展广泛的合作，其中涉及空军、炮兵、飞机制造厂和兵工厂等多家单位。靳科长，请计划科帮助他们把所有外协工作落实好。"

靳心田回答："是！"

过年了，城市在过年，乡村在过年，军队也在过年。通县军营食堂里，100多个军人齐聚一堂，正在进行除夕大会餐，敬酒声、祝贺声、说笑声，此起彼伏，一阵接一阵。火炮队的林清泉、陈南、肖亮和孙宝山与飞机队的金振兴、李保国、郑茂功和李海生共聚一桌。

肖亮童心未泯，提议道："以前在家里，年三十夜里都要玩个通宵；今天在部队里，我们也要玩个通宵。"

李保国问："那玩什么呢？"

郑茂功说："玩扑克，打升级的。我们飞机的跟他们火炮的分两伙搞对抗赛。"

林清泉提出质疑："我觉得，郑茂功说的这个玩法有问题。"

郑茂功不解地问："有什么问题？"

林清泉解释："如果这会我们赢了，那会你们赢了，你说是火炮的赢了飞机的呢，还是飞机的赢了火炮的呢？"

郑茂功问："那你说该怎么玩？"

林清泉抛出第一个主意："不分两伙就得了嘛，咱们两个队的人交错坐在一个牌桌周围一块打，那结果不就只有一个了嘛！"

李保国说："八个人玩一副牌，那牌也太少了！"

林清泉抛出第二个主意："很简单，把两副扑克牌放在一块打就是了嘛！"

李保国说："老同学呀老同学，你的鬼点子怎么又冒出来了呢？"

肖亮说："他是喝酒喝出灵感来了。"

郑茂功问："那咱们赢什么呢？"

林清泉说："赢酒的。不过，咱们是赢了的请输了的喝酒。"

众人同时瞪着一双诧异的眼睛看着他，异口同声地问："为什么？！"

林清泉说："诸位，不要大惊小怪，听我慢慢道来。赢了的自然高兴，输了的有人请酒喝，当然也高兴了。过年了，赢了的和输了的都高兴，何乐而不为呢？"

肖亮说："我的队长，你可真能独出心裁呀！"

金振兴说："你们这个队长都成了独出心裁的专家了，什么左肩扛枪呀，什么八个人一起打扑克呀，什么赢了的请输了的喝酒呀。"

一桌人哈哈大笑起来。在笑声中，鞭炮声此起彼伏地响起来……

第三章　走进罗布泊

新疆东部有一个著名的湖泊叫罗布泊。罗布泊是一个季节性咸水湖，湖水浅，湖面变化极大。新疆中部有一个著名的湖泊叫博斯腾湖，博斯腾湖是本区最大的淡水湖，湖水深，湖面大。把这两个湖泊像纽带一样连接在一起的是一条河，一条蜿蜒于千里戈壁上的孔雀河，孔雀河把博斯腾湖的水源源不断地送入罗布泊，才使罗布泊有了勃勃生机。罗布泊西北地区、孔雀河北岸是一片辽阔、平坦的戈壁滩，这是一片不毛之地，没有水也没有草，也没有飞鸟，方圆几百公里无人烟，荒凉得不能再荒凉。荒凉的戈壁滩自有它的用武之地。1958年，中国即将进行的一项伟大工程，一项类似于美国的曼哈顿工程的工程，一位类似于美国的罗福斯将军的中国将军正在到处寻找荒凉。

1958年8月，国防部任命张蕴钰少将为中国核试基地第一任司令员，祖国把一副沉重的担子压在他的肩头。1958年12月，张蕴钰率领一支勘察大队开进罗布泊地区进行核试验场的勘察、定点。1959年3月，在罗布泊西北、孔雀河畔的一片辽阔平坦的戈壁滩上，勘察大队打下了第一个定位木桩，从而确定了中国第一次核试验的中心。1959年4月，勘察大队在博斯腾湖畔一片戈壁绿洲上，打下了第二个木桩，从而确定了核试验基地大本营的位置，并给这个地方取了一个富有诗意的名字——马兰。马兰在乌什塔拉村以南五公里之处，靠近南疆公路，交通十分方便。1959年6月，中国核试基地在马兰正式成立，部队代号是中国人民解放军8023部队。

从1959年4月起，受总参谋部之命，从各军兵种调入核试验基地的部队陆续到达马兰，其中有工程兵团、汽车团、警卫团、医院等单位。除此之外，新疆军区还派遣2 000多名新兵支援核试验基地的建设。从此，核试验基地群英荟萃、人才济济、兵强马壮。在张蕴钰司令员的领导下，核试验基地开始了大规模建设。到1962年年底，基地修筑了马兰至场区的一条300多公里长的公路——通京路，架设了酒泉—乌鲁木齐—马兰—场区的通信线路，建成了马兰机场，在红山修建了"八一"水库，等等。从

1963年年初开始，核试验基地转入试验场的建设。首先选定了地爆和空爆试验中心，两个中心相距只有四公里多；在地爆中心修建了一座100多米高的铁塔；在地爆中心西20公里左右的气象大沟边上，修建了核试验控制中心——A主控站，这是一座大型地下工号；围绕着地爆中心，还修建了分控站、各种测量站、照相站以及各种效应工程。直到1964春，这些工程还在紧锣密鼓地加紧施工，迎接即将到来的中国首次核试验。

春节的欢乐声刚刚消失，研究所里的青年军官们又生龙活虎般地行动起来了。一室，有的在设计超压探头，有的在设计动压探头，有的在设计压力自记仪；二室，有的在设计光冲量探头，有的在调试光学经纬仪；三室，有的在设计γ射线探测器，有的在设计中子探测器；五室，有的在计算力学数据，有的在计算光学数据，有的在计算地面放射性沾染数据。另外，二室的一部分同志到中国科学院长春光学精密机械与物理研究所（简称"长春光机所"）学习高速相机的使用，三室的无线遥测组到成都总参通信技术研究所去学习和验收无线遥测设备，四室的一部分同志到石家庄19所去参加核爆炸控制台的研制，七室的核化学组和核物理组到原子能研究所学习。

火炮取样队在把122加农炮炮弹改装成取样炮弹的方案确定之后，林清泉和肖亮带着设计草图到沈阳某兵工厂加工生产他们的特殊炮弹，陈南和孙宝山到所里的加工厂加工炮伞分装所需要的设备和工具。

飞机取样队在把飞机取样方案确定之后，金振兴和郑茂功到西安三机部（简称"三机部"）172厂参加651发动机的试飞，李保国和李海生则到所里的加工厂加工飞机取样器的拆卸工具和分装工具。

器材处的军官们忙得脚打后脑勺子，有的在北京，有的到外地，采购核试验所需要的各种各样的物资和器材。

为了中国的首次核试验，全所数百人人人都在忙，没有一个人不尽心尽力。

1964年5月，研究所派出的各路人马胜利而归了，无线遥测组从成都回来了，火炮队从沈阳回来了，飞机队从西安回来了，光学组从长春回来了，控制组从石家庄也回来了。全所50来个项目组准备工作已基本就绪，于是所里命令各单位立即进行进场器材的装箱。

马蹄楼中间的天井，宽敞、封闭，是装箱的理想场地。这里，到处堆积着木屑、纸屑、海绵、空木箱和箱盖等包装器材；这里，到处都是忙忙碌碌的装箱人，到处都响着"咚咚咚"、"当当当"的钉箱子声音。他们把装好的木箱，先用几道粗铁丝拧紧，再捆几道草绳，防松、防震，无论车辆如何颠簸，木箱都不会散架。装完的木箱一律用毛笔蘸着墨汁在上面和侧面写上箱子的编号。真可谓是周到细致，一丝不苟。

装箱工作完毕之后，又马不停蹄地开始装车，一辆接一辆装满包装箱的卡车，驶出研究所的大门，奔向通县火车站。在车站的站台上，三步一岗五步一哨，警卫森严。铁路上停靠着一列专列，一些人负责在卡车上卸车，一些人则在车厢里负责装车，一个个累得汗流浃背、气喘吁吁。

当夜，一列满载核试验物资的专列离开通县站，离开北京，奔赴新疆。每节车厢里都有两个押运人员。参加押运任务的主要是来自军校的学员，郑茂功和陈南负责押运七室那节车皮，赵万林和高升则负责押运三室那节车皮。

第三章　走进罗布泊

　　研究所的核试验物资已经发走了，紧张了半年多的全所官兵终于松了一口气，可以放松一下了。他们可以逛逛公园了，可以逛逛商店了。之后，他们打点行装，准备出发。

　　研究所第一批进场的行军小分队列队站在马蹄楼中间的天井里，其中有郭臣带队的七室的飞机取样队和火炮取样队、有吕启明带队的三室的链式动力学组和无线遥测组。行军小分队由于学前带队，由刘干事协助他工作。刘干事整理好队伍，请于学前讲话。于学前来到队伍面前，敬礼，讲话："同志们，我们这支由80人组成的第一批进场行军小分队，明天就出发了！现在我宣布所里规定的几条纪律，请同志们务必严格遵守！……"队伍鸦雀无声，聚精会神地听着。

　　"这几条纪律归纳起来就是四不准。在执行任务时，一不准以任何方式向任何人透露我们的出发时间、目的地和任务；二不准通信和打电话；三不准任何人擅自行动；四不准任何人以任何方式谈情说爱。"大家听了，一个个瞠目结舌。

　　"再有，行军途中无论出现什么问题，请各单位负责人立即向我汇报。"

　　第二天早晨，研究所第一批进场的行军小分队到了北京火车站。站内，一列从北京开往西安的旅客列车停靠在第一站台旁，硬座车厢在前部，硬卧车厢在后部。在最后一节硬卧车厢旁，一位大尉车站军代表带领着两位警卫战士和几位铁路职工在周围警戒，不时驱赶着跑过来的旅客。于学前指挥郭臣带领的七室飞机取样队和火炮取样队从前门上了车，刘干事指挥吕启明带领的三室无线遥测组和链式动力学组从后门上了车。这节加挂在本次列车尾部的专车与普通硬卧车厢不同，是具有80个铺位的新式车厢，在车厢侧面的行李架下，加了20个中、下铺。军官们上车后，找到自己的铺位，放好自己的手提包、挎包和水壶，脱下衣帽挂在衣帽钩上，穿着白衬衣坐下，望着窗外。

　　开车铃声响后，列车缓缓地启动了，担任警戒的军代表、警卫战士和铁路职工挥手，和车厢里神秘的旅客告别。望着那渐渐远去的列车，人人都心存不少解不开的谜：这支神秘的部队是上哪里去呀？他们究竟去干什么呀？……

　　列车出了北京，过了保定，奔驰在一望无际的华北大平原上。田野里，麦浪滚滚，一片金黄，一派丰收的景象，社员们顶着烈日挥舞着小镰刀在收割小麦。

　　列车跨过黄河，过了郑州，过了临潼，徐徐驶进古城西安，停靠在西安站的第一股道上。一位大尉车站军代表、两名警卫战士和几位铁路职工立即将那节专车警戒起来。旅客都下光了以后，列车甩下最后那节专车开走了。这时一辆机车喷着白烟倒退着朝专车开了过来，当靠近专车时，从车上跳下一个运转车长来。他摇晃着手中的红绿旗，指挥着机车挂车，只听"咣啷啷啷"一阵响，机车挂上了那节专车。运转车长又摇晃了几下手中的红绿旗，随后登上专车尾部的车梯，机车开走了。机车带着一节专车驶进第三股道。这股车道上，正停靠着一列从西安开往乌鲁木齐的69次特快列车。运转车长又指挥着机车将那节专车加挂在69次特快列车的尾部。开车的铃声响了，站在专车尾部的运转车长，面对车头摇了几圈他手中的红绿旗，然后从车尾部的车梯上了车。列车徐徐地开出了西安站，跨过渭河大桥，过了咸阳，奔驰在八百里秦川上。

　　行军小分队在列车上的友谊比赛开始了。有参加比赛的，也有围观看热闹的；有观

棋不语的，也有支招的；有默不作声的，也有吵吵嚷嚷的，车厢里的嘈杂声胜过了车轮的"隆隆"声。在一个单元里，林清泉、肖亮与夏彩虹、方芳正在进行扑克比赛，打的是升级。夏彩虹把一把牌往茶几上一放，说："甩五张红桃！"林清泉和肖亮一看，全傻了眼。"我们赢啦！我们赢啦！"方芳高兴得又欢呼又鼓掌。

客车从秦岭山中的一个隧道里钻出来，行驶在渭河边上。战败了的林清泉和肖亮从车厢里走出来，脸朝后站在本次列车的最后部，兴趣盎然地欣赏着沿路风光。金黄的麦浪和正在收割麦子的社员们，绿树掩映的村庄，绿油油的庄稼，不断在他们眼前闪过。如同两条无限长的平行线似的两条铁轨消失在远方，又不断从车轮下流出来。

"队长，咱们两个高手竟然输给了两个女同胞，你不觉得遗憾吗？"

"今天，她们俩的手气比我们俩的格外得好，她们俩赢了理所当然，没什么。"

"不全是吧！今天打牌，我看你常常出错牌，卖个破绽给她们，有意让她们赢。"

"游戏这东西，只图个快乐，何必在乎输赢呢？看女同志笑脸总比看她们哭丧着的脸强吧？你看方芳那个高兴劲儿，难道你不快乐吗？"

"队长，你真是懂得游戏的真谛呀，什么赢了的请输了的喝酒呀，什么有意让对手赢呀。我看你呀，都成了弥勒佛了。"

"弥勒佛是大肚子，可我这肚子瘪瘪的，惭愧惭愧。"

肖亮哈哈大笑。

"解放军同志，你笑什么呢？"突然，二人背后传来一声问。

二人转过身来，望着这位站在他们面前的一位中年男人：他，身穿一身铁路制服，手拿着一对红绿旗，原来是运转车长。

肖亮说："他嫌他肚子瘪瘪的，成不了弥勒佛。"

车长说："快乐的解放军同志，你们是从哪儿来到哪儿去呀？"

肖亮说："我们是从东土大唐而来，往西天取经去也！"

"噢——保密！"车长恍然大悟，说，"怪不得你们这节专车这么神秘呢，前门有人把守，不许任何人进；后门还有人把守，连我这个运转车长也不能进去坐一坐；每到大站停车，车站上还得给你们设警戒保护你们。你们又不是什么大首长，只不过是一些嘴巴子还没长毛的小军官罢了。国家干吗像爱护宝贝一样地保护你们呀？"

清泉装糊涂，说："我们也感到奇怪呢。"

车长说："你们这些小军官，不简单，很不简单呀！"

清泉回敬道："我们只不过是一些嘴巴子还没长毛的小军官罢了，有什么不简单的。"

车长也不甘拜下风，说："你们俩跟我打哈哈也骗不了我的眼睛。我猜你们一定是去为国家干一件机密大事的！"

肖亮笑道："嘴巴子没毛，办事不牢。我们这些小军官能干什么大事呀？"

车长笑道："解放军同志，你怎么抓住我的小辫子不放啊？"三人同时开怀大笑，笑声淹没了"隆隆"的车轮声。在笑声中，客车又钻进秦岭山中的一个隧道……

日落日出，一天过去，一天又来。列车过了兰州，"轰隆轰隆"地奔驰在荒凉的河西走廊上。窗外是满目荒凉的山，窗内是满目热情洋溢与朝气蓬勃的脸。刘干事站在车厢中间，声音洪亮地说："我宣布，列车联欢会，现在开始！"

方芳报幕："第一个节目：《我为祖国献石油》，演唱，马文超；手风琴伴奏，黄山。掌声欢迎！"随着一阵热烈的掌声，马文超和黄山走到车厢中间，黄山拉起了手风琴，马文超引吭高歌。马文超浑厚有力的男中音赢得了一片热烈的掌声。

方芳又报幕："第二个节目：《毛主席的战士最听党的话》，演唱，肖亮；手风琴伴奏，黄山。掌声欢迎！"在一片掌声中，肖亮走上前来，随着悠扬的手风琴声唱起来。肖亮的歌声，激起了掌声一片。

火车拉着一路歌声、笑声和掌声，渐渐远去……

火红的太阳冉冉升起，朝霞灿烂。69次列车过了红柳河便进入新疆境地，疾驶在茫茫的戈壁滩上。取样队员们一面欣赏着沿路的戈壁风光一面议论。

李保国感慨地说："咱们从北京出发，一路上经过河北、河南、陕西、甘肃五个大省，才到达新疆。现在我才切身体会到，我们的祖国是多么的辽阔广大啦！"

林清泉自豪地说："新疆的面积最大，甚至比许多国家的领土面积都大！"

孙宝山不以为然地说："除了戈壁滩就是戈壁滩，净是些不毛之地，大有什么用！"

李保国反驳道："不毛之地有不毛之地的用途。法国没有不毛之地，所以不得不在非洲的撒哈拉大沙漠上搞核试验；英国没有不毛之地，所以英国的所有核试验都是在国外进行的，有的在澳大利亚，有的在太平洋上的圣地岛，有的还在美国的内华达试验场。新疆的不毛之地正是我国的理想核试验场。"

车过了哈密，过了鄯善，依然奔驰在茫茫戈壁滩上。这时，列车广播："旅客同志们，吐鲁番车站马上就要到了，有在吐鲁番站下车的旅客，请准备下车。"随后放松歌曲《我们新疆好地方》。在优美的歌声中，火车抵达吐鲁番车站。小分队在刘干事的带领下下了火车，他们终于踏上了这片神秘的土地。骄阳依然似火，照耀着吐鲁番车站，火辣辣的阳光，热乎乎的空气，这是戈壁滩给他们的第一个下马威。小分队排着队出了车站，来到站前广场。广场上，停靠着两辆解放牌大卡车和一辆五座吉普车，这是基地派来接他们的车。在于学前的指挥下，郭臣、吕启明几位领导干部登上了吉普车。在刘干事的指挥下，小分队分别上了两辆卡车。照顾女同志，夏彩虹和方芳等四个女同志被请进了驾驶室，男同志一律站大厢板。

车开走了，穿过这个位于铁路路北的戈壁小镇，展现在他们面前的是一个荒凉的、灰秃秃的、没有树、没有草的小镇，一个在内地从来没见过的小镇。这个小镇其实不叫吐鲁番，而叫大河沿，吐鲁番远在大河沿东南四五十公里之处。吐鲁番站是新疆通往南疆的一个重要中转站，从内地源源不断运进来的各种物资从这里通过南疆公路源源不断地运进南疆各地——马兰、库尔勒、阿克苏、和田、喀什等，同时从南疆各地运过来的各种物资又通过吐鲁番站源源不断地运进内地。核试验基地成立后，在大河沿建了部队招待所、专用铁路线和专用仓库，同时还设立了办事处和装卸连。进入1964年，吐鲁番站日益繁忙起来，每天都有大批核试验物资用火车运进来，又有大批物资用汽车运往马兰。

三辆车出了大河沿，奔驰在南疆公路上。前一辆卡车上站着刘干事、黄山和庄家栋

等人，后一辆卡车上站着金振兴、李保国、李海生、孙宝山、林清泉和肖亮等人，而林清泉和肖亮站在最后面。汽车颠簸地行进在搓板路上，后面拖着一条滚滚黄尘，活像一条黄色的尾巴。飞转的车轮不时扬起阵阵尘沙，不断袭击着车上的人们，一股尘沙袭来，有的人本能地闭上了双眼，有的人急忙地扭过脸躲避着飞沙扬尘。但尘沙还是不时扑面而来，脸上的灰尘越积越多，越积越厚。这是戈壁滩给他们的第二个下马威。

托克逊离大河沿只有四五十公里，行车一个多小时就到了。黄昏时分，一片戈壁绿洲映入人们的眼帘。有人兴奋地叫道："托克逊到啦！托克逊到啦！"车上的人都欢呼起来。第一次见到戈壁绿洲，令这些初来乍到的青年军官们心旷神怡、心花怒放。绿洲越来越近、越来越清晰，车队终于驶入一条林荫道，路两旁有林立的树木、有碧绿的玉米地、有绿油油的麦田。车队在林荫道上行驶不远，便拐进了路旁的托克逊兵站停车场。托克逊兵站在托克逊县城的最北端，离县城还有好几公里。三辆车刚停住，站在卡车上的军人们纷纷从车上跳下来，摘下帽子，打扫自己身上的尘沙。夏彩虹和方芳来到林清泉和肖亮面前，一看二位的尊容：一层尘沙盖住了他们年轻英俊的脸，只有两双大眼睛还在忽闪忽闪地闪动，不由"咯咯"笑起来。"哟，这两位是谁呀？是刚从土里钻出来的土地爷吗？"夏彩虹问。"好像是铁扇公主手下的两个妖怪。"方芳取笑道。"哇——"肖亮大叫一声，像个妖怪一样张牙舞爪地扑向方芳，"我要吃了你！吃了你这个细皮嫩肉的小丫头，我好长生不老！"吓得方芳急忙躲在夏彩虹身后。夏彩虹递给林清泉一条手绢，说："老同学，快擦擦你的脸吧。""谢谢你，小夏。"清泉谢绝道，"就是10条手绢，也擦不净我满脸的灰尘，还是到兵站里洗洗吧。"

于是，他们随着人流，出了停车场，走进托克逊兵站大院。大院中间有一个露天盥洗池。这个盥洗池像一盘磨，周围一圈布满了水管，水从水管里不断自动流出来，流进下面环形水台里，从水台里的排水口流入地上的水槽里，从水槽里流进一条水沟里，从水沟里流进田野里。这是一种当地的自流井，不用水泵，水就能从地下自动流出来，井水清澈透明，凉瓦瓦的、甜丝丝的。这是戈壁滩上的一种奇特的自然景观。行军小分队的到来，顿时使这个兵站活跃起来，有的人在喝水，有的人在洗脸，有的人站在水沟里洗脚。一群维族小学生站在旁边看热闹，头戴素色的维族小花帽的是"巴郎子"，头戴鲜艳的维族小花帽、头上还梳着许多条小辫子的是"克西巴郎子"，孩子们"哇啦哇啦"地说着维语，嘻嘻哈哈地议论着这些新来的解放军。林清泉、肖亮、夏彩虹和方芳，在这个奇特的盥洗池洗脸、洗脚，洗过之后面貌焕然一新。

"开饭啦！开饭啦！"刘干事站在院子里喊。小分队的队员们排着队进了食堂。这天晚饭，他们第一次品尝了富有新疆风味的拉条子。

这天夜里，在兵站的干打垒土房里，他们躺在床上，辗转反侧，难以入眠，使他们第一次体会到了吐鲁番炎热的滋味。这是戈壁滩给他们的第三个下马威。不过，到了后半夜，温度渐渐降了下来，人们终于可以睡个安稳觉了。

第二天早晨，太阳刚刚爬出地平线，行军小分队便从托克逊兵站出发了。车队驶出托克逊兵站，在托克逊县城旁驶过。一辆迎面开来的卡车在车旁闪过，一位骑着小毛驴的维族老人在车旁闪过，一位赶着毛驴车奔跑的维族青年在车旁闪过。几个背着书包上学的维族儿童又迎了上来。儿童们高兴地喊道："解放军，亚可西！"车上的人兴奋地回应："巴郎子，亚可西！""克西巴郎子，亚可西！"

车队驶出托克逊不久，便钻进了天山。莽莽天山像一条巨龙横卧在新疆中部，把新疆隔成北疆和南疆两大部分。天山和戈壁滩浑然一体，同样的辽阔，同样的荒凉。大自然是严厉的也是慈祥的，在宽达80多公里的天山中竟然有一条千回百转的深山峡谷，给人们留了一条穿越天山的通道。汽车像老牛一样在"吭哧吭哧"地爬天山，车上的军官们好奇地观赏着沿路风光。只见峡谷两侧山峰林立，山势陡峭，怪石嶙峋。车时而左拐，时而右转，行驶在崎岖坎坷的公路上。车爬了两个多小时终于爬上天山山顶，停在路旁一片平地上。冷飕飕的微风吹来，令人顿感凉爽惬意。司机下车检查车辆。众人下车后，各找僻静之处方便去了。

休息过后，车队便开始下山了。下山轻松，车队一溜烟就到了库米什。库米什虽然也是一片绿洲，但这里人烟稀少，没有田地，只有少数几户人家。库米什最大的单位便是库米什兵站。行军小分队在库米什兵站休息、吃午饭。午饭后，车队又启程了。车队翻过一道山之后，前面出现了一片辽阔的戈壁滩，令人心旷神怡，兴奋不已。

黄昏时分，车队到了乌什塔拉。车从这里离开南疆公路，拐了一个大弯后向前驶去，路两旁是绿油油的小麦、玉米和青草，人们满眼都是绿的了。车向前行驶了几公里，又一个村庄出现在他们眼前。有人兴奋地叫道："马兰到啦！马兰到啦！"

马兰，这个1959年建立起来的核试验基地的大本营，这里有基地司令部、政治部、后勤部、礼堂、军人服务社、邮局、澡堂和和整齐的连队营房。马兰最宏伟的建筑就是可容纳上千人的马兰招待所。1964年5月，随着全国、全军各参试单位不断地到来，寂静的马兰招待所一下子热闹起来。

马兰招待所只接待外部人员，基地研究所不在招待之列，因此马兰招待所对面的一座连队营房，成为基地研究所在马兰的临时营地。基地研究所后勤处在张处长的带领下半个月前就到达这里，建立了食堂，打扫好了房间，摆好了床铺，迎接大部队的到来。基地研究所负责押运器材的同志们，押着火车到了大河沿后，又押着汽车到达马兰，把所有的器材送到马兰联合仓库储存起来之后，便住进了这个临时营地，等候大部队的到来。车队开进了营房，张处长、郑茂功、陈南、赵万林和高升等人，出来欢迎基地研究所第一批进场同志们的到来。车上的人和车下的人互相挥手，互相喊叫着对方的名字，冷清的临时营地一下子热闹起来。

陈南一手拉着林清泉的手，一手拉着肖亮的手，只说了一句话："明天，我带你们俩去逛马兰。"第二天早饭后，陈南便带着清泉和肖亮去逛马兰了。三个人兴致勃勃地浏览马兰，然后步行了四五公里，还去逛了乌什塔拉和在乌什塔拉附近的新疆生产建设兵团的农二师服务社，领略一下新疆的风土人情。下午，他们在马兰澡堂洗了个澡，洗去了一路风尘和疲劳；然后又到马兰军人服务社里，买了一些日常生活用品、糖果和葡萄干等。从此，马兰便成了他们每次进场执行任务的必经之地。

休整了一天后，基地研究所的各单位便带着卡车从马兰出发，过了乌什塔拉，过了基地医院，来到位于河边上的马兰联合仓库。他们把保存在仓库各种各样的器材箱子，从库房里搬出来装上卡车，然后再用铁丝横一道、竖一道地固定牢靠，之后返回马兰。

次日早晨，基地研究所第一批进场人员即将启程了。马兰招待所门前的马路上，二十几辆满载试验物资的解放牌卡车排成一条长龙，每一辆卡车上派一个人负责押车。清泉和肖亮各自押运一辆卡车。除押车人员外，其他人员乘卡车或吉普车。首车开车了，汽车一辆跟着一辆开走了。浩浩荡荡的车队沿着通京路一路东行。因为通京路是一条搓板土公路，车颠得厉害，为了确保试验物资的安全，汽车时速不得超过30公里。由于来往车辆很多，搓板路上有不少坑坑洼洼之处。一辆卡车的车轮子一下子跌入一个坑里又跳了起来，驾驶室里，清泉从座位上被弹了起来，头撞到车顶棚上，又摔在座位上，碰得他眼冒金星，痛得他龇牙咧嘴，禁不住赶紧用手揉头。司机告诉他，再看到车前有坎坷之处时，赶紧抓住面前的扶手，后背紧紧地顶住靠背，这样就可以少吃苦头。清泉照他传授的经验做，效果的确不错。但是，老虎还有打盹的时候呢，稍不留神，免不了又被撞了个满天星。这是戈壁滩给他们的第四个下马威。

　　傍晚时分，车队走了80多公里，到达甘草泉兵站。甘草泉是离核试验场区最近的一片绿洲，这里水源丰富，泉水从地下"咕嘟咕嘟"直往上冒，清凌凌的泉水，凉爽甘甜，沁人肺腑。这里遍地是杂草、灌木和甘草，故此得名甘草泉。甘草泉可谓是戈壁滩上的一块风水宝地，因此后来成为核试验场的供水基地。

　　在火炮取样队到达甘草泉兵站的时候，飞机取样队到了马兰机场。

　　马兰机场位于博斯藤湖畔。机场跑道在南，生活区在北。这是一个戈壁绿洲，有水，有草，有树，有花。绿洲有绿洲的优点，绿洲有绿洲的缺点，这里苍蝇、蚊子多。尤其是黑蚊子，个儿大，凶猛，"嗡嗡"地围在你耳边叫，像轰炸机一样，一口就咬你一个大疱。生活区有笔直的马路和整齐的部队营房。飞机取样队的宿舍就在马路旁边的一座营房内。这是一间可住一个班的宽敞、整洁的大宿舍。机场的东南角有一排平房，这便是飞机取样实验室。这座实验室有一间无尘室、一间仪器室、一间仓库、一间锅炉房和一间淋浴室。无尘室是进行过滤器的拆卸、装配和样品分装的专门实验室，为了保障样品不受灰尘的污染，所有的窗户缝和玻璃缝都封死了，门口还设了两道防尘门，因此这个实验室叫无尘室。淋浴室是供完成放射性操作的飞行员和取样队员洗消用的，因此也叫洗消室。

　　金振兴和郑茂功要上飞机执行任务，享受飞行员待遇，吃"空勤灶"。其他同志在"地勤灶"搭伙。吃空勤灶自不必说，吃地勤灶也比场区吃的强，空军的伙食搞得好那是全军出了名的。在安顿好生活之后，第二天，飞机取样队便去打扫他们的实验室了。

　　基地研究所的进场人员在甘草泉兵站住了一宿，第二天早晨进场车队又出发了。车队行驶不到一个小时，到了东大山哨所。这里住了一个警卫排，负责检查进场车辆和人员。车队停在路边，车里和车上的人员全部下车，等候检查。司机趁机检查汽车，押车人趁机检查车上的箱子有无异常情况。检查完毕，车队又继续前进了。

　　中午时分，车队到达食宿五分站。基地研究所进场人员在这里吃饭、休息。然后，车队继续前进。过了五分站，车队终于进入了试验场区。通京路两旁堆起了一道道半米高的土墙，土墙两面的斜坡上用白石子铺砌了一条又一条醒目的标语：

打倒美帝　打倒苏修！
打破核垄断　粉碎核讹诈！
要大力协同　做好这件工作！
严肃认真　周到细致　稳妥可靠　万无一失！
胸怀祖国　放眼世界！

　　这些充满革命激情的标语口号，不禁使走进罗布泊的每一个人产生一种振奋，激发出一种革命豪情，受到一种鼓舞，感到一种热烈的气氛。这些戈壁标语，形成了核试验场上第一道亮丽的风景线。车过了黄羊沟，路两旁便出现了一座又一座帐篷村。连营百里的帐篷村形成了核试验场上第二道亮丽的风景线。

　　核试验场上最亮丽的风景线当属那座102米高的铁塔，它犹如一个东方巨人巍然屹立在罗布泊核试验场上。这座铁塔所在的位置就是我国第一颗原子弹的爆心，也是整个试验场的坐标原点。在爆心西20公里左右有一条南北走向的大沟叫气象大沟，它横穿通京路。在气象大沟与通京路交汇处东北不远的地方，有一个大帐篷村叫罗布泊村。罗布泊村北边是一座大型地下工号，是我国第一个核试验的主控站。主控站东南方有一座小石屋，这就是核试验总指挥部，也是总指挥张爱萍上将的戈壁行宫；主控站西是阳平里气象站；主控站东是厨房和食堂；主控站南是核试验基地场区司令部。因此，罗布泊村即是首次核试验的控制中心，也是指挥中心。

　　基地研究所车队驶入气象大沟，然后沿着大沟向北开，又走了不远，一个帐篷村映入清泉的眼帘。司机高兴地叫起来："孔雀村到啦！孔雀村到啦！"
　　孔雀村是研究所在试验场区的营地，位于罗布泊村北两公里多的气象大沟东岸的一片戈壁滩上。孔雀村和罗布泊村近在咫尺，往来十分方便，乘车也可，步行也可。孔雀村中间是一片广场，以广场为界，划分为南北两片生活区。北生活区住的是各研究室的技术干部；南生活区的前半部分住的是研究所领导和机关干部，后半部分是由五顶小棉帐篷围成的一个四合院，这里是研究所20多名女军官的天下。领导干部住的是大棉帐篷，里面宽敞明亮，四周放木板床，中间放办公桌；普通干部住的是小棉帐篷，里面狭窄灰暗，住的是吊床。广场两侧放了几台装满水的大水箱供大家随便使用。为了保障整个场区的生活用水，汽车团专门成立了一个水车营，一辆辆水车每天奔忙于孔雀河与各地生活区之间。孔雀村的后面是研究所的汽车停车场。孔雀村的西南是厨房和食堂，厨房是用石头和土坯盖成的，食堂是用草席搭建的。孔雀村四周的矮土墙上用白石子也铺出了一些标语。研究所驻地的北边还有一个帐篷村，这是研究所技术保障营的营地，这个营由供电连和电缆连组成。供电连负责为生活区及各个工号供电，电缆连负责铺设从主控站到各分控站直至各工号和各测量点的电缆。

　　北生活区第一排帐篷北起第一个小棉帐篷，便是火炮取样队的居所。帐篷内，共设10个帆布软床，五个上铺、五个下铺，软床是凹下去的，睡上去远不如硬板床舒服。

火炮队只有四人，因此用一半做宿舍，一半做办公区。办公区内放了一张折叠式军用办公桌和两把折叠式椅子。个人的物品一律放在床底下，以保持屋子的整洁。帐篷四周的小窗户都大敞四开，门帘摘掉了，帐篷底部四周都用木板支撑起来透风，他们想尽了各种办法来对付戈壁滩上的炎热。夜里，四个人只穿着裤衩躺在床上，摇着蒲扇，你一言我一语地神侃起来。在林清泉和肖亮的带动下，陈南的话也渐渐多了，他觉得和他俩聊天很有意思、很愉快。

清泉说："这里和托克逊差不多，真像火焰山哪，夜里烤得人睡不着觉，连蒲扇扇出来的风也是热乎乎的。"

肖亮说："要是来一阵凉风就舒服了，可偏偏空气似乎凝固了一般，连点风丝都没有。"

陈南说："肖亮，你去找铁扇公主把她的芭蕉扇借来，把火扇灭了就凉快了。"

肖亮说："我可不敢去，铁扇公主一扇子就把我扇到太平洋里去了，我可怎么执行任务呀！"

清泉说："没关系，你一个筋斗就翻回来了。"三个人呵呵笑了起来。

肖亮说："真没想到，孔雀河是美丽的，可孔雀河水却又苦又咸，像喝海水一样，难喝死了，泡茶没有茶香，冲糖没有甜味，熬粥没有米香，咸滋滋的。"

清泉说："我们家乡的水呀，那是凉哇哇的、甜丝丝的，好喝死了！我多么想喝上一口家乡的水呀！"

陈南说："就是能喝上一口马兰的水，那也是一种奢侈的享受了。"

三个人在进行精神喝水，话篓子肖亮又转移了话题。

肖亮说："才几天工夫，屋地就踩得坑坑洼洼的了，一踩还直冒烟，洒上些水吧，又和泥了。"

清泉说："我琢磨了几天，其实这事好办。咱们把屋地上面的一层软戈壁刮出去，直到露出硬戈壁为止；再从外面的戈壁滩表面上刮一层大块的沙砾铺在屋地上，不就变成了人造沙砾地面了吗？"

陈南说："那你林清泉不就变成了林扒皮了吗？"三个人又哈哈笑了。

肖亮说："咱们在帐篷前也铺一条戈壁标语吧。"

陈南说："应该，可是铺什么呢？"

清泉说："人云亦云的咱不铺，太乏味了，要铺咱就铺一条新颖的、全场区独一无二的，让人一看眼睛就放光的。"

肖亮说："队长，你又要独出心裁。那就请你琢磨出一条新颖的、全场区独一无二的戈壁标语来吧。"

清泉沉思片刻，叫道："有了！"

肖亮说："队长，你真是才思敏捷呀！说出来我们听听。"

清泉一板一眼地说："枪—对—枪，弹—对—弹。"

肖亮喝彩："好一个枪对枪，弹对弹！妙不可言！妙不可言！"

陈南赞叹："精练！精彩！"

"拍马屁！"一直一言不发的孙宝山突然放了一个冷枪！

"你放屁!"陈南忍不住骂了一句。

"队长,这几天我拉肚子,没劲,不能参加刮地皮。"孙宝山打了退堂鼓。

"你爱参加不参加,缺了鸡蛋还不做槽子糕了呢!"肖亮回敬了一句。

孙宝山,讨厌劳动,讨厌戈壁滩的燥热,讨厌搓板路的颠簸,讨厌又闷又热的帐篷,讨厌又苦又咸的孔雀河水,讨厌火炮取样队,更讨厌林清泉。"你不就是一个小小队长嘛,有什么了不起的,什么事你都说了算!肖亮和陈南这两个傻小子,还给他吹喇叭抬轿子,真可笑!还有,白美人夏彩虹和黑美人方芳,见了我就躲,冷得很;见了林清泉就上,亲热得很。这个该死的林清泉!"

脚上的泡是自己走的,怪不得别人。孙宝山有一个怪癖,见了漂亮姑娘就迈不动步,总想靠近她,甚至情不自禁地去触摸她,这就导致了他在饭馆里因为拉女服务员的手而受了批评。虽然组织上没有点名批评他,甚至还为他保守这个秘密,但是没有不透风的墙,这件事还是在同志们中间悄悄地传开了,所以女同志见了他就躲。另外,他在加工厂负责加工产品时,老毛病又犯了,他总是喜欢往女人堆里凑,引起女青工和女徒工的不满。这件事也反映到郭臣耳朵里,因为没有不规矩的举动,郭臣也不好说什么,只是提醒他多注意点儿,别再惹出是非来。鲜花喜欢蜜蜂来采,讨厌苍蝇围着她"嗡嗡"叫。孙宝山就像贾府里的环儿一样,令人讨厌。男人也好,女人也罢,都希望有人爱自己,人人如此,男女青年更是如此,没什么大惊小怪的。但是,爱得有个度,把握适当的分寸;否则的话,好事变成了坏事,美事便成了丑事,就践踏了美好的爱情。爱情需要两厢情愿,如果是剃头挑子一头热乎,那是不会开花结果的。

林清泉对孙宝山的错误装作全然不知,不歧视他,不责怪他,只是希望他不犯类似的低级的生活作风错误,毁了自己的名声和前程,不值!

说打就打,说干就干,谁也阻挡不住他们的决心。次日,火炮取样队的地面改造工程便开工了。郭臣听说了火炮队的计划,不但赞扬了他们勇于改造自然的精神,还亲自参加他们的劳动,以表示他对他们这次行动的积极支持。林清泉对地面改造工程做了明确分工:清泉负责在戈壁滩上刮沙砾,郭臣负责在帐篷里清除软戈壁,肖亮和陈南负责运送沙土和沙砾。帐篷里,郭臣把地上的沙土分别装进两个脸盆里,肖亮和陈木将脸盆端出去,将沙土倒在村外戈壁滩上。清泉顶着烈日,戴着墨镜和草帽,蹲在戈壁滩上,用工兵小铁锹把戈壁滩表面上一层小石块刮成一堆一堆的,然后将沙砾装进脸盆里。陈南和肖亮再把装满沙砾的脸盆端进帐篷里,倒在地上。他们如此这般,不停地倒出沙土,不停地倒进沙砾。大家齐心协力,不到一上午,改造地面的工程便大功告成了。他们走在又松软又不起尘的沙砾地面上,感到非常惬意,感到享受劳动成果的快乐。

下午,他们又在帐篷前的两侧,筑起了两道土墙,并在土墙上用白石子铺成了两条醒目的标语:枪对枪,弹对弹。郭臣看着这两条标语,不由夸奖道:"写得好!文字简练,意义深刻。"

其他帐篷,纷纷效法火炮取样队的做法,也改造了帐篷里的地面。

嘹亮的军号声响了。

链式动力学组排着队唱着《我是一个兵》,向食堂走去……无线遥测组排着队唱着

《打靶归来》，向食堂走去……火炮队排着队唱着《解放军进行曲》，向食堂走去……

食堂里，地上整齐地倒扣着一排又一排旧罐头木箱，这就是餐桌。木箱两侧架在地上的木板，这就是板凳。在一张用木板制作的粗糙的大桌子上，一边放着一大盆大米稀饭，一边放着一大箩筐馒头，一些人在打饭。另一张大桌子上摆着两大盆菜，一盆是红烧肉，一盆是炒蛋粉，两个炊事员在给排队打菜的同志打菜。

食堂里，在吃饭声和喊喊喳喳的说话声中，还不时爆发出一阵笑声。

清泉、陈南和肖亮围着一张桌子吃饭，三个人一面吃饭一面议论。

清泉说："咱们老是吃海带呀，粉条呀，蛋粉呀，香肠呀，罐头呀，就是新鲜菜太少了，要是多来点儿黄瓜呀，西红柿呀，大青椒呀，那就棒了。"

肖亮把嘴一撇，说："队长，你别做美梦了。这么热的天，这么干燥的气候，汽车跑了好几天拉进来的新鲜菜，路上就蔫巴了。"

陈南趁机夸起家乡来："要说吃新鲜菜呀，还得说我们湖南，一年到头都断不了，你们东北不行。"

肖亮说："谁不说俺家乡好。陈南，你不能夸你的家乡，贬低我们的家乡啊。"

陈南无言以对，嘿嘿地傻笑。

彩虹和方芳回到她们四合院，见女同志们正围着两位首长在无拘无束地聊天，两个人走近一看，原来是副总参谋长张爱萍上将和国防科委副秘书长张震寰少将。

张副总长问："同志们，你们的生活苦不苦呀？"

"不苦！"大家异口同声地回答。

"那，你们这个四合院有没有名字呀？"

方芳抢答："没有！"

一个陪同首长的男同志插言："干脆叫姑子庵吧！"

顿时遭到女同胞一致强烈反对："不好！"

"是不好！"张副总长摇了摇头，说："当年花木兰出塞替父从军，立下战功；你们出塞，为了祖国的核试验事业奋战戈壁。我看，叫木兰村，好不好？"

"好！就叫木兰村！"沙场女将们热烈鼓掌通过。

次日早晨，一块写着"木兰村"的木牌子就竖立在四合院前。

1964年6月，有来全国各地的各单位的领导、工人和工程技术人员以及来自全军各军兵种的指战员，陆续到达核试验场。5 000多人的核试验大军云集在这片辽阔的土地上，满怀豪情地战斗在戈壁滩上，沉寂了几千年的戈壁滩沸腾了，罗布泊沸腾了，孔雀河沸腾了。他们正在紧锣密鼓地进行一场空前规模的、关系国家前途和命运的大会战。指挥这场战役的是中央专委委员、中国人民解放军副总参谋长张爱萍上将，他还是试验委员会党委书记兼总指挥。这位指挥过千军万马的老将军，如今虽然已过半百、身材消瘦，但精神矍铄，指挥从容镇定。试验委员会党委委员有二机部副部长刘西尧、空军副司令成钧、二机部九院院长李觉、国防科委秘书长张震寰少将以及核试验基地司令员张蕴钰少将等。张蕴钰还兼任总指挥部参谋长。在罗布泊村的那间石头房子里，也就是核试验总指挥部里，张爱萍正在召开第一次试验委员会党委会议。会议一致通过了下列核试验日程表：

7月31日之前，各个测试项目必须完成安装调试工作；

8月31日之前，完成分系统联合试验；

9月1日，进行全场综合预演。

综合预演后，就出现的问题，查漏补缺，然后进入待命阶段。

各个单位在进行了战前动员之后，便按照指挥部的计划，各项准备工作便紧张而有序地开展起来了。

阳平里气象站就像百灵鸟一样，是试验场区最早起来歌唱的。早晨8：00（当地时间6：00），一个雪白的气球准时飘飘摇摇地升上了蔚蓝的天空。阳平里气象站的两个气象员又放球了，一个用经纬仪在跟踪观测，一个在记录。

1960年11月12日这天早晨，阳平里气象站的第一个气球在这里升起，从此开始了填补试验场区气象资料空白的工作。三年多了，他们一直孤独地坚守在这片荒无人烟的地方，每天重复着同样的测量工作，日复一日，年复一年，获取了大量的气象数据，为我国核试验的准备工作立下了汗马功劳。他们长年看不到人、看不到电影、看不到报纸、听不到广播，他们实在太孤独、太寂寞了，只好捉了一些戈壁老鼠关在几个铁笼子里当宠物饲养。为了表彰阳平里气象站"以国防事业为重，以吃苦耐劳为荣，以战胜困难为乐，以安居戈壁为家"的精神和他们为核试验作出的卓越贡献；1966年2月23日，国防部发布命令，授予阳平里气象站"模范气象站"的光荣称号。

场区内没有供电网络，所以每个工号都是靠柴油发电机单独供电。每个工号的发电机房设在主工号的隔壁。供电连的战士们，齐心协力，把一台台柴油发电机搬运进机房，开始供电。同样，各个生活区里的供电也是靠柴油发电机。

辽阔的核试验场，电缆沟四通八达，电缆线成百上千，从A主控站发出的控制指令，通过电缆送到铁塔，送到各个工号，送到各个探测器，送到其他需要控制指令的地点。这些电缆犹如传送控制指令的神经系统，在核试验中至关重要，一条也不能少，一条也不能坏，必须畅通无阻。为了这许许多多的电缆，电缆连的战士们顶烈日、冒风沙，在又深又宽的电缆沟里，铺设了几种不同型号的电缆。

四室的A主控站是一片紧张、忙碌的景象。室主任邢先杰亲自指挥控制组的组员们，在工号里摆放控制台和各种仪器设备。主控站门前站立一个持枪哨兵，没有通行证，任何人不得进入。

三室无线遥测组在忙碌。主控站北边是一片相当平坦的戈壁滩，无线遥测组相中了这块地方，把他们的三个无线遥测接收站设在这里。庄家栋带领他的组员们，在这里搭建了三顶小棉帐篷，在帐篷旁边架起了三副12米高的菱形天线。高高的天线成为戈壁滩上的一个亮丽的景点。

三室链式动力学组在忙碌。铁塔西几百米处有一座坚固的钢筋水泥地下工号，黄山带领他的组员正在往工号里搬运仪器。之后，马文超和李有才在工号顶上安装好了碘化钠闪烁探测器。为了防冲击波，保证探测器的安全，他们在探测器的上面扣上了一口大铁锅。工号里，黄山带领他的组员安装好示波器，为了防震、防冲击，他们用弹簧将示波器的四个角都吊起来……

炮兵连在忙碌。在铁塔西北大约10公里的炮兵阵地上，担负取样炮弹发射任务的沈阳军区某部炮兵连，在连长黄海的指挥下，将四门122加农炮分别安装在四个掩体里……

无线遥测组在主控站北建起了三个遥测接收站之后，又马不停蹄地开始野外作业，在每个监测点上树立起一个探测器，挖一个约一米深的装发射机的防护坑，架起一副菱形天线。炎热的夏季，野外作业离不了三件宝，即水壶、墨镜、草帽。另外，要穿皮鞋不能穿解放鞋，因为地表面温度高到五六十摄氏度，穿解放鞋烫脚。今天，无线遥测组在东线的七公里的监测点上，正顶着炎炎烈日在架设菱形天线。菱形天线由四根12米高的天线杆架在空中，每根天线杆由六节硬铝管连接而成。最下面一节是底座，底座上装了一个滑轮，摇动滑轮便把最上面一节铝管送上去，然后再接上一节铝管，摇动滑轮使最上面一节又升高一节。也就是说，天线杆是从下往上一节一节顶上去的。升杆时，至少需要六个人合作，一个人指挥，一个人摇滑轮，一个人传递铝管，三个人拉细钢丝绳。钢丝绳拉得平稳，始终保持杆子基本上处于垂直状态，否则容易卡住。因此，架设天线不但是一件苦差事，还是一件细活，急不得、躁不得。

八一电影制片厂的杨导演带领他的摄制组正在拍摄架设天线的镜头。

在附近路过的火炮取样队乘坐的卡车朝这里开来，靠边停住，林清泉和他的队员们站在卡车上，兴趣盎然地看拍电影。

第二根天线杆架设完毕，随着杨导演的一声"停！"，大家开始休息。

"林队长，下来歇一歇吧！"方芳邀请道。

"不了，我们还要回去吃午饭。"林清泉回答。

"老同学，你们别回去吃了，我们带了不少香喷喷的葱油饼，下来跟我们一块野餐吧，人多吃饭热闹。"夏彩虹邀请道。

"下去下去！我最喜欢吃葱油饼啦！"一听说吃葱油饼，肖亮的"哈喇子"都流出来了，还没等他的队长表态，便迫不及待地跳下了车。林清泉无可奈何地耸了耸肩，跟着跳了下去。陈南和孙宝山也跟着下了车。

肖亮来到杨导演面前，笑嘻嘻地问："杨导演，我给你当演员怎么样？"

杨导演打量打量了肖亮，回答说："小伙子长得挺精神，也够漂亮，美中不足的是，个头小了一点儿，嘴大了一点儿。"大家哗然大笑。

肖亮自我解嘲道："看来，这辈子我是只能当取样队员，当不成演员了。"

杨导演安慰说："小伙子别灰心，明天我们就去炮兵阵地拍电影，让你给我当一回演员。"

肖亮喜笑颜开地说："我一定好好演。杨导演，你可给我拍个特写镜头噢，但是，个头拍高点儿，嘴巴拍小点儿。"大家又笑了起来。

在笑声中，杨导演带领他的摄制组乘坐一辆五座吉普和一辆八座吉普，飞驰而去。

戈壁滩上的野餐开始了。无线遥测组的成员坐在他们那辆车的阴影处吃午饭；火炮取样队的成员也坐在他们那辆车的阴影处吃午饭，吃的是葱油饼，就的是酸辣菜罐头和榨菜，喝的是孔雀河水。也许是大家都饿了，也许是坐在戈壁滩上就餐别有一番情调，大家吃得津津有味，谈笑风生。吃罢了午饭，林清泉带领他的人马起身要走。

方芳一下子挡在林清泉面前，阴阳怪气地说："林队长，吃饱了就想走啊，好意思吗？"

林清泉眨巴眨巴眼睛，莫名其妙地问："小方，你什么意思？"

"这个都不懂，你可真是个棒槌！"赵万林插上一杠子，说，"拿人家的手短，吃人家的嘴软，帮我们干活吧！"

"哈哈！"林清泉笑道，"你们原来是黄鼠狼给鸡拜年，没安好心哪！"

"老同学，帮帮我们的忙吧！"夏彩虹凝视着林清泉，请求说。

"这个忙我们帮啦！"林清泉爽快地说，"庄组长，请分配任务吧！"

孙宝山内心讥讽道："狗拿耗子，多管闲事。"

庄家栋说："我们架天线，你们帮我们挖一个装发射机的防护坑吧！地下是硬戈壁，像石头一样坚硬，铁锹根本挖不动，铁镐刨上去也是一刨一个坑而已。"

林清泉说："那就只能打眼放炮了。有钢钎、铁锤和炸药吗？"

庄家栋说："都带来了。"

林清泉说："庄组长，挖坑的事就交给我们了。"

孙宝山内心冷言冷语："破车爱揽载。"

林清泉一言九鼎，于是带领陈南和肖亮开始在硬戈壁上打眼。陈南掌钎，肖亮打锤。肖亮高高地举起锤却轻轻地落下，只听到"当"的一声响，他唯恐打偏了，砸着陈南。这个城市里长大的青年，从小就没干过活，虽然热情高涨，但干活本领小。他照这样打了几锤，陈南就不耐烦了，说："肖亮，你弹脑瓜嘣呢。""肖亮，把大锤给我！"林清泉上前接过大锤，把大锤从后向前抡起来，随着"嘿！"的一声，那大锤不偏不倚重重地打在钢钎头上，钢钎头上冒出一股火花，同时发出一声重响！肖亮吓得直闭眼。随着林清泉一声又一声"嘿！""嘿！"的坚定有力的声音，那大锤一下又一下重重地打在钢钎头上。陈南不断地喊着"好！""好！"肖亮看得目瞪口呆，没想到他的队长还有这两下子，简直佩服得五体投地。林清泉，这个农村长大的孩子，从小就会干活，种田、锄地、割草、赶车，样样都行。除此之外，他还跟他的邻居——一位采石场的工人，学会了打眼放炮。此时，孙宝山坐在驾驶室里已经进入了甜蜜的梦乡。

第三根天线杆立起来了，大家都撤到安全地方休息。林清泉点着了导火索，从容地走到人群中。

夏彩虹羡慕地问："老同学，你咋啥活都会干呀？"

林清泉微微一笑，回答得朴实而简洁："因为我是农民的儿子。"

话音刚落，只听"轰"的一声响，爆炸成功。孙宝山被惊醒了。

夏彩虹和方芳，一人掏出一把糖塞进林清泉的兜里，以示慰问和感谢。

孙宝山酸溜溜地说："这两个美女也是马屁精，真没水平。"此时此刻，他大有"吃不到葡萄说葡萄酸"的那只狐狸的味道。

花开两朵，各表一枝。说了内场的准备情况，再说外场马兰机场的准备情况。路雨声是随研究所最后一批进场人员到达马兰的，次日他就来到了马兰机场，亲自抓飞机取

样工作。飞机取样是本次任务的重点项目,张爱萍下了死命令:飞机取样,只许成功,不许失败!路雨声已向所长立下军令状:亲自挂帅,确保样品大丰收。

路雨声带领着飞机取样队站在机场上,仰望蓝天。站在路雨声身旁的还有一位空军少校——兰州空军(以下简称"兰空")某飞行大队大队长蓝天。

路雨声说:"蓝大队长,飞机取样队的金振兴和郑茂功两个同志,一个在机上负责取样器阀门的打开和关闭,一个负责剂量监督,但他们从未乘过飞机,请你好好训练训练他们。"

蓝天爽快地说:"没问题。他们俩是我们飞行员的保护神,我可不敢怠慢。我们飞行员不懂放射性,他们俩也要给我们上上课呀。"

路雨声爽朗地说:"这也没问题。"

随着一阵轰鸣声,一架运输机降落到跑道上,然后滑行到停机坪停住。这架飞机就是担任飞机取样任务的伊尔-12飞机,驾驶这架飞机的是兰空503机组,机长是郭洪礼。郭洪礼带领着他的机组走下飞机,路雨声带领着飞机取样队立即迎上前去,双方热烈地握手、亲切地慰问,并自我介绍。今后,他们要共同执行一项特殊的任务。

第二天,第一次飞行训练就开始了,主要科目是熟悉飞行路线和场区的地形地貌。第一次登上飞机的金振兴和郑茂功显得特别兴奋和新奇。伊尔-12飞机"嗡嗡"地叫着在蔚蓝的天空中飞行。机舱里,金振兴和郑茂功兴趣盎然地从舷窗看着机下。他们看到了碧波荡漾的博斯腾湖,看到了像一条羊肠似的漫长的通京路,看到了像一条玉带飘动在戈壁滩上的孔雀河,看到了波光粼粼的罗布泊,看到了巍巍铁塔,也看到了那个炮兵阵地。

炮兵阵地的山下有一个帐篷村,这是炮兵连的营房。在炮兵连的食堂里,官兵们坐在马扎上正聚精会神地听林清泉讲课:"同志们,上一次,肖亮给你们讲了蘑菇云的发展变化规律,今天我给大家讲一讲蘑菇云里都有些啥东西。核爆炸时产生的高温高压使整个弹体都气化了,并形成了火球。当火球冷却之后,蘑菇云里面所有的物质都变成十分微小的颗粒。这些颗粒有多小呢?它小到只能用微米,也就是百万分之一米来度量。大部分粒子的直径在0.01微米至1微米之间。但是,在地面爆炸时,譬如这次的塔爆,由于从地面上卷起的大量尘沙混进蘑菇云中,核爆炸形成的颗粒黏附在这些大颗粒上,使实际粒子的直径大到几十、几百微米……"

林清泉顿了顿,看了看听众,继续侃侃而谈:"这些粒子都含有哪些成分呢?它含有弹体的各种材料,含有剩余的核燃料,含有200多种核爆炸产物。这些剩余核燃料和各种核爆炸产物,就是我们千方百计要采集的样品……"

在林清泉给炮兵连讲课的同时,在马兰机场招待所会议室里,李保国站在黑板前正在给飞行员讲放射性防护常识:"以前,有人谈虎色变;现在,有人谈放射性色变。我们是搞核试验的,就必须跟放射性打交道。我们是搞飞机取样的,不但要跟放射性打交道,还要直接跟蘑菇云打交道。所以,对放射性我们要有正确的认识。对于放射性,我们在战略上要藐视它,在战术上要重视它。我们不但要以大无畏的革命精神不怕它,还要以科学精神重视它。只有懂得放射性,我们才能驾驭它,才能在工作中尽量减少它对我们身体的伤害……"

李保国说完开场白之后，切入正题："放射性对人体的危害分两种，一是外照射，二是内照射。外照射是指来自人体外部的射线对人体的照射，特别是来自穿透能力比较强的 γ 射线和 X 射线的照射。譬如，我们在医院里进行 X 光透视或拍 X 光片时，我们就要受到 X 射线的外照射；我们乘飞机穿过蘑菇云时，就将受到来自放射性烟云的 γ 射线的外照射。外照射比较难防护，但是只要所受到的辐射剂量不超过容许的剂量，对人体就不会产生伤害。所谓内照射，就是指放射性物质吃进或者吸进人体内而形成的照射，放射性物质成为人体内的放射源，这是很讨厌的。但是内照射是比较容易防护的，只要戴上防毒面具、穿上防尘服便可以将放射性物质挡在人体之外。这就是在蘑菇云里和在沾染区里工作时，人们必须戴防毒面具和穿防尘服的原因。穿防尘服问题倒不大，然而戴上又憋气又闷热的防毒面具，还要坚持几个小时，不经过一个阶段的艰苦训练，那是做不到的。为了圆满地完成我们的取样任务，我们一定要咬紧牙关坚持防护训练……"

核试验场上，在进行试验仪器和设备安装调试的同时，还开展了防化大练兵。必须接受防护训练的人，主要是核爆炸后必须跟蘑菇云和放射性打交道的人，其中有进沾染区进行核辐射侦察的连队、取样飞机的机组乘员、飞机取样队、火炮取样队、无线遥测组和链式动力学组等等。防护装备包括：连体式防护服一套，防毒面具一套，防尘靴一双和胶皮手套一副。指挥部要求，穿戴好防护装备之后，要能连续坚持四小时以上才算合格，而且此期间，不能吃、不能喝，也不能大小便。这要求既严格又残酷。但是，为了安全地胜利地完成任务，同志们只有忍受痛苦，坚持顽强地训练。

林清泉和他的队员们，在帐篷里试穿防护装备。他们先脱掉自己的外衣外裤，只留下内衣内裤，之后穿上防护服，之后穿上防尘靴，之后背上防毒面具包，最后戴上防毒面具。林清泉戴好面具后，一股浓重的橡胶味冲鼻而来，令他直想呕吐，他咬牙强忍住才没有呕出来；他感到呼吸困难，直喘粗气；他感到又闷又热，浑身的汗水在汩汩地流淌。他走出帐篷，想试试走路的感觉。陈南和肖亮跟随他走出来。突然，孙宝山从帐篷里冲出来，像浑身着火了一般，狂躁地张牙舞爪，又蹦又跳，又呼又叫。三个人不由自主地把目光都投射在这个怪物身上。孙宝山一把就把面具扯了下来，猛地摔在地上，大口大口地喘气，贪婪地呼吸。过了一会儿，他才终于平静下来，气急败坏地说："憋死我啦！憋死我啦！"林清泉不知究竟发生了什么事儿，便捡起面具检查。他一看恍然大悟，立即去掉挂在通气管下面的滤毒罐底部的盖子，然后摘掉面具，解释说："孙宝山，你不去掉滤毒罐下面的这个盖子，不通气，能不憋死你吗?！""这是他妈的什么玩意?！简直就是一种刑具！不，还不如刑具哪，披枷带锁还可以自由地呼吸呢！"孙宝山忍不住咒骂起来。陈南和肖亮脱下面具，深深地吸了几口空气，顿时感到从来没有过的舒畅。肖亮感慨地说："哦，自由地呼吸是多么的美好呀！"陈南连声叫："舒服！真舒服！""看来，不经过艰苦地训练，我们是难以适应回收工作要求的。"林队长发布命令："同志们，从明天起，我们正式开始防护训练，要坚持天天练，要循序渐进，从坚持一小时、两小时、三小时，直到超过四小时为止。"孙宝山气呼呼地说："队长，我不参加防护训练！"林清泉问："孙宝山，你不参加防护训练，那你怎么参加炮伞回收

呢?""不!"孙宝山一语道破天机,"我根本就没打算参加炮伞回收!"

　　孙宝山的麻烦又来了。自进场以来,孙宝山情绪低落,工作消极,麻烦却不断,林清泉真有些后悔,还不如不让他进场。林清泉把孙宝山的情况汇报给郭政委。郭政委征求林清泉的意见,林清泉的看法是:孙宝山本来就怕放射性怕得要死,现在又怕防护训练,抵触情绪严重,强扭的瓜不甜,强拉上战场的兵没有战斗力,与其硬逼他参加还不如不让他参加。郭政委同意了他的意见。

第四章 第一声巨响

光阴荏苒，在紧张的安装调试和防护训练中，不知不觉中就到"八一"建军节。在总指挥部的那座小石屋里，参谋长张蕴钰少将和总指挥张爱萍上将正在研究如何过节的问题。

"张副总长，"张蕴钰说，"两个多月以来，在试验党委的领导下，在全体参试人员的共同努力下，各项试验准备工作已基本完成。这两个月来，大家一直没有休息，很辛苦，明天是'八一'了，是不是让大家休息一天？"

"放假，放两天假！"张爱萍开口了，操着浓重的四川口音宣布了他的决定。之后，他又补充道："同时通知各单位：'八一'后，要落实'五定'工作和进行查漏补缺工作。我要亲自检查！"

"还有，"张蕴钰请示说，"明天研究所要举行1963年入伍学员的转正和授衔仪式，我们要不要参加？"

"参加！一定要参加！"张爱萍说，"这批学员是我们核试验场上的主力军，他们像早晨八九点钟的太阳，中国核试验的希望就寄托在他们身上。他们转正了，又在火线上举行授衔仪式，意义重大，我们一定要前去祝贺！"

"好，我马上通知基地研究所。"

"慢！还要通知基地研究所，授衔仪式后，我率领指挥部的将军们跟所里新授衔的军官们进行一场篮球友谊赛。"

"咱们哪是年轻力壮的小伙子们的对手呀，还不被他们打得落花流水、一败涂地！"

"我的参谋长，你是聪明一世、糊涂一时呀！咱们打不过那些生龙活虎的小伙子，还打不过木兰村的那些大姑娘呀？"

"我的总指挥，你可别小瞧那些大姑娘，打起球来呀，那是巾帼不让须眉，尤其是夏彩虹和方芳，那是赛过花木兰、气死穆桂英呀！"

"友谊第一,比赛第二。这场球赛主要是为了鼓舞士气,不在乎输赢。"

"总指挥高见。那我现在就通知基地研究所和其他参试单位。"说完,张蕴钰便坐在电话机旁,摇起了电话单机的手柄……

研究所的授衔仪式在孔雀村中间的广场上举行。广场上用木板和草席搭起了一个舞台,主席台上坐着张爱萍、刘西尧、张蕴钰、张震寰、李觉和程开甲等首长。全体干部列队站在主席台前,授衔的军官们一律站在各单位的前面。授衔仪式已接近尾声,主席台上的首长起立,鼓掌祝贺!全场响起经久不息的掌声。

林清泉、马文超、陈南、赵万林和夏彩虹等大学毕业的学员,佩戴上了中尉军衔的领章;肖亮、高升和方芳等中专毕业的学员,佩戴上了少尉军衔的领章。他们一个个精神焕发,神采飞扬。陈南和赵万林,更是得意洋洋。从此以后,他们不再享受士兵待遇了,而享受干部待遇了,哈工大那三个小子再也不敢讥笑他们是"老兵油子"了。

授衔仪式之后,在孔雀村的篮球场上,开展了一场别开生面的篮球比赛。男队是张爱萍上将率领的将军队,女队是由夏彩虹率领的木兰队,裁判员是于学前。研究所的观众们把球场围了个水泄不通,连程开甲、吕启明和郭臣都来观阵。于学前一声哨响,双方队员手拉手跑进场。木兰队发扬风格,让将军队先发球。于学前一声哨响,将军队发球,比赛开始了。

方芳手疾眼快,冲上去就把球断了,随即把球传向前,夏彩虹飞身上前,就势带球上篮,球进了,2分!木兰队旗开得胜,木兰村的村民们高兴得又叫又鼓掌。

将军队发球,球传到前场,传给了张爱萍,张爱萍投球不中,方芳跳起抢到篮板球,以迅雷不及掩耳之势,把球甩到前场,夏彩虹单枪匹马带球上篮,球又进了,又是一个2分!木兰村的村民们兴高采烈地又笑又跳。

将军队发球,球传到前场,传给了张爱萍,张爱萍投篮,方芳跳起盖帽,另一个女队员抢到球,球三传两穿,又传到了夏彩虹手中,夏彩虹投篮,球又进了,又是一个2分!木兰村的村民们欣喜若狂,掌声热烈。

只几个回合,木兰队就得了6分,而将军队还一球没进。张爱萍叫了暂停。双方队员在商量对策。

这一边,将军队在商量。

张蕴钰说:"木兰队厉害吧!方芳就像一个假小子,冲锋陷阵,勇猛顽强;夏彩虹就像女篮5号,投篮十拿九稳!"

张爱萍说:"张蕴钰,李觉,你们两个把夏彩虹给我看死了,少让她投篮!"

那一边,木兰队在商量。

方芳得意地说:"一开场,我们就打了他们一个6∶0,我们就照这样打下去,打他们一个16∶0、26∶0。"

"姑娘们,不能这样打下去。首长们年龄大了,体力不支,咱们要手下留情,打得慢一点儿,放松一点儿,不要看得太紧。"夏彩虹说。

"那你是让我们输给这些老头子?"方芳不解地问。

"不!赢,一定要赢!让将军们尝尝我们女将的厉害!"夏彩虹对她的队员面授机

第四章 第一声巨响

宜，"但是，要适当放松一下，让首长们多进几个球，给他们留点面子，别让他们输得太惨。"

于学前一声哨响，将军队发球，比赛继续。

男村民们为将军队呐喊助威："将军队，加油！将军队，加油！"

女村民们不甘示弱，喊道："木兰队，加油！木兰队，加油！"

将军队又将球传到张爱萍手中，张爱萍带球上篮，方芳放松了防守，张爱萍投球命中，2 分！全场响起一片热烈的掌声。将军们终于为获得了一个 2 分，发出了胜利的微笑。

全场比赛结束，木兰队以 56：38 大胜将军队。

研究所上午举行了授衔仪式和篮球比赛，下午要去孔雀河洗澡。听说去孔雀河洗澡，年轻的军官们高兴地嗷嗷叫。两个来月，许多人还从来没有洗过一次澡，身上沾满了沙土、泥垢和汗渍；今天在孔雀河里来个天然沐浴，洗去浑身的脏物，洗去浑身的疲劳，换来一身轻松，该是一件多么惬意的事情呀！两个来月，他们吃的是孔雀河水，喝的是孔雀河水，用的还是孔雀河水，尽管孔雀河水又苦又咸，但她毕竟养育了他们，就像母亲用她甘甜的乳汁养育了她的孩子们一样。可是啊，谁也不知道孔雀河究竟是个啥样子，她宽吗？她深吗？她美吗？今天终于可以一睹孔雀河的风采，这是多么的令人神往啊！两个来月，他们没有见过一棵绿树，没有见过一棵绿草，今天他们终于可以看到美丽的绿色了，也许还能看到美丽的鲜花，今天终于可以一饱眼福了。跟孔雀河来个亲密的接触，看看孔雀河两岸的绿树、鲜花和绿草；在孔雀河里洗个天然浴、游游泳，甚至摸摸鱼，该是一种多么美好的享受呀！这种机会可是千载难逢啊，机不可失，时不再来。去，谁不去谁是大傻瓜！

怀着对孔雀河种种美好的遐想，吃过午饭，大家便迫不及待地爬上卡车出发了。孔雀村离孔雀河只有 30 多公里，不到一小时，由四辆卡车组成的车队便风尘仆仆地来到了孔雀河边，拉着一车木兰村女村民的那辆卡车向下游方向拐去。

孔雀河果然是绿色的，两岸杂草丛生，绿树成荫，有红柳，有胡杨，有榆树。这里的榆树长得不顺溜，疙瘩溜秋、驼背弯腰的。离岸边较远的野草和树木，不少已经干枯，成为炊事班的烧柴。河水静静地流淌着，不声不响，宛如一个文静美丽的少女；河水不宽，最宽处也不过五六米；河水不深，最深处也不过一米多，也就是齐腰深吧。男青年们见了孔雀河，如同鸭子见了河一样，三下五除二脱掉外衣，穿着裤衩"扑通扑通"跳入河中，有的快活地游了起来，有的像孩子一般玩起了打水仗，有的在用毛巾洗澡。林清泉、陈南和肖亮，先游了一会儿泳，然后把身上洗干净，之后三个人沿着岸边摸起鱼来。摸着摸着，陈南两手举着一条白条鱼，兴奋地大叫："哎，我摸到一条鱼！我摸到一条鱼！"

与此同时，在河下游一处僻静的地方，女青年们游过了泳，洗过了澡，又在河里"叽叽嘎嘎"地嬉戏起来。

在孔雀河里快乐地玩耍了半天之后，林清泉、肖亮和陈南回到他们的帐篷。帐篷里的地上，堆着十几个西瓜，堆着几个哈密瓜，还放着一盆吐鲁番葡萄。这是部队发放的

"八一"礼物。新疆西瓜,皮薄、红沙瓤、爽口、相当的甜,那可真是——咬一口甜掉牙。哈密瓜,椭圆形、个儿大,清香、脆生、甜美。吐鲁番葡萄,翠绿、粒儿小、无核、醇香、甜如蜜。所以,哈密瓜和吐鲁番葡萄成为名扬海内外的特产,果然名不虚传。林清泉等三人一下午没喝水,渴得嗓子直冒烟,一走进帐篷便开始宰西瓜吃。三个人狼吞虎咽地吃了一块又一块,转眼之间就把一个西瓜消灭光了,撑得肚子溜溜圆。肖亮拍着肚皮,按照《解放军进行曲》的曲调,唱起了他自己编词的《真甜歌》:"真甜,真甜,真甜。新疆的西瓜真是甜……"快乐的歌声逗得林清泉和陈南呵呵笑了。

"唱的是什么玩意呀?!"孙宝山站在帐篷门口当头就是一瓢冷水!

孙宝山没有去孔雀河,他不喜欢孔雀河,但是却特别喜欢新疆的瓜果,尤其喜欢吐鲁番的葡萄和哈密瓜,他一个人留在家里,自由自在,想吃啥就吃啥,想怎么吃就怎么吃。常言道:美味不可多用。哈密瓜吃多了,上火,烂嘴丫子;不洁净的葡萄吃多了,轻者拉肚子,重者得痢疾;西瓜吃多了,利尿,跑厕所。这天夜里,他们四个人谁也没有睡安逸,轮番起夜跑厕所,一会儿一趟,一会儿一趟。其他帐篷里的人跟他们一样,起夜跑厕所的人,络绎不绝。

日出东方,嘹亮的起床号响了。

林清泉、肖亮和陈南,起床,穿衣,叠被,而孙宝山还躺在床上一动不动。

"孙宝山,孙宝山,"林清泉叫道,"起床啦!起床啦!"

"叫什么魂!叫什么魂!"孙宝山鼻子不是鼻子、脸不是脸地吼道,"我都快要死啦!起不来啦!"

林清泉来到孙宝山身旁,摸了摸他的额头,惊叫道:"孙宝山,你发高烧了!赶紧去卫生所!"

好汉架不住三泡稀,这一夜,一趟又一趟地折腾,拉得孙宝山浑身疲软,有气无力。他追悔莫及,自己不该太贪吃葡萄,一脸盆葡萄几乎让他一个人消灭了一半。但是,世上什么药都有,就是没有后悔药。

林清泉搀扶着无精打采的孙宝山走进帐篷卫生所,说"罗主任,孙宝山拉肚子,发高烧,浑身无力,请赶紧给他看看吧!"

罗主任说:"刘护士,先给孙宝山量量体温。"刘护士将一只体温计递给孙宝山。孙宝山将其夹在腋下。

罗主任接着说:"进场以来,我们饮用的、做饭用的都是孔雀河水。孔雀河水含有大量的硫酸镁,非常容易引起腹泻。有的人抵抗力强,啥事没有;有的人吃点药慢慢就好了;有的人抵抗力较差,久治不愈,只好送基地医院住院治疗。"

刘护士取出体温计,对着日光看了看,说:"39.2摄氏度。"

罗主任说:"孙宝山,因为你吃了过多的不洁净的葡萄,得了中毒性痢疾,必须马上送基地医院住院治疗!今天,还有一个病号也要送基地医院,救护车早饭后就出发,你们赶快回去准备吧。"

早饭后,救护车拉着孙宝山和另一个重病号出发了。孙宝山自己也没想到,因祸得福,他终于离开了这个不是人待的地方,这个他永远不想再来的地方。果然,他这一走，就再也没有回来。

全体参试人员在戈壁滩上快乐地度过了建军节之后，又立即投入到紧张的准备工作中。

从 A 主控站通向铁塔、各分控站、各工号、各测量点的电缆全部铺设完毕。在 γ 射线测量线上，树立起了九个银光闪闪的探测器和九副高大的菱形天线。在力学测量线上，安装好了冲击波探头和压力自记仪。在光学测量线上，安装好了光冲量探头、照相机和电影摄影机。飞机、坦克、大炮和飞机等效应试验物，全部摆上了试验场。到 8 月中旬，各项准备工作全部完毕。

张爱萍行动了。他，每天身背一个水壶，面戴一个墨镜，头戴一顶草帽，乘坐一辆五座吉普车，带领他的几个委员，到处检查"五定"落实情况。"五定"是定人员、定岗位、定设备、定动作和定协同关系的简称，是保证"稳妥可靠、万无一失"的有力措施。

这一天，几辆五座吉普车开到了铁塔附近的工号前停车。张爱萍率领他的几个委员下了车，沿着漫长的斜坡走廊，走进链式动力学组测量间。黄山和他的组员们一看首长们来了，赶快起立迎接。

"同志们好！"

"首长好！"

"同志们辛苦啦！"

"为人民服务！"

礼节性地问候之后，张爱萍像严厉的考官一样考问起他的部下来。

"黄山，你们什么时候完成最后的安装调试？""'零前'24 小时之内。"

"谁负责安装探测器？""报告首长，是我！"马文超立正，敬礼，回答。

"谁负责调试示波器？""报告首长，是我！"刘福祥立正，敬礼，回答。

"谁负责安装照相机？""报告首长，是我！"李有才立正，敬礼，回答。

"你干什么？黄山。""我负责监督他们每个人的操作，并做记录。"

"谁负责关门？""也是我。"

"谁负责在门前堵沙袋？""工兵团一连二班。"

"'零前'，你们这个组在什么地方？""在白云岗参观场参观。"

"'零后'几小时进工号抢收成果？""'零后'30 分钟从参观场出发，两小时之前进入工号抢收成果。"

"谁负责搬走堵门沙袋？""还是工兵团一连二班。"

"很好！你们的'五定'工作落实得很好！"张爱萍表扬了一句，满意地带领他的检查团走了。

黄山脸上的汗水"哗哗"地往下流。面对这样一位严厉的考官，比面对毕业答辩时的那些教授，黄山不知紧张了多少倍。

这一天，张爱萍带领他的检查团来到了无线遥测接收站。

帐篷里，方芳独自一人坐在接收机前，双脚泡在桌子下的脸盆里，正在悠然自得地看那本《原子武器》。

"哈哈!"张爱萍进得帐篷,笑道,"方芳同志,你可真悠闲呀!"

方芳扭头一看,慌忙抽出脚,腾地一下子站起来,两只光脚丫站在沙砾地上,有些难为情。

"方芳,没关系,你还是把脚放进脸盆里吧,凉快,舒服。今天晚上,我也学你的样子,把脚泡在脸盆里,看看文件,看看书。"张爱萍安慰方芳。

"在首长面前光着大脚丫子,太不雅观了。"方芳赶紧穿上了鞋。

"怎么就剩你一个,你们组其他的人呢?"

"今天我们组搞联试,男同志都到外场去了,家里只留下我跟夏彩虹。"

"今天,你们的组长不在家。那我就考考你了。"

"您就问吧,我保证对答如流。如果错了一个问题,下次再跟你们比赛篮球时,你们就罚我 2 分。"

首长们都笑了。

"'零前'多少小时完成最后的安装调试工作?""24 小时。"

"谁负责发射机定时钟表的定时?""赵万林、高升。"

"谁负责定时监督?""庄家栋、张毅。"

"你们什么时候撤离?""不!我们不撤离。"

"'零前'你们隐蔽在哪里?""小石头屋里。"

"什么时候进入小石头屋?""'零前'30 分钟。"

"什么时候出屋?""'零后'1 分钟。"

"什么时候开机?""'零后'8 分钟。"

"好!"张爱萍和他的委员们鼓起掌来。

方芳伸着手,调皮地说:"张副总长,我对答如流,毫无差错,给几块糖奖励奖励吧!"

张爱萍摸了摸兜,尴尬地说:"对不起,方芳,我兜里连一块糖都没有,下次给你补上,下次给你补上。"

"上将同志,我们这里概不赊欠,必须当场兑现!"夏彩虹站在门口将了上将一军。

张爱萍无奈,只好求救于他的委员们:"各位,你们谁的兜里有糖,请贡献出来!"

首长们都摸自己的兜,张蕴钰和张震寰每人掏出两三块糖交给张爱萍,张爱萍把糖放到方芳手里。方芳把几块糖托在手心上,责怪道:"看看!看看!这么多首长,七凑八凑才凑了这么几块糖,你们简直抠门到家啦!"

快乐的笑声几乎笑翻了帐篷。

有一天,政治部副主任于学前通知郭臣,路雨声说是有要事相商,请他明天到马兰机场去,并带上自己的行李物品,政委工作由他暂时代理。第二天,郭臣便从爆心西南 50 多公里处的场区机场搭乘进行飞行训练的伊尔-12 取样飞机到了马兰机场。傍晚,路雨声和郭臣沿着机场旁边的马路,一边散步一边商量事情。

"郭政委,孙宝山在住院期间,老毛病又犯了:他拉着给他送药的护士的手不放,把护士都气哭了。医院院长把他告到我这儿来了。"

"这个孙宝山，脑子是不是有病呀？"

"政委，孙宝山在场区表现怎么样？"

"不怎么样，怕艰苦，怕放射性，成天无精打采的，工作消极。"

"林清泉他们怎么样？"

"林清泉、肖亮和陈南，这三个青年都是好样的，朝气蓬勃，乐观向上，不怕苦不怕累，工作积极努力，准备工作安排得井井有条。"

"看来，我们选拔林清泉当队长没选错人。"

"是棵好苗子，有组织领导能力，有魄力，有干劲，有气度。"

"其实，孙宝山早就痊愈了，他怕再进场，赖在医院里不出来。与其这样，还不如干脆把他遣送回北京，免得让一条鱼腥了一锅汤。"

"我同意。留着他，还是火炮取样队的一个包袱。可是，路上孙宝山胡吹，泄了密怎么办？"

"你同他一起回北京，路上他就不敢乱说了。"

"这么紧张的时候，我怎么能走呢？还是换个别人吧。"

"是张政委亲自点名要你回去的。"

"我们家是不是出了什么事了？"

"你爱人得了美尼尔氏综合征，她和你们的俩孩子都需要你回去照顾。不过你也不必着急，张政委派了一个家属专门照顾你这个家。"

"真遗憾，不能亲眼看到我国第一颗原子弹爆炸的壮丽景观了！"

两天后，郭臣便带着遗憾，同孙宝山一起回北京了。

郭臣走后，林清泉带领着肖亮和陈南来到了炮兵连，和连长与指导员一同研究了火炮取样方案。在炮兵连部的帐篷内，黄连长在全连官兵和取样队员面前讲话："同志们，我们炮兵连在'零时'前后的行动计划是：'零前'30分钟，全体人员穿好防护衣、背好防毒面具，进入隐蔽工号隐蔽。'零后'30秒，由指导员打开防护门。随后，我带领一班、二班、三班、四班，冲出工号，55秒开炮射击，每隔30秒打1发，每门炮至少打10发。要瞄准蘑菇云顶打，在烟云稳定之前，因为云顶还是在不断翻腾上升的，所以每打一发，就要调整一次发射角度。林清泉、肖亮和陈南最后出工号。陈南用乙丙仪随时监视炮兵阵地放射性沉降情况，肖亮随时报告这个情况。林队长站在我身旁，当我的发射顾问。"

与此同时，在马兰机场招待所会议室里，蓝天带领的503机组和路雨声带领的飞机取样队正在研究飞机取样作业方案。

金振兴站在黑板前，边画边写边说："根据我国第一颗原子弹的瞄准当量，我们计算出的核爆炸烟云的顶高是11 200米，底高是6 500米。因此，我们确定的穿云高度是7 000米。根据烟云中平均γ射线剂量率的衰减规律，为了确保机上人员的辐射安全，我们选定的最早进云时间为'零后'55分钟。根据指挥部的规定，飞行员的最大累计量不得超过三伦，考虑到返航剂量几乎占了一半，因此当机上的累计剂量超过1.5

伦时,剂量员郑茂功应立即发出返航信号。经过估算,在保证不超剂量的情况下,穿云两三次是没有问题的。取样器阀门由我控制,在飞机进云前1分钟打开,在出云后1分钟关闭。我的汇报完了。谢谢大家!"说完,走回座位坐下。

蓝天说:"我再强调一次,我们的通信联络不允许使用明语,必须使用暗语,因此机上的每个人一定要把暗语记牢。"

路雨声说:"蓝大队长,请你再把暗语说一遍,免得弄差了。"

蓝天说:"我是塔台指挥员,就是大哥;机长是小弟;烟云是大河;γ射线是蛤蟆;开阀门是开门;关阀门是关门;返航是回家。"

两支核爆炸烟云取样队伍,做好了试验前的一切准备。

9月1日,全场进行综合预演。除了不引爆原子弹之外,各个测试项目完全按照正式试验进行,就如同拍戏时的彩排一样。主控站向各分控站发出了指令,分控站向各工号和各个测试点发出了指令,相关设备和仪器进入工作状态。无线遥测组的各台发射机发出了信号。炮兵阵地向铁塔上空发射了10发炮弹。取样飞机飞临铁塔上空,并采集了一些样品。这些样品叫本底样品,分析时用得着。综合预演之后,全场区进入待命阶段。万事俱备,只等党中央一声令下了。

进入9月,炎热的夏天已经过去,天气渐渐凉爽起来,虽然中午依然火辣辣的,但一早一晚就凉快多了,夜里睡觉得盖棉被了。

基地春雷文工团到场区慰问演出来了。他们在罗布泊村慰问演出之后,又到了孔雀村。春雷文工团的演出舞台就是孔雀村广场上的那个简易舞台。一轮弯月斜挂在天空,几盏100瓦的电灯照得舞台通明。在文工团团长进行了热情洋溢的慰问讲话之后,政治部副主任于学前代表研究所致了答谢词。随后,演出便开始了。

一个年轻漂亮的女演员走上台,报幕:"春雷文工团慰问演出,现在开始!"掌声热烈。"第一个节目:大合唱《我们战斗在戈壁滩上》,作词张爱萍,作曲晓河,指挥郑园园。掌声欢迎!"在一片热烈的掌声中,幕布徐徐拉开。女指挥轻轻地打着节拍,乐队奏响了音乐。女指挥双手用力一挥,歌声响起:

我们战斗在戈壁滩上
不怕困难不畏强梁
任凭天公多变幻
哪怕风暴沙石扬
头顶烈日明月作营帐
饥餐沙砾饭
笑谈渴饮苦水浆

这歌声,唱出了战斗在戈壁滩上人的豪迈的心声,唱出了中国人民的豪情壮志,赢得了一阵又一阵热烈的掌声。

女报幕员又报幕:"下一个节目:舞蹈《我们新疆好地方》。掌声欢迎!"在一片热烈的掌声中,幕布徐徐拉开。几个维吾尔族打扮的男女青年,在优美的《我们新疆好地方》舞曲中，跳起了热情奔放的新疆舞蹈。

肖亮对舞蹈没有多大兴趣，看了一会儿就忍不住说话了："这个女报幕员长得多精神、多漂亮，连声音都富有魅力。队长，我给你介绍介绍怎么样？"

"肖亮，谢谢你的好意。这辈子我是不会找女演员的，越是漂亮的越不能找。"林清泉回答得很干脆。

"为什么？""我是搞科学的，她是搞艺术的，根本不是一路人。"

幕布徐徐拉上了。下面又演出了男声独唱、女声独唱等节目。演出直到吹熄灯号才结束。

林清泉回到帐篷，就叫了起来："我泡在脸盆里的白衬衣怎么不翼而飞了！"

陈南俏皮地说："恐怕是让耗子拉走了吧。"

肖亮浪漫地说："可能是看你太辛苦了，感动了天上的仙女，于是趁我们看演出的时候，她飘飘荡荡下凡来，把你的衬衣往天上一甩，那衣服就飘飘荡荡地飞上天去了。"

林清泉接着话茬说："明天晚上，仙女会把我的衣服送回来的。"

果然，第二天晚上他们回到帐篷时，林清泉一眼就看到他的那件白衬衣叠得整整齐齐地放在他的床上。他从床上拿起他的那件白衬衣一看，洗得干干净净，连肩头上的一个破洞也用一小块白布补上了。

肖亮问："这个仙女，是夏彩虹，还是方芳呢？"

林清泉说："不，不是夏彩虹，也不是方芳，一定是春雷文工团的某位女演员。"

肖亮又来劲了，说："看来你们俩是有缘哪！队长，我一定把她找出来，让她做你的妻子。"

林清泉自有主意，说："不管是谁给我洗的，我都十分感谢她。但是，我是不会娶一个文工团员做妻子的。"

"对！你可不能娶文工团员做妻子，她们都是小狐狸精！"快人快语的方芳站在门口，毫无顾忌地插了一言，后面还跟着她的好友夏彩虹。

"以后，你们有需要缝缝补补、洗洗涮涮的，就交给我们俩。"夏彩虹说。

"木兰村是张副总长用金箍棒划的禁区，我们可不敢去。"肖亮说。

"今天的夜色多美呀！咱们一块出去散散步吧。"夏彩虹发出邀请。

"去就去！"肖亮积极响应。

皎洁的月光洒满戈壁滩，林清泉、肖亮、夏彩虹和方芳，漫步在气象大沟里。

林清泉、肖亮、夏彩虹和方芳一同在夜里散步的事，有人把林清泉告了。第二天晚上，代理政委于学前就找林清泉个别谈话。

"林清泉，"于学前开诚布公地说，"近些日子，你、肖亮、夏彩虹和方芳，是不是有点儿太热乎了？有人反映，你们是不是在谈恋爱呀？"

"于副主任，"林清泉辩解说，"我们有共同语言，不过是走得近些而已，根本没有谈恋爱的意思。再说了，谈恋爱是一对一，哪有集体谈恋爱的呀？"

"还是注意影响为好。现在，一切以任务为重，其他事情暂时放一放。"

"好，以后我跟夏彩虹和方芳，一定保持适当距离。"

"为了不影响夏彩虹和方芳的情绪,这件事只有你知我知,连肖亮都不让他知道。"

"我能做到。"

"等我们凯旋的时候,你愿意跟谁谈恋爱就跟谁谈恋爱。我还等着吃你的喜糖呢!"于学前打了林清泉一巴掌,又给他一个甜枣吃。

为了顾全大局,林清泉决定疏远夏彩虹和方芳。

次日黄昏,林清泉约他的两位战友出去散步,肖亮建议约上夏彩虹和方芳一块去,但被林清泉婉言谢绝了。

灿烂的晚霞映照着戈壁滩,映照着沿着气象大沟东岸溜溜达达散步的三个人,不知不觉中他们走进一片风化岩地,好像是走进一片美丽的石林,到处竖立着"一片"又"一片"一人来高的褐色岩石,三人顿时露出惊喜的目光。大自然的力量是不可抗拒的,年深日久,硬是把海洋变成了陆地;风吹日晒,硬是把海底礁石风化成"一片一片"的。大自然的鬼斧神工,造就了这片神奇的土地,造就了这片小石林。林清泉从上到下欣赏这"一片"石头,他发现它的根部变细了、变窄了,于是便扶着上部摇动了一下,不料它竟然活动了。他心中一喜,又用力摇动了几下,它居然从根部断了。他想在他的战友面前卖弄一下他的本领,于是把肖亮和陈南叫过来。林清泉吹嘘说:"鲁智深倒拔垂杨柳,今天我让你们开开眼,看看我林清泉倒拔大石块!"说罢,装模作样地往手心里吐了口吐沫,搓了搓手掌,运了运气,一哈腰抱着石头,叫着"起!起!起!",一使劲把石头抱了起来,然后轻轻地放到地上,直起身,竟然面不改色心不跳。

肖亮和陈南惊奇得目瞪口呆!

肖亮看到"一片"摇摇欲倒的石头,便恍然大悟,于是上前摇了几下,就把它抱起来放倒了,得意地说:"我也撂倒了一个!"陈南看出了门道,也撂倒了一个。林清泉灵机一动,提议说:"快过中秋节了,咱们每人扛一块回去,在帐篷前造一座假山,美化美化我们的戈壁家园。"肖亮想来个锦上添花,说:"如果再在假山上加上些彩灯,中秋之夜看起来一定更美!"陈南热情支持,说:"扛!现在就往回扛!"于是乎,每人扛着一块石头,踩着晚霞走在戈壁滩上……

他们三个人,不管干什么事,总是心往一处想,劲往一处使。团结就是力量,这力量是铁,这力量是钢,就没有战胜不了的艰难险阻,就会勇往直前。第二天傍晚,他们又扛回去三块风化石。又过了几天,一座假山便出现在火炮取样队的帐篷前。

夏彩虹和方芳看到了这座戈壁滩上的假山,羡慕不已,埋怨林清泉为什么不带她们一块去。她们说她们在木兰村也要造一座假山,比他们这个还大、还漂亮,还要求他们带她们去那片风化岩石地。林清泉怕担嫌疑,便把这个任务交给了肖亮。第二天黄昏,肖亮带领木兰村的一群村民去了那片风化岩石地。这些大姑娘们,见了这片美丽的风化岩石地,兴奋得不得了,又是蹦啊又是笑的。然后,两个人抬着一块岩石,高高兴兴地回木兰村去了。几天后,她们的又大又漂亮的假山造成了。所不同的是,她们的假山上还能喷水,别有一番情趣。夏彩虹和方芳为木兰村的假山超过了火炮取样队的假山而自鸣得意。

中秋之夜,木兰村的村民们围坐在假山周围,赏月、吃月饼、吃葡萄,叽叽嘎嘎地说,叽叽喳喳地笑。

中秋之夜，一轮皎洁的圆月高挂天空，满天星星闪闪烁烁，假山上的数盏小彩灯忽亮忽灭，与月光、星光交相辉映，构成了一幅美轮美奂的夜景。林清泉、陈南和肖亮席地坐在假山旁，一边吃月饼、一边吃吐鲁番葡萄，一边赏月、一边聊天。肖亮触景生情，念道："独在异乡为异客，每逢佳节倍思亲。"陈南讥笑他："肖亮，你真不害臊，还不到二十，就忙着搞对象。你是自作自受。"肖亮忧心忡忡地说："四个来月了，不知梁馨给我写了多少信，可是一直没有得到回音，不知她流过多少眼泪？不知她急病了没有？"肖亮忧心忡忡，马文超忧心忡忡。试验场上，不知有多少正在热恋中的青年男女都在忧心忡忡，家中的妻子在忧心忡忡，家中的父母也在忧心忡忡。

中秋之夜，万里之外的清泉村，月光如银，雾蒙蒙的山，雾蒙蒙的村庄。月亮底下，林父、林母和孙大爷坐在院子里一边饮酒一边赏月。

林母不由思念起远方的儿子来："唉，四个多月了，清泉一封信都没有，这孩子到底上哪儿去了呢？"

林父猜测说："就像当年抗美援朝一样，现在不正在抗美援越嘛，他八成是到越南帮助越南人打美国鬼子去了！"

林母不相信，说："他呀，指挥笔墨纸砚还可以，要是指挥当兵打仗啊，那可就是二五眼了，领导上是不会派他去打仗的。"

林父把一杯酒喝下肚后说："不行，明天我就上北京，找他们领导问问，他们到底把我儿子弄到哪儿去啦？！"

"你瞎折腾什么？！"孙大爷发话了，"清泉是干大事的人，说不定国家有什么机密大事要干，上不告父母，下不告妻儿。你们把心放在肚子里，听好消息吧！"

中国首次核试验，面临着非常复杂的国际形势。1963年7月，美、英、苏三国在莫斯科签订了部分禁止核试验条约，企图阻止中国发展核武器；赫鲁晓夫断言，没有苏联的帮助，中国20年也搞不出原子弹；美国在我国周围建立了20多个监听站，30多个测向站；超级核大国蠢蠢欲动，有破坏中国核设施的意图。对这些，中国政府不能不保持高度警惕。周恩来总理指示总参谋部，下达防御任务，部署全面戒备，严防美、苏和台湾蒋军的空袭与派遣特务的破坏活动。周总理指示张爱萍，这次试验，全体参试人员都要绝对保守国家机密，有关工程、试验的种种情况，只准参加试验的本人知道，不准告诉其他任何人。周总理以身作则，连邓颖超他都没告诉。

过了中秋节，国庆节又到了。

孔雀村的国庆联欢会开得很热闹，热烈的掌声和欢乐的笑声不断从广场上传来。有女声独唱《马儿呀你慢些走》，有男声独唱《克拉玛依之歌》，有男声小合唱《我是一个兵》和《打靶归来》等。现在，肖亮和方芳正在演出《逛新城》。在手风琴的伴奏下，打扮成藏族女儿的方芳和打扮成藏族老汉的肖亮快乐地边唱边舞。

"阿爸呀！""哎！""快快走！""噢！""看看拉萨新面貌，快快走来快快行呀。""噢呀呀呀呀呀！"

坐在马扎上的观众笑呵呵地欣赏着。林清泉说："肖亮虽然当不上电影演员，但在所里还是个出类拔萃的好演员。"陈南说："方芳表演得也很好。"清泉学唱一句："女

儿呀，等着我……噢呀呀呀呀呀……""你的嗓子也不错嘛，干脆也上台上唱去！""我也上台唱，那个藏族姑娘可就是两个爸爸了！"两个人呵呵笑了。"不要说话！听你们的还是听台上的?!"他们身后有人提出严重抗议！清泉和陈南相视一笑，乖乖地闭上了嘴巴。

过了国庆节，人们的心情不免焦躁起来。是啊，大家在试验场上战斗了四五个月了，一切都准备好了，全场综合预演也成功了，国庆15周年也过了，党中央怎么还不下命令呢？哪一天才能听到中国原子弹的第一声巨响啊？

事实上，9月下旬，原子弹的零部件已经秘密运抵试验场，并在距铁塔150米的地下室里，顺利地完成了第一颗原子弹的装配。现在等待的是一个适合试验的好天气。10月9日，根据气象预报，试验委员会初步拟定试验日期在15日至20日之间。10月14日，试验委员会确定16日为"零日"。张爱萍、刘西尧和著名气象专家顾震潮以及阳平里气象站站长，根据全国各地气象网提供的气象预报数据，经过反复推敲，最后确定16日15时为"零时"。

周恩来总理批准了这个计划。

1964年10月14日23时，在核试验总指挥部里，核试验党委会终于结束了。张爱萍起身庄重宣布："中国第一颗原子弹的爆炸时间定在1964年10月16日15时。张蕴钰，请你立即通知各单位，务必在24小时之内做好试验前的一切准备！""是！"张蕴钰立即摇动电话机手柄。

1964年10月15日，这是罗布泊核试验场上最紧张的一天。各个测试项目必须在今天完成最后的安装调试，而且不允许出丝毫差错；否则，就对不起祖国对不起人民对不起党了。

灿烂的朝阳照耀着那座巍巍铁塔，铁塔更显得威武壮丽；照耀着戈壁滩，戈壁滩益发显得辽阔而神秘；照耀着通京路，通京路上车水马龙、黄尘滚滚，显得格外繁忙，卡车、吉普车一辆接一辆，络绎不绝地沿着通京路朝铁塔方向开去。一辆卡车拉着力学组的几位成员开过去了，又一辆卡车拉着光学组的几位成员开过去了；一辆卡车拉着链式动力学组的几个成员开过去了，又一辆卡车拉着无线遥测组的几个成员开过去了……

内场在紧张地忙碌时，外场的马兰机场也在加紧准备。

停机坪上停靠着一架伊尔-12运输机，两个机翼下已经挂上了138型取样器，机下站着几个空军地勤人员。路雨声带领飞机取样队员，沿着飞机跑道走了过来。李保国和李海生各推着一辆装着过滤器的专用手推车来到飞机下，李保国将过滤器推到左机翼下，李海生将过滤器推到右机翼下，地勤人员将过滤器推进取样器内，关上取样器的头罩。飞机已经处于待命状态。

10月15日之夜，是全场区的一个不眠之夜。从将军到士兵，许多人似乎都犯了神经过敏。

张震寰在辗转反侧：明天，我将坐镇主控站，指挥中国第一颗原子弹的爆炸，我必须把起爆程序背得滚瓜烂熟。于是，那些程序一遍又一遍地在他的脑海里闪过……

赵万林在辗转反侧：我的钟表定时定错了没有？万一，时间到了，发射机还没有发出信号，怎么办？怎么办？……

马文超在辗转反侧：我的探测器能捕捉到那一闪即逝的 γ 射线信号吗？那信号的波形究竟是什么样子的？……

林清泉在辗转反侧：炮兵阵地会不会遭到放射性污染哪？万一污染了，所有人员必须立即戴上防毒面具。但是，无论如何，必须坚持把炮打完，不完成任务绝不撤离阵地！……

10 月 16 日，全场翘首以待的光辉日子终于来临了。

嘹亮的起床号唤出了一轮红日，晴空万里，朝霞灿烂，微风徐徐，一个多么美好的天气呀！

10 时，张蕴钰乘坐的一辆五座吉普车往铁塔方向开去，他的车后跟随着李觉将军的车。张蕴钰是试验核武器的司令，李觉是造核武器的司令，这两个司令的完美结合，在罗布泊核试验场上，演出了一场十分壮丽的罗布泊之歌。今天，他俩肩负着重大的历史使命，去为在塔上安装操作的工程技术人员壮胆、保驾护航。两辆五座吉普车开到铁塔前的警戒线外，戛然而止。张蕴钰和李觉下了车。这时，方工和他的助手已经等候在这里。张蕴钰和李觉带领着方工和他的助手，越过警戒线，走到铁塔下，登上电梯。电梯徐徐上升，越升越高。放眼望去，核试验场的壮观场面尽收眼底：一排排银光闪闪的探测器、两排菱形天线、一座座工号，还有各种各样的效应物，这是一场特殊大战前的一种特殊的战场。电梯到达顶端，停了，四个人走出电梯。方工和他的助手进入操作间，按照操作规程一步一步地操作。张蕴钰和李觉站在那颗原子弹旁，观看这颗即将振奋中国、震惊世界的原子弹，张蕴钰下意识地摸了摸装在他口袋里的那把开启控制台的钥匙。

最后，方工从容自定地将一只电雷管插入原子弹内。一切正常，安全无事，方工、张蕴钰和李觉均长长地舒了一口气，如释重负。张蕴钰轻轻从墙上撕下那张操作规程，并在上面签了字：张蕴钰 1964 年 10 月 16 日。他把这张不同凡响的纸，揣进兜里，身不由己地摸了摸装在他口袋里的那把开启控制台的钥匙。

他们乘电梯回到塔下，方工在一间控制室里合上最后一个电闸，从主控站到原子弹的起爆线路畅通无阻了！

方工和他的助手以及警卫战士乘车走了，李觉驱车走了。张蕴钰是最后上车走的，车开出几百米之后，张蕴钰从车上下来，又看了铁塔最后一眼，这才恋恋不舍地离去。

主控站里，正处在大战之前的宁静当中，控制组的各个成员已各就各位，唯有张震寰在缓缓地踱步，以减轻他紧张的心情。张蕴钰走了进来，将那把开启控制台的钥匙交给了张震寰，张震寰将这把钥匙交给主控组组长。张蕴钰交接完钥匙，走了。操作员庄重地坐在控制台前，等候命令。

14 时 30 分，张震寰下达操作口令："开启操纵台！"操作员用钥匙打开操纵台，开机预热。

14 时 40 分，张将军下达操作命令："发 K1-1 指令！"操作员回答："是！发 K1-1 指令！"随即启动了核按钮。

零前5分钟，张将军再次下达操作命令："发K1-2指令！"操作员回答："是！发K1-2指令！"再次启动了核按钮。

零前30秒，张将军最后一次下达操作命令："发K2指令！"操作员回答："是！发K2指令！"随着K2指令的发出，程序仪启动。

控制台进入自动化程序，机器"嘎嘎"地响，灯光频频地闪。

白云岗参观场上，国旗高扬，彩旗飘飘，《彩云追月》在空中荡漾。数千名参观者背向爆心，趴在地上……

张爱萍、张蕴钰、李觉等，戴着防护眼镜坐在桌子前，眺望东方……

高音喇叭里响起清晰、响亮的倒报时声："10，9，8，7，6，5，4，3，2，1。"随后提高了声调，"起爆！"

刹那间，一道强烈的闪光划破万里长空，一个通红的火球熊熊燃烧，一朵蘑菇云滚滚升起。紧接着发出一声惊天动地的巨响……

这一声巨响就是命令！

炮兵阵地上，隐蔽工号的门洞打开，黄连长和战士们穿着防护服、背着防毒面具，欢呼着冲出来，各个炮手各就各位。黄连长举着小红旗站在高处指挥射击。他把小红旗用力向下一挥，喊道："放！"四门122加农炮同时"轰隆"一声把炮弹射向蘑菇云顶……

林清泉、陈南和肖亮，穿着防护服，背着防毒面具，从工号里冲出来。陈南拿着剂量仪在测量地面放射性沾染情况……

黄连长把小红旗又用力向下一挥，喊道："放！"又有四发炮弹呼啸着飞出炮膛，飞向蘑菇云顶……

这一声巨响就是命令！

马兰机场上，五名飞行员和金振兴、郑茂功，穿着防护服、背着防毒面具挎包，登上伊尔-12飞机。飞机起飞了，向蘑菇云升起的地方飞去……

这一声巨响就是命令！

辐射侦察连的五辆辐射侦察车，如离弦之箭，飞向爆心……

这一声巨响就是命令！

无线遥测组的人员从小石屋里冲出来，看着滚滚升起的蘑菇云好像就在他们的头顶，激动得热泪盈眶，高兴得欢呼雀跃。然后排着队跑向接收站……

这一声巨响就是命令！

工号门前，穿着防护服、戴着防毒面具的一个班的战士，正在紧张地搬走堵工号门的沙袋……

门打开了，穿着防护服、戴着防毒面具的链式动力学组的马文超和李有才，立即冲入工号抢收他们的测量成果……

炮兵阵地上，炮声隆隆。

陈南用仪器在各处测量了放射性沾染情况，发现没有受到沾染，很安全，便放心地摘掉了防毒面具。清泉和肖亮随之也摘掉了防毒面具。

肖亮喊道:"平安无事喽!放心打炮吧!"

"放!"黄连长把小红旗用力向下一挥,又有四发炮弹射向蘑菇云……

林清泉、陈南和肖亮,望着就在头顶上的顶天立地的蘑菇云,惊奇万分,激动不已。

肖亮惊叹道:"太壮观啦!"

陈南赞美道:"太美妙啦!"

清泉感慨道:"真是一幅奇妙的科学杰作呀!"

无线遥测接收站内,夏彩虹坐在接收机前,紧盯着接收机的仪表。仪表"沙沙"地响着噪音,仪表指针在微微摆动。庄家栋和赵万林站着她身后看着接收机。一阵悦耳的电波打破了难耐的沉静,指针忽地一下子飘了上去。

赵万林兴奋地说:"来啦!"

夏彩虹惊奇地说:"哎呀!东南线七公里处,γ射线剂量率超过五伦啦!"

高升站在门口兴奋地报告:"东线七公里处,γ射线剂量率超过一伦啦!"

赵万林下结论:"化学爆炸是绝对不会产生放射性沾染的,这么强的γ射线,肯定是核爆炸!"

庄家栋摇了几下电话单机的手柄,拿起送话器报告:"指挥部,无线遥测接收站向您报告……"

白云岗参观场上,数千名参观者望着滚滚升起的蘑菇云,激动不已,有的欢呼,有的跳跃,有的互相拥抱,有的互相握手,有的激动得热泪盈眶,有的把帽子抛向空中,有些人把张爱萍抬起来,一次又一次地抛向空中……

张爱萍一把抓起电话,格外兴奋地向周总理报告:"总理,我们成功啦!我们的原子弹爆炸成功啦!"

周总理立即反问了一句:"怎么证明是核爆炸?"

张爱萍回答:"据无线遥测报告:在下风方向上形成了一大片沾染区,而且γ射线很强,这是核爆炸最强有力的证明!"

周总理声音激动、庄重地说:"你们为中国干了一件大事,一件值得载入中国历史史册的大事!我代表党中央、国务院,向参加此次试验的全体工人、科学家、干部和解放军指战员,表示热烈的祝贺、衷心的感谢和亲切的慰问!"

张爱萍声音颤抖地说:"谢谢您,总理!今后,我们一定会把事情干得更好!"

1964年10月16日15时,中国在历史上又书写了辉煌、灿烂的一页!

当人们还沉浸在欢乐之中的时候,那蘑菇云却不断随风向东飘啊、飘啊,飘得越来越远,同时也渐渐失去了蘑菇状,变得好像一只飞翔的鸽子。伊尔-12取样飞机向核烟云追来,追呀、追呀,离放射性烟云越来越近。机舱里,七名机组乘员紧张地各司其职。金振兴打开取样器进气口的阀门,一股强大的气流从进气口冲进取样器内,流过过滤器,然后从排气口排入大气。郑茂功面前数字仪的指针飘了上去,飞机已经钻进核烟云,取样器开始采集样品,大家全然不顾射线的危害,一心一意保证要超额完成任务。

飞机飞出烟云，拐了个弯后，第二次钻进烟云采集样品。当飞机飞出烟云时，郑茂功发出飞机返航信号。金振兴立即关闭了取样器进气口阀门，飞机满载而归，胜利返航了。飞机离烟云越来越远，但郑茂功面前的剂量仪却依然指示有很强的放射性，这放射性不是来自烟云，而是来自被沾染了的机身和机翼下的两个取样器。飞机飞越戈壁滩，飞向马兰机场……

马兰机场上，李保国带领四名防化战士，穿着防护服，背着防毒面具，站在停机坪旁，仰望天空。飞机的轰鸣声从远处传来，伊尔－12飞机飞临马兰机场上空。他们立即戴上了防毒面具。

飞机降落，滑到停机坪上停下。机舱门打开，七名机组乘员下了飞机，立即上了一辆卡车。卡车拉着他们驶向实验室……

李保国拿着一个铁钩子冲到左机翼下的取样器前，用力拉开锁紧销子，取样器头罩奔拉下来；一个战士把手推车推到取样器前，李保国把过滤器从取样器里拉出来，放到手推车上；那战士推着手推车沿着跑道跑向实验室，另一个战士和他并肩跑，两个战士轮流推着手推车，沿着跑道跑向实验室……

李保国拿着一个铁钩子又冲到右机翼下的取样器前，用力拉开锁紧销子，取样器头罩奔拉下来；一个战士把手推车推到取样器前，李保国把过滤器从取样器里拉出来，放到手推车上；那战士推着手推车沿着跑道跑向实验室，另一个战士和他并肩跑，两个战士轮流推着手推车，沿着跑道跑向实验室……

李海生带领四名防化战士，穿着防护服，背着防毒面具，站在无尘实验室门前，看到两辆手推车过来了，急忙戴上防毒面具，然后打开了实验室门，两个战士每人接过一辆手推车，推进了实验室。李海生关闭试验室门，然后带领战士们开始分装样品。一个人卸掉过滤器的外网，并把它放在地上的塑料布上；一个人用长柄镊子夹住滤布放在桌子上的塑料布上，又将内网放在地上的塑料布上；李海生用剪子把滤布剪成几大块，然后用长柄镊子夹着一块滤布装进塑料袋内，用白线绳扎住袋口；又一人用长柄镊子夹住塑料袋放在地上的铅罐中，盖上铅塞，打上了铅封……

停机坪上，一位全副防护武装的防化战士手拿高压水枪正在洗消飞机，污水顺着一条沟流进停机坪附近的污水坑里……

淋浴室里，五名飞行员和金振兴、郑茂功正在洗淋浴……

实验室门前，七名第一次穿过蘑菇云的英雄，上了一辆救护车，车开走了。救护车拉着他们奔向基地医院，他们需要住院检查身体，需要休养。

傍晚，为了庆祝中国第一颗原子弹爆炸成功，各个参试单位分别举行了盛大的戈壁宴会。尽管没有生猛海鲜，尽管没有葡萄美酒夜光杯，但各个帐篷食堂里，都洋溢着热烈的气氛，充满了笑语欢声，比过年还要高兴、还要热闹。

张爱萍手里拎着一瓶茅台酒和张蕴钰一同走进基地研究所临时驻地食堂，程所长和于学前急忙起身迎接，众人的目光一下子集中到了两位首长身上。

张爱萍满面春风地说："同志们！我向大家报告一个好消息：那个说我们中国20年也搞不出原子弹的赫鲁晓夫，昨天已经下台啦！今天，我们中国原子弹的一声巨响，就是对他最好的回答,也是为他送行啦!"笑声一片,掌声一片。

老将军拿着茅台酒,到各个餐桌敬酒。食堂里,敬酒声、祝贺声、谈笑声,不绝于耳。

戈壁滩在欢庆胜利,北京在欢庆胜利,全国都在欢庆胜利。

10月16日夜,天安门广场流光溢彩,人民大会堂灯火辉煌。大会堂里,毛泽东、朱德、周恩来和董必武等党和国家领导人,正在观看大型音乐舞蹈史诗《东方红》。演出结束后,在接见音乐舞蹈史诗《东方红》的全体演员后,毛主席让周恩来总理提前宣布了这一特大喜讯。

周恩来总理站在讲台上,无比喜悦地说:"同志们,我向大家报告一个爆炸性新闻:今天,我国的第一颗原子弹爆炸成功啦!"顿时,全场掌声雷动。

周总理风趣地说:"大家可以欢呼,可以鼓掌,可不要把地板跳踏了哟!"

天安门广场上,正在散发《人民日报》号外:我国第一颗原子弹爆炸成功。

罗布泊第一声巨响,振奋了中国,震惊了世界!

10月17日傍晚,一架运送飞机样品的伊尔-14飞机降落到北京南苑机场上,路雨声走下飞机,将样品清单交给来迎接样品的原子能所的放化分析研究室主任刘强。随后,一辆装载中国第一颗原子弹样品的卡车,在武装押送下驶出南苑机场,驶向中国科学院原子能所……

当晚,中国第一颗原子弹的样品就进入了原子能研究所的实验室。有幸参加中国第一颗原子弹爆炸样品分析的,有原子能研究所放化分析研究室的郭俊如、刘玉兰和魏智慧等助理研究员,有基地研究所放化分析研究室在这里实习的欧秀丽、丁雪梅、常达志和李茂松等20多人。在刘强和路雨声的组织指挥下,在郭俊如、刘玉兰和魏智慧等人的带领下,中国第一颗原子弹爆炸样品的放化分析工作紧锣密鼓地展开了……

当全国人民还沉浸在中国第一颗原子弹爆炸成功的喜悦里的时候,罗布泊核试验场上完成了任务的各单位开始撤离,而火炮取样队和无线遥测组还在紧张的战斗。林清泉、陈南和肖亮,每人带领三个防化战士,分乘三辆卡车出发了。他们身穿防护服,身背防毒面具,雄赳赳、气昂昂地站在卡车上,望着茫茫戈壁滩,戈壁滩一片清冷、沉寂。五六十顶降落伞散落在20平方公里范围内,寻找起来很不容易,所以他们兵分三路,林清泉、陈南和肖亮各带一队。他们在防护部设立的检查站经过检查后,继续前进。他们看到了地上插着一流红色三角小铁旗,这就是沾染区的边界。他们立即戴上防毒面具,勇敢地冲了进去。他们在特殊的战场上进行一场特殊的战斗,虽然没有炮火连天,没有枪林弹雨,但无数的、看不见的 γ 射线,却连续不断地、强烈地袭击着他们年轻的躯体。他们全然不顾,聚精会神地盯着前方。

林清泉的车在前进,一项白色的降落伞出现在车的前面,林清泉敲打了几下车顶棚,车停了。林清泉和战士们跳下车,走到降落伞旁。林清泉将伞轻轻折叠好,用手握住提起来;一个战士用剪刀剪断伞绳,然后将伞放进一个塑料袋内并封口;一个战士提着塑料袋,走到卡车后,把塑料袋递给车上的战士;车上的战士把塑料袋装入车上的铁

皮箱中。林清泉和车下的战士爬上车后，车开走了。他们又去寻找下一个目标。

与此同时，陈南带领战士们回收完了一顶降落伞后，又去寻找下一个目标；肖亮带领战士们回收完了一顶降落伞后，又去寻找下一个目标。

火炮取样队的三个人都是"财迷"，上级本来规定每一路只要回收到三顶降落伞就是完成任务，可是他们每辆车都回收了六顶才肯罢休。

回收完炮伞，三辆卡车出了沾染区，在铁塔南边青石山旁的公路上会合了，此时已经是红日西沉了。

陈南用剂量仪检查了每个人的全身沾染程度，结果是：上半身和头部略有沾染，下半身沾染较轻、防尘靴和乳胶手套沾染较重，仪器的耳机里的响声就如同机枪扫射一样。之后，大家脱掉面具和乳胶手套，并将其丢进车上的一个放射性废物桶中。戴了五六个小时的防毒面具，简直要憋死了；脱掉面具，自由地呼吸新鲜空气，简直舒服死了。但是，他们的车上，他们的身上都沾满了放射性物质，还不能彻底解放，于是他们又戴上了防毒口罩和白线手套。憋了五六个小时的尿，膀胱几乎要憋爆了，于是大家便迫不及待地撒尿。撒完尿，那个舒服，那个痛快，就甭提了。

三辆车又启程了，绕过青石山，绕过骆驼山，拖着一路黄尘，迎着夕阳行驶在回收路上。回收路靠近孔雀河，是场区最南端的一条路。为了不沾染其他地区，所有碾过沾染区的车轮子，必须在回收路上滚。炮伞回收车队沿着回收路奔跑了一个多小时，到达气象大沟南端的防化洗消站。在林清泉的指挥下，大家把已经脱下的防毒面具和乳胶手套从车上丢进车旁边的一堆防化器材中，然后又把防尘靴和防尘服脱下也丢进那堆被沾染了的防化器材中。之后，他们穿着秋衣、秋裤和解放鞋，提着自己的衣物袋上了洗消车。在洗消车里，他们彻底地洗了个干净，然后换上自己干净的衣服和鞋袜。他们在洗消车里洗消的时候，三位防化战士拿着高压水枪把他们的卡车也冲洗干净了。

车队又出发了。车队一路向西又开了一个多小时，到达分装实验室。在这里，在林清泉的指挥下，大家把几箱装满炮伞的铁皮箱子抬进实验室。到此为止，他们的回收工作才告圆满结束。此时，已是深夜了。他们回到研究所在场区的驻地，这才痛痛快快地喝了一通水，美美地饱餐了一顿，他们从来没有这样饥渴过。夜里，他们又美美地睡了一觉，他们从来没有这样劳累过。

次日上午，火炮取样队全副防护装备在分装实验室里分装火炮样品。林清泉站在工作台前负责分剪炮伞，他先剪掉所有的伞绳，然后将伞衣剪成两半；肖亮用镊子夹住半个伞衣装进一个塑料袋内，然后将塑料袋交给陈南；陈南用塑料焊接机封上袋口；肖亮将这个封了口的塑料袋装进一个铅罐中，然后打上铅封。他们如此这般地装了一个铅罐又一个铅罐，直到把所有的降落伞分装完毕。工作结束之后，他们在洗消站进行了洗消。至此，他们的火炮取样任务才全部完成。

无线遥测组一直在夜以继日地监测一大片沾染区的放射性衰减情况。一周之后，无线遥测组才完成了沾染区的 γ 射线跟踪测量任务，获得了 γ 射线的衰减规律。之后，庄家栋带领赵万林和高升，进入沾染区，回收了他们的九台发射机和九个探测器，以备下次任务使用。他们的任务也胜利完成了。

飞机取样队、火炮取样队和无线遥测组，是研究所第一批进场的，却是最后一批撤场的。他们终于回到了阔别半年的北京，回到了通县军营。在戈壁滩上生活了半年，回到北京的感觉真好，又可以逛大街了，又可以到商店里买自己想买的东西了，又可以到电影院里看一场电影了，又可以到澡堂里舒舒服服地泡个澡了，又可以随便写信了。在戈壁滩上生活了半年多，有钱没处花，每个人都攒了不少钱，寄些给家里，给自己添些生活用品。林清泉、陈南和肖亮每人买了一块上海牌手表，从此之后，只要一抬手腕子便知道几时几分几秒了，再也用不着问别人了。

家书抵万金。回到北京后的第一件大事就是写信报平安。林清泉的信发出去了，陈南、肖亮和马文超的信发出去了，方芳的信也发出去了。

研究所在礼堂里召开庆功大会，表彰了有功单位和个人，飞机取样队、无线遥测组和链式动力学组等许多项目组，都荣立了集体三等功；金振兴和郑茂功等人，荣立了个人二等功；肖亮、陈南、李保国、马文超、赵万林、夏彩虹、方芳等许多人，荣立了个人三等功。由于受孙宝山的影响，火炮取样队的集体三等功吹了，队长的三等功也吹了，林清泉深感遗憾。

会后，放映了八一电影制片厂拍摄的大型纪录片《中国第一颗原子弹爆炸成功》。大家看着自己和同伴的身影出现在荧幕上，不时发出"这是我！""这是你！"的兴奋的叫声和欢乐的笑声。

此时此刻的孙宝山，却怎么也笑不出来。他，没有出现在银幕上；他，失去了立功的千载难逢的机会；他，不但连累了火炮取样队，还连累了队长。孙宝山懊悔不已。但是，过去的就过去了，永远也找不回来了。

1964年年底，在国防科委大楼内的一间小会议室里，张爱萍和国防科委的首长们以及张蕴钰，听取了研究所关于我国第一颗原子弹的各种测试结果的报告。

所长程开甲做了全所50多个测试项目的综合报告。

一室主任报告了主要力学测量结果，其中有压力自记仪测量的力学当量、冲击波到达时间和冲击波的动压。

二室主任报告了主要光学测量结果，并展示了火球、蘑菇云在不同时间的照片。

三室主任吕启明报告了链式反应动力学以及无线遥测的结果，还展示了链式反应曲线以及沾染区里剂量率随时间不断衰减的曲线。

七室主任路雨声报告了放化分析结果，最后下结论说："首次核试验，我们用一架伊尔-12飞机和四门122加农炮取得了大量的核爆炸烟云样品，对这些样品经过一个多月的放化分析，我们获得了我国第一颗原子弹的准确爆炸当量是：两万吨！"大家掌声雷动。

最后，张爱萍做总结和动员报告："你们基地研究所年轻，才不过一周岁多嘛！你们的科技干部更年轻，主力军才二三十岁嘛！说实在的，同志们哪，我一直为你们捏着一把汗哪！但是，你们却圆满地完成了我国首次核试验的各种测试任务！了不起，很了不起呀！你们是不鸣则已，一鸣惊人哪！现在，你们基地研究所那是：窗户眼吹喇叭——名声在外啦！"大家掌声夹杂着笑声。

"同志们,你们可不要骄傲哟,你们可不要翘尾巴哟,你们任重道远。还有许多科学难关等着你们去攻克,还有许多任务等着你们去完成。我国第二颗原子弹即将诞生了,明年春天我们就去试试它。这次不是塔爆,而是空爆,就是用飞机投掷原子弹。那时候,我们的原子弹就成为真正的武器啦!"大家掌声雷动。

第五章　凯歌声声

一座巨大的铁塔倒卧在茫茫戈壁滩上，在灿烂的朝霞里益发显得壮丽辉煌。在铁塔西南四公里处立了一个三角觇标，这就是核试验场空爆试验的靶心。以这个靶心为圆心画了一个半径为 200 米的白灰圈，白灰圈附近立了几个雷达反射器，白灰圈和雷达反射器就是飞机投弹的指示器。以这个靶心为圆心还新修了一条半径为一公里的环形公路。在环形公路内还新建了一些地下工号，其中 A 工号和 B 工号是链式动力学组的两个新测量工号。

从 1965 年起，中国所有的空爆试验均以这个靶心为中心。1965 年 3 月，各路核试验大军又从全国各地陆续开赴罗布泊核试验场，准备进行我国首次空爆核试验暨第二次核试验。成千上万人云集在试验场上，戈壁滩又沸腾了。

这次试验，最庞大的队伍是核试验效应大队。效应大队共有 10 个大队，一大队是军事医学科学院的动物效应大队，二大队是空军的飞机效应大队，三大队是海军的舰艇效应大队，六大队是装甲兵的坦克效应大队，等等。第一次核试验，以原子弹能否成功爆炸和核测试为主，效应试验只是初试牛刀，人员少、规模小。根据周总理的"一次试验，多方收效"的指示精神，这次试验加强了效应试验，除了全军各军兵种加强了他们的效应试验队伍之外，国务院各部几乎都派来了效应试验队伍，人员之多，规模之大，可谓是空前的。在靶心以西 10 公里范围内，沿着通京路两侧布设了许多条效应试验线，主要有汽车线、飞机线、大炮线、坦克线、雷达线、楼房线、粮仓线和动物线等。除此之外，还有一座铁路桥上停靠着一辆火车头，一个避风港内停了一个舰艇模型，枪支弹药、服装布匹、种子粮食，可谓是应有尽有，这简直就是一个盛大的露天博览会。

为安全起见，空爆试验的主控站设在场区机场南边四五公里靠近孔雀河远离爆心的地方，这是我国核试验的第二个主控站。试验的总指挥部也搬迁到这里。这次试验的总指挥还是张爱萍上将。

这次试验，除洗涮用水还是用孔雀河水外，饮用水和做饭用水是从甘草泉拉的清泉水，日子好过多了。不过，4月份一连刮了三天沙尘暴，刮的是飞沙走石，天昏地暗，出不了车，走不动路，人们只能躲在帐篷里避风。帐篷也被刮得摇摇晃晃，人们不得不经常出来加固帐篷，否则就被狂风刮走了。风大，生不了火，做不成饭，人们只好用饼干和罐头等食品充饥。

1964年夏，研究所又招收了100多名大中专院校毕业生，兵强马壮了。这批人经过集训后，分配到各个研究室的各项目组，各项目组人丁兴旺了。飞机取样队来了两个新生力量，一个是来自北大的叫刘海泉，一个是来自清华的叫孙志刚。无线遥测组和链式动力学组都增添几个新同志。因为人不够分，再加上打炮靠炮兵连，火炮取样队一人未添，林清泉对不给他加人很有意见，然而胳膊拧不过大腿。1963年入伍的大中专院校毕业生，不但是研究所的第一支主力军，也是核试验的开拓者，如今还可以当师傅带徒弟了。1964年入伍的，成为研究所的第二支主力军，他们要拜师学艺，甘心当好徒弟，有了创业者打下的良好基础，他们当然省心多了。

首次核试验，孙宝山半途而废，不但影响了自己，还影响了队长和全队，懊悔不已。这次任务，他主动要求上场，给他一次改过立功的机会。林清泉看他思想有进步，便带他进了场，让他做些辅助性工作，不让他参加回收。初春的天气，不冷不热，是执行任务的好季节，尤其是不再喝又苦又咸的孔雀河水了。孙宝山生活上不再愁眉苦脸，工作上也积极主动多了。林清泉看在眼里，喜在心头。他对孙宝山的点滴进步，都感到由衷的高兴。火炮取样队的工作还是老一套，不必细说。

飞机取样队的工作稍有改进。取样飞机由伊尔-12改为伊尔-14，取样器由138型改为09-1型，体积小了，重量轻了，升限高了。链式动力学组的仪器和设备都做了一定改进，主要技术性能有了明显提高。无线遥测组的设备还是老一套，只是布点方案做了调整。进场后，他们的第一项重要工作就是把去年留在沾染区里的九副天线拆下来，然后移到新监测点上。经过半年来的放射性衰减，虽然爆心地区依然还有较强的放射性，但远处基本上干净了，在里面工作是安全的。经论证，组员们"零前"不必再隐蔽在那座小石头屋子里了，所以无线遥测组的三个接收站没有设在罗布泊村，而是设在孔雀村东面一片平坦的戈壁滩上，这里距靶心仅17公里。

有了首次核试验的基础和经验，第二次核试验的准备工作进展得十分顺利。到"五一"前全场联试就胜利结束了，"五一"后全场进入待命阶段。根据气象预报，张爱萍最后确定1965年5月14日为"零日"。虽然第二颗原子弹的爆炸当量和第一颗的差不多，这次的参观场没有设在白云岗，而是各单位就地参观，其中有罗布泊村参观场、孔雀村参观场、黄羊沟参观场和指挥所参观场等。孔雀村参观场设在遥测接收站的旁边，这里平坦，视野广阔，是观看核爆炸的理想场地。

1965年5月14日早晨，晴空万里，阳光明媚，微风徐徐。

孔雀村参观场上，一面五星红旗高高飘扬，一排彩旗迎风招展，一只高音喇叭正在播放优美的广东音乐《步步高》。研究所数百名参观者云集在参观场上，每人的脖子上挂着一副光辐射减弱倍数达五六千倍以上的光学墨镜，悠然自得，谈笑风生。上次试验时，参观者们躲在60公里之外的白云岗，还要背向爆心、趴在地上、闭着眼睛、捂着耳朵。当他们爬起来看的时候，蘑菇云已经升得老高了，最初的闪光、火球和蘑菇云的飞升，谁也没看见，太令人遗憾了！但是，通过第一次试验，人们终于明白了：原子弹就是那么大个东西，也就是那么几个招式，没什么了不起的，站近了看、站直了看，看它个一清二楚、明明白白！

"首长和同志们请注意！首长和同志们请注意！"高音喇叭里传出清脆悦耳的女播音员的声音，"飞机第一次飞临场区上空！飞机第一次飞临场区上空！"

参观场顿时安静下来，人人都把目光射向了蓝天。只见：蔚蓝的天空中，一架携带着中国第二颗原子弹的轰炸机，在高高地、无声无息地飞翔，尾部拖着一条长长的雪白云雾，恰似献给祖国蓝天的一条洁白的哈达。飞机朝靶心上空飞去。大约过了20分钟，飞机又飞过来了。

"首长和同志们请注意！首长和同志们请注意！"高音喇叭里又传出清脆悦耳的女播音员的声音，"飞机第二次飞临场区上空！飞机第二次飞临场区上空！"

飞机拖着一条白云第二次向靶心上空飞去。又过了20分钟，飞机又飞过来了。

"首长和同志们请注意！首长和同志们请注意！"女播音员提醒，"请戴好墨镜和耳塞！"

参观者们赶紧戴上墨镜，然后将耳塞塞进耳朵眼里，两眼聚精会神地望着靶心上方那一片辽阔的天空。

机长李源一驾驶着轰-5轰炸机，坚决、勇敢地冲向靶心上空。

"脱钩！"原子弹从机舱里掉入蓝天，一顶巨大的降落伞张开，携带着原子弹下降，下降……

"10，9，8，……"人们的血在沸腾，心"怦怦"地乱跳。

"……3，2，1，"人们屏住呼吸、眼睛一眨不眨地盯着东方那一片天空。

"起爆！"

突然，一道强烈的闪光划破万里长空，一轮异常明亮的人造太阳在天空中闪闪发光。

说时迟，那时快，这火球一面飞也似地升一面飞也似地长，同时渐渐暗淡下来，火球变成了雪白的云团。这云团还是飞速地升，飞速地膨胀，同时翻江倒海般地翻腾着，升得越来越高，直径越来越大。与此同时，从地面升起的尘柱在拼命地追赶这云团，但它还是枉费心机，没有追上。于是，就形成了空爆的特有景观：云头和尘柱分离的蘑菇云，云头是洁白的，尘柱也比较干净，和地面爆炸的蘑菇云截然不同。

哦，多么神奇的变化呀！多么惊心动魄的一幕呀！多么壮丽多么辉煌呀！

所有的参观者都是第一次目睹了核爆炸的整个过程和壮丽景观，怎么不令他们心潮澎湃、激动万分呢？！于是，欢呼声、掌声、响成一片。

1965年5月14日10时，中国第二次核试验暨首次原子弹空爆试验成功了！

空爆试验的成功，标志着中国的原子弹已经成为可以投掷的核武器了！

炮兵阵地上，四门122加农炮向蘑菇云开炮，一发发炮弹在云顶炸开，一顶顶白色

小降落伞从云中向下降落……

欣赏完了蘑菇云,无线遥测组立即进入帐篷。夏彩虹坐在接收机前,开始接受远方发射过来的信号。"来啦!"一阵清脆悦耳的电波使大家兴奋起来,但仪表指针只在"零点"附近微微摆动。夏彩虹报告:"东南5公里,0!"庄家栋说:"看看10公里。"夏彩虹报告:"也是0!"庄家栋说:"再看15公里。"夏彩虹报告:"东南15公里,还是0!"方芳站在帐篷门口大惊小怪地说:"不好啦!不好啦!东线三个监测点,都是0!"

赵万林却高兴地大叫起来:"太棒啦!太棒啦!我们的任务已经圆满完成啦!"

庄家栋下结论说:"0就是数据,而且是最理想的数据。这就充分证明,这次空爆没有造成放射性沾染,地面是干净的。"

这时,天空中传来了"轰轰"的声音。方芳叫道:"取样飞机来了,咱们看飞机去吧!"

这次试验,飞机取样队用一架伊尔-14飞机携带09-1型取样器实施核爆炸烟云取样。担任飞机取样任务的是一个新机组员和李保国、李海生。

之后,完成了任务的各单位开始撤场。

研究所参试人员回到北京时,已是5月末了。

1965年6月1日,中国人民解放军取消了军衔制,取消了"八一"帽徽,全军从元帅到士兵,一律戴红色帽徽、红色领章。取消军衔制,对1964年入伍的大学生们来说,无疑是当头浇了一盆冷水,从头凉到了脚,他们即将从学员升为中尉的美梦,像肥皂泡一样破灭了。

这年夏天,又有一大批1965年的大专院校毕业生,加入了核试验的行列,成为研究所的第三支主力军。从此,这三大主力军就支撑起了罗布泊核试验场上的那片天空。刚刚入伍的1965年的大专院校毕业生,经过集训,刚刚分到各个研究室,还没有接触到工作,随着一声令下,他们开拔了。但他们不是开往罗布泊核试验场参加核试验,而是开往山东郯城县参加农村的"四清"运动。研究所原本紧锣密鼓地准备1966年任务的工作,也被这一道命令打乱了,各个项目组除留少部分人准备任务外,其余人员一律参加"四清"工作。在外协作和学习的人员,一律返回部队去参加"四清"运动。研究所由张政委亲自带队,各队由各队政委带队,从北京浩浩荡荡地开赴山东。火炮取样队的陈南、肖亮和孙宝山都去了,只留下林清泉一人执行明年任务。他,光杆司令一个。

1966年3月,林清泉第三次踏进罗布泊核试验场,还是用四门122加农炮实施核爆炸烟云取样。飞机取样队由郑茂功带领孙志刚和刘海泉,来到了马兰机场。马兰机场上,九架歼-6飞机闪亮登场,蔚为壮观,每个机翼下挂着一台09-1型飞机取样器。首次用歼-6飞机取样,表明飞机取样水平的提高;同时用九架歼-6飞机取样,表明对这次核爆炸样品的高度重视。

1966年5月9日,中国第三次核试验暨第二次空爆试验成功了!

《人民日报》在新闻公报里特意指明,这是一次含有热核材料的原子弹试验。这等于告诉全世界，中国氢弹的研制取得了突破性进展，中国的氢弹即将横空出世。

林清泉从核试验场又回到了通州军营。他才休息了一天，路雨声就把他叫到了办公室，拐弯抹角地对他下达一项新任务。

"清泉，"路雨声问，"你知道，这次含有热核材料的原子弹试验成功意味着什么吗？"

"当然知道，我国研制氢弹的进军号已经吹响了。"

"对。氢弹的爆炸威力相当大，高达数百万吨呀！氢弹爆炸的蘑菇云升得相当高，高达二三十公里呀！你想想，氢弹试验时，飞机取样还可以用歼－6飞机，而你的122加农炮还能从蘑菇云中取到样品吗？"

"只能望云兴叹了！"

"依你看，再把取样伞打进蘑菇云里去，采用什么运载工具好啊？"

"火箭，只有火箭！"

"看，这是什么？"路雨声从抽屉里拿出一本机密资料递给他并说。

清泉接过资料一看，惊喜地说："和平－2号气象火箭！太好了，太好了，简直是雪中送炭嘛！"

"探空火箭设计院研制的这种和平－2号固体气象火箭，操作简单，使用方便，非常适合取样用。你把这份资料拿去好好看看，再仔细琢磨琢磨，然后写出一份把它改装成取样火箭的可行性报告交给我。"

"主任，对火箭我可是擀面杖吹火———一窍不通啊，您这不是硬赶鸭子上架吗？"

"你是学核物理的，对火炮不也是一窍不通吗？对取样不也是一窍不通吗？这几年你不是干得也很好吗？"

"我已经被套在火炮战车上了，我敢不拼命地拉吗？"

"那好，从现在起你就拉火箭战车，你的火炮取样队也改为火箭取样队了。"

清泉双肩一耸，两手一摊，做出一副无可奈何的样子。

路雨声得寸进尺，说："还有，除了上火箭取样之外，同时还要上火箭遥测，测量烟云中的γ射线剂量率。根据这个数据，我们不但可以掌握烟云中放射性的情况，还可以知道烟云中放射性物质浓度分布情况，为今后的火箭取样提供参考数据。"

"这的确是一个很重要的数据，值得测。"

"那好，这项任务也交给你了。"

"我的天哪！"清泉一下子从椅子上跳起来，说，"主任，一项火箭取样就压得我喘不过气起来了。您还给我加码，是不是想压死我呀？！"

"经过核爆炸洗礼的兵，是永远不会被压倒的。"

"上火箭遥测，除了孙宝山之外，我再也没有人了。"

"我已经给你准备了两个人。"

"哪两个？"

"夏彩虹和方芳。"

"她俩都是搞无线遥测的，业务上没问题。可是，她俩是三室无线遥测组的人呀，

能放弃原来的工作来支援我吗?"

"基地领导和所领导共同决定:将三室的无线遥测项目连同设备全部移交给基地防护部,除两个女同志留在所里外,其他人员跟着项目走。我把夏彩虹和方芳要过来支援你。程所长对火箭遥测十分重视,同意了我的要求。"

"这可太好啦!有了这两位女将,再加上孙宝山,火箭遥测我就不犯愁了。"

"这个难题我帮助你解决了,你打算什么时候把报告交给我呀?"

"没有调查就没有发言权。我想我在写报告之前应该先到火箭设计院去一趟,亲眼看看和平-2号气象火箭到底是个啥家伙。主任,火箭设计院在什么地方啊?"

"南苑。科技处的唐参谋知道,这份资料就是他从设计院要来的。"

清泉接受了火箭取样和火箭遥测任务后,便争分夺秒地行动起来。在图书室里,他借阅了一堆关于火箭方面的中文、俄文和英文方面的书。在办公室里,他边看资料《和平-2号气象火箭》边往保密本上记。夜深人静,他依然坐在办公室里看书、学习。

一天晚饭时,清泉和唐峰在一张桌子上吃饭。因为所里大部分人都到山东参加"四清"运动了,在干部食堂里吃饭的人稀稀零零的。

"唐参谋,"清泉问,"听说《和平-2号气象火箭》那份资料是你搞来的?"

"对,是我搞来的。"

"我想去看看和平-2号气象火箭到底是个啥家伙,以后请你带我去一趟,好吗?"

"当然可以,明天去也行啊。"

"现在去还为时尚早。等我再学点儿火箭基本知识,把那份资料基本看明白,我才去。不然的话,当火箭专家们给我讲的时候,我却是鸭子听雷——不懂,那不是瞎子点灯——白费蜡了。"

"哎,我说老林,你哪儿来的这么多俏皮话呀?"

"一没留神,就从嘴里秃噜出来了。"

"这'秃噜出来'也够俏皮的了。"

几天后,林清泉便跟唐峰乘坐一辆五座军用吉普车奔向探空火箭设计院。路上,唐峰向林清泉介绍了探空火箭设计院的简要历史。探空火箭设计院的前身是上海机电设计院。小小的上海机电设计院,不仅是中国探空火箭的开拓者,也是中国航天技术的开拓者。1958年,毛主席号召:"我们也要搞人造卫星。"中国从此开始了空间技术的研究。1960年2月,我国成功地发射了自行研制的试验型液体火箭。毛主席在上海兴趣盎然地参观这种火箭时,关切地问:"这种火箭能飞多高?"讲解员回答:"8公里。"毛主席高瞻远瞩地说:"8公里也了不起,应该8公里、20公里、200公里地搞上去。"研制这种试验型液体火箭的,正是上海机电设计院。后来,他们还用这种火箭把一只小狗送上了天空,从此拉开了中国空间技术的序幕。再后来,上海机电设计院划归第七机械工业部(以下简称"七机部"),成为七机部第八设计院,由上海迁入北京。七机部第八设计院研制成功的第一个产品就是和平-2号气象火箭。

五座吉普车出了永定门,过了大红门,疾驶在北京南郊公路上。路两旁绿油油的水稻和盛开的荷花不断在车旁闪过。车内,林清泉和唐峰坐在后排座位上聊天。

第五章 凯歌声声

"老林,今天你敢踏进探空火箭设计院的大门,说明你此行不会是瞎子点灯——白费蜡了。"

"唐参谋,话虽然可以这样说,但对于火箭来说,我不过还是一只井底之蛙,外边的世界还大得很呢!"

"你们那位孙宝山要是像你一样就好了,不,他能赶上你一半也行。大家都知道,你和陈南、肖亮三个人,又研究取样,又上场执行任务;可他呢,吊儿郎当的,占着茅坑不拉屎!"

"他是学无线电的,专业不对口,有情绪;遥测火箭一上马,专业对口了,他的才能可以得到充分发挥,他就会好起来。"

"其实是这里的问题。"唐峰指着自己的脑袋说,"这个问题不解决呀,恐怕他什么也干不好!"

"但愿他能跟上队伍,永不掉队!"

"火箭遥测,你对他不要抱太大希望,你还是主要依靠夏彩虹和方芳吧。"

吉普车向前飞驰。吉普车开到火箭设计院大门外,靠边停住。唐峰和林清泉下车后进了传达室。唐峰拨通了电话:"您是徐参谋吗?……我是基地研究所的唐峰啊。……好,我们在门口等您。"他放下电话,和清泉走出传达室,站在门口等徐参谋来接。

南苑大院紧靠南苑机场,占地面积相当大,院内楼房林立,厂房众多。其实,这里主要是七机部一院的领地,七机部八院只不过占了大院的一隅而已。七机部一院是大型运载火箭设计院,而七机部八院是小型探空火箭设计院。这里所提到的火箭设计院当然是指探空火箭设计院。火箭设计院科技处的女参谋徐明媚出了办公大楼,快步走在林荫道上。她,秀丽端庄,虽然已是中年,但步履轻盈,依然充满青春活力。

她满面春风地从大门里走出来。唐峰迎上前去和她握手,并说:"您好,徐参谋。"

徐明媚热情地说:"欢迎您,唐参谋。"

唐峰指着林清泉介绍:"这位就是火箭取样队的队长林清泉同志。"

徐明媚把手伸给清泉,热情地说:"欢迎您,林清泉同志。"

清泉客气地说:"徐参谋,我是来贵院学习的,以后请多多指教哦。"

徐明媚说:"不客气。您以后有什么事尽管来找我,我一定效劳!"

清泉说:"谢谢。以后我少不了要麻烦您。"

"按照你们的要求,咱们今天不谈具体工作问题,只带二位去工厂参观参观和平-2号气象火箭。走吧!"徐明媚说完,把一张临时出入证出示给哨兵看,哨兵做了个"请"的手势。唐峰请徐明媚坐进副驾驶位置上,之后跟清泉上了车。车进了大门。吉普车一直朝前开,来到加工厂门前,徐明媚才叫停车。三人下车后,徐明媚带领两位客人进了工厂大门。这是一座很大的厂房,各个车间都集中在这间厂房里,火箭总装车间在东南角上。他们穿过机器"轰鸣"的机加工车间,走进高大、宽敞明亮的火箭总装车间。车间里,一枚雪白的和平-2号气象火箭静静地躺在火箭托架上。火箭旁边站着三个人:一个戴一副眼镜,瘦高个,文质彬彬;一个穿一身工作服,白白胖胖;另一个也穿一身工作服,面孔消瘦,但却长着一双机灵的大眼睛。他们看见客人进了车间,便迎上前来。

徐明媚热情地一一介绍她的两位客人:"这两位就是基地研究所的同志,这位是参谋唐峰,这位是火箭取样队的队长林清泉。"随后又向客人介绍他们的人。她指着戴眼镜的,说:"这位是李求实同志,总体设计组的组长。"唐峰和清泉与他握手。她指着瘦工人,说:"这位是胡师傅,负责发动机和火箭的总装。"唐峰和清泉与他握手。她又指着胖工人,说:"这位是倪师傅,主要负责各个舱段的装配。"清泉和唐峰与他握手。

徐明媚幽默地说:"咱们的和平-2号气象火箭虽然早就研制成功了,可至今还没有找到婆家呀,成了嫁不出去的姑娘。是啊,咱们的姑娘虽然漂亮,但身价太高了,谁家都娶不起呀,就是中央气象台也是望而却步。今天,唐参谋和林队长就是上门来相亲的,他们俩的兜里可有的是大洋钱,就是娶十个八个的,他们都不在乎。"一番话把大家都逗笑了,气氛顿时活跃起来。徐明媚看着总体组长,说:"李求实,请你向咱们的贵客夸夸咱们美丽的姑娘吧!"

李求实推了推眼镜,介绍道:"和平-2号气象火箭是一种两级固体气象火箭,主要用于测量高空大气参数:风速、压力和温度。全箭由两个发动机、一个回收舱、一个电源舱和一个仪器舱组成……"之后,他从后向前指点着介绍,"这是一级发动机,直径为255毫米,它的里面装一根内外孔同时燃烧的大药柱;这是二级发动机,直径为205毫米,它的里面装一根内外孔同时燃烧的小药柱;这是回收舱,它的里面装一顶箭头回收用的降落伞;这是电源舱,里面装银锌电池组、时间程序控制钟表、重力开关等箭上控制部件;最后这个舱段就是仪器舱,也就是遥测舱,它的里面装一个风速传感器、一个压力传感器、一个温度传感器和一个超短波发射机,在它外面的这两只耳朵就是它的发射天线。我的介绍就到这里。二位还对什么问题感兴趣,请不必客气,问吧。"

清泉问:"如果在伞衣上加上一部分薄薄的过滤材料,可以吗?"

李求实答:"可以。"

清泉又问:"我们对大气参数不感兴趣,因此希望把仪器舱里现有传感器统统去掉,换上我们的一种传感器,可以吗?"

李求实又答:"也可以。"

清泉说:"谢谢!我的问题提完了。"

徐明媚问:"唐参谋,您有什么问题?"

唐峰回答:"我没问题了。这样吧,我们回去后,林清泉立即着手编写火箭取样和火箭遥测的可行性方案,等我们把方案确定之后,咱们两家再详细讨论。徐参谋,您看如何?"

徐明媚说:"好,我们希望你们的方案尽快出台。"

林清泉和唐峰出师顺利,满意地离开设计院,驱车返回通州。五座吉普车行驶在北京东郊公路上,林清泉和唐峰又开始聊天。

"老林,今年国庆节我就要和李秀梅结婚了。"

"你们俩是天生的一对、地造的一双。唐参谋,婚礼在哪里举办,我去祝贺。"

第五章 凯歌声声

"我们俩旅行结婚,先去我的老家长沙,后到她的老家无锡。"

"哦,你们俩是南北鸳鸯,是伟大的事业和伟大的爱情使你们俩结合成革命的伴侣。"

"是这样。咱们所里这样的情况多的是,有广州和兰州成一对的,有南京和北京成一对的,也有上海和成都成一对的。"

"今年是我所的大喜之年,已经结婚的有十几对了,正在准备结婚的还有十几对。"

"老林,你不要只顾搞取样,也要搞对象了。"

"看着别人结婚,我也蠢蠢欲动了。"

"有目标了吗?"

"还没有。"

"听说你和夏彩虹的关系不错,为什么不往前发展发展呀?"

"我们俩是哈工大的校友,仅此而已。她是高干子女,家在北京;而我,是农民的儿子,家在农村。我们门不当户不对的,还是保持适当距离为好。"

"你倒有自知之明啊。据我所知,所里追求她的人不下一个班了,可她却骄傲得像一个公主,谁都没理睬。"

"对骄傲的公主,那我更得敬而远之了。"

"她从山东回来后,就成为你的部下了,你可得抓紧机会呀。"

"唐参谋,氢弹试验任务这么紧急,参加'四清'的大部队怎么还不回来呀?"

"'四清'工作已接近尾声,大约下月初就回来了。"

"这可太好啦!我的人马一到,火箭工作就可以全面展开了。"

吉普车飞速地朝通县开去……

林清泉从设计院考察回来,立即着手拟订火箭取样和遥测的可行性方案了。他写了一会儿之后,把身体靠在椅子背上,用八叉手托着后脑勺,闭目沉思;顷刻,他又伏案疾书。几天后,一本书写工整的报告便放在主任的办公桌上。路雨声审阅后,甚为满意,认为这个报告写得很全面很具体,基本可行;并建议等参加"四清"工作的同志都回来之后,大家详细讨论后再定案。林清泉急切地盼望着陈南、肖亮、孙宝山、夏彩虹和方芳回来,尽快把火箭取样和遥测拉上马,他一个人孤掌难鸣,什么事也干不成。一周后,参加"四清"工作的大队人马终于从山东回到了通县大院。冷清的军营又热闹起来了。他们休整了三天之后,就立即投入到核试验任务的准备和研究工作之中了。林清泉召开了火箭取样队的第一次全体会议。

7月,房间里又闷又热,火箭取样队的第一次全体会议在马蹄楼中间的天井里召开。天井里,凉快。大家坐在树荫下,一面乘凉一面开会。树上的知了"吱吱"地叫个不停,好像是在为他们歌唱。夏彩虹和方芳今天格外光彩照人、英姿飒爽,对有幸参加火箭遥测工作感到很光荣,对有幸跟她们的老朋友林清泉、陈南和肖亮一起工作感到很兴奋。

清泉首先致欢迎词:"同志们,现在让我们以热烈的掌声,欢迎夏彩虹和方芳两位同志,加入我们的火箭取样队!"(掌声)"夏彩虹和方芳同志,都是学无线电技术的,又胜利地完成了两次无线遥测任务,要理论有理论,要经验有经验。因此我相信,在你们俩的带动下,火箭遥测工作一定能搞好、搞成功,为我国的核试验立新功!"(掌声)"火箭遥测的上马,终于使孙宝山同志如愿以偿,有了用武之地。希望孙宝山抓住这个大好时机,跟夏彩虹和方芳两位同志一起,团结一致,努力奋斗,把火箭遥测工作搞上去!"(掌声)"在我们这个火箭取样队里,火箭遥测又是一个相对独立的项目。因此,由夏彩虹、方芳和孙宝山同志组成一个火箭遥测小组,由夏彩虹任小组长。"(掌声)

"同志们,"夏彩虹表态,"能参加火箭遥测工作,我感到十分荣幸。我一定努力把这项工作搞好。"

"同志们,"方芳表态,"能参加火箭遥测工作,我感到十分高兴。我坚决服从队长领导,服从组长的领导。"

孙宝山显得格外热情和殷勤,说:"小夏,小方,你们俩的加入给我们这个队增加了一道美丽的色彩。能跟你们一起工作,我感到万分荣幸,我愿意长期跟你们合作,我坚决服从夏彩虹组长的领导。"

"同志们,"清泉说,"为了庆祝我们火箭取样队的正式成立,为了欢迎夏彩虹和方芳两位同志的到来,今天晚上我请大家到通县电影院看《英雄儿女》。"

"队长,你可太伟大啦!"方芳高兴地叫起来。

第二天上午,在七室会议室里,林清泉站在讲台上向他的队员们介绍火箭取样和火箭遥测的方案。他在黑板上画完火箭示意图后,转身讲道:"核武器的实际爆炸威力是1万吨、10万吨,还是100万吨 TNT 当量?这是每次核试验必须测定的最重要的数据之一。测定核爆炸当量,有力学方法和地震方法等,但是,最准确可靠的方法是放化分析方法。要进行放化分析就必须用飞机、大炮或火箭,采集蘑菇云中的放射性粒子样品。假如在某一次任务中取样颗粒无收的话,那放化分析的各个项目组,统统都得喝西北风……"大家被他的诙谐逗笑了。

他继续讲道:"氢弹爆炸时,蘑菇云高达二三十公里,我们的122加农炮就不灵了,所以我们要用火箭。但是因为时间仓促,我们还是采用火炮取样的办法,依然用降落伞取样。我们把1号滤布缝在降落伞上,当降落伞从蘑菇云中降落时,用1号滤布采集其中的粒子样品。尽管这种方法比较落后,但目前我们还没找到更好的方法,只能用它来解我们的燃眉之急……"

夏彩虹一直出神地听着,她被他那张英俊的脸、那侃侃而谈的风度、那幽默的语言、那严密的逻辑思维,深深地吸引了。

"遥测火箭的遥测舱还是用和平-2号气象火箭的仪器舱,除了用我们的γ射线电离室取代所有其他传感器之外,超短波发射机和天线一律用原有产品……"

"火箭的遥测,由夏彩虹负责接收系统,方芳负责记录系统,孙宝山负责发射系统,γ射线电离室由我负责。"

"由我、肖亮和陈南组成火箭取样小组,我主要负责取样火箭的研制和取样方案的制订,肖亮和陈南主要负责火箭取样方案的制订、火箭的发射和回收。"

方芳聚精会神地听着,她对他那井井有条的讲解、头头是道的分析、指挥若定的组织能力，感到由衷的敬佩。

为中国第一次氢弹试验，火箭取样队开始了攻关大战。

为中国第一次氢弹试验，开始了攻关大战的还有其他许多项目组。

原子弹是利用重核的裂变原理制成的核武器，最大爆炸威力仅为数万吨TNT当量；而氢弹是利用轻核的聚变原理制成的核武器，威力巨大，少则数十万吨TNT当量，多则高达数百万吨TNT当量，乃至数千万吨TNT当量。轻核的聚变在数百万大气压和数百万摄氏度的温度下才能产生。换句话说，氢弹必须用原子弹来引爆，因此有人称原子弹是引爆氢弹的雷管。在氢弹中，原子弹称为甲球，氢弹称为乙球，甲球爆炸后引起乙球爆炸，两者之间就有一定时间间隔，就有不同的物理现象，这就给物理测量提出了许多新的课题；有裂变也有聚变，核反应过程和核爆炸产物就变得相当复杂，因此就给放化分析提出了许多新的课题。

甲球和乙球爆炸之间的时间间隔叫T12，T12的测量是链式动力学组必须攻克的新课题。

用什么原理、用什么方法测定聚变当量？裂变当量是多少，聚变当量是多少，总当量又是多少？是放化分析项目组必须攻克的难题。

1966年，研究所除了准备任务之外，还要准备大搬家。

在中国首次核试验结束之后，国防科委决定将基地研究所从北京迁移到核试验基地去，有利于执行核试验任务，免得在北京和新疆之间跑来跑去，不但浪费时间，还劳民伤财。决策者们将研究所的新大本营选在马兰西北40多公里的一个山沟里，并给这个地方起了个革命的名字——红山。从1965年春天开始，一栋又一栋楼房在红山拔地而起，到1966年夏末秋初，研究所新址已经基本落成，研究所准备大搬家。

在飞机取样队的会议上，金振兴在部署四季度的核试验任务和搬家工作："今年我们还要执行两次重要的核试验任务，一次是导弹核武器试验，一次是氢弹爆炸原理的地面爆炸试验。导弹核武器试验将在10月份进行，这是我国进行的首次两弹结合的试验。因为这次试验爆心在楼兰遗址上空，离空爆靶心较远，所以上的测试项目很少，但是放化分析一定要上，所以我们的飞机取样一定要上，还是用一架伊尔-14飞机进行取样。我组需派两名同志上机负责剂量监督，这项光荣任务就交给孙志刚和刘海泉。另外，大家都知道了，过了国庆节咱们所就要大搬家，从北京搬到基地的红山。国防科委给了我所一些参加国庆观礼的名额，我组分到的两个名额就给两位即将上飞机的勇士吧！"

"哇！"刘海泉兴奋地说，"我也能上天安门前的观礼台啦！"

在火箭取样队的会议上，林清泉也在主持队务会议："过了国庆节，我所就开始大搬迁了，大部分同志都要搬进红山，从此我们就成了新疆人了。但是，根据工作需要，这里还有少部分同志留守。我们火箭取样队从此也要兵分两路，一路在红山，一路在北京。根据任务情况，我们这样安排：导弹核武器试验，没有火炮取样任务；年底的地面爆炸试验，火炮取样还要上，这也是火炮取样执行的最后一次任务，这次任务由陈南和肖亮去完成。我和火箭遥测小组留在北京，负责火箭的研制，为明年我国的首次氢弹试验做准备。我组的两个国庆观礼名额当然就应该给陈南和肖亮！"

肖亮站起来，边挥手边问："我站在天安门前的观礼台上，这样向游行队伍挥手，潇洒不潇洒？"

肖亮在天安门前观礼台上潇洒的愿望，在国庆节那天实现了。他面前的游行队伍，不是工农兵队伍，而是浩浩荡荡的红卫兵队伍。

1966年8月18日，毛主席在天安门城楼上首次接见了来自全国各地的上百万红卫兵。从此，全国各地的红卫兵便如潮水般涌入北京，等待毛主席的接见。1966年8月31日，毛主席第二次接见了红卫兵。1966年9月15日，毛主席第三次接见了红卫兵。1966年10月1日，是毛主席第四次接见红卫兵。

浩浩荡荡的红卫兵游行队伍，一边摇动着手中的《毛主席语录》，一边不断高呼着"毛主席万岁！毛主席万岁！"在天安门前通过。

观礼台上，肖亮、陈南、孙志刚和刘海泉站在一起，笑容满面地挥着手。

国庆节刚过，研究所的大搬家便开始了。在通县车站上，汽笛一声长鸣，一列由硬座车厢、硬卧车厢和货车车厢组成的混合专列缓缓开动了。硬卧车厢里，陈南、肖亮及金振兴等，把手伸出车窗外不停地挥动着。站台上，林清泉、夏彩虹、方芳和孙宝山等，挥手和战友们告别。火车渐渐远去，驶向远离北京的地方……

大部队走后，昔日拥挤不堪的马蹄楼，如今是"门前冷落鞍马稀"了，空房间多的是，可以像"跑马占荒"一样随便占。火炮取样队留下的四个人，享受起主任级待遇，每人一个房间，既做自己的办公室又做宿舍，互不干扰，自由随便。他们另外还占用了一个房间，作为火箭取样队的会议室。

当研究所在新疆的红山安家落户的时候，火箭取样队和火箭设计院一起，在北京启动了火箭研制计划。

所领导批准了七室关于研制取样火箭和遥测火箭的报告，并将该报告上报国防科委。国防科委批准了这个报告，并向七机部下达了研制火箭的任务。七机部把这项研制任务下达给了火箭设计院。经过这样从下至上又从上至下的运作，取样火箭和遥测火箭的研制计划开始正式实施了。

林清泉带领火箭遥测小组来到南苑大院的大门口时，徐明媚拿着给他们办好的临时通行证正等他们。林清泉等四人跟在徐明媚后面，走进了这个大院。只见：马路两旁的两排大字报专栏上贴满了花花绿绿的大字报、标语、漫画。许多人站在路上看大字报。南苑大院的"文化大革命"也轰轰烈烈地开展起来了。按照部队规定：在地方单位协作的同志，一律不得参与地方上的"文化大革命"，不许写大字报，不许看大字报，更不许评论任何一张大字报，免得引起不必要的麻烦。林清泉等四人牢记部队纪律，跟在徐明媚身后穿过人群，一直往前走，不敢往两边看，唯恐惹祸招灾，但不免好奇地扫几眼两边的大字报。徐明媚带领她的客人来到办公大楼门口，这里还有一道岗，徐明媚再次向警卫战士出示证件后，才走进大楼。徐明媚把客人领进会客室，请他们在沙发上坐下，又忙着给客人倒茶。随后，她在夏彩虹和方芳之间坐下，亲热地跟两人唠家常。"小夏，小方，"徐明媚夸奖道，"你们俩又年轻又漂亮，穿上这身军装，更是英姿飒爽、神采飞扬啊！""徐参谋，"夏彩虹回敬道，"你虽然比我们大几岁，看起来也很年轻嘛！""小夏，小方，"徐明媚说，"以后你们俩就叫我徐姐，别叫我徐参谋了。"彩虹和方芳异口同声地喊道："徐姐！"三个女人笑了起来。

在笑声中，一位白白净净的高个中年男人推门进来，满脸挂着笑。林清泉等赶忙起立。徐明媚介绍道："这位是科技处的朱处长。"朱处长客气地说："朱宗仁，朱宗仁。"然后和客人一一握手。随后，一个戴一副眼镜、文质彬彬的中年男人推门进来。徐明媚介绍说："这位是总体设计室主任——宋天成同志。""宋天成，宋天成。"宋天成微笑着跟客人们一一握手。一位白发上梢的男人在李求实的陪同下进了会客室，笑容可掬地说："欢迎你们，基地研究所的同志们！"然后便与客人们热情地一一握手。徐明媚介绍说："这就是我们的总工程师——王凌云同志。"王凌云示意道："请坐，大家都请坐。"大家落座。"朱处长，"徐明媚请示，"人都到齐了，会议开始吧！"

朱宗仁说："基地研究所的取样火箭和遥测火箭的研制任务，部里已经正式下达给我们设计院了。从今天起，我们的研制工作也就正式开始了。但是，研制任务书比较简单，所以今天请你们来，就是给我们详细交个底。然后，我们再开始进行总体设计。林清泉同志，请吧！"

林清泉拿着讲稿走上讲台，详细地介绍了研制取样火箭和遥测火箭的目的、意义及设计要求。然后双方又进行了详细的讨论，最后敲定了两种火箭的设计方案。火箭取样队回通县后，火箭专家们便按着既定方案展开了全面设计。

通县军营内，秋风瑟瑟，落叶飘飘，行人寥寥，一派萧条景象。在火箭取样队办公室里，林清泉正在高谈阔论："据唐参谋透露，如果明年烟云中的 γ 射线剂量率遥测成功了，一室也打算上火箭遥测，测量空中冲击波；二室也打算上火箭遥测，测量空中光辐射。"夏彩虹说："这么说，我们的火箭遥测就是开路先锋，搞成功了可以把其他遥测项目带动起来。"方芳说："所以呀，我们只能成功，不能失败。我建议……"方芳一句话还没说完，路雨声便推门而入，大家急忙起立迎接主任的到来。清泉问：

"主任，你什么时候回来的？"

"刚下车。所里派车把我们在原子能所学习的大部分同志都接回来了。"

"有什么紧急事情吗？"

"所里接到上级一项特别紧急任务。"

"什么任务？"

"带红卫兵。明天，我所留京的大部分干部就进驻北京女六中，负责接待在那里的几千名红卫兵，并带领他们接受毛主席的第六次接见。"

"主任，明天我们就要去火箭设计院了，能不能不去带红卫兵？"

"林×副主席说，业务不能冲击政治，但政治可以冲击一切！带红卫兵接受毛主席的接见是一项压倒一切的政治任务，一切工作都必须让路。你们暂时把工作放一放，还是去带红卫兵。孙宝山留下值班，你们三个人都得去。"

清泉心里明白，留下孙宝山，是怕他把握不住自己，在红卫兵中造成不良影响，给部队抹黑。

业务不能冲击政治，林清泉只好放弃他原来的计划。

第二天，研究所带红卫兵的队伍便开进了平安里的北京女六中，和来自全国各地的红卫兵打起交道来。等了一天又一天，终于传来了好消息：毛主席明天接见第六批红卫兵。红卫兵们听到这个特大喜讯，高兴得欣喜若狂、手舞足蹈。

次日凌晨，天还黑呼呼的，军官们和红卫兵们便起床了，然后是吃饭，集合，出发。红卫兵队伍在军官们的带领下，出了女六中，向东进发。林清泉、夏彩虹和方芳各带一个女红卫兵排，随着队伍前进。路上，不断从大街小巷里涌出红卫兵队伍，浩浩荡荡的各路队伍缓慢地向前移动着。太阳出来的时候，红卫兵队伍到达南池子，这才停止前进。红卫兵们坐在马路中间待命，军官们都坐在马路牙子上休息、聊天。红卫兵们一会儿高唱《大海航行靠舵手》，一会儿唱毛主席语录歌，一会儿摇动着"红宝书"集体朗诵毛主席语录。因为10点钟接见才开始，又累又困的红卫兵们渐渐安定下来，有的打瞌睡，有的已经睡着了。等了一小时又一小时，终于等到了10点钟，红卫兵队伍起立，集合。林清泉、夏彩虹和方芳各带一路红卫兵齐头并进，沿着东长街向着天安门广场进发。浩浩荡荡的红卫兵队伍，犹如滚滚长江，一泻千里、势不可挡地流过天安门前。激动得热泪盈眶的红卫兵小将们，一边不停地摇动着手中的红宝书，一边整齐、狂热地呼喊着："毛主席万岁！""毛主席万岁！"

当林清泉等三人带领女红卫兵队伍，随着受阅队伍的洪流快到金水桥前时，清泉朝天安门城楼望去：站在城楼正中央的党中央主席毛泽东，他神采奕奕，不时挥挥手向红卫兵致意……

突然，游行队伍骚动起来，清泉立即收回他的目光。这时一阵接一阵强大的人流横向里冲向金水桥方向，恰如阵阵狂涛巨浪冲击着防洪大堤，顷刻间便把解放军战士们臂挎臂组成的人墙冲垮了。这股横流一下子扰乱了正在前进队伍的步伐，后面的队伍又以排山倒海之势压过来，游行队伍顿时大乱，有的挤倒了，有的帽子挤掉了，有的手表挤没了，有的大呼小叫，有的鞋子挤丢了，有的把剩下的一只鞋脱下来抛向空中，各种各样的鞋子此起彼伏、漫天飞舞……

林清泉等三人带着队伍，在混乱的人群中随波逐流地艰难地向前走。"救命呀！救命呀！"突然，清泉听到从他前面的地上传来一声又一声呼救声，脸上一惊，两只眼睛朝地上望去，只见一个小女孩趴在地上拼命地呼救、挣扎。说时迟，那时快，清泉奋不顾身地猛然弯下腰去……

"林清泉！林清泉！"彩虹惊得大叫。

清泉在弯下腰的一瞬间，抓住女孩的一只胳膊，闪电般地猛然一起身，顺势把她从地上拖了起来。

"哎呀我的妈呀，吓死我啦！"彩虹看见清泉又站了起来，吓没了的魂又回来了。

清泉命令式地说："小朋友！抱紧我的胳膊！跟我走！"惊恐万状的女孩紧紧地抱住他的胳膊随他走。这时，他身旁的另一个女孩吓得赶紧抱住了他的另一只胳膊。"我的鞋！我的鞋！"满脸泪痕的傻女孩还念念不忘她的那双鞋。林清泉头也不回地喊："不要啦！除了命之外，啥都不要啦！"女孩又叫："我要看毛主席！我要看毛主席！"林清泉呵斥道："不看啦，谁都不看啦！赶快逃命吧！"

第五章　凯歌声声

清泉拖着两个女孩子在惊涛骇浪中拼命挣扎，他已经累得大汗淋漓，军帽的帽檐湿透了，后背也湿透了，但依然坚持保护两个女红卫兵。他往右一看，方芳不见了；他往左一看，彩虹也不见了。他又为她俩担心起来。清泉拖着两个女孩来到了西观礼台前，才走进了平稳的人流中，终于逃出了那令人不寒而栗的漩涡，这才松了一口气。"谢谢解放军叔叔，我找我的同学去了。"另一个女孩松开抱着清泉胳膊的手，跑走了。清泉这才敢扭头看身旁的一瘸一拐的小女孩。只见她身材不高，一头短发，白白胖胖的脸上闪动着一双水灵灵的大眼睛。他往路边一看，见有一个插着红十字旗的救护站，几个赤脚红卫兵上好药后离开了，又有几个赤脚人走过去。清泉便带着小女孩走过去，请医生给女孩被踩伤的脚上上药。上好药后，清泉和小女孩沿着长安街往西走。小女孩像依偎父亲一样依然挽着清泉的胳膊，有解放军叔叔保护她，她感到非常温暖和安全。清泉开始问长问短。

"小朋友，你从哪里来呀？""四川泸州。""十几了？""14。""几年级了？""初二。""现在住在哪里呀？""平安里小学。""咱俩同路，我送你回学校。""谢谢解放军叔叔！"

"林清泉！林清泉！等一等！等一等！"有人在清泉身后喊。他停住脚步，回身一看，原来是夏彩虹。但只见：这位解放军女军官，军帽丢了，头发散乱，皮鞋也丢了，只穿着一双袜子，一副狼狈不堪的模样。清泉关切地问："小夏，挤伤了没有？"彩虹庆幸地说："手表挤丢了，帽子挤丢了，皮鞋也挤丢了，就是没挤伤我一根毫毛。"清泉欣喜地说："没有伤着身体就好。手表、帽子和皮鞋，统统都不重要，只有你的身体和生命最重要！"彩虹催促道："快走吧，我们两个女人光着脚站在大街上，多难瞧啊！"于是，三个人回转身，继续朝西走。清泉调皮地唱了一句东北民歌："一只鞋踩丢了，光脚丫多难瞧，要是让我的情郎哥看见了，我的小脸往哪儿搁呀……"

"你真坏，我这么狼狈你还取笑我，那我得罚你领着我！"彩虹乘机挽住了清泉的胳膊。

"小夏，快放下，这样不好。"

"她能挎着你的胳膊，我为什么不能？"

"她是学生，你是军人；她是小姑娘，你是大姑娘；她光着脚……"

彩虹抓住了理由，说："我不也是光着脚嘛！"

"好嘛，我挎着两个赤脚女大仙！"三个人都笑了。

一个男军官，一边挎着一个只穿一双袜子的女军官，一边挎着一个赤脚女学生，走在西长安街上，吸引了许多好奇的目光。当清泉挎着彩虹和小女孩来到西单南口的一家鞋店门前时，见几个红卫兵穿着新鞋出来了，又有几个赤脚红卫兵进去了。清泉站住不走了，两个女人也松开了挽着他的手。

"你们俩进去买双鞋穿上吧，别再当赤脚大仙了。"清泉说。

"叔叔，我身上没带钱，不买了。"女孩说。

"光着脚怎么行呢？买双布鞋吧，叔叔出钱。"

"谢谢解放军叔叔！"

"我身上只有一块钱，买双布鞋都不够。"彩虹说。

87

"好，叔叔也给你买一双。"清泉调皮地说。

"这位叔叔真逗！"女孩"咯咯"地笑起来。

"你这位叔叔真坏，刚才笑话我，现在又想占我的便宜！"彩虹微笑地看着女孩说完，又望着清泉动情地说，"我只有一个弟弟，我多么想有你这样一个哥哥呀，当我遇到危险的时候能挺身保护我，就像你刚才保护她一样。让我叫你哥哥吧？"

清泉爽快地说："哥哥就哥哥。哥哥不能看着妹妹光脚丫，走，咱们进去买鞋！"说完，三人进鞋店买鞋去了。

不一会儿，彩虹和小女孩每人穿了一双新布鞋，跟在林清泉身后从鞋店里走出来。出得门来，清泉抬头一看，又见：一位女解放军，没戴军帽，头发散乱，没穿鞋，只穿了一双袜子，跟夏彩虹的狼狈相一模一样。清泉叫道："方芳！"彩虹也叫道："方芳！""队长！彩虹！"方芳喜极而泣，抱着彩虹哭鼻子："我……我还以为这辈子再也看不到你们了。""不会的。我们哪，福大命大造化大，能逢凶化吉、遇难呈祥。"清泉逗方芳开心。方芳果然破涕为笑："队长，跟你在一起，不愉快也会变得愉快。"清泉嗔怪道："方芳，告诉你穿解放鞋你偏不听，皮鞋挤丢了吧？"方芳满不在乎地说："毛主席大请客，我给毛主席当接待员；我的一双皮鞋也为毛主席的无产阶级革命路线作贡献了，多光荣啊！"清泉和彩虹哈哈一笑，小女孩也跟着笑了。"方芳，"彩虹催促道，"别闲扯了，快进去买双鞋穿上吧。带钱了吗？""带了。"方芳说，"你们先别走，等着我。"说完一个人进了鞋店。等方芳穿着一双新布鞋从鞋店出来后，四个人沿着西单大街往北走。

方芳一面走一面绘声绘色地描述起她刚才所经历的一幕："我在惊涛骇浪中飘来飘去，随波逐流，毫无方向。走着走着，我的帽子不翼而飞了；走着走着，我的一只鞋踩丢了；走着走着，我的脚碰着了一只鞋，我把脚伸进去试了试，像船一样，太大，我就把它甩了；走着走着，我的脚又碰着了一只鞋，脚伸不进去，又小了，我又把它甩了；穿一只鞋走路太别扭，还不如不穿，我干脆把另一只鞋也甩了……"清泉插了一句："明智的选择。"

方芳继续讲她的故事："我面前突然出现了一堵墙，原来是一个人高马大的男红卫兵，我可遇到了救命稻草了，于是我紧紧地拉着他的后衣襟，跟随他从惊涛骇浪中逃了出来。"

"精彩！精彩！"清泉拍着手说，"方芳，下次演节目，你就讲《方芳历险记》吧。"

"回到泸州后，"小女孩说，"我就给我的同学们讲讲我的历险记，讲讲解放军叔叔救我的故事。"

"小朋友，"清泉敏感地说，"这件事，你千万不要对任何人说呀！"

"叔叔，这是舍己救人的好事，为什么不可以说？"

"假如有人说，你是在造'文化大革命'的谣言，造毛主席接见红卫兵的谣言，批你，斗你，那你可就惨了！"小女孩吓得吐了吐舌头。

"小朋友，"彩虹嘱咐，"叔叔说得对，这件事对谁都不要讲，对你父母也不要讲。"

"哦，"方芳恍然大悟，说，"这个小姑娘，原来是你救的！队长，你真是一个男子汉！"

清泉笑道:"我本来就是男子汉嘛!"大家都笑了。

小女孩说:"这次我没有看到毛主席,我还要等毛主席的下次接见。叔叔,阿姨,我喜欢你们,今天我跟你们到女六中去住,可以吗?"

方芳说:"当然可以。"

小女孩一手拉着方芳的手,一手拉着彩虹的手,向前走去……

之后,毛主席又接见了第七批和第八批红卫兵。不过,接受第六次接见的教训,这两次是毛主席乘着敞篷车接见的,毛主席动,红卫兵不动。由于车速很快,毛主席只是在红卫兵面前一闪而过,红卫兵们根本没看清毛主席的面目,大呼遗憾。

当红卫兵们云集在北京还在等待毛主席接见的时候,在我国的大西北正在进行一次重大的军事行动——两弹结合的导弹核武器试验。

10月25日,聂荣臻飞抵导弹试验基地,亲自指挥导弹核武器试验的导弹发射。10月27日9时,载着核弹头的导弹起飞,飞越内蒙、甘肃上空,又飞入新疆上空;9时9分,在楼兰遗址上空爆炸成功,一朵小小的蘑菇云在10公里的高空随风飘荡。为了防止意外,为了保护空爆核试验场,所以把导弹核武器的爆炸点选择在楼兰遗址上空。

中国导弹核武器试验的成功,再一次鼓舞了全国人民和全世界爱好和平的人民,再一次震惊了全世界。10月29日,日本的《每周新闻》评论说:"共产党中国在第一次核试验以后,仅仅两年时间就进入核导弹时代,他发展核武器的速度的确是迅速的……"

试验成功后,聂荣臻总结说:"运载工具,主要不搞轰炸机,飞机花钱多,还不易进入敌空,即使两倍音速的飞机也很困难。我们超越了机载阶段,外国人也看出来了。敌人就是怕导弹,现在不是政治上、心理上的问题,而是军事上的问题。所以,这次响不响是有历史意义的。"聂荣臻还说:"尖端可以带动一般,两弹研制和试验促进了其他工业的发展。"

第六章　造反风暴

毛主席终于结束了接见红卫兵的活动，林清泉他们从此也就结束了带红卫兵的政治任务，回去搞他们的火箭了。

清泉带领遥测小组进驻火箭设计院，徐明媚专门给他们腾出一间办公室做军代表办公室。办公室宽敞、明亮，里面摆放四套桌椅和一个文件柜。徐明媚办事细心，还给了他们两把办公室钥匙，办好了四个人的临时出入证，在招待所里安排好了两个双人房间，两个男人一间，两个女人一间。受到了徐明媚的热情接待和无微不至的关怀，林清泉等人感到十分满意。他们到后的第二天，便和设计院开始讨论火箭设计方案了。

火箭设计院会议室里座无虚席。设计院参加会议的除王凌云、朱宗仁、宋天成、李求实、徐明媚外，还有许远征、陆天、朱方明、黄凯以及所有参加这两种火箭研制的工程技术人员。许远征是电器组组长，陆天是回收组组长，朱方明是地面设备组组长，黄凯是遥测组组长。基地研究所参加会议的除林清泉等四人外，还有参谋唐峰。与会者交头接耳地议论纷纷，唐峰和林清泉在窃窃私语，徐明媚和夏彩虹、方芳喜笑颜开地说着悄悄话。

朱宗仁问坐在他旁边的王凌云："王总，开始吧？"王凌云点了点头。

朱宗仁宣布："同志们，请不要说话了，现在开会。"会场顿时安静下来。

"今天，我们和基地研究所的同志共同讨论取样火箭和遥测火箭的方案。首先请李求实同志介绍总体设计方案。"

李求实走上讲台，扶了扶眼镜，拿起教鞭指着挂在黑板上的和平-3号甲取样火箭讲道："这就是和平-3号甲取样火箭，它由和平-2号气象火箭的两个二级发动机、一个电源舱和一个回收舱组成。回收舱里装的不是普通的降落伞，而是一项用卡普隆和-1号滤布联合缝制的降落伞。换句话说，和平-3号甲取样火箭就是用这种特制的降落伞进行取样的火箭……"林清泉、夏彩虹、方芳、孙宝山和唐峰在聚精会神地听，认真地记。

这时，一个人走向前换了一张图纸挂上去。

李求实又指着这张图介绍："这就是和平-3号乙遥测火箭。这种火箭是由和平-2号气象火箭的两个二级发动机、一个电源舱及一个遥测舱组成。因为它是在飞行中测量烟云中的 γ 射线剂量率的，不需要回收箭头，因此没有回收舱。这种火箭的遥测舱不同于和平-2号的仪器舱，它用一个 γ 射线电离室取代了其他所有传感器。这种电离室由基地研究所负责提供。"李求实放下教鞭，接着说："我就简单地介绍到这里。具体细节由各分系统负责人介绍。回收舱由陆天同志介绍，电源舱由许远征同志介绍，遥测舱由黄凯同志介绍，地面设备由朱方明同志介绍。谢谢大家。"言毕，走下讲台。

朱宗仁说："我们是先介绍，最后一块讨论。下面请陆天同志介绍回收舱。"

随后，与会者分别听取了回收舱、电源舱、遥测舱和地面设备等各分系统的报告。基地研究所和火箭设计院对方案都感到满意，于是各分系统立即投入到紧锣密鼓的工作中。

清泉带着遥测小组走进遥测实验室，实验室里的各戴着一副眼镜的一位男同志和一位女同志起身，微笑相迎。

清泉指着那位男同志，介绍："这位是黄凯工程师，负责发射部分。孙宝山，你就直接拜他为师。"孙宝山与黄工握手。

清泉又指着那位女同志，介绍："这位是蓝悦工程师，负责接收部分和记录部分，夏彩虹和方芳，你们俩就拜她为师。"夏彩虹和方芳与蓝工握手。

清泉谦虚地说："我们是前来拜师学艺的，请两位老师不吝赐教。"

黄凯和蓝悦异口同声地说："我们互相学习，互相学习。"

清泉又说："不过，在这么短的时间内，我们还不能熟练地掌握遥测技术，所以在执行明年的任务时，还请两位老师大驾光临。"

两位又是异口同声地说："不胜荣幸！不胜荣幸！"

当北京的火箭设计院在紧锣密鼓地设计火箭的时候，新疆的核试验基地也紧张地行动起来。在司令部作战室里，作试处处长沈平正在主持火箭工作会议。参加会议的有工程处、气象处、工兵团的有关领导、参谋及工程技术人员，基地研究所科技处的副处长靳心田带着陈南和肖亮出席了这次会议。

沈平站在罗布泊核试验场地图前，用教鞭指着地图上的一处，说："咱们的取样火箭基地就建在283度29公里的地方，这里靠近通京路，出入方便。我们用的火箭是和平号，这个火箭基地就叫和平村。我们要按照火箭设计院的要求，在那里建装配厂房、储存仓库、遥测工号及一个能同时发射七枚火箭的火箭发射阵地。"说完，他回到原处坐下。

沈平继续他的发言："工程处年底前要完成施工图设计。王处长，你们能按时完成任务吗？"

"不能！"王处长干脆地说，"那么多施工设计图已经压得我们喘不过气来了，你还给我们加码，我可有点儿招架不住了！"

"怎么招架那是你的事，我不管，我只要你按时交出图纸就行！"

"沈处长，你不讲理！"

"你想讲理吗？那好，请你去跟司令员讲！"

"你有司令员做后台，我可惹不起你。我已经把八小时工作制改为12小时了，现在又得延长到16小时了。"

"不逼你，你能想出办法来吗？"沈平得意地说完，又看着工兵团长说道，"工兵团要在明年'五一'前交工，张团长，有问题没有？"

张团长无可奈何地说："你那么不讲理，有问题说了也没用，还是我自己克服吧。我那一个团的人马大部分都在场区里没日没夜地干着呢，明年的元旦和春节都得在场区里过了。"

"我知道，基地领导也都知道，你们是最辛苦的！我谢谢你们，也代表基地领导谢谢你们。"

"有你这句话就够了。我们保证按时完成任务！"

"光有火箭和火箭基地还不行，我们还必须组建一个火箭发射队。发射队的任务是，平时发射和平－2号气象火箭，执行核试验任务时发射取样火箭。所以，这个火箭发射队归气象处管，由气象处负责组建。司令员对这项工作很重视，指派他的秘书郑大伟同志任火箭发射队的队长。王处长，今年年底前把发射队组建起来，可以吧？"

王处长爽快地说："没问题！"

"靳副处长，基地研究所除了要完成你们承担的任务之外，还要积极主动地配合工程处、工兵团和气象处的工作。"

靳心田服从命令，坚决地说："是！"

基地召开的取样火箭会议结束后，气象处立即组建火箭发射队，由队长郑大伟亲自到基地各个连队去挑选队员。他左挑右选了具有初中以上文化程度的一批战士作为他的队员。不久，火箭发射队就在马兰成立了。基地把马兰的一座大营房给了新成立的火箭发射队。这座营房相当宽敞，有一座二层小楼，有一个大操场，还有一个车库，有一个食堂。这个食堂在一楼的北端，也很宽敞。火箭发射队成立大会就在食堂里举行。食堂的正面设了主席台，在主席台上就座的有：气象处王处长、发射队的队长郑大伟和指导员刘沙河、火箭取样队的代表陈南和肖亮。100多名发射队的战士，精神抖擞地站在主席台前。会议由王处长亲自主持。王处长在宣读了火箭发射队的队长和指导员的任命之后，队长郑大伟宣布各班班长的任命：贺喜为发动机班班长，杨月辉为电路班班长，党有光为回收班班长，张大虎为上架班班长。

参加了火箭发射队成立大会后，陈南和肖亮随即走进了罗布泊核试验场，执行1966年的第三次核试验任务。郑大伟派了一个班的战士支援他们，从此拉开了火箭取样队和火箭发射队合作的序幕。

罗布泊核试验场上，一座新的百米多高的铁塔上托举着一颗新的核武器。

1966年12月27日，聂荣臻飞抵马兰机场；次日清晨，又驱车300公里来到核试验场，坐镇指挥这次核试验。这年春天"文化大革命"刚刚拉开序幕的时候，彭真、罗瑞卿、陆定一和杨尚昆受到政治迫害,被打成了反党分子,投入监狱。总参谋长成了反党分子;副总参谋长张爱萍受到株连,并以莫须有的罪名被关押了五年之久,他的身影从此再没有出现在核试验场上。

1966年12月28日12时,闪光,火球,蘑菇云。中国第五次核试验成功。核爆炸威力高达12万吨,氢弹爆炸原理性试验获得圆满成功。

随后,火箭取样队用四门122加农炮,飞机取样队用七架歼-6飞机,实施了核爆炸烟云取样。

12月30日、31日两天,聂荣臻在马兰招待所,召集二机部、核试验基地、九院和基地研究所的有关负责人开座谈会,对这次氢弹爆炸原理性试验给予高度评价,对明年的氢弹试验做了部署。

中国的氢弹即将横空出世!

1967年1月,上海市造反派"工总司"夺了上海市政府的大权,并成立了上海市革命委员会,造反司令王洪文一夜之间飞黄腾达,居然当上了上海市革命委员会主任。各种新闻媒体称上海市造反派的这次夺权行动为"一月夺权风暴",并盛赞其为"无产阶级革命派夺了走资本主义道路当权派的权",这无异于鼓动造反派夺权。于是乎,全国各地的造反派纷纷起来夺权,夺权风暴越刮越猛,越演越烈。这个造反派夺了权,其他造反派岂肯善罢甘休,于是各个造反派之间纷争不断,先是唇枪舌剑的文斗,后是拳打脚踢的武斗,以至于演变成大规模的武斗,棍棒、刀枪、坦克、大炮,都上了武斗场。

"别看你现在闹得欢,将来一定拉清单。"大多数人还是"任凭风浪起,稳坐钓鱼船",坚持在科研生产第一线上,加紧生产,努力工作。

"你闹你的革命,我干我的科研。"这是林清泉坚持的原则。在"一月风暴"风起云涌的时候,清泉带领着火箭遥测小组在火箭设计院抓紧学习,努力工作。夏彩虹、方芳和孙宝山,在实验室里学习火箭遥测技术。林清泉在军代表办公室里设计电离室。下班铃响过之后,夏彩虹等人回到办公室,把保密本放进文件柜里,夏彩虹将文件柜锁上。清泉起身,交代:"明天我跟路主任去原子能研究所谈电离室研制问题,你们仨是做实验还是看资料,由夏彩虹安排。"

"队长,我也跟你去。"方芳说,"原子能所有我几个同学,我想去看看他们。"

"方芳,"彩虹劝她,"天寒地冻的,路又远,你还是别去的好。"

"去去有什么不好?"孙宝山却支持她,说,"有车,当天打来回。"

"方芳,你就别去了。"清泉也劝她,"晚饭后我就得赶回通县,明天再从通县出发去原子能所,办完事再回到通县天就黑了,别跟我受罪了。你要是想去,下次我再带你去。"

"那你说话要算数。"

"君子一言,八马难追。"

"错了。是君子一言,驷马难追。"彩虹纠正说。

"我这是两个驷马,不更难追了吗?"清泉自有理由。

"你呀，"彩虹"咯咯"笑了，说，"就是能独出心裁！"

"他呀，"宝山嫉妒地说，"纯粹是哗众取宠！"

"下班了，赶快去招待所食堂吃饭吧！"方芳催促道，"去晚了，就买不到好菜了。"

于是，几个人去招待所食堂吃饭了。饭后，林清泉独自一人乘车回了通县。

第二天早晨，路雨声和林清泉站在马蹄楼门前等车。一辆伏尔加轿车开了过来，在二人面前停下。林清泉拉开后车门往里一看，不由一惊，方芳居然坐在车里，正洋洋得意地看着他！

他惊叫起来："方芳，你怎么来啦？！"

她调皮地说："我有胳膊有腿的，说来就来了呗。"

他下命令："乱弹琴！下车下车！"

路雨声反倒为她求情："既然方芳已经来了，就让她去吧！"

林清泉耸耸肩，两手一摊，一副无可奈何的样子。

方芳却招招手，叫道："主任，队长，请上车吧！"

路雨声从前门上了车，林清泉从后门上了车，坐在方芳身旁。车开出营房，出了通县，行驶在东郊公路上，林清泉一直没开口。

"队长，"方芳耐不住寂寞，问道，"生气了？"

"方芳，"清泉说，"你呀，我行我素，我拿你一点办法都没有。"

"你呀，休想甩掉我。"方芳得意地说，"我跟你是跟定了。"

"方芳，"路雨声问，"你这话是不是一语双关呀？"

"主任，"方芳回答说，"这个问题嘛，无可奉告！"

方芳用外交语言的回答，令路雨声和林清泉忍俊不禁。伏尔加轿车出了北京市区，疾驶在西郊公路上，公路两旁是遍地积雪。清泉问："主任，聚变当量的测量问题解决了没有？"

"理论和方法都有了，准备用内标法测定锂-6的燃耗来定氢弹爆炸的聚变当量，下面就要进行实验室实验，来验证这个理论和方法是否可行。清泉，聚变当量的分析主要靠火箭样品，你可把火箭取样给我搞好哟。"

"主任，采用降落伞取样，无论是样品的数量还是质量，都难以保障，没有把握。"

"火箭遥测有把握吗？"

"把握很大。因为除了传感器换了电离室之外，遥测系统都没有变。"

"你的电离室的量程要求达到三个数量级，能行吗？"

"这么宽的量程也只有电离室能够达到，其他核探测器都不行，这也正是我选用电离室的原因。当然了，还必须采用对数放大器。"

"这些问题你在向原子能所的同志交底的时候都要讲清楚。"

"我会的。不过，我只是提出电离室的设计要求和设计草图，具体的设计和加工制作都由他们完成。他们是这方面的专家，即使我提的有不到之处和错误，他们会纠正的。"

"停！"方芳一声大叫！

第六章　造反风暴

司机把车开到路边,缓缓停下,问:"什么事儿?"

"主任,队长,"方芳警告说,"注意保密,不要在车上随便谈任务问题!"

路雨声和林清泉哈哈大笑。

"笑什么笑?!回去都给我写检讨!"方芳一本正经地说。

路雨声和林清泉笑得上气不接下气,司机也跟着笑起来。

"怕我听是不是?"敏感的司机笑道,"你们说的跟天书一样,奥妙无穷,我是鸭子听雷——不懂。再说了,我也是受过保密教育的,就是知道了,也不会出去瞎咧咧的。"然后一踩油门,车开了。

伏尔加轿车沿着西郊公路,向原子能研究所飞奔……

当林清泉与原子能研究所的有关同志协商电离室研制事宜时,在火箭设计院的军代表办公室里,发生了一件不愉快的事情。老猫不在家,耗子就成精!

林清泉和方芳都走了,办公室里只剩下夏彩虹和孙宝山,两个人坐在办公室里看火箭遥测资料。

孙宝山直起身靠在椅背上,伸了个懒腰,说:"累死了!小夏,别看了,歇一会儿吧!"

彩虹头也不回地说:"你先歇着吧,我再看一会儿。"

宝山掏出一支香烟点着,悠闲地抽起来,累了抽支烟,赛过活神仙。

彩虹被烟呛得咳了几声,回头愠怒地说:"呛死人了!你能不能少抽点儿?要不,你出去抽去!"

宝山吓得赶紧熄灭了烟,说:"好,我不抽了。为了你,我愿意一辈子都不抽!"

"不是为了我,还是为了你和他人的健康吧!"

"小夏,你知道我为什么参加火箭遥测工作吗?"

"这是你自己的问题,跟我没关系。"

"不!跟你有关系。当初,我想调到三室的无线遥测组去,一是为了专业对口,二是为了你。可是,主任和队长都坚决反对,不给我机会。这次机会虽然来了,但我对遥测已经失去了兴趣,本来是不想参加的,听说你来了我才参加的。是你的魅力把我强烈地吸引到这个岗位上来!是你的美貌焕发了我的青春活力!是你的聪明激发了我的工作热情!能跟你在一起工作,我感到万分荣幸!"

"孙宝山,请你不要扯远了,咱俩之间纯粹是工作关系。"

"小夏,你想想,咱俩能在一起工作,这不是缘分吗?尤其咱俩现在是直接配合工作,我搞发射,你搞接收,这不是天赐良机吗?咱俩又都是高干子女,这不是门当户对吗?"

"孙宝山,请你放尊重点儿!"彩虹飞红了脸,起身要走。

孙宝山起身堵在门口,死乞白赖地说:"小夏,你别走,别走,今天就我们两个人,请你听我说说知心话。"

"我不听!"彩虹恼了,怒视着他。

"小夏,你发怒的样子,也很动人嘛!"他嬉皮笑脸地说完,伸手就来拉夏彩虹

的手。

说时迟那时快，"啪！"一个大嘴巴子打在他的脸上，彩虹愤怒地说："滚开！"

孙宝山捂着火辣辣的脸，无可奈何地闪开了身子。

彩虹拉开门，把门"砰"地一摔，径直走了。

"哼，不识抬举，有什么了不起的?！不就是长个漂亮小脸蛋嘛！"孙宝山愤愤不平地骂了一句，随后拿出一支烟在桌子上蹾了蹾，划根火柴点着，狠狠地吸了一口……

林清泉回到通州军营时，天已黑透了。他洗漱完毕，正在铺床，听到敲门声，习惯地喊了一声"请进"。随后彩虹便推门进来了，满脸乌云密布。

"小夏，"清泉一惊，问，"你怎么回来了？"

"一天没见方芳的影子，我想看看她是不是跟你走了。"

"方芳跟我去原子能研究所了，已经回来了，你放心。"

"这个臭丫头蛋子！"

"小夏，你脸色这么难看，是病了还是怎么了？"

"没什么，在汽车上站了两个多小时，累得我筋疲力尽的。"

"是不是孙宝山有什么不轨行为，惹你生气了？"

"哥哥，我要求你保护妹妹，以后你走到哪儿我就跟你到哪儿，我绝不跟孙宝山单独在一起！"

"好吧，这几天咱们就不回设计院了，休息几天，我再把电离室的有关问题详细向你和方芳介绍介绍。"

"太好了，我正打算向你学习点核物理知识呢。"彩虹终于露出了笑脸。

"队长！"方芳推门进来就叫了一声，一看彩虹在屋里吓得吐了吐舌头。

彩虹一看方芳，嗔怪道："你这个野丫头，连一声招呼都不打就跑了，害得我好苦。我非打你不可！"说罢，举起巴掌照方芳打去。

方芳吓得躲在清泉身后，哀求说："好姐姐，好姐姐，饶了小妹这一回吧！"

彩虹"扑哧"一声笑了，她拿这个调皮的妹妹也没办法。

孙宝山追求夏彩虹不成，反而挨了一个大嘴巴，越想越窝火。第二天，林清泉、夏彩虹和方芳都没回来，他一个人哪儿还有心思看资料。看资料不如看大字报，那多有意思！用大字报痛快淋漓地骂国家主席，骂走资派，骂黑帮，骂反动学术权威，想骂谁就骂谁……而且这就是革命！

孙宝山越想越有意思，于是他来到设计院内，站在马路上，抽着烟看大字报。

"同志们！革命造反派的同志们！"一个造反派头目站在凳子上大声喊道。看大字报的人呼啦一下子围了上去。孙宝山也站在后面听他讲演。

"革命造反派的同志们，为了捍卫毛主席的无产阶级革命路线，我们不但要打倒党内最大的走资派刘少奇、邓小平，还要打倒我们部里的最大走资派王秉璋，打倒我们院里的最大走资派刘煊，以及室里的大大小小的走资派。我们不但要把他们打倒，还要再踏上一只脚，让他们永世不得翻身！……"

孙宝山把烟头使劲往地上一扔，狠狠地踩了一脚。

第六章 造反风暴

孙宝山一听课就头大，一看书就眼花，所以在校期间学习不好，只混得个肄业。进了基地研究所参加工作了，本以为不考试了，可以轻轻松松，没想到闹得比考试还紧张。工作中，碰到的净是些新问题，蘑菇云呀，取样呀，火炮呀，火箭呀……闹得他的头是越来越大。本想和夏彩虹比翼齐飞，没想到又碰了一鼻子灰。搞技术是自己的弱项，是没有什么出路的，搞技术不如搞政治，搞政治可以一夜成名、出人头地。蒯大富和谭晶晶不过是一些大学生，一夜之间就成了闻名全国的造反学生领袖；王洪文不过是上海一个工厂的保卫科长，一夜之间就成了上海市革命委员会主任，其实就是可以在上海市呼风唤雨的市长。革命无罪，造反有理，孙宝山越想越有理，于是把心一横：回通县，造反！

原子能研究所的造反也是搞得轰轰烈烈，首先批斗了以所长钱三强为首的一批走资派和反动学术权威。基地研究所在这里学习的一些人受到蛊惑，也蠢蠢欲动，于是几个人一合计：回通县，造反！

留守通县大院的一些人也不甘落后，不造反就是不革命，造反！

在孙宝山的极力煽动下，三股造反势力联合在一起，成立了"造反有理"战斗队，并推举孙宝山为造反司令，徐良为造反副司令。造反派们为区别于保守派和中间派，人人都佩戴"造反有理"臂章。"造反有理"战斗队还设立了一个专门的办公室。孙宝山坐在办公室里正在苦思冥想拿谁开刀的问题。徐良拿着一张报纸走进来，把报纸往孙宝山的办公桌上一放。

孙宝山不屑一顾，说："《参考消息》，有什么好看的！"

徐良提示道："你看看《参考消息》上写的铅笔字。"

孙宝山一看，在报纸的最下面果然有一行铅笔字：刘少奇好人。

徐良又提示道："你翻过来再看看。"

孙宝山翻过来一看，在报纸的最下面还有一行铅笔字：王光美好人。

孙宝山如获珍宝，心中暗自得意：你们不给我立功，这回我有立功的资本了！你们整我，这回我有整人的证据了！你们压得我抬不起头来，这回我要扬眉吐气啦！

"啪！"孙宝山把右手用力一拍，气愤地说，"为党内最大的走资派鸣冤叫屈，就是现行反革命！"

"是地地道道的现行反革命！"

"是谁写的？"

"后勤处处长马友德。"

"马友德居然敢为刘少奇鸣冤叫屈，他是不是有后台呀？"

"当然有，要不然他也不敢公开写反革命标语。"

"是谁？"

"马友德是张政委的老部下，两人关系十分密切，不是张政委还会有谁？"

"张国华！"

提起张国华，孙宝山就气不打一处来："这个张国华，不但不看在我父亲的面子上拉我一把，反而让郭臣一而再、再而三地批评我，太可恨啦！今天，让你瞧瞧我孙宝山的厉害！"

"啪!"他又一拍桌子,说,"去!把现行反革命分子马友德和张国华都给我抓起来!"

于是,他带领造反派把马友德和张国华给抓了起来,剃光了头,在礼堂里进行了批斗,然后把他俩关进了"牛棚"。

孙宝山拿马友德和张国华开了刀之后,又在寻找下一个目标。

郭臣,郭臣可恨透顶!他拿着鸡毛当令箭,小题大做。我摸了一下女服务员的手,他就批评我;我摸了一下女护士的手,他又批评我,还亲自把我遣送回北京。摸摸女人的手,有什么了不起的?!可惜呀,他在红山,鞭长莫及,不过,有办法。于是,他们在马蹄楼前的一排椅子上放了一排黑板,在黑板上贴上大字报。大字报的标题——打倒郭臣(郭臣的名字倒着写),下面历数郭臣的罪状。

一些人在围看大字报。孙宝山得意地站在椅子上,慷慨激昂地讲演:"同志们!革命造反派的同志们!"看大字报的人呼啦一下子围了上去。"造反有理"战斗队的队员们站在外围为他们的司令呐喊助威。

"革命造反派的同志们,为了捍卫毛主席的无产阶级革命路线,我们不但要打倒党内最大的走资派刘少奇、邓小平,还要打倒我们基地的最大走资派张蕴钰,打倒我们所里走资派张国华,打倒室里的大大小小的走资派。我们不但要把他们打倒,还要再踏上一只脚,让他们永世不得翻身!我造反啦!我扬眉吐气啦!我再也不受郭臣、路雨声以及他们的某些小喽啰的欺压啦!我要永远保卫毛主席,永远捍卫毛主席的无产阶级革命路线。因此,我现在当众宣布:我的名字从现在起改为孙卫东啦!以后谁再叫我孙宝山,我绝不答应!……"除了孙宝山的喽啰们和少数几个人为他的讲演喝彩外,其他人都是冷眼旁观,无动于衷。

这时,徐良从马蹄楼里走出来,来到孙宝山身旁招了招手,孙宝山俯下身,听他耳语了几句。孙宝山起身,大声宣布:"据马兰可靠消息,我们基地的最大走资派张蕴钰,明天乘飞机到北京,在沙河机场下飞机。革命造反派的同志们,明天我们去把他揪回来,进行革命大批判!……"

第二天,两辆卡车拉着五六十人来到了北京沙河机场,在停机坪旁停下。孙宝山带领着他的战斗队和部分前来看热闹的群众下车后,等候在停机坪旁。机场周围,大雪遍地,白茫茫一片,阵阵寒风从空旷的机场上刮过,冻得等候在这里的人们把脖子缩进大衣领子里,不停地跺着脚走来走去……

一架伊尔-14飞机降落到跑道上,慢慢滑过来,停在停机坪上。孙宝山一挥手,人群立即把飞机包围了。

机舱门打开,穿着皮大衣、戴着皮帽子的张蕴钰,站在舱门口一看这阵势,顿时惊呆了。张蕴钰随即冷静下来,微笑着:"同志们好!"但他听到的回答却不是"首长好!"而是孙宝山的声色俱厉地训斥:"张蕴钰!你少来这一套,快滚下来吧你!"

张蕴钰从舷梯上走下来,两脚刚落地,立即被几个人架上了一辆卡车。张蕴钰站在卡车上,茫然不知所措,只好任造反派摆布。孙宝山又一挥手,人们纷纷爬上车。孙宝山钻进驾驶楼,把车门"嘭"地一关,命令司机:"开车!"两辆车驶出机场。

两辆车开进通州军营，孙宝山立即在礼堂里召开批判张蕴钰大会。

依然戴着皮帽子、穿着皮大衣的张蕴钰，茫然地站立在礼堂的舞台中央，木然地任人推来搡去。孙宝山和徐良等几个造反小头目趾高气扬地站在他的两侧。

孙宝山大喊：“批斗走资派张蕴钰大会现在开始！把高帽子给这个走资派戴上！”即刻有两个人把高帽子套在了张蕴钰的皮帽子上。接着是阵阵口号声。

会场上，坐在前半部分的是造反派，坐在后半部分的是旁听者，坐在最后一排座位上的是冷眼旁观者林清泉、方芳和夏彩虹。与会者，有穿便衣的，有穿军装的，有呐喊助威的，有无动于衷的。当林清泉看到造反派们给首长戴上高帽子后，眉头紧蹙，立即从兜里掏出日记本和钢笔，在日记本上刷刷写了几个字，然后撕下那一页递给前面的一个人，说：“劳驾，请传到台上去！”纸条往前传递着。纸条传到了孙宝山手中，他看了一眼，大声说：“革命造反派的同志们，有一个保皇分子迫不及待地跳出来了！现在我给你们念念他写的条子。”之后，他看着纸条念道，“不要给司令员戴高帽子，不要侮辱他的人格！”念完，他一声冷笑，“哈哈！司令员?！侮辱人格?！”

徐良高声朗诵毛主席语录："革命，不是请客吃饭，不是做文章，不是绘画绣花，不能那样雅致，那样从容不迫、文质彬彬，那样温良恭俭让；革命是暴动，是一个阶级推翻另一个阶级的暴烈的行动！"

另一个小头目不甘示弱，高声朗诵毛主席语录："马克思主义的道理千头万绪，归根结底，就是一句话，造反有理！根据这个道理，于是就反抗，就斗争，就干社会主义！"

孙宝山高举纸条，挑战地说："喂，这是谁写的?！写匿名条子算什么英雄？有种的你就站起来，让革命造反派的同志们一睹你的尊容！"

林清泉"腾"地站起来，说："我写的！"整个会场里的人就像听到命令一样，同时回头看这个胆大包天的人究竟是谁。

"哈哈，我以为是谁呢？原来还是我的顶头上司啊！是路雨声和郭臣的大红人呀！"孙宝山冷笑着，突然把脸一沉，说："把他拉上来，让他陪斗！"

"不用你们拉，我自己上去！"林清泉说完"噔噔"地向前走。他上了舞台，给张蕴钰敬礼："司令员，咱们不怕他们！"

张蕴钰笑道："有你这位'炮兵司令'用大炮保护我，我还怕他们吗？"

清泉说："不，司令员，我现在是'火箭司令'了。"

张蕴钰说："那你就拿大炮、火箭一起轰他们！"台下笑声一片。

孙宝山声色俱厉地说："你们俩给我闭嘴！"

林清泉转过身站在张蕴钰身旁，目光炯炯地看着会场。

孙宝山逼视着林清泉，挑衅地说："我的队长阁下，你英雄啊，我马上就让你变成狗熊！"

林清泉怒视着他，说："你连狗熊都不如，只能是个小爬虫！"

徐良提醒孙宝山："孙卫东，赶快批斗走资派吧，别让这个小家伙扭转了革命大方向。"

这时，方芳突然出现在舞台上。她疾步走到张蕴钰身旁，一下子摘下高帽子，并丢在地上，一面狠狠地踩，一面狠狠地说："我让你们斗！我让你们斗！"顿时高帽子就被踩得稀巴乱。

台上和台下的人看得目瞪口呆。

孙宝山气急败坏地说："方芳！你破坏'文化大革命'，你就是现行反革命！"

方芳针锋相对地说："孙宝山！你违抗军令，扰乱军心，该枪毙！"

"孙卫东，既然她主动送上门来，那就让她陪斗！"徐良提议。

方芳昂首挺胸地站在张蕴钰的另一边。

孙宝山喝问："张蕴钰！你们制定的基地'文化大革命'的黑10条到底撤不撤？！"

张蕴钰义正词严地说："不撤！那10条是基地党委根据中央军委的指示精神制定的，是红的，不是黑的！"

"它用条条框框限制我们革命群众造反，就是黑的！"

"那是你们的说法！中央军委三令五申，军队不准搞四大，不准成立造反组织，你违抗军令，该当何罪？！"

孙宝山声嘶力竭地说："张蕴钰！你到底撤不撤销那黑10条？！"

张蕴钰愤怒地说："孙宝山！你算个什么东西！你有什么资格命令我？！"

孙宝山气得说不出话来。

徐良带头高呼口号："打倒死不改悔的走资派张蕴钰！"

"张蕴钰不投降就让他灭亡！"

台后一阵急促的电话铃声打断了"打倒"的口号声。孙宝山急忙去接电话。他接电话回来，对徐良耳语："国防科委办公室来电话说，科委首长正等着张蕴钰汇报今年的任务，来接他的车马上就到，要我们赶快放人，放不放？"

"放吧，影响了国家任务，咱俩可吃罪不起呀！"

孙宝山面向会场，宣布："革命造反派的同志们，批判张蕴钰大会取得了初步胜利，达到了我们的预期目的。现在，散会！"

孙宝山批斗张蕴钰的大会虽然中途就停止了，但他的愿望毕竟实现了，自己的风头也出够了，又自鸣得意起来。

当晚，夜色朦胧，夏彩虹缓步走在营区马路上。

"小夏！小夏！"孙宝山从她身后急匆匆地赶上来。

她回头一看是他，反而加快了脚步；他紧追不舍，疾步来到了她的身旁。她像躲避伤寒病的虱子一样躲闪着他；他挡住她的去路。

"滚开！"她愤怒了。

"小夏，你这一生气就更漂亮了。"他嬉皮笑脸地说，"我告诉你，我真心实意地爱你，尽管我的心遭到了你的打击，但我还是矢志不渝地爱着你，我这颗火热的心永远为你跳动！"

"你那颗黑心连狗都不理！"

"我看得出来，你是看上林清泉了。他只不过是一个小小的队长，才相当于连队的一个小班长，连官都不是，有啥了不起的！我，现在是造反司令，前途不可限量。今天我让他站在台上陪斗，就是让他威风扫地！"

"我看得非常清楚，他像一座山一样高大，而你却像一个土丘一样渺小！"

"我是保卫毛主席无产阶级革命路线的坚强战士，他是刘少奇的孝子贤孙！"

"他，聪明好学，奋发图强，光明磊落，仗义执言！"彩虹愤怒地一指，说，"而你，不学无术，游手好闲，就想趁乱踩着别人的肩膀往上爬，卑鄙！无耻！"说罢，气哼哼地要走；他还是挡住路不放。她又扬起了巴掌，他吓得赶快让开了路。她径直走向马蹄楼。

他望着她的背影，恶狠狠地说："哼，咱们走着瞧！"

孙宝山的"造反有理"战斗队在通州军营造反了，基地春雷文工团的"戈壁红旗"在马兰也造反了，只是红山还没有动静。于是，"戈壁红旗"请孙宝山赶快进红山煽风点火。这正符合孙宝山的心意，他正要拿郭臣开刀呢！于是，孙宝山带领"造反有理"的几个骨干分子，风风火火地赶到红山。

红山的造反之火首先在七室点燃了。七室会议室里正在开大会。因为核化学组与核物理组的大部分同志都在原子能所学习，所以会场里只有三四十人靠墙坐在周围，会场中间空荡荡的。郭臣站在前面讲话："同志们！中央军委三令五申，为了保持军队的稳定，军队不许搞'四大'，不许成立造反组织……"

孙宝山蛮横地说："那是中央军委针对野战部队的决定，不是针对部队科研和文艺单位的！"

郭臣严厉地说："孙宝山！你不要断章取义，煽风点火！"

孙宝山气得暴跳如雷，立即冲上前去，抓住郭臣的脖领子，咬牙切齿地说："我就是来煽风点火的，你能把我怎么样?！老子造反了，不再听你喋喋不休的教育啦！老子今天倒要教育教育你，我的政委同志！"他照着郭臣的左脸就是一个大嘴巴子。"你还教训不教训我啦?！"又照着郭臣的右脸又是一个大嘴巴子，说，"你还逼我不逼我写检讨啦?！"郭臣的嘴角上流出了鲜红的血。他把郭臣使劲一推，郭臣跌倒在地。他一挥手，说："革命造反派的同志们，打这个走资派呀，有仇的报仇，有冤的申冤哪！"郭臣顿时遭到一顿拳打脚踢。

肖亮站起来喊道："要文斗不要武斗！"

孙宝山走到肖亮身旁，喊道："要文斗不要武斗！"转身照着肖亮的前胸就是一拳，把肖亮打了个踉跄；孙宝山又喊了一声："要文斗不要武斗！"又当胸给了肖亮一拳，肖亮被打得晕头转向。陈南赶紧上前，拉着肖亮就跑……

孙宝山搅得戈壁深处山沟里的红山，失去了往日的安宁。

孙宝山走后，林清泉带着方芳和夏彩虹回到火箭设计院，搞他们的火箭去了。孙宝山闹革命去了，这下子可乐坏了夏彩虹和方芳，没有他，她们俩反而会干得更好。于是，两个人重新做了分工，夏彩虹负责发射系统，方芳负责接收和记录系统。两个人虚心学习，努力钻研，基本上掌握了这套火箭遥测系统。

虽然少数人的造反活动干扰了正常的科研秩序，但没有阻挡住火箭研制的步伐，因为设计院的领导和大多数科技人员与工人，始终坚定地战斗在科研生产的第一线上。

　　1967年3月，三枚和平-3号甲取样火箭研制出来了，然后进行试飞。夏彩虹和方芳都想参加试飞，但被她们的队长劝阻了。因为她俩的任务是火箭遥测，不是火箭；火箭取样是他和陈南、肖亮的任务。和平-3号甲取样火箭的试飞在位于内蒙巴丹吉林沙漠深处的西北导弹试验基地进行。

　　林清泉随同宋天成率领的火箭设计院的试飞小分队从北京出发了，他们乘火车出北京，过郑州，过西安，过兰州，到达清水车站，住进导弹试验基地的招待所里。这天傍晚，陈南、肖亮以及郑大伟率领的火箭发射队也从新疆赶到了清水。火箭设计院、火箭取样队和火箭发射队在清水会师，三方从此开始了长达15年的密切合作，在罗布泊核试验场上演绎出了一场又一场火箭大会战。他们享受了成功的喜悦，也饱尝了失败的痛苦。第二天早晨，他们乘一趟由两节硬座车厢和多节货车车厢组成的混合专列，沿着导弹试验基地的铁路专用线，穿越数百公里的大沙漠，奔向导弹试验基地。下午，火车到达基地的生活区。下车后，他们分乘几辆车到达火箭试飞专用靶场。

　　导弹试验基地和核试验基地一样的辽阔，一样的荒凉，一样的辉煌，各种导弹和火箭，都是在这里试飞成功的。根据试飞产品的种类，这里分别设立了几个靶场，在试验场最北部的靶场便是火箭试飞专用靶场。靶场的西边是火箭发射阵地，东边是生活区。晚饭后，徐明媚便带领着火箭取样队来参观火箭发射阵地了。灿烂的晚霞映照着火箭发射阵地，映照着参观者，映照着两台竖立在阵地上的火箭发射架——一台是螺旋式火箭发射架，一台是轨道式火箭发射架。

　　在螺旋式火箭发射架旁，徐明媚介绍说："这台奇特的螺旋式火箭发射架，就是T7A液体试验型火箭的发射架，因为T7A火箭是一种无尾翼火箭，火箭就是靠螺旋式旋转上升保持稳定的。1960年2月，我们就是用这台发射架将第一枚T7A火箭成功地送上了蓝天的，以后用这种火箭还把一只小狗送上了天空。从此，拉开了我国航天事业的序幕。这年5月，毛主席在上海参观了T7A火箭，讲解员告诉主席火箭最高飞8公里时。毛主席鼓励说："8公里也了不起，以后8公里、20公里、200公里地搞上去。"林清泉很感兴趣地问："徐参谋，你们拍电影片了吗？"徐明媚回答："拍了，我们每个型号的火箭，都要拍下来留作资料。"清泉赞扬道："这片子可太珍贵了！徐参谋，能放给我们看看吗？"徐明媚爽快地回答："当然可以。回北京就放给你们看。"

　　这次取样火箭的试飞，由宋天成、林清泉和孟庆林三人组成的试飞领导小组组织实施，宋天成任组长，林清泉和孟庆林任副组长。孟庆林是基地发射团一大队的大队长。一大队担负火箭操作发射勤务并负责培训核试验基地火箭发射队。火箭发射队是来学习的，向火箭专家们学习火箭的基本知识，向一大队学习火箭的操作技术。

　　一周之后，第一枚试飞火箭装配完毕。次日黎明时分，东方刚刚露出曙光，上架班的战士就把这枚火箭吊装上架了。火箭趴在发射架上，在阳光的照耀下，闪闪发光，整装待发。火箭设计院、火箭取样队、火箭发射队及发射团一大队的100多名参试人员，戴着皮帽子、穿着皮大衣远远地站在火箭发射架后面，观看火箭的发射。随着"咔啦啦"一声炸雷似的响，火箭便喷着熊熊烈火，风驰电掣般飞上天空。随着"咔啦啦"地又一声响，第二级发动机又喷着烈火带着火箭越飞越高。转眼间，火箭就消失得无影无踪了……

第六章 造反风暴

随即，一架直升机起飞了，朝着火箭飞行的方向飞去……

两个小时之后，直升机飞回来了，降落在发射阵地附近。宋天成、林清泉、孟庆林等人立即迎上前去。李求实、陆天、陈南和肖亮从飞机上下来，赤手空拳，满脸沮丧。李求实向宋天成报告：火箭失踪啦！

宋天成当即决定，就是挖地三尺也一定要把火箭找出来，查清原因。

半个小时之后，由火箭取样队、火箭发射队、火箭设计院和发射团一大队组成的搜索队伍便分乘四辆卡车出发了；一个小时之后，搜索队伍到达预定地区。艳阳高照，戈壁滩上暖洋洋的，100多名参试人员排成一排在戈壁滩上展开拉网式的大搜索。走着走着，走在前面的杨月辉和党有光发现了目标，突然向前跑去。后面的人跟着跑了起来。众人围着折戟沉沙的火箭看着，只见：只有发动机的尾部露在外面，固定尾翼的所有螺钉被齐刷刷地切断，四片尾翼深深地扎进土里。

一名战士立即从卡车上拿下两把工兵小铁锹。两名战士立即挥舞铁锹挖火箭，他俩累了，另两个战士立即替换下他们继续挖火箭。战士们轮流作战，终于把火箭残骸全部挖了出来，然后装上卡车，驱车返回。

宋天成和火箭专家们一看，顿时恍然大悟：原来是三只爆炸分离螺钉，一只没有起爆，导致火箭头体分离失败。头体分离失败，降落伞就打不开，火箭必然成为自由落体，一头栽进地里。查清了失败的原因，问题就不难解决了。

过了一周，第二枚火箭试飞成功了。又过了一周，第三枚火箭试飞成功了。

在火箭总装厂房里，回收回来的两顶降落伞及两个箭头放在地上，火箭设计院、火箭取样队及火箭发射队的队长郑大伟和指导员刘沙河都聚集在这里开会。

宋天成作简要的试飞总结："这次和平－3号甲取样火箭的试飞，一枚失败，两枚成功，试飞基本成功。明天我们大家就可以撤场了，各自回到自己的单位去。两个月后，我们在罗布泊核试验场上会师！"

1967年5月，参加中国首次氢弹试验的军内外各单位，从全国各地陆续地开赴罗布泊核试验场，10个效应试验大队来了，西北核武器设计院来了，基地研究所从红山来了，路雨声率领放化分析小分队从北京也来了。

自第一次核试验以来，放化分析组共圆满完成了五次核试验的放化分析任务，但都是利用原子能研究所的实验室与该所的放化分析组合作完成的，从未独立执行过任务。这次拉出来，一是检验一下他们独立工作的能力，二是探索快速放化分析技术。核爆炸样品中有许多放射性核素是短寿命的，当几天后把样品从马兰运到北京时，这些短寿命的核素早已死光了；如果让样品在核爆炸后几个小时就能进入实验室，那么，短寿命的核素的放化分析问题就迎刃而解了。解决快速放化分析问题唯一可行的办法就是就地建立放化分析实验室，或在马兰，或在红山。遗憾的是，红山的放化楼正在建设之中，所以在马兰搞了一个临时实验室。这个临时放化分析实验室就在马兰招待所对面的一座平房里。实验室的中间是一条走廊，走廊两边的房间是各项目组的实验室，其中有溶样室、重元素分析室、裂变产物分析室和物理测量室等。

这时，飞机取样队已经到达了马兰机场。路雨声在马兰机场与马兰实验室之间来往

就十分方便了，他可以同时领导飞机取样和放化分析。

三年以来，飞机取样取得了相当大的进步，圆满地完成了五次核试验的取样任务，为核试验立下了不可磨灭的功勋。当然，这不是飞机取样队自己的功劳，而是飞机取样队、空军和三机部共同合作创造的辉煌。1964年10月第一次核试验时，用伊尔－12运输机携带苏－138型取样器实施取样；1966年5月第三次核试验时，开始使用歼－6飞机携带09－1型取样器实施取样。从此开始了以歼－6飞机携带09－1型取样器为主的取样阶段。这次氢弹试验，将用七架歼－6飞机携带09－1型取样器实施取样。花费如此大的代价取样，圆满地完成第六次核试验的取样任务是绝对没有问题的。但是，飞机样品能否出聚变当量，可就没有把握了。

马兰机场上，几架歼－6取样飞机正在进行飞行训练，一架飞机起飞了，另一架飞机在跑道上滑行……

一辆卡车拉着飞机取样队沿着机场马路从北向南开了过来，来到机场南端时，拐了个弯，向东驶来。在这里执勤的一位空军战士立即向他们举起了红旗，车停了。飞机取样队的队员们站在卡车上七嘴八舌地聊起天来。

金振兴说："自第二次空爆以来，我们就开始使用歼－6飞机进行取样，从此结束了用运输机取样的历史。"

郑茂功说："同时也结束了我们在飞机上进行剂量监督的历史。"

李海生说："同时还结束了我们吃空勤灶的历史。"

李保国说："空勤灶吃得美，就是吃地勤灶也比吃场区的五类灶强。"

孙志刚说："咱们吃过空勤灶的人，可都是钻过蘑菇云的人。"

刘海泉说："吃过空勤灶的人不少，但是钻过蘑菇云的人有几人？这就是我们的骄傲，这就是我们的光荣！"

金振兴说："过去的辉煌是过去的辉煌，今后我们还要为祖国创造新的辉煌。"

郑茂功说："这次的氢弹试验，因为爆炸当量达数百万吨，烟云体积很大，烟云中放射性粒子的浓度很低，取样很困难。为了完成这次烟云取样任务，我们要用七架歼－6飞机实施取样，空军和我们的工作量都很大，所以请大家务必做好充分的思想准备。"

一阵发动机的轰鸣声打断了他们的议论，大家一起朝跑道看去，一架歼－6飞机疾速地滑行，越来越快、越来越快，随后就飞上了蓝天。

执勤空军战士举起了绿旗，卡车开了，朝机场东南角的实验室开去。今天，他们是来打扫实验室的。在无尘实验室里，孙志刚和刘海泉用水管子从天棚到地面、从门窗到墙壁冲刷了几遍，打扫得干干净净、一尘不染。无尘实验室宛如一间手术室。

第一次氢弹试验的指挥中心设在第二主控站地区，试验总指挥是基地司令员张蕴钰。在试验总指挥部的组织指挥下，各项试验准备工作紧锣密鼓地开展起来了。

指挥部、空军指挥员、轰炸机组和基地研究所的核爆炸理论家们在一起，精心地讨论、研究和制订飞机投弹方案，以确保投弹的成功和飞机的安全。虽然以前用轰炸机成功地投掷过两颗几万吨爆炸当量的原子弹，但用轰炸机投掷几百万吨爆炸当量的氢弹还是第一次，这就非同小可了。最重要的问题是，投弹后飞机如何防强烈的光辐射和强大的冲击波，安全逃离核爆炸危险区。经过精心策划，飞机投弹方案终于敲定了，轰炸机组开始进行飞行训练。同时，歼-6取样飞机也在进行飞行训练。

　　研究所各个项目组都在加紧准备。二室的同志在工号里安装调试光学仪器；一室的同志在野外安装力学探头；四室的同志在主控站里在调试控制设备；五室的同志在进行光学、力学和核辐射沾染等的理论计算；三室的链式动力学组重任在肩，他们不但要测量链式反应动力曲线，还增加了一项测量甲球和乙球爆炸时间间隔T_{12}。

第七章　比 1 000 个太阳还亮

1967 年，罗布泊核试验场上建立起全场最大、最气派的一个村庄——和平村。和平村位于靶心西 29 公里、通京路南一公里多的地方，一条南北走向的土公路将和平村划分为工作区和生活区两部分，路东为工作区、路西为生活区。工作区是一片新建的厂房，其中有电路间、回收间、总装间、火箭储存仓库、遥测间、控制间、柴油发电机房。遥测间和控制间在最南端的一个半地下工号里，遥测间在南，控制间在北。工号的东边是火箭发射阵地，发射阵地上七台火箭发射架排成一排，蔚为壮观。生活区是一个帐篷村，村中间的小广场把帐篷村划分为南北两部分，北边是火箭发射队的宿舍，南边是火箭取样队和火箭设计院的宿舍。现在生活条件有了很大改善，住的是大棉帐篷，睡的是木板床，比住小棉帐篷既宽敞又舒适。火箭发射队的队部设在一顶帐篷里，队长、指导员、卫生员和通信员，住在帐篷周围；帐篷中间，拼放了四张折叠式办公桌，又当办公桌，又当会议桌。另外，给女同志和火箭取样队各留了一顶帐篷。在宿舍区的东南角建了一间厨房和一个帐篷食堂。食堂是用两顶大帐篷对接在一起建成的，食堂旁边放了一个大蓄水罐。

火箭发射队是第一批进场的。到达和平村后，队长郑大伟和指导员刘沙河便带领战士们搭帐篷，建厨房，搭食堂，打扫和布置各个工作间，还在通京路与和平村的交叉路口立了一块醒目的指路牌。

生活条件具备后，肖亮和陈南每人押着一辆装满火箭木箱的卡车也到了和平村，郑队长指挥战士们卸车，并把火箭箱子分门别类地抬进各个工作间里。做好了一切准备工作，只待火箭专家们的光临。

5 月下旬某一天的黄昏时分，一辆五座吉普车和一辆卡车拖着黄尘到了交叉路口朝南拐了过来。郑大伟高兴地叫道："火箭专家们来了！集合！"火箭发射队的官兵们列队站在院子两侧，形成夹道欢迎的阵势。吉普车和卡车刚进村，发射队的官兵们便开始鼓掌。卡车上的人都站起来，高兴地挥着手向官兵们致意……

林清泉、夏彩虹和方芳带领火箭设计院的 20 多名参试人员到了，火箭发射队、火箭设计院和火箭取样队第一次在和平村会师了。

当天晚上，火箭取样队开了进场后的第一次会议，讨论了火箭取样和火箭遥测的具体问题，并决定肖亮和陈南去场区机场负责火箭的回收。会上，肖亮还传达了红山的一个最新消息：地下核试验开始上马，因此新成立了一个地下取样队，专门负责地下核试验的取样问题；另外，还成立一个专门负责取样仪器研制的电子学组，由飞机取样队、火箭取样队、地下取样队和电子学组组成一个取样大队，由金振兴任取样大队的大队长，飞机取样队的队长由郑茂功担任。这次飞机取样任务繁重，金振兴协助郑茂功工作，扶他上马，再送上一程。下次任务，金振兴就到火箭取样队来蹲点。另外，陈南还告诉他们，孙宝山不但批斗了林清泉和方芳，还打了肖亮，没脸回火箭取样队了，便主动要求去了电子学组。不过，他还是成天到处和造反派串联造反，什么工作也不干。听说孙宝山调走了，夏彩虹和方芳高兴得要死。

次日，火箭取样领导小组成立，林清泉任组长，李求实和郑大伟任副组长，宋天成任顾问。火箭取样工作从此逐步展开。林清泉着手拟订火箭装配时间表和火箭取样方案，火箭遥测小组在遥测工号顶上架设了一副接收天线，肖亮和陈南去了场区机场，李求实和郑大伟开始对火箭发射队进行技术训练。火箭设计院专门为火箭发射队生产了一枚训练弹，这枚训练弹除药柱和火工品等危险产品是假的之外，其他的完全跟真火箭一模一样。

火箭发射队经过火箭装配全过程的训练之后，便开始正式装配火箭了。

发动机间里，屋顶下安装了一个电动葫芦，地上放着一张大工作平台，工作平台上放着一根药柱；地上还放着一个火箭托架，托架上放着一个火箭发动机。洪涛指导发动机班装配发动机。发动机班班长贺喜用放大镜检查药柱表面有无缺陷。检查完毕，他跟另一个战士一同抬着药柱来到发动机后面，然后将药柱轻轻推进发动机内……

回收间里，陆天指导回收班装配回收舱。回收舱里装一个装主伞的伞包和一顶小引导伞，此外还装有一只弹伞爆炸螺钉和三只头体分离爆炸螺钉。所以，回收舱的装配质量非常重要，任何一个环节出故障，都可以导致火箭回收的失败，造成不可挽回的损失。火箭试飞时，就因为一只爆炸螺钉没工作，造成一枚火箭折戟沉沙，教训是惨痛的。因此，每一只爆炸螺钉在安装之前，一定要进行通路测试。降落伞必须严格按照操作程序细心折叠，否则就装不进伞包。一名战士协助回收班班长党有光在一步一步地叠伞。另外，两名战士用专用通路仪测量每只爆炸螺钉的通路，测量完毕，他们将爆炸螺钉装入回收舱……

电路间里，许远征指导电路班装配一个电源舱。电源舱里装有全箭工作电源——装在电池盒里的银锌电池组、时间程序控制钟表、重力开关。在进行装配之前，首先要对电路系统进行严格的测试。一张大工作平台上放着两个半圆形木制托架，托架上平放一个电源舱，周围摆放着电池盒、控制钟表、重力开关、测试仪表和各种常用工具。电路班班长杨月辉带领电路班在测试电源舱。

　　杨月辉首先背诵毛主席语录："我们需要的是热烈而镇定的情绪，紧张而有秩序的工作！"
　　三名战士齐声、响亮地喊道："世界上怕就怕认真二字，共产党就最讲认真！"
　　杨月辉说："要大力协同，做好这件工作！"
　　三名战士齐声、响亮喊道："下定决心，不怕牺牲，排除万难，去争取胜利！"
　　杨月辉下令："测试准备！"
　　三名战士回答："是！"即刻插插头，接仪表。
　　战士甲立正报告："1号好！"战士乙立正报告："2号好！"战士丙立正报告："3号好！"杨月辉下令："测试开始！"
　　战士甲拿起重力开关用力甩了一下，控制钟表"吱吱"地走起来。
　　测试仪上的红灯亮了，战士甲报告："二级点火正常！"绿灯亮了，战士乙报告："头体分离正常！"黄灯亮了，战士丙报告："弹伞正常！"
　　杨月辉向许远征请示："报告许工，测试正常，是否可以装配？"许远征回答："可以！"杨月辉下令："装配开始！"
　　于是，电路班的战士们动手装配电源舱。
　　遥测间里，放着两张大工作平台，一张工作平台整齐地摆放着电源、稳压器、接收机、数字式频率计、示波器和笔录仪等电子仪器；另一张工作平台平放着一个遥测舱，遥测舱旁边放着一个电离室和一个超短波发射机。夏彩虹和方芳在装配遥测舱，黄凯和蓝悦在旁边监督。因为遥测舱的装配和测试是技术性很强的工作，必须由她们亲自来做，不能交给战士们。装配完毕，夏彩虹和方芳把遥测舱抬到工号外面，立在地上，开始进行测试……
　　在火箭发射阵地上，在朱方明的指导下，上架班班长张大虎带领上架班的战士在练习调整火箭的方位角和俯仰角……
　　宋主任和徐参谋，到各班检查火箭的装配情况和质量，以确保稳妥可靠、万无一失。
　　各个舱段装配完毕后，由电路班完成箭头的组装对接。电路班再把箭头送到发动机间进行总装对接，因此发动机间又称总装间。
　　总装间里，在胡师傅的指导下，贺喜带领发动机班在进行全箭总装对接。林清泉、李求实和郑大伟站在一旁观看。一枚雪白的火箭躺在火箭托架上，箭头已经与二级发动机对接完毕，贺喜正在进行一级发动机与二级发动机的对接，他抱着发动机尾部推了一下又一下，无论怎么努力，就是对接不上，起身看着胡师傅。胡师傅走上前去，站在发动机尾部用一只眼吊了吊线，之后抱着尾部用力一推，对接成功。
　　林清泉一边鼓掌一边说："胡师傅的技术，实在是高呀！"
　　胡师傅笑呵呵地说："林队长，别光给精神鼓励，来点物资刺激吧。"
　　林清泉笑道："搞物资刺激是搞修正主义。"
　　胡师傅朝郑大伟一抱拳，说："谢谢！谢谢！"
　　李求实说："林队长，试飞火箭已经装配完了，你报告所里，请阳平里气象站为我们选一个试飞的好天气。"

几天后，一个阳光明媚的早晨，阳平里气象站派了两个气象员到和平村来测风了。一只白色的气球升上天空随风飘荡，一位气象员用经纬仪跟踪观测气球，另一位气象员在做记录。

听说和平村要打火箭，许多人都想来开开眼，看看火箭是什么样子，看看火箭发射时那惊心动魄的过程，于是纷纷到和平村来参观火箭试飞。黄羊沟距和平村仅三公里，住在黄羊沟地区的二大队、三大队和六大队来了，住在气象大沟里的基地研究所和防护部也来了。防护部住在孔雀村南一公里左右的向阳村。马文超来了，他和林清泉久别重逢，两位老同学一见面就热烈地拥抱。调到防护部无线遥测组的庄家栋、赵万林和高升，快一年没见到夏彩虹和方芳了，几个老战友一见面就热烈地握手。随后，几个人向两个搞火箭的问长问短，于是，夏彩虹和方芳热情地为他们当起向导和解说员，带领他们到各处参观。在他们参观时，火箭上架开始了。张大虎带领着上架班，将一枚装在火箭运输车上的和平-3号甲火箭从总装间里推了出来，经过转运车道，来到了一台火箭发射架旁。郑大伟指挥着一辆汽车起重机，首先将火箭吊装在发射架上，然后又指挥上架班调整好方位角和俯仰角。火箭试飞一切准备就绪。

数百名参观者坐在戈壁滩上，等待观看火箭发射的壮丽景观。

随着"咔啦啦"炸雷似的一声响，火箭便喷着熊熊烈火风驰电掣般冲上了蓝天。几秒钟后，一级发动机熄火了，火箭依靠惯性飞行了片刻后，紧接着又是"咔啦啦"的一声响，二级发动机点火了；一级发动机来了个倒栽葱，在不远处的戈壁滩上溅起一股黄尘，刹那间二级发动机也熄火了，火箭很快就在蓝天上消失得无影无踪了。

火箭飞到靶心上空时到达顶点，此时三只爆炸分离螺钉同时起爆，火箭头体分离，第二级发动机随即往下栽去；与此同时，弹伞螺钉起爆，将白色引导伞从回收舱里疾速地弹向空中，引导伞拉断主伞伞包的封包绳，主伞立即从伞包里飞出来，渐渐撑满，之后主伞便带着箭头缓缓降落到戈壁滩上……

下午，一阵马达的轰鸣声传进和平村，和平村的居民们纷纷从各个工作间里走来，望着轰鸣声传来的方向，声音越来越大。只见一架直升机像一只大蜻蜓飞过来。飞机降落在附近的一片平坦的戈壁滩上。林清泉、李求实和郑大伟等人立即迎上前去。机舱门打开了，陈南和肖亮下了飞机。随后两个战士抬着一个带着降落伞的箭头来到机舱门口，陈南和肖亮回身接过箭头，抬着朝林清泉走过来，然后将箭头放在地上。除了原本雪白的箭头的前端被烤黄了之外，箭头完好无损，红白相间的伞衣随风微微飘动着。

大家鼓掌，为火箭试飞的圆满成功。

火箭回收组上了飞机，关上舱门，飞机随即起飞了，向场区机场飞去。场区机场距靶心50多公里，属于安全区，人们不再住帐篷，而住在干打垒的土房里。住土房比住帐篷强多了，冬暖夏凉。一条通向控制中心的公路从场区机场中间穿过，机场在路东，生活区在路西。生活区有几排平房，其中有飞行员宿舍、地勤人员宿舍、场站工作人员宿舍、空勤灶、地勤灶，另外还有一个招待所。火箭回收组就住在招待所最北边的两个房间里。一个房间里住着陈南和肖亮，另一个房间里住着一个警卫班。这个警卫班是基地派来支援火箭回收组的，其中两个人随陈南和肖亮乘直升机进行火箭的侦查和回收，其余人负责地面接应和样品分装。上机侦查和回收的人员，虽然是几个临时飞行员，但

享受飞行员同等待遇——吃空勤灶。

火箭试飞后，在火箭领导小组的组织与指挥下，开始装配正式使用的七枚火箭。在紧张的工作中，在愉快的生活中，他们度过了一天又一天。

一天深夜，一场沙尘暴突然袭击了整个场区。"呜——""呜——"，狂风呼啸着，越刮越大，越刮越猛。独自一人酣睡在帐篷内的林清泉惊醒了，沙尘像雨点儿般落在他的床上、被子上、脸上。睡得迷迷糊糊的他，伸手摸了一把脸，拉过放在床边的衬衣盖在头上，又睡。狂风戏弄着帐篷，一会儿把这边的蓬顶掀开一条大缝，一会儿又把那边的蓬顶掀开一条露了天的大缝；固定帐篷绳的铁楔子被一点儿一点儿拔出来，帐篷开始东摇西晃……

哨音紧急地响起来，郑队长到各个帐篷外喊着："快起床了！快起床了！快起来加固帐篷吧！"各班战士一骨碌爬起来，林清泉一骨碌爬起来，火箭专家们一骨碌爬起来。在黑沉沉的夜里，在沙尘暴的袭击中，人们齐心协力地加固帐篷。战胜了沙尘暴，帐篷稳固了，人们又安然睡去。这场沙尘暴来得快，去得也快，天亮时风就住了。

起床号响过之后，林清泉站在地上正在穿衣服，夏彩虹风风火火地闯进来，说："队长，你快去看看吧，方芳病了！"清泉一惊，跟着彩虹进了她们的帐篷。卫生员正在给方芳量体温。

清泉问："方芳，你哪儿不舒服？"方芳说："头晕，拉肚子拉得浑身没劲儿！"

清泉问："卫生员，她得的是什么病？是感冒吗？"

卫生员说："十几个人都病了，有的上吐下泻，有的发低烧，可能是轻度食物中毒，昨天晚上吃的凉拌绿豆芽有问题。"

清泉自责道："有道理。我还用我的半盘绿豆芽换了她半盘红烧肉呢，她吃的绿豆芽多，是我害了她！"

方芳嗔怪道："净胡说。是我喜欢吃清淡的嘛。"说完，她掏出体温计冲着阳光看了看说道："38.6摄氏度。"

卫生员接过体温计看了看，说："38.6摄氏度。就你最重，得马上送场区医院！"

彩虹说："队长，我送她去！"

卫生员说："你们工作忙，谁都不用去，我一个人去就行了。"

不一会儿，一辆五座吉普车拉着方芳和卫生员开往基地医院在场区 B 主控站地区设立的场区医院。

方芳住院去了，第二天，林清泉给夏彩虹当了一天的助手。

黄昏时分，灿烂的晚霞映红了半边天，照耀着和平村，虽然已经进入炎热的夏季，但太阳落下地平线之后，天气变得凉爽起来，是散步的美好时光。忙碌了一天的和平村居民，三三两两地在和平村四周散步。戈壁滩，天高地阔，一马平川，视野开阔，东南西北任你随便走。在戈壁滩散步，别有一番生活情趣，别有一番生活享受。林清泉独自一人，迎着美丽的晚霞向西走去。夏彩虹、徐明媚和蓝悦，三人一面散步一面聊天。

徐明媚问："小夏，你的个人问题解决了没有？"

夏彩虹说："还没有。"

蓝悦说："你都是大龄女青年了，得抓紧哪，女人年龄大了，可就不好找了。"

徐明媚说："林清泉是个好同志，我看你们俩是天生的一对，干吗不往前发展发展哪？"

夏彩虹说："他这个人哪，哪点都好，就是……就是缄口不谈感情问题，我也不知道为什么。"

徐明媚问："那你想不想朝前发展呢？"

夏彩虹脸红了，点了点头。

蓝悦喊："林队长，等一等！林队长，等一等！"

徐明媚鼓励道："小夏，冲！"

林清泉听见喊声，停住脚步，回过身看，见彩虹朝他缓缓跑来，喊道："小夏，别跑！我等你！"

夏彩虹走到林清泉面前，两人互相凝视片刻。

"队长，你一直往前走，干什么去呀？""你看，前面有一个四室的小工号，不知是干什么用的，我想去看看。""那我跟你一块去。"

于是，两个人迎着晚霞向西走去。面对着面前的戈壁滩风光，清泉不由赞美起来："小夏，你看那夕阳和晚霞，多美呀！由此戈壁美景，你能联想到什么？"

"夕阳无限好，只是近黄昏。"

"前一句是对人生晚年的赞美，这后一句却是对人生晚年的无奈，有点伤感。"

"大漠孤烟直，长河落日圆。"

"这句好，寥寥十个字就勾画出大漠的雄浑与壮观。"

"你喜欢读古诗？"

"喜欢。唐诗、宋词我都喜欢。苏轼的'大江东去，浪淘尽，千古风流人物'，这气势是多么的磅礴啊！柳永的'杨柳岸，晓风残月'，这又是何等的轻柔委婉哪！"

"那你喜欢看小说吗？"

"当然喜欢。《红楼梦》、《三国演义》、《水浒传》、《林海雪原》、《青春之歌》、《复活》和《钢铁是怎样炼成的》，这些古今中外名著我都看过。《钢铁是怎样炼成的》是我在上初一的时候读的第一部小说，我爱不释手，甚至在早晚自习时间还偷偷摸摸地看。"

"是不是在书桌上摆一本书装样子，偷偷地看放在抽屉里的小说。"

"你怎么知道？"

"雕虫小技。我净这么看。"

"原来你也是一个不守纪律的小丫头呀！"两人呵呵笑了。

"我家有几十本小说，你看过的这些书我家都有，你没看过的书我家也有。妈妈给我的零花钱，差不多都让我买小说了。"

"回北京后，你从家里给我带几本来。"

"不带。"

"怕我借了不还？"

"不，我要你亲自到我家去拿！"

"你们家的门槛太高了,我迈不进去。"

"不是我们家的门槛高,是你的架子太大了。放下你的架子,到我们家来吧,我爸爸、妈妈会欢迎你的。"

"在适当的时候,我会登门拜访的。"

"嗬!这是从哪儿来的一位善于辞令的外交官哪?"

两个人一起呵呵笑起来。两人说笑着迎着落日的余晖向前面的一座工号走去。尽管两人说得很亲热、很热闹,清泉依然是缄口不谈爱情问题,令彩虹感到有些失望。在回来的路上,清泉邀请彩虹明天跟他一起去场区机场看看陈南和肖亮,然后再去场区医院看看方芳,彩虹爽快地答应了。

又一个黄昏,一辆五座吉普车开到场区医院的一排土房前刹住车。清泉和彩虹从车里走出来。

一间病房里,方芳躺在床上正在看书。一个护士端着药盘进入病房,把一个塑料药盒放在床头柜上,说道:"方芳,你的药,别忘了吃。"说罢走出房间。她刚出门便碰上沿着走廊走过来的清泉和彩虹。"护士同志,请问方芳住在哪个病房?"护士一指,说道:"就这间。"清泉推开门,走近病房,方芳抬头一看是清泉和彩虹,急忙放下书,惊喜地说:"原来是你们啊!我还以为是护士呢。"说着便下了床,拉着彩虹又笑又跳,"想死我啦!想死我啦!"

"方芳,好些了吗?"彩虹问。"住了三天院,又打针又吃药的,基本上好了。"

"方芳,你看!"清泉从挎包里掏出四个苹果放在床头柜上。"苹果!"方芳惊喜地问,"队长,你从哪儿搞来的苹果呀?""我们来的时候路过场区机场,是陈南和肖亮慰问你的。""队长,这几天把我都快憋死了,今天你就带我回去吧!""不行。你再住两天,巩固巩固。""快'零时'了,我怎么能躺得住呢!请你去跟医生说说,让我出院吧。求你了,我的好队长。""我拿你真是没办法。好吧,我去试试看。"

他起身去了医生办公室里。不一会儿,他拿着几包药回来了,命令式地说:"把药吃啦!再把这几包药带上!"

方芳调皮地立正、敬礼:"是!队长。"

在晚霞的映照下,一辆吉普车沿着茫茫戈壁滩上的一条长长的公路向远方驶去……

1967年6月13日,全场进行了综合预演,不但所有测试项目要参加,投弹飞机也要投掷一颗"冷弹"。"冷弹"里面装的是炸药,其外形和重量跟真氢弹完全一样。10时整,一架轰-6甲在靶心上空投下一枚"冷弹",随后在空中升起一朵小蘑菇云。全场几十个项目的测试仪器和设备全部启动,按照预定的时间和程序进行了测量。综合预演获得了圆满成功后,全场进入待命阶段。

6月15日,一辆五座吉普车驶进和平村,开到发射队部门前停住。车门开了,从车里走下来司令员张蕴钰。郑大伟和刘沙河从帐篷里走出来,迎上前向司令员敬礼。张蕴钰还礼后,问:"队长同志,你们的火箭都装配完了吗?"郑大伟答:"七枚火箭全部入库了,只要你一声令下,我马上可以上架!"说完,他两眼紧盯着张蕴钰胸前戴的一枚毛主席像章,随后笑眯眯地伸手就摘。张蕴钰笑道:"哎哎,你小子怎么动抢了?"

郑大伟不客气地说:"不抢白不抢。"几个人笑了,在笑声中,郑大伟已把那枚像章别在了自己胸前,然后洋洋得意地拍了拍胸脯。清泉、彩虹和方芳走了过来,三人同时向司令员敬礼。张蕴钰还礼后,跟他们握手、寒暄。宋天成、徐明媚和李求实等从帐篷里走出来,张蕴钰迎上前去,和他们一一握手,同时送上了热情的问候。这时,和平村的大部分居民都已聚集在院子里。

张蕴钰问候:"同志们好!"军人们齐声回答说:"首长好!"

张蕴钰问候:"同志们辛苦了!"军人们齐声回答:"为人民服务!"

张蕴钰说:"同志们,今天我来到和平村,一是来看望大家,二是来告诉大家一个好消息:我国第一颗氢弹的'零时'选定在6月17日8时整。从现在起,你们就进入'零前'48小时准备吧!"

随着司令员的一声令下,火箭发射队在行动。

电路间里,工作台上放着七个电池组,杨月辉带领电路班的战士们,用注射器小心翼翼地往银锌电池里加注电解液……

遥测间里,黄凯、蓝悦、夏彩虹和方芳,对仪器做最后一次检查……

控制间里,在清泉和郑大伟的监督下,杨月辉对火箭发射控制台做了最后一次检查……

6月16日早晨,张大虎打开火箭储存间的大门,七枚放在火箭运输车上的和平-3号火箭,银光闪闪。杨月辉带领电路班的战士们,拿着电池盒走进储存间,在许远征的监督下,一一打开电源舱盖,装入电池盒,再将电源舱盖固定。

之后,张大虎带领上架班的战士们,从储存间里推出一枚火箭,沿着火箭转运车道,向前面的火箭发射阵地走去……

火箭发射阵地上,郑大伟指挥吊车将一枚火箭从运输车中往发射架上吊装。火箭上架很顺利,中午,七枚火箭上架完毕。然后,郑队长又指挥上架班战士,调整好了每台火箭发射架的方位角和俯仰角。

至此,火箭发射前的一切准备工作,全部就绪。

当晚,火箭领导小组在火箭发射队队部里召开扩大会议,部署"零日"行动。清泉看着他的保密本,一一部署:"我们的七发火箭在'零后'3～9分钟之内发射完毕,每隔1分钟打一发。第一发和最后一发要打遥测火箭。郑队长是发射火箭的指挥官,请你务必注意……"郑队长说:"林队长,发射时间表我已经背得滚瓜烂熟了,你就放心吧。"

清泉接着说:"火箭的侦查和回收工作由肖亮负责。回收工作在'零后'24小时之后进行。因为是高空开伞,降落伞会随风飘得很远很散,这无疑给取样伞的回收带来很大困难。路主任规定,五发取样火箭,收回三顶降落伞就算完成任务,因此我相信,你们会圆满完成任务的……"肖亮说:"只要开伞成功,我们一定会圆满完成任务的。"

清泉又接着说:"因为我们这里是危险区,不能就地参观。所以,除了负责发射火箭的郑队长和杨月辉,负责火箭遥测的黄凯、蓝悦、夏彩虹、方芳和我之外,其他人员一律到白云岗去参观。留下工作的人员,在'零前'20分必须进入工号隐蔽起来,不得在外逗留。这样一来,留下来工作的七位同志就看不到我国第一颗氢弹爆炸初始阶段

的壮丽景观了,那就只好遗憾了!"郑大伟笑道:"我现在就淌汗了。"

随着司令员的一声令下,飞机取样队在行动。

在无尘实验室里,孙志刚和刘海泉在往过滤器上装1号滤布;李保国和李海生,每人推着一辆装着过滤器的手推车出了实验室……

在停机坪上,七架歼-6飞机排列整齐,威武雄壮。

金振兴、郑茂功和两名机械师站在一架飞机前,望着飞机跑道,只见李保国和李海生各推着一辆装着过滤器的手推车走了过来,他们来到飞机前停住。

金振兴和一个机械师将一台过滤器推进挂在左机翼下的取样器内,然后扣上取样器头罩。与此同时,郑茂功和另一个机械师把另一台过滤器推进挂在右机翼下的取样器内,然后扣上取样器头罩。他们如此这般,完成了14台取样器的安装。

当晚,飞机取样队在马兰机场招待所会议室里召开会议,向取样飞机的指挥员和全体飞行员介绍最后确定的飞机穿云方案。路雨声从马兰赶来参加这次会议。黑板上画着烟云外形和飞机穿云作业示意图。

郑茂功讲解:"这次氢弹爆炸的云底高度为15 000米,云顶高度为29 000米。根据既要完成飞机取样任务又要确保飞行员安全的原则,我们最后确定的飞机穿云方案是:七架飞机在'零后'40分钟至60分钟内完成取样作业,穿云高度在15 300米至16 000米之间。具体实施方案由塔台指挥员自己定。"

6月16日,聂荣臻乘专机抵达马兰机场,然后直接驱车到达指挥中心。张蕴钰、张震寰和李觉一同向聂荣臻汇报了试验有关情况和"零日"行动计划,聂荣臻同意了指挥部的行动计划,试验在即。

数百万吨的氢弹爆炸非同小可,所以这次试验的参观场还是设在白云岗,试验临时指挥所也设在这里。6月17日天刚破晓,聂荣臻、张蕴钰、张震寰和李觉,便早早地来到了指挥所。数千名参观者又云集在白云岗参观场上,怀着激动的心情,等待观看氢弹爆炸的壮丽景观。火箭设计院的火箭专家们是第一次观看核爆炸,那激动的心情更是可想而知。肖亮则眉飞色舞地向他们描述了前几次核试验的爆炸盛况。他们不时看看天空,蔚蓝天空万里无云,只有远处飘动着几朵白云,多么好的天啊!

6月17日,马兰机场的早晨是一个极不平静的早晨,紧张、激动、兴奋,充满每一个人的心头。一架携带着中国第一颗氢弹的重型轰炸机——轰-6甲,静静地停靠在停机坪上;地面指挥员、机组人员、地勤人员和调度人员,在做起飞前的准备和检查工作;一个警卫班在飞机周围担任警戒,场站站长和政委带领场站工作人员在外围担任警戒。

担任投弹任务的空军徐克江机组人员紧张得一夜都没睡安稳,凌晨4点就起床了。虽然他们投弹训练了很长时间,投掷了几颗模拟弹,还投掷了一颗"冷弹",但是到了真要投放威力达数百万吨的氢弹前夜,还是被肩上的重担压得透不过气来。徐克江躺在床上一遍又一遍地想,党把这么重要的任务交给我们,可不能出问题呀!

7时整,徐克江驾驶着726号飞机起飞了,飞过博斯腾湖,飞过东大山,飞过茫茫戈壁滩,向场区飞去……

白云岗参观场上,一面五星红旗高高飘扬,一排彩旗迎风招展,一只高挂的高音喇叭正在放送优美的广东音乐《步步高》。

云集在戈壁滩上的几千名参观者,每人的脖子上挂着一副抗光辐射近万倍的防护墨镜,有的聚在一起笑逐颜开地聊天,有的凑在一块嘻嘻哈哈地吹牛,一片嘈杂。

"飞机第一次飞临场区上空!"喇叭里响着清脆悦耳的女高音。

参观场顿时安静下来,人们不约而同地仰望天空。只见在蔚蓝的天空中,一架小小的飞机在无声无息地、高高地飞翔,它的尾部拖着一条笔直的长长的云雾,恰似一条天河在向前流淌……

一轮红日刚刚爬上来,灿烂的朝霞映照着和平村火箭发射阵地,趴在火箭发射架上的七枚火箭,闪着银光,整装待发。清泉、彩虹和方芳站在火箭发射阵地上,正在观赏他们的火箭。

清泉问:"你们看这七枚火箭像什么?"

方芳说:"我看像七个白衣天使。"

彩虹说:"我看像就要展翅高翔的七只美丽的白天鹅啊。"

清泉赞美道:"好,你们俩想象得都很好,很富有诗意啊!"

方芳问:"队长,那你看火箭像什么呢?"

清泉说:"我看哪,它们像七只即将展翅高翔的雄鹰,飞到蘑菇云里以后呀,摇身一变,又会变成飘飘荡荡下凡的七位仙女。"

彩虹"咯咯"地笑了:"嗬,你呀,比我们还富有诗意呢!"

清泉抬头看了一眼天空,说:"你们看,轰-6甲飞来了!"

两个女军官看了一会儿天空,什么也没看见。

清泉手指天空,说:"你们看见那条笔直的白云了吗?"

"看见了。"两人异口同声地说。

"再顺着这条云往前看。"他提示说。

两人同时手指天空,兴奋地说:"看见啦!看见啦!"

飞机一直向靶心方向飞去……

清泉看了看手表,说:"7点半了,咱们得进工号了。"说完带领彩虹和方芳转身往回走。他们走进工号,关闭了钢筋水泥防护门。工号分左右两间,左间是控制室,右间是遥测室。彩虹和方芳走进遥测室,清泉走进了控制室。控制室里只有郑队长和杨月辉两个人。正趴在一个小观察窗往外看的郑大伟听见开门声,回过身来,笑问:"林队长,坦白,你刚才带着你的两个女兵干什么去了?"清泉笑答:"我们去跟火箭告别了。"郑队长笑道:"哈哈!一个男军官跟两个女军官站在火箭发射阵地上跟火箭告别,你们可太浪漫了!"

蓝天上,徐克江驾驶着726号轰炸机勇敢地向靶心上空飞去,当飞机最后一次接近靶心上空即将投弹时,飞行员们不免心里紧张起来。机长徐克江念着:"下定决心,不怕牺牲,排除万难,去争取胜利!"背诵完毛主席语录,下令:"投弹!"投弹员孙福长

背诵:"下定决心,不怕牺牲,排除万难,去争取胜利!"徐克江驾驶飞机飞速逃离……

过了30秒钟了,天空依然是那么平静,还没有闪光,没有火球,没有蘑菇云……

怎么啦?!聂荣臻惊呆了,张蕴钰惊呆了,数千名参观者惊呆了,飞行员惊呆了,指挥员惊呆了。

塔台指挥员严厉地质问:"徐克江,怎么回事儿?!"

徐克江说:"报告首长,这次投弹失败了!"

指挥员说:"立即查清原因!"

徐克江说:"是!立即查清原因!"

徐克江驾驶着飞机在空中盘旋,机舱里笼罩着一片紧张、忙碌的气氛。

投弹失败惊动了周总理。总理随即用电话指示:"请告诉飞行员,要沉着冷静,不要紧张!"

指挥员立即向机组传达总理的指示:"徐克江,周总理指示你们,要沉着冷静,不要紧张!"

徐克江说:"报告首长,原因查出来了,刚才是投弹员背诵完毛主席语录,紧张得竟然忘了按自动投掷器。我请求再来一次!"

指挥员说:"同意!一定要沉着冷静,不要紧张!"

徐克江坚定地说:"是!"

飞机又飞了回来,第四次朝靶心方向飞去……

白云岗参观场上,又响起了播音员的声音:"请戴好防护镜和耳塞!"人们齐刷刷地戴上了墨镜,将橡皮耳塞塞进了耳孔里。

"脱钩!"中国的第一颗氢弹投入到湛蓝的天空中,它拖曳着一顶巨大的降落伞,随风飘荡,好似仙女下凡……

参观者们仰望东方那片天空,只见一轮红日在微笑……

"10,9,8……"人们的血在沸腾,心在怦怦地跳。

"……3,2,1"人们屏住呼吸,目不转睛地看。

"起爆!"突然,一道强烈的闪光划破万里长空,在红日的旁边又出现了一轮比1 000个太阳还亮的太阳,在天空中闪闪发光。在罗布泊上空出现了双日争辉的壮丽奇观!

闪光过后,楼房在燃烧,电线杆子在燃烧,几十公里之外的草席棚子也在燃烧……

冲击波横扫戈壁滩,楼房被夷为平地;机车翻了、坦克翻了、汽车瓦解了……

远在300公里之外的吐鲁番车站上,正停靠着一列旅客列车。突然,一道耀眼的光芒照亮了天空,照亮了大地,照亮了车厢。旅客们纷纷拥到车窗前,惊奇地张望着,不知道究竟发生了什么事情。顷刻,一声巨响响彻天空,大地在颤抖,车厢在颤抖,门窗在"哗哗"作响……

闪光就是命令!

马兰机场上,等候在飞机旁、穿着防护服的飞行员们纷纷戴上了防毒面具,登上了飞机。第一架歼-6飞机呼啸着飞上蓝天。过了一会儿，第二架飞机在跑道上疾速滑行……

随着滚滚升起的蘑菇云，火箭发射开始了。发射控制室内，郑队长看着手中的秒表，高举着手对发射员命令："1号！"把手向下一挥，说，"放！"杨月辉随即将发射按钮按了下去，只听"咔啦啦"炸雷似的一声响，一枚火箭喷着烈火冲上蓝天，飞向蘑菇云……

郑队长又把手举起来，对发射员命令："2号！"手向下一挥，说，"放！"杨月辉随即将发射按钮按了下去，随着又一声炸雷似的响，又一枚火箭飞上天空……

遥测室内，方芳看着笔录仪，蓝悦看着计数式频率计，彩虹面前放着一张记录表等待记录，清泉面前放着一张 γ 射线标定曲线图准备判读。一声清脆悦耳的电波终于打破了难耐的沉寂。黄凯兴奋地说："来啦！"笔录仪开始描绘曲线，频率计的数字闪闪烁烁，数字不断增加。蓝悦开始读数，彩虹开始记录，清泉看着曲线报数据："5 600 伦，8 800 伦，12 000 伦……"

天空中，蘑菇云还在缓慢地翻腾着，一枚火箭飞到云顶，一声闷雷过后，头体分离，一顶红白相间的降落伞带着箭头在蘑菇云中降落……

紧接着，火箭便接二连三地飞上蓝天，飞进蘑菇云。

完成了火箭发射和遥测任务的郑大伟、杨月辉、黄凯、蓝悦、清泉、彩虹和方芳，急忙冲出工号，跑到工号顶上，观看蘑菇云。黑压压的蘑菇云挡住了太阳，几乎遮蔽了东方半个天空。参观者们惊奇，激动。

清泉往天空一指，说："看，取样飞机来啦！"人们不约而同地望向蓝天。只见一架歼-6飞机飞过天空，向着庞大的烟云飞去……

飞行员驾驶着飞机勇敢地冲进烟云，取完样品返航了。之后，每隔几分钟，就有一架歼-6机穿过烟云取样……

胜利返航的第一架飞机降落到马兰机场上，滑进停机坪停下。全副防护武装的李保国手拿一只铁钩子立即冲到左机翼下的取样器前，快速拉开取样器头罩，拉出过滤器装在手推车上；一个战士推着手推车跑向实验室……

与此同时，郑茂功拿着铁钩子冲到右机翼下的取样器前，快速拉开取样器头罩，拉出过滤器装在手推车上；另一个战士推着手推车跑向实验室……

无尘室里，全副防护武装的孙志刚、刘海泉带领两名战士正在紧张地分装样品。他们把采集到烟云样品的1号滤布，先剪成一块一块的，然后放进塑料袋内，然后装入铅罐中……

一辆卡车拉着一些铅罐驶出机场，驶向马兰……

马兰临时放化分析实验室，正是一派紧张繁忙景象。

在溶样室里，欧秀丽和吴玉萍在溶解样品；

在裂变产物实验室里，丁雪梅等在分离、纯化样品；

在重元素实验室里，赵巧玲等在分离、纯化样品；

在 α 实验室里，李茂松把源放进 α 谱仪的测量室内，开动真空泵，真空泵"咚咚咚"地响起来……

在 γ 实验室里，常达志把源放进 NaI γ 谱仪的铅房内的探测器上，搬动定标器开关，定标器"咔咔"地响起来……

在办公室里，路雨声摇着手摇计算机在计算测量数据……

1967 年 6 月 17 日 8 时 20 分，中国第一颗氢弹爆炸成功了。

在这惊心动魄的时刻，望着那强烈的闪光，望着那通红的火球，望着那雪白的顶天立地的蘑菇云，参观场再一次沸腾了，欢呼声、欢笑声和"毛主席万岁"的口号声响成一片。

聂荣臻元帅兴奋地说："瞧！这颗氢弹爆炸后的蘑菇云和原子弹爆炸后的蘑菇云大不一样，要壮观得多。"

随后，他抓起身边的电话把这个特大喜讯报告了中央军委副主席叶剑英，叶剑英立即把这个喜讯报告了周总理。

1967 年 6 月 17 日 23 时 30 分，毛泽东亲自审批的《新闻公报》飞向全球：

"毛泽东主席早在 1958 年 6 月就指出：搞一点原子弹、氢弹，我看有十年工夫完全可能。……

"我们向全国人民和全世界人民庄严宣布：毛主席的这一英明预言和伟大号召已经实现了，在两年八个月时间内进行了五次核试验之后，今天，1967 年 6 月 17 日，中国的第一颗氢弹在中国西部地区的上空爆炸成功了……

"中国进行必要而有限制的核试验，发展核武器，完全是为了防御，其最终目的是为了消灭核武器。我们再一次郑重宣布，在任何时候，任何情况下，中国都不会首先使用核武器。我们的话，从来是算数的……"

6 月 17 日傍晚，各单位举行大会餐，庆祝中国第一颗氢弹爆炸成功。火箭发射队也不例外，预备了简单的酒席，庆祝氢弹爆炸成功，庆祝火箭发射成功。在帐篷食堂里，火箭发射队、火箭设计院及火箭取样队的全体参试人员，齐聚一堂，祝贺声、敬酒声和欢声笑语响成一片，洋溢着喜庆和热烈的气氛。

"同志们，"郑队长高举酒杯，说，"为中国第一颗氢弹的爆炸成功，为首次火箭的发射成功，为首次火箭遥测的成功，为在座的各位同志的健康，干杯！"满屋子人共同干杯。

"同志们，"清泉高举酒杯，说，"我代表火箭取样队，敬火箭专家们和火箭发射队的全体官兵们一杯，干杯！"大家一起饮酒。

"同志们，"清泉接着说，"你们的任务已经圆满完成了，明天就可以撤场了；但是，我们火箭取样队的任务仅仅完成了一半，明天，肖亮就带领火箭回收组去完成最后的一半。"

"老林，"宋天成问，"你们能把降落伞都收回来吗？"

"宋主任，"清泉巧妙地回答，"只要你的降落伞顺利着陆，我保证把它们统统捉拿归案。"

第七章　比 1 000 个太阳还亮

"哈哈！"宋天成笑道，"老林，你可真精明呀！一脚就把球给我踢回来了。"

"老林，"徐明媚问，"你也去参加回收吗？"

"我是队长，"清泉答，"当然要去。"

"队长，"方芳叫道，"我也跟你去！"

"不行！女同志一律不许参加回收，这是纪律！"

"我不参加回收，只给你做个助手，还不行吗？"

"不行！你跟夏彩虹的任务是，把实验室里所有的仪器装箱保存，然后跟设计院的同志们一同撤场，在马兰等我们。"

"同志们，我报告大家一个好消息，"刘指导员叫道，"为了慰问参加第一次氢弹试验的有功人员，新疆维吾尔自治区政府调拨给基地一大批供外贸出口的葡萄干，外单位每人两公斤，基地干部每人一公斤，战士每个班一公斤。只收成本费，每公斤一块五。"火箭设计院的同志们欢呼起来。

6月18日早晨，火箭回收工作就从场区机场开始了。

陈南和肖亮带领两名战士，身穿防护服，面戴防尘口罩，提着带盖的降落伞回收筒，上了一架直升机。飞机发着震耳欲聋的声音起飞了，清泉和几名战士挥手与他们告别。

直升机飞过靶心上空，飞过铁塔上空，然后在一片戈壁滩上空盘旋。机舱里，陈南、肖亮和两名战士透过舷窗在搜索目标。飞行员视野广阔，首先发现了一顶降落伞和一个箭头，便驾机降落在降落伞附近。肖亮等四人下了飞机，陈南背着一个剂量仪，一个战士提着一个回收筒，来到降落伞旁。陈南用剂量仪测量了一遍降落伞，仪表指针只在下部微微摆动，陈南摇了摇头。两个战士用锋利的剪刀一根一根地剪断伞绳；肖亮卷好降落伞，装入回收筒内，盖上盖；两个战士抬着回收筒上了飞机；陈南和肖亮随后上了飞机，关上机舱门。飞机起飞了，继续在天空中盘旋，寻找下一个目标……

中午时分，飞机返航了。他们找回了四顶降落伞，另一顶失踪了。

下午，回收组休息，清泉带领着分装组的几个战士来到场区实验室，进行火箭样品的分装。清泉把降落伞伞衣的过滤材料部分先剪下来，然后再将过滤材料剪成几小片；战士甲将一小片过滤材料装进塑料袋中；战士乙将塑料袋焊接封口；战士丙将塑料袋装进铅罐中，然后给铅罐打上铅封。他们如此这般，完成了四顶降落伞的分装工作。之后，他们在场区洗消站里进行了洗消。

6月19日，一架伊尔-14飞机从场区机场起飞了，清泉、肖亮和陈南押运他们的火箭样品飞向马兰……

一部分火箭样品进了马兰临时放化分析实验室，另一部分火箭样品送往北京原子能研究所。第一颗氢弹爆炸样品的放化分析工作，同时在马兰和北京夜以继日地进行着……

一辆大轿车出马兰，过乌什塔拉，过基地医院，驶进一座茫茫大山。车厢里，后半部放行李，前半部坐人。这辆车是专门到马兰来接撤场的飞机取样队和火箭取样队人员的。老同学重逢自然是十分亲热，林清泉和李保国坐在一个座椅上，肖亮和李海生坐在

一个座椅上,郑茂功和陈南坐在一个座椅上,说不完的话、唠不完的嗑。夏彩虹和方芳坐在林清泉和李保国的身后。大轿车沿着九曲十八弯的盘山土公路爬山。马兰在山外,红山在山里,翻过这座大山,才能到红山。

李保国跟清泉唠着唠着就走神了,不时回头看一眼他身后的方芳。清泉心知肚明,有意成全老同学的好事,便起身对方芳说:"方芳,我有事要跟小夏商量商量,咱俩换换座位,好吗?"方芳起身让位。李保国喜出望外,也急忙起身让位,请方芳坐到里面靠窗的位置,便于观看一路风光。方芳是个大大咧咧、没心没肺的人,根本没把换座位当回事儿。彩虹早就想坐在清泉的身旁,有方芳在没好意思开口。他现在坐在自己的身旁了,心里又是激动又是喜欢。清泉的心里却依然如一汪平静的湖水。

"队长,你要跟我商量什么事儿?"

"关于火箭遥测的改进问题。"

"队长阁下,火箭,火箭,你心里就只有火箭!"

"好好,不谈火箭。你我和方芳是头一次进红山,那咱们就好好看看沿路风光吧。"

李保国想好了一肚子话要对方芳说,可是,当她坐在他身旁的时候,他却紧张得不知如何开口了。清泉的一句话提醒了他,于是,他热情地为方芳当起向导来。

"方芳,你看!"李保国往前一指,说,"前面就到黑大坂哨所了,凡是进红山的车辆和人员都要在这里接受检查。"说话间,车就在哨所前刹住了,车上的人都下了车,执勤哨兵背着枪上车检查了一遍,然后拉起拦路的木杆放行。车出了哨所,不一会儿就爬上了一个黑乎乎的坡顶。

"方芳,"李保国介绍,"这就是这条路的最高端,叫黑大坂。下面就开始下山了。"

大轿车一溜烟地下山了,时而左转时而右转,时而上坡时而下坡,又爬上了一个黄土高坡,前面豁然开朗——蓝天,白云,草原。

"方芳,"李保国兴奋地说,"进红山了!"车开始下坡。

"方芳,你看!"李保国往右面一指,说,"这就是'八一'水库。"

方芳朝右方看去,一片波光粼粼的水面展现在她的眼前,不由令她眼前一亮。她感慨道:"好漂亮的一个水库呀!"

大轿车下到山底,拐了一个弯,沿着山脚下的公路向北行驶。

"方芳,你看!"李保国往山上一指,并说,"那个山顶上有一块奇异的大石头,你好好看看,它像一只什么动物?"

"好像一只趴在山顶上的大青蛙!"

"好眼力,就是像一只大青蛙,所以大家把这座山叫蛤蟆山。"

"李保国,以后有时间你带我们来看看这座蛤蟆山。"

"我现在是红山通,你想上哪儿看,我就带你上哪儿看。"

李保国和方芳越唠越近乎。大轿车沿着山脚下的公路北行,然后折向东,又爬上了一个小高坡,展现在人们眼前的是一片楼房。

"方芳,你看!"李保国往前一指,又说,"这就是我们的研究所。"

红山是一片草原。它的西、北、南三面都是高耸的光秃秃的大山。一条小河从北山西边的山涧里流出来,穿过草原,注入西南方山脚下的"八一"水库里。盛夏的红山,河水滚滚流淌，杂草茂盛，几座蒙古包点缀在其中，一群牛在悠闲地吃草，一群羊在草丛里时隐时现，几匹骆驼在游荡。红山充满勃勃生机。红山地势高，海拔高度1 700多米，气候凉爽，即使在夏天，晚上睡觉也得盖棉被；红山雨量充沛，夏天经常下大雨，冬天常常下大雪。因此，红山是一个得天独厚的好地方。

　　基地研究所坐落在北山的南麓。这里划分为工作区、工厂区、西生活区、东生活区、服务区和放化区。工作区有研究所办公大楼、各单位办公室和实验室；生活区有家属宿舍、单身宿舍、食堂和锅炉房；服务区有军人服务社、粮店、银行、邮局、澡堂、理发店、小学和中学；放化区是第七研究室的独立工作区，因此隐蔽在红山东面的一道三层楼高的山梁背后。七室住在东生活区。因为这时候有家的人少，单身汉多，单身宿舍不够用，而家属宿舍却富富有余，于是许多家属宿舍做了临时单身宿舍。家属楼每个单元每层有两个套间和两个单间。套间的里外两间是连通的，里间大、可住四人，外间小、可住三人。13号家属楼二单元三层是取样大队的宿舍。飞机取样队人多，住了一个半套间；火箭取样队人少，住了飞机取样队剩余的半个套间，李保国和李海生等四人住里间，清泉、肖亮和陈南三人住外间，地下取样队和电子学组人各住了一个单间。飞机取样队和火箭取样队的归来，使这层楼顿时热闹起来，有了笑声，有了歌声，有了打闹声，也有了吵吵嚷嚷的打扑克声。

　　撤场人员休整三天。头一天，整理个人内务，洗床单，洗衣服，刷鞋，洗澡，理发；第二天，处理个人事务，给家里写信，到邮局发信，到军人服务社买些日常生活用品。第二天黄昏时分，保国约清泉出去散步，两个人漫步在山脚下的一条小路上，晚风微微吹来，很是惬意。

　　"老同学，明天我带你进山里玩玩怎么样？"保国提议。

　　"太好啦！进山看看树，看看水，呼吸呼吸新鲜空气，放松放松紧张的神经。"

　　"光咱俩去没意思，你约上夏彩虹和方芳一起去，好不好？"

　　"那你亲自去约嘛。"

　　"我怕碰一鼻子灰。你是她们的队长，比我面子大，还是你去请吧。"

　　"你是醉翁之意不在酒吧？跟我坦白，你是不是爱上方芳了？"

　　"当真人不说假话，我是爱上她了。我追方芳，你追夏彩虹，咱俩各得其所。"

　　"你追方芳，我支持你。但是，我不打算追夏彩虹。"

　　"为什么？"

　　"因为她是高级干部的女儿，而我是农民的儿子，仅此而已。"

　　"那明天进山约不约夏彩虹？"

　　"约。夏彩虹不去，方芳肯定是不会去的。"

　　"明天中午，咱们还要在山里野餐一顿。"

　　"那就更好了。食品你都准备好了吗？"

　　"我在马兰机场就买好了。"

　　"看来，为了爱情，你是早就有预谋呀！"

　　李保国呵呵笑了。

夏彩虹和方芳听说进山去玩,高兴得像个孩子似的,又蹦又跳。

翌日早饭后,李保国就带领林清泉、夏彩虹和方芳出发了,一人穿一双解放鞋、背一个挎包和一个水壶。他们穿过西生活区,来到了绿油油的山涧口。路前面伫立着一座水塔,路左面是一条哗哗流淌的小河,路右面是一条滚滚流淌的水渠。过了水塔大路就到头了,他们沿着一条小路走进山涧中。因为道路狭窄,只能排成一溜儿前进,李保国在前面带路,夏彩虹和方芳跟随其身后,林清泉压阵。山涧里长满了茂密的树木和杂草,真是一个绿色的清幽之地。这种地方在内地并不稀罕,但对戈壁滩来说,那就是很难得了。他们,时而走在小河边,时而走在羊肠小道上,时而从树林中钻过,时而坐下休息、喝水。经过两个多小时的艰难跋涉,他们看到了河边出现了一片平坦的沙滩,于是便把这里当做他们的目的地。各人放下各人的挎包和水壶,坐在沙滩上休息。望着蓝天白云,沐浴着温暖的阳光,听着"叮叮咚咚"的水声,吹拂着凉爽的山风,令人心旷神怡。

"一条小路弯弯曲曲细又长……"清泉哼起了《小路》,彩虹和保国跟着哼唱起来。

方芳说:"别唱了,别唱了,这是苏修歌曲,唱苏修歌曲是要受批判的。"

清泉说:"不对,这是苏联的革命歌曲。我们不能因为苏联领导人变成修正主义分子,就把苏联的革命歌曲也当成修正主义的,这是形而上学。"

保国说:"我们哈工大有一座苏联专家楼,里面住的都是各个专业的教授,他们对我校的教学作出了重大贡献。尽管中苏两党决裂了,但是,中苏两国人民的友谊还是万古长青的。"

方芳说:"苏修撕毁合同,撤走专家,给我国的核武器事业造成多么大的损失呀!"

清泉说:"坏事可以变成好事。如果没有发生这件事情,也许我国的核武器事业还不会发展得这么快,取得这么大的成就。所以毛主席说,要奖给赫鲁晓夫一枚一吨重的大奖章。这就是辩证法。"

方芳呵呵笑道:"一会儿形而上学,一会儿辩证法,我的队长同志,你什么时候变成哲学家了?"

清泉说:"我呀,是跟毛主席学的。"

保国说:"我们在哈尔滨的时候,经常唱苏联歌曲,《喀秋莎》呀,《山楂树下》呀,《小路》呀,《红梅花开》呀,好听死了。"

"红梅花儿开在田野小河旁,有一位少年真使我心想……"彩虹心里怦然一动,随即唱起了《红梅花开》。方芳跟着唱起来,这优美的歌声荡漾在幽静的山涧里。

听两人唱完歌,清泉叫道:"我饿了,咱们开始野餐吧!"

转眼间,凤尾鱼罐头、午餐肉罐头、酸辣菜罐头、梨罐头、苹果罐头,还有一瓶红葡萄酒和四个玻璃杯都摆在了沙滩上。保国给每个玻璃杯一一斟上酒,并将三个酒杯一一递给其他三人,然后举起酒杯,说:"女士们,先生们,同志们,朋友们……"

方芳嘿嘿笑起来:"这是从哪儿来的外交官哪!是从天上掉下来的,还是从地里钻出来的?"

保国幽默地说:"我是从飞机上跳伞下来的。"大家都笑起来。

保国重新说他的祝酒词:"女士们,先生们,同志们,朋友们:为各位的健康,为我们的友谊,干杯!"大家一起饮酒。之后,大家又吃又喝起来……

吃罢了饭,四个人躺在沙滩上小憩。在核试验场上紧张工作了一个多月之后,在这个幽静、凉爽的地方,看风景、唱歌、野餐、休息,这是多么快乐、多么惬意的事情啊!

四个人恹恹欲睡,忽听雷声隆隆,李保国睁眼一看,一片乌云上来了,他大叫一声:"不好!要下大雨,赶快跑!"于是四个人急忙起身,收拾好东西,匆匆忙忙下山了。他们刚出山口,黑压压的乌云已经笼罩了山头,于是便跑了起来。他们在前面跑,乌云在后面追,雷声在后面追,当跑到西生活区时,大雨就下了起来,李保国赶紧带着大家往路边的卫生所跑。当他们"嘻嘻哈哈"地跑进卫生所的时候,已经淋湿了……

休息过后,火箭取样队上班了。

肖亮和陈南带领着林清泉、夏彩虹和方芳,出了生活区,迎着初升的太阳走在通向七室的路上,前方是一道南北走向的山梁,路南是七室的一片菜地,路北是汽车连和一片荒草地。过了汽车连,路渐渐变陡,到了山梁下,坡越来越陡。他们缓缓地登上山顶,林清泉放眼一望,右面是正在建设中的放化楼,左面是七室办公楼,办公楼的北面是取样楼。他们过了办公楼,来到取样楼前,这是一栋二层红色小楼。取样楼是取样大队的独立王国,取样楼一层的南半部是电子学组的办公室和实验室,北半部是地下取样队的办公室和实验室。二层的北半部是飞机取样队的办公室和实验室,南半部是火箭取样队的办公室和实验室。他们上了二层楼,来到火箭取样队的工作区。肖亮推开一间办公室的门,只见:明亮的窗户,雪白的墙壁,一面墙下放着两张办公桌,对面墙下放着一张办公桌,办公桌是崭新的、咖啡色的、一米二长的一头沉,宽大,气派。肖亮说:"队长阁下,这就是我们三个人的办公室,请进吧!"清泉惊喜地说:"太漂亮了,跟马蹄楼相比,真是鸟枪换炮了!"方芳迫不及待地说:"我们的办公室呢?!我们的办公室呢?!"肖亮打开隔壁的一间办公室,说:"夏彩虹,方芳,请进吧!"两个人兴高采烈地走进办公室。除了办公室外,她俩还拥有一间遥测实验室,面积是办公室面积的两倍。此外,火箭取样队还拥有一间综合实验室,实验室周围靠墙放着实验桌。一张实验桌上放着一个炮弹箱,箱子里装了两发122加农炮的炮弹;另一张实验桌上树立着一个火箭箭头,箭头旁边放着一顶降落伞。实验室中间并排放了两张办公桌作为他们的会议桌。

安排好办公室,林清泉想去看看孙宝山。肖亮告诉他,孙宝山一伙依然痴迷于造反,并和"戈壁红旗"的造反派勾结在一起,一心一意要打倒张蕴钰。就是在执行这次任务期间,他还纠集一伙人到北京去告状。国防科委领导把本系统所有进京告状的造反派留下来,给他们办了一期"毛泽东思想学习班",省得他们到处瞎折腾,搞得鸡犬不宁。孙宝山正在"学习班"里学习毛泽东思想呢。

火箭取样队的任务总结会在他们的综合实验室里召开,出席总结会的还有室主任路雨声和大队长金振兴。

"同志们,今天,我们火箭取样队作第一次火箭取样和火箭遥测的全面总结,找出存在的问题,提出改进的方向,以使我们把今后的任务完成得更好。"清泉说了几句开

场白后，接着说，"首先，请路主任给我们讲一讲这次任务放化分析的概况，并评论一下我们的火箭样品水平。"

路雨声说："放化分析的结果出来了，爆炸当量300多万吨，比瞄准当量还高，首次氢弹试验非常成功……"（掌声）

"飞机取样任务完成得相当出色，取得了大量的好样品，大部分放化分析项目的数据都是由飞机样品出的……"（掌声）

"火箭的遥测很成功，所测数据与理论预测结果吻合得相当好……"（掌声）

"但是，火箭取样的结果却很不理想，取得的样品数量太少，这是其一；样品的浓度太低，这是其二；其三，降落伞着地后，滤布上沾上了大量尘土，样品很不干净。总的来说，火箭样品的数量和质量都不行，所以，这种样品只能在要求较低的几个放化分析项目上使用，远远满足不了氢弹试验的要求，出不了聚变当量。"（沉默）

肖亮说："既然如此，光上飞机取样就行了，火箭取样劳民伤财的，干脆就别上了。"

路雨声说："这种说法是片面的。火箭取样和飞机取样各有千秋，飞机取样可靠性高，把握大，样品质量好；但是，由于飞机进云时间比较晚，样品的浓度较低，因此也出不了聚变当量。火箭取样的优势就在于进云早，在爆后两三分钟就可以完成取样，因此可以获得早期高浓度的烟云样品，所以精确的聚变当量数据就寄托在火箭取样身上了。火箭取样和飞机取样是相辅相成的，不能丢掉任何一个。"

清泉说："哦，我明白了。主任，您要求我们提供足够数量的、高浓度的、洁净的火箭样品。"

路雨声说："清泉，你是一言以蔽之啊！"

清泉说："要继续上火箭取样，我们一定要进行一次技术大革命，造降落伞式取样的反，革降落伞的命。"清泉巧妙地引用"文化大革命"的流行语言，逗得大家都笑了起来。

肖亮说："对，这次取样量少、质量差的关键是用滤布伞取样造成的，因此必须把这种落后的取样方法彻底抛弃，而制造一种类似于飞机取样器那样的火箭取样器。"

清泉和肖亮的发言，勾出了陈南憋在心里的话："另外，和平村的火箭发射阵地离靶心29公里，太远了，这样就不得不采用二级火箭，而且火箭也容易脱靶。我建议，火箭发射阵地应该再向靶心靠拢，这样既可使用单级火箭，又能提高火箭命中率。"

清泉说："好主意。把你跟肖亮的建议加在一块，就比较完美了。"

说了半天一直说火箭取样，还只字未提火箭遥测，方芳按捺不住了，俨然以主持人的身份说："下面，请夏彩虹同志谈谈火箭遥测问题。"彩虹看着清泉。

清泉说："小夏，那你就说说吧。"

彩虹说："这次火箭遥测的成功，证明现在的这套火箭遥测设备很好，很可靠；但遗憾的是，这套设备全是电子管的，体积大、重量大、耗电大，技术上显然落后了。所以，我跟方芳共同建议：火箭遥测设备也要进行一次技术大革命，全部晶体管化。"方芳鼓掌。

路雨声说："好，你们俩很有眼光，尽量采用先进技术应该成为我们的追求目标。"

清泉说:"主任,大队长,关于火箭取样和火箭遥测的改进意见,基本上就是这些。是否可行,请指示。"

路雨声说:"你们这些改进意见都很好,我支持你们!大队长,你看呢?"

金振兴说:"我举双手赞成。"

路雨声说:"既然大家意见一致,那你们就马上行动吧!争取在明年的氢弹试验任务中,把新火箭拉上场。"

清泉说:"好。后天我们全队就动身去北京,跟火箭设计院合作,争取在明年的氢弹试验中把新火箭拉上场。"

路雨声说:"明天有一架伊尔-18送张震寰等科委首长和空军的几位首长回北京,你们就搭乘这架飞机走吧,当天就到了。"

马兰机场,蓝蓝的天空上飘着朵朵白云,灿烂的阳光洒满机场,徐徐的微风吹动着风向标,一个多么好的天啊!一架伊尔-18大型客机停靠在停机坪上。首长们正在登机。张震寰与张蕴钰等来送行的基地领导一一握手后,转身登上了飞机。两位地勤人员向舷梯走去……

这时,火箭取样队全体成员乘坐的卡车开进跑道,在飞机旁"嘎"地停住。夏彩虹和方芳背着挎包从驾驶室里跳下来,又转身拿出手提包,向飞机跑去。清泉、肖亮和陈南,匆忙跳下车,背着挎包,提着旅行包,也兴冲冲地朝飞机跑去……

一位空军干部一举手,一声大喊:"停!"如同被孙悟空使了定神法,五个人呆如木鸡!"对不起,同志们,飞机满员了,请回去吧!"五个人面面相觑,进退两难。

正在他们不知所措之际,张蕴钰走到那位空军干部面前,为他们求情:"周处长,这五个人是基地研究所火箭取样队的,他们是到北京搞新火箭的,任务紧急,你就让他们上飞机吧!"然后又指指清泉,悄声说,"他就是火箭取样队的队长,这小子天不怕地不怕的,我在北京挨批斗的时候,就是他陪斗的。"周处长哈哈一笑,说:"看在司令员的面子上,我也得放行啊。"然后,他对清泉等叮嘱道:"首长们在飞机上,不许吸烟,不许喧哗。"随即让开了路,说,"请登机吧!"清泉给周处长和司令员分别敬了个礼,随后便带领他的战友们匆匆登上了飞机。其实,飞机里的人并不多,林清泉等五人每人拣了一个靠窗的座位坐下。

飞机起飞了,飞过博斯腾湖,飞过戈壁滩,飞上了云端。林清泉等五人透过舷窗观赏天上的美景:飞机在茫茫云海上飞行,灿烂的阳光洒在云海上,云层五彩缤纷,美不胜收。

飞机在武功军用机场停留半日,晚上才起飞,清泉等五人在天上又看到了北京美丽的夜景。

下飞机时夜很深了,他们回不了通县,只好在前门附近的总参招待所里住了一夜。

第八章 他们在相爱

　　林清泉和他的队员们，背着挎包和水壶，提着旅行包，回到了阔别多日的通州大院，感到特别的亲切，走在幽静的林荫道上凉爽了许多，话也就不由多起来。清泉说："还是大树好呀，大树底下好乘凉啊！"肖亮说："要是核试验场上也是绿树成荫，那咱们就可以躲在大树底下乘凉了。"陈南说："你们别说大树了，还是说咱们住哪儿吧。"清泉说："搬家后，马蹄楼二层的东半部就变成了招待所了，咱们当然住招待所了。"陈南说："有了招待所，咱们吃住就不发愁了。"彩虹说："狡兔有三窟，现在我们也有三窟了，马蹄楼有一窟，红山有一窟，设计院那里还有一窟。"方芳取笑道："我们的队长就是属兔子的，所以呀，他到处打洞。"大家一起笑了，他们在笑声中来到了马蹄楼前。这时从马蹄楼里走出一位脸色阴郁的青年军人，他只扫了他们一眼，便低着头绕开他们走过去了。"哎——"清泉叹了一口气说，"看到彭刚如今的遭遇，我们就知道什么是'一损俱损，一荣俱荣'了。"

　　彭刚，何许人也？彭刚和清泉一样，不过是一名普通科技干部，但他父亲却不是普通农民，而是我军一位赫赫有名的高级将领。因此，他的身份也就跟清泉大大不同了。哪个领导不高看他一眼，甚至上级领导来了，都要亲自看看他，慰问一番。但是，三十年河东三十年河西，"文革"刚刚开始他父亲就被打成了反党分子，成了阶下囚。在那以阶级斗争为纲的年代里，是一荣俱荣一损俱损，他自然受到牵连。于是，他被打入了另册，不准接触机密工作，不准进场执行任务，不准进红山，只准留在通州军营里等候组织处理。彭刚虽然是超级高干子弟，但不是那种趾高气扬的纨绔子弟，不盛气凌人，不傲气，不张狂，人缘不错，朋友不少。因此，领导和群众谁也没有难为他，连造反派们也没有批斗他，不然的话，他的命运可就更悲惨了。他的心里虽然很压抑，但还比较坦然，堂堂国家主席刘少奇都掌握不了自己的命运，开国元帅彭德怀、贺龙掌握不了自己的命运，叱咤风云的父亲掌握不了自己的命运，何况他一个小萝卜头呢，顺其自然、

第八章 他们在相爱

听天由命吧。

　　林清泉等人进了马蹄楼，住进了招待所。清泉、肖亮和陈南打扫完房间，洗罢了脸，彩虹和方芳就进来了。

　　彩虹问："队长，咱们怎么安排呀？"

　　清泉说："今天是星期六，咱们休息两天，星期一开始工作。小夏，你回家看看你的父母吧。"

　　彩虹说："太好了，我太想爸爸、妈妈了，太想家了！"

　　方芳说："夏姐，你家在北京多好啊，可以经常回家看看。可是，我家在大连，就没你这么幸运了。我入伍都四年了，还没回过一次家呢，我也想爸爸、妈妈了，我也想家了。队长，你说怎么办哪？"

　　清泉说："方芳，你想家的心情我完全理解，我何尝不是如此呢。这样吧，等我们跟火箭设计院把新火箭的研制方案确定之后，你就可以休探亲假了。"

　　方芳说："队长，你真是个大大的好人哪。"

　　彩虹说："队长，你不是想看小说吗？那你明天就到我家去拿书吧。"

　　清泉说："现在我满脑子都是火箭，多好的小说也看不进去，还是暂时忌了吧。"

　　彩虹说："你又独出心裁！我只听说有忌生冷油腻的，有忌辛辣，还从未听说过忌小说的。"

　　清泉说："现在你不就听说了嘛。"

　　彩虹说："你呀，真难请！"

　　回家心切，中午时分彩虹便从通县回到家里。她穿着白衬衣、蓝裙子，提着一个挎包，站在自家门外敲门。里面问："谁呀？""我是彩虹，李阿姨！""哟，是彩虹回来了！"李阿姨惊喜地叫起来，随即拉开了门。

　　彩虹进了客厅就叫："爸！妈！我回来啦！"

　　夏母从卧室里出来，彩虹迎上前去，双手拉着母亲的手。夏母端详着女儿的脸，说："晒黑了，晒黑了。"

　　"在戈壁滩上工作，成天风吹日晒的，阳光又毒辣得很，几天工夫就把人晒得黑不溜秋的了。妈，没事儿，回到北京，过些天就变白了。"

　　李阿姨端着一盘切好的西瓜放在茶几上，说："彩虹，跟你妈一边吃瓜一边唠嗑吧。"

　　"太好了，热得我浑身直冒火，渴得嗓子直冒烟，忒想吃西瓜了。"彩虹说完，便和母亲坐在沙发上。然后，她让道，并说："李阿姨，你也坐下吃吧。"

　　"我待一会儿再吃，我去给你做你喜欢吃的肉末炒粉丝、红烧粉条和鸡蛋炒西红柿。"李阿姨说罢，转身进了厨房。彩虹跟母亲边吃西瓜边唠家常。

　　"我弟弟呢？""他老不着家，又跟他的同学闹革命去了。"

　　"我爸爸呢？""又让造反派关进牛棚了。"

　　"噢，我可怜的爸爸！"

　　彩虹的父亲是外贸部卫生局的局长，"文革"一开始他就受到强烈地冲击，被打成

127

走资派，三天两头挨批斗、被关牛棚。起初他还有抵触情绪，后来也就习以为常了。他，体魄健壮，高大威猛，往那儿一站，就有一股威慑力量；造反派站在他面前，就显得非常渺小了，所以只是喊喊口号而已，并未动他半根汗毛，这倒使彩虹母女少担了不少心。下午，彩虹母女俩去牛棚看望亲人，彩虹送给造反派头头一斤一等葡萄干，又说了不少好话，把头头乐得屁颠屁颠的，第二天就把夏父放回家了。别看造反派们对毛主席语录背得滚瓜烂熟，革命口号喊得震天响，一遇到好吃的就流哈喇子，一遇到漂亮女人就骨头发酥、腿发软。

在彩虹探望父亲的时候，在科技处计划科办公室里，清泉正在向唐参谋汇报工作。唐峰听完汇报，建议道："老林，今年我国又击落一架美国Ｕ-２高空侦察机，这架飞机的残骸现放在南苑机场，供有关科研单位参观。飞机里面有一种专门采集我国核试验样品的取样器，你们可以去看看，作为你们设计火箭取样器的参考。"清泉说："太好了，我们可以亲眼看看美国的取样器是个啥家伙。"唐峰说："我给你开一封介绍信，再帮你要辆车，星期一你们就去。"清泉说："谢谢你，唐参谋。"唐峰从抽屉里拿出一沓介绍信底稿，开始写介绍信。

两天后，火箭取样队乘坐一辆八座吉普车来到了南苑机场，一位空军干部接待了他们。被击落的那架Ｕ-２高空侦察机放在一片草坪上。这种飞机是用钛合金制造的，强度极高，重量很轻，所以飞机损失并不严重，机舱还比较完好。他们在机舱里看到了他们最感兴趣的取样部分：在机头的前下方有一条直径大约100毫米的进气管道，在进气管道的出口处安装了一个可旋转的取样盘，取样盘上安装了四个平板式过滤器，哪个过滤器正对着管道出口时哪个就处在取样工作位置，以此来采集我国大气层中的样品，推断我国核武器水平。

火箭取样队在北京南郊参观完Ｕ-２高空侦察机后，又来到了位于北京西郊的科委情报所进行文献调研。要查找有关核试验的信息，最好先查英文版的 *NUCLEAR SCIENCE ABSTRACTS*（《核科学文摘》）；要查找取样的有关信息，只要在 sampling 主题词内查找即可。文献检索室的一排排书架上，摆满了各种各样的检索文献，物理的、化学的、数学的，还有核科学的。天太热，火箭取样队都换上了便装，清泉、陈南和肖亮穿着白衬衣、黄军裤，彩虹和方芳穿着白衬衣、蓝裙子。他们坐在一张大条案四周，聚精会神地查阅文献，他们头顶上的吊扇在飞快地旋转。肖亮起身，拿着厚厚的一本 *NUCLEAR SCIENCE ABSTRACTS* 走到书架前，放回原处；又从上面拿下另一本，坐到原处继续看。清泉也换了一本后继续看。五个人不时地拿来换去。下班铃声大作，他们走出检索室。

他们走进了一家饭馆，一位女服务员热情地把他们领到一张空饭桌旁，待大家都坐下后，女服务员便拿着饭卡，问："同志，请问你们想吃点儿什么？"清泉说："主食，每人米饭四两，菜嘛……"肖亮抢着说："队长，我们今天为你查文献，多辛苦啊，你得犒劳犒劳我们。"清泉爽快地说："好，今天我请客。这样吧，咱们每人点一个自己喜欢吃的菜，但不许重样。我先点一个，回锅肉。"头头请客，谁也不客气。肖亮点了个宫保肉丁，陈南点了个糖醋鱼，彩虹点了个肉末粉丝，方芳点了个鸡蛋炒西红柿。服员——记下，又问："还添点儿什么不？"

清泉说："再要一个拼盘，一个凉拌黄瓜，两升啤酒。"

服务员说："各位请稍等，马上就好。"说完离去。

彩虹说："还喝酒啊！"

清泉说："大热的天，喝点儿啤酒消消暑、提提神，下午再查的时候，就更有精神了！"服务员把五副碗筷送上了桌。

肖亮说："这种文献太少了，真好像大海捞针一样，咱们五个人查了一上午，连一篇相关的文献都没查到。"

清泉说："不要着急，慢慢查，上午查不到下午查，今天查不到明天查。"

服务员把一个拼盘和一盘凉拌黄瓜端上了桌。

肖亮说："最好明天也别查出来。"

彩虹嗔怪道："肖亮，你神经啊！"

肖亮把头凑近彩虹，神秘兮兮地说："咱们好多蹭队长几顿饭。"大家笑了。

清泉说："谁先查出来，我就请谁客。"

肖亮说："那另外三个人作陪。"

方芳说："肖亮，你真是属猪八戒的，就是忘不了吃。"大家又笑了。

服务员把两升啤酒和五个杯子放在桌上。肖亮给清泉、陈南和自己倒酒，方芳给彩虹和自己倒酒。

清泉举起酒杯，说："为在座各位的健康，为下午如愿以偿，干杯！"

酒足饭饱之后，几个人又进了一家百货商店逛了一会儿，等下午上班后，他们又坐在检索室里继续查阅文献。五个人依旧是换了一本又一本，依旧是不断地起起坐坐。

彩虹看着看着，忽然眉梢一挑，脸上一喜，把一本文献推到清泉面前，悄声地说："你看这篇行不行？"

清泉拿过去，看着文献题目念道："1052型火箭穿云取样系统。"随后又把文章摘要浏览了一遍，突然兴奋地一拍桌子，说，"好！可找到它啦！可找到它啦！"这一声叫好不仅招来了不少责备的目光，也把其他三个人吸引了过去。

彩虹责备道："小点儿声，这是在图书馆，不是在我们办公室！"

肖亮说："队长高兴得忘乎所以了！"

清泉说："小夏，把文献号记在你的笔记本上。"

彩虹掏出钢笔，展开笔记本，说："念吧！"

清泉念道："UCRL-13116。"

彩虹记完，复述一遍："UCRL-13116。"

清泉说："没错。"

陈南说："这是缩微卡。"

清泉说："对。得去放大一份，这样看起来才方便，走！"

于是，他们来到借阅处，办理了资料复制手续。三天后，清泉就开始看文献UCRL-13116了。

又过了一周，在火箭设计院会议室里，清泉站在讲台上，手执教鞭指着他的设计方案图介绍："这就是我们设计的HP-1型火箭取样器示意图。这个取样器由中心锥、中心轴、进气口、过滤器、排气口及一个可移动式整流罩组成……"朱宗仁和徐明媚在凝神倾听。

"采用可移动式整流罩是本取样器的最大亮点。在取样之前，它处于收缩状态，将进气口和排气口同时关闭；当取样开始时，在某种动力系统的推动下，将它移到最前方，进气口和排气口同时打开，气流从进气口进入，然后通过过滤器，再经过排气口进入大气层。这样气流中所携带的放射性粒子就被收集到过滤材料上……"宋天成、李求实和蒋明宇边听边记。

"当取样结束后，还是在动力系统的作用下，将可移动式整流罩收缩到原来位置上，进气口和排气口同时关闭，所取得的样品就被封闭在取样器内。这样，无论是在火箭发射之前，还是在箭头着陆之后，都能确保过滤材料和样品的洁净……"宋天成微笑着轻轻颔首。

"过滤器是取样器的核心，它由内外两层滤网夹着一张过滤材料组成。这张过滤材料是过滤器的核心。我们费尽心机、花费高昂的代价，最后就是为了得到这张穿过蘑菇云的过滤材料……"陈南、肖亮、方芳和彩虹聚精会神地倾听着。

"我就介绍到这里，谢谢大家。下面，我想听听各位火箭专家的意见，以便使我们这个方案更科学、更合理、更完美。"

宋天成赞扬道："这才是真正的火箭取样器，咱们的那个取样伞应该扔到太平洋里去了！这个可移动式整流罩，既是整流罩，又是进气口和排气口的阀门，可谓是一举三得，这个构思很新颖、很巧妙。总的来说，这个方案不错，我同意采用。"

李求实说："这个方案的确不错，但结构细节和采用什么动力系统，还没有提到。"

清泉微微一笑，说："李工，你说得很对。但是，我想这些问题应该留给我们的结构设计工程师蒋明宇同志来解决。"

蒋明宇站起来，说："对，其他问题由我来解决。老林，我一定在你这个方案的基础上来个锦上添花！"

"蒋工，"清泉看着蒋明宇，说，"除了上述问题之外，还有一个难题请你来解决。"

蒋明宇说："老林，你出的难题越多越好，我就喜欢挑战困难，说吧！"

清泉说："对放射性操作来说，有三个基本原则：一是在操作人员和放射性物体之间加上一道用铅砖垒成的防护墙，这叫屏蔽防护；二是操作距离尽可能远，这叫距离防护；三是操作时间尽可能短，这叫时间防护。但是，对我们火箭取样器的回收和样品的分装来说，前两项是做不到的，只有这最后一项是可以实现的。所以，请你在结构设计时，在取样器与回收舱之间设计一个快速分离机构，同样，取样器的整流罩也必须是可以快速拆卸的。"

宋天成说："这可是块难啃的骨头呀！"

蒋明宇胸有成竹地说："多难啃的骨头我也要把它啃下来！"

清泉继续道："我们的第二个设想是：火箭的发射阵地尽可能靠近靶心。这样，一来可提高火箭的命中率，二来可以采用单级火箭，大大降低经费，一举两得……"

宋天成说："那么，你们想靠得多近呢？"

清泉说："9 公里到 10 公里之间。"

李求实说："老林，你的胆子太大了吧？在这么近的距离上，发射架还不被掀翻了，火箭还不粉身碎骨？"

清泉微微一笑，说："没有那么严重！我们对火箭和发射架的安全问题做了充分论证，对一般当量的氢弹试验来说，绝对没问题！"

宋天成说："老林，你敢拍胸脯，我就敢拍胸脯！"会场里发出一片笑声。

清泉说："我讲完了。谢谢大家！"说罢，走下讲台。

朱宗仁说："取样器设计问题就这样定了，具体问题你们自己去研究，会上就不再讨论了。单级火箭问题还要请总体设计组回去做弹道计算后，再拿出一个方案来。下面讨论遥测设备的晶体管化问题，夏彩虹同志，请吧！"

彩虹起身向讲台走去……

彩虹报告了遥测设备的晶体管化的必要性和可能性，以及实现的途径。尽管火箭设计院对此表示赞同，但却只同意负责提供和平–3号乙火箭，不负责晶体管化遥测设备的研制。原因是他们搞遥测的人员少、任务重，实在没有精力和人力来完成这项任务，请基地研究所另请高明。这也是实话，火箭设计院毕竟不是基地研究所的研究室，取样火箭的研制任务已经压得他们喘不过气来了，再给他们增加重量，实在是让他们难以承受。这无疑给火箭遥测组出了一个不大不小的难题。

唐峰听取了夏彩虹和方芳的汇报后，建议她俩到中科院自动化研究所去谈谈看。于是，夏彩虹和方芳拿着介绍信来到了自动化研究所。她俩走进传达室，办理了会客证后，进入大院，步入办公大楼，走进科技处处长办公室。科技处处长听完夏彩虹关于遥测设备的晶体管化的介绍后，正合心意，十分爽快地说："我们所有一个无线遥测课题组，正愁着没有课题做呢，这项任务我们接了！"彩虹没想到这么顺利，高兴地说："谢谢您，处长，谢谢贵所对我们工作的大力支持。"处长说："回去后，请国防科委赶快正式下达任务，越快越好，用国防科研任务压一压，也许能把两个造反派压住，省得他们闲得无聊，无事生非，钩心斗角，搅得所里鸡飞狗跳、乌烟瘴气的。"彩虹说："回去后，我们马上请国防科委正式下达任务。"

夏彩虹和方芳回到通县，立即把这个好消息汇报给唐参谋。第二天，唐峰亲自带着夏彩虹和方芳跑了一趟国防科委，国防科委欣然批准。不久，中科院就把晶体管化遥测设备的研制任务正式下达给了自动化所。新火箭的研制任务全部落实后，方芳就休探亲假回大连了。

清泉和彩虹正在马蹄楼内的办公室里讨论遥测设备的晶体管化问题。办公室窗外的大树上，几只喜鹊在"喳喳"叫，还有无数只蝉儿"吱吱"叫个不停。

彩虹说："箭上的超短波发射机，地面上的接收机，都要晶体管化，工作量大，研制周期长，所以，明年任务可能用不上晶体管化的遥测设备。你说怎么办？"

清泉说："我们必须做好两手准备，如果来不及用晶体管的，还是用电子管的。"

清泉的话音刚落，肖亮就拿着一封信兴冲冲地走进来。

清泉抬头，问："哟，肖亮，这么高兴，有什么喜事啊？"

肖亮说:"梁馨明天就要到北京了!"

彩虹说:"怪不得嘴裂得像个瓢似的,原来是你的小对象来了。听,知了为你们的即将相会唱赞歌呢。"

真是好事成双啊,陈南又笑呵呵地拿着一封电报进来了。

清泉说:"陈南,你的嘴裂得像个瓢似的,有什么喜事啊?"

陈南语无伦次地说:"媳妇……我……我媳妇来了。"

肖亮问:"你媳妇来了,在哪儿呢?"

陈南说:"不……不是人来了,是电报来了。"

清泉问:"你媳妇?你什么时候结的婚?"

陈南赶忙解释:"不,是我没过门的媳妇,她是来跟我结婚的。"

清泉说:"老陈,你真是守口如瓶啊!我以为你还没找对象呢,现在居然要结婚了,我真得刮目相看哪!"

彩虹说:"怪不得喜鹊不停地'喳喳'叫呢,原来是给你报喜来了。"

肖亮趁机揭陈南的短:"陈南啊陈南,你老说我谈恋爱是不害臊,你现在居然要结婚了,你害不害臊啊?"

陈南语塞,"嘿嘿"地一个劲地傻笑。

彩虹为陈南解围:"老陈,你的新娘子叫什么名字?多大年纪了?"

陈南说:"乔秀秀,刚满20岁。"

彩虹说:"哟,还是个小媳妇呀!"

清泉起身宣布:"从现在起,我们就帮老陈操办喜事!"

肖亮把梁馨接到了通县军营。热恋中的一对青年久别重逢,兴奋得不得了,亲热得不得了,恨不得粘在一起。天擦黑的时候,两个人手拉着手到操场上散步。通县大院本来就很冷清,荒芜了的操场,杂草丛生,空无一人,就益发幽静了。热恋中的情人选的就是天黑和幽静的二人世界,起先两个人是手拉着手走,之后是互相搂着腰走;之后站住不走了,面对面地互相凝视着,爱情之火从眼睛里燃烧起来,两个人热烈地拥抱在一起;随后便是一遍又一遍的热吻,两人的魂都吻丢了……

当肖亮和梁馨正沉浸在幸福时光中的时候,陈南领着秀秀进了通县大院。在马路上一面散步一面等候他们的清泉和彩虹,立即迎上前去,热情地欢迎新娘子。这不但使秀秀紧张的心情放松了许多,也使她感到了部队的温暖和同志们之间的友情,同时她还意识到陈南的人缘不错。清泉和彩虹陪同二人进了马蹄楼。

当晚,乔秀秀和梁馨都住在彩虹的那个房间里。房间里不断传出叽叽嘎嘎的说笑声,三个女人一台戏嘛。这一夜,乔秀秀一直沉浸在即将当新娘子的喜悦之中。

陈南在北京两次相亲失败后,决心不再找爱挑剔的城里姑娘,于是把目光转向了农村。农村姑娘虽然土里土气、文化水平低,但勤劳能干、朴实善良、忠诚可靠,会过日子。他的父母更是喜欢农村姑娘,知根知底,儿子不但不会被儿媳妇从他们身边抢走,有儿媳妇拴着儿子的腿,儿子每年还能休探亲假回家一趟。于是,陈母到处张罗着为儿子找对象,挑来选去,最后选中了邻村的乔家姑娘——乔秀秀。乔秀秀还不满20岁,虽然个头不高，但长得精神、漂亮，性格随和，精明能干，父母已经过世，她跟着哥哥和嫂子一块过日子。看过陈南穿军装的照片，哥哥和嫂子很满意，乔秀秀更是非常满意，当时就把照片装在自己兜里了。她一个农村姑娘，能嫁一个大学毕业的军官，那是打着灯笼也找不到的好事。陈南看过乔秀秀的照片，也很满意，于是这门亲事基本就定下了。春节前，陈南回家探亲时，和乔秀秀终于见了面。两人一见钟情，第二天就去拍了订婚照，陈家还摆了定亲酒宴请了乔家及亲朋好友。从此之后，陈家和乔家正式结为亲家，乔秀秀也以准儿媳妇的身份住在陈家。陈南到北京后，就给家里写了一封信，要秀秀到北京跟他完婚，一来让他的战友能参加他的婚礼，二来还可以让秀秀逛逛北京，婚后小两口一块回老家，再补办酒席。陈南考虑得很周到，得到了秀秀以及陈、乔两家的一致赞同。于是，秀秀只身来北京完婚。

陈南和乔秀秀的新房布置好了，门上贴上了对联和大红喜字；双人床上铺着一条粉红的双人床单，床单上放着两床拆洗干净的黄军被，军被上放着枕头，枕头上放着粉红色的提花枕巾。床上还放着清泉和肖亮送的一对暖壶和彩虹送的一对脸盆。墙上贴了一张新的毛主席像。

上午，陈南带着乔秀秀到街道办事处办理了结婚证。下午，主持婚礼的路雨声到后，陈南和乔秀秀的婚礼便开始了。来宾只有五人，清泉和肖亮坐在椅子上，梁馨和彩虹坐在床上。新郎和新娘并肩站在屋中间。人逢喜事精神爽，新郎换上了一套新军装，精神焕发，喜气洋洋；新娘换上了一身新衣服，光彩照人，脸上洋溢着甜蜜的微笑。

主持人宣布："陈南和乔秀秀的婚礼，现在开始！"（掌声）新郎和新娘面对毛主席像，恭恭敬敬地站好。

路雨声旁敲侧击道："新郎，新娘，你们俩要表现好一点儿啊，给这两对结婚见习的做个好榜样。"

彩虹心里高兴，嘴却硬："路主任，你哪来这么多废话啊？"

梁馨帮腔："少说废话，快主持婚礼吧！"

"瞧瞧，瞧瞧，"路雨声逗趣，"新娘子还没着急，两位准新娘子倒着急了。干脆，今天我把你们三对的婚礼一块儿主持喽。小夏，小梁，上来，上来。"这一招果然厉害，两个人羞红了脸，再不敢多言。路雨声继续主持婚礼。

"新郎、新娘，向毛主席像三鞠躬！一鞠躬！二鞠躬！三鞠躬！"

"夫妻对拜！"

"一鞠躬！二鞠躬！三鞠躬！"

"向来宾三鞠躬！"二人面对来宾。新郎面带微笑看着来宾；新娘瞥了一眼来宾，低头抿嘴笑。

"一鞠躬！二鞠躬！三鞠躬！"

"最后一项，新郎新娘合唱《东方红》……"

"不对不对，"肖亮叫起来，"应该是下一项，请新郎和新娘介绍恋爱经过。"

"陈南和乔秀秀是先结婚后恋爱，这一项就免了吧。"（笑声）

"最后一项，新郎新娘合唱《东方红》，陈南起头！"

陈南起头:"东方红,预备——唱!"

乔秀秀"嘻嘻嘻嘻……"地笑个不停。

路雨声说:"不行!重唱!"

陈南再起头:"东方红,预备——唱!"

乔秀秀还是只笑不唱。

路雨声说:"不行!重唱!"

新郎急了,照着新娘的屁股就是一巴掌,说:"笑什么笑?快唱!"

新房里顿时哄堂大笑,来宾们一个个笑得前仰后合。在婚礼上,没有什么节目比新郎即兴打新娘屁股更精彩的了。

傍晚,清泉和彩虹出了营房大门,走在保安胡同里,边走边聊天。

"陈南小两口过些日子一块儿回湖南老家,肖亮和梁馨明天回沈阳,后天咱俩也该去设计院了。""我的傻哥哥,弦绷得太紧是会断的!""对,有张也得有弛,咱俩也放松放松。你说吧,咱俩搞点儿什么活动好呢?""我喜欢打乒乓球和游泳。""我的爱好和你完全一样。夏天最好的活动就是游泳,咱俩先去游泳吧?""好,那就去游泳。""不过,咱们不去游泳池,那里人多得像下饺子一样,根本游不起来。""那上哪儿呀?""运河游泳场!"

运河水滚滚流淌,两岸绿草茵茵,灿烂的阳光洒在河面上,银光闪闪。清泉和彩虹站在高高的河堤上,望着水流平稳、水面广阔的游泳场和畅游在其中的男男女女,不由得心旷神怡、兴奋不已。

清泉问:"小夏,你看这里怎么样?"

彩虹说:"你真会找地方。多么宽敞的天然游泳场啊!在这里,我们可以自由自在地畅游,还可以横渡。"

清泉吟诵:"万里长江横渡,极目楚天舒。不管风吹浪打,胜似闲庭信步。"

彩虹说:"你别发诗性了,快下去游吧!"说罢,拉着清泉下了河堤。不一会儿,清泉和彩虹便并肩横渡运河了。

两人快乐地一块游泳,又快乐地一块打乒乓球。

在马蹄楼内的门厅里,清泉和彩虹正在打乒乓球。他攻她守,一攻一守,配合默契,打得饶有兴趣。她放了个高球,他闪电般地把球拍高高举起,然后猛地斜砍了下去,只见那球"嚓"的一声猛击在桌面上,又立即飞了起来;彩虹手忙脚乱地去接,连球边也没沾着。她叫了声"好球"看着他,问:"你这一招叫什么?好厉害呀!"他洋洋得意地回答:"这一招叫'晴天霹雳',是专门对付放高球的。""你教教我,我也学一招。"她弯腰捡起了球,把球在球拍上颠了几下,将球托在手心上,说:"注意,发球了!"两人你来我往地打了几个回合之后,她又放了一个高球,他又做了个打"晴天霹雳"的姿势,彩虹急忙往后退,他却突然收住手,将球轻轻推过网,她赶忙来救,已来不及了。他笑得前仰后合,连声说:"上当了!上当了!"她撅着嘴说:"你骗我!""这一招叫'真真假假'。""你呀,鬼点子太多!连打个球也这么多鬼点子,一会儿'晴天霹雳',一会儿又'真真假假'的。""做人要实,打球要贼!""再骗我,我就不跟你玩了!""玩得正高兴,再玩一会儿吧!""再骗我,你是小狗子!""好,再骗你,你是小狗子!""哎呀,你可真坏呀!"她把球拍往桌子上一放,举着一个拳头就来打他。他"哈哈"笑着绕着球桌跑,她"咯咯"笑着围着球桌追……

清泉和彩虹度过了两天快乐的时光。

陈南和乔秀秀回湖南了,肖亮和梁馨回沈阳了,清泉和彩虹又回到了火箭设计院。徐明媚带着清泉和彩虹在加工厂参观,参观了喷砂车间后,又参观了降落伞车间。参观完,徐明媚、清泉和彩虹走出加工厂,来到马路上。徐明媚说:"老林,你先走吧,我们姐俩说会儿话。"清泉说:"背人没好话,好话不背人,你们俩是不是想背后骂我呀?"徐明媚反问道:"难道你还不该挨骂吗?"清泉微微一笑,甩开大步走了。

"小夏,你跟老林的关系发展到什么程度了?"

"我们之间的关系一直很好,他关心我、爱护我,但始终保持着纯洁的友谊,还没有发展为爱情。"

"他是不是有什么思想顾虑呀?"

"好像没有。"

"是不是因为他是农民子弟,而你是高干子女的缘故呀?"

"我可没有门当户对的封建思想。"

"他这个人很好强,你没有他可能有。"

"怪不得我几次邀请他到我们家做客,都被他婉言谢绝了呢。"

"看来,被我言中了。"

"徐姐,你说我该怎么办呢?"

"那你就主动点嘛。"

"我已向他暗示过好多次了,他就像梁山伯一样,死不开窍。我一个女孩子先开口,有点不好意思。"

"你要是真心爱他,你就先开口,要是被别的姑娘把他抢走了,你后悔就来不及了!"

"徐姐,你说得有道理。其实呢,谁先开口都一样。"

"你能这么想,就算我没白劝你。"

"谢谢你的忠告,徐姐。"

彩虹决定主动出击,为了她的爱,为了她的幸福。

设计院附近的郊外公路上,暮色苍茫,车断人绝,树影婆娑,十分幽静。彩虹穿着白衬衣、蓝裙子,清泉穿着白衬衣、黄军裤。他们踏着月光悠闲地步来。

"你看过电影《刘三姐》吗?"

"当然看过,而且看过好多遍了。那可是一部精美之作,桂林山水的诗情画意,刘三姐的优美山歌,令人百看不厌、百听不烦哪!"

"片中还有一个美好的爱情故事。"

"对,刘三姐爱上了那个阿牛哥。那小子挺可爱的,就是有点儿傻乎乎的。"

"我看你啊,比梁山伯还呆,比阿牛哥还傻,傻得浑身都冒傻气!"

"那我不成了傻柱子了？"

"那我问你：我放在你办公桌上的日记本，是你放回我的抽屉里的吧？"

"当然了。那屋里除了你我之外，没有别人。"

"你是不是连看都没看就放回去了？"

"偷看别人的日记是不道德的，更何况是一个女孩子的日记。"

"那是我特意留给你看的，那里记载着我们共同度过的每一个美好的日子，也记载着我的一颗心、一份爱、一份情啊！"说到动情处，彩虹情不自禁地唱道，"山中只见藤缠树，世上哪见树缠藤。青藤若是不缠树，枉过一春又一春。"

清泉心中豁然开朗，高兴地接唱："连就连，你我白头到百年，哪个九十七岁死，奈何桥上等三年。"

两个人在一棵大树下站住了，面对面地凝视片刻。他激动地一下子把她紧紧地搂在怀里；她双手紧紧地抱着他的脖子，整个身体都酥软了。

"亲爱的，你怎么了？"

"亲爱的，是你的爱把我融化了，抱紧我，要不然我会瘫倒在地上的。"

少顷，她抬起头情意绵绵地看着他，慢慢地闭上了双眼；他轻轻地吻了她一下，又吻了一下；接着两人便热烈地亲吻在一起。爱情之火一旦点燃，便熊熊燃烧起来。

第二天早晨，在招待所房间里，清泉站在地上正在梳头，听到敲门声赶紧去开门，站在门外的正是他的彩虹。

"这么早敲我门的，肯定是你，请进吧！"她进屋把门关上，一下子扑在他的怀里，双手紧紧地搂住他的腰。

他抚摸着她的黑发，温情地问："亲爱的，夜里睡得好吗？""不好。""怎么了，不舒服吗？""亲爱的，你跟我说实话，你家里是不是有个媳妇，还有一个儿子？""亲爱的，你把我当成陈世美了？""夜里我做了一个梦，梦见你媳妇带着孩子来找你，你们一家好亲热呀！我叫你，你却消失了。我伤心地哭了，醒来时我的枕巾都湿了一片。""傻丫头啊傻丫头，又做傻梦又说傻话。你说我傻，我看你呀，比我还傻！""我紧紧地搂住你，不让别人把你抢走！""傻丫头，从昨天晚上开始，我永远属于你，谁也抢不走。""你光哄我不行，你得亲亲我，好把那个坏梦赶走！"

他给了她一个轻轻的吻，她甜甜地笑了。

灿烂的朝阳照耀着火箭设计院的大门。清泉和彩虹随着上班的人流向大门走来，两个年轻人不仅陶醉在爱情的甜蜜中，也陶醉在取样火箭的研制中。

"彩虹，今天，你跟我去和蒋工讨论取样器的结构设计方案。""这方面的工作我不太懂，我就不去了吧。""你虽然是学无线电的，但也学过机械设计吧？""我学得还不错呢。""你具备基本条件，那就跟我去吧。各方面的工作你都得熟悉熟悉，当我不在的时候，你可以帮我处理一些日常工作。""你考虑得还很远。""工作就像下棋一样，必须学会多看几步棋。""好吧，我听你的。"

在结构设计室里，一个图板上固定着一张 HP-1 型火箭取样器设计图，蒋明宇站在图板前向清泉和彩虹讲解："根据老林的设计构想，我把 HP-1 型火箭取样器的结构设计图画出来了，今天请你们来审核一下。"蒋工说了几句简短的开场白之后，用铅笔指点着图纸介绍道,"在取样器的中心设一个中心轴,在中心轴的前端装一个中心锥,在中心轴的后部装一个作动筒,从作动筒上伸出三个支板支撑着取样器整流罩。这样,当作动筒前后移动时,便可带动整流罩一起前后移动。推动作动筒的动力我选择压缩空气,既可靠又方便。压缩空气瓶装在取样器后面的这个气瓶舱里……"清泉插言:"很好。"

"这个可移动整流罩的后部是用五圈螺纹与舱段进行连接的,只要用一个专用大扳手将可移动整流罩旋转五圈,便可将它卸下来,这样来实现可移动整流罩的快速拆卸。"清泉赞扬道:"很好。"

蒋明宇说:"那我就开始出零件图了。"

清泉和彩虹出了结构设计室,又进了总体设计室。设计室里的一张大条案铺着一张和平－4号取样火箭蓝图。李求实介绍道:"根据弹道计算结果,用和平－3号火箭的一个发动机运载新设计的 HP－1 型火箭取样器,当发射角为 60 度时,火箭顶点的水平距离是 9 公里,顶点高度是 12 公里,完全能满足你们的使用要求。因此,火箭发射阵地设在距靶心 10 公里附近的地方和采用单级火箭是完全可行的,这种单级火箭就叫和平－4号取样火箭。"

清泉和彩虹在招待所食堂里正在吃晚饭,彩虹把盘子里的红烧肉挑出来,放到清泉的盘子里。

"彩虹,别把肉都挑给我,你自己也吃一点嘛。"

"我喜欢吃菜里的粉条,不大喜欢吃红烧肉,太油腻了。"

"那好,我用粉条换红烧肉。"他把粉条夹到她的盘子里,说,"那你下回就别买红烧肉了。"

"我知道你爱吃红烧肉,我是想让你多吃一点儿。你真行,吃大肥肉都不带眨巴眼的。"

他"嘿嘿"地笑道:"没听说过,吃肥肉还得眨巴眼。"

"明天是星期天,我想请你到我家去做客,请李阿姨做一大盘红烧肉,让你吃个够!"

"冲着这一条,我不去。"

"紧张阶段过去了,你可以不必忌讳了,那到我家去拿小说看吧!"

"冲着这一条,我可去可不去。"

"我爸爸、妈妈想见见你。"

"这一条最重要,冲着这一条嘛……"他看着她故意卖关子。

"你还是不想去?"

"我非去不可!"

在爱情的道路上,清泉已经勇敢地迈出了第一步,走第二步就不再犹豫了。他非常清楚,如果他不亲自登门求婚,彩虹的父母是不会让他们的宝贝女儿嫁给他的。

儿女长大成人之后,父母最操心的就是他们的婚姻大事,儿子要娶媳妇,女儿要出嫁,家家如此。夏家也不例外。夏父比较开通,对女儿的婚事采取不干涉政策,由她自己做主。夏母还是一心一意想要女儿嫁一个门当户对的高干子弟,自从彩虹大学毕业参军以后,前来求婚的高干子弟便踏破了夏家的门槛。高干的女儿,哈工大毕业,年轻貌美的女军官,这些优越的条件,令不少高干子弟热烈追求。夏母很上心,彩虹却很冷淡,一个都不见,她讨厌跟不相识的人相亲,她要自己找令她怦然心动的男人。母亲拗不过女儿,只好随她去。在所里,追求彩虹的人不下一个班,有给她写情书的,有找她谈话的,还有给她打电话的,但都被她婉言谢绝了。对于孙宝山的纠缠,她不但嗤之以鼻,甚至愤怒了。她的心中渐渐有了一个人,一个事业心很强、兢兢业业的人,一个不畏艰险、敢于攀登科学高峰的人,一个心地善良、富有幽默感的人,一个仪表堂堂、英俊潇洒的人,一个令她昼思夜想、神魂颠倒的人,这个人正是她梦寐以求的人。当这个人热烈地亲吻了她之后,她认定他就是她的人了,因为她深信他不会去吻另一个女孩子。于是,她终于向父母公开了自己心中的秘密。二十七八的大姑娘终于有了对象,夏父、夏母自是喜出望外,想尽早见见这个未来的女婿。夏家客厅里,一台落地扇不停地摇着头,向客厅送去阵阵凉风,夏父和夏母坐在沙发上谈论女儿的婚事。

"彩虹说,清泉这小伙子很不错,事业心很强,上进心很强,为人正直,待人真诚,心地善良……"

"他敢在混乱的游行队伍中,奋不顾身地从地上救出一个小女孩,还真有解放军的英雄气概。就从这一点上看,这小伙子肯定错不了!"

"就是现在还不是党员。"

"彩虹也不是党员嘛。知识分子入党难哪!我相信他俩都会成为党员的,只是个时间问题。"

"人虽好,就是不知道长得怎么样,说不定傻丫头给我领进一个丑八怪来。"

"彩虹眼光那么高,他相中的人,肯定是一个英俊潇洒的帅小伙。"

正说着,房门开了。夏父和夏母听见开门声便住了口,两眼紧盯着门口。只见女儿拎着一网兜鲜桃,清泉提着一盒点心,进了客厅。彩虹领着清泉向夏父和夏母走来。夏父和夏母站起来,望着这一对朝气蓬勃、神采飞扬的青年,心里不由一阵高兴,眼里闪出喜悦的光芒,一块石头落了地。清泉是见过大世面的人,曾经当面向张爱萍副总长和司令员汇报过工作,曾经在大庭广众之中作报告。因此,见了夏父和夏母,他不但没有感到局促不安,反而显得从容淡定、落落大方,给夏父和夏母留下了很好的第一印象。两个人把带来的礼品放在茶几上。

彩虹首先向自己的父母介绍:"他就是清泉。"

夏父、夏母连声道:"欢迎!欢迎!"

然后,彩虹向清泉介绍:"这位就是我爸爸。"

清泉握着夏父伸过来的手,彬彬有礼地问候:"首长好!"

夏父纠正道:"在家里,不要叫首长,叫伯父。"

清泉立即改口:"伯父好!"

彩虹又接着介绍:"这位是我妈妈。"

清泉又握着夏母伸过来的手,礼貌地问候:"伯母好!"

彩虹指着放在茶几上的礼品说:"爸,妈,这一盒点心和这一网兜水蜜桃,是清泉买来孝敬你们的。"

清泉说："伯父，伯母，微薄礼物，不成敬意，请笑纳。"

彩虹笑道："爸，妈，清泉说话文绉绉，你们看，他像不像一个老学究呀？"

一句话把大家都逗笑了，连室内的空气都活跃起来。在笑声中走来了李阿姨，她把一盘切好的西瓜放在茶几上，说："吃西瓜吧，又消暑又解渴。"然后起身，端详着客人。

彩虹介绍："这位就是我跟你常提起的李阿姨。"

清泉问候："李阿姨好！"

李阿姨夸道："清泉真是一表人才呀！彩虹的眼力不错，没挑花眼！都坐下吃瓜吧，我给你们做饭去。"说完，提起茶几上的网兜一边走一边唠叨，"我给你们洗洗去。这水蜜桃可真好，又大又鲜亮，香气扑鼻呀！"

夏父说："请坐请坐，请坐下吃西瓜。"大家落座。彩虹拿起西瓜依次递给父亲、母亲和清泉，最后自己拿起一块。大家开始吃瓜。

清泉一边慢条斯理地吃西瓜，一边打量客厅。他的目光落在了书架上，说："哟，彩虹，你的书果然不少呀！"

彩虹说："走的时候，你想拿几本就拿几本。"

夏母说："彩虹从小就是个小说迷，我给她的零花钱她舍不得花，都攒着买书了。"

彩虹说："清泉也是个小说迷，上自习还偷看小说呢。"

夏母笑道："你们俩呀，是一对小说迷，又是一对不守纪律的学生。"

彩虹说："妈妈，你说得不对呀，我们上课还是认真听讲的，从不看小说。要不然，我们也不会考上大学呀。"

夏母说："彩虹，你伶牙俐齿的，跟谁学的呀？"

彩虹说："妈妈，是你遗传给我的呀。"

夏父开怀大笑，其他人跟着笑起来，室内气氛越加活跃。清泉和彩虹把西瓜皮丢进地上的脸盆里之后，彩虹拉着清泉的手站起来，说："爸爸，妈妈，你们上上下下、前前后后、左左右右、仔仔细细地把清泉看上一遍，看看他做你们的女婿合不合格，如果你们觉得不满意呢，我立马就把他退了。"女儿冷不丁地冒出这一番话，又把两位老人和清泉逗笑了。

夏父问："彩虹，那你想把他退给谁呀？"

彩虹说："当然是退给她父母了。"

夏父说："我还以为你把她退给别的姑娘呢。"

彩虹说："那可不行！"

夏母说："傻丫头，露馅了吧？"

彩虹说："爸，我妈老说我傻，你说我傻不傻呀？"

夏父说："我看也有点儿傻。"

彩虹说："爸，妈，当着清泉的面，你们不但不夸我聪明，还说我傻，我还能嫁得出去吗？"

夏母说："那就看清泉嫌不嫌你傻了。"

彩虹说："他也老说我是傻丫头。"几个人又开心大笑。

夏母说："你爸爸一年多都没这么舒心地笑过了！"

彩虹说："只要爸爸一笑啊，咱们家的天就是明朗的天了！"

夏父说："彩虹今天显得格外的高兴，话也特别的多，这都是因为清泉的缘故。清泉啊，我知道你是个年轻有为、诚实可靠的好青年，那我就把彩虹交给你了！"

夏母说："彩虹可是我们老两口的掌上明珠啊，你可要好好地爱护她噢！"

清泉说："伯父，伯母，你们放心好了，我一定像爱护我的生命一样爱护她，爱护她一辈子！"

这时，李阿姨走过来，说："老康，饭菜我都摆好了，请餐厅里吃饭吧！"

夏母起身，说："走，咱们吃饭去！"夏父、彩虹和清泉随之起身。

夏父说："彩虹，你去开一瓶法国香槟！"

夏父、夏母和彩虹向餐厅走去。清泉拿起一块西瓜恭恭敬敬地送到李阿姨面前，说："李阿姨，您辛苦了，吃块西瓜吧！"李阿姨接过西瓜，感动地说："谢谢你，孩子。我吃西瓜，你去吃饭吧，我特意给你做了一盘红烧肉。"清泉说："彩虹说，您做的红烧肉可香了。"李阿姨说："以后啊，星期天你就跟彩虹回家来，我给你们做好吃的。""谢谢您，李阿姨！"清泉说完，向餐厅走去。

餐厅里，随着"砰"的一声响，香槟酒从瓶子里喷涌而出，泡沫飞溅。夏父、夏母、彩虹和清泉，高高兴兴地举起了酒杯……

夏父和夏母为有了一个乘龙快婿而高兴，彩虹为有了一个如意郎君而高兴，清泉为自己顺利地通过了夏父和夏母的面试而高兴。但是，有一个人却不高兴了。

一天夜里，当彩虹和清泉散步回来走进招待所的房间时，躺在床上闭目养神的方芳一下子跳下地，拉着彩虹的手又蹦又跳："夏姐，想死我了，想死我了。"

"方芳，我也想你呀。你爸爸妈妈都好吗？"

"都好都好。爸爸妈妈见了我呀，高兴死了。"

"你父母身边有三个儿子，就你一个宝贝女儿还在外地，四年没见了，见了你自然高兴了。"

"夏姐，我看你神采飞扬，两眼放光，是不是谈恋爱了？"

"是啊，我正在享受爱情的幸福时光。"

"是跟哪个高干子弟呀？"

"他不是高干子弟，而是农民子弟。"

"他是谁？"

"他，远在天边，近在眼前。"

方芳瞪大了眼睛，惊愕地问："是我们队长老林？！……不可能，绝对不可能。"

"为什么不可能呀？"

"肖亮跟我说过，他跟高干子女要保持适当距离。"

"可是，我们俩现在已经亲密无间了。"

"你们拥抱了吗？接吻了吗？"

第八章 他们在相爱

"爱到情深时,拥抱和接吻是不可避免的。刚才散步的时候,他还热烈地吻了我呢。"

方芳一下子扑在床上,像一个小孩子似的双腿乱蹬,哇哇大哭:"完了,完了,彻底完了!"

彩虹莫名其妙地说:"方芳,你应该为我高兴才是啊,干吗哭呀?"

"我爱他,你把他抢走了,我恨你。"

"你爱他,是你的自由;他爱我,是他的自由。爱情是两厢情愿的事情,剃头挑子一头热乎是不行的。"

次日早晨,清泉、彩虹和方芳,在招待所食堂里吃早饭,吃的是豆浆、油饼。

清泉说:"方芳,你刚回来,今天休息一天吧。"

方芳说:"不,我要上班,我要工作,只有工作才能让我忘记烦恼。"

彩虹说:"好。方芳,你回来了,咱俩应该立即投入到遥测设备的研制工作中去。只有直接参加研制,我们才能全面地掌握它。今天咱俩先去自动化所看看情况,安排好之后,咱俩就搬到自动化所去住。"

清泉说:"去吧。这项工作一定要抓紧,争取明年任务能用上晶体管化的遥测设备。"

早饭后,清泉送彩虹和方芳上了汽车,就到军代表办公室上班了。他正在聚精会神地看取样器图纸,一阵敲门声打断了他的思路。他起身开了门,见站在门外的是孙志刚和李海生,便高兴地叫道:"孙志刚!李海生!是什么风把你们俩吹来了?请进!请进!"他把二人让进办公室,又请二人坐下。

清泉说:"两位从红山远道而来,想必是有什么贵干吧?"

孙志刚说:"陈南结婚那天,你对主任提出,要为火箭取样器专门研制一种过滤材料,主任把这项任务交给了我们俩。今天,我们俩就是专门来跟你讨论过滤材料问题的。我们想当面听听你的意见。"

清泉说:"你们俩是过滤材料方面的专家,让我对你们俩谈这个问题,那不是班门弄斧吗?"

李海生说:"林队长,我听肖亮说,你对过滤材料的研究,比我们还全面还深入呢,你才是过滤材料方面的专家呢。"

清泉说:"小李子,你这样说,咱们不是互相吹捧了吗?"

清泉的机敏和幽默,令二人忍俊不禁。

孙志刚说:"老林,你就别客气了,你就说说吧。"

清泉说:"好,说说就说说。对过滤材料的主要技术要求是:过滤效率高,阻力低,强度好。美国常用的过滤材料是 IPC-1478 滤纸,效率高,阻力较大,强度较差。苏联常用的过滤材料是 $\Phi_{nn}-15$ 滤布,这是一种用超细过氯乙烯纤维制成的过滤材料,它的效率高,阻力较大,强度较差。我国常用的过滤材料是 1 号滤布。飞机取样器里与滤布伞中用的过滤材料都是 1 号滤布。因为火箭取样时的气流速度依然很高,因此如果把这种材料用在火箭取样器里,1 号滤布可能会被撕裂,导致取样的失败。这就是我提出需要研制一种适宜在火箭上用的过滤材料的原因。"

孙志刚说："老兄高见，我们的意见基本上是一致的。另外，1号滤布不仅强度低，而且经光谱测定，它的锂本底太高，用它获得的样品不能用于聚变当量的测定。所以路主任建议，必须研制一种新过滤材料，强度好，特别洁净，含锂量极低。经过筛选，我们认为丝棉是一种比较理想的材料，但是，为了去除丝棉中的杂质，还需要对其进行特殊处理才行。杭州新华造纸厂同意跟我们合作，研制这种特制丝棉。"

清泉说："太好了！我希望这种特制丝棉明年就能用在火箭取样上。"

李海生说："你放心好了，我们不会让你失望的。"

清泉说："你们什么时候动身？"

李海生说："明天。"

清泉说："祝你们成功。"

孙志刚起身，说："不多打扰，告辞。"

清泉起身，说："我送你们到汽车站。"

上午，清泉送走了孙志刚和李海生。下午，彩虹和方芳从自动化所沮丧地回来了。

彩虹汇报说："自动化所把我们的这项任务下达给了无线遥测组。这个组的组长是个造反派，成天闹着造反夺权，根本不把我们这项任务放在眼里。至今，连一张图纸还没出来呢。"

方芳说："那个组长牛哄哄的，他不但坚决反对我们参加研制工作，甚至反对我们参加遥测火箭的试飞。他说，你们什么都不用管，到时候来验收产品就行了。这个家伙，飞扬跋扈，趾高气扬，可不好说话了。"

清泉忧心忡忡地说："前几天，西单商场刚发生了一场武斗，现在是武斗成风，生产科研秩序遭到严重破坏。这种无政府的混乱状态，什么时候是个头啊？！"

方芳说："今天我们乘汽车路过北大时，就看见两派学生正在楼顶上进行武斗，这一派占领一个楼顶，那一派占领一个楼顶，他们把瓦揭下来当武器，互相掷打。"

清泉说："晶体管化遥测设备的研制计划可能要泡汤。看来，我在错误的时间做了一个错误的决定。"

方芳说："目前这种局面连中央也控制不了。队长，你何必自责呢。"

清泉说："根据目前形势，明年上晶体管化遥测设备是没有多大希望的，所以我们还是准备使用原有的电子管遥测设备。黄凯和蓝悦说，明年任务他们就不参加了，所以你们俩到黄凯组好好学习，把整个遥测系统都掌握了，明年就可以独立地执行任务了。"

彩虹说："我同意这样安排。"

方芳说："我也同意。"

清泉根据实际情况，及时调整了工作方向。

黄昏时分，清泉、彩虹和方芳，穿着便衣缓缓地漫步在郊外公路上。

彩虹说："方芳，李保国给你来了好几封信了，你为什么一封信也不回呀？"

方芳说："我心里装着一个人，就没有把他放在心上。"

清泉说："你心里装着的那个人的心里装着别人，现在，你可以把你心里装着的那个人掏出来扔进太平洋里去了。"

彩虹笑了，方芳也笑了。

彩虹说："方芳，李保国的心里只有你。在红山，他带我们进山玩，其实主要是为了你，我们俩不过是陪同而已。"

清泉说："李保国是个好同志，他事业心强，聪明能干，性格随和……"

方芳说："得得，队长同志，我不想听李保国的鉴定。"

彩虹说："方芳，遇到一个真心实意爱你的人不容易，你千万不要错过机会呀。与其爱一个不爱你的人，不如爱一个一心一意爱你的人。"

方芳说："我知道你们俩是为我好，可是我一下子还转不过弯来，这事让我再考虑考虑。"

彩虹说："方芳，我嫁给清泉，你嫁给保国，这是天作之合，我们四个人都会幸福的。"

清泉、彩虹跟方芳推心置腹的谈话，令方芳很感动。星期天，彩虹请清泉和方芳到家里做客，夏家热情地接待了方芳。方芳终于冷静下来，她虽然失去了爱情，但他们之间的友情依然，她决心淡化她的单相思，不再干扰清泉和彩虹的甜蜜爱情，重新走自己的爱情之路。

金秋十月，香山的红叶又红了，人们纷纷来到香山公园来赏红叶。香山公园又进入了黄金季节，灿烂的阳光洒满香山，满山遍野的红叶似火一样的红。成群结伙的游人、成双成对情侣，徜徉在绿树红叶中。高音喇叭里正在放送《长征组歌》里的《情深谊长》。清泉和彩虹，听着优美的歌声，手拉着手缓缓地拾级而上。两人登上了半山腰，看到对面山上的红叶十分美丽，便折向路旁，来到视野开阔之地。清泉选择了一块大石头，请彩虹先坐下，然后自己坐在她的身旁。这里相当幽静，是谈情说爱的理想之地。他揽着她的腰，她依偎在他的怀里，面向对面的山岭，欣赏红叶。

"清泉，你看，这满山遍野的红叶，红得好像燃烧的火，多美呀！"

"红得好像燃烧的火，它象征着纯洁的友谊和爱情……"

"看你，高兴地唱起来了。"

"假如没有你，纵有千种风情，更与何人说。"

"是啊，香山红叶我看过好几次了，都没有觉得像今天这样美。"

"香山的红叶美，我们家乡秋天的山上也很美呀，五彩缤纷，所以我们叫它五花山。"

"夸起你的家乡来，你好像是朗诵诗。"

"大自然就是最美丽的诗。"

"从现在起，咱们什么都不说了，好吗？我就靠在你怀里看红叶，听风吹树叶的'飒飒'声，听你心跳的'咚咚'声。"

两人默默地互相依偎着，陶醉在大自然的怀抱里，陶醉在甜蜜的爱情中。

男人心粗，女人心细。当一个女人把她的心交给一个男人之后，她就无微不至地关怀起这个男人来，夏天她怕他热着，冬天她怕他冻着。一天晚上，方芳进城看她的同学去了，彩虹便把清泉叫进招待所的双人房间，她是让他给她当毛线架子的。彩虹和清泉面对面坐着，他坐在椅子上，两手撑着一把毛线；她坐在床上，一边指挥着他，一边慢慢地缠毛线团。两人一面缠毛线一面亲热地说着悄悄话。

"彩虹，你织了好几个月毛衣了，怎么还织呀？"

"给我爸爸织了一件，给我弟弟织了一件。"

"那这件是给你妈妈织的？"

"我妈妈已经有了。"

"那你是给谁织的？"

"那个傻瓜呀，远在天边，近在眼前。"

"给我？太好了，太好了，我这辈子还从未穿过毛衣呢！"

"穿来穿去，你穿的老是部队发的这件秋衣，连一件替换的都没有，而且袖口也破了。天凉了，我赶快织出来，让你早点儿穿上。"

"谢谢你，亲爱的。"他说着就站起来，说，"还是你心疼我，让我亲亲你吧。"

"快给我坐下。现在不行，等干完了活，我再奖励你，好吗？"

清泉的毛衣还没有穿在身上，就已经暖在心上了。当秋风扫落叶的时候，清泉终于把毛衣穿在身上了。一场大雪过后，北京进入冬天，尽管年轻人爱俏，也不得不穿上棉衣了。

在军代表办公室里，办公桌上放着一张和平-4号火箭全箭电路图，清泉、彩虹和方芳正在看图。清泉指着图纸介绍说："这条线是开壳取样线，这条线一旦接通，作动筒立即推到最前端，同时带动整流罩移到最前端，取样器的进气口和排气口同时打开，取样开始……"

徐明媚推门叫道："老林，电话！"清泉出去接电话，片刻之后，他回来了。

"谁来的电话？"

"唐参谋。"

"什么事？"

"路主任让我赶快回红山，向室里汇报今年的工作并制订明年的工作计划。"

"你走了，那这边的工作呢？"

"当然由你负责。"

"你打算什么时候走？"

"明天早晨我就去买卧铺票，买上哪天算哪天。"

"队长，让我跟你一块回红山吧。"方芳建议说。

"大冷的天，你就别回去了。"

"我考虑好了，这边的工作有夏姐一个人就可以了，我回去呢，首先把取样楼里的实验室建设起来，然后再跟肖亮和陈南一起准备明年的任务。"

"方芳，你的想法不错，我同意。"清泉说。

"你们俩一块走也好,路上有个伴儿,可以互相照应。"彩虹说。

"夏姐,那你就不怕我在路上把他抢回来。"

"他现在是我的,将来也是我的,谁也抢不走。路上,你帮我好好照顾他,他要是打个喷嚏,我都要找你算账。"

"瞧瞧!瞧瞧!"方芳嘲笑道,"还没结婚呢,就心疼得不得了!"

"打你这个调皮的臭丫头!"彩虹打了她后背一巴掌。

方芳打了清泉后背一巴掌,说:"你打我,我打他,看谁心疼!"

三个人一起笑了起来。

第九章　旅途风波

林清泉和方芳在西安火车站下车后，立即在预售票处买好了第三天西安开往乌鲁木齐的 69 次列车的卧铺票，然后在车站附近的一个小旅馆住下。每个人住一个单间。房间小，除了一张床和被褥之外，别无他物，但价格便宜，和住招待所差不多。不过，屋子里没有取暖设备，像冰窖一般，晚上睡觉盖两床被子都不行，还得把皮大衣和大棉袄都得压上。想逛大雁塔吧，天寒地冻，冷冷清清，没兴致；想去看电影吧，电影院里放映的，除了革命样板戏之外，就是"老三战"，都老掉牙了，没意思。白天外面比房间里还暖和，于是两个人有时去逛书店，有时逛大街，解放路、东大街、西大街等地逛了一个遍。清泉一如既往，像照顾妹妹一样照顾方芳，请她吃羊肉泡馍和肉夹馍等西安小吃。清泉在新华书店买了浩然写的长篇小说《艳阳天》。晚上，两个人戴着皮帽子，穿着皮大衣，腿上盖上棉被坐在床上看小说来消磨时间。

第三天早晨，林清泉和方芳提前一个多小时就到了车站候车室。两个人坐在一条长椅子上，脸朝着门口，看着进进出出的旅客。突然，一只小手伸在清泉面前，他抬起头一看，一个衣衫褴褛、十几岁的女孩站在她面前。小女孩操着河南口音怯怯地说："解放军叔叔，给俺……给俺点钱吧，俺买个馍吃。"他二话没说，从兜里掏出一些硬币放进女孩张开的手心里。"谢谢解放军叔叔！"女孩向他行了个鞠躬礼，高高兴兴地出了门。"队长，你知道她是什么人哪，就随便给钱？""我就知道她是个孩子，是一个需要帮助的孩子。"两个人正在说笑，又一只小手伸在林清泉的面前。他举目一看，一个衣衫褴褛、七八岁的女孩站在他面前。小女孩操着河南口音怯怯地说："解放军叔叔，给俺……给俺……给俺点钱吧，俺买个馍吃。"他还是二话没说，从兜里掏出一些硬币放进女孩张开的手心里。"谢谢解放军叔叔！"女孩向他行了个鞠躬礼，兴高采烈地出了门。"队长，你口袋是聚宝盆哪，一抓就是一把硬币。""买东西找给我的硬币，我就装在口袋里做机动用，一般不花。""今天，你就机动给两个小女孩了。"说话间，又一只

第九章　旅途风波

小手伸在林清泉面前。他抬头一望，一个衣衫褴褛、五六岁的小男孩站在他面前，还是操着河南口音怯怯地说："叔叔，叔叔，给俺点儿……给俺点儿……钱吧，俺买个馍吃。"清泉注视着小男孩，若有所思。小男孩有点儿不好意思，低着头看着地。清泉又从兜里掏出一把硬币塞进小男孩的手里，说："小朋友，剩下的全归你了。"方芳也从兜里掏出一把硬币塞进小男孩的手里，说："我这些也给你了。"小男孩双手捧着硬币，连蹦带跳地出了门。"林大善人，你乐善好施的行为可敬可佩，但是，你让三个小孩给盯上了，他们轮番向你进攻。""你这句话倒提醒了我，这三个孩子好像有问题。""会有什么问题呢？""你坐着别动，看好咱们的东西，我去去就来。"清泉起身往外走，来到候车室门口一打量，只见那个小男孩穿过人流朝售报亭走去，便尾随上去。

售报亭旁，刚才讨钱的三个小孩正在清点他们的胜利果实。清泉站在他们身后，笑眯眯地看着他们。小男孩扭头一看，原来是给他们钱的解放军叔叔，吓得往旁边直躲，两个女孩也吓愣了。清泉一只手扶着小男孩的肩膀，一只手扶着一个小女孩的肩膀，温和地说："小朋友，你们不要怕，我不是来打你们的，也不是来骂你们的，更不是来要回我送给你们的钱的。送人一匹马，再要就挨打。"三个孩子轻松地笑了。

"我只想问你们一句，你们三个人是不是一家的？"

"是。"大女孩回答，然后又介绍说，"我是姐姐，她是我妹妹，他是我弟弟。"

清泉笑了笑，又问道："你们家真的没有馍吃吗？"

妹妹赌咒发誓地说："俺要是撒谎，天打五雷轰！"

姐姐说："叔叔，俺家刚从河南逃荒过来。"

清泉"噢——"了一声，随后掏出五元钱放进姐姐的手中，说："拿好喽，回家买馍吃去吧！"

姐姐说："叔叔，太多了，俺不要。"

清泉说："拿着吧，帮你们家解解燃眉之急。"

姐姐连连鞠躬致谢。

清泉转身往回走，回到候车室，在方芳身旁坐下。

"队长，你侦察到了什么情况了？"

"那三个孩子原来是一家的，尤其是那两个小姑娘，长得一模一样，简直就像一对双胞胎！"

"双胞胎姐妹长得很像，这是天经地义的，但是普通姐妹长得这么像的就很稀罕了。"

"是很稀罕，但确实存在。你忘了，卫生所韩医生的那两个儿子，不就像是一个模子里倒出来的吗？"

"对对对，我看见他俩总喜欢逗逗他们。"

"天下之大，无奇不有啊！"

这时，广播通知69次列车开始检票了，两人起身朝检票口走去……

清泉和方芳经过三天的长途旅行，在一天早晨到达吐鲁番站。下车后，两人立即赶到大河沿招待所，搭乘一辆去马兰的卡车。天擦黑的时候，卡车才到乌什塔拉，在这里二人下车后又搭乘一辆去红山的卡车。在皎洁的月光下，卡车迎着寒风，翻山越岭，终于到达了红山。此时已是夜深人静，红山一片灯火辉煌。风尘仆仆的清泉和方芳下了车，踏着月光和白雪各自回了宿舍。

清泉一手提着一只挎包，一手拎着一只黑色旅行包，站在火箭取样队宿舍门外，用大头鞋"嗵嗵"地踢了几下门，没听见屋里有动静，便又踢了几下。里间屋里，正在打扑克的肖亮、陈南、李保国和李海生，听见踢门声，停止了出牌。肖亮趿拉着拖鞋去开门，问："谁呀？"清泉叫道："是我，老林！""哈哈！队长，你可回来了！"肖亮高兴地叫起来，然后开了门，接过清泉手中的旅行包，穿过走廊，进了外间，清泉随后跟了进来。肖亮把旅行包放在清泉床边的地上，清泉把挎包丢在自己没有铺开的床上，随后脱掉大衣和帽子也丢到床上。还等着肖亮回去出牌的陈南、李保国和李海生，一看是清泉回来了，"嗷嗷"叫着跑出来，接着就是一阵热烈的握手和亲热的寒暄。

清泉脱掉棉衣丢在床上，露出一件深灰色新毛衣。肖亮赞美道："好漂亮的毛衣呀！花多少钱买的？"清泉得意地说："现在，有人给我打毛衣，我还用买毛衣穿吗？"肖亮高兴地说："太好啦！你呀，早就应该跟夏彩虹拥抱在一起了。"陈南问："队长，你还没吃晚饭吧？"清泉说："当然，晚饭时间我和方芳还站在卡车上呢。"陈南说："那我给你煮热汤面吃。"清泉说："多煮点，把方芳也请来。"保国自告奋勇道："我去请她。"

李保国急匆匆走进集体宿舍楼，来到方芳的宿舍门外，怀着激动的心情敲门。
"谁呀？"
"我是李保国。方芳，听说你回来了，我特意来请你，请开门吧！"
"请进吧！"门开后，方芳微笑着让客。
李保国眼前一亮：梳妆打扮得干净利索的方芳，精神焕发，神采飞扬，一件红色毛衣益发显出女人的魅力和风采。他不由脱口而出："方芳，你可真漂亮！"方芳微微一笑，说："谢谢。"
"方芳，你辛苦了！""苦不苦，想想长征两万五。""方芳，你累了吧？""累不累，想想革命老前辈。"
保国扑哧一声笑了，说："方芳，你可真幽默，张口就是革命词儿。"
方芳一本正经地说："就是嘛。我，没有爬过雪山，没有过过草地，没有吃过皮带树皮，没有经过枪林弹雨，苦一点儿、累一点儿，又算得了什么呢？"
"方芳，你的思想觉悟真高呀！我得好好向你学习。""彼此彼此。""方芳，老林让我来请你去吃面条。""我还有一些吃的，随便对付一下就算了，这么晚了，我就不去了。"
"大冷的天，再吃些凉东西，胃受不了，一定要吃些热乎乎的东西才行。"一句贴心的话说得方芳心里热乎乎的，她深情地看着他。
"陈南给你们下的热汤面，走吧。"她不再推辞，跟着他出了门。

肖亮和李海生先将两张桌子拼在一起，然后把清泉从北京带来的猪头肉、猪肝、小肚、香肠、豆制品，一样一样地摆上了桌。肖亮和李海生，一人抓起一块猪头肉就吃，

第九章　旅途风波

吃完了赞不绝口"真香啊！""香死啦！"接着又抓小肚吃。"哎呀，你们这两个馋鬼，怎么现在就吃起来了，我这是准备咱们过元旦吃的！"清泉走进里间，笑道。李海生说："后天才是元旦呢，放臭了岂不可惜，还是放进肚子里保险。"肖亮一本正经地说："队长，你不知道，我们都得了一种病，病了好几个月了。"清泉说："有病就去看医生啊。"肖亮说："这病很怪，别说是医生啊，就是神仙也束手无策。"清泉问："这么难治，是什么病啊？"肖亮说："是胃亏肉！"清泉哈哈大笑，李海生和肖亮也跟着笑了起来。李保国带着方芳在笑声中走进来。方芳问："刚才你们笑得惊天动地的，笑什么呢？"清泉说："他们都得了胃亏肉。"方芳扑哧一声笑了，眼泪都笑了出来。清泉一指桌子，说："你看，他们把我带来的食物一股脑地摆上了桌，来治他们的胃亏肉。"方芳说："这可是治胃亏肉的灵丹妙药，一治就好。"保国说："有肉没有酒，等于喂了狗。我有一瓶红葡萄酒，我去拿来。"转眼之间，六个人就围着桌子吃喝起来，一面吃一面天南海北地神聊。

方芳的归来，令李保国喜出望外。1968年元旦那天，他约方芳出去散步。灿烂的阳光照耀着白茫茫的大地，两个人漫步在山脚下的小路上。在这美好的日子里，在这幽静的路上，保国开始倾诉他的衷肠。

"方芳，从第一次见到你，我就喜欢上你了，可是你一直没有在意我。"

"喜欢我的人何止你一个，所以我必须慎重对待，不能草率行事。"

"你做得很对。"

"另外，我心里装着一个人，别人就挤不进来了。"

"可是，那个人心里有了别人，容纳不下你。"

"我不能一条道跑到黑，所以得做另外的选择。"

"那你就选择我吧，我会一生一世对你好。"

"我们之间还不是十分了解，处处看吧。"

"我们之间接触得太少了，要是接触时间长了，你会了解我的。"

"我这次回来就留在红山工作，今年一年我都不走了。"

"太好啦！太好啦！这样我们就有充分的时间相互了解了。"

"我可要好好考验考验你。"

"我愿意接受组织的长期考验。"方芳扑哧一声笑了。

随后，他向她介绍了他的家庭和他的简历，还说了他以前的一些有趣的故事，博得了她一阵阵笑声。傍晚，他和她在宿舍里共同摆了一桌简单的酒席，请清泉他们又美餐了一顿。饭后，他又陪她打了两个小时的扑克。这个元旦，她过得很快乐，他过得更快乐。从此，两个人的关系一天天亲密起来。

过完了新年又上班了。火箭取样队开始做1967年的工作总结。清泉做了和平－3号甲取样火箭取样情况的总结，另外还汇报了和平－4号火箭的研制情况。方芳做了和平－3号乙遥测火箭测量蘑菇云中的γ射线剂量率的总结，另外还汇报了晶体管化遥测设备的研制情况。陈南做了取样火箭的回收及样品分装问题的总结。肖亮汇报了关于无尘实验室的设计方案。火箭取样队用了一周多的时间完成了他们的总结。之后，林清泉

又花了三天时间写了一份总结报告，上交室领导，圆满地完成了总结工作。之后，他们开始讨论1968年工作计划，因为事关重大，室主任路雨声和大队长金振兴都来参加他们的讨论。

清泉扫视了一遍会场，见人都到齐了，便开口讲话："今天，我们讨论今年的工作计划，首先请路主任部署今年的任务。"

路雨声说："今年的试验计划是：年底要进行一次大当量的氢弹试验，火箭取样要上两枚和平－4号取样火箭和两枚和平－3号乙遥测火箭。我希望，和平－4号火箭取样获得圆满成功，突破聚变当量分析的难关。你们就按照以上要求，安排今年的工作。我就说这么几句，清泉，你讲吧。"

清泉说："我首先汇报和平－4号火箭发射阵地的选址问题，然后再汇报火箭的自动控制发射问题。根据火箭设计院提供的和平－4号火箭的弹道数据，我们认为，把火箭发射阵地选在靶心南部的骆驼山里为宜，这里距靶心9公里左右；从南往北打，对火箭的回收也是十分有利的……"

金振兴以首长的口吻插言："可不能放在山顶上噢。"

清泉不假思索，脱口而出："傻瓜才会这么想。"

金振兴一怔，沉下脸，说："你说我是傻瓜？！"

清泉自知失言，赶紧解释："对不起，大队长同志，我不是那个意思，我是说这是个常识问题……"没想到，他越解释越糟糕。

金振兴瞪着眼，质问："那你说我连这点儿常识都不懂？！"

清泉的倔劲上来了，说："大队长同志，我左说不对，右说也不行，你还让我不让我讲话了？"一句话噎得金振兴差一点没喘过气来。"不让我讲，我不讲好了。"

金振兴目瞪口呆，不知所措。金振兴当了大队长，长脾气了，老虎屁股摸不得。清泉多了一个爱挑刺的婆婆，可惜他这个媳妇竟然是一个吃软不吃硬的刺儿头，居然不服婆婆管。路雨声对两人各打50大板："金振兴不要挑理，清泉说话注点儿意。清泉，继续汇报。"清泉怒气未消，还是不开口，一时冷了场。救场如救火，肖亮赶紧代替队长作汇报："其实，这个问题我们已做了周密的考虑，火箭发射阵地最好选在骆驼山南麓的山脚下，同时，汽车还容易开得进去。具体地址，请陈南和火箭发射队一起去选定。"路雨声说："可以。下面，你再汇报第二个问题。"肖亮说："在骆驼山阵地发射火箭，不能采用人工控制发射方式，因此必须采用自动控制发射方式……"金振兴插言："肖亮，这个问题不必再说了，由我来负责。下次任务我到你们火箭取样队去蹲点，总得带点儿见面礼吧。"肖亮说："林队长，关于今年的工作安排，还是你讲吧。"

清泉说："我们今年的工作这样安排：我跟夏彩虹继续在北京负责火箭以及晶体管化遥测设备的研制，陈南和肖亮在红山负责无尘实验室和火箭发射阵地的建设，方芳主要负责遥测实验室的建设。因为北京的工作量较大，肖亮先到北京去工作一个时期，秋后再回红山准备任务。"

路雨声说："唐参谋来了电话，要清泉马上回北京去，和设计院讨论和平－4号火箭发射架问题。清泉和肖亮可以动身去北京了，另外，陈南也可以休探亲假回去跟新媳妇一起过春节了，那你们仨就一块走吧！"

150

方芳说:"队长,你们三个人都走了,火箭取样队就剩我一个人了!"

清泉说:"方芳,那你就是我们火箭取样队的全权代表、大拿!"

第三天早晨,清泉、陈南和肖亮搭乘一辆卡车从红山到了马兰。汽车团还在搞"四好总评",车辆全部冻结,没有车可搭,三个人犯起愁来。肖亮忽然想起,他的一位老同学杨明山在后勤部军交处当参谋,于是他们便去找杨参谋帮忙。杨参谋告诉他们:明天,军交处派一辆卡车送两个参谋到大河沿的装卸连当兵,他们可以搭乘这辆车走。三个人一听喜出望外。

一辆解放牌大卡车迎着凛冽的寒风、颠簸地行驶在浩瀚的戈壁滩上,车后飞扬着滚滚黄尘。大厢板上,头戴大皮帽、身穿皮大衣、足蹬大头鞋的清泉、陈南和肖亮,有的坐在背包上,有的坐在旅行包上,龟缩在车头后面,任凭寒风吹、沙尘打。卡车驶过库米什,穿越莽莽天山,驶过托克逊,黄昏时分,到达大河沿招待所。

清泉、陈南和肖亮,每人一手提着水壶和挎包一手拎着旅行包,走进大院。他们见院内空空荡荡的,连个人影儿都没有,好生奇怪。正当他们东张西望时,一间房门"吱扭"一声开了,露出一张闪动着一双水灵灵大眼睛的美丽的脸,随即从屋里走出一个娇小玲珑的女同志。她高兴地叫道:"嘿,肖亮!原来是你们啊!"肖亮热情地回应:"吴玉萍,原来是你呀!"清泉怔怔地看着这张陌生的脸,没敢贸然开口。吴玉萍却用她那一对乌亮的大眼睛看着清泉,自我介绍:"林队长,我是化学组的吴玉萍,长年在原子能所学习、工作,你可能还不认识我。"清泉说:"噢,我说这么面生嘛。"吴玉萍快人快语:"你不认识我,我可认识你!你就是那位站在张司令身旁陪斗的火箭司令——林清泉。"清泉机敏地说:"噢,那你就是坐在会场里看我陪斗的一位黄毛丫头!"吴玉萍莞尔一笑,说:"好厉害的一张嘴!"肖亮说:"小吴,我们在卡车上颠了一天了,又冷又累又饿,其他话待会儿再说,好不好?"吴玉萍热情地说:"我屋里暖和,快到我屋里来。你们先洗洗,然后我们去吃饭。其他事儿待一会儿再说。"说完来拉开门,让进肖亮等三人,随后自己才进了房间。

肖亮迫不及待地问:"小吴,你哪天到大河沿的?"

吴玉萍说:"前天就到了。"

肖亮说:"前天就到了,那你为什么还没走?是卧铺票不好买吗?"

吴玉萍说:"兰新线全线停车啦!"

清泉、陈南和肖亮,一个个惊得张口结舌、目瞪口呆。

肖亮说:"兰新线出什么事了?"

吴玉萍说:"哈密两大造反派为了争夺革命委员会的权力,由文斗发展到武斗,进而发展到大规模武斗,打得是乌烟瘴气、鸡犬不宁啊!"

陈南说:"倒霉!"

吴玉萍幸灾乐祸地说:"我一个人寂寞死了,你们来了,我可高兴啦,终于有人与我做伴了。"

陈南说:"那什么时候能通车呀?"

吴玉萍说:"天知道那两派什么时候停止内战啊!"

肖亮说:"现在,咱们走又走不了,回又回不去,真是进退两难呀!"

陈南茫然地说:"这可如何是好啊?"

清泉沉吟片刻,说:"既来之则安之,等,只有等。"

晚饭后,清泉等三人住进了吴玉萍隔壁的那个房间。房间里,陈设相当简陋,除了四张床、一张桌子和两把椅子之外,别无他物。房间里虽然有炉子,但没有生,屋里冰冷冰冷的,他们只好自己生炉子。

清泉、陈南和肖亮,兴冲冲地来,却不能兴冲冲地走,而是被困在大河沿招待所里,要多扫兴有多扫兴,要多倒霉有多倒霉。他们只好等待,耐心地等待。等待总是令人心焦的,无期限的等待则使他们焦躁得如坐针毡之。减少焦躁、打发时间的最好方法就是打扑克,苦中求乐。次日早饭后,清泉等四人便躲在房间里打升级了,清泉和陈南一伙,肖亮和吴玉萍一伙。坐在清泉上家的吴玉萍甩出一张方片2,说:"钓主!"清泉垫了一张小梅花,故意放风说:"我没有主牌了,肯定得下台了。"肖亮甩出一张黑桃,说:"我也没有主牌了。"陈南垫了一张梅花Q,说:"我也没主了。"吴玉萍把手中的大王亮了亮,得意地说:"老林,我拿大王抠你底,升两级!"肖亮提醒道:"老陈把梅花Q都垫了,小吴,小心他甩梅花!"吴玉萍甩出一张小梅花,说:"他休想,我偏偏出梅花,破坏他的甩。"清泉用梅花A管住,故意放烟幕弹,说:"我的阴谋诡计被小吴识破了,完了完了!"随后将手里的一把牌放在桌子上展开,原来是四张红桃。肖亮懊悔地说:"还是上了诡计多端的老林的当了!"吴玉萍用两只小拳头擂清泉的肩膀,说:"老林,你可真鬼呀!"肖亮把牌往桌子上一甩,说:"又输了。"吴玉萍说:"不打了,不打了,咱们去车站打听打听消息吧!"

大河沿招待所位于吐鲁番火车站东南几百米之处,两者之间只隔着一条铁路,往来十分方便。他们四个人出了招待所,沿着围墙外的小路往前走,只见围墙上刷满了诸如"打倒美帝"、"打倒苏修"、"打倒中国的赫鲁晓夫"等大标语。

他们过了小路,上了铁路,绕过一节车厢,钻过一列货车,跨过一条又一条铁轨,上了站台,走进车站调度室。坐在调度室里火炉旁烤火的一位维族调度员,一抬头见是四位解放军,便热情地打招呼:"解放军同志,不用问我就知道,你们是来打听火车消息的嘛。今天肯定没车了,明天有没有车我也不知道。"清泉说:"谢谢你,同志。我们走了,下午再来。"调度员热情地说:"解放军同志,不要走的嘛,坐下了,我们一起烤烤火、吹吹牛的嘛!"盛情难却,于是,四个人与开朗、热情的维族调度员聊起天来。调度员介绍,他叫买卖提,家在乌鲁木齐,工作在吐鲁番车站。他还讲了一些维族的习俗。这样,他们有了一个维族朋友。

他们出了车站,又进了大河沿商店。在冷冷清清的大河沿商店里,他们倒背着手,看摆在货架上或放在柜台里的琳琅满目的商品,漫不经心地从这个柜台走到下一个柜台……

清泉等四人,时而聊天,时而打扑克,时而逛商店,时而进调度室。调度室的门槛几乎被他们踩烂了。过了一天又一天,第八天下午,他们刚走进调度室,正在火炉旁烤火的买卖提站起来,高兴地说:"解放军同志,你们来得正好嘛!1352次列车,就是停

第九章 旅途风波

在车站上的那列货车嘛,要在今天18点整从本站发车的嘛。你们要是着急的嘛,就乘这列车走嘛;要是不着急嘛,那就再等几天嘛。"清泉果断地说:"有车就走!我都快急疯了,一天也不想再等啦!"陈南和肖亮异口同声道:"走!走!"吴玉萍犹豫着,说:"数九寒天的,坐货车还不被冻死了。何况我还没有穿皮大衣。"买卖提解释:"当然不能坐闷罐车或敞篷车里了,你们可以坐在守车里,里面有炉子的嘛,不会太冷的嘛。"清泉说:"小吴,你没带皮大衣,那就别跟我们一块走了,还是等客车通了你再走吧!"吴玉萍说:"还不知道等到猴年马月呢,不,我也不想再等了,跟你们一块儿走!"清泉说:"好,那咱们就一块儿走!"买卖提高兴地说:"好得很嘛!我已经跟运转车长打了招呼,你们几位坐在守车里,他就不会赶你们走的嘛。"清泉说:"谢谢你的帮助,我的朋友。离发车只有一个多小时了,我们马上就回去拿东西。再见!"说完,四个人便匆匆地离开了调度室。

他们匆匆回到招待所带上自己随身携带的物品,又匆匆忙忙地赶回车站,找到了停在那里的1352次列车,上了守车也就是尾车。守车里,中间立着一个黑不溜秋的铁炉子,炉子旁放着一堆煤和一些劈柴;两侧放了两把长椅子,一边一把。清泉等四人将随身携带的物品放在车厢前面的地上,陈南和肖亮在一条长椅子上坐下,清泉和吴玉萍在他们对面的一条长椅子上坐下。

站台上,运转车长朝前摇晃了几下他手中的红绿旗。机车一声长鸣,停靠在车站上10多天的这次列车终于启动了。随后,列车长登上了守车。列车驶出吐鲁番站,奔驰在荒凉的戈壁滩上。

清泉起身,把皮大衣放在椅子上,便去生炉子。在这寒冬腊月里,这炉子可是一宝,它是温暖的源泉,但是只有当它熊熊燃烧起来的时候,才能把它的温暖送给车里的每一个人。他先把一张报纸撕成几片放在炉膛底部,然后将劈柴交叉码放在报纸上,划根火柴点着了报纸,当劈柴烧旺了时候,开始往里加块煤,加完煤盖上炉盖。不一会儿工夫,炉子里的火就呼呼地烧起来,越烧越旺。清泉起身微微一笑,掏出手绢擦手。吴玉萍称赞道:"老林,不知道你还有这本事,生炉子的水平还挺高嘛。"清泉自鸣得意地说:"我打上小学一年级开始,直到高中毕业,年年冬天都要生炉子,我可是生炉子的老把式了。"吴玉萍说:"老把式,坐下歇歇吧!"清泉在她身旁坐下,问:"小吴,你冷不冷?要是冷,就把我的大衣穿上。"吴玉萍说:"不冷。炉子生好了,就更不冷了。"炉火在熊熊燃烧,守车里渐渐暖和起来。

随着"轰轰隆隆"的车轮声,天渐渐黑了,车厢里亮起了昏暗的灯光。吴玉萍、陈南和肖亮昏昏欲睡。跟列车长在火炉旁聊天的清泉,起身往炉子里添了些煤,走到吴玉萍面前,轻轻叫道:"小吴,小吴。"吴玉萍睁开眼,问:"什么事?"清泉把大衣放在她腿上,说:"这样睡你会着凉的,穿上我的大衣再睡。""我不冷。""睡着了就冷了。""那你呢?""我是东北大汉,抗冻。""你让给我穿,你冻着,那多不好意思啊?""女士优先,你不要再客气了。""这样吧,咱俩靠紧点儿,合披这件大衣,好不好?"清泉把大衣披在吴玉萍背后,然后挨着她坐下。两人一人拉着大衣的一角,闭上了眼睛,渐渐进入梦乡……

在茫茫黑夜里，列车过了鄯善，过了三间房，过了柳树泉，天蒙蒙亮了，晨光洒进车厢里。清泉睁开双眼，问正在烤火的运转车长："车长同志，前面到什么地方了？""哈密。""车在哈密停多长时间？""行车时间表都乱了，我也不知道停多久，到站后你到调度室去问问吧。"听到清泉和车长说话，吴玉萍、陈南和肖亮都睁开了眼。列车过了一个岔道，驶进哈密站的第二股道后停住了。清泉和肖亮下车去打听消息了。车站的墙上到处都写着大标语："打倒美帝、打倒苏修、打倒中国的赫鲁晓夫！""要文斗不要武斗！""要斗私批修！"等等。车站上冷冷清清，连个人影都没有。清泉和肖亮刚走到调度室门外，正巧碰到一位铁路职工从室内走出来。清泉问："师傅，请问1352次列车在本站停多长时间？""30分钟。"那位师傅边走边回答了一句。停车时间够长，两个人在站里东张西望，想看看有卖吃的没有。由于走得匆忙，昨天晚上他们就什么也没吃，又一点儿吃的东西都没带，现在肚子和肠子开始武斗了。武斗刚刚偃旗息鼓，又是大清早，哪儿会有卖东西的呀，这让二人非常失望。

"呜——""呜——"响亮的汽笛声突然给了他们一线希望，二人不约而同地扭头往西看去，只见一列货车拉着汽笛"轰轰隆隆"地开了过来。转眼间，这趟列车就进了站，一节又一节敞着门的闷罐车里，全是清一色的军人。列车在他俩面前停住了，车厢里的军人纷纷跳下车，有的忙着上厕所，有的在散步，有的在伸胳膊动腿活动筋骨。

"天助我也！"肖亮高兴地叫起来，"这是咱们基地去内地接新兵的专列，我认识工兵团的那个连长，他叫雷鸣。我去打听打听。"说完，独自一人向雷鸣走去。肖亮和雷鸣握手，交谈。不大工夫，肖亮高高兴兴地回来了。他说："雷连长他们这节车里还空着好几个草垫子，好像是专门给咱们几个预备的。他同意咱们上他们这节车。""太好啦！"清泉高兴地说，"你在这儿等着，我去叫他们。"说罢便小跑着去接人了。不一会儿，清泉、陈南和吴玉萍拿着东西一溜儿小跑着来到车厢旁，肖亮急忙爬上车，转过身接三人递上的东西，一件件摆放在空地方上。就在他们往车上放东西的时候，站在车厢里的一个高个子兵和一个矮个子兵便眉头紧蹙，冷眼相看，面露不满。大个子兵向站台上的雷连长投去了询问的目光，雷连长点头示意。这一动作，恰巧被回过头来的清泉一眼瞥见了。肖亮刚从车上跳到站台上，怒气冲冲的大个子兵突然爆发出一声嗥叫："把他们的东西统统给我扔下去！这帮臭老九！这帮刘少奇的孝子贤孙！还想跑这儿来享福，没门儿！"那个矮个子兵立即把刚刚放在车上的东西往下扔，一个又一个旅行包"扑通扑通"落在站台上，一个又一个水壶和挎包"叮叮当当"地摔在水泥地上，搪瓷缸、牙膏、牙刷等从挎包里滚了出来，撒了一地。清泉犹如当头挨了一棒，被打得晕头转向。陈南、肖亮和吴玉萍，张口结舌，不知所措。许多目光顿时一下子都投射到他们身上，有的惊奇，有的喜悦，有的冷漠，雷鸣冷笑着……

清泉气得脸色煞白，用手指着两个兵，怒不可遏地说："你们这两个混蛋！滚下来！给我滚下来！把东西给我捡起来！"吴玉萍和肖亮急忙上前，一人抱住他的一只胳膊。肖亮说："算了吧，好汉不吃眼前亏！"吴玉萍说："他们不让咱们坐咱们不坐，何必跟这帮畜生动这么大的气呢。"陈南说："惹不起还躲不起吗？还是赶紧回守车里去吧。"肖亮说："收拾东西赶紧走，晚了那辆车就开了！"于是四个人捡拾地上的东西。收拾完，他们提着东西顺着列车向前走，当走到最前面一节车厢旁边时，几位空军干部

第九章　旅途风波

默默地注视着他们。当他们走到车头旁边时，1352次列车已经开车了，四个人顿时傻了眼，呆呆地看着列车远去。"哎——"肖亮一声长叹，说："天灭我也！"

"同志们！同志们！"一位空军干部在他们身后边叫边朝他们走来。他们回转身，木然地看着这位迎上前的同志。

"你们是和平村的吧？""那你们是哪里的？""我们是二大队的，是你们最近的邻居。去年夏天，在你们试飞火箭的那一天，我看见过您。""请问您贵姓？""免贵姓刘，您就叫我老刘好了。请问您贵姓？""免贵姓林。""老林，我想请你们上我们的车。""老刘，您这可是雪中送炭哪！""我们这节车里只有六个人，空得很。不过，没有多余的铺位给你们，但你们可以睡在几个大木箱上；此外这节车到清水就要被甩掉，你们还得换车。你们商议商议，上还是不上？""上！上！""请！"

于是，清泉等人跟着老刘来到第一节车厢旁。他们往车厢里一看，只见前半节车厢的周围堆放着木箱，中间地上有六个铺位；后半节车厢的一侧并排放着四个又大又长的木箱，里面装的可能是飞机的部件，另一侧堆放着许多小木箱。清泉和肖亮率先爬上车，回身接过东西放在车上，然后，又把陈南和吴玉萍拉上了车。随后，六位空军干部一一上了车。火车终于离开了哈密站，离开了这座给他们带来灾难的武斗城市，离开了这个令他们伤心的车站。

艳阳高照，火车疾驶在茫茫的戈壁滩上，过了一站又一站，行了一程又一程，出了新疆，进入甘肃。吴玉萍从敞开的车门往外一望，只见柳园站的站牌一闪而过，不由兴奋地叫道："到柳园啦！到柳园啦！"大家立即丢下手中的扑克，望着柳园站。转眼间，车停了。老刘提着水壶来到清泉面前，说："老林，我们下车到兵站食堂吃饭去。吃饭问题我帮不了你们，对不起，你们自己想办法吧。"说罢跳下车，带领他的队伍朝站外兵站食堂走去。这时，一路路队伍也朝站外兵站食堂走去。林清泉等人坐在木箱上，望着一支又一支队伍走出车站。

"我已经是饥肠辘辘了。"肖亮说，"咱们也到兵站食堂去吃饭吧。"

"可惜呀，"清泉泼了他一瓢冷水，说，"咱们没有在兵站食堂吃饭的资格呀！"

"为什么？"吴玉萍问。

"我押过车，我知道。"陈南说，"这是大部队行军，就餐的时间和人数早就报到兵站了。我们在另册，兵站是不会招待我们这几个散兵游勇的。"

"那我们就干挨饿不成？"肖亮说。

"别着急，等大队人马吃完了，咱们再去吃。"清泉老谋深算，说，"到那时候，咱们一不掏粮票，二不掏钱，来个嘴巴子抹石灰——白吃！"

"队长，"肖亮说，"我看你是做梦娶媳妇——尽想好事！"

"肖亮，"清泉说，"那咱们就骑毛驴看唱本——走着瞧！"

"你们俩是在比赛说歇后语吧？"吴玉萍笑道。

"我看，他们俩是吃饱了撑的。"陈南丢出这一句，把大家都逗笑了。

在他们说笑时，柳园兵站院内布满了就餐的军人，这儿一堆，那儿一堆。大家蹲在地上，围着一盆热气腾腾的馒头和一盆热气腾腾的大肉炖白菜，吃得津津有味。吃饱喝

足了的军人们,每人拎着个灌满了开水的水壶,陆陆续续走了回来。

清泉一看时机到了,便带领他的战友们下了车,一人提着一个水壶,迎着络绎不绝往回走的人流,向站外走去。当清泉等来到兵站院内时,集体就餐的人员几乎走光了。清泉领着他们进了厨房,一位师傅正在灶前忙着,清泉开口道:"师傅!我们四个人是搭车的,一天多都没吃饭了,您看能不能给我们点儿吃的?"那位师傅抬眼看了看四位解放军同志,二话没说,递给肖亮一大盆大肉炖白菜,递给陈南一盆馒头,递给吴玉萍四副碗筷,三个人高高兴兴地转身出了门。清泉谢过那位好心的师傅之后,回身出了门。

在洒满阳光的院子里,四个人蹲在地上狼吞虎咽地吃起来,吃得格外地香,好像这辈子从未吃过这么好的饭菜。一盆菜被他们消灭光了,一盆馒头也被他们消灭光了。吃饱了,他们储备了抗击寒冷和饥饿的能量,浑身热乎乎的,精神来了,力气也来了;吃完饭,他们又到锅炉房把水壶里灌满了开水,然后回了他们的那节车厢。

天黑了,闷罐车厢的车门关严了。老刘打亮了手电筒,放在他身旁的木箱上,六名空军干部钻进了地铺上的被窝。清泉也拧亮了手电筒,放在一个木箱上。"小吴,"清泉把自己的皮大衣放在最里边的那个木箱上,说,"你睡在最里边的这个木箱上,盖上这件皮大衣。"吴玉萍说:"那你盖什么呀?"清泉说:"我睡在陈南和肖亮中间,他俩的皮大衣我都盖。"肖亮笑道:"老林,你可真鬼呀,让我们俩给你挡风,是不是?"清泉笑道:"鄙人正是此意。我办事从来不吃亏。"陈南催促道:"别说了,快睡吧!"两只手电筒都熄灭了,车厢里漆黑一片。他们戴着皮帽子,枕着旅行包,盖着皮大衣,躺在冰冷的木箱上,睡了。

茫茫的夜色中,列车在飞奔。火车过了一站又一站,行了一程又一程。清泉他们吃到了甜头,以后每到沿途兵站就餐,便如法炮制,蹭一顿饭。

他们在冷飕飕的闷罐车里,躺在冰冷的木箱上,过了一夜又一夜。一天中午,列车终于到达清水车站,接兵专列把空军的那节车厢甩下站外后开走了。清泉等四人谢过了在困难之中伸出援助之手的老刘等六位空军战友,下车走了。他们的前程究竟如何,谁也不知道,这正应了那句话:骑毛驴看唱本——走着瞧。他们沿着铁路来到清水车站,进了售票处,在售票窗口排队买票。清泉问:"同志,有往东去的客车吗?"售票员答:"有一趟从玉门发往兰州的慢车,在一小时之内到达本站,你买不买?"清泉说:"买!我买四张兰州的。"不一会儿,四张车票就从售票窗口送出来。买好车票后,留下陈南和吴玉萍看东西,清泉和肖亮出去买吃的东西去了。吃一堑长一智,为了不再挨饿,他们一定要储备些战备食品。清泉和肖亮在车站附近的小商店里,买了几瓶牛肉罐头、几瓶午餐肉罐头、几瓶水果罐头和几包饼干。

车快到了,清水车站站台上,旅客们零零散散地站在站台中部候车。清泉带领他的几个人却往后走去,已经走到远离人群的地方,清泉还往后走,这下子把大家都弄糊涂了,站住不走了。

"老林,"吴玉萍问,"你带我们往哪儿走呀,还上不上车啦?"

清泉止步,回头说:"正是为了能上去车,咱们才必须甩开其他旅客往后走。"

"老林,"肖亮问,"你又出什么鬼点子了?"

第九章 旅途风波

"你们想想，十几天不通车了，又正赶上春节前的客流高峰期，恐怕各节车厢里都是人满为患，门窗紧闭。"清泉反问道，"我们从正面还能上去车吗？"

"哦，我明白了。"陈南恍然大悟，说，"你这是出其不意，反其道而行之！"

"我也明白了。"肖亮说，"咱们绕到列车的背后上车。只有这么办，才有希望上车！"

"老林哪老林，"吴玉萍赞叹道，"你都想绝啦！"

"在非常情况下，"清泉说，"我们必须打破常规，换一个思维方式！"

"呜——"一列客车从站外开了过来。他们迎着进站车继续往后走。车停后，他们绕过车尾，开始从后朝前走。车上的人没料到背后还有人来，有的吓得赶紧关上窗户；有的喊"往前走！往前走！前边有地方！"；有的喊"这节车没你们的立足之地啦！你们还得往前走！"他们是不受欢迎的人。但是，他们仍然抱着一线希望继续往前走，想找到一个突破口。终于，他们在一个敞开的窗口下看到了一线希望，便停住了。车窗里的几个男女青年"啊啦啊啦"地说笑着。靠窗口坐的是一胖一瘦两个女青年，看稀奇似的看着车下四位前来凑热闹的解放军。

肖亮一看有门，便上前搭话："青年同志们，你们好像早晨八九点钟的太阳，希望寄托在你们身上。"两个女青年被逗笑了。

胖女青年道："解放军同志，你们还是把希望寄托在前面的车上吧。"

肖亮央求道："我们会见缝插针。帮帮忙，好吗？"

瘦女青年笑道："你们这四根大针太粗，没缝可插啦！"

清泉说："青年同志们，听你们的口音，看你们的打扮，你们好像是新疆生产建设兵团的上海知青？"

瘦女青年笑道："嘿，你还真有两下子，一猜就中。"

清泉笑道："我走南闯北多少年，见多识广，只要你一开口，便知道你是什么地方人。"

胖女青年笑道："哟，这位解放军同志还挺能吹的！"

清泉继续神侃："牛皮不是吹的，泰山不是垒的。你说你们是哪个师的，我便知道你们住在什么地方。"

瘦女青年说："农二师的，在什么地方？"

肖亮高兴地说："嘿！咱们是邻居，我们是马兰的。"

胖女青年恍然大悟，说："噢，我知道你们是干什么的啦！"说完，两个女青年立即回头跟里面的四个男青年叽咕了一阵后，又转过头望着车下的几位解放军同志，终于发了慈悲之心。

胖女青年热情地说："从窗口爬上来吧，你们是国家功臣，你们有了困难，我们应该帮助你们。"

瘦女青年催促着："快上快上，先让我们的女同胞上！"

清泉和肖亮一人抱着吴玉萍的一条腿把她一下子托起来，吴玉萍两手扒住窗沿，两个女青年一人抓住她的一只胳膊，把她连拖带拽地拉进车厢。清泉、陈南和肖亮，赶快把他们随身携带的物品和皮大衣扔上车，几个男知青又帮忙，把他们的东西或扔到行李

架上或放在座位底下。在吴玉萍上车时，车厢里就有些人嚷嚷着：别上啦！别上啦！再上就要挤死人啦！现在，喊声依然不断。

两个女青年一边喊着"上上！别理他们！"又把陈南和肖亮拉了上去。车下只剩下清泉一人了，只见他往上猛一蹿，双手抓住窗沿，再用力一撑，上半身伸进车里，两个女青年架着他的胳膊把他拉入车内。挤在过道里的吴玉萍和陈南以及站在两排座位中间的肖亮，望着刚上车的清泉，露出了胜利的微笑。林清泉的作战方针取得了胜利。

清泉对知青们微笑着说："青年同志们，非常感谢你们的帮助！"

胖女青年笑道："你们也是青年嘛，还张口闭口地叫我们'青年同志们，青年同志们'，好像你们是老革命似的。"

清泉立即回敬道："你们当学生的时候，还张口闭口叫我们'解放军叔叔，解放军叔叔'呢。今天没让你们叫'解放军叔叔'已经便宜你们啦。"不少人都笑了。

瘦女青年说："嗬！这位同志伶牙俐齿的，不好惹啊！"大家又笑了。笑声打破了车厢里的沉闷气氛。

此刻，站台上的旅客还在急得团团转，有的跑来跑去地敲车窗，有的使劲砸门，甚至有人用钢钎撬窗，结果都是枉费心机。男知青甲说："看来，还是咱们的解放军同志聪明啊！"

列车启动了，没上去车的旅客们站在站台上，茫然地望着远去的列车。

夜色茫茫，一列客车奔驰在兰新线上。列车过了一站又一站，走了一程又一程。林清泉等四人站在车厢里，腿站累了、站酸了，便来个金鸡独立，让另一只腿歇歇。胖女知青看着过意不去，便请吴玉萍坐在她的大腿上歇一歇；瘦女知青看着同伴累了，又请吴玉萍坐在她的大腿上歇一歇，吴玉萍的疲劳得到了缓解。几个男知青受到女知青的启发，男知青甲对他身旁的男知青乙说："喂，这几个解放军同志站了十几个小时了，咱们俩站一会儿，让他们歇歇腿吧！"说完，两人就站了起来。肖亮说："谢谢你们的好意，你们坐吧，我们当兵的，什么艰难困苦都不怕！"男知青甲劝道："你们歇一会儿吧，别客气啦。这车说不准什么时候开车，也说不准什么时候到站，我估计呀，到兰州至少还得一天多，旅途还长着呢，你们不坐一会儿，会晕倒的！"男知青乙说："你们给我们一次拥军的机会嘛！"清泉说："让咱们坐一会儿就坐一会儿吧，不要辜负他们的一番好意。肖亮、陈南，你们俩坐吧！"陈南说："老林，还是你跟肖亮坐吧！"肖亮说："我年轻，还是你们俩坐吧"清泉说："还是你们俩坐，我呢，轮流坐在你们俩的大腿上，岂不两全其美。"胖女知青笑道："老林，我以为你傻呢，其实你比谁都精！"四个解放军和六个知青一同笑了起来。

他们在拥挤不堪的车厢里度过了一夜，又迎来了新的一天。灿烂的阳光照耀着荒凉的原野，火车一声长鸣，飞驰在茫茫铁道线上。车厢里，无论是站着的还是坐着的，都在吃饭。陈南和肖亮挤站在过道上，两人在轮流吃一盒午餐肉和一包饼干；清泉和吴玉萍站在两排知青中间，两人轮流吃一盒牛肉罐头和和一包饼干。吃完饭后，他们又吃了一盒水果罐头。

胖女青年笑道："解放军同志，你们四个人一顿才吃两盒罐头和两包饼干，还不够我塞牙缝的呢！"

清泉说："青年同志们，这是我们的战备食品，必须细水长流才行噢！"

瘦女青年说："看，他又在我们面前摆老革命资格了。"

胖女青年说："老革命，那就请你讲讲你的革命故事吧！"

清泉吹牛："抗日战争我扛过枪，解放战争我负过伤，抗美援朝我跨过江。我的革命故事呀，那是一火车也拉不动呀。"大家哄堂大笑。

吴玉萍笑道："老林，天都让你吹了一个大窟窿。"

胖女青年说："老林，你很幽默，那就给我们讲个笑话吧，让大家开开心！"

清泉爽快地说："好，我给你们讲一个笑话。笑不笑由你们。"几个青年鼓起掌来。

清泉清了清嗓子，开讲："我们部队有一位首长，那可是一位地地道道参加过抗日战争的老革命，但是他文化水平低，把如火如荼念成如火如茶。他是山东人，讲话是山东的口音，讲话还有一个毛病，不但不注意标点符号，而且还习惯拖长音。有一次，他在大会上为部队作报告。在他的秘书给他写的讲话稿中，开头一句是这样写的：红旗飘飘，战鼓咚咚……"

男青年甲说："这有什么值得笑的！"

胖女青年不满地说："你别打岔好不好？你不懂，这叫铺垫，最后抖落包袱的时候，才令人捧腹大笑呢！"

"这位首长照着讲稿开始讲话了。"清泉改用山东口音绘声绘色地说，"红旗飘——飘战鼓——咚咚！"

车厢里顿时爆发出一阵大笑，两个女青年和吴玉萍笑得眼泪都流出来了。

在极端困难的条件下，林清泉依然保持着乐观的态度，这对于他的同志来说，无疑是一种巨大的精神鼓励，这比上一次政治课和听一次思想教育报告，更实在、更有效。

车轮飞转，转了一圈又一圈，从黎明转到黄昏。列车出永登时天就黑了，到兰州时已是夜色深沉、灯火辉煌了。林清泉等人站在车厢里，看着这座黄河岸边的西北大城市的夜景。胖女知青兴奋地说："到啦！到啦！兰州到啦！"瘦女青年高兴地说："解放啦！解放啦！终于解放啦！"车厢里骚动起来，人们开始收拾自己的东西准备下车。车缓缓地驶进兰州站，慢慢地停住了。车门终于打开了，旅客们争先恐后地下车。只有林清泉等人站在原地不动，不断躲躲闪闪地给人让路，当送走了六个热情的上海知青之后，一个个立即瘫坐在他们空出的椅子上，闭目养神，歇歇站直了的双腿。

当车厢里的旅客几乎下光了的时候，他们才起身下车。下车后没走几步远，吴玉萍顿感头晕目眩、腿脚发软，手中的旅行包一下子掉在地上，身体往下倒去……说时迟那时快，在吴玉萍身后的清泉把东西随手一丢，立即抱住了她，说："小吴！小吴！你怎么啦?！你怎么啦?！"肖亮和陈南立即停住脚步回身。肖亮叫着："小吴！小吴！你怎么啦?！""走，赶快上医院！"林清泉把她抱在怀里就走，陈南和肖亮提上他们的行装跟在后面，三个男人拖着疲惫的身躯，步履蹒跚地向外走去……

他们出了车站，来到站前广场上等车。广场上，灯光昏暗，冷冷清清，寒风阵阵，不见一辆公交车。

"老林,"吴玉萍苏醒过来,有气无力地说,"我……我不是死在兰州,也……也要在兰州大病一场了。"

"小吴,"清泉说,"别怕,我们马上送你去医院。"

"我看,"陈南说,"小吴不是生病,而是累的,困的,饿的。站了两天两夜,困了两天两夜,饿了两天两夜,谁也受不了。我也是硬挺着。"

"我也是一样,浑身无力,走路轻飘飘的,像喝醉了酒一样。"肖亮说,"也许,我们吃上一顿热饭,再睡上一大觉,就啥事都没有了。"

"老林,你放下我吧,别再把你累趴下。"吴玉萍说,"我缓过来了,不用上医院了,咱们还是找一个招待所住下吧。"

清泉把吴玉萍放下,然后脱下皮大衣,披在吴玉萍身上。四个人站在广场上四下张望,仍不见一辆公交车。正当他们茫然不知所措时,随着"叮零零"一阵车铃响,一辆三轮车停在他们面前。真是雪中送炭,四个人喜出望外。

车夫问:"解放军同志,坐车吗?"

肖亮问:"同志,车站附近有军人招待所吗?"

车夫答:"有一个。坐车用不了10分钟就到了。"

"那就请你送我们去。"

"我一次只能拉两个人,你们是四个人,我得分两次拉。"

"不,咱们一次过去。你就拉这位女同志和东西就行,我们三个男人跟车走,你骑得慢点儿。"

"行。那就请这位女同志上车吧。"

清泉搀扶吴玉萍上了车,陈南和肖亮把东西放上车,随着"叮零零"一阵车铃响,他们出发了……

林清泉他们跟着三轮车进了兰州某军人招待所院内,车铃又"叮零零"地响了。院内漆黑一片,几排平房隐隐约约,只有大门旁边的一间接待室里亮着灯光。一位老年男值班员正躺在床上闭目养神,听见车铃响,他打开门看着这几位解放军,说:"同志们,对不起,我们这里不接待零散军人,只接待过往的大部队。你们还是到别的军人招待所去住吧。"清泉说:"同志,半夜三更的,你让我们上哪儿去呀?我们好几天都没睡觉了,只要有个睡觉的地方就行。"值班员说:"你们还有一位女同志就更不行了,我们这里没女同志单独住的房间。"吴玉萍说:"没关系,我跟他们住一个房间也行。"值班员说:"这里条件很差,如果你们不嫌弃你们就住。左边那间大房子的房门没锁,炉子也没生,你们去住吧!"说完就把门关上了。

他们来到那间大房子门前,清泉推开门,在门旁摸到了灯绳,拉亮了电灯。其他人随之拥进屋内,把东西靠边放在地上,打量起这个车马店式的客房。放眼望去,只见空旷的大房间里只有一张足以躺一排人的大通铺,铺上铺的是草垫子,草垫子上铺着脏兮兮的白褥子,靠床里乱七八糟地放着黄军被;地上立着一个冷冷的铁炉子,炉子旁边放着一堆劈柴和一堆煤。大家坐在床上,边休息边商量。

清泉说:"睡觉问题解决了,下面该解决肚子问题了。"

第九章 旅途风波

肖亮说:"我都快饿死了。深更半夜的,恐怕饭馆早都关门了。"
陈南说:"过来时,我仿佛看见车站附近有一家工农兵食堂还在营业。"
清泉说:"那好,咱们就去碰碰运气。小吴,你还走得动吗?"
吴玉萍说:"没问题。我坐三轮车休息过来了。"
肖亮催促道:"那就赶快走吧!"

他们来到了车站附近,找到了那个工农兵食堂,要了几碗热气腾腾的兰州牛肉拉面,围着一张饭桌吃起来。清泉、陈南和吴玉萍先放下碗筷。肖亮端起碗把碗里的汤都喝光了。吃饱喝足,清泉问:"小吴,你现在感觉怎么样?"吴玉萍说:"浑身热乎乎的,有劲了,也有精神了。"清泉说:"人是铁饭是钢嘛!走,回招待所睡觉去!"

清泉等回到冰窖似的军人招待所房间,打开灯,一眼看见的便是那个冰冷的火炉。肖亮说:"老把式,请你生炉子吧!"清泉说:"我的上眼皮和下眼皮直打架,老把式实在懒得动了。"陈南说:"那就别生炉子了。这么大的房间,这么小的炉子,等到屋子热了,恐怕也天亮了。"吴玉萍说:"不生就不生吧。闷罐车里那么冷,我们就盖个皮大衣都对付过去了,那就再将就一夜吧。"清泉说:"对,咱们就再对付它一夜,每人铺两条褥子,盖两条被子,大衣压脚,棉衣蒙头,保准暖暖和和的。小吴睡里边,我们仨保护你;要是那豺狼来了,迎接它的有猎枪。"吴玉萍说:"老林,你吃饱喝足了,又有精神说笑话了。"清泉下令:"铺床!睡觉!"

灯熄了,屋内漆黑一片,几天几夜没有躺在床上睡觉的人,两眼一合便进入了梦乡。

"开门!开门!快开门!""开门!开门!快开门!"

沉睡中的清泉等四人被强烈的砸门声和嚎叫声惊醒了,一个个懵懵懂懂地睁开了眼。门外依然不断地响着砸门声和嚎叫声。清泉说:"你们躺着别动,我起来看看。"说完,便披上大衣下床,迷迷糊糊地打开灯,然后开了门。其他人翻过身,趴在被窝里瞪着眼好奇地看着。

随着一股冷风的灌入,六个凶神恶煞般的人一下子拥进来,个个臂缠红袖章,头戴安全帽,手提棍棒。

"你们是从哪儿来呀?"小头目趾高气扬地问。
"新疆。"
"到哪儿去呀?"
"北京。"
"去干什么呀?"
"对不起,这是军事秘密,不能告诉你!"

小头目吃了个软钉子,噎得他半晌没说出话来,干咳了两声,命令:"把军人通行证拿出来!"

清泉从棉衣兜里掏出自己的通行证,又接过其他三人的通行证,一块递过去。小头目逐一看完,把通行证还给清泉,又问:"带武器了没有?"

"通行证上不是写得明明白白的嘛,还问什么?"清泉又给了他一个软钉子。

"明天就要成立甘肃省革命委员会了,为了防止阶级敌人搞破坏,对过往人员一定要严加盘查,特别是检查有没有携带武器。"小头目做了一番解释后,回首命令他的小喽啰们,"搜搜他们的包!"

两个人正要上前去搜,清泉突然站在他俩的面前,挡住他们的去路,大喝一声:"不许搜!我们是革命军人,你们是什么人,有什么资格搜查我们?!"肖亮等三人异口同声地喊:"不许搜!不许搜!"

造反派们被这阵势吓住了,没人敢再往前走。一个女的说:"通行证上写着没有武器就是没有武器嘛,还搜什么?"另一人说:"中国人民解放军,那是毛主席亲手缔造的军队。咱们还是别搜他们了,走吧走吧!"

"走!"碰了一鼻子灰的小头目无可奈何地喊了一声,便带领着他的一班人马,连门都没关就夹着尾巴走了。趴在被窝里的三个人不由欢呼起来:"滚蛋喽!滚蛋喽!"

他们一觉睡到大天亮才起床,洗漱完毕后,便站在房间里商量起来。

陈南说:"今天咱们怎么行动呀?"

肖亮说:"先吃饭,后买票呗。"

清泉说:"根据目前情况,我们得在兰州分道扬镳了。我和肖亮乘36次走京包线到北京,因为北线的客流肯定要比南线的少得多,好买票,也不会太挤。陈南回湖南,没有别的选择,只能走南线到郑州再换车。小吴回保定,有两种选择,走北线和走南线都可以,由你自己选择。"

吴玉萍说:"我跟你们走北线,和你们在一起,路上有个照应,我心里踏实。"

肖亮说:"走吧走吧,咱们先去吃牛肉拉面,再去买票。"

陈南说:"买车票比吃牛肉拉面重要,还是先买票后去吃牛肉拉面吧。"

于是,四个人来到兰州车站买票。兰州地处偏僻,本地人口不多,外来人口更少,因此客流较少,他们顺利地买到了当日的车票。这时候的车票,不但取消了卧铺票,也不对号入座,旅客自己抢到什么座位就坐什么座位,抢不到座位就站着。买完车票,林清泉和陈南立即发了电报。然后,他们又去吃牛肉拉面。在吃牛肉拉面时,林清泉又部署了抢占座位的行动计划。听后,大家齐声称赞:"妙计!妙计!"

下午,清泉、肖亮和吴玉萍把陈南送上了车。陈南坐在靠窗户的座位上,很是得意。车开了,大家挥手告别。

傍晚,清泉、肖亮和吴玉萍便提着行装,沿着兰州车站前面的马路一直向东走。当他们来到铁路和公路的交叉路口时,在此上了铁路,然后沿着铁路向西走,一直走到兰州车站内,找到了停靠36次列车的站台。这时,离开车时间还有一个多小时。他们选择靠后的一节车厢的一个窗口,将行装放在站台上,由吴玉萍负责看守,清泉和肖亮则分别把守前后两个车门,这样,无论开哪个车门,总有一个人率先冲进车内,抢占到理想的座位。果然如此,当候车室开始检票时,列车员便打开了车门,肖亮第一个冲进车厢,清泉则立即跑到吴玉萍身旁。肖亮打开车窗,清泉和吴玉萍立即将他们的东西递上车,肖亮用旅行包占上座位后,坐下看着车门口。清泉和吴玉萍不慌不忙地上了车,把放在座位上的旅行包提起来,放在行李架上,在两个靠窗户的座位上坐下。三个人你看看我，我看看你，会心地一笑，为他们抢占座位的胜利。

吴玉萍说："在清水，我们绕到车背后上车；在兰州，我们提前绕到站内抢占座位。我说老林，你的鬼点子咋这么多呀？"

肖亮说："我们队长是有名的智多星。"

清泉说："其实，我的智力水平跟你们差不多，我不过是爱动脑筋想问题罢了。"

肖亮说："我的大脑就一根筋，老林的大脑有许多根筋，所以呀，他的鬼点子就多。"三个人呵呵地笑起来。

这时，上车的旅客争先恐后地跑过来，蜂拥般地往车上挤，紧张地抢占座位；林清泉等三人却袖手旁观，稳坐钓鱼台。一阵骚动之后，车厢里终于平静下来，绝大多数人都抢占到了座位，站着的人是少数。

汽笛一声长鸣，36次列车驶出兰州站。夜里，列车穿过宁夏。当太阳又升起来的时候，列车已经疾驶在白茫茫的内蒙大草原上了。中午时分，车到达呼和浩特站。肖亮下了车，转车去太原看他心爱的梁馨了。

36次列车驶出呼和浩特站，向北京进发……

清泉来电报了，彩虹展开电报纸一看："今日乘36次从兰州动身，何日抵京难测，勿接。到通县等我。林"

彩虹接到清泉电报时的那份激动和惊喜是可想而知的。他走后，她日夜都在思念他。她盼他早日平安地回到她的身边，叫他一声哥哥，叫他一声亲爱的，向他汇报工作，向他倾诉衷肠，向他说说有趣的故事。可是左等没消息，右等也没消息，急得她坐卧不宁，吃不好、睡不稳。于是，她跑到北京站去打探消息，方知由于哈密发生大武斗，兰新线全线停运啦！于是她又为他担起心来：他到哪儿了？他睡得好吃得好吗？他会不会生病了？……她甚至为他祈祷，祈祷菩萨保佑他平安归来。就在同一天，她又看到了清泉的弟弟发给他的一封电报：母病重速归！于是她的担心又加重了一层：他母亲得的是什么重病？她老人家能挺得过去吗？菩萨保佑她老人家安然无恙吧，她要是有个三长两短，清泉该有多伤心多痛苦呀？清泉恐怕得回家探母了，不能跟她在一起过春节了，真遗憾。正当她要动身回通县等他时，徐明媚和蒋明宇约她去看取样器整流罩的动作试验，她只好改变她的计划。

陈南来电报了，秀秀接到丈夫的电报，笑在脸上，喜在心头。度过蜜月之后，他就回新疆了，留下她独守空房。她每天都盼着丈夫的来信。可是，他每个月才给她来一封信，而且每封信都是干巴巴的，连句亲热的话都没有，令她有些失望。蜜月期间尽管陈南播撒了不少种子，可是没有一粒种子发芽，她的肚子还是瘪瘪的，叫她很失望。公公和婆婆成天盼着抱孙子，她也急切地想当妈妈。她下定决心，这次他回来一定要自己怀上，不怀上就不让他走。自从接到他的电报，她就望眼欲穿了，天天站在村外绿色田野中的大路上，张望着远方。她盼了一天又一天。这一天，她看着看着，突然眼前一亮，喜上眉梢，快步迎了上去。只见陈南一臂夹着皮大衣，一手提着一个旅行包，快步走了过来。她急忙迎上前去，两人越来越近。

"亲爱的，"秀秀亲热地说，"你可回来啦！"

"跟谁学的，这么肉麻。"陈南却冷冰冰地回了一句，命令道，"还不赶快把手提包接过去！"

"冷血动物！"秀秀嘟囔了一句，接过手提包，和陈南一同往村里走。他还想跟丈夫亲热一下，便伸手挽住了他的胳膊。

丈夫一下子甩掉了妻子的手，呵斥道："大路上，拉拉扯扯地像什么样子！"

"木头！石头！冰块！"秀秀骂道，"你呀，就能欺负我，非得老林收拾你不可！"

夫妻二人进了村，进了院子。秀秀高兴地喊道："爸！妈！陈南回来啦！"

秀秀为丈夫做了一桌子他爱吃的湖南风味的菜，撑得陈南直打饱嗝。吃完了饭，一家子又唠了一会儿家常，老两口便撵小两口回去睡觉。于是，小两口回到他们的新房。

一进新房，秀秀就变了脸："木头，你自己在这屋里住吧，我现在就回娘家去！""我刚回来，你怎么能走呢？""你不是烦我嘛，我离你远点儿，省得惹你生气。""秀秀，你别生我气，刚才不是在大路上嘛，在咱俩自己的屋里，我就不怕了。"秀秀不听他解释，起身就走。"秀秀，秀秀，你别走，千错万错都是我的错，我检讨。""那得写检讨书。""行行，今天太晚了，我明天再写。"

秀秀用手指头指点着他的脑门，说："你呀你呀，真像一块冰，我就是一团烈火，也点不着你！""那你再点点试试。""我才不呢！""那我点你！"陈南说罢，一下子把秀秀搂在怀里，然后热烈地亲吻她……

黄昏时分，36次列车抵达北京站。下车后，吴玉萍回保定了，而林清泉回了通县。

清泉回到马蹄楼内的招待所放下行装，立即回到通县大街上，先理发，后洗澡，再到通州饭馆美餐一顿。吃饱喝足后，回到招待所美美地睡了一大觉，旅途的疲劳一扫而光。

第二天早晨，清泉又换上一套新军衣，顿时面貌一新，精神焕发。他一边哼着《解放军进行曲》，一边收拾丢在地上的一堆脏衣服。这时，响起一阵敲门声，他起身去开门。门一开，站在他面前的正是他日思夜想的彩虹。他惊喜地叫着"彩虹！"之后，他拉着她的手进了房间，随手关上了门。她一下子扑在他的怀里，说："亲爱的，亲爱的，你可回来了！"两个久别重逢的恋人紧紧地拥抱，热烈地亲吻。她流着激动的泪，说："想死我了。"他抚摸着她乌黑的头发，说："我也想你呀。"她问："亲爱的，这一路上你是怎么熬过来的？"他拉着她的手，坐在床上，说："一言难尽哪！这一路上的故事，恐怕一千零一夜也讲不完，以后我慢慢说给你听。"

她依偎在他的怀里，说："你走后，有好几次我都梦见我依偎在你的怀里看香山红叶，可是醒来时却不见你在我身旁。""现在你不是又依偎在我的怀里了吗？我们俩可以在一起快乐地过春节了。""遗憾的是，你马上又要离开我了，不能跟我在一起过年了。""为什么？"她掏出电报递给他，说："你自己看吧。"他急忙打开电报，只见上面写着：母病重速归。"那我马上就走！年三十还可以赶到家。""你是个孝子，那就回去吧。请代我向你父母拜个年！""我也来不及到你家去辞行了，也请你代我向两位老人家拜年吧！""我帮你把衣服洗洗再走吧。""来不及了。我收拾收拾东西，咱俩一块走！""好吧，我给老人家买点东西，再送你上车。"

母亲病重，清泉只好告别彩虹，回家探母。

第十章　雪地标语

　　清泉身穿一件棉军大衣，头戴一顶栽绒帽，口捂一个白口罩，身背挎包，一手提着一个旅行包，沿着一条冰雪大道急匆匆地赶路。黄昏时分，他终于回到了阔别了四年之久的故乡。清泉村上空炊烟袅袅，鞭炮声稀稀零零，家家户户都沉浸在过年的欢乐和喜庆的气氛之中。走了十几里路，清泉的帽子上、眉毛上和口罩上，结满了霜雪，活像一个雪人。他伴着"咯吱咯吱"的脚步声，走进熟悉的院子，看见正在低头抱劈柴的母亲，心头一热，把两个旅行包丢在地上，摘掉口罩，高兴地叫道："娘！我回来啦！"林母把抱起的劈柴丢在地上，凝视着从远方归来的游子，眼里闪动着激动的泪花。清泉给母亲敬军礼，问候："娘，您好！"林母一面用手擦儿子帽子上的雪一面说："我的儿，你可回来啦！四年多了，你还是头一次回家看娘呢，可把娘想死啦！""娘，看见您能出来抱柴火，我就知道您的病好了，我这心里的石头啊就落地了。""娘好了，没事儿，放心。"林父听见儿子的说话声，连帽子也没有戴就从屋里跑了出来。"爹！"清泉叫道，"我回来啦！"然后给父亲敬军礼。"回来了好啊！回来了好啊！"林父眼圈湿润了，说，"我和你娘天天盼，夜夜想啊，这回总算把你给盼回来啦！"

　　"二哥！你回来啦！"青山还没进院子，就高兴地叫了起来。他走进院子，来到哥哥身旁，便埋怨起父母来："爹，娘，你们都高兴得糊涂了吧，数九寒天的，有什么话不能进屋里说，非得站在院子里说。二哥，进屋！"说罢，提起两个旅行包进了屋。林父和林母随后跟了进去。

　　离家四年多才回到这个家的清泉，对家里的一切都感到十分亲切。他打量起这个小院来：苞米楼子还是那个苞米楼子，鸡窝还是那个鸡窝，一切都没有变，跟他离家的时候差不多。咦，苞米楼子上怎么没贴"粮食满仓"？鸡窝上怎么没贴"鸡鸭满圈"？他来到外屋门前一看，蹙了蹙了眉头：咦，怎么没贴门神和对联？他进了外屋一看，蹙了蹙了眉头：咦，灶台上怎么没贴灶王爷？水缸上怎么没贴福字？他进了里屋一看，蹙了

蹙了眉头：咦，墙上怎么没贴年画？家里怎么冷冷清清，没有一点儿过年的气氛？他带着满脑子的困惑，脱掉白线手套，摘下棉帽子，脱下大衣，一一放在北炕上。

在清泉脱衣之际，林父朝青山使了个眼色并说："三儿，你二哥大老远的回来过年，不易呀！过年可光说高兴的，别说些没用的噢！"青山会意，说："爹，我知道。"清泉说："论说高兴的啊，咱家就数妹妹行，那张巧嘴呀，几句话就能把大家都逗乐喽。"林父说："那个臭丫头蛋子，成天调皮捣蛋的，一会儿气我，一会儿又逗我乐。没个正行。"清泉扫了一眼屋子，疑惑地问："咦，青霞呢？"青山说："噢，她到龙王庙去帮二叔糊棚了。今天是大年三十，二婶做了一桌子好菜，小鸡炖蘑菇呀，红烧大鲤鱼呀，应有尽有。二叔跟我说，干完活留青霞吃饭，吃完饭天就黑了，龙王庙离家远，再留她住一宿，让我们别等她。"林父催促说："他娘，你赶快去炒菜吧！"林母说："菜我都预备好了，很快炒好。过年，他二哥最喜欢吃我炸的土豆合子和丸子，我想炸点儿。"林父热烈拥护，说："炸，炸！我跟你一块去炸！"说完，老两口进了外屋灶房。

清泉打开旅行包，一边往外拿东西一边说："这是两包点心，爹娘喜欢吃的；这是一斤牛奶糖，一斤水果糖，你和妹妹喜欢吃的；这是苹果和橘子。"青山一一接过去，放在弯子炕上的橱柜上。清泉又拿出一捆挂面递给弟弟，说："这是10斤挂面，隔三差五地给爹娘解解馋。"清泉最后拿出两瓶茅台酒，放在橱柜上。弟弟问："二哥，这些东西都是你买的吗？"哥哥说："酒是我买的，其他东西都是你彩虹姐送的。"弟弟又问："彩虹姐就是我那个还没过门的二嫂吧？"哥哥说："就是她！"

此时，夏彩虹正在和家里人一同吃辞旧饭，吃的是李阿姨做的一桌丰盛的菜肴，喝的是法国香槟酒。夏父喝完杯中酒，夏天又给父亲斟酒。

彩虹劝道："爸，您有脂肪肝，就别喝了。"

夏天说："姐，香槟酒，度数低，没事。过年了，让爸爸再喝一杯。"说着给父亲斟了半杯酒。

夏父说："还是我儿子心疼我。"

彩虹说："爸，我劝您少喝点儿酒，是为了您的健康，我怎么不心疼您了？"

夏父连忙纠正："说走嘴了，说走嘴了，又让女儿抓住小辫子了。你心疼我，你最心疼我！"

夏天调皮地说："爸，您靠边站吧。我姐现在最心疼的可不是您了，而是我那位准姐夫喽！"

彩虹笑道："夏天，你再胡说我拧掉你的耳朵！"

"你要拧我耳朵，我就投反对票，让你们俩结不成婚！"

"你那一票没用。爸爸、妈妈和李阿姨都投了赞成票。"

"那我就不叫他姐夫！"

"你不叫，他也是你姐夫！"

"没羞哟，没羞哟，"夏天刮自己的脸皮，说，"还没结婚呢，就想让我叫他姐夫了。"彩虹照着弟弟的后背就是一巴掌。

第十章 雪地标语

夏天告状："妈，姐姐打我！您管不管？"大家都笑起来。

夏母说："你们这姐弟俩呀，这么大了，还像小孩子似的，老是打打闹闹的。"

李阿姨说："孩子们打打闹闹的，才显得喜庆呢！哎，要是清泉能在咱家过年，那就更热闹了。明明说好了的，偏偏他母亲得了重病。"

彩虹忧心忡忡地说："恐怕这个年他是过不好了。"

彩虹并非是杞人忧天，清泉村的林家的确出了一件大事！

天黑了，屋里亮起了电灯，林家南炕上的饭桌上摆满了菜肴，林父和林母坐在炕里，哥俩坐在炕沿上，开始吃除夕饭。清泉站起来，拿起茅台酒瓶倒了四杯酒，之后将酒杯分别放在父母和弟弟面前，然后举起酒杯，说："爹娘，你们喝了一辈子酒，可从来没喝过好酒，今天我请爹娘喝中国最好的酒——茅台酒。我敬爹娘一杯，干啦！"三人一饮而尽。"好酒好酒，"林父连连夸赞，"喝了这酒，我都成神仙啦！"清泉又举起酒杯看着青山，说："三弟，我离家太远，不能照顾父母，照顾父母的责任主要靠你了。哥哥敬你一杯！来，咱哥俩干啦！"哥俩一饮而尽。之后，一家四口边吃边喝边聊天。

这时，一个满脸忠厚的瘦高个子老汉，戴着一顶皮帽子，穿着一双靴鞡，"咯吱咯吱"地走进林家院子，进了外屋。

林母问："谁来了？"

林父说："八成是他二叔。"

老汉推开里间门，进了屋。

青山惊得一下子跳下地，叫道："二叔！"

清泉起身，亲热地叫道："二叔。"

二叔说："他二哥，听说你回来了，我特意来看看你。"

清泉说："谢谢二叔。二叔，您坐下喝杯酒吧，茅台酒。"

二叔说："不喝不喝，啥酒到我嘴里都一个味，辣乎乎的。"

清泉拿了几个橘子放在二叔身旁，说："二叔，你不喝酒，那就吃橘子吧。"

二叔拿起一个橘子看了看，又闻了闻，赞美道："好香啊，金黄金黄的，这么好的橘子可是个稀罕物，在哈尔滨都不好买。他二哥，你是在北京买的吧？"

青山说："二叔，这橘子不是我二哥买的，是我彩虹姐买的。"

二叔问："你彩虹姐是谁呀？"

青山说："就是我二哥在部队里找的对象呀。"

二叔说："那不就是你二嫂吗？"

青山说："二叔，我二哥跟她结婚以后，我才能叫她嫂子；结婚前，得叫她姐姐。"

清泉说："二叔，您听说我回来了，就赶快来看我。青霞在您那儿吃饭，知道我回来了，一定会蹦着高地往家跑，她为什么不跟您一块回来呢？"

青山赶快朝二叔挤眼，二叔只顾看清泉没看见，却被清泉一眼瞥见了。

二叔实话实说："青霞没在我哪儿吃饭呀，她在……"

青山急忙打断二叔的话："青霞撂下筷子就跑了，找她的同学打扑克去了。二叔，是不是啊？"

二叔愣怔着，不知如何回答是好。

清泉一拍桌子，"腾"地站起来，瞪着弟弟，说："老三，你还骗我?! 我一回来就觉着家里的气氛不对劲，没贴年画，没贴对联，一点儿过年的热闹样儿都没有！而且，我一直就没有见着妹妹，别说是过年了，就是平常日子她也不能老不着家呀?! 你说，你拍电报叫我回来，不是为了娘，而是为了妹妹，对不对?!"

青山一看露馅了，只好承认："对。"

清泉缓和了口气："三弟，那你跟我说实话，妹妹她到底怎么了？是不是生病住院了？"

林母埋怨道："他二叔啊他二叔，你也太老实了，怎么一句谎也不会撒呀！"

二叔懵里懵懂地问："怎么，他二哥还不知道青霞的事呀？"

林父说："本来打算过了初一再告诉他的。既然瞒不住了，三儿，那你就对你二哥说实话吧！"

青山未曾开口，眼泪就"吧嗒吧嗒"地掉下来了。林母跟着流眼泪。

清泉说："三弟，快说呀！青霞究竟出了什么事儿?!"

青山说："二哥，妹妹，我们可爱的小妹妹，她……她……她现在正在蹲大狱！"

犹如一声晴天霹雳，一下子把清泉打懵了，惊得他张口结舌，半响才问："她……她犯了什么罪？"

"她……她……她被打成了现行反革命！"

"什么什么?! 她是现行反革命?! 一个十五六岁的中学生是现行反革命?!"

"二哥，你冷静点儿，听我慢慢跟你说，好不好？那封电报是我背着爹娘和大哥拍的，我怕他们知道了会反对。我实在是没咒念了，才不得不把你请回来，就是想跟你商量商量怎么把小妹从监狱里救出来。你可不能着急上火啊！"

清泉又坐在炕沿上，说："三弟，那你就从头至尾、一五一十地把整个事件的过程给我说一遍。"

"那是今年元旦那一天的下午，青霞跟李晓梅从镇里往回走……"

"李晓梅是谁呀？"

"青霞的同学，老地主李广林的老闺女。"

"噢，我明白了。接着讲！"

"她们来到村北不远的路上……"

灰蒙蒙的天空，白茫茫的大地，西北风飕飕地刮着。

一条从金泉镇通往清泉村的冰雪大路上，并肩走来了林青霞和李晓梅。林青霞穿一双军用大头鞋，李晓梅穿一双棉胶鞋。两少女逛完了金泉镇，走在回家的路上。青霞忽然看见路边雪地上写着一行大字，便好奇地叫道："晓梅，你看那边雪地上有一行大字，咱们过去看看写的是什么？"于是，两人踏着厚厚的积雪走进去看，雪地上用树枝子写着清晰的七个大字：打倒大奸臣林彪！

顿时，两个人都吓傻了！青霞惊慌地拉着李晓梅的手就走，雪地里留下了两行深深

第十章　雪地标语

的大头鞋印和两行深深的胶鞋印。两人上了大路，方才清醒过来。"晓梅，这是反革命标语，咱们回去报告吧！"晓梅忧心忡忡地说："青霞，还是少管闲事的好，管闲事落不是。待一会儿，也许被别人踩没了，也许被别人划拉乱了，也许被刮过来的雪埋住了，大队干部们反而说咱俩散布反革命言论。那时候，你成分好，不会对你怎么样；我成分不好，都得赖在我一个人身上，我就是跳进黄河里也洗不清啊！""晓梅，你说得也有道理。你别害怕，就当刚才咱俩什么都没看见。""这件事，咱俩就装不知道，对父母都不能说。""谁说，天打五雷轰！""向毛主席保证！""向毛主席保证！"

两个天真幼稚的少女以为向毛主席发了誓，就会保佑她们平安无事，便心安理得地回家了。

好事不出门，坏事传千里。清泉村出现反革命标语的事，像风一样很快传遍了全村、全公社、全县。同时，在公社和县革委会中引起一片恐慌，他们决心追查到底，不抓出这个反革命分子誓不罢休，以便邀功请赏，并保住自己靠造反戴上的乌纱帽。但是，谁也没有想到，没过多少天，一场横祸突然降临在林家。

公社革委会派群众专政组到清泉村来抓人。专政组组长是一个靠造反起家的中年妇女，此人大胆泼辣，颇有姿色，十分风骚，是顶风臭十里的大破鞋，因为什么人都可以上，人送外号"公共汽车"。这一天，"公共汽车"带领她的一伙小喽啰，押解着被捆绑起来的李晓梅，吵吵嚷嚷地冲进林家的院内，他们后面跟着一群围观的群众和孩子。

"公共汽车"气势汹汹地说："现行反革命分子林青霞，赶快滚出来受绑！"小喽啰们跟着张牙舞爪、乱喊乱叫："谁反对毛主席就打倒谁！""谁反对林×副主席就打倒谁！""打倒现行反革命分子李晓梅！""打倒现行反革命分子林青霞！"

青山、林父和林母惶恐地从屋里跑出来。

青山怒视着"公共汽车"，质问道："你不要血口喷人！你说她是现行反革命就是反革命，有什么证据?!"

"公共汽车"趾高气扬地说："大头鞋印！林青霞穿的那双军用大头鞋踩的印！"

青山讥笑道："笑话！鞋印有很多，笔迹却只有一个。因此，证据应该是笔迹，而不是鞋印！"

"公共汽车"蛮横地说："你懂什么?! 这是县里破案专家定的案子，谁也翻不了！"

青山讥笑道："什么破案专家?! 狗屁不懂！"

一个小喽啰建议："组长，少跟他啰嗦，进屋抓人去！""公共汽车"一挥手，几个小喽啰立即冲上前。

门"吱扭"一声开了，穿戴整齐的林青霞从屋里走出来，毫无惧色。她说："不用你们抓，你小姑奶奶来啦！大头鞋印是我的，但是那些字不是我写的！有本事你们去抓写字的人吧！"

"公共汽车"吼道："林青霞，你书写诬蔑林×副主席的反动标语铁证如山，反对林×副主席就是反革命！你必须认罪伏法！"

青霞叫道："我没有罪！我没有罪！"

"敌人不投降就让他灭亡！"口号声又起。

"公共汽车"命令："绑上！带走！"小喽啰们七手八脚地去捆绑林青霞。

林父央求着："同志啊，我们家祖祖辈辈都是贫农呀，不会干反革命的事情啊，你们不能抓她啊！"

"公共汽车"斥责道："老头儿，你知道阶级斗争的复杂性吗？她跟地主的狗崽子成天混在一起，变质啦！"

林母老泪纵横，说："同志啊，她还是个孩子啊！行行好，放了她吧！"

"公共汽车"铁着脸，说："不管是大人还是孩子，只要是反革命，一律要执行群众专政！"

青山说："爹，娘，别求他们，求也没用，他们不过是一群狗仗人势的狗腿子！"

"公共汽车"下令："带走！带走！"造反派们不容分说，拉着两个女孩就走。

被五花大绑的林青霞毫不屈服，说："没做亏心事，不怕鬼叫门！总有水落石出的一天！"说罢，一下子跪在父母面前，说，"爹！娘！孩儿不孝，让爹娘受惊了！你们保重，我走了！"几个人拖起林青霞就往外走。林父、林母哭喊着追出大门外。青山站在院子里，愤愤地说："一个臭名远扬的大破鞋，现在倒成了精啦！什么东西！"林母突然晕倒在地。桂芝跑上前去，抱着林母的头，叫道："婶子！婶子！你醒醒，你醒醒啊！"青山急忙跑出去，跪在母亲身旁叫着："娘！娘！你可得挺住啊！你要是再有个三长两短的，咱家的日子可怎么过啊？！"桂芝抱起林母就往院里跑，青山跑在她前头，拉开了外屋门，桂芝抱着林母跑进屋里……

青山说到这里，喝了一口酒，继续道："娘这一病就是半个来月。也没吃药，气的病吃啥药也没用。我几次上公社要求放人，结果把我的民兵连长也给撸了，说我为反革命分子鸣冤叫屈，毫无阶级斗争观念。"

清泉喝了一口酒，又问："后来呢？"青山喝了一口酒，说："后来，'公共汽车'把她俩关进公社革委会的一间禁闭室里，每天拉出去游街、批斗，一连游斗了三天哪！'公共汽车'贼坏，天天打她俩，逼迫她们承认那标语是她们写的；她俩不屈服，死也不承认。阴险的'公共汽车'写好了一份认罪书，让她们在上面画押，她俩坚决不画，于是上来几个小喽啰抓住她们的手，在上面硬按了手印。"清泉气愤地说："这不就像黄世仁的狗腿子穆仁智按着杨白劳的手，在喜儿的卖身契上画押一样吗？"青山说："一模一样！之后，她俩就被下了县大狱！"

清泉站起来，把杯中的酒一饮而尽，怒目圆睁，说："一群卑鄙无耻的政治流氓！"然后把酒杯猛然摔在地上，只听一声惨叫，酒杯粉身碎骨！

满屋子人都吃了一惊！

林母说："清泉，你可别气坏了身子，你要是再气出个好歹来，让我跟你爹还不悔断了肠子。"

林父说："气大伤身，儿啊，消消气，消消气。"

在父母的劝说下，清泉渐渐消了气，恢复了平静。

二叔说："这雪地上的标语，肯定不会是青霞写的，那会是谁写的呢？"

青山说："写在大路边上，肯定是走路的人写的。走路的人多了，谁知道是谁写的。"

第十章 雪地标语

清泉说："以我的估计，这个人，一定是一个懂政治、有一定文化程度的成年人，绝不会是一个不谙世事、天真烂漫的学生；这个人很精明，他不会把标语写在自己的村外让人来抓他，所以他肯定不是咱清泉村的人。这样一来，青霞就成了他的替罪羊。"

林母说："大过年的，咱不说这些不痛快的事了，还是说说别的吧。"

二叔一时失言，惹得刚到家的侄子大发雷霆，有些过意不去，不知如何是好，这句话一下子提醒了他。他赶紧说：

"他二哥，老三和桂芝定亲了。阳历年前订婚照都照了，订婚酒也喝了。"

"桂芝是个好姑娘，就是比青山的岁数大了点儿，比老三大三岁吧？"

"女大三抱金砖，打着灯笼也不好找的好媳妇。"林母插言。

清泉举起酒杯，说："三弟，我祝贺你。"哥俩碰杯饮酒。

青山问："二哥，你跟彩虹姐什么时候结婚呀？"

清泉说："我们打算在下个阳历年前吧。"

林母说："清泉，你回去就给我结婚。过下个年，把媳妇和孙子都给我带回来。"

林父说："开春，再养一口猪，再抱一窝鸡，等你们回来过年。"

青山说："彩虹姐是高干子女，不一定肯到咱这山沟里来过年。"

林母说："她就是公主，也是我的儿媳妇，她总得见见她的公婆吧。"

清泉说："爹，娘，彩虹是通情达理的好姑娘，她会来看你们的。你看，桌子上的点心、挂面和水果，都是她买来孝敬你们的。"

林父说："这孩子有这份孝心，我就知足了。"

一说起两个儿子的婚姻大事，两个老人眉开眼笑起来，清泉的心情也好了许多。二叔一看风平浪静了，便起身走了。

林母一面收拾桌子，一面问："清泉，你想吃白菜馅的饺子呢，还是萝卜馅的饺子？"

清泉说："白菜馅的吧。"

林母说："收拾完桌子，我就和饺子面，剁饺子馅。"

清泉说："娘，昨天夜里我一夜都没睡，现在困得上眼皮和下眼皮只打架，我要好好睡一觉，年夜的饺子我就不吃了。"

青山说："娘，我这就到老孙家去，告诉我二哥回来了。年夜的饺子我在他们家吃，不回来了。"

林母说："去吧去吧，去陪桂芝过年也好。"

林父说："他们哥俩都不吃，咱老两口吃也没意思。干脆，这年夜饺子咱就不吃了。"

林母说："那我也得把饺子面和好，把饺子馅调出来，初一早晨起来就包饺子。"

林父说："初一早晨的饺子要多包点，他大哥要回来给咱老两口拜年。"

林母说："我知道，你就别操心了。"

在林母预备饺子面和饺子馅的时候，清泉躺在北炕上睡着了，连半夜里震耳欲聋的鞭炮声都没有惊醒他，他太疲劳太困了。

爆竹声中一岁除，迎来新桃换旧符。在此起彼伏的炮声中，送走了旧的一年，迎来了新的一年。

林家的饭桌上摆上了热气腾腾的水饺，清泉、青山哥俩和父母一面吃饺子，一面喝酒。哥俩端着酒杯给父母敬酒："祝爹娘健康长寿！干！"四人一起饮酒，吃饺子。这时，院子里响起了"咯吱咯吱"的脚步声，林父惊喜地说："他大哥到了！"里屋门开了，清洋走进来。清泉起身问候："大哥，新年好！"清洋看着二弟，疑惑地问："咦，你怎么回来了？"清泉说："听说娘病了，我回来看看娘。"林母说："清洋，快坐下吃饺子吧，待一会儿就凉了。"三弟脱鞋上了炕里，把炕沿让给大哥坐。清泉倒了一杯酒，放在哥哥面前，说："大哥，这是茅台酒，你尝尝。"大哥端起酒杯闻了闻，连声赞叹："好酒好酒，醇香扑鼻呀！"然后一口就干了，又赞叹道，"好酒好酒，茅台酒，果然名不虚传哪！"清泉又给哥哥斟满酒。

大哥严肃地说："老三，是不是你拍电报把你二哥骗回来的？"

老三说："是。"

大哥说："你二哥工作忙，离家又远，我再三嘱咐你，千万不要把青霞的事儿告诉你二哥，你怎么就是不听呢？！"

老三嗫嚅着："我……我不是着急嘛。"

林父说："既然老二已经回来了，现在说啥也没用了。你们哥仨难得碰在一块儿，那就商议一个办法，怎么把你妹妹从大狱里救出来。"

清泉说："我考虑好了，等上了班我就去县里，找县革委会讲理去！"

清洋说："讲理？如今公检法都砸乱了！现在是造反派当权，群众专政，你找谁去讲理呀？连中央的那些大干部，都找不到讲理的地方，何况我们这些草民呢？！"

清泉执拗地说："我不能白回来一趟，不管结果如何，我总得为妹妹努力一次！"

清洋严厉地说："不行！这件事，不许你抛头露面！咱家已经进去一个了，你想把自己也搭进去呀？！就是咱们一家子都下了大狱，也得保住你呀！你是咱家的骄傲和光荣啊！"

林父说："老二，你大哥说得有理呀，千万不要为了你妹妹再把你搭进去，别打不着狐狸还惹一身臊。"

林母说："唐僧取经还有九九八十一难呢，说不定青霞命里注定就有这一难。是福不是祸，是祸躲不过。你妹妹顶多就受点儿牢狱之灾，没多大事。"

清泉说："既然我已经回来了，我也不能坐视不管吧？"

清洋说："妹妹的事儿，不要你插手，有我跟老三就行了；你重任在肩，就安心干你的工作吧。"

清泉说："我回来一趟，无论如何总得去看看妹妹吧。"

清洋说："看看可以。这几天，你要听我安排：初一和初二，咱们陪爹娘过年；初三，你跟老三去看妹妹，我带着丫丫回哈尔滨，给你买好火车票；看完妹妹，你直接到我那儿去；初五，你就回北京去。"

清洋说得合情合理，安排得周到细致；清泉心服口服，同意照办。

吃完了饺子，南北两条炕的桌子上都摆上了瓜子、花生、糖，等着招待来拜年的亲

第十章　雪地标语

朋好友。往年第一个来给林家拜年的是桂芝，今年他成了林家未过门的三儿媳妇后，来得更早了一点儿。桂芝进得门来，首先给两位老人施礼拜年，然后又给两位哥哥施礼拜年，之后，跟青山坐在北炕的炕沿上。林父坐在炕里抽他的小烟袋，林母和孙女坐在炕里吃橘子，其他人一面吃花生和瓜子、一面唠嗑。

桂芝说："二哥，听青山说，你在部队里找了个对象，是你的大学同学，家在北京，他爹还是一个大干部。是真的吗？"

清泉说："是真的。"

桂芝说："长得好看吗？"

清泉说："我看着还顺眼。"

青山说："二哥的眼光那么高，不漂亮的他看都不看。"

桂芝问："二哥，你们打算什么时候结婚哪？"

清泉说："下个阳历年前吧。"

桂芝说："哟，还要拖一年哪！二哥，你看咱村的你那几个小学同学，人家的孩子都上学了，你还拖个什么劲呀？"

清泉说："部队里有规定，男的必须年满28周岁，女的必须年满25周岁，才能结婚，我到年底才符合结婚条件。"

林母说："就你们部队规矩多，连结婚都管得这么紧。"

青山说："二哥，你不结婚，我们怎么结婚哪？"

清泉说："你们想什么时候结婚就什么时候结婚，不要管我。"

"不行！"有人在门外大叫一声，随后就进了里屋，说，"你这个当哥哥的不结婚，他这个当弟弟的就不能结婚！"来人原来是孙连胜。

清泉起身，问候："孙大爷，新年好！"

孙连胜捋着胡子，看着清泉，笑眯眯地说："上小学的时候，你就年年考第一，又当学生会主席，又当少先队的大队长，打那时候起，我就看你一定有出息。果不出我所料。现在，你的出息可就大了，在部队当大军官，为国家干大事情，还要娶一个大干部的闺女做媳妇，你好光荣啊，你爹娘好有福气呀！"

清泉说："孙大爷，其实，我就是普通一兵，没什么大不了的。"

孙连胜又夸奖道："行，行，当了几年军官，没骄傲自满。咱村有一个当兵的，当了一个小排长，回家来美的就不知道姓啥了，好像整个村子都搁不下他。"

清泉说："大爷，您老人家夸我夸累了吧？那就请坐下，我给你泡一壶西湖龙井茶喝。"桂芝起身去泡茶。

孙连胜坐在炕沿上，说："我不喝茶，我要喝酒，我要喝你带回来的茅台！"

青山起身拉开柜橱门，拿出一个茅台酒瓶子，晃了晃了，回头说："这个瓶子空了。娘，还有一瓶呢？"

林母说："那一瓶我藏起来了，这么好这么贵的酒，不能一下子都喝了。"

孙连胜说："亲家母，我还没喝呢，别藏起来呀。"

林母说："那一瓶酒我留着，等青山和桂芝办喜事的时候再喝。"

清泉说："娘，您就拿出来给大爷喝了吧。等老三结婚的时候，我再买两瓶。"

173

林父说:"亲家,你这么想喝茅台,那你就别走了,下半晌让他娘再炒几个菜,咱哥俩再划几拳。"

孙连胜说:"我呀,见到酒就走不动了,今天,亲家母就是撵我走我也不走了。亲家,今天划拳,我光让你赢。"满屋子人都笑了起来。

孙连胜哈哈大笑。他是个聪明人,他听说清泉为青霞的事儿发火了,有意多夸他几句,让他高兴;他怕大年初一全家人就为青霞的事儿而忧愁,有意逗这一家子乐呵乐呵。他的目的达到了,所以他开怀大笑。

孙连胜喝了几口茶,说:"亲家,亲家母,明天,我预备一桌酒席,请你们全家去喝酒。"

清洋说:"谢谢你,孙大爷。明天我得跟清泉去给二叔拜年,就不去了。"

孙连胜说:"你们哥俩难得回来一次,非去不可。初三再给你二叔拜年。"

清洋说:"初三,我跟清泉就走了。"

孙连胜说:"那你们哥仨明天上午去给你二叔拜年,下午到我家去喝酒。"盛情难却,清洋只好服从。

初三,清洋、清泉、青山和领着丫丫的桂芝,在金泉车站上了火车,清泉、青山和桂芝在县城车站下了车,清洋带着丫丫回了哈尔滨。

当清泉、青山和桂芝走进县监狱会见室时,站在这里值班的一位年轻的女狱警眼前突然一亮。她走到清泉跟前,悄声地问:"解放军叔叔,你不认识我了?"

清泉怔怔地看着她,摇了摇头。

女狱警说:"您忘了?1966年10月,在毛主席第六次接见红卫兵时,您在天安门前救起了一个小女孩后,又有一个女孩吓得赶紧抱住了您的另一只胳膊,然后您就拖着两个小女孩从混乱的人群中逃了出来。"

清泉恍然大悟,说:"噢,那你就是那另一个小女孩。"

女狱警说:"那个小女孩就是我。叔叔,我还没请教您的尊姓大名呢。"

清泉说:"我叫林清泉。"

女狱警问说:"那林青霞是您妹妹?"

清泉说:"对。"

女狱警朝里喊道:"叫789号,家里来人看她啦!"

清泉问:"请问你叫什么名字?"

女狱警说:"陶红。"

清泉说:"小陶,你还认得我,记性真好。"

女狱警说:"救命之恩,我一辈子也不会忘啊!林青霞肯定是被冤枉的,我会好好照顾她的。叔叔,您放心。"

青霞两只手抓着铁栏杆叫着:"二哥!三哥!桂芝姐!"

清泉急忙上前抓着妹妹的两只手,说:"小妹,你受苦了!"

青霞说:"二哥,我可想你了,见到你我真高兴啊!"说着眼泪"哗哗"往下流。

清泉为妹妹擦泪,说:"小妹,你表现得很坚强,二哥为你骄傲。二哥相信那雪地上的标语不是你写的，也相信你会被无罪释放的，我们也正设法营救你。但这需要时间，请你耐心等待。""二哥，你认识那个叫陶红的警察？""对。我在天安门前救过她。""二哥，你真是好人，好人就得有好报。""小陶说，她会照顾你，你有什么事可以找她帮助你。""太好了。""小妹，你要坚信，你是无罪的人，你一定会走出监狱的大门的！""二哥，你离家远，工作又忙，就别为我的事操心了。""小妹，保重身体。"说罢，清泉退到一旁。

青山和桂芝又走上前，看望妹妹。青山提着一个塑料手提袋给妹妹看，说："这是二哥给你带来的点心、牛奶糖和水果，你留下吃吧。"桂芝举着一个包袱皮给妹妹看，说："这里面是彩虹姐送你的一件红毛衣，你留下穿吧。"

青霞眼里噙着泪花，说："谢谢二哥，谢谢彩虹姐。"

青山将塑料手提袋、桂芝把包袱皮交给小陶，小陶看也不看就拿到里面交给了青霞。

青霞挥着手，说："二哥，三哥，桂芝姐，谢谢你们来看我，再见！"随即转过身，拿着东西呜呜哭着跑向牢房……

清泉在哈尔滨只住了一天，然后告别了哥哥和嫂嫂，登上了18次列车。列车奔驰在东北大平原的莽莽雪野里，列车过了天津，"轰轰隆隆"地向北京奔驰。清泉从大西北到了大东北，又从大东北回到了北京。

清泉和彩虹随着熙熙攘攘的下车客流，并肩走在北京站的地下通道里。他一手提着一个旅行包，一臂夹着棉大衣；她一手提着一个旅行包，一手挽着他的胳膊。

"清泉，你母亲的病好了吗？""好了。她只是得了重感冒，发高烧，烧得昏迷不醒。我到家时已基本好了，见了我呀，一高兴就全好了。""你母亲的病好了，你放心我也放心了，下面我们就可以安心地工作了。""我父母让我带来些黏豆包和榛蘑，请你们家人尝尝鲜。""这可都是东北特产哪！""不是特产我还不带呢！""瞧你得意的。"彩虹"咯咯"笑了。"我去给你父母拜个晚年，给我预备了好吃的了吗？""李阿姨早就预备好了，就等你这个姑爷上门呢。""明天我们就回火箭设计院，研究和平－4号火箭发射架问题。""徐参谋正等你回来定夺呢。"

两个人亲热地说着话不知不觉中就出了北京站，然后登上一辆无轨电车，到彩虹家去了。

第二天，清泉和彩虹就出现在火箭设计院的小会议室里了，参加会议的还有肖亮、李求实和朱方明。这次工作协调会由徐明媚主持。

徐明媚开宗明义："今天的会议有两个议题：一是请林清泉同志介绍今年的任务计划，以便于我们安排产品生产；二是讨论和平－4号火箭发射架问题。下面，先请老林发言。"

清泉展开他的保密本，讲道："今年年底要进行一次氢弹试验。这次任务，我们需要两枚和平－3号乙遥测火箭和两枚和平－4号取样火箭。两发遥测火箭仍在和平村发射阵地发射，两发取样火箭将在骆驼山火箭发射阵地发射。由于晶体管化遥测设备的研制计划一拖再拖，所以还是上原来的电子管化的遥测设备。"

徐明媚说:"今年的任务已经明确了。下面请朱方明同志介绍他设想的和平－4号火箭发射架方案。"

朱方明说:"阿拉……"

林清泉说:"朱工,上海话我们听不大懂,跟我们讨论问题,请您讲普通话。"

朱方明抱歉地笑笑,说:"对不起,对不起。"之后用普通话说:"我想利用勘用的榴弹炮车改装成和平－4号火箭发射架,这种发射架机动灵活,可以随时拉着走,想在哪里发射就在哪里发射。老林,你以为如何?"

清泉沉吟片刻,说:"朱工,你设想的这个方案的确不错。但是,我们打报告调用榴弹炮车,要经过层层审批,这要花很长时间;调到炮后你再设计还要花一定时间;再改装发射架,则要花费更长的时间;最后还要进行试验,当然又得花费一定时间。这样一来,恐怕今年要用就来不及了。"

朱方明说:"老林,你说得对,我担心的也是这个问题。"

李求实问:"老林,那你的意见呢?"

清泉说:"我认为,与其改装两台和平－4号火箭发射架,不如从和平村移两台和平－3号火箭发射架到骆驼山去。"

李求实说:"这个想法太妙了,既省工省时又省钱,就是移起来比较费力。"

肖亮说:"移发射架的事儿,我跟郑队长商量过。他拍着胸脯说:'这件事就交给我了,张飞吃豆芽——小菜一碟!'"

徐明媚问:"朱工,你的意见呢?"

朱方明说:"我当然举双手赞成啦!第一,我不用趴在图板上费尽心机设计了;第二,我不用东奔西跑地忙加工了,这么省心的事,何乐而不为呢?"

徐明媚宣布:"这事就这么定了!散会!"大家起身离去。

彩虹凑近徐明媚,俏皮地说:"徐姐,你做了一个跟你们没关系的英明决定,多便宜呀!"

徐明媚笑道:"鬼丫头,这个便宜还不是你那个亲爱的送的。"

彩虹听到徐明媚赞扬清泉,心里比吃了蜜糖还甜。当她听过朱工的建议后,不知如何是好,所以她要等清泉回来后再说。没想到,清泉几句话就把这个问题圆满解决了。她佩服他办事的果断和精明,要不是有其他人在场,她当时就要奖励他一个吻。

红山,草绿了,树绿了,花儿开了,春天又来了。

方芳和李保国,迎着明媚的春光,并肩走在上班路上。自从方芳回红山后,李保国便向她发起了猛烈的爱情攻势,上班他等着她,下班他等着她,走路他陪着她,吃饭他也陪着她。她建设实验室,他抽空就来帮她,帮她抬桌子,帮她抬仪器,帮她调试仪器。他本打算春节回家过年的,为了陪她一起过年,他放弃了计划。有了媳妇忘了娘,这话确实有道理。他的真情,他的执著,他的热情,终于感动了她。除夕之夜,她把她亲手打的一件新毛衣送给他做过年礼物,他感动得热泪盈眶,激动得一下子把她抱在怀里,她浑身热血沸腾。他热烈地亲吻她,两个嘴唇突然短路了,炽热的爱情电流在两人的身体里回荡、回荡。方芳和李保国一吻定终身。自此之后,两人更是缠绵悱恻,形影不离。

陈南为方芳和李保国高兴，也为自己高兴，这次回家探亲收获不小，他播撒的爱情种子终于发芽了。当秀秀把这个好消息写信告诉他后，他高兴得喃喃自语："我要当爸爸了，我要当爸爸了。"之后，他一个人坐在办公室里，跷着二郎腿，哼起湖南花鼓戏《刘海砍樵》来，自鸣得意。

陈南把方芳和李保国恋爱成功和秀秀怀孕的消息，统统写信汇报给了他的队长。清泉和彩虹为方芳和李保国高兴，也为陈南高兴。但是，清泉高兴没几天，郭政委就找上门来了。他春节回家探亲时，虽然没有为妹妹的问题直接去找县革委会理论，但他回到北京后却给县革委会写了一封措词严厉的信。这封信给他带来了一系列的麻烦，他果真没打着狐狸还惹了一身臊。

通州军营，草绿了，树绿了，花儿开了，一派春意盎然。

郭臣从红山来到通州大院，一个电话就把林清泉从设计院叫了回来。他听完清泉的工作汇报后，突然把话题一转，态度严肃，口气严厉："清泉同志，你妹妹被打成现行反革命的事，为什么不向组织汇报？""我不想给组织上添麻烦。""可是你自己却给自己添麻烦！而且，不请假就擅自离队！""事情非常紧急，来不及了，只好发电报请假。""那是先斩后奏！你还擅自写信，措词严厉地对县革委会进行指责和批评，说他们根本不懂法律，不是凭笔迹断案，而是凭鞋印办案，荒唐至极，是葫芦僧乱判葫芦案。亏你想得出那么多词！好了，县革委会把你告到部队上来了，把你的大作也寄来了。看你怎么办吧？""我这是跟他们进行书面大辩论。现在不是容许大辩论嘛！""不要强词夺理！典型的无组织无纪律！""政委，这件事情我的确处理不当，没经组织批准就擅自离队，没经组织批准就擅自写信，犯了无组织无纪律错误，我接受组织处分。""你认识到自己的错误就好，处分就免了。但是，你必须要向组织上写一份深刻的书面检讨。""政委，这个检讨我写。""组织上也认为你妹妹可能是被冤枉的，为了弄清事实真相，政治部已经派一名干部到你们县去调查你妹妹的问题了，争取早日把你妹妹放出来。""这可太好了！谢谢组织上的关心。""家里出了问题，也要及时报告组织，让组织上帮你处理。要冷静，不要头脑发热，不要自己单枪匹马地蛮干！""谢谢政委的批评。""这件事儿，你对夏彩虹说了吗？""没有，我不想让她为我烦恼。""她要是知道了，饶不了你。"

清泉刚挨过政委的批评，又遭到彩虹的指责。

皓月当空，星光闪烁，树影婆娑，在这幽静的夜晚，彩虹挽着清泉的胳膊沿着郊区公路漫步。

"请你告诉我，这葫芦僧乱判葫芦案是什么意思呀？""这是《红楼梦》里的一回故事嘛，你知道的。""《红楼梦》里的故事我当然知道，我只是不知道你写的这段故事，能给我讲讲吗？""啊，你知道了？""人人皆知了，你为什么还瞒我？""你爸爸被打成走资派，现在造反派们又到处在查他的叛徒问题，就够你烦恼的了，我不想再增加你的烦恼！""假如有一天，我父亲真的被打成叛徒，你怎么办？""我深信你父亲不是叛徒，就像我深信我妹妹不是现行反革命一样。""请你直接回答我的问题。""即使如此，我

177

还是一如既往地爱你，永远不离开你。"

她一下子扑在他的怀里，声音颤抖着说："亲爱的……亲爱的……我……我没有爱错你，没有爱错你。"

在火箭设计院军代表办公室里，夏彩虹、林清泉和肖亮在讨论晶体管化的遥测设备问题。

彩虹说："昨天，我到自动化所去了一趟。现在，无线遥测组总算把晶体管化的遥测设备的设计工作完成了，并已将设计资料和图纸移交给成都无线电仪器厂生产。"

肖亮说："怎么弄到四川去了？四川的武斗那可是全国闻名的！"

彩虹说："这是他们部里的安排，我们有什么办法呢？"

肖亮说："我看这事儿有点儿悬。"

彩虹说："所以，我必须亲自到成都去看看。"

清泉说："成都不安全，你一个人去我不放心，我陪你去。"

彩虹说："那就更好了。我们明天就去买票。"

肖亮说："现在可没有卧铺。"

彩虹说："坐硬座也得去！"

几天后，清泉和彩虹便乘坐北京开往成都的33次特快列车到达成都。彩虹四年前到过成都，对成都还比较熟悉，于是她带领清泉顺利地找到了成都无线电仪器厂。两人在汽车站下车后，向无线电仪器厂走去，刚来到无线电仪器厂大门外，突然见不少人从厂里跑出来，沿着马路四处逃窜。清泉拦住一个老工人问道："老师傅，请问厂里出什么事了？"老工人说："两大派又打起来啦！解放军同志，你们干什么来了？"清泉说："来看看我们的产品加工情况。"老工人说："光武斗了，谁还有心思管生产哪，快走吧！快走吧！"说完，慌慌张张地跑走了。一位中年女工对彩虹说："解放军同志，他们把枪和炮都拉出来了，一会儿就要开火啦！一打起来，全市其他单位的造反派还要前来支援，这仗是越打越大呀！我们厂里不少外地人早都跑回家去避难了，我劝你们，赶快离开这是非之地，快走吧，快走吧！"说完，她也急急忙忙地走了。彩虹失望地望着清泉，问："怎么办？"清泉斩钉截铁地说："回北京！"当天晚上，两个人就乘坐34次特快列车返回北京。

清泉和彩虹一回到火箭设计院，肖亮就告诉他俩：他们走后，南苑大院也发生了一场大规模武斗，一位著名火箭专家在这场武斗中被打死了，气得周总理都发了火。

1968年是"文化大革命"的武斗之年，新疆发生了大规模武斗，四川发生了大规模武斗，黑龙江发生了大规模武斗，连堂堂中国首都也发生了大规模武斗。在一阵又一阵的武斗声中，一个又一个省、市、自治区的革命委员会诞生了，取代了原来的省、市、自治区政府。武斗可以阻挡社会前进的步伐，但阻挡不了时间前进的步伐。在这动荡的日子里，春天过去，夏天又来了。

一天傍晚，清泉和彩虹正在招待所食堂里吃饭，肖亮过来把两张疗养票往桌子上一放，说："我把你们俩7月的疗养票带来了，这可是疗养的黄金季节呀！请客吧！"

彩虹说："肖亮，你这个大馋猫，逮着机会就想敲我们竹杠。"

肖亮说："你要是不想去就算了，我跟老林去。"

彩虹赶紧将两张疗养票装进兜里，说："你呀，下回去吧。"

清泉说："一事不烦二主。肖亮，明天我们俩还有事，你帮我们俩把到兴城的车票买来，我请你吃烧卖。"

肖亮说："没问题，车票的事我包了。"

清泉说："不过你可不能白吃啊，我们俩走了以后，这里的工作就全靠你一个人啦！"

肖亮说："没问题。你们俩就放心大胆地在大海里劈波斩浪吧！"

彩虹说："去锦州的车是晚间发车，走的那天，你跟我早点儿回家看看爸爸妈妈，好吗？""当然好，我又可以享受一次姑爷的待遇了。""你呀，也是一个大馋猫。"

第二天晚上，这对难舍难分的情侣就乘车出发了；第三天早晨，他们就到了国防科委设立在辽宁兴城的"八一"疗养院。

"八一"疗养院掩映在海边上的一片绿树丛中，面临大海，环境清幽，的确是一个休养的好地方。疗养院有一座医院、一座疗养员食堂和两栋疗养楼。两栋疗养楼分别称为1号楼和2号楼，1号楼是普通干部疗养楼，2号楼是高级干部疗养楼。1号楼是一栋二层楼，除一层楼的一部分是女同志的病房外，其余大部分是男同志病房。病房宽敞、明亮、洁净，每个房间只住两个人，安静、舒适。楼内还设有治疗室、娱乐室和乒乓球室。疗养员必须严格遵守疗养院各项管理规定：必须穿疗养服，必须按时作息，必须积极配合医生和护士的治疗，不得大声喧哗，不得私自下海游泳，不得私自外出，等等。如有违犯，疗养院有权解除疗养员的疗养资格。疗养员分带病疗养和健康疗养两类。

清泉和彩虹是属于从事核试验工作的健康疗养，没有任何思想负担，显得十分轻松愉快。因为疗养人员不多，清泉独自一人住在二层楼最东边那个房间里。清泉和彩虹穿着疗养服站在清泉的房间里，从敞开的窗口望着蔚蓝的天空、浩瀚的大海、金黄的海滩、美丽的浪花，听着阵阵涛声，顿觉心旷神怡，激动不已。

"'八一'疗养院掩映在绿树丛中，面临大海，站在房间里就可以，"清泉吟诵道，"开轩面大海，把酒话涛声。"

"嗬，"护士小王站在他们身后笑道，"这是哪位诗仙下凡了？"

两人同时转过身微笑地望着她。

清泉谦虚地说："胡诌八咧，纯粹是胡诌八咧。小王，让你见笑了。"

彩虹说："他呀，一高兴就诗兴大发，信口胡诌几句。"

小王指点着窗外，说："这蓝天，这大海，这海滩，这树林，到处都是诗，你们想写就写，想唱就唱吧！我建议你们，明天早晨早点起来，去看海上日出。那就是一首美丽的诗！"

小王没说错，海上日出的确是一首美丽的诗、动人的诗。天水一片，一轮红日从雾蒙蒙的海面上冉冉升起。清泉和彩虹并肩坐在海边一块巨大的礁石上，静静地观赏着这壮丽的景色。"好美呀！"她赞叹。"美极了！"他赞叹。"多么壮丽的日出呀！"他和她

一同赞叹。

凌晨观海上日出是一种快乐，下午在大海里游泳又是一种快乐。

烈日当空，灿烂的阳光洒在茫茫的海面上、沙滩上。小王带领着一队穿着拖鞋和疗养服的疗养员从高高的台阶上走下来，来到沙滩上。小王站在队伍前讲话："疗养员同志们，在下海游泳之前，我宣布几条注意事项：第一，先在岸上做做准备运动；第二，在下海游泳之前，先用水洗洗全身；第三，必须在圈定的游泳场内游泳，不许到深海里去；第四，游泳时间为两个小时，听见我吹哨子就立即返回。现在，开始做准备运动。"

疗养员们脱掉毛巾大衣疗养服，露出穿好的游泳衣，分散开，各自做准备运动。彩虹和清泉做了几节广播体操后，手拉着手走进大海。他为她撩水洗身子，她又为他撩水洗身子。然后，两人手拉着手从浅海走进深海齐胸深的地方，轻舒双臂，并肩游泳。一个浪头涌来，把两人同时抛向浪峰，两人快乐地叫着；接着，两人又从浪峰滑落浪谷，他们依然欢乐地叫着。他俩迎着又一个浪头，奋勇冲上前去。这一对游泳爱好者，一同在游泳池里游过，一同在大河里游过，唯独还没有在大海里游过。在惊涛骇浪中游泳，太刺激了，太有意思了，太快乐了。

两个人游累了，便躺在沙滩上休息，晒太阳。日光浴也是一项美好的享受。

休息过后，两个人又在大海里劈波斩浪了。自此以后，每天下午他们都可以在大海里畅游一次。这让他们过足了游泳的瘾。

这天晚饭，疗养员们吃的是包子和大米稀饭。在疗养院里，疗养员享受着特殊的伙食待遇：面一律是富强粉，米一律是东北大米。早晨，主食一般是馒头和大米稀饭，副食一般是几样小菜；中午，主食有大米饭，也有馒头，副食有肉菜也有素菜，有时还有鱼或螃蟹；晚上，有时吃包子，有时吃饺子。由于吃得好，吃得饱，心情愉快，疗养员们的体重天天在增加。疗养员们不但吃得好，住得也好，玩得也好。

在娱乐室里，有的在打扑克，有的在下象棋，有的在下跳棋，还有的在打克朗棋。清泉和彩虹有时也到娱乐室里玩玩，但他们俩最喜欢的还是到乒乓球室对打几盘。清泉规定，三局两胜，输了的要让赢了的吻一下。其实，这是双赢，每打完三局，两人便亲吻一次，没有人观阵时，当场兑现；有人观阵时，便欠着，晚上到小树林里兑现。对于清泉的鬼点子，彩虹心知肚明。她佩服他的聪明，喜欢他热烈的吻，跟他在一起，生活变得丰富多彩，她感到非常愉快和幸福。一天夜里，两人又在海边的小树林中拥抱、接吻，在身体亲密接触的强烈刺激下，他身下的那个东西又兴致勃勃起来。以前每到这个时候，他都感到脸红、羞愧，生怕这种不文明的举动被她发觉，便立即离开她，让自己和那个东西渐渐冷静下来。这一次，他实在有点控制不住了，想放纵自己，便一手搂着她的腰，一手解她的裤带。其实，此时此刻，她也是春心荡漾，几乎不能自己，便想顺水推舟，满足他的强烈欲望，反正早晚她都是他的人。当她的腰带已经解开时，她突然打了一个激灵，双手紧紧地抓住腰带，柔情蜜意地说："亲爱的，不可以，不可以，现在绝对不可以！只有在新婚之夜，我才会把我的一切都献给你。"她的拒绝使他顿时冷静下来，并说："我该死，我该死，我不应该玷污我们美好的爱情。亲爱的，你打我嘴巴子吧！""我怎么舍得打你呢。"她反而在他脸上亲了一口。两人的理智终于战胜了情感的冲动，维持了他们爱情的纯洁。

　　清泉和彩虹还喜欢在早晨和黄昏沿着海边漫步。陪着心爱的人，踏着柔软的沙滩，看着滚滚而来的海浪拍击岸边，看着海浪冲击礁石飞起的阵阵浪花，听着潮水拍击岸边发出的"哗哗"声，他们感到十分惬意。投身于大自然的怀抱里，是多么的美好呀！一天过去，一天又来，两人在快乐中度过了一天又一天。

　　一天黄昏时分，晚霞染红了半边天，把大海都染得通红。疗养员们三三两两地沿着海边漫步。清泉、彩虹和小王说笑着走了过来。

　　小王问："你们俩在这儿疗养了半个多月了，感受如何？"

　　彩虹说："好极了，我们吃得好、睡得好、玩得好，心也宽了，体也胖了。"

　　清泉学唱京剧《沙家浜》："心也宽，体也胖，路也走不动，山也不能够爬，怎能上战场把敌杀。"

　　小王学念白："瞧你说的。"三人开心大笑。

　　小王说："看，我都被你们俩的快乐传染了。"

　　清泉说："我们俩来疗养，就是为了放松紧张，获得快乐，以利再战。"

　　小王说："我们俩，我们俩，看你说得多亲热啊！看到你们俩成天亲亲热热、形影不离的，我都有点儿嫉妒了。我猜，你们俩的关系肯定不一般。"

　　彩虹说："就是同志关系、战友关系嘛。"

　　小王说："小夏，你骗不了我的眼睛。如果你跟他的关系一般的话，我可要跟你抢他了！"

　　彩虹说："他呀，你们谁也抢不去！"

　　小王"咯咯"笑道："不打自招了吧。你们什么时候请我吃喜糖啊？"

　　彩虹说："千里迢迢，怎么给你糖吃啊？"

　　清泉说："这好办，用信给她寄两块来。"

　　"哎哟，"小王笑道，"你可真抠门呀！才给我两块糖啊！"三人又笑起来。

　　"哈哈……"走在他们前面的疗养员小刘哈哈大笑道，"你们快来看哪！快来看哪！墨斗鱼在海里开运动会呢！"

　　清泉等三人顿时停住脚步，朝海里一看，只见一大群墨斗鱼沿着海岸边"噌噌"地窜来窜去，时而浮出海面，时而潜入海底，场面十分壮观、有趣。

　　小刘说："墨斗鱼可鲜美了！老林，跟我下海抓鱼去！"说完，挽裤腿。

　　清泉问："能抓得住吗？"

　　小刘说："抓得住！我是海边长大的，以前抓过。"说完，挽袖子。

　　接着，清泉挽裤腿、小刘下海、清泉挽袖子。

　　彩虹问："你行吗？"

　　清泉吹牛："行吗？不是当你吹，闭上眼睛我也能抓它百儿八十条的。二子他妈妈，给我烙三张糖饼！"说完，便下了海。

　　彩虹接着他的话茬："二子他爸爸，这鱼呀你是一条没钓来，饭量可见长！"

　　小王也取笑道："你钓不来，就扛着渔竿到鱼市上买百儿八十条的，让二子他妈妈给你熬鱼汤喝！"

181

"你就瞧好吧！"清泉已走进鱼群中。

"哈哈！我捉住了一条！"小刘两手把鱼举过头顶，高兴地喊着，"接着！"一使劲便把鱼抛上了岸，鱼在沙滩上乱蹦。小刘果然有本事。

小王把鱼放进岸边的一个水坑里，说："小夏，你在这儿捡鱼，我回去拿个脸盆来。"说完径直走了。

彩虹说："小王！请你把林清泉的毛巾服捎来！"

"知道了！"小王答应一声，远去。

"接着！"小刘又把一条鱼甩上岸。彩虹上前拾起，放进水坑里。

清泉弯着腰，将两只手伸进水里，两眼紧盯着窜来窜去的鱼，突然向一条鱼扑去，不料那条鱼突然喷出一股墨汁似的黑水逃脱了。他起身冲彩虹哈哈大笑："这家伙真贼呀，还会放烟幕弹呢！"一直看他捉鱼的彩虹也笑得前仰后合。

"接着！"小刘又把一条鱼甩上岸。彩虹上前拾起，放进水坑里。

清泉弯着腰，低着头，东一头西一头地乱扑着，仍一无所获。他直起腰歇了片刻，又猛地向一条鱼扑去，不料那鱼"噌"地倒退着跑走了，自己却一头扑倒在海里。水淋淋的清泉站在海中，看着彩虹傻笑。

彩虹笑得眼泪都流出来了，上气不接下气地说："你……你……快上来吧！别……别……别再出洋相了！"

小王拿着衣服和脸盆回来了。她望着走上岸的清泉取笑道："嗬！我们的捕鱼英雄怎么像个落汤鸡呀？你这么卖力气，捉到几条鱼啊？"

"零条！"彩虹一边应答，一边接过衣服，走到清泉面前，说："快把衣服换了，别着凉。"清泉顺从地换好衣服。

小王拿着盆在海里舀了半盆水，一边往盆里捡鱼一边说："你们俩先回去吧，待一会儿到我的宿舍来吃墨斗鱼。"彩虹答应一声，和清泉离去。

小刘又将一条墨斗鱼甩上岸。

晚上，在小王宿舍里，清泉、彩虹、小王和小刘享受他们的胜利果实了。别看清泉捉鱼不行，吃鱼可不含糊。他吃完一条墨斗鱼，又拿起一条，说："这鱼味道真鲜美呀！再来一条。"

彩虹问："小王，这么好吃，你是怎么做的？"

小王说："很简单，就用海水清煮，什么都不用放！"

清泉说："吃到这么好的美味，一要感谢小刘高超的捕鱼技术，二要感谢小王的烹调技术。至于我嘛，那就十分惭愧了。"

小王取笑道："老林，你的功劳可不小呢！要不是你扑在海里，把鱼都吓到小刘那边去，小刘也不会捉到这么多鱼呀！"屋里顿时笑声一片。

清泉和彩虹在疗养院里快乐地过着多姿多彩的疗养生活。

在海边游泳场上，两人和疗养员们一起游泳……

在乒乓球室里，两人在打乒乓球……

在食堂里，他俩和疗养员们一起包饺子……

他俩坐在一块礁石上，两脚放在在水中，举着一根木杆在钓螃蟹。彩虹慢慢提起木杆，一只螃蟹被拉出水面，两人欢呼起来……

一块礁石上的一个水坑里，一朵鲜艳的海葵正在开放，美丽动人。他俩趴在旁边兴趣盎然地观赏着……

一片松林里，两人在采蘑菇。清泉东张西望地搜索目标，忽见前面出现了一片松蘑，他往前一指，她提着个用蒿草编的篮子跑了过去……

暮色降临，海风拂面，涛声阵阵，她挽着他的胳膊悠闲地漫步于海边……

他俩在疗养院里，享受着阳光，享受着大海，享受着树林，享受着爱情，快乐地度过了一天又一天。不知不觉中，一个月的疗养期满，两人该出院了。

1号疗养楼门前停着一辆五座吉普车。清泉和彩虹站在车旁，跟来送行的护士小王话别。

小王说："你们俩可不要，人一走茶就凉噢。"

彩虹说："我们会永远记住'八一'疗养院，记住你，记住在这里度过的美好时光。"

小王说："你们俩结婚后，别忘了给我寄喜糖来哟。"

清泉说："就两块！"

小王说："两块就两块。我想，你们俩的喜糖一定会格外的甜。"

清泉说："要是甜掉你的牙，你可不要找我们算账哟。"

三人一起哈哈大笑。在笑声中，车开了，小王挥手与二人告别……

第十一章　棒打鸳鸯

光阴似箭，日月如梭，转眼之间秋天又到了。

1968年秋，史无前例的知识青年上山下乡运动在全国轰轰烈烈地展开了。在北京某中学校园里，停着几辆卡车，卡车周围聚集着许多整装待发的红卫兵以及前来送行的师生和家长。在一辆汽车旁，彩虹和清泉正在与夏天话别。夏天穿一身黄军装，背一个军用挎包和一个军用水壶，益发显得青春靓丽，英姿勃发。

他往清泉身旁一站，挺了挺胸，得意地说："姐，你看，我穿上他送我的这套旧军装，精神不精神？"

彩虹说："精神，很精神。如果你再戴上领章和帽徽，还会更帅！"

夏天说："那我以后也去当兵，在农村广阔天地里锻炼之后，再到军队革命大熔炉里锻炼一番。"

清泉说："夏天，北大荒条件很艰苦，冬天又十分寒冷，自己要学会照顾自己。"

夏天信心十足地说："我已经是大小伙子了，会照顾好自己的，你们放心好了。"

此时，学校一位负责人边吹哨子边喊："上车啦！上车啦！"红卫兵们开始上车。

夏天说："姐，你们结婚的时候，一定要提前写信告诉我，我好回来参加你们的婚礼。你保证？"

彩虹说："我保证。我们的婚礼怎么能少了我亲爱的弟弟呢。"

夏天握着清泉的手，说："下次再见到你，我就可以叫你姐夫啦！"

清泉说："如果你愿意，现在叫也可以呀！"

夏天亲热地喊道："姐夫！"

"哎！"清泉一下子跟夏天拥抱在一起，彩虹激动得热泪盈眶。

清泉握着夏天的手，说："小弟，上车吧，祝你一路平安！"

彩虹说："小弟，要经常写信来，不要让爸爸妈妈惦记你。"

夏天答应一声，从车后爬上了车。车开了，车上和车下的人互相挥手告别，直到车出了校门。

彩虹说："夏天从小就没离开过家，妈妈肯定在家哭呢，咱俩回去安慰安慰妈妈吧。"

清泉说："夏天走了，家里会冷清许多。"

彩虹说："我们在北京的时候，每个礼拜还可以回家看看。我们执行任务回新疆，家里就更冷清了。"

秋天到了，红山草原已经是一片金黄。肖亮从北京回到红山后，就跟陈南、方芳和金振兴一起，开始做上场前的各项准备工作。这次任务，金大队长要到火箭取样队蹲点，因此把工作重点放在火箭取样上，并且直接负责火箭自动控制发射问题。这一天，在火箭取样队的会议室里，他们在讨论火箭自动控制发射问题。

金振兴在向大家介绍："我们这套火箭自动控制发射系统，由一个超压探头、一个光电探头和一台发射控制台组成，并且将超压探头和光电探头并联使用，任何一个探头发出信号，都可以启动发射控制台发出火箭点火指令，以确保火箭发射的成功。"

肖亮说："这种两个探头并联使用的方法，起到双保险作用，好，好！"

金振兴得意地一笑，说："超压探头，我是从一室要来的；光电探头，我是从二室要来的；只有发射控制台是由电子学组的孙宝山研制的。"

肖亮疑虑地问："孙宝山？他行吗？"

金振兴说："他毕竟是学电子技术的，有什么不行的？"

肖亮说："他本来就是一瓶子不满，半瓶子晃荡，这几年不是造反，就是到处告状，今年又在北京的学习班里学习了半年多，他的业务恐怕早就丢光了。"

金振兴说："肖亮，不要因为他打过你，你就对他抱有成见。"

陈南说："他搞的东西，反正我是不放心。"

方芳阴阳怪气地说："屎壳郎——做不出好蜜来。"

金振兴说："孙宝山从学习班里回来后，已经不再闹腾造反了，开始安心工作了。你们不要老是从门缝里看人——把人看扁了！"

冬天到了，北京已经是一片冰天雪地。

清泉和彩虹马上就要进场执行任务了。出发前，彩虹带着清泉回家跟父母告别。餐厅里，夏父、夏母和李阿姨正为彩虹和清泉饯行。

李阿姨问："彩虹，你们俩打算什么时候结婚哪？"

彩虹说："我们俩商议好了，执行完这次任务就结婚。"

夏母命令道："要回北京来结婚，不许在新疆结婚！"

清泉说："伯母，回北京结婚不行，我的家不在北京，我们单位也不在北京，没有房子，我们怎么结婚哪？"

夏母说："彩虹的那个房间就是你们的新房，我的家就是你们的家。"

清泉说："那就不是我娶媳妇，而是彩虹娶我了。"

夏父说："迂腐的封建观念，男女平等，谁娶谁都一样。"

清泉说:"那床上用品得由我来买呀,可是走之前来不及了,只能等我们回来再买了。"

夏母说:"这件事不用你们操心了,过几天,我跟李阿姨去买。你们回来结婚就行了。"

李阿姨说:"清泉,这样的好事,你是打着灯笼也找不着呀!还不快谢谢你的岳父岳母。"

清泉起立,敬礼:"谢谢爸爸!""谢谢妈妈!"随后拉起彩虹,两人一同举杯,说:"祝爸爸妈妈身体健康!永远健康!"夏父、夏母起立,举杯,说:"祝你们一路平安!祝你们马到成功,胜利而归!"

黄昏时分,通县车站上停靠着一列由一节硬卧车、一节硬座车和七八节货车组成的混合军用专列。唐峰站在硬卧车厢门口正在为即将开赴罗布泊核试验场的同志送行,宋天成、徐明媚和李求实等火箭设计院的二十几位同志和唐峰一一握手后,登上火车。之后,唐峰和清泉与彩虹告别。

唐峰说:"老林,小夏,这次专列一路上由你们俩负责,你们就得多操点心了。"

清泉说:"你放心,我们保证人员和物资安全抵达目的地。"

唐峰问:"另外,你们俩什么时候请我吃喜糖啊?"

彩虹说:"等我们凯旋的时候。"

唐峰说:"祝你们马到成功,胜利而归!请上车吧!"

清泉和彩虹转身上了车。清泉回身,挥手,说:"唐参谋,再见!"

车门关上了。机车一声长鸣,火车缓缓启动了,出征的人员和送行的人员挥手告别……

清泉和彩虹来到硬座车厢。这个车厢里坐的是战士和一些探亲后返疆的干部。清泉询问车厢里的温度情况,大家都比较满意。两个人回到硬卧车厢,车厢里坐的是进场执行任务的干部和外协单位人员,有的在打扑克,有的在下棋,有的在聊天。清泉和彩虹来到火箭设计院的李求实、宋天成和徐明媚等人之间坐下,和他们亲切地攀谈起来。

混合专列出北京,经河北、河南、陕西、甘肃,奔向新疆。一路上,每天吃两顿饭,上午一顿,下午一顿,吃饭时间没准,可能早一点,也可能晚一点。每当大站停车吃饭时,清泉和彩虹便忙起来,组织大家到兵站食堂吃饭,组织大家上下车,不能让一个人吃不上饭,不能让一个人掉车。在清泉和彩虹的精心组织下,混合专列顺利抵达吐鲁番站。在这里,一辆机车将混合专列沿着一条铁路专用线推进核试验基地的专用仓库。在这里,在清泉的指挥下,装卸连的战士将火箭箱子装上一辆卡车,将火箭设计院同志们的行李装上另一辆卡车,请宋天成、李求实、徐明媚等坐进卡车驾驶室里,请蒋明宇、陆天、许远征、朱方明、胡师傅和倪师傅等人坐在行李车上。一切安排停当,清泉和彩虹上了火箭箱车,坐在木箱上,负责火箭的押运。清泉和彩虹是全身冬季装备,大皮帽,大头鞋,皮大衣。火箭设计院的同志们也是统一冬季装备,大皮帽,大头鞋,皮大衣,所不同的是他们为蓝色装备。两辆卡车从大河沿出发了,傍晚到达托克逊,并在这里住了一夜。第二天,两辆卡车迎着凛冽的寒风从托克逊出发,黄昏时分抵达马

第十一章　棒打鸳鸯

兰。他们在马兰招待所住了一夜，第二天傍晚到达和平村。

和平村已是今非昔比，帐篷村变成了地窝子村。地窝子冬暖夏凉，比帐篷强多了，而且是永久性的，不必每次任务又搭又拆了，省却了许多的麻烦。郑大伟和刘沙河率领火箭发射队提前一个多月就到了和平村。郑大伟带领上架班，将两台火箭发射架从和平村火箭发射阵地移到了骆驼山火箭发射阵地。刘沙河带领其他几个班挖了八个地窝子，两个班住一个地窝子，火箭设计院住两个地窝子；队部、火箭取样队和女同志各住一个地窝子。火箭发射队打扫了房间，生好了炉子，等待火箭专家们的到来。金振兴带领肖亮、陈南和方芳，提前一天也到了这里。火箭设计院、火箭发射队和火箭取样队又在和平村会师了。

当晚，火箭取样队就在地窝子里开会了，听取林清泉部署工作。

"大队长，欢迎你到我们队来蹲点并指导工作。"清泉客气地说，"你既然来了，还是请你直接领导和主持这次任务，我当普通队员，如何？"

"不，"金振兴谦让地说，"我这次是来学习的，还是我当普通队员，你还照样当你的队长。因为火箭的自动控制发射是我抓的，所以我只负责火箭的自动控制发射工作。"

"既然如此，那我就不客气了。"清泉把话锋一转，说，"工作中，我将尊重每一位同志的意见，尤其更要尊重大队长的意见。但是，工作中出现意见分歧是难免的，甚至争吵不休，在意见不能统一时，我将行使队长的决策权。到那时候，请各位多多包涵。"

金振兴一听他话里有话，顿感此人很难对付，虽然心里有些不快，但还是强作笑颜地说："你说得对，你说得对。"

他的队员们纷纷表示支持他的工作。

"谢谢大家对我工作的支持。现在我就把这次任务的工作分工再明确一下。"清泉开始部署工作："我还是主要负责抓总，和火箭发射队、火箭设计院搞好工作协调，保障火箭装配工作的顺利进行。陈南和肖亮还是主要负责样品的回收和分装。因为只有两发取样火箭，不值得动用直升机，所以我们直接用卡车回收。另外，我们三个人还要负责火箭取样器的清洗工作。夏彩虹和方芳主要负责火箭遥测，因为黄工和蓝工没有来，你们俩肩上的担子更重了……"

方芳插言："队长，我们保证把任务完成得比上次还好，还漂亮。"

林清泉说："大队长，你负责火箭自动控制发射工作。因为孙宝山不好意思来，在安装调试时，我和夏彩虹给你当助手。"

金振兴说："谢谢！"

按照火箭取样工作领导小组制定的工作时间表，火箭装配工作紧锣密鼓地展开了。电路间里，电路班的战士们在杨月辉的带领下，正在测试一个电源舱，许远征在旁指导，李求实在旁监督。回收间里，党有光和一名战士正在包降落伞，另外两名战士正在测试爆炸螺钉，陆天在旁指导，宋天成在旁监督。总装间里，贺喜正在用放大镜仔细地检查药柱，两名战士正在测试点火药盒，胡师傅在旁指导，徐明媚在旁监督。遥测室

187

里，一张工作平台上竖立着一个火箭箭头，彩虹和方芳正在调试遥测舱。无尘室的外间里，倪师傅和蒋明宇，穿着白大褂、戴着白帽子和白口罩，正在分解取样器。无尘室的里间里，清泉、肖亮和陈南，穿着白大褂、戴着白帽子和白口罩，正在用蒸馏水清洗取样器的各部件。

控制室里，工作台上放着一个发射控制台，地上立着一个超压探头和一个光电探头，金振兴指点着这些设备在对林清泉、夏彩虹、方芳、肖亮和陈南作介绍："这套火箭发射自动控制系统由一个超压探头、一个光电探头和一个发射控制台组成。当光辐射照射到光电探头上时，光电探头立即输出一个脉冲信号，启动发射控制台，经过一定时间的延时后，发射控制台发出火箭点火指令，火箭随即起飞。这是第一套方案。如果光电探头失灵，那么在随后到达的冲击波的作用下，超压探头照样可以启动发射控制台，使火箭点火。这是第二套方案。"

林清泉说："考虑得周到细致，两套方案相辅相成，起到双保险作用，这样就万无一失了。"

金振兴说："现在，请大家观看第一套方案的演示实验。肖亮，请你发射一个光辐射模拟信号！"

肖亮将手电筒对准光电探头，按了一下电门，发出一道闪光。过了一会儿，发射控制台上的红色指示灯亮了。大家鼓掌。

金振兴说："现在，请大家观看第二套方案的演示实验。陈南，请你发出一个冲击波模拟信号！"

陈南拿着一个大皮老虎，对准超压探头，使劲鼓了一次风，过了一会儿，发射控制台上的红色指示灯又亮了。大家鼓掌。

金振兴说："大家还有什么问题没有？"

彩虹说："请问，大队长，发射控制台是谁研制的？"

金振兴说："孙宝山。"

彩虹问："他用的是那种控制器件？"

金振兴说："冷阴极闸流管。"

彩虹问："怎么能用冷阴极闸流管呢？"

金振兴反问："怎么就不能用冷阴极闸流管呢？第一不用加热灯丝，第二不用高压，非常适合野外使用。"

彩虹反驳："大队长，你只知其一，不知其二。第一，这种管子还是试制产品；第二，这种管子存在一个致命的弱点，那就是工作欠稳定，容易自动跳火！"

金振兴有些恼火，说："我只知其一不只其二？！你把我当成白痴啦？告诉你，我还是懂电子技术的！"

彩虹被他抢白了几句，不知说什么好，顿时羞红了脸，低下了头。

清泉说："大队长，我认为小夏说得有道理，咱们是得认真对待这个问题。"

金振兴恼羞成怒道："啊？！动不动你们俩就妇唱夫随了？！"

清泉顿时变了脸，说："金振兴同志！我们是在讨论严肃的科学问题，请你不要感情用事，进行人身攻击！"

肖亮喝道:"吵什么吵?!你们就不能心平气和地商量问题吗?"
陈南说:"有话好好说嘛,干吗弄得火药味这么浓呢?"
方芳说:"我认为,彩虹同志提出的问题值得重视。"
金振兴咄咄逼人:"我也告诉你们,我在所里已经进行了多次实验,昨天在这儿又进行了一次实验,控制台的工作很正常嘛,并没有出现你们所说的自动跳火嘛!"
清泉说:"冷阴极闸流管是一个非常大的隐患,不怕一万,就怕万一嘛!"
金振兴武断地说:"我说没问题就是没问题!根本就不存在万一!小题大做!"
清泉和彩虹面面相觑,无言以对。

夜幕降临,灿烂的星空中挂着一轮弯月。清泉和彩虹漫步在夜色茫茫的戈壁滩上。
"彩虹,今天让你受委屈了。不过,事情过去就算了,谅解他这一次,为了任务,也为了我。""今天我可领教这位大队长阁下了,飞扬跋扈,不让人说话!难道跟他讨论问题,还得咬文嚼字、句句推敲吗?""忘掉今天的不愉快,好吗?现在咱们只观星赏月!"
彩虹指着天空,说:"那是北斗七星,它们就像天上的七个仙女,多漂亮啊!"
清泉指着天空,说:"那是猎户座,它横空出世,多么威武啊!"
彩虹指着天空,说:"那是天河,天河里的星星密密层层,河两岸的牛郎星和织女星遥遥相望。"
清泉感慨地说:"一条无情的银河把牛郎和织女这一对恩爱夫妻活活地拆散了,真是不幸哪!"
彩虹愤慨地说:"那王母娘娘太可恨了,她不但扼杀了一对美满姻缘,还活活地拆散了一个幸福的家庭!"

经过两周的努力,两发和平-3号遥测火箭和两发和平-4号取样火箭全部装配完毕,和平村进入待命阶段。
一天午饭后,和平村居民陆续地从帐篷食堂里走出来。食堂的门帘一掀,清泉、彩虹和方芳刚走了出来,党有光二话没说,拉着清泉的手朝旁边走了几步,往前一指。他们一看,只见两只黄羊正在津津有味地吃菜窖上的白菜叶和白菜帮,毫不理会在旁边看它们的几个人。当大家看得正入神时,一个战士从队部里拿着一支枪过来,朝黄羊举了起来,清泉一伸手把枪压了下去……
这时,通信员跑过来喊道:"林队长,郑队长请你快去!"这一声喊惊得两只黄羊撒腿就跑,几个战士呼喊着追了上去,吓得它们一溜烟地朝孔雀河方向跑去……
林清泉走进队部,郑队长高兴地说:"指挥部通知,'零时'定在明天,今天下午务必完成火箭的上架和发射控制系统的安装调试!汽车和吊车一个小时之内赶到。"清泉问:"怎么这么急?不到24小时了!为什么不在48小时前下通知?"郑大伟说:"阳平里气象站刚刚确定,明天是个好天。时间太紧了,赶快准备吧!"
和平村顿时进入大战前的紧张阶段。
上架班的战士拉着一辆火箭运输车正把一枚遥测火箭运往发射阵地……
总装间门外停着两辆卡车,一辆卡车上已躺着一枚和平-4号火箭;张大虎指挥着

吊车将另一枚火箭稳稳地放在了另一辆卡车上的托架上，两名战士立即跳上卡车，用托架上的两道卡箍将火箭固定牢靠。张大虎向队长敬礼、报告："报告队长，火箭装车完毕，请指示！"郑队长命令："立刻带吊车将遥测火箭上架，完成后立即赶往骆驼山！"张大虎回答一声"是！"转身跳上吊车驾驶室外的脚踏板上，一只手扶车门，吊车开走了……

遥测工号门前，林清泉、夏彩虹、金振兴、陈南、肖亮和方芳将几个木箱装上卡车后，清泉便和彩虹进了驾驶室。金振兴、许远征和郑队长上了一辆八座吉普车。吉普车开走了，三辆卡车跟了上去……

通京路上，一辆辆吉普车，一辆辆卡车，奔向各自的工号。火箭发射队的四辆车，随着络绎不绝的车辆朝靶心方向开去，路两旁的各种效应物在他们眼前不断闪过，车队到了环形路折向南，朝骆驼山火箭发射阵地开去……

骆驼山火箭发射阵地上，停靠着一辆八座吉普车和三辆卡车，两台火箭发射架平放着。越是紧张，时间过得越快，不知不觉中，红日已滚到地平线上，但吊车还没有到，郑大伟焦躁不安地走来走去。

杨月辉跑过来，立正，敬礼："报告队长，电源舱测试完毕，一切正常！"

郑大伟命令："休息！待命！"杨月辉回答："是！"

林清泉走到郑大伟面前，说："郑队长，我们的准备工作已经全部完成了，就等着你们上架后做一次火箭点火模拟试验了。"

郑大伟说："老林，都火烧眉毛了，吊车连个影子还没有，你说急人不急人？！"这时，一辆卡车拉了几位战士开了过来。

郑队长高兴地说："来啦来啦！上架班可来啦！"

林清泉泼了他一瓢冷水，说："你可别高兴得太早，吊车可没来呀！"

郑队长失望地说："糟糕！"

卡车来到他俩面前，戛然而止。张大虎从驾驶室里跳下来，跑到队长面前，立正，敬礼："报告队长，吊车半路抛锚了，怎么也修不好。你说怎么办吧？"

郑队长略一沉吟，斩钉截铁地说："抬！把火箭抬上发射架！"张大虎说："是！抬！"

郑大伟沉着冷静地指挥着火箭上架。"上架班，放下车厢板！"张大虎等立即放下卡车上面的车厢板。"电路班，把火箭抬起来！"杨月辉带领着电路班立即把火箭从卡车上抬起来，然后慢慢地抬到车边。"上架班，接火箭！"张大虎带领着上架班接过火箭。"上架！"上架班小心翼翼地把火箭抬到水平放置的发射架旁。"抬高点儿……再高点儿……两个滑快一定对准两个槽！往前一点儿……过了过了……在稍稍往后一点儿……好好……放……放……好！推到底部去！"

林清泉、夏彩虹和金振兴鼓起掌来，为这种独特的上架方式的成功。

郑队长下令："上架班，把发射架立起来，调好方位角和俯仰角！""是！"张大虎立即指挥把两台发射架立起来，并调好方位角和俯仰角。张大虎报告："报告队长，上架工作全部完毕，请指示！"郑大伟下令："撤离！"战士们开始上车。郑大伟来到林清泉面前，说："老林，我们的工作完成了，该你们上阵了。"林清泉说："我们做完模拟试验，插上点火电缆插针就走，你们先走吧。"郑大伟上了吉普车，吉普车和两辆卡车开走了。

灿烂的晚霞映照着伏卧在发射架上的两枚火箭，映照着一辆卡车，映照着正在忙碌的清泉、彩虹和金振兴。金振兴蹲在地上调整控制台；清泉把一条点火电缆从控制台旁往外拉，然后拿着一只点火药盒放在电缆旁边；彩虹拿着一只手电筒等待在一个光电探头旁。金振兴起身喊道："老林！接点火药盒！"

"是！"清泉应了一声后，便蹲在地上，将点火药盒的两条引线绕在点火电缆的两个插针上，再在接头处缠上白胶布后，站起来刚一转身，骤然"轰"的一声响，顿时滚滚的硝烟和飞起的沙尘把他包围了！

彩虹吓呆了，手电筒掉在地上！金振兴惊呆了，手中的螺丝刀掉在地上！

"清泉！清泉！"彩虹哭喊着朝他跑去。

"老林！老林！"金振兴喊叫着朝他跑去。

硝烟和沙尘渐渐散去，露出了清泉被硝烟熏黑了的脸，被炸碎了的点火药盒还在冒烟。

彩虹急切问："清泉，伤着没有？伤着没有？"

清泉低头看了看脚和腿，摸了摸脸，跺了跺脚，满不在乎地说："连一根汗毛也没伤着我，没事儿没事儿！就是吓了我一跳，耳朵里现在还在'嗡嗡'地叫呢。"

"太可怕啦！"彩虹一边为他拍打衣服上的尘土，一边心有余悸地说，"要是你蹲在地上就炸了，恐怕你的眼睛就瞎啦！"

清泉说："我福大命大造化大，能逢凶化吉，遇难呈祥！"

彩虹嗔怪道："吓得我都快没魂了，你还有闲心开玩笑！"

金振兴说："天都擦黑了，赶快到控制台那儿去研究研究吧。"于是，三人走到控制台旁。

"大队长，"清泉问，"你刚才动什么了？"

"调试好了之后，我什么都没有再动呀。"金振兴又问彩虹，"小夏，你用手电筒照光电探头了吗？"

彩虹说："没听到你的口令，我哪儿敢发射信号啊！"

清泉说："即使是小夏照了一下，还有150秒的延时呢，也不可能立即起爆呀！"

彩虹说："那是为什么呢？"

"哎呀！"清泉恍然大悟，说，"小夏，很可能你所担心的事情发生了：冷阴极闸流管突然跳火啦！"

清泉的猜测，立即触动了金振兴的敏感神经，他眼睛一瞪，说："不可能！完全不可能！"

清泉说："那你能给我一个合理的解释吗？"

金振兴说："即使冷阴极闸流管有跳火的可能，概率也不会百分百吧？它早不跳，晚不跳，为什么偏偏在这个时候跳？"

清泉说："大队长，这就如人们常常所说的'不怕一万就怕万一'的道理。"

彩虹制止道:"行啦行啦!都火烧眉毛了,你们俩还再争来争去,有意义吗?!当务之急是,赶快决定怎么办吧!"

金振兴说:"不做点火模拟实验了,赶快装好发射控制台,撤离!"

清泉说:"不能装!绝对不可以让发射控制台带着这么严重的问题上阵!你们想一想,当明天投弹飞机在场区上空盘旋一个小时的时候,万一我们的火箭飞了出去,那后果可就不堪设想啦!"

彩虹说:"哎呀!考虑到这一层,那问题可就严重啦!"

金振兴说:"老林,那你说怎么办?"

清泉果断地说:"把控制台带回去再研究解决办法!"

金振兴看了看表,说:"都8点多了,离最后安装调试时间不到12小时了,哪还有时间研究研究呀?!"

清泉说:"时间是非常紧迫,在这么短的时间里,如果我们找到了解决的办法,火箭取样就上;否则,火箭取样宁可不上!"

金振兴说:"我反对!"

清泉说:"大队长同志,咱们可是有言在先,当事情委决不下的时候,我有决策权!"金振兴哑然。

清泉下令:"小夏,你我一人拿上一个控制台,装到车上去!"

随即,两人卸掉控制台上的电缆,端着仪器来到车后。清泉先爬上车,回身接过两台控制台放在车上,然后拉彩虹上了车。

金振兴说:"小夏,你下来坐驾驶室,我站在上面!"

彩虹说:"不!我永远和他站在一起!"

金振兴钻进驾驶室。卡车钻进了朦胧的夜幕中……

夜茫茫,路茫茫;天茫茫,地茫茫。清泉和彩虹的心亦茫茫。

清泉和彩虹手扶车帮,迎着凛冽的寒风,并肩挺立在卡车上,两眼望着摇曳的汽车灯光,默然无语。

清泉的心里翻江倒海般地翻腾着,他不断默默地问自己:"怎么办?……怎么办?……到底应该怎么办?"

彩虹的心里波澜阵阵,她也不断地问自己:"他能闯过这一关吗?能吗?……也许能……不,肯定能,他鬼点子多,说不定又想出个啥怪招来……"

清泉思考着各种可行性方案:"是改旧呢还是重打鼓另开张呢?……无论如何,冷阴极闸流管断然是不可再用的,但是,用直流电子管呢还是用晶体管呢?……"

彩虹忧心忡忡地想:"只有一夜时间了,就是他能拿出一个方案来,恐怕也来不及了……"

在汽车的颠簸下,在寒风的吹袭下,清泉的大脑逐渐冷静下来,一个大胆的方案在他的脑海里形成了……

林清泉等三人下车后,连晚饭也没心思吃,便钻进地窝子,召开紧急会议,研究对策。

第十一章　棒打鸳鸯

清泉开门见山道:"离最后的安装调试时间不到 10 个小时了,可以说我们已经到了十万火急的时候,因此我们需要依靠集体的力量和智慧,战胜困难,渡过难关。现在我们讨论一下:是把原来的两个控制台改一改呢还是做两台新的?用什么控制器件取代冷阴极闸流管最好呢?请各位发表意见,拿出自己的高招。"

金振兴说:"我认为,现在的问题不是叫大家出什么高招,而是应该立刻向所领导汇报,让领导来决定应该怎么办!"

"大队长,"清泉说,"你说得有道理,但那是在正常情况下的道理,在这种非常情况下,我必须做出一个非常的决定:严密封锁消息!下车后我就跟郑队长打了招呼,不要向上汇报,一切由我来处理。"

金振兴说:"林队长,你也太狂妄了吧?出了这么大的事你居然敢不汇报,擅做主张?!"

清泉说:"向所领导汇报有害而无益!假如我们向所领导汇报了,所领导必定要向指挥部汇报,这事情就捅大了,不但使各级领导为我们做无谓的担忧,而且最后的结果可能就是:必须保证投弹飞机的绝对安全,你们这个项目不上啦!这又不是我们愿意听到的命令!现在,任何一位领导也帮不了我们,只有我们自己救自己!"

肖亮说:"我认为,老林说得有道理!"

金振兴严厉地说:"肖亮同志!请你不要乱表态!你可还是个预备党员,执行完这次任务后,支部就要讨论你的转正问题,你自己掂量掂量!"

肖亮吓得吐了吐舌头,自言自语地说:"乖乖。"

陈南说:"我赞成老林的意见。"金振兴瞪了他一眼。

彩虹说:"现在没有别的办法,只能我们自己努力一次,能把问题解决了,更好;解决不了,为了投弹飞机的安全,火箭取样就别上了。"金振兴又瞪了她一眼。

方芳说:"队长,你既然心里有了谱,就亮出来吧!在这种特殊情况下,你就别发扬民主了,独裁一回吧!"金振兴狠狠地瞪了方芳一眼。

彩虹说:"现在,时间是最宝贵的,别再浪费时间了。队长,你就决定吧!"

金振兴又狠狠地瞪了彩虹一眼。

得到了全体队员的支持,清泉心里有了底,果断决定说:"那好,从现在起咱们不讨论不争论,一切听从我的指挥!小夏,咱们用直流电子管连夜制作两台新的简易控制盒,你说行吗?"

彩虹肯定地说:"行!咱俩在北京研究过,也做过实验,很可靠的!"

清泉说:"那你的百宝箱里的直流电子管和其他各种元器件,这下可都派上用场了。"

"这些东西我都有,那灯丝电源怎么办?""用四节银锌电池。"

"电子管工作电源呢?""用积层电池。"

"延时器呢?""用控制钟表。"

"电路板和仪器盒呢?""到工号里去找!"

肖亮高兴地说:"203,这是一个完整的作战方案,就这样定了吧!"

陈南即兴地说:"不行啊,咱们还得开个支委会研究一下。"

彩虹嗔怪道:"都什么时候了,你们还有心开玩笑?我看,你们俩全让老林传染啦!"

方芳说:"临危不乱,这叫革命的乐观主义。"

此刻,炊事班长端着一大盆热气腾腾的面条走进来,后面跟着一个拿着碗筷的战士。班长把盆放在炉子上,战士把碗筷放在一个凳子上,两人转身出去了。肖亮将盛好的面条依次递给金振兴、彩虹和清泉,三个人边吃面条边开会。

彩虹催促道:"老林,你接着说啊。"

清泉说:"光有方案还不行,咱们还必须分工明确,才能做到有条不紊,忙而不乱,加快进度。"

方芳说:"队长,那你就分吧。我保证服从命令听指挥。"

金振兴脸色铁青,严正声明:"你们火箭取样队,真是一个针扎不进、水泼不进的独立王国呀!我这个大队长的意见,你们只当是放屁!既然如此,你们想怎么办就怎么办吧。但是,我不服从谁的命令,也不听从谁的指挥!"

清泉委婉地说:"大队长,你累了,那你就休息吧。"

"林清泉同志!你要对今天的行为负全部责任!"金振兴把碗往凳子上一摔,气呼呼地倒在床上。清泉没理睬他,开始部署工作:

"夏彩虹、方芳,你们俩负责电路板的焊接。""是!"

"陈南、肖亮,你们俩负责控制盒的装配。""是!"

"我负责监督检查,防止出现丝毫差错,确保一次成功。"

清泉和彩虹先后放下了碗筷。清泉起身,说:"走,到工号里干活去!"他们正要出门,郑队长和徐参谋走了进来。

徐参谋说:"林队长,需要我们帮忙吗?"

清泉说:"太需要了!"

徐参谋说:"需要什么,尽管开口。"

清泉说:"我需要你们提供两只控制钟表和八节银锌电池。"

徐参谋说:"有。肖亮,你跟我去拿。"肖亮跟着徐参谋走了。

郑队长问:"林队长,你需要我做什么?"

清泉说:"郑队长,我请你帮我做两件事:第一,今天夜里,请不要停电;第二,请给我预备一辆车,在五六个小时后用。"

郑队长说:"小菜一碟。另外,我告诉炊事班给你们准备夜宵。"

清泉说:"谢谢。夜宵就不必了,做了我们也吃不下。"

郑队长说:"那我现在就去安排。"说完走了。

清泉说:"走,到工号里干活去!"

林清泉带领他的队员们,打着手电筒,走在黑漆漆的夜里,沿着那条熟悉的小道,走进遥测工号,彩虹和方芳进了遥测室,清泉和陈南进了控制室。控制室里,清泉找出一把手电钻和一个钢锯放在工作台上,陈南找出一个工具箱放在工作台上。肖亮回来了,他把两只控制钟表和八节银锌电池放在工作台上。然后,三个人一同翻箱子拉抽屉地在找仪器盒与电路板,折腾了半天仍一无所获,三人面面相觑、焦急、失望。彩虹拿着她的百宝箱——一个精致的小木匣子，方芳拿着两把电烙铁。她们从遥测室走进控制室，并将手中东西放在工作台上。

彩虹说："我们没有找到可供做电路板和控制盒的材料，你们找到了吗？"

清泉摇了摇头。

方芳问："这可怎么办？"

"天无绝人之路。"清泉说罢，又四处张望。当他的双眼落到工作台上的两个大铝饭盒时，顿觉眼前一亮，他拿起一个里面盛螺钉的饭盒将螺钉倒在桌子上，接着又把另一个饭盒里的螺母也扣在桌子上，然后将两个饭盒递给彩虹说："用这两个饭盒做仪器盒！""这饭盒要是再大一点儿就好了。""这就是最大号的铝饭盒了，装两层，把电池固定在下面。""这就可以了。现在，就差两块电路板了。""有啦！"清泉向角落里堆放着的几个纸箱走去。他把一个硬纸壳箱里的东西倒在地上，用刀子割下一片硬纸板，往桌子上一放，说："就用这个做电路板吧！"

彩虹说："用硬纸板做电路板，我可从来没见过，行吗？"

清泉说："行也行，不行也行！"

方芳说："我们队长现在是不是饥不择食了，逮着什么吃什么，穷对付。"

肖亮说："这要是让大队长知道了，准得气歪了鼻子。"

清泉说："非常情况就得非常处理！不到万不得已，我也不敢这么将就啊。"

彩虹说："成功了什么事都没有；要是失败了，你可就吃不了兜着走！"

清泉说："顾不了那么多了！与其坐以待毙，不如闯一闯，行动也可能失败，但不行动，永远不会成功！"

陈南说："说得好！那就不要再犹豫了，动手干吧！"

于是，五个胆大包天的年轻人，立即动起手来。在这寒冷的深夜里，和平村一片宁静，只有控制室里灯火辉煌，显得格外繁忙：彩虹和方芳在往纸板电路板上装电子管的管座，陈南和肖亮用手电钻在铝饭盒上打孔，清泉在裁剪彩色导线。五个人团结一致，同心协力，在凌晨4点多钟终于把两台用纸板和饭盒制作的控制盒制作了出来。之后，他们又做了几次实验，工作正常，完全可以用。

第一阶段的战斗胜利了，林清泉又立即部署第二阶段的战斗："陈南和肖亮，你们俩跟我去骆驼山安装；夏彩虹和方芳，你们俩回去睡觉。"

彩虹说："还是我和方芳跟你去吧，我们俩对控制盒更熟悉。"

肖亮说："我们俩只是给队长当助手，操作由队长负责，你们俩就高枕无忧吧。"

陈南说："我们俩明天没事，你们俩遥测是主角，还是回去好好睡觉吧。"

清泉说："现在，你们俩就去叫醒司机，我们仨装箱。"彩虹和方芳走了，清泉等三人开始装箱……

"嘀嘀！嘀嘀！"汽车喇叭声在工号门外叫起来。

林清泉、陈南和肖亮，穿上皮大衣，戴上皮帽子，抬着箱子，出了工号，上了一辆八座吉普车。司机一踩油门，吉普车就冲进黑沉沉的夜幕里……

骆驼山火箭发射阵地上，静悄悄的，黑漆漆的，冷飕飕的。

两道昏暗的汽车灯光洒在林清泉和陈南身上及一个木箱上，木箱上放着一台他们刚制作出来的简易控制盒，一道手电光照射在控制盒内。清泉蹲在地上，赤裸双手用一只专用发条器正在上钟表发条。陈南站在他旁边打着手电筒为他照明。他上了几圈发条，站起来搓搓手，然后蹲下去再上几圈，又站起来把手伸进袖筒里暖了一会儿，又蹲了下去……

站在光电探头前的肖亮，喊道："喂！调好了没有？"

陈南喊道："稍等！天太冷了，手都僵硬了，不听使唤！"

清泉起声喊道："肖亮！发信号！"只见一道手电光在光电探头前一闪，接着控制盒里的钟表便"吱吱"地走了。清泉和陈南两眼紧盯着远处的点火药盒。火光一闪，"轰隆"一声响，点火药盒爆炸了。肖亮高兴地喊："好！"清泉蹲在地上调试下一台控制盒里的钟表……

这时，两道汽车灯光划破漆黑的夜空，发动机的"哼哼"声打破了骆驼山的宁静。一辆五座吉普车来到他们旁边刹住后，基地作试处处长沈平下了车，站在清泉身旁，不满地说："都什么时候了，你们还没干完？"谁都没回答他，清泉依然干着手中的活，陈南依然打着手电筒。

沈处长提高了音量，命令道："不要干啦！马上给我撤！"

清泉缓缓地站起来，呵了呵手，把双手伸进袖筒里，望着沈平，说："沈处长，火箭发射要是出个一差二错，我可要找你算账哦，我正找不着借口呢！"

沈平瞪了他一眼，说："刺儿头！"

清泉说："刺儿头就刺儿头。反正完不成任务我是不会撤离的！"说完，蹲下继续调试。陈南的手电光照在控制盒内，突然又一道手电光照在控制盒内，盒里亮了许多，清泉加快了动作速度。

清泉调完站起来，笑道："这才够朋友！谢谢你，沈处长。"

沈平笑道："又是个刺儿头，又是个调皮鬼！"

清泉说："处长，我请你看焰火。肖亮，发信号！"

远处手电光一闪，近处的"钟表"吱吱响。沈处长看着点火药盒，火光一闪，"轰隆"一声响，升起一股烟雾。

沈平高兴地说："很好！抓紧时间把其余工作干完，赶快撤离！"

清泉说："沈处长，你放心，我们是不会拿自己做效应试验的。"

沈平说："我再到别处去检查检查。再见。"说完，上车走了。

清泉把电缆一端的两个点火插针插进火箭上的点火插座上，肖亮上去检查了一遍，陈南用白线绳将点火电缆系在发射架上。之后，他们又接好了另一条点火电缆。这时东方已现出鱼肚白。

林清泉、陈南和肖亮回到和平村，钻进地窝子，倒头便呼呼大睡。当彩虹来叫醒他们的时候，载着氢弹的轰炸机已飞过和平村的上空了。

和平村的村民们，有的站在工号前，有的站在工号两侧，有的站在工号顶上，人人戴着防护墨镜，望着东方那片辽阔的天空。一架轰-6甲拖着一条白云朝靶心方向飞

第十一章 棒打鸳鸯

去……

倏然，一道强烈的闪光划破万里长空，一个通红的火球飞速上升，一朵壮丽的蘑菇云滚滚升起。1968年12月29日，中国又一颗氢弹爆炸成功了！

火箭发射阵地上，随着"咔啦啦"的一声响，一枚遥测火箭喷着烈火飞出发射架，冲向蘑菇云……

遥测工号里，笔录仪在记录纸上跳舞，计数式频率计闪闪的数字笑报喜讯，接收机里清脆悦耳的信号声高奏凯歌。方芳看着频率计读数据，彩虹在做记录，清泉一面查标定曲线，一面报数据："900伦……6 600伦……19 800伦……7 500伦……600伦……"

方芳兴奋地叫起来："遥测又成功啦！遥测又成功啦！"随后，跑出去看蘑菇云了。

在大家看蘑菇云的时候，清泉和彩虹迫不及待地登上一辆吉普车，迎着蘑菇云奔去。吉普车抵达骆驼山火箭发射阵地后，清泉和彩虹立即跳下车，放眼朝发射架一看，两枚和平-4号取样火箭已无影无踪！清泉微微一笑。"飞啦！两枚火箭都飞啦！"彩虹情不自禁地扑在清泉的怀里。"精彩！这胜利的拥抱真精彩，比电影上的都精彩！"坐在车里的司机两眼都直了！

吉普车拉着清泉和彩虹从骆驼山返回和平村，在地窝子前的广场上刚停下，人们便纷纷从地窝子里走出来，打听火箭发射情况。

司机率先跳下车，高兴地宣布："飞啦！两发火箭都飞啦！"顿时掌声一片。在掌声中，清泉和彩虹走下车。

宋天成上前握着清泉的手，笑呵呵地说："老林啊，我可一直为你捏把汗哪！"

徐明媚拉着彩虹的手，笑道："你们真是胆大包天啊！我的胆子可要吓破了！"

郑队长上前握着清泉的手，笑道："老林，英雄啊！"

金振兴在一旁冷冷地说："你们不要高兴得太早吧！"

清泉说："大队长，你说得很对！我们还不能高兴得太早，这一道关虽然闯过去了，下一道关还不知道能不能闯过去呢！"

第二天，12月30日，取样火箭回收工作开始了。两辆卡车相隔数百米缓缓地行驶在靶心附近的戈壁滩上，一辆车上站着林清泉和陈南，另一辆车上站着肖亮和金振兴。他们都穿着防护服，但没戴防毒面具，只戴了一个防尘口罩。陈南发现了目标，先敲了敲车顶棚，然后俯身用手指了指方向，车向目标开去。车刚停住，陈南和清泉就迫不及待地跳下车，跑向目标。两人到目标跟前一看，顿时惊得目瞪口呆！映入他们眼帘的是一幅悲惨的景象：取样器和降落伞残破不堪，雪白的丝棉暴露出来，多条伞绳断了，伞衣上有多处破洞。清泉悲哀地说："哦，我可怜的火箭！"

陈南和清泉在司机的协助下，把火箭残骸装进了放在卡车上的回收木箱中。汽车刚开动，天空中连续出现了三发红色信号弹，卡车朝信号弹升起的地方开去。当这一辆卡车来到另一辆卡车旁边时，陈南和清泉迫不及待地跳下卡车，朝金振兴和肖亮跑去。金振兴和肖亮看着残破的火箭正在发呆。这发火箭的命运和那一发火箭的命运，如出一辙。四个人沮丧地看着这枚折戟沉沙的火箭。肖亮悲伤地说："完了，完了，全玩完了！"几个人又把这发火箭的残骸装进了放在卡车上的回收木箱中。两辆卡车拉着两枚

火箭的残骸和四个悲伤的人，返回和平村。

他们把两枚火箭的残骸放在戈壁滩上，宋天成、徐明媚、李求实、蒋明宇以及郑队长和刘指导员都站在旁边看。看着这幅景象，大家不由黯然神伤。看完，林清泉在发射队部召开三方联席会议，讨论和分析事故的原因。

清泉首先发言："我们本打算用火箭取样的成功向1969年的新年献礼的，但是，我们却失败了，而且失败得很惨，两枚和平-4号火箭全部折戟沉沙，一点样品没取到！失败的主要责任在我！……"

金振兴暗暗骂道："让你美！让你狂！"

清泉诚恳地说："是我的取样方案没有做好。为了取得早期高浓度的样品，一味地追求早打早打，火箭在爆后40秒钟就进云取样了。由于此时的烟云温度还太高，致使降落伞被烧，回收失败，导致火箭折戟沉沙……"

肖亮说："可是，如果取样时间再晚，火箭就只能在云底下飞过去了。"

清泉说："是的，和平-4号火箭的腿短，也是一个原因。"

金振兴暗自冷笑："狐狸尾巴露出来了，找客观原因为自己开脱责任。"

听到林清泉主动承担责任，李求实也主动检讨："这次的失败，我们也有不可推卸的责任。此次取样火箭的折断是由于在取样器进气口打开的瞬间，火箭的载荷突然增大造成的。我们在理论计算时考虑没考虑这个问题呢？考虑了，显然算得误差太大。火箭的强度不够是导致火箭取样失败的另一个重要原因。"

宋天成说："同志们，众所周知，科学实验总是有成功有失败。在我们研制火箭的过程中，也时常遭遇到失败，甚至可以说，我们是在经过多次失败之后才取得成功的。照理说，一个新型号的火箭研制时，首先要制作模型进行风洞试验以取得各种数据，然后制作样机试飞，经过几次试飞后，才能定型生产。而我们呢，一年之内就要交付使用，不仅风洞试验没做，连最起码的试飞也没做，这就难免不失败了！"

清泉说："火箭没有做试飞就强行拉进核试验场，这是我们的责任，我们没有按照科学的规律办事，所以，我们受到科学的严厉惩罚就不足为怪了！"

徐明媚说："以后，火箭不经过试飞，我们拒绝交付使用。"

清泉说："我们一定汲取这次失败的深刻教训，一定要按照科学规律办事。"

这次任务，林清泉冒着风险想力挽狂澜，但最终还是没有逃脱失败的命运。

1969年元旦，火箭取样队带着失败的痛苦，撤回红山。

回到红山后，还没等林清泉向室领导汇报，金振兴便捷足先登，迫不及待地单独向室领导做了汇报。听完了他的汇报，路雨声不由一声哀叹："咳——我本指望这次火箭取样获得成功，实现氢弹试验聚变当量测定的突破。可是，我的希望像肥皂泡一样破灭了。两枚火箭，哪怕有一枚火箭获得成功也好呀！"

郭臣说："核试验不同于一般的科学试验，是一锤子买卖，不可以重复，这次失败就失败了，只有等下一次试验了。"

金振兴添油加醋地说："这次任务火箭取样的失败，我有一定的责任，但主要责任在林清泉。在场区里，他和夏彩虹成天卿卿我我地谈恋爱，把任务当儿戏，他们俩竟敢用破饭盒和破纸板做控制盒去发射火箭……"

郭臣阴沉着脸，说："这是执行任务，不是小孩子过家家！不像话！太不像话！"

路雨声问："那你怎么不阻止他？"

金振兴激动地说："我阻止得了吗？！火箭取样队纯粹是林清泉的独立王国，弄得我是针插不进，水泼不进！他独断专行，根本不把我这个大队长放在眼里，他说火箭队他说了算。'零前'安装时，发射台出了点小故障，他就小题大做，坚持要做新的，把原来的丢弃不用。我坚持要向所领导汇报，听上级指示，他说要自己救自己，不准我汇报，还用骇人听闻的道理威胁我。结果就用破饭盒和破纸板做控制盒去发射火箭。"

郭臣火了，说："无组织无纪律，典型的无组织无纪律！这小子的老毛病又犯了，这次非得好好敲打敲打他不可，把他浑身的刺儿都给他拔光喽！"

路雨声也火了，说："是要好好敲打敲打他不可，对他就要严格要求，严厉批评！"

金振兴火上浇油，说："林清泉骄傲自大，目无组织，目无领导，不严厉批评他，他就上天啦！"

路雨声说："清泉虽然有错误，但还是一个好同志，是一个放在哪里都能发光的人才。"

金振兴说："他虽然是个好同志，但他不是党员，组织纪律性又差，我看他当队长不合适。主任，政委，不如趁早把他的队长给撸喽，看他还敢炸刺儿，看他还敢张狂！"

路雨声说："现在还不能撤他，他的缺点明显，优点也明显。他认真负责，工作能力强，肯于钻研。能把取样讲得头头是道的，在取样大队里也就属他了。火箭取样工作是他带头搞起来的，还需要他带头搞下去，目前还没有人能取代他。"

金振兴说："主任，不能光看他的业务能力，还要看他的政治思想。他至今连入党志愿书都没写，我看他走的是白专道路！"

郭臣严厉地说："金振兴，不要乱扣帽子！林清泉虽然组织纪律性差些，做事有时不拘一格，但对党对人民还是忠心耿耿的。他所做的一切都是为了任务，并非是为了他自己。他冒着风险连夜赶制控制盒，就证明了这一点，无私才能无畏嘛。"

路雨声提出一个折中方案："这样吧，今年的任务，火箭取样队就由金振兴一竿子插到底，直接领导。让林清泉做你的助手，考验他一年再说。"

金振兴说："我怕他不服从我的领导，跟我对着干。"

郭臣说："他的思想工作我来做。清泉是一个通情达理的人，他会想通的。"

金振兴说："另外，我建议，把夏彩虹和孙宝山来个大换防，把夏彩虹调到电子学组去，把孙宝山再调回无线遥测小组去。"

郭臣说："这又是为什么？"

金振兴说："林清泉和夏彩虹在一起工作，走到哪儿谈到哪儿，老是形影不离的，这哪像两个革命军人哪，倒像一对才子佳人。"

路雨声说："不必换防了。我刚接到所里通知，火箭遥测下马了，火箭遥测小组马上就要解散。"

金振兴说："怎么了，力学遥测和光学遥测不是还准备上马吗？"

路雨声说:"就在你们执行任务期间,在导弹试验基地进行了晶体管化的遥测火箭的试飞。遗憾的是,这次试飞完全失败,三枚火箭上天后,发回来的全部是乱七八糟的信号,根本就不能用。自动化所对火箭上的恶劣工作环境还没吃透,因此所领导对他们丧失信心,决定下马。"

金振兴问:"那还是用原来的电子管设备吗?"

路雨声说:"火箭设计院的遥测课题组,正在研究卫星的遥测问题,不再搞火箭遥测问题。"

金振兴幸灾乐祸地说:"这全是林清泉和夏彩虹的责任,原来的电子管遥测设备相当好,他们俩一唱一和,偏要搞晶体管化的,这下彻底砸锅了吧?"

路雨声说:"坏事也可以变成好事嘛。火箭取样队甩掉遥测这个包袱,就可以集中精力搞火箭取样了嘛!"

金振兴谄媚地说:"高,主任的水平就是高!"

路雨声说:"金振兴,既然你直接领导火箭取样队,那你就找夏彩虹和方芳谈谈,让她们俩做好思想准备。"

金振兴问:"那她们俩的出路呢?"

路雨声说:"出路有两条:一是还在取样大队,但调到电子学组去;二是调到四室去。究竟去哪里,由她们自己选择。"

金振兴终于从林清泉手里抢过了火箭取样队的领导权,心里不由一阵欣喜。他心里十分清楚,他这个大队长如果手里没有实权,那就是一个摆设,什么都能管,又什么都管不着。别看火箭取样队目前成绩不佳,但只有火箭取样队最有前途,最能出成绩,总有兴起的那一天,这一天已经为时不远了。为了显示他的权威和能力,他要在他主持的火箭取样队的第一次会议上,给林清泉来个下马威,杀杀他的锋芒。

金振兴说:"同志们,鉴于林清泉同志屡犯无组织无纪律的错误,室领导决定,林清泉要深刻反省自己,暂时由我来直接主持火箭取样队的工作……"

彩虹看着清泉,清泉只是微微一笑。

金振兴宣布:"我决定,这次我们来个大换防,肖亮和陈南到北京去负责火箭研制工作,肖亮为负责人;林清泉留在红山,负责火箭的回收工作。"

陈南和肖亮面面相觑,清泉微微一笑。

肖亮说:"大队长,我能力不强,这副担子我实在挑不了,还是让老林去吧。"

金振兴说:"你是党员,就得勇于挑重担!"

肖亮说:"可我的文化程度只是中专,一些深奥的东西我搞不懂。"

金振兴蛮横地说:"不懂就学嘛,你干也得干,不干也得干!"

肖亮双肩一耸,两手一摊,一副无可奈何的样子。

方芳说:"我认为,这样处理不公平。大家都知道,这次火箭取样失败的主要原因是火箭进云太早和火箭强度不够造成的,责任应该由我们所和火箭设计院共同承担,不应该都推到我们队长一个人身上。"

彩虹说:"方芳,事已至此,你什么都不要说了。"

金振兴说："夏彩虹，方芳，散会后你们俩留下来，我要跟你们俩单独谈话。"

金振兴跟夏彩虹和方芳谈话后，夏彩虹和方芳拿不准主意，便把林清泉和李保国约到她俩的宿舍去，一同商量。清泉坐在彩虹的床上，保国坐在方芳的床上。

方芳说："彩虹姐，你先说吧。"

彩虹说："这次任务，因为发射控制台问题，我跟清泉把大队长给得罪了，所以他就借此报复清泉。所以，我不能在他手下工作，还是到四室去，继续干无线遥测，专业还对口。"

方芳说："对，还是到四室去好，一是专业对口，二是免得在这里被穿小鞋、生闲气。"

保国说："我同意。"

清泉说："你们俩还是到四室去好。夫妻二人在一个课题组里，抬头不见低头见的，碰到一些纠纷还不好处理，还是离远一点儿好。"

方芳说："既然你们俩都同意，那我们俩就到四室去。"

送走了朝夕相处的彩虹，清泉心中不免有些惆怅。惆怅归惆怅，但是他还是把火箭取样挂在心头，他不甘心失败，他要探索新的出路。于是，他坐在办公室里，背靠椅背，用八叉手托着后脑勺，闭目沉思一会儿后便伏案疾书，在公文稿纸上出现了一个大标题：关于研制和平－5号取样火箭的报告。

路雨声看完清泉的报告相当赞赏，他赞赏清泉没有被失败所击倒，他赞赏清泉刻苦钻研火箭取样技术的顽强精神，他赞赏清泉的聪明才智，他认定清泉才是他的得力干将。但是，好鼓更要重槌敲，敲掉他的锋芒，对他今后的成长有好处，不过，工作上还要积极支持他，不可打击他的积极性。于是，他把清泉、肖亮、陈南和金振兴召集到他的办公室，共同讨论清泉的报告。

路雨声说："前几天，清泉给我送来一份报告，建议研制和平－5号取样火箭。我认为这个建议很好，也很重要，所以今天请你们一块来出谋划策。具体问题嘛，还是请清泉自己讲。"

金振兴暗暗骂道："他妈的，又让这小子抢了先。"

清泉有条不紊地侃侃而谈："今年要试验的这颗氢弹的当量要比去年的那一颗大得多，和平－4号火箭射程不够，因此我首先建议研制和平－5号火箭。和平－3号与和平－4号火箭用的都是和平－2号火箭的小发动机，推力只有2 180公斤；还从来没有用过和平－2号火箭的大发动机，它的推力高达4 600公斤。如果用这个大发动机取代和平－4号火箭的小发动机，就可以大大提高取样火箭的射程。这种火箭我们就叫它和平－5号火箭。"

路雨声说："如果是垂直发射的话，和平－5号火箭的最大飞行高度是多少？"

清泉说："我估算了一下，可以超过24公里。"

路雨声说："好！有了和平－5号火箭，大当量的氢弹试验我们都可以对付。"

金振兴说："老林，你会算火箭弹道吗？"

肖亮说："大队长，我们不但会算火箭飞行弹道，还会算降落伞回落弹道呢。"

金振兴问："老林，就算你会算火箭飞行弹道，那你能算准吗？"

清泉说："八九不离十吧。"

金振兴说："这是科学数据，八九不离十怎么能行呢？"

路雨声说："金振兴，清泉只是为了做方案进行的估算，这是允许的嘛。当然，最后还是以设计院的计算结果为准。清泉，继续说。"

清泉说："和平－4号火箭是在骆驼山火箭发射阵地发射的，很成功。那么，和平－5号火箭在哪里发射好呢，是在骆驼山，还是再靠近一点？"

陈南说："想得妙！"

肖亮说："想得好！"

金振兴不满地说："好什么？妙什么？再靠近，火箭就被冲击波打得稀巴烂啦！"

路雨声说："火箭靠近打，有许多优点：第一，可使用单级火箭；第二，可大大提高火箭命中率；第三，火箭便于回收。所以，这几天我也一直在考虑这个问题。有一天夜里，我忽然豁然开朗……"说到这里，他端起茶杯喝茶。

肖亮说："主任，你快说呀！"

路雨声说："索性就把火箭发射阵地建在两公里的环形路之内……"

肖亮迫不及待地插言："主任，你比老林的胆子还大呀！"

陈南疑虑地问："也太近了，行吗？"

路雨声肯定地说："行！当然不能放在露天里了，把火箭装进发射井里啊！"

金振兴一竖大拇指，说："高！高！实在是高！"

清泉说："把火箭装进发射井里，既可以防光辐射，又可以防冲击波，确保火箭的安全，是一个好办法。但是，建发射井工程量大，造价高，值得吗？"

路雨声说："只要火箭取样能取得大数量、高浓度、高质量的样品，突破氢弹试验聚变当量分析这一关，花再大代价也值。"

肖亮问："主任，那头一次挖几口发射井呢？"

路雨声说："一个。咱们先挖一个试试，如果取样效果好的话，以后再挖它一群！"

清泉说："上一枚和平－5号火箭太少了。我们还剩余两枚和平－3号甲火箭，下次任务干脆把它们打出去算了。"

路雨声说："对。"

在这次会议中，清泉一直唱主角，占上风，金振兴很不愉快。会后，金振兴立即召开会议，迫不及待地发号施令："研制和平－5号火箭由肖亮负责，肖亮和陈南马上动身去北京；和平－5号火箭发射井工程由我直接负责。"

清泉刚要说话，方芳急急忙忙地闯进来，叫道："老林，你快去看看吧！"

清泉莫名其妙地说："方芳，看谁呀？"

方芳说："还有谁？你的夏彩虹呗！"

清泉一惊，忙问："她怎么啦？！"

方芳说："你快走吧！到宿舍你就知道了！"

清泉心急火燎地出了办公楼，跑上那道山梁，沿着那条走惯了的路，跑向生活区……

清泉推开彩虹的门，躺在床上正在哭泣的彩虹急忙起身坐起来，用手帕擦着泪。清泉来到彩虹的床前，问道："彩虹，出什么事了？"彩虹反而"呜呜"地哭出了声。清泉坐在彩虹身旁，拉着她的手，问："彩虹，你这么伤心，到底出什么事了？"彩虹一下子扑到清泉的怀里痛哭不已。他抚摸着她的秀发，说："哭吧，哭吧，哭出来比憋在肚子里强。"

"今天下午……政治部于副主任找我谈话，我以为是工作调动的事，可是……可是……他却给我下了一道意想不到的命令……我听后如遭五雷轰顶，懵了……"

"彩虹，你快说，到底是怎么一回事？"

"爸爸……还是被打成了叛徒……关进了监狱……"

"什么，爸爸关进了监狱？！"

"妈妈……受到爸爸的牵连……下放到湖北'五七'干校去了……"

"爸爸要受罪了，妈妈要受苦了。"

"爸爸成了阶级敌人……我自然就成了'狗崽子'……不能留在所里工作了……必须把所有的保密资料都交出去……限我一周之内离开红山回通县，听候组织处理。"

"这就是说，你像彭刚一样，也要被软禁在通县。"

"实质上就是这样。"

"我妹妹还被关在监狱里，你父亲又被投进监狱中，我们招谁惹谁了？！难道'文化大革命'就是革一个小孩子的命吗？！就是革一个老干部的命吗？！"

"'文化大革命'以来，被革掉命的人还少吗？幸运的是，好歹他们俩还活着。"

"对，活着就还有希望，总有一天他们会获得自由的！"

"我就要被发配回通县了。可是我那个原本幸福的家，如今父亲进了监狱，母亲下放到干校，弟弟在北大荒插队，一个亲人都没有了，只有李阿姨替我们看守着那个冷清清的家。一想到这儿……"彩虹心一酸，忍不住又哭出了声。

"我相信，你们家还会团圆的。"

"一想到我马上要离开你，可能永远地离开你，我的心就碎了……"说着眼泪又"哗哗"地流下来。

"无论发生什么事儿，我的心永远不变，我们永远不分离！看来，我们是不能回北京结婚了。这样吧，在你走之前咱俩就在这儿结婚！我现在就去打结婚报告。"

"晚了，亲爱的，一切都晚了。我现在是叛徒的女儿，组织上是不会批准我们结婚的。"

"不批准，我们也要结婚！"

"亲爱的，不要为了我，你再犯无组织无纪律错误。"

"为了我们的爱情，再犯一次就再犯一次！"

清泉把报告往郭臣面前一放，说："政委，这是我的结婚报告，请您马上签字。您签完字，我马上亲自送到所里审批，明天白天我们去领结婚证，明天晚上就结婚！"这时，彩虹来到郭臣办公室门外，正要敲门时听见里面的说话声，便驻足倾听。

"你干吗这么着急呀？"

"夏彩虹马上要走了,在她走之前,我要她成为我的妻子!"

"你要明白,现在她已经不是老革命干部的子女了,而是叛徒的子女了,你们俩已经不可能结合了!"

"我不能因为她是高干的女儿而爱她,也不能因为她成为叛徒的女儿而抛弃她!她永远都是我的知音,我的最爱!"

"退一步讲,就是你们已经做了夫妻,为了革命的需要,该离婚的还要离婚!"

"那好,我也离开部队,跟她一块走!"

"你是要革命还是要老婆?"

"都要!"

"只准你挑一个!"

"那我要夏彩虹!"彩虹听见清泉的肺腑之言,禁不住热泪盈眶。

"放肆!组织上不批准!"

"您不批准我就不走!"清泉的倔劲又上来了,往椅子上一坐。

"你这是威胁组织!"

彩虹一听双方闹僵了,生怕清泉为她而闯祸,便一头闯进办公室,果断地说:"郭政委,我们俩只是普通朋友而已,结婚报告是他自己打的,我根本没打算跟他结婚!"说完,抓起桌子上的结婚报告一撕两半,丢在地上。

"彩虹!"清泉一下子站起来,惊愕地望着彩虹。

"老林,"彩虹扭过脸,痛苦地说,"我是叛徒子女,不配做你的妻子!以后你走你的阳关道,我走我的独木桥!"说完,双手捂着脸哭着跑了。

"彩虹!彩虹!"清泉跟着追了出去……

彩虹跑进宿舍,回头把门插上,趴在床上大哭,任凭清泉怎么敲门怎么叫就是不开门。过了一会儿,门开了一条缝,清泉看到的不是彩虹的脸,而是方芳的脸。

"老林,你走吧,彩虹姐拒绝见你。如果你再不走,她就死给你看!"

"好,我走,让她冷静冷静。方芳,请你好好安慰她、照顾她。"

"老林,你放心吧,我会好好照顾她的。你走吧。"

方芳关上了门。清泉迈着沉重的步履走了。一对亲密的战友,一对热恋中的情人,突然遭到一顿无情棒,两个人都痛苦不堪!

清泉躺在床上,闷闷不乐,一声不吭。陈南、肖亮和李保国在一旁安慰他。

保国说:"清泉,千万别着急上火,你要是急出个好歹来,小夏怎么受得了啊!"

肖亮说:"队长,无论出了什么事,你可千万要挺住啊!"

"哎——"陈南一声叹息。

方芳也在劝彩虹,说:"彩虹姐,这几天你一直躲着不见老林,明天早晨你就走了,临走之前,你总该见上他一面吧?"

"不见。见面会使他更痛苦,还是不见的好。"

"难道这样他就不痛苦了?"

"让他为我痛苦一时，不能让他为我痛苦一世！"

"忽然一顿无情棒，打得鸳鸯各一方啊！残酷，太残酷了！"

"方芳，你是我的好朋友，你和李保国都是清泉的好朋友，我求你在我走之后，跟保国一起好好安慰安慰他，千万不要为我伤心过度。另外，我给他留了一封信，就放在我的抽屉里，请你转交给他。"

"咳——"方芳一声叹息！

夜里，清泉正在叮嘱他的两位老战友："陈南，肖亮，你们俩跟夏彩虹一块走，请你们俩一路上好好照顾她、安慰她。拜托了！"

肖亮说："队长，要是这次你去北京就好了，省得这么牵肠挂肚的。"

"哎——"陈南一声叹息。

大清早，清泉"噔噔"地跑上楼，来到彩虹房间门外敲门，喊道："彩虹！彩虹！肖亮等你上车呢，快点走吧！"

方芳开开门，说："老林，请进来吧。"

清泉进屋一看，已不见彩虹的踪影，见到的只是一张光板床，惊问："她人呢?!"

"天刚亮，她就搭乘一辆吉普车先走了，现在可能已经过了乌什塔拉了。"

"彩虹啊彩虹，你咋狠心地抛下我走啦?!"

"老林，你不要埋怨她了。她哭了一夜，眼睛都哭肿了，我送她上车的时候还在哭。其实，她是在为你哭泣。"

"我知道她的心。可是她不该不辞而别呀！"

清泉的泪水像断了线的珠子"哗哗"流淌。男儿有泪不轻弹，只缘未到伤心处。

"老林，你不要过分伤心，要保重身体啊！她希望你坚强，我也希望你坚强啊！"

"我可怎么办呢？我可怎么办呢？"清泉是茫然地问自己，还是问苍天？

"彩虹姐给你留了一封信，你看看吧。"

方芳从抽屉里拿出一封信递给他。他接过信打开，只见信上写道：

清泉：

亲爱的，请原谅我的不辞而别。

天不从人愿，今生今世我不能做你的妻子了，我感到非常的遗憾和痛苦！你另选他人吧，比我好的姑娘多的是！

你的友情像白云一样深远，你的关怀像透明的冰山。我是戈壁滩上的流沙，任凭风暴把我吹到地角天边……

第十二章 扬眉吐气

　　夏彩虹背着背包，一手提着一个网兜，一手拎着一个旅行包，走进通州军营。这个昔日热闹的军营，如今是冷清的北京留守处。正值寒冬腊月，军营内，积雪遍地，北风嗖嗖，行人寥寥，益发显得凄凉。心情凄凉的彩虹沿着马路缓步向马蹄楼走去……
　　心情凄凉的彭刚从马蹄楼里走出来，沿着马路走过来。他抬头一看迎面走来的夏彩虹，便三步并作两步来到她面前。
　　"小夏，你回来了？"
　　"我回来了，我被发配回来了，只是没派人押解我。"
　　"听说你爸爸出了事，我就知道你要被发配回来的。来，我帮你拿东西。"
　　彭刚一手抓过她的网兜，一手抓过她的旅行包。
　　"谢谢。"同病相怜，同情容易有共同语言。
　　"人处在顺境容易，处在逆境难哪！小夏，这个时候自己一定要想开些！"
　　"彭刚，你很坚强，艰难地熬过两年多了，我要向你好好学习。"
　　"说实在的，这几年我已经习惯了，反而觉得这样挺好。这几年，基本上没人管我，开大会不让我参加，听报告不让我参加，任务不让我参加；我自己想看书就看书，想睡觉就睡觉，想溜达溜达就溜达溜达，多自由啊！"
　　"你倒想得开。"
　　"想开了，你就会过得很坦然；想不开，你就会去自杀。我才不那么傻呢，干吗要自杀呀？我一定要活着，好好地活着，我不过是反党分子的儿子而已，我又不是反党反社会主义分子，我怕什么呢？我相信，我们总有一天会解放的。"
　　"听君一席话，胜读十年书啊！"说话间，两人已经到了马蹄楼门口。
　　"小夏，你住哪儿？"
　　"还住我原来住过的那个房间，让我觉得我还没有离开火箭取样队。"

"你还留恋火箭取样队?"

"那是一个奋发向上、团结战斗的集体,我永远也忘不了。"

彩虹在马蹄楼里安排好住处后,当天就到干部科报了到,从此她就在这里等候组织处理。至于今后的命运如何,她和彭刚一样,无法预料,只能听天由命。

陈南和肖亮比夏彩虹晚一天到北京。下车后,两个人直接去了火箭设计院。第二天,在一间小会议室里,肖亮、陈南就与徐明媚、李求实一起商谈1969年的任务了。

肖亮说:"徐参谋,李工,今年国庆节前,我国要进行一次大当量的氢弹试验,和平-4号火箭射程不够,所以我们要用和平-5号火箭取代和平-4号火箭。所谓和平-5号火箭,其实就是用和平-2号火箭大发动机取代和平-4号火箭的小发动机而已。"

李求实说:"和平-4号改装成和平-5号,工作量不大,容易实现。"

肖亮说:"骆驼山火箭发射阵地不能再用了,我们要在靶心附近建一口发射井,用来发射和平-5号火箭。"

徐明媚说:"从发射井里发射和平-5号火箭,倒是一个好主意。"

陈南说:"另外,我们还剩余两枚和平-3号取样火箭,下次任务都打出去,还在和平村火箭发射阵地发射。"

徐明媚说:"这不成问题。具体时间表呢?"

肖亮说:"5月底之前,请你们提供火箭发射井设计图纸和相关资料,以便基地及早安排发射井的施工;6月底之前,完成和平-5号火箭的试飞;8月底之前,两枚和平-5号、两枚和平-3号火箭和一台火箭发射架运抵试验场。"

徐明媚说:"你们哪,简直就是一帮催命鬼,一来就是急茬的,说要就要,这是造火箭,又不是造桌椅板凳。"

肖亮两手一摊,双肩一耸,说:"徐参谋,我们有什么办法呢,国家任务压我们压得紧,我们只好压你们了。"

李求实说:"我们必须事先声明:如果和平-5号火箭试飞失败了,你们可不要再硬拉它上场啊。"

肖亮说:"我们不会再犯和平-4号火箭的错误了。"

徐明媚问:"哎,老林和小夏怎么没有来呀?"

陈南一声叹息:"哎——"

肖亮说:"因为和平-4号火箭取样的失败,我们队长靠边站了,留在红山反省呢。"

徐明媚说:"和平-4号火箭取样的失败,并不是他个人的责任哟。"

肖亮说:"负领导责任呗。"

徐明媚又问:"那小夏呢?"

陈南又一声叹息:"哎——"

徐明媚又问:"肖亮,小夏出什么事了?"

肖亮吞吞吐吐地说:"小夏……她……她……"

徐明媚说："肖亮，你今天说话怎么也不利索了，快说呀！"

肖亮说："徐参谋，你是我们的老朋友了，我就不瞒你了。小夏的父亲被打成叛徒，她受到牵连，被驱逐出红山，流放到通县了。还不知道今后怎么处理呢，反正是前景不妙。"

徐明媚一声哀叹："哦，我可怜的妹妹！"

肖亮说："老林和小夏本打算回北京结婚的，可是，小夏一下子成了叛徒的女儿，组织上不批准他们结婚，他俩的婚姻前景也不妙。"

徐明媚说："小夏突然受到双重打击，她可怎么受得了啊！肖亮，陈南，明天你们俩带我去通县，我去劝劝她，千万别干出什么傻事来。"

次日，肖亮和陈南带领徐明媚到了通县，看望了彩虹。彩虹抱着徐明媚，泪水"哗哗"地流。徐明媚对她这个妹妹，千叮咛万嘱咐，好好安慰了一番。

彩虹的最大安慰还是来自清泉。清泉给彩虹的第一封信，跨过万水千山，飞进了通州大院。彭刚从收发室里拿着彩虹的信，走进马蹄楼，来到彩虹的房间门外，敲门。彩虹开门，问："老彭，有事吗？"彭刚说："小夏，你的信，红山来的。""谢谢你，老彭。"彩虹接过信，转身进了屋，站在地上就看起信来。清泉亲切的声音在她耳畔响起：

彩虹：

我们虽然相处好几年了，但是给你写信，这还是头一次。于是我就想起了我们的许多第一次。我俩第一次相识是在马蹄楼门口，你为我撑起了挡雨的伞。我们俩第一次共同战斗在戈壁滩上，是在执行中国的第一次氢弹试验任务中，共同的事业把我们俩紧紧地连在了一起。我俩第一次拥抱是在那棵大树下，从此我们的爱情就如同火一样燃烧起来。还有许多的第一次，你一定会记得的。那是些多么快乐和幸福的日子啊！

记住快乐，心里就会永远充满阳光……

看到这里，彩虹的泪珠儿"嘀嗒嘀嗒"地落在信纸上。当彩虹看第二页时，只见一页纸上只画了一个英姿勃勃的男军人在向她敬礼。她破涕为笑："你呀你呀，连写信也要搞出点儿新名堂来！"她情不自禁地亲吻了一下那个画中人。

春节前，李保国和方芳回家结婚去了。临行前，保国坚持到李家去结婚，男人娶媳妇，当然应该到男方家结婚，天经地义；方芳坚持到方家结婚，男女平等，到谁家结婚都一样，为了维护女人的尊严，他就要破破老规矩。争论来争论去，方芳威胁说，如果不在她家结婚，她就不结婚了。两人的官司打到清泉那里，清泉出了一个两全之策：为了维护女人的尊严，保国要到方芳家去完婚；为了维护男人的尊严，结婚后，方芳要随丈夫到李家去过年。两人皆大欢喜，于是高高兴兴地回去结婚了。

清泉为李保国和方芳出谋划策，自己的婚礼却化为泡影。李保国和方芳走了，陈南和肖亮走了，金振兴和马文超等结了婚的同志都回家跟老婆孩子过年去了，彩虹又远在通县，清泉形单影只，十分凄凉。于是他把自己关在办公室，总结火箭取样失败的教训，研究火箭发射技术、火箭回收技术及火箭样品的分装技术等。在北京，要处理的事情太杂，难得有这样的机会系统地研究火箭取样技术问题。所以，他不能浪费这大好时光。

吴玉萍知道了清泉的遭遇，很是同情，便常来看看他、安慰安慰他。她对这位患难之交的朋友，怀有深深的敬意和感激之情，在他困难的时候，她要帮助他渡过难关，给他一些女性的体贴和温柔，也算是对他的一些报答。年三十夜里，她找了几个人陪他打扑克。初一早晨，她跟他一起在食堂里包饺子、吃饺子……

初一早晨，彩虹和李阿姨也在包饺子。

自从彩虹的父亲被打成叛徒投入监狱后，夏家就被扫地出门了，原来那套房子被造反派头目占领了。他们被赶进了大院后面的一间平房里，这里原来是一间仓库，家里生着蜂窝煤炉子。

"李阿姨，这破房子，连个暖气都没有，炉子灭了就得挨冻！"

"彩虹，人到一时说一时，谁都难免有个落难的时候，连刘少奇和邓小平都落难了呢，你爸爸落难还算得了什么呢？"

"李阿姨，你真会宽我的心。"

"心宽点好，省得窝出病来。"

"李阿姨，爸爸在监狱里，妈妈在干校，弟弟在北大荒，家里就剩咱娘俩了，这年过的还有啥意思啊！吃饺子也不香。"

"不管怎么样，这大年初一的饺子还是一定要吃的，图的就是个大吉大利。彩虹，我告诉你吧，三十夜里，我偷偷烧了三炷香祷告观世音菩萨：第一炷香保佑你爸爸早日出狱，第二炷香保佑咱们一家早日团圆，第三炷香保佑你跟清泉早日喜结良缘。"

"李阿姨，但愿你的这些美好愿望都能实现。"

过了春节，彩虹回到通县留守处，又收到了清泉的来信。

彩虹：

我给你写了许多封信倾诉我的衷肠，倾诉我的思念。可你一封信也没回过我，难道你的那份柔肠变成铁石心肠了吗？如果你只想把那份情、那份爱深埋在心底，也请你回我一封信，哪怕在信上随便抄点儿什么，或者画个圈，甚至也可以什么都不写，只要能在信封上看到你写的我的名字，我就好像见到了你一样……

彩虹趴在信上，哭了，泪珠儿一滴又一滴地落在信纸上……

金振兴主管和平－5号火箭发射井工程及火箭发射的自动控制问题。他把自动控制系统的研制工作交给了电子学组，不让林清泉介入，一是怕他又用破饭盒和破纸板来对付；二是怕林清泉夺了他的功劳。这样一来，林清泉倒可以有更多的时间看书学习，充实自己。他索性把行李搬进了办公室，把陈南和肖亮的两张办公桌拼起来当了床。在明亮的灯光下，他又写信了。他把对彩虹的深情全部倾注于笔端，他的笔在纸上不停地流动着，就好像在不停地跟她说悄悄话。

彩虹：

　　我想你，真的好想你，尤其是在夜深人静之时。

　　我逐渐从痛苦中解脱出来，恢复了正常的工作和生活。无论遭到多么大的打击，我们都要挺住，千万不能趴下！让我们共同度过这段艰难的岁月吧！

　　现在我正在自学空气动力学方面的知识，搞火箭取样不懂这个不行！为了能集中精力学习，如今我就住在办公室里。只有当我埋头钻研的时候，一切烦恼都没有了……

彩虹虽然不给清泉回信，但她却天天盼着他的来信，并把他的信珍藏在她家中卧室里的帆布箱中。每当她回家的时候，便把信翻出来，一封一封地看一遍，就像复习功课一样。这一天，她又从帆布箱里拿出一摞信，坐在床上又一封一封地看。看着看着，不禁潸然泪下。李阿姨敲了敲门走进来。

"彩虹啊，别哭了。你要是哭坏了身子，我怎么对得起你的父母啊！"

"我爸爸、妈妈和弟弟什么时候才能回家呀？"

"你爸爸会回来的，妈妈会回来的，弟弟也会回来的，他们都会回来的。"

"清泉恐怕再也不会踏进咱们的这个家门了。"

"他要是变成个没良心的，我饶不了他！"

"李阿姨，这不怪他呀！"

"都是'文化大革命'闹的。阶级斗争，阶级斗争，你爸爸是一个老革命，如今怎么就成了阶级敌人了？清泉的妹妹还是一个孩子，怎么也成了阶级敌人了？"

李保国和方芳结婚后，在李家和方家度过蜜月后，回到红山就在红山安了家，从此有了他们自己的安乐窝。夫妻二人就住在取样队集体宿舍楼下的一个大间里，有厨房，可以自己开伙做饭，不再吃食堂了。夫妻二人非常感谢清泉和彩虹的帮助，可是他们俩的婚事却变得十分渺茫，他俩感到十分惋惜。彩虹发配回北京了，肖亮和陈南出差在北京，如今宿舍里只剩下清泉一个人。这天晚上，李保国和方芳又来看他们的老朋友了。

清泉见到方芳，不由想起彩虹和遥测火箭，深感内疚，说："火箭遥测下马了，我有很大的责任哪。"

方芳问："你有什么责任哪？"

清泉说："我在错误的时间，做了一个错误的决定。"

方芳说："主要是因为晶体管化的遥测设备不过关造成的。特别是由于元器件的老化，筛选工作没有做好，性能不稳定，失败就在所难免了。"

清泉说："这几年，我们的火箭取样一直没搞好啊，我感到非常的痛心和惭愧。保国，还是你们的飞机取样搞得好，每次都能超额完成任务，我得向你们学习呀。"

保国说："万事开头难嘛，火箭取样刚刚起步，难免会出现这样或那样的问题。你们胆敢自己设计火箭取样器，就很不简单嘛！从这点上说，我们还应该向你们学习呢。我们的飞机取样器，一直是在苏联飞机取样器的基础上改来改去的，还从来没有自己设计过。原来的取样器还是比较笨重，因此我正打算自己设计轻便的飞机取样器呢。"

清泉说："这个想法好，我支持你。"

保国说："你有经验，那你得帮帮我呀。"

清泉说:"咱们两个组,互相学习,互相帮助,共同提高吧。"

方芳说:"老林呀老林,你咋还这么死心眼呀?人家让你靠边站了,把你的心上人也赶走了,你还操这份心干吗?!"

1969年9月,地下核试验作业队已经到了地下核试验场,大气层核试验作业队马上就要出发了。听说要进场了,吴玉萍敲了敲门就闯进了路雨声办公室。

"主任,我有个要求不知当讲不当讲?"

"什么事?"

"我已经执行好几次任务了,可是我还没有亲眼看过蘑菇云,没有看过罗布泊核试验场上那火热的生活和波澜壮阔的场面。你说我遗憾不遗憾?"

"遗憾的可不止你一个人哪,许多从事实验室工作的人都这样。"

"咱们室就数火箭取样队最美了,他们每次都能看到那壮观的场面,非常令我羡慕。所以,这次任务我想参加火箭取样队的工作。"

"你能干什么呢?"

"我去帮助他们装过滤器呀!过滤器的装配是在无尘室里进行的,要求做到十分清洁。我是女同志,肯定比他们那几个笨手笨脚的男人强。"

"这是一个理由。还有呢?"

"另外,我还可以具体了解火箭取样的全过程:如何装配火箭的,如何发射火箭的,又是如何分装样品的。这对我们放化分析工作也是有一定帮助的。"

"好。以后可以让在实验室里工作的同志轮流去参加火箭或飞机取样工作,这次任务你就先做个试点。另外,夏彩虹和方芳都走了,你还可以给设计院的徐参谋做个伴儿嘛。"

"谢谢主任!"吴玉萍高兴地敬了个礼。

进场队伍出发前一天的晚上,方芳预备了一桌酒菜,为林清泉、马文超和李保国饯行。三位老同学一边饮酒一面聊天。

马文超问:"清泉,听说你们的火箭发射井就建在我们的工号旁边?"

清泉说:"是的。这样,我们就可以把'零前'1秒的指令从工号引进发射井。"

马文超说:"好办法。使用主控站的指令要比用光辐射信号和超压信号,更简单更可靠。"

保国说:"这次用发射井发射和平-5号火箭也是一个好办法。我相信,你们这次一定会成功。"

清泉说:"如果再失败了,我就无颜见江东父老了。"

方芳把一碗西红柿鸡蛋汤放在桌子上,坐下,说:"我的队长同志,这次任务由金振兴领导,你就少操心吧,他说咋干就咋干,别跟他顶,小心他再给你小鞋穿。"

保国说:"方芳说得对。害人之心不可有,防人之心不可无,你还是小心为妙。"

马文超说:"'文革'以来,许多名人都遭了打击和迫害,原因固然很多,但其中最重要的一条,那就是嫉妒。嫉妒是杀人不见血的软刀子。"

保国说:"老马,高见。"

清泉说:"无论如何,我还是火箭取样队的队员,火箭取样不成功,我死不瞑目。"

方芳说:"老林啊老林,你可真是个死心眼。成功了,功劳是大队长的;失败了,责任可就是你的了。"

清泉说:"成功了,我对得起国家对得起党。至于功劳嘛,我不在乎。"

方芳说:"花岗岩的脑袋,白费口舌。你好自为之吧。"

马文超说:"我的女儿都一岁多了,保国结婚也有半年多了。清泉,咱们三个老同学可就剩你没结婚了,你打算怎么办呢?"

清泉说:"我等彩虹,等到他父亲平反昭雪的那一天,等到组织上批准我们结婚的那一天。"

方芳说:"海枯石烂不变心。队长,你是好样的,我佩服你。"

清泉从兜里掏出一摞信,递给方芳,说:"方芳,这是我写给彩虹的六封信,邮票都贴好了,等我进场后你按照我在信封后面的编号顺序,每个星期发一封。"

方芳感动得热泪盈眶,说:"患难见真情,队长,你果然是一个有情有义的人哪。我为彩虹姐高兴,她没有爱错你!"

马文超说:"老同学,如果你们俩今生不能成为眷属,那就是老天爷瞎了眼!"

清泉说:"天昏地暗的,老天爷也看不清楚。"

保国举起酒杯,说:"来,咱们大家共同干一杯。"

方芳说:"祝他们这对有情人终成眷属!"

清泉说:"祝飞机取样成功!"

保国说:"祝火箭取样成功!"

马文超说:"祝这次核试验成功"

方芳说:"祝你们一帆风顺,马到成功!"

保国说:"干杯!"

四个酒杯在空中相互碰撞。

秋高气爽,天高云淡,不冷不热,秋天是收获的季节,也是进行核试验的黄金季节。在这美好的时光里,各路核试验大军又从全国各地开赴罗布泊核试验场。肖亮和陈南带领着火箭设计院的队伍到了和平村,便受到了先期到达的火箭发射队和火箭取样队的热烈欢迎。战士们则帮助他们从卡车上卸行李,往地窝子里搬运行李。

"小吴,"林清泉带着吴玉萍来到徐明媚面前,介绍道,"这位就是我和夏彩虹常提起的徐参谋。"

"欢迎你,徐参谋。"吴玉萍微笑地握着徐明媚的手说,"我叫吴玉萍,你就叫我小吴好了。徐姐,久闻大名,如雷贯耳啊。"

徐明媚说:"小吴,我的名字可没那么大声,最多像个蚊子叫。"林清泉、吴玉萍和徐明媚一起笑起来。

"徐姐,我这次进场有两项任务,一是学习火箭取样,二是给你做伴。"

"有你这个性格爽朗的妹妹做伴,我不会寂寞的。要是小夏和方芳也来了,那就更热闹了。常言说,三个女人一台戏嘛,我们四个女人那就可以唱大戏了!"

清泉不由黯然神伤，说："可惜呀，小夏她永远不会再走进核试验场了！"

徐明媚说："老林，临出发之前，我跟肖亮和陈南到通县去看小夏了。她现在挺好，你放心。他让我问你好，请你保重身体，注意安全。"

清泉说："徐参谋，谢谢你给我带来这么好的消息。"

第二天，金振兴便带领火箭取样队来到了火箭发射井处。

井口上盖一个钢筋水泥井盖，井盖的一端系着一条细钢丝绳，钢丝绳的另一端通过滑道末端的滑轮进入井内。滑道外边的地上放着一排1米多长的工字钢和一堆石棉布沙袋。陈南和肖亮站在滑道上，一起用力拉开了沉重的井盖，井口敞开了，露出竖立在井内的火箭发射架。金振兴介绍："发射井的井深为10米，井口为正方形，长度和宽度均为1米。发射架的高度为8米，它垂直安装在井内。钢筋水泥井盖下有两排滚轮，它可以使井盖沿着滑道运行。这是井盖运行的滑道。这是两个行程开关……"

林清泉等站在井上看了井口、井盖、发射架、通道以及地面上的堆积物。

清泉问："大队长，这排工字钢和这堆沙袋是干什么用的？"

金振兴说："这是防光辐射和冲击波用的。当火箭上架完毕之后，我们关严井盖，然后将工字钢一个一个地排在滑道上，在工字钢上再压满沙袋。这样既可以防光辐射，又可以防冲击波。"

清泉说："这种防光辐射和冲击波的方法还是可以的，就是又排工字钢又压沙袋的，操作起来太麻烦了！"

金振兴瞪了他一眼，说："这是最简单最可靠的办法。"

清泉说："如果把这一部分封闭起来岂不更好。"

金振兴没理睬他，带领他的队员们沿着斜坡道下到发射井门前。

清泉抬头看了看，说："哟，这里足有3米多深，简直就是一个大深坑嘛！一旦刮起大风来，这里可就是沙子的避风港了。"

金振兴回头瞪了他一眼，说："老林，你别下车伊始就指手画脚，有意见待一会儿再提！"

陈南和肖亮一同拉开了一道沉重的钢筋水泥门，又拉开了一道钢板门，金振兴带领大家进入控制室。控制室墙顶上的一个铁环上拴着一根粗铁丝环，铁丝环下端挂着一个铁筐子，拉动井盖的钢丝绳穿过墙顶上的一个孔洞拴在铁筐子上。铁丝环上绑了一个电雷管，地上堆着一堆铅砖。

金振兴介绍："这就是控制室。我们把铅砖装进铁筐子里，就成了拉动井盖的重锤。这是火箭发射控制台。这是解锁重锤的电雷管。我们用从主控站发出的−1秒指令启动控制台，再经过一定时间的延时后，引爆电雷管炸断铁丝环使重锤解锁，在重锤拉动下井盖便沿着滑道运动，当井口完全敞开后，井盖前端撞击到行程开关上，火箭随即点火起飞。"

肖亮说："这种连锁控制方式好，井口不完全打开，火箭就不能点火，避免了箭毁井塌的事故的发生。"

清泉盯着那个绑着电雷管的铁丝环看了一会儿，皱了皱眉头。

金振兴说:"你们都看完了,咱们到井上去讨论讨论吧。"

于是,他们出了井,围坐在滑道边上的水泥台上,开现场讨论会。

金振兴说:"各位,现在请大家对这个发射井评头论足、说三道四吧。"

清泉欲言又止,他刚才随便说了两点意见就被金振兴封杀了,所以他还是不说的好,让别人说去。过了好半天,也没有人发言。

金振兴催促道:"畅所欲言嘛,别闷着啊!"

陈南说:"老林,你看问题总是一针见血,你刚才说的两点意见就很有见地,你再说下去嘛!"

肖亮说:"队长,你一向有独立见解,你说吧。"

在陈南和肖亮的要求下,清泉开口了:"既然如此,那我就说几点个人浅见,错误之处,请大家批评指正。"

吴玉萍说:"老林,你就别客套了,还是直抒己见吧。"

"总的来说,这口发射井还是相当不错的,井位选得好,防护措施好,连锁控制好,这都是明显的优点。但是,也存在一些明显的缺点,除了我刚才说的两点意见之外,还存在以下几个问题:第一,井盖没有导向,运行时容易偏斜,因此可能会被卡住,导致火箭发射的失败;第二,发射控制采用的是电子延时器,这种延时器的缺点是,误差大,可靠性差;第三,用电雷管炸断铁丝环来解锁重锤是一个致命问题,既不安全又不可靠,一旦铁丝环没有炸断或者没有完全炸断,井盖打不开,火箭发射不出去,我们就将前功尽弃……"

清泉一连串的直率批评终于使金振兴按捺不住了。他"腾"地一下子站起来,怒视清泉,说:"哗众取宠,骇人听闻!林清泉同志,我负责搞的工程,你总是横挑鼻子竖挑眼的,还动不动就是致命的、致命的!就是你来搞这个工程,难道你能面面俱到吗?!"

清泉一看金振兴变了脸,也"腾"地一下子站起来,针锋相对,反唇相讥:"大队长阁下,难道你负责搞的工程就只能说好不能说坏吗?!难道你就喜欢报喜不报忧吗?!难道你所说的畅所欲言就是一言堂吗?!"

"老林,"吴玉萍拉了拉他的衣襟,说,"你少说一句吧!"

清泉立时住了口。

"你……你……"金振兴被清泉一连串炮弹似的质问,弄得面红耳赤、张口结舌。

肖亮生气地质问:"你们俩犯相啊?!一说话就抬杠!一个大队长,一个队长,怎么就不能心平气和地商量问题呢?!你们俩吵闹不休,让我们怎么办?难道也让我们跟你们一块吵架吗?!"

陈南说:"大队长,让人家把话说完,天塌不下来嘛!老林考虑问题一向周到细致,听听他的意见只有好处,没有坏处。"

吴玉萍说:"有话好好说嘛,不要发火,发火是无能的表现。"

同志们的批评,使金振兴幡然醒悟,怪自己一时冲动,失去了理智,于是缓和了口气:"对不起,老林,请你接着说吧。"

"忠言逆耳,不说啦!"清泉一步跨到外边,赌气地说,"大队长阁下,你是这次任务的领导，我服从命令听指挥就是，你爱怎么干就怎么干吧！在你面前，我学徐庶进曹营好了。"

肖亮说："老林，你不要激动嘛，我们的共同目标，就是圆满地完成这次火箭取样任务。不是为了你，不是为了我，也不是为了他，该说的还得说，该讲的还得讲。"

陈南说："老林，你怎么耍小孩子脾气呀？你考虑问题都是经过深思熟虑的，把你的意见一五一十地说完嘛。"

吴玉萍说："老林，你刚才讲得头头是道，我也很想听听呢。"

"既然大家还想听，那我就把我的意见讲完。"接着清泉又威胁道，"但是，大队长阁下，如果你随便打断我的发言，我明天就回红山去，绝不和你在一起执行任务！"

金振兴心里明白，对于火箭取样他是一知半解，离了这个刺儿头他还真玩不转，于是便皮笑肉不笑地说："老林，你讲你讲，我洗耳恭听。"

清泉边走边说："1967年氢弹试验任务，火箭取样很不理想；1968年氢弹试验任务，火箭取样完全失败了；今年这次任务，我们必须做到，稳妥可靠，万无一失，我们不能再失败了！"

肖亮说："再失败了，我们不但对不起人民对不起党，也无地自容了。老林，请你继续说。"

清泉说："为了做到稳妥可靠，万无一失，我们要尽最大努力消除问题的隐患，确保火箭发射成功！"

肖亮说："对，你说说怎么消除问题的隐患吧！"

清泉说："有些问题属于工程问题，那就很难办了。对于发射控制盒问题和重锤解锁装置问题，我还是有把握解决的。"

肖亮笑道："我的队长，你是不是还想用饭盒作控制盒呀？"

清泉说："现在的控制盒完全可以用，只要用一个控制钟表和四节银锌电池替换掉里面的电路板就行了。"

肖亮说："好主意，用控制钟表作延时器，又简单又可靠。再说第二个问题！"

清泉说："我想用爆炸螺钉来解锁重锤。"

金振兴说："小小的爆炸螺钉，能经受住200多公斤的重锤吗？"

清泉说："爆炸螺钉的承受力是4 300公斤，挂一个小小的重锤就如同挂一个小玩具。"

陈南说："好，爆炸螺钉解锁重锤好，又简单，又安全，又可靠。"

肖亮说："队长，你把火箭上东西都给用上了，亏你想得出。"

清泉说："我采用的是拿来主义，只要动动脑筋，不费吹灰之力，就把问题解决了。"

肖亮说："那你不能直接用爆炸螺钉吧，总得加一些零件吧。"

清泉说："是要加一些零件，不过，具体问题我还没有考虑成熟。"

肖亮说："老林，你是不到火候不揭锅呀！"为了缓和紧张的气氛，肖亮又开了一句玩笑。肖亮，聪明、机灵，在清泉发言过程中，他不断插言，就是怕金振兴不冷静，又跟清泉吵起来。

在驱车返回的路上，林清泉站在卡车上便构思他的零件设计图了……

当天夜里，清泉就把重锤解锁装置设计出来了：中间是一个爆炸螺钉，上面连接一个上吊钩，下面连接一个下吊钩，相当简单。第二天，他回到孔雀村，所加工厂就把这个装置加工出来了。第三天，火箭取样队又来到了火箭发射井处。

在发射井内控制室里，清泉拿着重锤解锁吊钩，讲解："现在我们就来做重锤解锁吊钩试验。这个解锁吊钩由爆炸螺钉、上吊钩和下吊钩组成，上吊钩挂在墙顶上的吊环上，下吊钩吊挂铁筐子。当爆炸螺钉接到解锁信号后爆炸分离，从中间一分两段，重锤落下，拉开井盖。井盖撞击行程开关，接通火箭点火电路，火箭随即起飞。现在，就可以把这个解锁吊钩装上去了。"

肖亮自告奋勇道："让我来装！"

清泉把解锁吊钩交给肖亮，说："好，就由你来装，我和陈南给你当助手，老金和小吴在一旁负责监督。"

肖亮站在一个木箱上，把上吊钩挂在墙顶上的吊环上；清泉和陈南将吊筐举起来，肖亮将吊筐挂在下吊钩上；清泉和陈南又从地上拿起一块又一块铅砖递给肖亮，肖亮将这些铅砖放进铁筐子里。之后，陈南将一条爆炸螺钉点火线递给肖亮，肖亮将点火线上的两个插针插进爆炸螺钉的两个插孔内，然后在插孔外缠上一层白胶布。与此同时，清泉将一个电雷管接在了火箭点火插针的两端。

清泉问："大队长，试验准备好了，是否开始试验？"

金振兴说："试验开始！"

清泉说："肖亮，发'零前'1秒模拟指令！"

肖亮按了一下控制盒上的按钮开关，控制钟表立即"吱吱"走起来。

清泉说："延时时间是180秒，咱们上去吧，站在井口边上看。"

于是大家从井里走出来，站在井口旁边看着。控制室里发出"嘭"的一声闷雷似的响，井盖随即"轰轰隆隆"地滚了一阵之后撞到行程开关上，井下的电雷管"砰"的一声炸了。

吴玉萍高兴地说："太棒啦！"

肖亮说："掌鞋不用锥子——真行！"

陈南说："狗撵鸭子——呱呱叫！"

吴玉萍说："你们俩又比赛说俏皮话啦！"

金振兴说："重锤解锁干脆利索，重锤解锁吊钩不错，的确不错，我服了。"

清泉说："大队长，要不要再试一次啊？"

金振兴说："不必了，等着火箭试飞时，跟火箭一起试吧。"

清泉说："大队长，两枚和平－3号甲取样火箭已经装配完毕，下面就开始装配和平－5号试飞火箭吧。"

金振兴说："好。装配完毕，我们就进行和平－5号火箭的现场试飞。"

肖亮高兴地说："哎，这就对了嘛。不管出了什么问题，你们俩好说好商量，团结一致，就没有战胜不了的困难。"

和平村进行和平–5号火箭的装配了。

电路间里，电路班在装配电源舱，许明远在旁指导，宋天成在旁监督……

回收间里，回收班在装配回收舱，陆天在旁指导，李求实在旁监督……

无尘间里，为了防止起尘，地面上有意识地放了一层水，所有的工作人员穿着雨靴和白大褂、戴着白帽在里面工作。里间，陈南和肖亮用脱脂棉蘸着无水乙醇在擦洗取样器部件；清泉从一大张雪白的丝棉上剪下一片，交给吴玉萍；吴玉萍把这片丝棉铺在内过滤网上，然后一针一线地将其缝在上面；清泉又把外过滤网套在丝棉外面，并用小螺钉将外过滤网固定在内过滤网上，之后把装配完的过滤器立在工作台上。

外间，装配好的取样器竖立在工作台上，倪师傅和蒋明宇正在往压缩空气瓶里充压缩空气……

总装间里，发动机班正在对接和平–5号取样火箭，胡师傅在一旁指导，宋天成、徐明媚、李求实和金振兴在一旁观看……

装配完火箭，火箭取样队、火箭设计院和火箭发射队，在火箭发射队部里开三方联合会议，听取金振兴布置火箭试飞具体事项："大家都知道，和平–5号火箭虽然在导弹试验基地经过试飞，但那是在露天发射架上进行的。实际上，我们是要从发射井里发射火箭，所以，我们还要进行一次现场试飞。这次试飞，不仅考察火箭，考察发射井，考察发射井与火箭的配合，还要获取爆心以上10公里至20公里范围内的空气样品，这种样品叫本底样品……"

宋天成、徐明媚和李求实在做记录。

"经指挥部批准，试飞在9月21日9时进行，从6点到9点半，2号以东地区实行戒严。为了保证试验的安全，谢绝外单位参观，我们参加试飞的人员也必须严格控制……"

郑大伟和刘沙河在记录。

"另外，我们已经请海军843雷达站跟踪测量火箭的飞行弹道、回收弹道以及火箭的落点。火箭箭头着陆后，立即用卡车实施回收……"

林清泉、陈南和肖亮在记录。

"明天，我们要完成火箭的上架和发射控制系统的安装调试。后天早晨，准时试飞。"

从发射井里发射和平–5号火箭的现场试飞即将开始了。靶心南200米附近的一座坚固的敞口效应工号旁，金振兴、徐明媚、宋天成、李求实、蒋明宇和郑大伟、林清泉、陈南、肖亮和吴玉萍等看着一公里之外的火箭发射井。

金振兴下令："发'零前'1秒指令！"

"是！"陈南随即按了一下按钮，启动了发射井控制室里的钟表。

突然，一股浓烟从井口上冒了出来，霎时，火箭从滚滚浓烟中钻出来，喷着熊熊火焰，风驰电掣般飞上了蓝天，转眼间就消失得无影无踪了。

金振兴摇了几下电话单机,拿起听筒,说:"场区机场,场区机场,请给我接海军雷达站。"片刻之后,电话接通了。

金振兴说:"雷达站,我是基地研究所火箭取样队,请报告火箭顶点高度和箭头落点方位。"

听筒里传出:"火箭到达顶点时间是24秒,顶点高度为21公里;箭头落点相对靶心的方位是:291度,2公里。"

肖亮高兴地叫起来:"太棒啦,箭头落点离发射井不远,好找!"

金振兴下令:"回收组,出发!"

林清泉、肖亮、陈南和吴玉萍上了卡车。降落伞携带着箭头降落在靶心西北环形路边上,红白相间的降落伞在地上随风轻轻舞动。人们站在卡车上就欢呼起来。卡车在降落伞附近刚停下,林清泉、肖亮、陈南和吴玉萍下了车,来到回收物旁。清泉从挎包里掏出一个袖珍型小盒子,之后蹲下,打开小盒子上的电源开关,架在小盒子上的一根电阻丝瞬间就红了。他一手拉紧伞带,一手拿着小盒子用烧红的电阻丝去切割伞带。

吴玉萍看着新鲜,便问:"肖亮,你们干吗不用剪刀剪呀?"

肖亮说:"小吴,你不知道,这尼龙伞带又厚又结实,用剪刀根本剪不动!"

片刻之间,清泉就把伞带切断了。

肖亮得意地说:"你看,用我们这个伞带切割器剪伞带,又快又省力,不比剪刀强?"

吴玉萍说:"这小玩意挺管用的,谁发明的?"

肖亮说:"还有谁,鬼点子大王呗。"

吴玉萍说:"老林的鬼点子真多,一想一个主意,一想一个主意。"

清泉起身,把他的小玩意装进挎包。陈南和肖亮蹲下,一起把伞衣卷起来,然后把伞衣装进一个塑料袋里。之后,他们把回收物装上卡车。司机一踩油门,车开了。

卡车开到和平村无尘实验室门前停住,大家七手八脚地将装箭头抬下车,抬进无尘实验室,取样器的分装工作又开始了。

林清泉、陈南、肖亮、吴玉萍、蒋明宇和倪师傅,足蹬雨靴,身穿白大褂,头戴白帽,口捂白口罩,站在放了一层水的地面上工作。外间,箭头竖立在工作台上,肖亮和陈南,用蘸着无水乙醇的脱脂棉上,先将箭头表面擦洗干净;之后,蒋明宇用一只专用起子卸掉快速分离环上的一只销钉;之后,倪师傅用一把专用长柄扳手卸掉分离环,再用一把呆扳手松开放气管的闷头,作动筒内的压缩空气"呲呲"地跑了出去;之后,倪师傅用一把专用扳手卸掉取样器的整流罩,暴露出里面的过滤器;之后,肖亮快速拉出过滤器,并将其送到里间铺着洁白塑料布的工作台上。流水作业转移到里间,清泉用一把医用剪刀小心翼翼地剪断固定过滤器外网的丝线,去掉外网;之后,吴玉萍用一把长柄镊子夹住丝棉,小心翼翼地装进一个清洁的塑料袋内,然后用一条白线绳系上袋口。清泉和吴玉萍相视一笑,然后换了衣服,出了无尘室。徐明媚从电路间走出来,正碰上他们,三个人一同朝生活区走去。

"小吴,分装完了,顺利吗?"

"很顺利。"

"样品干净吗？"

"相当干净，丝棉雪白雪白的。"

"丝棉上取到的只是空气样品，有用吗？"

"有用。这种样品叫本底样品，跟烟云样品一样珍贵，也要进行严格的放化分析，得到空气的本地数据。以后，要从烟云样品放化分析的结果中，扣除本地样品的数据，才能得到实际的准确数据。"

"那不就像从毛重中扣除皮重才能得到实际重量一样吗？"

"就是这个道理。"

"小吴，徐参谋聪明，一点就透。"

清泉插了一句，逗得两个女人"咯咯"笑了起来。

当林清泉在核试验场上装配火箭的时候，北京的夏彩虹又收到了清泉的来信。这封信上什么都没写，只有一首抄写工整的《钗头凤》：

红酥手，黄藤酒，满园春色宫墙柳。东风恶，欢情薄，一怀愁绪，几年离索。错，错，错。　春如旧，人空瘦，泪痕红悒鲛绡透。桃花落，闲池阁，山盟虽在，锦书难托。莫，莫，莫。

彩虹看着这首令人肝肠寸断的词，不由潸然泪下。她与清泉之间甜蜜爱情和痛苦分离的一幕幕，又浮现在她的眼前……

当空爆核试验场正在紧锣密鼓地做试验前的各项准备的时候，地下核试验场的第一次地下核试验已经准备就绪。原子弹已经安装在坑道尽头的爆室里，坑道的回填工程已经完毕，一道坚固的坑道挡墙把整个坑道划分为两个区域，里面是爆炸区，外面是测试区。

坑道里安装了几个测试项目的测量管道，其中一条管道就是地下取样队的气体取样管道。地下取样队队长刘国强带领他的五名队员，完成了气体取样管道的设计与安装，只等一声巨响。至于是否能如愿以偿地取到样品，他们是一点把握都没有。所有参加首次地下核试验的人们，翘首以待那惊天动地时刻的到来。

"10，9，8，7，6，5，4，3，1，起爆！"

倏然，地动山摇，一声闷雷响彻山谷，浓烈的黄尘笼罩了整个山顶，犹如一头巨狮突然抖了抖毛。

1969年9月23日，中国首次地下核试验成功。

地下核试验成功了，空爆核试验进入待命阶段。

一天夜里，一场大风又袭击了核试验场，拂晓时才停止。起床后，林清泉去开门，拉了几下没拉动，低头一看，原来门里堆了一堆沙子，便叫了一声："不好，沙子把门都堵住了！"说完，便用铁簸箕和笤帚清扫沙子。睡眼惺忪的金振兴、陈南和肖亮立即从床上坐起来。肖亮说："沙子堵了门是小事，要是把发射井的通道填平了，那麻烦可就大了！"陈南说："火箭明天就要上架了，打不开井门，影响上架呀！"金振兴狐疑地

问:"没有那么严重吧?"清泉说:"大意不得,还是到现场看看去。还要带上铁锹等工具,万一通道被填满了,必须立即把通道打开。"

金振兴说:"老林说得对。早饭后,咱们带上铁锹等工具去现场。咱们四个人去就行了,小吴就不必去了。"

事实教训了金振兴,他这位大队长不得不佩服他的这位部下的周到细致、认真负责的精神和作风。他立即带领清泉、陈南和肖亮,在火箭发射阵地和遥测工号一带,捡了一些以前施工丢弃的旧草袋子、旧脸盆和旧铁桶,并将这些废品放在路旁。早饭后,他们把这些东西装上卡车。卡车出了和平村,上了通京路。当车途经工号附近以前施工连队住过的驻地时,停车了。这里又有不少丢弃的旧草袋子、旧脸盆和旧铁桶,他们下车又把这些东西捡拾起来,装上卡车。

卡车沿着通京路,开到发射井旁停下。清泉、陈南和肖亮站在卡车上一看,顿时全傻了眼,只见下井的通道几乎被细沙填平了!金振兴从驾驶室下来,看着被填平的通道,目瞪口呆。车上的人把铁锹、草袋子、铁桶和脸盆扔下车,随后跳下车。四个人立即脱掉上衣,穿着秋衣甩开膀子清沙开道。经过一阵奋战,靠上边的通道已被清理好。再往下沙子深了,他们不得不往上运沙子。肖亮和陈南一人端着一个装满沙子的脸盆从下面跑上来,倒在戈壁滩上;清泉和金振兴又往铁桶里装沙子;陈南和肖亮拎着脸盆跑下来,把脸盆往地上一放,提着铁桶就跑。又经过一阵奋战,清理的通道已到达深处。四个人脱下秋衣,只穿着白衬衣用铁锹往上扬沙子,一锹沙子扬上去,一面沙子流下来;又一锹沙子扬上去,又一面沙子流下来。他们身上的汗水也像沙子一样从上往下"哗哗"流淌。大家一看这种方法不行,便停住锹,商量了一会儿。陈南和肖亮跑上去,每人拿了几条草袋子又跑回来。两个人拉着草袋子,清泉和金振兴往草袋子里装沙子,然后他们把装满沙子的草袋子堆在下面挡沙子。通道两侧的下半部摞了三层装满沙子的草袋子做挡墙,有了挡墙,扬上的沙子再也不会流下来了。随着铁锹不断地飞舞,地面上的沙子在不断地减少、减少。他们终于用勤劳和智慧打通了通道,征服了风沙,战胜了困难。林清泉和金振兴合力拉开了沉重的钢筋水泥门,四个人的脸上露出了胜利的微笑。

他们拖着疲惫不堪的身体,步履蹒跚地从坡下走上来,然后每人选了一个舒坦的地方,四仰八叉地躺在戈壁滩上,看了看天空,闭上了双眼,睡着了……

清除了障碍,火箭上架工作顺利进行。

发射井旁停着一辆吉普车、两辆卡车和一辆汽车起重机,还有一辆水罐车。和平-5号火箭平放在一辆卡车的托架上,杨月辉带领电路班正在测试电源舱,许远征站在一旁监督。测试完毕,杨月辉盖上电源舱盖,跳下车,向郑大伟敬礼,并报告:"报告队长,电源舱测试完毕,一切正常。请指示!"

郑大伟说:"电路班一旁待命。上架班,上架开始!"

上架班的两个战士上了卡车,将吊具拴在火箭的前端。张大虎指挥汽车起重机将火箭缓缓吊起来,之后缓缓移到井口上方,一个战士站在井口边上,两手扶着火箭边调整方向边说:"好!下滑块已经入轨,慢慢放!"张大虎打着手势,火箭徐徐下降,下降……

扶火箭的战士说:"好!上滑块也入轨啦,再放!"

张大虎继续打着手势,火箭继续缓缓下降。

扶着火箭的战士喊道:"停!到底啦!"

张大虎下令:"卸吊具!"两个战士开始卸吊具。

张大虎向郑大伟敬礼:"报告队长,上架完毕,一切正常。请指示!"

郑大伟下令:"电路班,下井,打开电源开关!"

杨月辉立即带领一名战士下到井底,打开电源舱盖,打开电源开关,然后盖上电源舱盖,用螺钉将电源舱盖固定牢靠。火箭上架工作完毕,火箭发射队和火箭设计院乘车撤离现场。

在火箭上架时,火箭取样队在控制室里完成了火箭发射控制系统的安装调试,清泉立即下到井底,把火箭点火的两个插孔插进火箭插座上的两个插针上,并用白线绳系紧,火箭已经处于待发状态。火箭取样队的五个人从井里走出来,清泉和肖亮回身,合力关上最外一道防护门。至此,发射井内的所有安装工作,全部完成。

然后,他们进行发射井上安装工作。关严井盖后,金振兴和陈南用黄油涂抹在井盖和井口之间的缝隙处,以防止漏水。与此同时,清泉、肖亮和吴玉萍在滑道上排满工字钢,然后在上面压了一层石棉沙袋,以防光辐射和冲击波。最后,水罐车在井盖上面注满水,以防光辐射和冲击波冲进井内,损坏火箭。他们确实做到了严肃认真,周到细致,稳妥可靠,万无一失。至此,火箭发射前的一切准备工作全部完成。

1969年9月29日16时,数千人又云集在白云岗参观场上,其中有火箭发射队、火箭设计院以及基地研究所的参试人员,等待观看新一次氢弹爆炸的壮丽景观。

一架轰-6在靶心上空投下一颗氢弹后,疾驰而去……

闪光,火球,蘑菇云。中国又一颗氢弹爆炸成功了。

一枚又一枚火箭飞入蘑菇云中……

金振兴在发射队部里打电话:"×××雷达站,我是基地研究所火箭取样队,请你告诉我,我们的三枚火箭是不是都已经安全着陆了?"

"三枚火箭都已经安全着陆了,衷心地祝贺你们!"

"谢谢,请报告三枚火箭的落点方位。"

"两枚在80度5公里附近,一枚在102度9公里附近。"

"谢谢!谢谢!"

清泉在场区简易地图上作图,以确定火箭落点的具体位置。作完图,他说:"两枚和平-3号甲火箭落点在80度5公里附近,也就是在铁塔附近;一枚和平-5号火箭落点在102度9公里附近,那就是在靶心西南的骆驼山前。"

金振兴说:"这两个地方都好找,明天上午,我们就去回收。"

第二天,9月30日,火箭取样队的回收工作开始了。

一辆卡车缓缓地行进在铁塔南面的一片戈壁滩上,林清泉、金振兴、陈南和肖亮戴着防尘口罩、穿着防护服装，威风凛凛地站在卡车上。林清泉和金振兴面朝前，陈南和肖亮面朝两侧，四双眼睛像四部雷达在同时扫描戈壁滩。走着走着，一个目标同时映入林清泉和金振兴的眼帘，两个人同时向前一指，异口同声地说："在那儿！"卡车立即朝目标驶去。"那儿还有一个！"肖亮看着他发现的目标兴奋地叫起来。一顶降落伞带着一个箭头躺在戈壁滩上，在几百米外的另一处躺着另一个箭头和降落伞。卡车开到第一个回收物附近停住后，四个人下了车，一起走到降落伞旁。陈南手提一台 γ 射线剂量仪测量降落伞表面的 γ 射线剂量率，仪表指针只在低处微微摆动。陈南报告："伞表面剂量率——210 毫伦每小时。跟上次差不多，只取得少量样品。"林清泉和肖亮剪断伞绳，金振兴和陈南把伞衣装进一个塑料袋内，放在车上。然后，他们就地挖了一个坑，掩埋了那个从蘑菇云中降落下来的箭头。他们用同样方式回收了另一顶降落伞。

　　成功地回收完两顶降落伞，卡车沿着骆驼山北麓的一片平坦的戈壁滩缓缓行进，寻找他们最关心的和平-5 号火箭。林清泉等怀着忐忑不安的心情，站在卡车上，四处张望，搜索目标。突然，卡车加大油门向前奔跑起来，原来是小司机眼尖，率先发现了目标。卡车开到回收物前，立即刹住车，小司机先跳下车，笑眯眯地指着他的发现。林清泉等四人下了车，一同向回收物走来。陈南手提一台 γ 射线剂量仪测量取样器表面的 γ 射线剂量率……

　　胜败在此一举，林清泉、肖亮和金振兴紧张地转过脸去，不敢看测量过程，就像看一场紧张激烈而又胜负难测的体育比赛一样。剂量仪在取样器表面上缓缓移动着，当移到过滤器处时，仪表指针忽地一下子飘了上去，陈南急忙换了一个量程，指针在中间位置处微微摆动着。陈南睁大了眼睛，兴奋得结巴起来："超……超……超过 1……1 伦啦！"

　　林清泉、肖亮和金振兴同时转过脸来，异口同声地问："什么?!"
　　陈南兴奋地说："过滤器表面剂量率——高达 12 000 毫伦每小时！"
　　金振兴狐疑地问："有这么高吗?!"
　　陈南肯定地说："没有错，绝对没有错！"
　　肖亮高兴得像个孩子，又蹦又跳，大喊："大丰收啦！大丰收啦！"
　　四个人顿时拥抱在一起，酸甜苦辣一齐涌上心头，激动得热泪盈眶。
　　一阵兴奋之后，林清泉用他自制的伞带切割器切断伞带，陈南和肖亮把伞衣装进一个塑料袋，就地掩埋。最后，大家一起将整个箭头装进另一个塑料内，抬上汽车。卡车拉着丰收的果实沿着回收路开到分装实验室。为了和平村的无尘实验室不受放射性污染，放射性样品的分装在分装实验室里进行。在待命阶段，火箭取样队就把这间实验室打扫干净了。今天，在这里，他们把采集了大量样品的丝棉剪成一片一片的，装进洁净的塑料袋里，封上袋口再装进铅罐里。火箭样品共装了五六个铅罐。样品分装完毕，他们在实验室旁边的洗消站里进行了洗消。洗消完毕，取样队员们驱车返回和平村。这一天，他们水没喝一口，饭没吃一口，又累又渴又饿，太需要回到和平村美餐一顿了。

　　卡车拉着凯旋的取样队员们，回到和平村。吴玉萍以及火箭设计院和火箭发射队的大部分成员，站在院子里欢迎取样队员们的归来。

第十二章　扬眉吐气

司机刚刹住车，金振兴从驾驶室跳下车，迫不及待地跑到队部给路主任打电话报告火箭样品大丰收的好消息去了。

没等林清泉下车，宋天成就迫不及待地发问："老林，和平－5号火箭取样结果怎么样？"

还没等林清泉开口，肖亮就眉飞色舞地回答："和平－5号火箭大显神威，火箭样品大丰收啦！"

宋天成不敢相信自己的耳朵，问："什么？！"

林清泉肯定地说："宋主任，火箭样品大丰收啦！欢呼吧，同志们！"

大家一同欢呼起来，和平村沸腾了！

吴玉萍激动得一下子抱住徐明媚，说："太好了，太好了，火箭取样终于扬眉吐气了。"

蒋明宇兴奋地说："太棒啦！太棒啦！"

郑大伟兴奋地说："司务长！国庆会餐再加两道菜！"

火箭取样的第一次成功，给小小的和平村带来了第一次胜利的欢笑。郑大伟设宴款待所有参加火箭取样的同志，帐篷食堂里充满了欢声笑语。

郑大伟走到食堂中间，举起酒杯，说："我提议，为庆祝国庆20周年，为庆祝我国这一次氢弹试验的成功，为庆祝火箭取样的首次胜利，为在座的各位同志的健康，干杯！"全体一起干杯。

郑大伟举着酒杯来到林清泉面前，说："祝贺你，老林，祝贺火箭取样的成功！"

清泉说："谢谢！"

宋天成举着酒杯来到林清泉面前，说："祝贺你，老林，祝贺你设计的火箭取样器的成功！"

清泉说："谢谢！"

徐明媚举着酒杯来到林清泉面前，说："祝贺你，老林，祝贺火箭样品的大丰收！"

清泉说："谢谢！"

郑队长、宋主任和徐参谋都去祝贺林清泉，金振兴为遭到冷落而气恼，脸一下子拉得老长，心里愤愤不平：这个祝贺老林，那个祝贺老林，我是大队长，谁都不来祝贺我，真是岂有此理！

清泉举着酒杯，风度翩翩，侃侃而谈："这次火箭取样的胜利，既是我们火箭取样队的胜利，同时也是你们火箭设计院的胜利，同时也是你们火箭发射队的胜利，归根结底一句话：这是我们三方团结合作、共同奋斗的胜利！"掌声一片。

金振兴的脸都气白了，暗暗骂道：我是大队长，我没讲话你就讲话，你他妈的出什么风头？！

林清泉兴致勃勃地说："这次样品的大丰收，充分地证明了从发射井发射和平－5号火箭是相当成功的。所以，明年我们要多打几口发射井，多发射几枚和平－5号火箭，创造更大的辉煌！"又是一阵热烈的掌声。

金振兴终于按捺不住了，板着脸说："明年的任务上级还没有下达，要不要多打发射井还没有确定。老林，请你不要信口开河，哗众取宠，好不好？！"

金振兴在热气腾腾地气氛中突然浇了一瓢冷水,清泉张口结舌,吴玉萍目瞪口呆,宋天成和徐明媚面面相觑,帐篷里一片寂静。

为了缓和紧张的气氛,机灵的肖亮赶紧插言:"在今天这个大喜的日子里,我代表火箭取样队感谢火箭设计院和火箭发射队这几年来对我们工作的大力支持和热情帮助!我提议,为我们合作的成功,再干一杯!"

战士们齐声喊道:"干杯!"

次日,正是国庆节,一些参试单位开始撤场,和平村的各单位开始做善后工作,准备撤场。

这天上午,金振兴和吴玉萍乘坐一架伊尔-14飞机把火箭样品从场区机场押运到马兰机场。到马兰机场来接样品的是一辆专门运送样品的同位素车,同车来的人除了几个专门来接样品的同志外,还有路雨声。他们当即就把装火箭样品的五六个铅罐装上了同位素车。吴玉萍乘坐这辆车又把火箭样品从马兰机场押运回红山。吴玉萍完成了取样任务,又立即投入到放化分析工作中。

同位素车走后,金振兴和路雨声出了机场跑道,上了马路。金振兴一面走一面向主任滔滔不绝地汇报了和平-5号火箭取样的详细过程,并谈了此次和平-5号火箭取样成功的经验和体会。

当日下午,金振兴和路雨声一同参加了飞机取样情况的汇报会。汇报会是在马兰机场招待所的一间会议室里进行的,出席会议的有郑茂功、李保国和李海生等飞机取样队的队员以及歼-6飞机取样大队的大队长和六名飞行员。

歼-6飞机取样大队的大队长在黑板上画完六架歼-6飞机穿云取样示意图后,回身讲道:"这次任务,我们共出动六架歼-6飞机实施取样。六架飞机在'零后'43分钟和49分钟之间,分别在三片烟云中进行穿云取样。58号机和60号机,在16 500米以上这片云中取样。58号机取样量最高,达到六微克;60号机取样量较少,只有一微克。61号机在15 500米以上这片烟云中取样,取样量较多,为三微克。57号机、59号机和62号机,在15 000米以下这片云中取样,因为这三架飞机的飞行员误把这片自然云当成了核爆炸烟云,所以这三架飞机一点儿样品都没有取到。我们虽然完成了任务,却没有圆满地完成任务,为此我们感到十分遗憾。"

路雨声说:"大队长,你们总共取到了10微克样品,够用了,够用了。"

大队长说:"前几次任务可比这次任务取的样品多得多。"

路雨声说:"这次任务火箭样品大丰收了,一发火箭的取样量就高达六微克,跟58号机取得的样品一样多。"

大队长说:"太棒啦!火箭样品大丰收,我们的压力就大大减轻了。"

路雨声说:"更可喜的是,火箭样品的浓度是飞机样品的100多倍,一定能出聚变当量!"

国庆节之后,基地研究所作业队便从场区撤回红山。场区,除了温度之外,分不清四季;红山,却四季分明。金秋时节,秋风瑟瑟,草原一片金黄,树叶随风飘落。

飞机取样队和火箭取样队把核爆炸样品送进红山放化楼,他们就大功告成、万事大吉了。而从事放化分析的队伍，才刚刚投入夜以继日的紧张的战斗。这就如同一场紧张激烈的接力比赛，取样队把接力棒交给核化学组，核化学组再把接力棒交给核物理组，物理组再把接力棒交给室领导，室领导接过接力棒进行最后的冲刺。

漆黑的夜晚，万籁俱寂，只有放化楼依然是灯火辉煌，人在忙，仪器也在忙。

在溶样室里，欧秀丽和吴玉萍在溶解样品……

在裂变产物实验室里，丁雪梅等在分离、纯化样品……

在重元素实验室里，赵巧玲等在分离、纯化样品……

在样品制备室里，黎明在制备 γ 放射源，刘星在制备 α 放射源……

在 α 实验室里，李茂松把一个不锈钢片 α 源放进 α 谱仪的测量室内，开动真空泵，真空泵"咚咚咚"地响起来……

在 γ 实验室里，常达志把一个塑料盒 γ 源放进 NaI γ 谱仪的铅房内的探测器上，打开多道分析器，分析器上出现了 γ 能谱图……

在质谱实验室里，张荣在观察着笔录仪在描绘曲线……

在办公室里，路雨声摇着手摇计算机在计算测量数据……

日出东方，一轮红日照亮了红山。

林清泉、陈南、肖亮和吴玉萍，这四个在路途上共患难的朋友，这四个在核试验场上共同战斗的战友，迎着灿烂的朝霞，又一起走来了。吴玉萍回到红山后，又立即投入到放化分析工作中，并负责火箭样品的溶解，因此她对火箭样品的质量了如指掌。

吴玉萍赞叹道："火箭样品真是好极啦！不但浓度相当高，而且相当容易溶解。溶液清澈透明，看不到一点儿杂质，质量相当好。"

肖亮说："前几年，我们的取样工作一直没搞好，弄得我们都抬不起头来。现在，我们终于可以扬眉吐气啦。"

清泉说："这几年我们没有白费工夫，终于实现了火箭样品数量多、浓度高、质量好的要求，出聚变当量不成问题。"

吴玉萍说："这一次，你们火箭取样队可要立大功啦！"

四个人在说笑声中登上了放化楼前的那道山梁，在此，他们分了手。吴玉萍下了山梁走向放化楼，林清泉等三人下了山梁走向取样楼。

林清泉等三人在办公室里刚坐下，方芳就来了。

方芳推开门就叫道："老林！老陈！肖亮！"

三个人起身，异口同声地叫："方芳！"

老战友重逢，先是一阵热烈的握手和寒暄，然后落座聊天。

方芳说："我今天来，一是来看看各位，二是来祝贺这次任务火箭取样的成功。"

肖亮说："方芳，你不能光口头祝贺呀，得来点儿实惠的，鸡鸭鱼肉啊，生猛海鲜呀，都行。"

方芳说："我可没有鸡鸭鱼肉和生猛海鲜招待你们，要吃呀，就是土豆、萝卜、大白菜。"

肖亮说："没有好的，赖的也将就吧。"

方芳说:"那好,这个星期天,我跟保国设家庭便宴招待你们。"
清泉说:"你们两口子设宴,就是大葱蘸大酱,我也要出席。"
方芳说:"要是彩虹姐也能出席我的家宴,那该有多好呀!"
清泉说:"可惜呀,她永远不会再到红山来了。"
方芳说:"老林,那你打算怎么办呢?"
清泉说:"任务总结完,我就到北京去看她。"

在全室大会上,路雨声站在讲台上正在作任务总结:"这次任务,飞机取样、火箭取样和放化分析都取得了圆满的成功。成绩最显著的是火箭取样队。火箭取样队用一枚和平-5号试飞火箭取得了十分洁净的本底样品,又用一枚和平-5号火箭取得了数量足够的、质量优良的、高浓度的烟云样品,为解决氢弹试验的聚变当量的分析立下了大功。因此,基地政治部授予火箭取样队集体三等功,授予金振兴个人三等功!"

会议室里,顿时响起了暴风雨般的掌声。金振兴如愿以偿,得意地笑了。

坐在清泉身旁的吴玉萍扭头看着他,说:"老林,你呀,纯粹是给他人做嫁衣裳!"

清泉微微一笑。

路雨声宣布:"请金振兴和林清泉上台领奖,请郭政委为他们颁奖!"

在整齐有节奏的掌声中,金振兴从郭政委手中接过个人立功奖状,林清泉从郭政委手中接过集体立功奖状。

金振兴和林清泉高举奖状,向全体同志致意。

第十三章 红山风云

　　林清泉走进郭政委办公室，把一份报告放在他的办公桌上。
　　"郭政委，任务总结完了我就休假，这是我的休假报告。"
　　"清泉，实在对不起，这个假你休不成了。"
　　"为什么呀？"
　　"全所马上就要开展清理阶级队伍运动了。这个运动是我所第四季度压倒一切的中心工作，其他所有工作必须给运动让路。所以，不但休假和出差全部冻结了，就是已经出差和休假在外的人都必须马上归队，连这次任务的总结都不得不推迟了。"
　　"那这场运动什么时候开始？"
　　"基地'军宣队'明天到红山，运动后天就开始。"
　　他想借探亲假之际去北京看望夏彩虹的愿望像肥皂泡一样破灭了，他只好把这个坏消息写信告诉她。

彩虹：
　　上次任务我们是狼狈而逃，无颜见江东父老；这次任务我们是胜利而归，扬眉吐气。听到这个消息，你一定会为我高兴的。
　　我再向你报告一个好消息，"九大"之前我妹妹被无罪释放了。我深信，你父亲也一定会被无罪释放的。
　　我正打算休假到北京去看你，可是天不从人愿，即将开始的清理阶级队伍运动把我的这个愿望化成了泡影……

　　基地派遣的"军宣队"浩浩荡荡地开进了红山，从此拉开了研究所清理阶级队伍运动的帷幕。这支"军宣队"原来是工兵团的一个营，营长牛豪摇身一变就变成了

"军宣队"的大队长。他手下的连长、指导员和排长，有的变成了中队长，有的变成了副中队长，战士就变成了队员。大队掌管全所的"清队"工作，每个中队掌管一个研究室的"清队"工作。第七研究室的干部坐在会议室里，等待欢迎"军宣队"的到来。会场里人声嘈杂，有说说笑笑的，有窃窃私语的，也有打打闹闹的。林清泉、陈南、肖亮和吴玉萍坐在后面的角落里嘻嘻哈哈地聊天，也许是在聊他们一起走过的苦难旅程吧，也许是在聊他们一起发射火箭的故事吧，不管他们聊什么吧，反正聊得很开心。当他们又一次呵呵笑的时候，郭臣和路雨声带领"军宣队"步入会场，欢迎的掌声立即响起来。在一片掌声中，他们在会场前面的座位上面对大家坐下。

清泉放眼望去，三张熟悉的面孔映入他的眼帘，不由倒抽了一口冷气！这三张熟悉的面孔是何许人也？真是冤家路窄呀，原来这三人就是在哈密车站把他们赶下车的连长穆鸣、大个子兵和小个子兵。对于路途上遭受的苦难他们并不在乎，但是对于所遭受的耻辱，他们却耿耿于怀、记忆犹新。种瓜得瓜，种豆得豆，种下仇恨的种子也会发芽。

林清泉指指前面，问："喂，前面那三位你们还认识吗？"肖亮说："三张丑恶的嘴脸，烧成灰我都认识！"吴玉萍说："那个大个子兵，就是他下令把我们的东西扔下车的。"陈南说："那个小个子兵，像一条疯狗，就是他把我们的东西一件一件地从车上扔下来的。"清泉说："其实，最阴险毒辣的还是这个穆连长。"

正当他们议论纷纷的时候，郭臣起身讲话："同志们，首先让我向大家介绍两位'军宣队'的领导同志，"他指着穆鸣说，"这位是队长——穆鸣同志！"在一片掌声中，穆鸣起身，敬礼，坐下。郭臣又指着一位黑胖子介绍："这位是副队长——张义同志！"在一片掌声中，张义起身，敬礼，坐下。郭臣说："现在，欢迎穆队长讲话！"在一片掌声中，穆鸣又站了起来……

"清队"运动像其他运动一样，先听动员报告，后进行讨论表态，然后才进入运动的实质性阶段——检举揭发。运动中表现积极的就是阶级觉悟高的，或被列入运动积极分子，或被列入党员发展对象；表现消极的就是落后的，则被打入另册。挑动群众整群众，这招很损，谁不想当积极分子早日入党，谁甘愿当落后分子？于是乎，许多检举揭发材料纷纷落入"军宣队"手中。这些检举揭发材料涉及方方面面，真是丰富多彩呀！诸如：某某在某时某地诬蔑说，天天读，讲用会，背诵老三篇，纯粹是搞形式主义。某某在某时某地耻笑说，早请示晚汇报，跳忠字舞，就像朝拜皇帝一样。某某在某时某地说，江青才是武斗的罪魁祸首，因为"文攻武卫"的口号就是她公开提出来的。某某在某时某地说，……只听见毛主席万岁声，听不见武斗声。还有，某某可能是国民党特务，某某可能是苏修特务，等等。于是乎，一些人就遭殃了。

一天夜里，乌云密布，朔风怒吼，一股寒流袭击了红山。之后，天上便纷纷扬扬地飘下一场大雪来。红山正式进入冬季。

"清队"的第一个战役是揪阶级敌人，牛豪把这个战役形象地叫做抓"大鲨鱼"运动，这个战役只用了两周时间就胜利结束了。牛豪召开全所大会，展示他们捉到的几条"大鲨鱼"，庆祝他们的伟大胜利。会场设在所办公大楼前的广场上。在主席台上就座的有牛豪等"军宣队"领导以及张国华和程开甲等所领导。全所1 000多名干部、职工以及"军宣队"的队员们，头戴大皮帽、身穿皮大衣、足蹬大头鞋，坐在椅子上。主席台两侧，一边站着一名持枪的"军宣队"战士。会场气氛显得紧张、肃杀。

大队长牛豪把麦克风放在自己面前，铁青着脸讲话："革命的同志们！我们的'清队'运动，在毛泽东光辉思想的指引下，在基地党委的正确领导下，在所党委的积极配合下，在广大革命同志的大力支持下，在我们'军宣队'的正确领导下，在短短两周的时间里，就取得了伟大的胜利！"他兴奋地挥舞着三个手指头，说："我们一下子就抓住了三条大鲨鱼呀！三条呀！"掌声雷动。

"这三条大鲨鱼是谁呢？"会场里鸦雀无声，一片紧张。

牛豪激动站起来，大吼一声："孙江河！"大家的目光立即投向加工厂队伍。

牛豪厉声喊道："孙江河！站起来！"一位胡子拉碴、其貌不扬的老工人战战兢兢地站起来，低着头，弯着腰。

牛豪说："同志们，你们看孙江河这个熊样，谁能相信他是辽东地区国民党地下先遣军的司令呢?！但是，狐狸再狡猾，也斗不过好猎手，这只隐藏了二十几年的老狐狸终于被我们揪出来啦！"大个子兵站起来振臂高呼："打倒国民党老特务孙江河！"群众跟着呼口号。

牛豪又大吼一声："马文超！"群众的目光又转向了第三研究室的队伍。

马文超一惊，吓得脸"刷"地一下白了，腿不由自主地颤抖起来。

牛豪吼道："马文超！站起来！"马文超哆哆嗦嗦地站起来，低头耷拉着脑，腿还在发抖。

牛豪说："马文超，看起来是一个秀才，其实他是一个不折不扣的国民党新特务！他老丈人是国民党的一个老牌特务，他是这个老特务发展的新特务，目的就是为了窃取我国的核试验情报！"大个子兵站起来振臂高呼："打倒国民党新特务马文超！"

牛豪又吼："路雨声！"

"到！"随着一声洪亮的回答，路雨声主动地从七室的队伍里站起来。

牛豪说："路雨声，这个所谓的放化专家，其实是一个隐藏在我们核试验基地的苏修特务！"小个子兵带领呼口号："打倒苏修特务路雨声！"

牛豪喊道："孙江河、马文超、路雨声，出列！"三个人从队伍里走出来，来到主席台前。

牛豪下口令："立定！向后转！"三个人面向全场群众。三个"军宣队"战士立刻冲上前，每人身后站了一个。

牛豪说："同志们，你们看，这三张丑恶的嘴脸就是在我们所里隐藏得很深的阶级敌人，我们用了很短的时间就把他们揪出来了！这是毛泽东思想的伟大胜利！这是毛主席无产阶级革命路线的伟大胜利！"大个子兵呼口号："毛泽东思想万岁！"小个子兵呼口号："毛主席的无产阶级革命路线万岁！"

牛豪说："我宣布，立即把孙江河、马文超、路雨声关押起来，实行隔离审查！带走！"随着一声令下，一个"军宣队"战士押着一个人走出会场。

从此，这三个人分别被关押在各个单位的一个房间里，并日夜派人看守。他们的权利就是写交代材料，接受批斗，遭受拳打脚踢。

马文超躺在床上,望着天花板,越想越糊涂:我岳父新中国成立前是一个普通中学教师,新中国成立后不但入了党,还当上了校长。他怎么成了国民党老特务了呢?他何时何地把我发展成特务了呢?……

"马文超,起来!起来写交代材料!"那个看押他的积极分子吼道。

轮流看押马文超的是几个1968年入伍的少壮派,他们当过红卫兵,造过反,自封为经过大风大浪的革命"左派",因此对"阶级敌人"像严冬一样残酷无情,心狠手辣。马文超刚下床,"军宣队"刘队长带领一个队员走了进来。

刘队长说:"马文超,给你三天时间写坦白交代材料,今天是第四天了,拿来吧!"

马文超说:"刘队长,你们一定是搞错了,我岳父不是老特务,我也不是新特务,你们让我交代什么呀?"

刘队长说:"有人检举揭发,在杀害李兆麟将军的那天夜里,你岳父白林在楼门口站岗放哨,因此他是参加杀害李兆麟将军的国名党特务之一,他不是特务谁是特务?!"

马文超说:"白林如果是国名党特务,要么早就逃跑了,要么早就被镇压了,还能等到今天?"

刘队长说:"白林是漏网特务、潜伏特务,这正是他的狡猾之处。"

马文超说:"刘队长,我越听越糊涂。"

刘队长说:"同志们,让他清醒清醒!"

那个战士恶狠狠地说:"你这个狗特务,还敢嘴硬!"随后,左右开弓打了马文超两个嘴巴子,一股鲜血从他嘴角里往外流。那个看押他的积极分子,恶狠狠地说:"你这个狗特务,坦不坦白?!交不交代?!"随后当胸给了他一拳,他跟跟跄跄地撞在墙上。好汉不吃眼前亏,马文超不得不屈服了,说:"我是特务,我坦白,我交代。"刘队长恶狠狠地说:"马文超!把你的特务罪行统统给我写下来!"

逼供信是"军宣队"工作的法宝。在"军宣队"的威逼下,马文超开始写坦白交代材料了。马文超喜欢看小说、看电影,作文写得也不错,于是他按照"军宣队"的意图顺竿爬,仿照反特小说和电影的故事情节随便编,细心写、反复改。一周之后,他的坦白交代材料交到了"军宣队"手中,"军宣队"如获至宝,欣喜若狂。这份坦白交代材料中,特务代号、绰号、联络方式、情报传递方法等等,应有尽有,简直就是一篇生动的反特小说。"军宣队"的头头们对这份坦白交代材料十分满意。

路雨声可就不像马文超那样容易威胁了,他对指控他的特务罪行,死不认账。于是,穆鸣便召开全室大会批斗他。路雨声昂首挺胸站在会场前面,对穆鸣不屑一顾。穆鸣坐在桌子前,看了一眼路雨声,问道:"路雨声,你是怎么混到苏联去的?""这不符合事实,不是我混进去的,而是国家派我去苏联留学的。""那你又是怎么混进基地来的?""这更不符合事实,不是我混进来的,是组织上把我从原子能所调进来的。论工作条件、论生活条件,原子能所哪一点不比这山沟里强!""那你又是怎么混进党内来的?""我是按着正常程序入党的,不是混进来的。请问,穆队长,你是怎么混进军队来的?又是怎么混进党内来的?"众笑。

穆鸣张口结舌,无言以对。他镇定了一会儿,继续审问。

第十三章 红山风云

"你家是不是大资本家？"

"不是大资本家，是小资本家。这个问题档案上都有，组织上也很清楚！"

"那你又是怎么被苏修特务拉下水的？"

"没有人拉我下水呀，我一直就站在岸上。如果我掉入水中，那就是你推的！"会场内顿时爆发出一阵大笑，坐在会场后面角落里的林清泉、肖亮、陈南和吴玉萍笑得最凶。

穆鸣恼羞成怒，"腾"地站起来，把桌子狠劲一拍，说："路雨声！你不要敬酒不吃吃罚酒！你那位女同学阿耶耶娃是苏修的克格勃，你和她书信来往密切，你给她提供了多少核试验情报？"

"她是不是克格勃的，我不知道。我们之间的书信往来只叙同学友情，从来不谈别的。至于提供情报之说，纯属无中生有，栽赃陷害！"

"那你为什么都是用俄文写信，怕暴露是不是？"

"因为她是俄罗斯人，不懂中文。假如我用俄文给你写份材料，你能看懂吗？"林清泉等四人的笑声带起会场笑声一片。

穆鸣暴跳如雷，说："路雨声！你太狂妄啦！你这位资产阶级反动学术权威竟敢肆无忌惮地诬蔑我们广大的工农兵群众！"大个子兵振臂高呼："打倒苏修特务路雨声！"小个子兵紧跟着喊："打倒资产阶级反动学术权威路雨声！"

虽然把路雨声等三人划为阶级敌人，但还没有真凭实据。没有真凭实据是不能定案的。于是，"军宣队"和所政治部组成一个联合调查组，对这三个人进行内查外调。

"清队"第一战役暂告一段落，开始转入第二战役。在这次战役打响之前，穆鸣在"清队"办公室里进行战役部署。出席这次会议的，除了穆鸣、张义及郭臣之外，还有金振兴等各"清队"小组的组长。

张义说："同志们，今天召开'清队'组长会，部署下一阶段的'清队'工作。现在请穆队长讲话。"

穆鸣说："同志们，'清队'的第一战役我们取得了伟大的胜利，揪出了一批隐藏得很深的阶级敌人。现在已开始对他们的问题进行内查外调，运动结束前，要给他们落实政策，该关的关，该杀的杀！从明天开始，运动就转入第二战役——革命大批判。对那些反对毛泽东思想、反对毛主席无产阶级革命路线、反对无产阶级'文化大革命'的人，要进行严厉的革命大批判。有些人的问题是属于人民内部矛盾问题，有些人的问题是介于敌我矛盾和人民内部矛盾之间的问题。推一推就属于前者，拉一拉就成为后者。当然了，我们是想拉一拉的。但是，如果我们遇到顽固不化的分子，那就只好把他推下去了！政策就是这样，希望大家认真领会，灵活掌握。根据我们的调查摸底，拟订了一个七室需要受到革命大批判的人员名单，下面请张副队长把名单宣布一下。"

张义照着日记本念道："列入室一级批判对象的有：周海媚、陆远光、李高才、徐小海。列入大组一级批判对象的有：孙宝山、李海生、王乐年……"他停住口看着穆鸣，问，"队长，还有好几十人呢，不念了吧？会后让各组组长到我这儿抄一下。"

穆鸣说："好吧。"

金振兴说:"张副队长,林清泉有没有被列入批判对象啊?"

张义看了看日记本,回答:"没有。"

金振兴说:"穆队长,张副队长,你们怎么把他给漏了?他的问题严重得很呢!"

穆鸣颇感兴趣地说,"金大队长,那你说说,他都有哪些严重问题?"

金振兴滔滔不绝地说:"林清泉长期出差在外,很多人都不了解他。他是我们取样大队的人,所以我对他的事情了如指掌。第一,他妹妹是书写反革命标语的现行反革命分子,他不但不跟她划清阶级界线,还为她鸣冤叫屈;第二,夏彩虹的父亲是叛徒,他不听组织劝阻,不但经常给夏彩虹写信,还坚持要跟她结婚;第三,他把火箭取样队变成了'针插不进、水泼不进'的独立王国,不服从党的领导;第四……他的问题举不胜举,留着在批判会上我再检举揭发吧!"

穆鸣说:"林清泉对'清队'运动好像有抵触情绪,见了我们眼皮一嘛搭,理也不理,睬也不睬,高傲得很哪!"

金振兴说:"他就是那个臭德行,趾高气扬,目中无人。"

穆鸣说:"他父亲是不是一个高级知识分子呀?"

郭臣笑道:"不,他父亲是一个大字不识的农民。"

穆鸣说:"我们是有成分论者而不唯成分论者,不管他出身于什么家庭,既然他有这么严重的问题,我看就不应该把他列为大组批判对象,而应该划为室里重点批判对象。"

金振兴谄媚地说:"穆队长的阶级觉悟就是高,把他划为室一级重点批判对象,十分英明。"

郭臣说:"不,林清泉是一个好同志,但也有不少毛病,借此机会帮助教育他一下也好。但是,这个同志我们还是要留的,不是要放的。所以,我建议还是放在大组里批判为好。不过,我只是提个建议,大主意还是请穆队长自己拿。"

穆鸣说:"这样吧,金大队长,林清泉先放在你们取样大队里进行批判。如果他表现好,就让他过关;如果表现不好,再拉到全室大会上进行批判,不把他批倒批臭,誓不罢休!"

金振兴咬牙切齿地说:"对!不把他批倒批臭,誓不罢休!"

郭臣说:"金振兴,我可给你提个醒,林清泉可不是个软柿子,随你怎么捏鼓,他可是一条吃软不吃硬的汉子,天不怕地不怕的主,你要是把他逼急了,到那时候恐怕搞得你下不来台呀!"

金振兴趾高气扬地说:"运动期间,再给他三个胆他也不敢!"

在金振兴的煽动下,林清泉遭受批判已经是不可避免的了。利用运动打击报复和整人是许多人惯用的办法,金振兴当然也不例外。前两次任务,林清泉总是顶撞他,根本不把他这个大队长放在眼里,弄得他很没有面子。这次运动是一个非常好的机会,他要把林清泉整得服服帖帖,让这个狂妄的家伙丢尽面子,报一箭之仇。

革命大批判在全所轰轰烈烈地展开了。

第七研究室遭受全室大批判的第一人是周海媚。她是一个怀有五六个月身孕的孕妇,穿了一身没有钉领章的棉军装,腆着个大肚子,低着头站在全室人的面前,接受群众批判。"清队"运动的积极分子多半都是1968年入伍的少壮派,写过大字报,批判过走资派,擅写批判稿,擅长发言。

一个高个子慷慨激昂、振振有词地念批判稿:"……周海媚,你的母亲是一个大地主婆,你不仅不跟她划清阶级界线,而且还按月给她寄钱。请问,作为一个革命军人,你的阶级立场到哪儿去了?!"

"这个小子是从石头缝里蹦出来的,没有妈。"林清泉尖刻地说。肖亮微微一笑。

一个矮个子戴眼镜的恶毒地攻击:"……周海媚,她不是一个革命军人,而是一个不折不扣的资产阶级臭小姐!听她经常哼的歌曲吧:哎呀妈妈,请你不要对我生气,年轻人就是这样相爱;看她那些照片吧:有打着洋伞的,有穿着花裙子的,有戴着墨镜的;看她的日记吧:春天来了,大地在欢笑,蜜蜂'嗡嗡'叫,我和他漫步在公园里,幸福在我的心头缭绕。大家听听,这又多么浪漫多么富有诗意呀!"他洋洋得意地高高举起一个日记本,说:"这是从她家里抄出来的日记本,这就是证据!"

周海媚双手一捂脸,摇摇欲倒。吴玉萍和丁雪梅急忙跑上前去扶住了她。吴玉萍气愤地说:"你嘴上积点德好不好,你没看见她有五六个月的身孕了吗?!"说完,两人搀扶着周海媚往外走。

穆鸣起身宣布:"下一个——李高才!"大个子李高才起身,走到前面接受批判。

穆鸣说:"现在,请阶级觉悟最高的工人阶级的优秀代表——孙高大同志,对李高才诬蔑伟大领袖毛主席的罪行进行揭发批判!"

一位犹如三寸丁般的猥琐男人站起来,走到李高才身旁,提了提裤子,眨巴了几下小眼睛。

清泉说:"肖亮,这个像武大郎一样的人是谁呀?"

肖亮说:"今年从乌鲁木齐调来的一个玻璃工。他想领导一切,不但经常对我们进行再教育,而且还经常对室领导指手画脚,所以大家都叫他'流氓无产者'。"清泉"扑哧"一声笑了。

孙高大清了清嗓子,大声地说:"李高才,他……他……他诬蔑伟大领袖毛主席!他画了一头猪,但是,在这头猪的上面他又画了一个红太阳。大家都知道,红太阳就是我们伟大领袖毛主席,他把红太阳和猪画在一起,这不就是诬蔑我们的伟大领袖吗?!"

清泉轻蔑地说:"生拉硬扯,胡说八道!"

孙高大把一张画高高举起,说:"这就是证据!"

清泉冷笑道:"一个不折不扣的流氓无产者!"

批判完研究室一级的批判对象,便轮到批判大组一级的批判对象了。这一级虽然档次最低,但人数最多,说过一次犯忌话的,做过一次犯忌事的,都在批判之列。取样大队的李海生、徐小海和孙宝山等人都受到了批判。

孙宝山是因为带头造反、破坏军纪、扰乱军心而受到批判的。

李海生在乘火车时,不但不参加列车里的"早请示晚汇报"活动,还说"早请示晚汇报"统统是搞形式主义,无聊。和他同行的一个人揭发了他。于是,他受到了严厉的批判。

徐小海说，林彪搞的"讲用会"就是搞"大比嘴"，玩的是虚的，不如罗瑞卿搞的"大比武"好，玩的是实的。一个听他发牢骚的人揭发了他。于是，他也受到了严厉的批判。

金振兴把对林清泉的批判会作为"压轴戏"来安排。

灿烂的朝阳照耀着取样楼，温暖的阳光洒满了取样大队的批判会场。会场里，火箭取样队、飞机取样队、地下取样队和电子学组共30多人靠墙坐在会场周围；金振兴和穆鸣坐在会场的前面，面前放了一张桌子；林清泉、陈南和肖亮跟他俩正好面对面。

金振兴振振有词地讲话："同志们，前一阶段，我们取样大队对孙宝山、李海生和徐小海等七名同志的错误思想和行为进行了严肃的革命大批判，既教育了他们本人，也警示了我们大家，效果是非常好的。今天，我们大队的批判对象是林清泉。有的同志可能不明白，为什么要批判林清泉呀？因为他在思想上、工作上及生活作风上都存在着相当严重的问题，所以我们要按照团结—批评—团结的公式，本着治病救人的态度，对他的错误进行毫不留情的批判。现在批判开始，请大家踊跃发言。"

坐在门口的李保国看了一眼他的老同学，见他泰然自若，便闭上了双眼。

孙宝山看了一眼他的老队长，见他神情坦然，便吐起了烟圈。

李海生看了一眼他的老朋友，见他波澜不惊，便喝了一口茶。

过了好半天，还没有一个人发言，金振兴忍耐不住，便开始点名："郑茂功，你带个头，党员嘛，就要在运动中起模范带头作用。"

郑茂功说："大队长，你很清楚嘛。平时，林清泉经常出差在外，我跟他接触不多；执行任务期间，他在和平村，我在马兰，我们俩连面都见不着。因此，我对老林的情况知道得很少。毛主席说，没有调查就没有发言权，所以，我没有发言权。"

金振兴白了郑茂功一眼，暗暗骂了一句"老奸巨猾"之后，目光一下子落在孙宝山的脸上，又点名："孙宝山，你来揭发批判林清泉！"

孙宝山造了几年反，不仅革命没成功，业务也丢了，还受了一顿批判，已经是灰溜溜的了。再说了，在批判他的时候，老队长并没有落井下石，而是语重心长地劝导他。他后悔自己走错了路，没跟着他好好干，才落得如此下场。他不想再整人，也不想给别人当枪使。于是，孙宝山婉言道："大队长，我脱离火箭取样队快三年了，对他近几年的情况一概不知。所以，我就更没有发言权了。"

金振兴瞪了孙宝山一眼，暗暗骂了一句"不争气的东西"之后，一抬头，林清泉、陈南和肖亮一起映入他的眼帘。他顿时灵机一动：我何不来个一箭双雕，趁此机会拆散林、陈、肖的三人联盟。

金振兴点名："陈南，你带头发言！还是老家乡，从入伍开始，你就跟林清泉工作在一起，是'三剑客'之一，对他的情况应该了如指掌，你最有发言权。"

陈南没有料到会点他的名，脸涨得通红，干张嘴却说不出话来。

金振兴说："陈南，你不要有思想顾虑，批判他就是帮助他、挽救他，不让他在错误的道路上越走越远。说吧，说吧！"

陈南语无伦次地说："我……老林……他……我不会说，我没有发言权。"

金振兴看着肖亮，说："肖亮，你也是'三剑客'之一，又能说会道，还是党员，那就请你来批判林清泉。"

肖亮不得不发言了:"林清泉同志吧,对工作极端地负责,对同志极端地热忱,每次执行任务,他都冲锋在前,不怕苦,不怕累,不怕放射性……"

金振兴不耐烦地说:"歇着吧你!你把他当成白求恩了还是雷锋了?你是在批判他呀还是在给他评功摆好呀?"

肖亮说:"我还没说完呢,你急什么呀?对同志要一分为二,得先说优点,后说缺点。"

金振兴说:"好好,你说你说。"

肖亮说:"每个人吧,都有自己的缺点,林清泉当然也不例外。我看他的主要缺点是,遇事有时不够冷静,容易冲动。就拿他处理他妹妹被打成反革命一事来说吧,他没请假就擅自跑回家去了,结果犯了无组织无纪律的错误。当然了,谁碰上这事谁不着急呀?可是再着急也得请假呀!我说完了。"

金振兴不满地说:"避重就轻,轻描淡写,就像弹脑瓜崩一样。"然后又四处寻找发言对象。

林清泉说:"大队长,你对我可谓是了如指掌,那你就亲自来批判我吧,何必搬兵请将,多此一举呢?"

金振兴手指林清泉,说:"大家看看,大家看看,在批判会上,林清泉竟然如此猖狂,平时他是如何猖狂,就可想而知了。"

穆鸣说:"大队长,你一定要把他的嚣张气焰打下去!"

金振兴只好赤膊上阵了。他清了清嗓子,慷慨激昂地说:"我刚才说过,林清泉的问题是严重的。第一点,他思想落后,政治上不求上进,对'文化大革命'和'清队'运动抱有抵触情绪。第二……"

林清泉插言:"大队长,我非常欢迎你的批判,你的批判就是对我的最好教育。但是,你批判我的问题肯定很多,我一下子也记不住。我看你批一点,我检讨一点,这样做脉络清楚,批判效果会更好。另外,你光扣大帽子难以服人,也得说点儿事实吧?"

"可以。'军宣队'刚来的那一天,我叫你带领火箭取样队去帮他们搬行李,你不但拒不执行我的命令,还扬言:论职务我们不比'军宣队'的低,论年龄我们也不比'军宣队'的低,为什么让我们帮他们搬行李?难道我们'臭老九'就比'军宣队'低一等吗?谁爱去谁去,我们不去!有没有这事儿?"

"有。对此我检讨。你继续。"

"第二,你学习毛主席著作敷衍了事,在天天读的时间里,你经常在桌子上放一本《毛泽东选集》装样子,却偷看抽屉里的技术书。有这事没有?"

"有。以后我一定改,争取做个学习毛主席著作的积极分子。你继续。"

"第三,你妹妹被打成现行反革命的时候,你擅自离队。有这事儿吧?"

"有。我犯了严重的无组织无纪律错误,虽然我已经做过检讨,今天我再次当着大家的面进行检讨,争取今后不再犯类似的错误。"

见林清泉今天如此老实,金振兴心里不由一阵欣喜,便步步紧逼,非把他整得俯首帖耳不可!

"第四，你的阶级斗争观念不强、觉悟不高，不仅不能跟现行反革命分子林青霞划清阶级界限，而且还流露出强烈的不满情绪。有没有？"

"有。虽然我的阶级斗争觉悟不高，但是我的头脑非常清醒。我始终认为，我妹妹是被冤枉的，她不可能是也绝对不会是现行反革命分子！"

"不可能！到现在你还为她鸣冤叫屈，简直是顽固不化！"

"我现在告诉你，'九大'之前，我妹妹已经被无罪释放、彻底平反了。"

"这……这……那我怎么不知道？"金振兴有点儿慌神了。

"我妹妹的平反材料已经到了所政治部了，难道政治部没向你报告吗？"林清泉讥讽地说。

"你……你……你把火箭取样队变成了针插不进、水泼不进的独立王国！"

"这不是事实。你不是把针已经插进去了吗？这次任务不就是你亲自指挥的吗？为此你还立了个三等功，你还有什么不满意的？"

"是你对我立了个三等功不满意吧？同志，你的私心杂念太重噢，你要斗私批修哟。"

"金振兴，你不要把自己打扮成诸葛亮，把别人当成阿斗，今天教训这个，明天教训那个。我不想听你喋喋不休的教育！"陈南拉了拉他的衣襟。

"你独断专行，把核试验当儿戏，竟敢用破纸板和破饭盒做控制盒发射火箭！"

"你颠倒黑白，一派胡言！要不是你带去的控制台自动跳火，差一点儿没炸瞎了我的眼睛，我也绝不会出此下策！"肖亮拉了拉他的衣襟。

金振兴恼羞成怒，气急败坏，决定使出杀手锏，给他致命一击："林清泉！你生活作风腐化堕落，凭着你一张英俊的小白脸，以谈恋爱为名玩弄妇女！……"

林清泉陡然一惊，脸"腾"地红了，怒火"腾"地升起来了，他喝了一口茶压压火。

金振兴继续攻击："你吃着碗里的还看着盆里的，一方面跟夏彩虹谈恋爱；一方面勾引方芳，把她弄得神魂颠倒的时候，你又把她毫不留情地抛弃了。因为夏彩虹是高干子女，你想攀龙附凤……"

李保国怒气冲冲地说："我抗议！金振兴，请你不要借运动之际，捕风捉影，信口开河，更不要进行人身攻击，伤及无辜！"

林清泉的怒火已升到了八九分，他又喝了一口茶压压火。

金振兴肆无忌惮地说："当夏彩虹和方芳走了之后，你又去勾引吴玉萍，并且把她拉进场区。你跟她眉来眼去、勾勾搭搭、拉拉扯扯，在火箭设计院和火箭发射队里造成很坏的影响。"

林清泉的怒火已经升到了十二分，双眼冒出愤怒的火焰，说时迟那时快，他"腾"地一下站起来，把手中的茶杯猛然举起，使劲摔在地上，只听"啪"的一声响，茶杯粉碎，四处飞散！

金振兴吓得一哆嗦！满屋子人都惊呆了！陈南和肖亮同时使劲拉了拉他的衣襟。

林清泉像一头暴怒的狮子，手指金振兴，怒不可遏地说："金振兴！你造谣中伤，卑鄙无耻！你黔驴技穷，竟然用极其下流的手段想整倒我、整臭我，你不但侮辱了我个人，还侮辱了三个无辜的女同志！我和夏彩虹的爱情是高尚的，我和方芳、吴玉萍的友谊是纯洁的！苍天可以作证，大地可以作证，有的同志也可以作证！"

肖亮使劲拽他的衣襟，说："老林，冷静点儿，坐下！"

林清泉手指金振兴，一步一步地向他走去，并说："金振兴，你必须承认你是血口喷人！你必须立即向我和你所伤害的三个女同志赔礼道歉！否则，我跟你血战到底！"

金振兴吓得站了起来。李保国赶紧溜了出去。

看着步步进逼的林清泉，穆鸣也惊得一下子站起来，大叫："林清泉！难道你还想打人吗?!"

林清泉没理睬他，依然直指金振兴："金振兴！你道歉不道歉?!"

穆鸣大喝一声："来人！把他给我抓起来！"大个子兵和小个子兵立即迎上前去。

林清泉一指两个兵，喝道："站住！"两个兵吓得停住脚步，不知所措。

穆鸣声嘶力竭地喊道："抓！"

新仇旧恨一齐涌上心头，林清泉把眼一瞪，手指着他说："穆鸣！穆连长！你算个什么东西！你，两面三刀，明中是人，暗中是鬼！在火车上，暗中指挥这两个兵，把我们的东西从车厢里扔到站台上的，是你！在这个运动中，今天整这个明天整那个，把整人当做乐趣的，是你！恬不知耻地说，那些'臭老九'让我整得嗷嗷哭的，还是你！你如此仇视我们知识分子，请问，'臭老九'是挖你们家祖坟了，还是把你们家的孩子扔到井里去了?!请问，你的阶级感情到哪里去啦?!你的良心到哪里去啦?!让狗吃了吗?!让狼叼走了吗?!"

林清泉痛快淋漓地把穆鸣骂了个狗血喷头，吐出了大多人的满腹积怨，大快人心。

穆鸣的脸红一阵白一阵，张口结舌："你……你……你……"

林清泉的满腔怒火还在熊熊燃烧。他接着说："穆鸣，你们家祖坟冒青烟了，出了你这么个连长，出了你这么个狼心狗肺的东西！"

穆鸣气得浑身冒火，用颤抖的手指着林清泉说："抓！……抓！"

正在剑拔弩张之时，郭臣随着李保国急急忙忙闯进来，照着林清泉的后背狠狠地打了一巴掌，说："林清泉！你疯啦?!怎么就不能冷静点儿?!给我出去！出去！！"说完，和李保国一同把他连拉带拽地拖走了。

穆鸣像一个霜打的茄子——蔫了！

金振兴像一个泄了气的气球——瘪了！

屋里的空气似乎凝固了！

金振兴和穆鸣岂肯败在林清泉的脚下，于是两人便策划对他发动第二次攻势，为了能得到郭政委的支持，他俩就来找郭臣商量。当他们走进政委办公室时，郭臣正在看一份报告。

郭臣问："你们俩找我有什么事儿？"

穆鸣说："郭政委，我们想跟您商量商量，下一次如何批判林清泉的问题。"

郭臣说："我想先听听你们的意见。"

穆鸣怒火又起来了，气愤地说："林清泉太狂妄了，居然敢在批判他的会上进行反批判，打了我们一个措手不及。如果不把他的嚣张气焰打下去，我们'军宣队'岂不是太丢脸了！所以我们想把他拉到全室大会上进行批斗！"

郭臣说："怎么，你们还想给他升级？难道你们还想在全室大会上让他再反批判一次，你们再丢一次脸？"

穆鸣把眼瞪得溜圆地说："他还敢放肆，我就把他抓起来关'牛棚'，到时候，政委可不要再为他保驾呀！"

郭臣说："舍得一身剐，敢把皇帝拉下马。他已经豁出去了，有什么不敢的？！但是，说到底这也是人民内部矛盾，不是敌我矛盾。你抓他，犯错误的是你，不是他。"

穆鸣哑口无言。

金振兴不知深浅地说："政委，那就这样让他蒙混过关啦？！"

郭臣对穆鸣还算客气，但对自己的部下就毫不留情了，于是便把满腔怒气都撒在他的头上。他说："混账话！都是你把事情搞糟啦！我再三嘱咐你，要帮他，不要一棍子把他打死！可你呢，一意孤行，非要整他，你把他逼急了他才坚决抵抗，是你搬起石头砸了自己的脚！活该！"金振兴羞愧难当，恨不得一头钻到地里去。

穆鸣仍不死心，说："不开全室批判大会，至少大队批判大会总得开吧？"

郭臣说："夹生饭不好吃呀！我看什么批判会都不要开了。他的错误让我来批评他，但绝不是现在，要进行冷处理。"

穆鸣说："不批判也行，那就把他清理走！"

郭臣说："他正求之不得呢！他之所以敢顽强对抗，其中一个原因就在这里，为了他的夏彩虹。看，他把转业报告都交上来了！"说完把那份报告往前一推。

穆鸣说："那就让他走，部队绝不能留这种敢抗上的干部！"

郭臣说："你不能拿对待连队干部的那一套来对待知识分子干部，他们根本就不吃这一套。学会数理化，走遍天下都不怕，因为他们有知识，走到哪里都吃得开。再说了，千军易得一将难求，这次火箭取样的成功，别看他没有立功，其实他的功劳最大。火箭取样是他带头搞起来的，今后还得靠他带头干下去。所领导和基地领导已经发下话来，一定要把林清泉留住，这就是我要保护他的原因。"

金振兴冷言冷语道："地球离了谁都照样转！火箭取样离了他照样干！"

郭臣当头就是一棒，说："乱弹琴！我问你，你知道火箭取样的下一步棋该怎么走吗？不知道吧？可他知道。我再问你，这次任务的火箭取样总结报告你写完了没有？你能在一周之内向所里交稿吗？"

金振兴说："刚开了头……因为缺资料和数据……我……我就写不下去了。"

郭臣说："还吹牛呢，连写这个报告你离了林清泉都玩不转吧？"

金振兴实话实说："下笔时我才发现，我对火箭取样的了解太肤浅了。"

郭臣说："我劝你，赶快去给林清泉赔礼道歉，然后请他写。也只有他才能把这个报告按时写出来，要不然你没法向所里交差！"

金振兴万万没想到，向对方低头的，不是林清泉，恰恰是他自己！

当天夜里，林清泉躺在床上正在生闷气，金振兴走到他的床前。林清泉用眼角鄙夷地瞥了他一眼，不但没动，反而闭上了眼睛。

金振兴轻轻叫道："老林。"

林清泉依然闭着眼睛，说："老金，怎么，白天你批得还不过瘾，晚上又追到宿舍来啦？那你就批吧，我洗耳恭听。但是，我保留自卫反击的权利！"

金振兴说："老林，你误会了，我是来给你赔礼道歉的。我不该对你无情打击，我不该无限上纲，我不该胡说八道。对不起，实在对不起！"

林清泉睁开眼，冷笑道："嘀！太阳从西边出来了吧？"

肖亮诚恳地说："老林，这就是你的不是了，你应该接受他的道歉才是，得放手时且放手，得饶人处且饶人嘛。"

陈南由衷地说："老林，说句真心话，看到你们俩争来斗去的，我这心里可不是滋味了。冤家宜解不宜结，你们都知道将相和的故事。你跟老金和好了，不但有利于团结有利于任务，而且我们看着也高兴啊！"

林清泉起身靠在被子上，说："肖亮，陈南，我接受你们俩的诚恳批评。我也说一句真心话，我在会上也说了一些过头的话，也伤了老金的自尊心。"

肖亮高兴地说："哎，这就对了嘛，你们俩各自多作自我批评，什么问题都好解决了嘛。"

金振兴说："我们俩都在气头上，话赶话，难免说些过头的话。"

林清泉说："老金，你不单单是来给我赔礼道歉的吧，是不是有什么事想求我呀？"

金振兴心里一惊，这个刺儿头果然厉害，便实话实说："老林，我想请你来写这次任务的火箭取样总结报告。"

"你是这次任务的负责人，报告当然由你写了，找我干吗？"

"所长指示，火箭取样第一次获得成功，一定要把这次任务的总结报告写好，他要亲自审查。老林，我也说句实话，我对火箭取样的了解远不如你，没有能力把这个报告写好。"

"那就请陈南来写。"

"我的材料组织能力和文字表达能力都不行，不胜任写总结报告。"陈南说。

"那就请肖亮来写。"

"我？我的水平还不如陈南呢。此事非老林莫属。"肖亮推辞。

"老林，你就别再推三挡四的了。为了国家任务，我求你了！"

清泉一边下地，一边说："好，为了国家任务，为了火箭取样队，这个报告我写了。"

金振兴两手拉着林清泉的一只手，说："老林，谢谢你，谢谢你。"

清泉冷淡地说："不必谢，我是为了国家任务，为了火箭取样队，不是为了你。老金，请你告诉我，几天交稿？"

"所里催得紧，只剩五天时间了。"

"那你让我在什么时间写？"

"运动你还要参加，当然是利用业余时间了。"

"开玩笑，五天的业余时间，我连初稿都写不出来。对不起，还是你自己写吧。"

清泉连连摆手。

"大队长,我看这样吧,这五天让老林集中时间和精力全天写总结,不参加运动,不参加会议,不参加学习。"肖亮提议。

"这……"金振兴犹豫着。

"如果不行,那你就另请高明吧!"清泉故意将他一军。

"行!老林,那你就集中时间和精力,全天写总结。"金振兴不得不投降了。

金振兴的话音刚落,吴玉萍一头闯了进来。她一见金振兴顿时冷下脸,杏眼圆睁,喝道:"老金!你不是说我跟老林拉拉扯扯吗?正好,陈南和肖亮都在,今天你就当着大家的面,把我们拉拉扯扯的事说一说吧!"

金振兴张口结舌,哑口无言。也是金振兴祸不单行,怀着身孕的方芳又闯了进来,一见他分外眼红,劈头盖脸地就是一段臭骂:"金振兴!你豁牙子靠墙——卑鄙无耻!你为了整倒老林,竟然不惜损害我和吴玉萍两个女人的名誉,难道你就不感到可耻吗?难道你就不感到脸红吗?"

方芳和吴玉萍一唱一和,轮番斥责他。

方芳责问:"老金,去年冬天你带去的火箭发射控制台出了问题,是谁冒着风险让你渡过难关的?"

吴玉萍责问:"老金,今年秋天,是谁现场研制出爆炸分离解锁吊钩,确保和平-5号火箭发射成功的?"

方芳说:"老金,你不但不感谢老林,还背后告他黑状,你还有良心吗?"

吴玉萍说:"老金,你不但不感谢老林,还对他进行残酷斗争,无情打击,你的良心到哪里去了?"

方芳说:"你嫉妒老林,你嫉妒他比你有才华,是不是?"

吴玉萍说:"你嫉妒老林,你嫉妒他比你有魅力,是不是?"

方芳说:"同志,你要斗私批修啊!"

吴玉萍说:"同志,你要狠斗私字一闪念噢!"

肖亮赶快为金振兴解围道:"小吴,方芳,你们俩就少说几句吧,老金已经向老林道过歉了,得放手时且放手,得饶人处且饶人吧。"

方芳说:"那他还没有向我们俩赔礼道歉呢!"

金振兴在狼狈不堪中醒悟过来,赶紧说:"小吴,方芳,我向你们俩赔礼道歉,对不起,实在对不起!"

清泉也为金振兴解围:"老金,你快走吧,我保证按时交总结报告。"金振兴赶快溜走了。

方芳说:"老林,你别写这个报告。老金不是能嘛,让他自己写去!"

吴玉萍说:"老林,你又在为他人作嫁衣!"

林清泉只是微微一笑。

旭日东升,温暖的阳光洒进火箭取样队的办公室,清泉独自一人坐在办公室里开始写火箭取样总结报告了。他背靠椅背,用八叉手托着后脑勺,沉思片刻,然后在稿纸上写出报告的题目和提纲：

1969年任务火箭取样总结报告
前言
（一）和平–5号火箭
（二）火箭发射井
（三）火箭发射控制
（四）火箭试飞
（五）火箭取样方案
（六）火箭取样实施
（七）讨论

他写完报告提纲，又背靠椅背，用八叉手托着后脑勺，沉思片刻，然后伏案疾书……

林清泉舌战金振兴、怒斥穆鸣的故事，随着寒流从新疆刮进了北京通县留守处。夏彩虹与彭刚在食堂里一边吃饭一边聊天。

"老彭，你消息灵通，红山最近有什么新消息吗？"

"老林每周都给你写一封信，你还用问我吗？"

"关于运动的具体问题他说得很少。"

"常言道，书信往来。可你呢，只收信却不回信，来而不往，非礼也。人家的心自然就凉了。"

"我就是要给他不断降温。"

"再降就要降到零下了，会结冰的。"

"我只想听听有关他在运动中的消息。"

"你还是为他担心？"

"老林一向很有主见，不但不对金振兴唯命是从，还经常顶撞他，老金对此耿耿于怀。因此，我怕金振兴趁运动之机打击报复他。"

"让你猜中了，确有此事。金振兴不但出卖了他，还亲自肆无忌惮地批判他，一心一意想整倒他、整臭他，报一箭之仇。"

"哎呀！这下子可糟了！"彩虹瞪着惊恐的大眼睛说。

"小夏，你别紧张，在批判林清泉的大会上，你说怎么着？"

"快说吧，别卖关子了！"

"老林居然来了个反批判。他舌战金振兴，怒斥军宣队长的故事，在红山已传得沸沸扬扬了。"

"我怕的就是这个呀，这回他的祸可就闯大啦！"

"这回你猜错了，金振兴他瘪茄子啦！"

"这就怪了。"

"见怪不怪。林清泉根红苗正，有本事，他怕谁？！他出身好，身体好，工作好，又没有犯致命的错误，谁能拿他怎么样？这是其一。其二，也是关键一点，领导器重他，列为技术骨干，是重点保护对象，谁又敢把他怎么样？"

"这事儿要是轮到咱俩头上，打死也不敢说个不字。"

"对喽。"

"还不知道怎么处理咱们俩呢？"

"'清队'运动的最后阶段，就是清理阶级队伍，咱们俩肯定是清理对象。"

"清队"运动进入最后的落实政策阶段。

联合调查组经过一个来月的内查外调，终于真相大白，水落石出，原来那三条"大鲨鱼"不过都是些"小金鱼"而已。这令"军宣队"大失所望，但事实毕竟是事实，是不以任何人的意志所转移的。在有所领导、各室政委、各研究室军宣队的正副队长参加的会议上，牛豪继续他的讲话："……'清队'运动已进入到最后阶段，就是进入落实政策和进行组织处理阶段。我们抓的三条'大鲨鱼'，经过内查外调，没有实据，根据'事出有因，查无实据'的原则，决定解除对他们的隔离审查，恢复其自由和工作。各单位会后就立即执行。但是，马文超在交代材料中编造了一个特务组织的故事，他身为革命军人，不能实事求是，欺骗组织，决定给予行政记大过处分，并把他清除出部队。对路雨声，恢复原职，继续重用。为了纯洁革命队伍，把那些家庭、社会关系以及个人有重大问题的人，例如彭刚、夏彩虹和孙宝山等，一定要把他们从革命队伍中清除出去！会后，各单位把要清理的人员名单尽快报上来。年底之前，所有被清理的人员，必须离开部队！……"

孙江河是被冤枉的，但事出有因。孙江河的确是辽东地区国民党地下先遣军司令，现已被关押在辽宁省的一座监狱里。阴差阳错，研究所的老工人孙江河不过是跟他同地同名同姓而已。

马文超是被冤枉的，但事出有因。马文超的岳父白林是哈尔滨某中学的校长，他的女儿白雪是这个学校最漂亮的女教师。教师张强一直热烈地追求白雪，但被白雪婉言拒绝了，因为白雪爱的是马文超，张强便对他怀恨在心。当白雪跟马文超结婚后，张强才不得不死心。张强吃不到葡萄说葡萄酸，便在同事们中间散布流言飞语：丈夫在新疆当兵，过着牛郎织女般的生活，有什么意思？有什么幸福？

白林听说后，自豪地说："我女婿在新疆，搞原子弹，光荣！"

张强暗下决心：我让你跟你的女婿一块儿完蛋，看你还光荣不光荣？于是，他精心编造了一个白林是老特务、马文超是小特务的故事，并把这个故事作为揭发检举材料，一份寄给了哈尔滨市公安局，一份寄给了部队。于是，马文超就糊里糊涂地成了特务。哈尔滨市公安局经过侦查，此案纯属诬告，走进监狱的不是白林，而是张强，这也是他罪有应得。

路雨声解放了，他又回到了七室办公楼，又坐进了主任办公室。他正在办公室里泡茶。林清泉敲了敲门就走了进来，问："主任，你找我有事儿？""快过年了，我姐姐从杭州给我寄来一包西湖龙井，我请你品茶。""我平时喝的都是花茶，还从没有喝过西湖龙井，今天我就尝尝。""请坐。"二人落座，喝茶。

"好茶好茶，西湖龙井果然是名不虚传。"

"这是三级西湖龙井，还有二级、一级和特级的呢。不过，那些好的市面上连见都见不着，都是内部销售。"

"主任，你今天不单单是来请我喝茶的吧？"

"我想看看你有没有被批趴下。"

"你这个'苏修特务'都没趴下，我这个小萝卜头怎么能趴下呢。"

两个人一起笑起来。

"清泉，听说你大闹批判会场，犹如孙悟空大闹天宫一般，真乃英雄也！"

"主任，在批判会上，你大义凛然，智斗穆鸣，不愧为英雄也！"

"英雄惜英雄，彼此彼此。"

"曹操煮酒论英雄，试探刘备也；路雨声煮茶论英雄，互相吹捧也。"

二人哈哈大笑起来。

"清泉，你写的总结报告我已经拜读过了，写得很好，条理清楚，文字流畅，图文并茂。希望继续努力。"

"谢谢主任夸奖。不过，我不想再努力了，主任，趁这次大批清理人的机会，请你高抬贵手，放我走吧。"

"你就死了这条心吧！要是打算放你走，政委会去保你？'军宣队'会轻饶了你？就是我同意放你走，恐怕你也过不了所领导和基地领导两道关。"

"我把转业报告已经交给政委了，我再去问问他。"

"你去了，也是碰钉子。"

林清泉出了主任办公室，又进了政委办公室。

"政委，我的转业问题你考虑得怎么样了？"

"我告诉你一句实话，你就是转业，也不要随这批人走！"

"为什么？"

"关于这批人的安置文件已经下来了。这批人不是按转业安置，而是按复员安置。军龄在八年以上的，三级工待遇；军龄在八年以下的，二级工待遇。"

"莫名其妙，从来没有干部复员的，从来没有干部按战士待遇的。这太不合理了。"

"因为这批人是从部队里清理出去的，仅此而已。"

"夏彩虹已被清理了，我要跟她一起走，和她同甘共苦。"

"这是不可能的。在这批清理的人中，就有五六对夫妻，丈夫有问题的丈夫走，妻子有问题的妻子走。像你这样的问题，根本没门，你就死了这条心吧。"

"哎——"

清泉一声叹息，于是他又给夏彩虹写了一封信。

清队后，基地做了如下三项决定：第一，解散春雷文工团，所有团员一律转业；第二，撤销研究所通县留守处，营房移交科委后勤部；第三，住在留守处的所有转业干部，含全体文工团员以及夏彩虹和彭刚等，必须在年底前办理完一切手续，离开部队。夏彩虹和彭刚开始办理转业手续，准备离队。

夜里，彩虹躺在床上，清泉信中的几句话总是在她耳畔回响："……我决心等你，你一年不结婚，我就等你一年；10年不结婚，我就等你10年；一辈子不结婚，我就等你一辈子。"她辗转反侧，不断地问自己：怎么办？我该怎么办？……

第二天早晨，彩虹在彭刚宿舍门外的走廊里徘徊了一会儿之后，把心一横，便去敲他的门。

门一开，彩虹就闯了进去，劈头就问："老彭，我想嫁给你，你同意不同意呢？"

"小夏，你说什么呀？"

"我想嫁给你，你同意不同意呢？"

"嫁给我？那你不等林清泉了？"

"我想通了，现在只有咱们俩才是同病相怜、门当户对！"

"你愿意做我的妻子，这是我一生中最大的幸福！"

"不过，我可有几个条件，你得答应我。"

"只要你能给我一个温暖的家，多少条件我都答应你。"

"说话算数，不准反悔！"

"我绝不反悔！你说吧。"

"今天咱俩就去拍结婚照，但暂时不结婚，以后什么时候结婚由我定，这是第一条；第二条，咱俩一块离开北京，到一个远离北京的地方去；第三条，从此销声匿迹，断绝与所有亲戚、同学和朋友的联络。"

"这都是些什么怪条件啊？你把我都搞糊涂了。"

"你要是不同意就算我白说。"

"我没说不同意嘛，只是觉得有点儿蹊跷。"他忽然一拍脑门说，"哎哟，我可真傻呀！闹了半天你着急跟我去拍结婚照，不是为了我，也不是为了你，还是为了林清泉啊！"

"我不强人所难，你现在反悔还来得及。"

"不，我绝不反悔！既然你能为他做出牺牲，为什么我不能为你做出牺牲呢？"

"你爽快我也爽快，我决心陪伴你一辈子。咱俩都转业了，你去哪里我就跟你到哪里！"

"小夏，有你这句话我就心满意足啦！你跟我回我的老家，行吗？"

"成都，我去过，那是一个好地方，我们就去那里！"

"走，咱们照相去！"

研究所的转业干部开始分期分批地离开部队。

孙宝山要走了，在火箭取样队宿舍里，林清泉、肖亮和陈南预备了一桌简单的酒菜，为孙宝山饯行。林清泉举着酒杯说："今天，我们为我们的老战友孙宝山同志饯行，来，我们为宝山同志干一杯！"大家碰杯饮酒。孙宝山眼里闪动着激动的泪花，说："我以为你们都恨我，早把我忘了，不会再理我了。所以，我连做梦都没有想到你们还把我当战友，还为我饯行。"肖亮说："我们毕竟在戈壁滩上一起战斗过，无论是过去、现在和将来，都不能抹杀我们是战友的事实。"孙宝山说："老林，肖亮，过去我伤害过你们，我对不起你们。那时候我利欲熏心，狂妄自大，想起我的所作所为，特别后悔。"清泉说："过去的事咱们就不提了。你知道错了就是进步的开始，年轻人犯错误，上帝都会原谅的。"孙宝山说："我要是一直跟着你们好好干，那就好了。可惜我走错了路。"肖亮说："犯了错误改了就是好同志。走错了路再走回来就是了。"清泉说："只要你走好今后的路，前途是光明的。"孙宝山说："谢谢，谢谢战友们的友好忠告。我一定要走好今后的路。"清泉举起酒杯，说："来，我们为宝山同志的美好前程再干一杯！"肖亮说："祝宝山同志的路越走越亮堂！"陈南说："祝宝山同志在新的工作岗位上做出新成绩！"孙宝山说："祝我们的火箭取样队在今后的核试验任务中，创造出新的辉煌！"

马文超要走了，李保国、方芳夫妇为他饯行，并请清泉作陪。这次家庭宴会，气氛有些沉闷。

马文超忧伤地说："我们三个人，一起走出校园，一起走进军营，一起战斗在戈壁滩上，多好呀！遗憾的是，我却不得不一个人复员走了。"

保国说："复员回哈尔滨也是好事，你可以跟老婆孩子团圆了，不再过牛郎织女式的生活了。"

马文超说："可是，我毕竟是被部队清理出去的，走得不光彩啊！"

保国说："这六年来，你为核试验呕心沥血，立下了汗马功劳，光彩、光荣，你应该感到自豪，你应该为自己骄傲一辈子。"

方芳说："彩虹姐这次也复员走了，老林，你打算怎么办呢？"

清泉说："我很想同夏彩虹一起复员走呢，不管走到哪里，只要我跟她在一起，我就心满意足了。遗憾的是，不管我怎么央求，组织上坚决不放我走，我只好留下来。不过，我跟夏彩虹结婚的决心是不会动摇的。"

方芳说："海枯石烂不变心，彩虹姐没有爱错你。但愿你们这对有情人终成眷属。"

保国举起酒杯，说："来，咱们三个老同学、老战友，再干一杯！"大家都举起酒杯。

保国说："老马，明天你就走了，祝你一路平安。"

清泉说："老马，祝你一家团圆，阖家幸福！"

马文超说："老李，方芳，祝你们生一个大胖小子！老林，祝你和夏彩虹早日喜结良缘！"

"干杯！"在一声接一声的干杯声中，三个人干了最后一杯酒。

红日东升，灿烂的朝霞照耀着红山。

公路上停靠着一辆送复员干部的卡车，卡车上放着他们的行李，一些干部已经坐在行李上，一些干部还在跟战友话别。公路上站了许多来为战友送行的干部。孙宝山与林清泉、肖亮和陈南一一握手后，上了卡车。李保国、林清泉与马文超话别。马文超说："你们俩回哈尔滨的时候，一定要来看我呀！"清泉说："只要我回哈尔滨，我一定前去拜访。"马文超与保国、清泉一一拥抱后，上了车。

车开了，车下的人挥手跟车上的人告别。卡车渐渐远去。

马文超走了，孙宝山走了，夏彩虹和彭刚也走了，在这次"清队"运动中，研究

所大约有1/3的干部被清理走了。他们谁也没有想到，在为中国的核试验奋斗了多年之后，竟然落到如此下场！来的时候，那是何等的光荣啊！可是走的时候，却是被部队"清理"的，走得很不光彩呀！不仅如此，他们到了地方上，又被打入另册，有的当了一名扛木头的二级工，有的当了一名开机床的二级工，有的当了邮递员，甚至还有人回到家乡当了一名公社社员。这是后话，暂且不表。

林清泉想走却走不了，只好留下来继续研究他的火箭取样。虽然和平-5号火箭取样成功了，但他还是发现了它存在的问题，于是写了一份《关于研制等力学取样火箭的建议》的报告，交给路主任。路雨声看过后，极为赞赏。于是，把他叫到办公室，商谈具体事宜。

"清泉，看了你写的《关于研制等力学取样火箭的建议》的报告，我感到非常高兴。我高兴的不仅是你提出了一个很好的建议，还有你瞄准世界先进技术水平的思想。"

"主任，你过奖了。"

"我已经把这份报告上报所里了，等所领导和基地领导批准后，你就立即动手干。关于研制等力学取样火箭的计划由你组织实施。"

"主任，这是我在离开火箭取样队之前提的最后一个建议，就算是我的临别赠礼吧！金振兴对火箭取样非常感兴趣，火箭取样队的队长干脆由他兼任好了，我还想干我自己的专业，请把我调到核物理组去吧。"

"把你留下来就是让你继续搞火箭取样，而不是让你搞核物理。你是不是怕跟金振兴搞不好关系呀？"

"二虎相争，必有一伤。我从来不想伤害别人，但也绝不准许别人来伤害我！我从来不欺人，但也不受别人欺！我只想一心一意地、安安静静地工作，完成好国家任务。"

"这一点你不必担心。地下核试验的取样工作刚起步，有大量的科研难题需要攻克，我让金振兴去抓地下取样工作了。你就放心大胆地干吧，不会再有人干扰你了。"

"如果是这样，那我就继续干下去！"

"下面就要开始'整党'运动，等'整党'完了，你就跟肖亮立即去北京。"

清泉坐在办公室里正在拟订详细的等力学取样火箭的实施计划，肖亮拿着一封信悄悄进来，站在他身后"嘿！"地叫了一声。

"哎呀，"清泉惊得一回头，说，"你可吓了我一跳！这么高兴，收到情书了吧？"

"是收到情书了，不过不是我的。"肖亮把信在清泉面前晃了一下。清泉跳起来就去抢信。

肖亮笑道："请客，请客！"

清泉笑道："你这只大馋猫，又想敲我竹杠！"

肖亮把信递给清泉，说："小夏的信，是她托人从北京给你捎来的。"

清泉接过信，边拆边说："这个傻丫头，快一年了才给我来信，看我以后怎么收拾她！"

肖亮说："还是看她怎么收拾你吧！"

清泉拆开信，抽出信纸展开，见里面夹着一张照片，他拿起照片一看，脑子里"嗡"地一下，颓然地坐在椅子上，照片飘落在地上。

肖亮惊惶地问："老林，你怎么啦？"

陈南也叫起来："老林，你怎么啦？"

肖亮弯腰拾起地上的照片一看，也傻啦，语无伦次地说："她结婚了……怎么会这样？她跟彭刚结婚了……她是那么爱你……怎么可能？"

陈南一声叹息："哎——"

清泉把信递给肖亮，沉痛地说："这封信我不想看了，请你给我念念吧！"

肖亮念信：

清泉：

我已经跟彭刚结婚了。送上我们的结婚照片一张，作为我们的分别纪念吧。

这辈子我做你妻子的权利被无情地剥夺了，我只好另嫁他人。你恨我也好，骂我也罢，我都不怪你。

听老朋友最后一句忠告：你千万不能为了我而毁了你的前途！你千万不要离开基地，祖国的核试验事业需要你这样忠心耿耿的人，你在那里是一定会大有作为的！

忘记我吧，永远地忘记！

清泉热泪盈眶，起身走到窗前，推开一扇窗户，一股冷风吹进来。他让冷风吹吹他的面庞，努力使自己冷静下来。

肖亮安慰他："老林，夏彩虹已经变心了，你何必为她伤心呢？其实，吴玉萍一直爱着你，因为有小夏，她才没敢向你表白。吴玉萍也是一位可爱的好姑娘，你跟她结婚吧，同时也寄一张结婚照给夏彩虹，气气她！"

清泉满怀深情地说："不能啊！虽然她不能成为我的妻子，但她永远是我最好的朋友，我永远都不能伤害她！我想，她这样做自然有她这样做的道理，我尊重她的选择。"

"那你就把她忘了，忘得光光的！"

"她永远都在我心里，我怎么能忘记她呀？！"

夏彩虹跟彭刚结婚的消息，犹如一声晴天霹雳，把林清泉炸蒙了。这一次的打击要比他遭受批判沉重得多。

宝成线上，一列客车飞驰在成都平原上。虽然正是隆冬季节，但这里依然是一片葱绿。

一节卧铺车厢里，彭刚坐在下铺上，观赏着窗外的风景；夏彩虹躺在中铺上，不时用手帕擦着脸上的泪珠。

夏彩虹和彭刚终于飞出了那个关闭他们的牢笼，但他们今后的命运如何，谁也不敢去想，走一步看一步吧。

当被清理的干部全部离开部队之后,正要开展"整党"运动之时,一道紧急调军命令下达到基地。基地紧急行动起来,基地机关和研究所的干部立即打点行装,向三线转移;所有干部家属,包括像方芳一样的孕妇,立即紧急疏散,或回老家,或投亲靠友。

兰新线上,一列军用专车奔驰在戈壁滩上。这是一趟由闷罐车组成的专列。一节闷罐车厢里,林清泉、肖亮、陈南、金振兴、郑茂功和李保国等取样大队的队员们,穿着皮大衣、戴着皮帽子,坐在铺位上,有的在打扑克,有的在下象棋,有的在聊天。这是一次绝密军事行动,除了少数领导干部知道列车开往哪里之外,其他人一概不知。军用专列过了兰州,还在往东开,大家不免焦急起来,到底是上哪儿去呀?一天中午时分,列车终于在天水站停住了,大家以为就是到天水。

部队下车后,立即上了十几辆卡车,浩浩荡荡的汽车队拉着神秘的部队,出了天水城一路向南,钻进了郁郁葱葱的秦岭山中。傍晚时分,部队到达甘肃南部的成县县城,在成县师范学校的校门前停靠住。于是,这座学校变成了一座神秘的军营,各个教室成了部队的营房。教室里的桌椅板凳和黑板全部清空,然后在两侧搭上大通铺,这就成了干部们的临时宿舍和会场。取样大队二十几人住进了一间大教室。

这一天是1969年12月31日,是这一年的最后一天。第二天,研究所在这座临时军营里简单地度过1970年的元旦。

元旦过后,"军宣队"又到了,于是"整党"运动又开始了。每天是开会、学习、讨论、发言,令人不胜其烦。于是,许多人开始抽烟,本来就抽烟的变本加厉地抽,本来就不抽烟的林清泉、肖亮和陈南等人嘴上也叼上一根烟卷,装模作样地抽起烟来。熬过了一天又一天,终于熬过了春节。春节之后,"整党"进入最后的"吐故纳新"阶段,所有党员没有一个是被"吐故"的,但是"纳新"了不少,那些在"清队"中表现突出的积极分子,终于如愿以偿,被"纳新"了。

自从到了成县之后,不准与外界通信、不准探亲、不准出差,大家憋得嗷嗷叫。春暖花开之时,"整党"运动终于结束了,通信恢复了,探亲恢复了,出差恢复了。于是林清泉带领着肖亮奔赴北京,去实现他的等动力学取样火箭的美梦。

林清泉和肖亮走后,1970年的核试验任务又迫在眉睫,研究所的干部开始陆续返回红山,到了9月,研究所就在成县消失得无影无踪了。

第十四章　柳暗花明

　　林清泉和肖亮到了北京，先在火箭设计院招待所安排好住处，再到徐明媚那里报了到。之后，两个人又到基地驻京办事处向参谋唐峰报了到。基地驻京办事处原设在小西天的总参谋部的一个大院里，去年冬季大调整时，从小西天迁移到了广安门内的一座破旧的大庙里。研究所的通县留守处撤销后，科技处、后勤处和情报资料处的驻京办事人员也迁移到了这里，两个办事处终于合在了一处。大院门口只设了一个传达室，没有再设岗哨。别看这个办事处不起眼，来来往往办事的人员还不少，林清泉和肖亮便是当中的常客。

　　星期天，林清泉沿着那条不知走过了多少遍的路线，来到了夏彩虹家的门外。他踌躇片刻，再敲门。他第一眼想看到的是夏彩虹或李阿姨，门开了，却露出一张陌生的中年女人的脸。林清泉顿感十分诧异。

　　"同志，你找谁？"

　　"咦，这不是老夏家吗？"

　　"哦，老夏家搬到后院的那排平房去了。老夏是叛徒，解放军同志，不要和叛徒家来往，免得受连累。"

　　清泉转身就走，他来到后院，在一排平房前张望。这时，一间房门"吱扭"一声开了，李阿姨提着一个水桶出来。

　　清泉惊喜地喊道："李阿姨！"

　　李阿姨手中的水桶掉在地上，惊喜道："清泉！"

　　"李阿姨，您身体还好吧？"

　　"我这个人就是身体壮实，没病没灾的。我要是身体垮了，谁帮助他们看这个家呀！"

"李阿姨，您真是他们家的恩人呀！"

"彩虹的爸爸、妈妈才是我的救命恩人呢！当年，我让日本鬼子捅了好几刺刀，要不是他们两口子及时救了我，我这条小命早就没了！我好了以后，决心侍候他们两口子一辈子，报他们的大恩大德。彩虹和夏天都是我一手带大的。"

"所以彩虹经常对我说，您就像她的母亲一样。"

"清泉，咱进家说话去。"

清泉提起水桶，在自来水井处打了一桶水，跟着李阿姨进了屋里，在椅子上坐下。李阿姨在他对面的椅子上坐下了。清泉见了她就像见了亲人，好像又来到了彩虹身边，感到特别亲切。

"李阿姨，彩虹她好吗？"

"她跟彭刚结婚后，一同到外地去了，两个人过得挺好的，你放心吧。"

"只要她过得好就行。"

"既然她已经结婚了，你就把她忘了吧！"

"她永远都在我心里，我怎么能忘记她呀！"

"哎，彩虹临走前的那天晚上，哭得就像一个泪人似的，她想你呀！我劝她说，跟谁结婚就得跟谁好，你就把清泉忘了吧！你猜她说什么？"

"她说什么了？"

"他永远都在我心里，我怎么能忘记他呀！跟你说的一模一样，好像你们俩事先商量好了似的。"

"我们俩相亲相爱了两年多，刻骨铭心呀，怎么能说忘就忘了呢。"

"可惜呀，可惜呀，你们俩就像梁山伯跟祝英台似的，虽然情分高似山深如海，但缘分太浅啊！既然她已经嫁人了，你就另外找一个好对象，成个家吧。"

"李阿姨，您说得对，可我现在一点儿成家的心思都没有。"

"你都是快30岁的人了，你不着急，你母亲还着急呢。彩虹让我告诉你，等你结婚后，务必送给她一张结婚照，她想看看你媳妇长得什么样。"

"李阿姨，她的什么要求我都能做到。可是，您得把她的地址告诉我呀，我给她写了一封信，就差写地址了。"

"对不起，彩虹特别嘱咐我，千万不要把她现在的地址给你。"

"那我这封信怎么办呀？李阿姨。"

"这样吧，你把信留下，我一定替你转给她。"

"这也行。谢谢您，李阿姨。"清泉从挎包里掏出一封信交给李阿姨。

"清泉，以后我还可以为你转一张你的结婚照，其他的事我就不管了，你可别怪我哦。过去的就过去了，以后你们就各过各的日子吧。"

"李阿姨，那我就走了。"

"吃了饭再走吧，我去给你做红烧肉。"

"不麻烦您了，李阿姨。彩虹不在，吃什么都不香。"

"你这次来北京，还是跟火箭设计院搞协作？"

"是的。李阿姨，以后我还会来看您，再见。"

清泉出门走了。李阿姨站在门口望着他的背影，不禁潸然泪下。

等动力学取样火箭的开题会在火箭设计院会议室里举行。参加会议的有设计院的王凌云、宋天成、徐明媚、李求实和蒋明宇等，研究所只有林清泉、肖亮和唐峰三人。

清泉站在讲台上侃侃而谈："去年秋天，和平-5号火箭取得的样品，不但数量多，而且质量相当好，火箭样品第一次出了聚变当量，火箭取样终于走出低谷，扬眉吐气啦！"台下响起热烈的掌声。

清泉话锋一转，说："但是，经过学习和研究，我发现和平-5号火箭还存在以下三个问题：第一，火箭顶点高度只有22公里，取样最大高度不超过20公里，满足不了更大当量试验任务的要求；第二，取样器进气口直径只有100毫米，满足不了日益增长的取样量的要求；第三，取样器的气动性能不良，气流通道型面不规则，有的地方突然扩张，有的地方突然收缩，导致压力损失较大，既影响了样品的数量，又影响了样品的质量……"

蒋明宇插言："老林，你说得有道理。"

清泉继续说："我们的火箭取样虽然获得了成功，然而我们的火箭取样技术依然是比较落后的。世界上最先进的取样技术是什么呢？这就是等动力学取样。因为等动力学取样获得的样品代表性最好，同时，在等动力学取样状态下，通过进气口的流量也达到最大，因而取样量也达到最大。所以，今后我们一方面用和平-5号火箭执行任务，一方面打造等动力学取样火箭……"

宋天成插言："老林，这就是说，你要求我们研制一种全新的取样火箭，而不像其他火箭一样，只是在和平-5号火箭的基础上，改来改去。"

清泉答道："宋主任，是这个意思。"

王凌云说："等动力学取样火箭虽然很新颖，但叫起来不顺口，还是给它起个名字吧。"

清泉说："王总，那就请您赐名吧。"

王凌云说："那就叫它挺进-1号火箭吧。"

蒋明宇说："老林，咱俩合作完成了和平号火箭取样器的设计，咱俩再合作一次，完成挺进号火箭取样器的设计，你还是负责取样器的理论设计，我还是负责结构设计。"

清泉说："蒋工，我不能不让你失望了，因为超音速等动力学火箭取样器的设计相当复杂，需要有扎实的空气动力学知识和设计技术，我胜任不了，还是请咱们设计院的空气动力学专家来干吧。"

王凌云说："老林，取样器的气动设计问题是一个内流问题，它完全不同于外流问题，而我们院里几位搞气动力学的人是专门研究外流问题的，不懂内流问题，隔行如隔山哪。所以，这个问题我们也是无能为力，得请你们自己去解决。"

肖亮说："王总，您不是开玩笑吧？我和老林对气动力学只是一知半解，你们都不能干，我们怎么能干呢？"

宋天成说："王总不是让你们俩自己干，而是请你们另找一个内行的单位干。"

清泉说:"宋主任,那就请您给我们推荐一个单位吧,我们自己去跑。"

宋天成说:"哎呀,这是个冷门专业,我还真不知道哪个单位有搞这个的。"说完,回头问,"有哪一位知道的,请告诉他们!"没人响应。

肖亮说:"宋主任,连你们都不知道,这不是让我们俩到大海里去捞针吗?"

徐明媚说:"北京航空学院是全国最著名的航空高等学府,那里云集了全国著名的航空方面的专家和教授。这样吧,你们俩先到北航问问。"

清泉和肖亮听从徐明媚的建议,第二天就来到了北京航空学院。

阳光明媚,柳树吐芽,玉兰花含苞待放,迎春花一片金黄,校园里一派大好春光。然而,昔日热闹非凡的偌大校园,如今却冷冷清清,不见一人。他俩走进一座楼房,各教研室的门都紧锁着,竟然是座空楼。他俩在校园里东走西转,忽见一座平房敞着门,便走了进去。这是一间空气动力学实验室,屋里只有一名戴眼镜的中年教师在做试验。他回头一看是两位年轻的解放军同志,便迎上前来。肖亮从挎包里掏出介绍信和一张取样器示意图递上去。他看完介绍信又看了看图,说:"多么好的科研课题呀!你们的这个取样器类似于冲压式喷气发动机的扩压器,发动机系的徐晃教授是这方面的专家,可惜这个反动学术权威在'五七'干校种地呢。再说了,我们学院连教学都干不成,还能搞科研吗?你们快走吧,别误了你们的大事!"他连连摆着手。

"老师,请问还有哪个单位可以搞这个?"

"你们到701所去打听打听,也许他们能帮助你们。不过,那个单位很远,在云岗。"

第二天,清泉和肖亮起了个大早,乘41路汽车到达永定门,又换了几次车才到达广安门,在广安门他们又乘上了39路汽车。39路出了广安门,经过卢沟桥,最后停靠在云岗百货商店门前的停车场上。清泉和肖亮下车后,经过打听,才知道这里是生活区,工作区离这里还比较远,没有车了,得步行。于是,两个人又步行了大约两公里,才来到云岗大院的门口。这里警卫森严,显然也是一个保密的国防科研单位。肖亮向持枪警卫战士出示介绍信后,两人走进院内。

在701所计划科办公室里,一位女参谋看完介绍信和那张取样器示意图后,抬头看着他俩说:"解放军同志,实在对不起,你们这个东西我们不搞,我们主要搞风洞试验。"两位军人对视了一眼,失望地起身。

肖亮哀叹了一声:"唉,在北京都找不到这样一个单位,我们还上哪里去找呢?"

女参谋先给了他们一个失望,忽然又给了他们一线希望。她说:"噢,我想起来了,你们这个航空装置,类似于冲压式喷气发动机里的那个扩压器。你们再到31所去问问,好像他们有搞这个的。"

清泉一喜,忙问:"请问,31所在哪儿?"

女参谋笑道:"远在天边,近在眼前。31所和701所都在这个大院里,701所在北部,31所在南部。"

肖亮两手握着女参谋的一只手,连声说:"谢谢,谢谢,非常感谢!"

两个人出了701所计划科办公室,又进了31所计划科办公室。接待他们的是科长吴兴宇。吴科长看过介绍信和取样器示意图后，望着两个不速之客说道："我看明白了，你们的这个取样器，后半部分是过滤器和排气口，前半部分就是冲压式喷气发动机前面的扩压器。我们研究所有一个扩压器组，就是专门研究和设计扩压器的。"两个人相视一笑。

肖亮高兴地说："可找到你们啦！"

清泉感慨地说："踏破铁鞋无觅处，得来全不费工夫。"

吴科长说："你们俩不要高兴得太早。别看你们的介绍信上盖着国防科委的大红公章，你们的任务我们是断然不能接的！"两人面面相觑。

肖亮说："吴科长，我浑身刚有点儿热乎气，您干吗当头就是一瓢冷水呀，浇得我从头凉到脚！"

吴科长说："你们不是不知道，现在的科研秩序混乱，今天这伙人造反，明天那伙人造反；一会儿派工宣队来管，一会儿又派军宣队来管；以前我们归七机部管，现在又归海军管，是越管越乱。我们自己的几个型号的飞航式导弹的研制任务都完不成，哪里还敢接受你们的任务呀？！"

肖亮说："吴科长，您就高抬贵手，帮帮忙嘛！"

吴科长说："我倒是想帮你们，可我接了你们的任务，没人干不也是枉然吗？你们的任务是国家重点任务，耽误在我们的手里，这个责任我也担当不起呀！"

清泉正要开口，电话铃声响了起来，吴科长接听电话："我就是……嗯……嗯，好，我马上就到。"听完电话，吴科长起身对两位客人说："实在对不起，我要到所里去开一个会，恕不奉陪！"

吴科长下了逐客令，清泉和肖亮只好告辞。两个人出了云岗大院，边走边商量对策。

"队长，今天咱俩好不容易才捞到了一根救命稻草，就这样走了？"

"不！今天咱俩总算是烧香烧对了庙门，拜师拜对了师门，怎么能轻易放弃呢。"

"咱俩给他来个软磨硬泡，赖也得赖上他们！"

"对，下午咱们再来找他，如果他还不答应帮助我们，明天还来找他，明天不行，后天再来。咱们学学刘备三顾茅庐。"

两个人回到了生活区，在饭馆里吃了午饭，逛了一会儿百货商店，又步行回到了云岗大院。下午，上班的人流陆续走进云岗大院，走向各栋楼房。吴兴宇向所办公楼走来……

"吴科长！"随着一声叫，从树后闪出两个人来。吴兴宇抬头一看，吃了一惊，原来是清泉和肖亮。

吴兴宇惊讶地说："哎哟喂，你们俩还没走呀？！"

肖亮说："吴科长，咱们还没谈完呢，我们怎么能走呢？"

吴兴宇说："看来，你们俩是缠上我了。好吧，咱们到办公室谈。"

于是，在办公室里，吴科长和林、肖二人继续他们的谈判。

吴科长说："今天中午，我一直在考虑你们的问题，不接你们的任务吧，你们有难处；接你们的任务吧，我们有难处。考虑来考虑去，还是不能接受你们的任务，你们还

是再想别的办法吧。"

肖亮说:"吴科长,我们这个小项目,对你们的这些专家们来说,那是小菜一碟,随便鼓捣鼓捣就出来了!"

吴科长笑道:"肖亮,问题可没有你想象的那么简单。为了保证扩压器具有良好的气动性能,设计工作要相当仔细,中心锥和进气口的角度、每个线条、每条曲线及每个交点,都是按着空气动力学的规律严格计算出来的,不是随便画上去的。设计完成后,还要制成模型做风洞实验。如果风洞实验的结果达不到设计指标,还得从头再来。"

"哟,还这么复杂呀?"

"还有,你们的那个过滤器,我们谁也没见过,也不知道该如何处理。这可是一个全新的课题呀!"

"吴科长,那你们也不能袖手旁观,见死不救吧?"

"与其让我救你们,还不如你们自己救自己,就看你们有没有这个胆量了。"

清泉一听吴科长说的是活话,便来了精神,忙问:"吴科长,您是什么意思?"

吴科长说:"我有个建议,不知你们想不想听?"

清泉说:"想听,我们洗耳恭听。"

吴科长说:"你们可以到扩压器组去学习扩压器的理论知识和设计技术,然后回去自己设计,我们愿意当你们的技术指导,为你们保驾护航。"

清泉说:"吴科长,这样你们既帮助了我们,又不承担任何责任。是不是?"

吴科长说:"老林,您很聪明。"

肖亮说:"吴科长,您是拿我们开涮吧!我是学化学的,他是学核物理的,您这不是硬赶鸭子上架吗?!"

吴科长说:"肖亮,这可是个两全其美的办法,如果这个建议你们不能接受,那我可就爱莫能助了!"

清泉一听吴科长想要关门,心里犯起难来:同意吧,确实是自不量力,担的风险太大;不同意吧,又没有别的路可走,就会拖整个火箭研制计划的腿。于是他把心一横,斩钉截铁地说:"吴科长,就照你们的建议办,我们自己设计!"

肖亮一惊,忙问:"老林,你急疯了吧?!"

吴科长高兴地说:"老林,你真不愧是位军人,敢打敢冲!我马上就给你安排。"说完,立即拨通了电话,"喂,是张宝胜吗?……我给你收了两个徒弟……是基地研究所的……请你好好教教他们……好,他们马上就过去。再见。"他放下电话,对林、肖二人说:"你们俩现在就可以到最南边那栋楼的三层,去找扩压器组的张宝胜同志。他是扩压器方面的专家。"

清泉说:"吴科长,非常感谢您的帮助。"

吴科长说:"不必客气,我只是拉了你们一把而已。师傅领进门,修行在个人,以后主要还是靠你们自己呀。"

清泉和肖亮起身,告别了吴科长,出了办公楼,走在林荫道上。肖亮的心里还是七上八下的。

"队长,这么大的事儿,是不是先向所里请示一下?"

"咱俩既不向所里请示，也不和设计院打招呼，对外就说是 31 所为我们设计。要是让他们知道了实情，非得吓晕了不可！这件事，只能是你知我知，连天地都不能让它们知道！"

"你又要犯无组织无纪律的错误？"

"我已经犯过好几次了，再犯一次也无所谓，到时候再写一份检讨而已。"

"还而已呢？你说得倒轻松！这项设计任务要是栽到咱俩手里，你吃不了兜着走！"

"置之死地而后生嘛！王铁人宁可少活 20 年，拼命也要拿下大油田！我们为什么不能拼命拿下这项设计呢？！"

"好！"一声喝彩打断了二人的谈话，"只要有这种精神，你们就没有战胜不了的困难！"

林、肖二人抬头一看，面前站着一个身穿一身旧军装、高大健壮的中年男人。

清泉恍然大悟，此人一定是张宝胜，于是来一个军人的敬礼，报告："张老师，学生林清泉前来报到！"

肖亮紧跟着敬礼，报告："张老师，学生肖亮前来报到！"

张宝胜上前，跟他俩一一握手后，谦虚地说："以后呢，你们就叫我老张，这样随便些；你们叫我老师，我反而觉得不自在。走，咱们先到我办公室喝茶聊天去。"张宝胜带领他的两个新弟子走进一座大楼。从此，清泉和肖亮开始了拜师学艺过程。

一间办公室里，黑板上用粉笔画着一个扩压器示意图，张宝胜站在黑板前正在给他的两个弟子讲课。"……扩压器的作用就是将迎面气流减速增压，使高速气流降为低速气流，同时使其压力增加几倍乃至十几倍。扩压器有两个主要技术指标，一个是总压恢复系数，一个是流量系数。扩压器分为亚音速和超音速两种。火箭上用的属于超音速的，所以我们主要讲超音速扩压器。超音速扩压器又分为外压式、内压式和混合式三种……"清泉和肖亮像两个学生，聚精会神地听，认真地记笔记。

阅览室里，清泉和肖亮在阅读张宝胜推荐的一本大学教科书《冲压式喷气发动机》。

办公室里，张宝胜在黑板上写写画画，又在讲课："……超音速扩压器的一个最大特点是在进气口前方有一个中心锥，超音速气流遇到中心锥就产生斜冲波，这道斜冲波对气流进行第一次减速增压。这个中心锥的角度不是随意确定的，而是根据设计马赫数按照最高总压恢复系数原则选定的。选择方法是……"

夜深了，在招待所的一个房间里，两个人还在讨论所学的知识。

在办公室里，张宝胜指点着挂在黑板上超音速扩压器设计图纸，在向他的两个弟子介绍超音速扩压器的设计实例。

当林清泉正在 31 所学习的时候，他请李阿姨转交给夏彩虹的那封信到了成都化工设计院。夏彩虹和彭刚复员后，被安置在成都化工设计院下属的化工厂里当运料工。这个设计院和全国各研究单位一样，技术人员缺乏，他们便从化工厂调至设计院里。彭刚的英语和俄语水平都相当好，他当了情报资料员，负责翻译外文资料。彩虹心灰意冷，不愿再搞技术工作，便当了图书管理员。两个人是从核试验基地下来的，态度谦和，埋

头工作，任劳任怨，又夹着尾巴做人，得到了领导和同志们的一致赞许。大家不仅不歧视他们，还同情他们、帮助他们。因此，两个人的心情还比较舒畅。

彩虹坐在图书借阅台前，正在给一个同志办理借阅手续。彭刚拿着一封信来到图书借阅处，把信递给彩虹，说："小夏，有你一封信，看名字好像是老林写的，看地址却好像是个小学生写的。"

"谢谢你。"彩虹接过信放进抽屉里，继续办理图书借阅手续。

设计院内西北角上有一座陈旧的二层木板家属楼，露天走廊里摆放着家家户户的蜂窝煤炉和蜂窝煤，只留一条窄窄的过道。彩虹的单身宿舍就在这座楼的二层。彩虹随着下班的人流上了二层，沿着走廊来到自己的宿舍门前，打开锁进屋后，坐在桌前打开信。见信中只写了一首诗，她便怀着激动的心情读起来：

我站在骆驼山上呼唤
你在哪里呀，你在哪里？
我站在孔雀河边呼唤
你在哪里呀，你在哪里？
我站在草原上呼唤
你在哪里呀，你在哪里？

朋友，你是否还记得
那燃烧着的香山红叶
那喷薄欲出的海上红日
那滚滚升起的蘑菇云
那冲向蓝天的火箭
还有那清脆悦耳的电波
可是如今啊，纵有千种风情
我与何人讲啊，我与何人说？

天上的云儿呀
你飘向哪里呀，飘向哪里？
倘若你见到我亲爱的朋友
请你告诉我
她在哪里呀，她在哪里？
河里的浪花啊
你流向哪里呀流向哪里？
倘若你见到我亲爱的朋友
请你告诉我
她在哪里呀，她在哪里？

听着清泉一声又一声地深情呼唤，彩虹的泪水禁不住一滴又一滴地缓缓流淌……

第十四章　柳暗花明

林清泉和肖亮从31所回到火箭设计院，挺进－1号取样火箭的方案论证会就开始了。会议室的黑板上挂着一张挺进－1号取样火箭总体设计图。

李求实站在讲台上正在讲解："挺进－1号火箭是两级固体火箭，直径为360毫米，总长预计为6米左右，总重预计600公斤左右，它由助推器、主发动机、回收舱、电源舱及取样器组成。它可以在15公里至25公里的高空内以3.5个至2.0个马赫数之间实行等动力学取样。……"

发动机组组长洪涛在介绍："我们要为新火箭设计新发动机，助推器拟采用404型高性能聚硫橡胶复合药，主发动机采用401型高性能聚硫橡胶复合药……"

陆天在介绍："为了使箭头在下降过程中不至于飘得太远，我们拟采用两级低空开伞方式，先打开一顶小减速伞，使高速降落的箭头逐渐减速，当箭头降落到距地面1公里左右时，再开主伞……"

许远征在介绍："为了增加箭上控制系统的可靠性，我们拟将两只时间程序控制钟表并联使用……"

朱光明在介绍："我们拟为新型号火箭设计新火箭发射架和发射井，同时配备一台装用吊车和一台防震的火箭运输车……"

林清泉在汇报取样器设计问题："超音速火箭取样器的气动设计问题，是一个复杂的问题，目前31所还拿不出正式方案来，请大家谅解……"

蒋明宇插言："老林，那他们什么时候才能完成啊？"

清泉说："预计得一年多时间，力争在一年内完成。"

蒋明宇说："31所的张宝胜不是扩压器专家嘛，怎么会用这么长时间呀？"

清泉说："张宝胜自己的设计任务都压得他透不过气来，没有时间专门为我们进行设计，在我们的再三恳求下，他才同意抽空帮我们搞一搞。再说了，对过滤器呀，对扩压器与过滤器的匹配问题呀，他也是很陌生的，不知如何处理，需要跟我们一起研究和探讨。"

蒋明宇说："取样器的气动设计要拖我结构设计的后腿，我的结构设计可要拖整个火箭的后腿呀！"

清泉说："张宝胜搞了一个粗略的取样器设计方案，你可以按这个方案先设计起来，等正式方案确定之后，改起来就比较容易了。"

蒋明宇说："可以。具体问题我们会后再详细讨论吧。"

宋天成说："李求实，会后，你们总体组可以向各分系统下达设计任务书啦。"

从此，挺进－1号取样火箭的研制全面展开了。

与此同时，1970年的核试验计划也启动了。

1969年秋，发射和平－5号火箭取样的成功，终于使火箭取样找到了一条正确途径，于是所领导决定在1970年秋天的氢弹试验任务中，用五枚和平－5号火箭实施取样。

林清泉和肖亮一面抓和平－5号火箭的生产，一面抓挺进－1号火箭的研制，一面抓取样器的设计，两个人经常奔走于31所和火箭设计院之间。

春天过去,夏天到了。一天傍晚,林清泉和肖亮在招待所食堂正在吃晚饭。肖亮在吃包子,喝稀饭;清泉却只喝稀饭,没有买包子。

"队长,你光喝稀饭怎么行,再去买几个包子吃吧,韭菜馅的,挺香的。"

"今天我的胃很不舒服,没胃口。韭菜馅的包子不好消化,就更不敢吃了。"

"这几个月来,你天天紧张,日日辛苦,把胃病又累犯了,明天去501医院看病吧,别把病耽误了。"

"火箭取样器的设计还没有眉目,我哪有心思去看病呀。"

"身体是革命的本钱,一个人没有好的身体,成天病病怏怏的,纵然他有天大的本事也干不好革命工作。只有身体好,才能精力旺盛,干好工作,磨刀不误砍柴工嘛。"

"肖亮,你说得有道理是有道理,可我实在是懒得去医院看病,501医院在北京西郊,比301医院还远,得换好几次车,光坐车就得半天。"

"为了你的健康,远也得去。要不然,我陪你去?"

"得了吧,又不是什么大病,还用你陪,还是我一个人去吧。"

第二天起床后,林清泉就出发了。一路上他换了多次车,才到达501医院。501医院地处偏僻,来看病的人本来就少。他走进医院时,已经过了工间操时间,在医院看病的人已寥寥无几,连挂号的人都没了,心里一喜,来得早不如来得巧,并健步走到挂号室窗口前,兴冲冲地说:"护士同志,我叫林清泉,病案号是3344,请给我挂一个内科。"

护士抬头看了他一眼,伸出一只手,机械地说:"转诊介绍信!"

"护士同志,我没带转诊介绍信。我记得非常清楚,我的病案号是3344,没错的。"

护士说:"让开!"

清泉只好让开窗口,让刚来的一个女军人挂号。等她走后,他回头一看没人了,便又凑到窗口前央求着:"护士同志,我带着军人通行证,行吗?"说着把通行证从窗口递进去。

那护士看也不看一眼,冷冰冰地说:"通行证是通行证,介绍信是介绍信。拿介绍信来,我就给你挂号;没有介绍信,回去开去,再磨也没用!"

"我拿着军人通行证在301医院都看过病,在咱们国防科委自己的医院里却行不通,岂非咄咄怪事?!"清泉有些急了。

"那好啊,301医院离这儿不远,那你就去301医院看吧!"

"同志,501医院是国防科委的医院,我是国防科委的人,我在这里享有所有医疗服务的权利,你没有资格把我拒之门外!"

"同志,我没有说不为你服务呀,那你拿介绍信来呀!"

清泉被她的冷漠激怒了,讥讽地说:"还对待同志像春天般温暖呢,我看你呀,简直就像严冬一样残酷无情!"

护士立即回击道:"我要像秋风扫落叶一样把你扫地出门!"

正在走廊里路过的护士长听到挂号室里吵起架来,便站在挂号室门口倾听。

清泉的倔劲又上来了,愤愤地说:"我是一棵根深叶茂的大树,不是地上的残枝败

第十四章 柳暗花明

叶，你扫也扫不动、抬都抬不走！今天我要是看不成病，我就倒着走出你们医院！"

护士长被这几句铿锵有力的语言逗笑了，问："小赵，怎么回事儿？有话好好说嘛，不要跟病人吵架！"

小赵气呼呼地说："护士长，这个病人不讲理，无理取闹。他没带介绍信硬要挂号，我不给他挂，他说我像严冬一样残酷无情！"

清泉语言尖刻："你岂止残酷无情，你简直就像一块北极冰！"

小赵反唇相讥："你浑身都是刺儿，简直就是一个刺儿头！"

护士长走进挂号室，她打量起窗口外的这个刺儿头究竟是怎么一个人。

清泉抬眼一看这位护士长，亭亭玉立，光彩照人，酷似夏彩虹，顿时激动起来，语无伦次地说："啊？……彩虹……你怎么会在这儿啊？你可让我好找呀！……小夏，夏彩虹，真的是你吗？"

护士长被他看得羞红了脸，被他问得懵里懵懂。

小赵乘机反攻道："刺儿头！我们这儿没有夏彩虹，只有一个康彩云，她就是我们的护士长。哦，我明白了，为了达到你的目的，你想和我们护士长套近乎是不是？可惜呀，你弄巧成拙了！"

清泉定了定神，抱歉地说："对不起，康护士长，我认错人了。不是我想跟你套近乎，而是你长得太像我的那位战友夏彩虹了。她是学无线电的，不是学医的，不可能在这儿当护士长。对不起，实在对不起！"

护士长宽宏地说："没关系，认错人也是常有的事儿。同志，你来看病为什么不带介绍信呢？"

清泉解释："护士长，我是核试验基地的，出差来京，现住在南苑的一个招待所里，到我们的广安门办事处去开介绍信，起码得浪费两个多小时，再赶到你们医院，你们都下班了。"

康彩云客气地说："同志，实在对不起，院里有制度，不带转诊介绍信者一律不予挂号。你有特殊情况，请到医务处去开个条子来，我们才能给你挂号。医务处就在三楼，麻烦你跑一趟。"

"谢谢你，护士长。"清泉转身就走，边走边说，"一对白衣天使，两颗冷酷的心。"

小赵说："护士长，他连你也捎上啦，你看他是不是个刺儿头？"

康彩云说："我看他是个大大的刺儿头！今天他不达目的，恐怕是不会善罢甘休的！"

小赵说："医务处那个刘干事是个典型的老教条，刺儿头准得碰一鼻子灰！咱俩就等着看他是怎么倒着走的吧。"

清泉"噔噔"地上了楼，走进医务处办公室。刘干事听他说完情况，冷冰冰地说："不带转诊介绍信一律不予挂号，这项制度谁也不能破坏！你要是实在想看病，请找院长批条子吧！"

清泉"噔噔"地从楼上下来，路过挂号室前时，小赵幸灾乐祸地说："喂，刺儿头，拿条子来吧，我给你挂号！"

清泉停住脚步，看着小赵，说："北极冰，刺儿头刚才又遇到了一块南极冰。今天

算我白跑一趟，还是回去开介绍信，明天再来。再见！"说完便转过身，倒退着往外走。

康彩云"扑哧"一声笑了，说："说话算数，像个男人。"

小赵叫道："刺儿头，你得大头冲下倒立着走呀！"

清泉边退边说："北极冰，我说的是倒着走，可没说倒立着走啊？"说完，转过身出了门。

康彩云说："他鬼着呢，跟你玩文字游戏。你不是他的对手。"

小赵说："他已经败在我的手下了。"

"未见得吧？你看他那股神气劲，像认输的样子吗？不过，我倒挺佩服他的这股不服输的劲！"

"他已经夹着尾巴逃跑了，有什么值得佩服的？"

"我说他没走，他一定还会回来的。"话音刚落，只见清泉跟在一位中年女大夫身后果然又回来了。

小赵顿时傻了眼，说："不好，我要挨批，刺儿头把院长给搬来啦！"

女院长走到挂号室窗口前，严厉地说："小赵，还有你这个护士长，这点儿小事儿完全可以灵活掌握嘛，还非得推到我这儿来不可？！再说了，对边疆来京的同志，更应该照顾嘛！马上给他挂个号！"说完和清泉握握手，转身走了。

小赵嘟囔着："刺儿头，你告我们的状，害得我们俩都挨批评。你等着瞧！"

康彩云说："小赵，既然院长发话了，你就给他挂号吧，别废话了！"

小赵硬硬地问："多少号？姓名？挂哪科？"

清泉说："3344。林清泉。内科。"

小赵从病案架子上找出一个病案袋递给林清泉。康彩云又递给他一张内科挂号条，并说："快去看病吧。以后再来看病还是带上介绍信，免得大家都麻烦！"

清泉说："是，护士长。"说完转身就走。

小赵冲清泉的背影做了个鬼脸，并说："刺儿头，下回拿介绍信也不给你挂号，气死你！"

清泉蓦然回首，笑道："北极冰，那我还去告你，让院长批得你哭鼻子！"

康彩云望着清泉调皮的笑脸，不觉怦然心动，红晕上脸。当他又转身离去时，她痴情地望着他的背影。

小赵看着走了神的护士长，调侃道："嘿！护士长，丢魂了吧？"

护士长惊醒了，回应道："死丫头，吓了我一跳！"

小赵一笑，说："你这颗冷酷的心是不是爱上那个刺儿头啦？"

彩云莞尔一笑，说："你这张北极冰的脸是不是找打呀？"

林清泉和康彩云的偶然相遇，在两个人的心里都激起一阵波澜。

她见他，英俊潇洒，聪明风趣，刚强坚定，顿生爱慕之意。她甚至下意识地盼望他再来看病，不带介绍信也没关系，她会带他去看最好的医生。她甚至很后悔，没有打听他的通信地址和电话号码；否则，她可以通过书信或电话向他道歉，跟他保持联系。下次他再来，她一定设法打听出他的通信地址和电话号码。

在他眼中，康彩云就是夏彩虹，但不知道她是已婚还是未婚，是有了对象还是没有对象；下次去看病时，一定要设法打听清楚，然后再做下一步行动。也许是天意吧，一周后林清泉和康彩云又意外地见面了。

一天傍晚，一辆救护车将清泉送到501医院。医生诊断为急性阑尾炎，当即给他做了手术。次日早晨，在外科护士值班室里，护士长康彩云正在主持交接班会。

康彩云说："值夜班的，夜里有什么情况没有？"

小赵说："救护车送来了一个患急性阑尾炎的病人，戈医生立即给他做了手术。幸亏送得及时，再晚就要穿孔啦。那人挺坚强的，疼得满头大汗也不叫唤！"

"哪个单位的？叫什么名字？"

"基地研究所的，林清泉。"

"谁？！"

"林清泉，就是前些天告咱俩状的那个刺儿头！"（众护士笑）

"不要叫病人外号，要叫床号！"

"谁让他叫我北极冰呢！"（众护士又笑）

"我问他的床号！"

"8床。"

"胡闹！他是干部，怎么能放进战士住的大病房呢？"

"你忘了，就是他害得我们俩挨院长的骂！"

"乱弹琴，把他调到双人病房的19床去！"

"好吧，散会后我就去调。"

"算了，你下班吧，我带下一个班的人去换。"

护士长带着一名护士走进一个放着八张床的拥挤病房，来到八号床旁。彩云看着躺在病床上闭目养神的林清泉，轻轻地呼唤："林清泉，林清泉。"

清泉缓缓睁开眼，微微一笑，说："康护士长，你好。"

"你感觉怎么样？"

"感觉正常，无不良反应。"

"正常就好。现在把你调到双人病房的19号病床去，那里只安排你一个人，清静。"

"别麻烦了，护士长，这儿人多，热闹。"

"你是我的病人，在这儿你就得听我的！"

清泉仰面躺在摇高了的病床上正在聚精会神地看《水浒传》。门开了，肖亮提着一个挎包走了进来。他依然陶醉在精彩的故事中，没有发觉。

肖亮站在床旁，笑道："喂，是武松还是潘金莲把你的魂给勾走了？"

清泉急忙放下书，惊喜地说："我以为是护士呢，原来还是你呀！"

"感觉怎么样，疼吗？"

"不疼。阑尾手术是最小的手术，过不了几天就好了。"

肖亮一边从挎包里掏出几个鸭梨放在床头柜上一边说:"吃梨可以止咳化痰,防止咳嗽震得伤口疼……"这时,护士长来到了病房门口。

肖亮从挎包里又掏出几个苹果放在床头柜上,说:"这苹果的作用就更大啦,苏联有句谚语:一个苹果就是一个医生……"

护士长取笑道:"那就请你这位战友光吃苹果吧,我们这些医生和护士就可以休息了。"

肖亮扭头一看护士长,惊愕地说:"小夏?!……夏彩虹?!"

彩云笑道:"嗬,又来了一个管我叫夏彩虹的人,难道我真像你们的那位夏彩虹吗?"

清泉笑道:"肖亮,你认错人了,她是护士长康彩云,不是夏彩虹。"

肖亮说:"像,太像了!"

清泉说:"护士长,我没蒙你吧,把你当成夏彩虹的人可不止我一个了吧?"

彩云说:"这倒蛮有意思的嘛!能不能把你们那位夏彩虹请来,让我看一看哪?"

清泉说:"可惜呀,现在谁也不知道她在哪儿呢!"

彩云说:"怎么回事儿?"

肖亮感叹道:"一言难尽哪!"

彩云还想再问,这时小赵来叫她,她跟着小赵走了。

肖亮和清泉又聊了一会儿天,也起身告辞了。

肖亮刚出医院大门,就听身后有人叫:"肖亮同志!肖亮同志!请你等一等!"

肖亮回头一看,见穿着军装的护士长,英姿飒爽,姗姗而至,惊叫道:"哎呀,护士长,你穿上军装就更像夏彩虹啦!"

"肖亮同志,我正是为这事儿来找你问问。林清泉把我当成夏彩虹,你也把我当成她,你们这个夏彩虹到底是个啥样的人呢?她为什么突然失踪了?她和林清泉之间的关系是不是很不一般呢?请你给我说说,要不然把我给闷死啦!"

"说来话长啊!"肖亮禁不住打开了话匣子。在路旁的一棵大树下,肖亮把清泉和夏彩虹之间浪漫而凄婉的爱情故事说了一遍。康彩云感动得眼圈湿润了。

肖亮看出点儿门道,便说:"徐参谋多次要给老林介绍对象,都被他婉言谢绝了。看来,只有一个酷似夏彩虹的姑娘才能打动和安慰他那颗受伤的心。"

康彩云的脸"腾"地红了,不好意思地说:"肖亮,你说什么呀?"

夜里,外科病房很安静。清泉坐在病床上正在削一个大鸭梨,护士长穿着军装走进病房。清泉把削了一半的大鸭梨放在茶杯上。

"护士长,你下班了,怎么还到病房来了?"

"我来看看你,陪你说说话。"

"护士长,谢谢你来陪我,那就请坐吧。"

彩云在凳子上坐下,面朝着他,说:"别老是护士长、护士长的,多生分哪。你叫我小康或者彩云都行。"

"你们女同志喜欢称小,那我就叫你小康吧。我们男同志喜欢称老,你就叫我老

第十四章 柳暗花明

林吧。"

"其实，我更喜欢你叫我彩云呢。"

他怔怔地看着她，琢磨她的弦外之音。她脸红了，赶快拿起那个没有削完的梨削梨遮掩。

他试探地说："彩云可不是随便叫的，只有关系十分亲密的人才能叫。"

她把削好的梨递给他，说："吃梨吧，吃梨可以止咳化痰，生津止渴。"

"这么大的一个梨我一个人吃不了，你切开，咱俩一人一半。"

她羞涩地说："还是你一个人吃吧，我可不愿意跟你分梨。"

他恍然大悟，喜上眉梢，说："小康，你愿意跟我结为连理，永不分离？"

彩云脸上泛起红晕，说："愿意，一百个愿意，一万个愿意。"

清泉深情地吟诵："众里寻他千百度，蓦然回首……"

彩云接着吟诵："那人却在，灯火阑珊处。"

"不过，我是农民的儿子，家在农村。"

"我是工人的女儿，我们俩是门当户对呀。"

"不过，我政治上比你落后，你是党员，我还是群众。"

"你在那么艰苦的地方工作了这么多年，就是政治觉悟很高的表现。我相信你一定会成为一名好党员的。"

"不过，我可爱过一个女孩子，而且爱得很深，几乎就要结婚了。"

"这我知道，就是你念念不忘的那个夏彩虹。可是她已经结婚了，不再成为我们之间的障碍。"

"不过，我工作在遥远的新疆……"

这时，一双大眼睛正从门上的小窗往里偷窥……

"请你不要再说'不过'了，好吗？我可以像夏彩虹那样爱你，你能像爱她那样爱我吗？"

"从第一次看到你的时候起，我已经分不清哪个是彩虹哪个是彩云啦！"

彩云手中的梨一下子掉在地上，亲热地叫了一声："清泉！"

清泉亲热地叫了一声："彩云！"

两颗年轻人的爱情之火一下子燃烧起来，一对充满激情的手热烈地握在了一起。

小赵装模作样地咳了几声，然后就闯进了病房。一对握紧的手急忙分开了。

小赵笑道："哈哈，护士长，我到处找不着你，原来你和他在这儿搞猫腻呀！"

彩云羞红了脸，轻声说："死丫头，净瞎说，我是来看看他的刀口长得怎么样了。"

小赵说："别蒙我了，护士长，看刀口还用得着脉脉含情地拉着手吗？再过一会儿呀，说不定你们俩就嘴对嘴了。"

彩云说："小赵，暂时替我保密，你要是敢胡说，我撕了你的嘴。"

小赵伸着手，说："保密可以，拿糖来！"

清泉说："彩云，抽屉里有糖，你拿一把把小赵的嘴给堵上。"

彩云拉开抽屉，小赵探头一看，抓起一把糖边跑边说："堵我的嘴去喽！"

夜色朦胧，彩云挽着清泉的胳膊漫步在医院外的林荫道上，说着悄悄话。

"亲爱的，明天你就出院了。出院后还得多保重，不许干重活，不要太劳累。"

"我会注意的。"

"你回去后马上给你们单位打个报告，请求组织上早点批准我们的恋爱关系，别等到了我们难舍难分的时候，再遭一顿无情棒，那我可受不了！"

"这个问题不是问题，你爸爸是工人，我父亲是农民，咱们俩又都是兵，这是工农兵三结合。"

"问题不大，还不是铁板上钉钉，你回去抓紧办。"

"我想请你再慎重考虑一下，我在新疆工作，你跟着我肯定是要受苦的。"

"夫妻恩爱苦也甜嘛。为了你，受苦受累我都不怕！"

"又是一个傻丫头！"他激动地一下子把她搂在怀里，热烈地拥抱着她。

"我好幸福啊！"

他第一次热烈地亲吻了她。

"彩云，我回去就打报告，你回去向你父母报告。没有你父母的批准，我们的婚恐怕也结不成。"

"好吧，这个星期天我就回家去，向爸爸、妈妈报告，他们一定高兴得要命！"

康家住在崇文区靠近铁道边的一片建筑工人家属宿舍区里。这里，一座院落挨着一座院落；每个院落里只有一排红砖平房，每排平房有六户人家，一家紧挨着一家；每户有两个房间，一大一小，小间在里大间在外，小间只是一间卧室，大间又是卧室又是餐厅又是客厅；各家在房前又扩出一间做厨房。20号大院内的西头第一家，门前有一个全院公用的自来水管和一棵大柳树。这就是康彩云的家。大间里，彩云、彩霞与母亲一起，一面包饺子一面唠家常。

"彩云，你的对象还没找好呀？"

"找好了。"

"找着就好。他姓什么叫什么呀？"

"他姓林叫清泉。"

"林清泉，干什么的？"

"也是军人。"

"你们俩都是军人。好，好！是你们医院的大夫吧？"

"他不是大夫，是搞科研的技术干部。"

"技术干部也挺吃香的。那他在哪儿工作呀？"

"新疆。"

"什么什么？！新疆？！"康母惊异地看着彩云。

"是在新疆。"

"死丫头，你挑花眼了吧？！你们医院里那么多大夫你不找，偏偏舍近求远，找一个在新疆当兵的！我不同意！"康母把一个包好的饺子往桌子上一摔，气呼呼地坐在床上。坐在床上抽烟的父亲说话了。

康父说:"有话好好说嘛,你何必生这么大的气呢?"
彩霞说:"妈,生气是无能的表现,是自己惩罚自己。"
康母说:"臭丫头蛋子,不用你教训我!"
彩霞说:"妈,您骂我是臭丫头蛋子,骂我姐是死丫头,您这是不尊重我们妇女的表现!"
康母说:"我骂你姐是为她好!两个人相隔十万八千里,将来这日子可怎么过呀?"
彩云说:"妈,您说的这个问题的确很重要,他也劝我慎重考虑这个问题。我考虑好了,将来不管生活有多苦多累,我都不怕!"
康母说:"你不怕,我怕!"
康父说:"既然彩云自己愿意,你就别管了。"
康母说:"这是她一辈子的大事,我这当妈的就得管!"
彩霞说:"妈,婚姻是我姐自己的事,您就让她自己做主吧!"
康母说:"你懂什么?少插嘴!"
彩霞说:"我们懂得爱情,您不懂!"
康母说:"就是你们爱出个花儿来,将来还得一起过日子!"
彩云说:"妈,下个星期天我把他领到家里来让您和爸爸相看相看,要是您还不满意呢,我就跟他一刀两断!"
康母说:"你就是把他领到家里来,我也三棍子把他打出去!"

康彩云见母亲如此激烈地反对她跟清泉的婚姻,便找他一块来商量。华灯初上,天安门广场流光溢彩。彩云站在天安门汽车站旁等清泉。一辆公共汽车到站停车,门开后,清泉从车上下来。彩云急忙迎上前去,亲热地挽着他的胳膊,然后沿着广场边上的林荫道漫步。

"彩云,你急着要见我,有什么急事吗?"
"我妈坚决反对我们的婚事。"
"你妈做得对。我要是她,也会投反对票的。"
"你有病啊?"
"谁愿意把自己的宝贝女儿嫁给一个远在天边的人呢?"
"你说该怎么办吧?"
"很简单,你在北京另找一个嘛!"
"我都快急死了,你还有工夫开玩笑?"
"我是当真的。"
"你那股不服输的劲儿哪去了?"
"那你是非我不嫁?"
"我是铁了心啦!"
"人怕见面。那好,我亲自登门求婚!"
"你要是登门,我妈说要把你三棍子打出去!"
"让你妈准备好一根大棍子。为了你,我豁出去了!"

"这才是我的清泉呢!"

彩云激动地伸臂搂住了清泉的腰,两人相依相偎着向前走去……

又是一个晴朗的星期天。

彩云一手拎着挎包,一手拎着一网兜水果;清泉一手拎着一盒点心,一手拎着两瓶二锅头。他们走进20号大院。大柳树上,群蝉鸣叫,蜻蜓纷飞,一个大男孩举着一根长竹竿正在粘树上的知了,几个小男孩站在旁边看热闹。彩云领着清泉进了门,正在包饺子的康父和彩霞看来了客人,便停止包饺子,来看这位在他们家引起一场风波的究竟是个什么样的人。彩云向清泉介绍道:"这是我爸爸。"清泉礼貌地说:"康伯伯好!"康父微笑着说:"好,好。"彩云又向清泉介绍道:"这是我妹妹彩霞。"清泉说:"彩霞,你好!"

彩霞直率地说:"我姐姐的眼光可高了,医院里好几个大夫追我姐姐,她不是嫌这个瘦小就是嫌那个肥胖,不是嫌这个老气横秋没有朝气就是嫌那个娘娘腔缺乏男子汉气概。我不知道,你这个新疆兵是怎么把我姐姐的魂给勾走的?"

清泉也直率地回应道:"说来话长啊,我简单说罢。有一天我到医院去看病,因为我没带转诊介绍信,护士小赵不给我挂号,我非要看病不可,于是我们俩就唇枪舌剑地争吵起来。听到争吵,护士长过来解劝。我骂小赵是北极冰,小赵骂我是刺儿头,我们俩吵得是飞沙走石、天昏地暗,把你姐吵得晕头转向,她的魂不知不觉中就跟着我走了。"

彩云嗔怪道:"你胡说些什么呀?"

彩霞笑弯了腰,说:"北极冰……刺儿头……有意思……太有意思了……你们这架吵得都达到世界先进水平了。"

康父感慨地说:"有心栽花花不开,无心插柳柳成荫。吵架把两人吵到一起,这是缘分哪!"

彩霞说:"姐,这个新疆兵呀,英俊,聪明,直率,刚强,风趣,你嫁给他一定会快乐和幸福的。我投赞成票。爸,您呢?"

康父笑眯眯地说:"我当然投赞成票了。"

彩霞说:"现在,就剩我妈关键一票了。"

康父说:"你妈在杨大妈家。彩霞,你去把你妈叫回来。"彩霞出门走了。

清泉从挎包里掏出一条大前门牌香烟递给康父,并说:"康伯伯,送您一条香烟,请笑纳。"

康父说:"谢谢,谢谢。"

彩云说:"爸,您坐下抽烟,我和清泉包饺子。"

康父问:"他会吗?"

彩云说:"会,包得好着呢。"

康父坐在床上抽烟。彩云和清泉开始包饺子。

杨大妈家里,康母和杨大妈坐在床上正在唠嗑。

"彩云属王母娘娘的,舍近求远,北京当兵的她不找,偏偏相中了一个在新疆当

第十四章 柳暗花明

兵的。"

"我们家的大凤一心一意想找个当兵的,在哪儿当兵她都不在乎。你要是不想要这个女婿呀,那你就给我们家大凤介绍介绍。"

"行。待一会儿你过去看看,你要是相中了呢,就把他领到你们家来。这样大家面子上都好看些。"

彩霞进得门来,叫道:"妈,我姐把那个新疆兵领来了,您快回去看看吧!"

康母轻蔑地说:"我才不去看他呢!既然到家来了,你们就请他吃顿饺子,吃饱了就让他滚球子!"

彩霞一本正经地说:"妈,那个人长得跟猪八戒似的,要是留他在家里吃了饺子呀,八成他以后就会像猪八戒赖在高老庄一样,赖在咱家不走了!您还是赶紧回家,三棍子把他打走吧!"

康母起身,说:"走!"杨大妈随着起身,也说:"我也去看看!"两位老太太一前一后出了门。彩霞调皮地掩嘴一笑。

康母走进家门,抬头一看清泉,眼前突然一亮,心中不禁暗暗赞叹:好英俊的一个小伙子呀!心中喜欢,气就消了三分。又见清泉和彩云正亲热地说笑着包饺子,小伙子英姿勃勃,女儿漂亮大方,二人十分般配,心里又是一喜,气已经消了五六分,脸上由阴转晴。彩云和清泉停止包饺子,接受老人的裁决。

彩云介绍:"妈,他就是林清泉。"

清泉笑盈盈地问候:"伯母,您好!"

这一声亲热地问候,她心里的气只剩下一二分了。

"哎——"康母一声长叹,说,"你要是在北京,不在新疆该有多好啊!"

站在门口的杨大妈赶紧插言:"他大婶,我和大凤都不嫌他在新疆工作,这个女婿你不要啊,我可要啦!"

彩霞乘机将母亲一军,说:"林清泉同志,我妈不欢迎你,那你就上杨大妈家去吧。"

彩云也将母亲一军,说:"清泉,既然我妈反对,从此我就跟你一刀两断,那你就上杨大妈家去吧。大凤是小学老师,又聪明又漂亮,你一见就会爱上她的。"

杨大妈说:"林同志,那这就跟我走吧。我也给你包饺子,再炒几个菜。"

康母说:"他大妈,你跟着起什么哄,回你们家歇着去吧!"

杨大妈说:"你这个老婆子,说话不算数。"说完,转身走了。

彩霞从厨房里拿着一根擀面杖进来,举在母亲面前,说:"妈,您不是说把这个新疆兵三棍子打出去嘛,给你这根擀面杖,把他打走吧!"

康母接过擀面杖,照着彩霞的屁股就是一下子。

彩霞叫道:"妈,您打错啦!"

康母笑道:"打的就是你!让你谎报军情!"

这一擀面杖,打出一片快乐的笑声来。

火箭设计院图书馆阅览室的书架上,摆放着一系列美国航天局(NASA)的文献。

　　为了了解近几年国际上火箭取样技术的进展情况，几天来，林清泉和肖亮一直在这里查阅文献。一天，在查阅文献索引时，清泉的眼前突然一亮，文献的题目是：超音速火箭取样器气动设计与风洞实验。这对于正在秘密进行超音速火箭取样器气动设计的他来说，简直就是雪中送炭，他怎么能不喜出望外。他看完文献索引，更是欣喜异常。但是，火箭设计院图书馆没有这篇文献的全文。第二天，两个人跑到科委情报所，还是没有查到这篇文献的全文。他们又到了北京图书馆，终于如愿以偿地查到了。因为这篇文献存储在缩微卡上，必须在缩微阅读机上才能阅读，很不方便。于是，当即花了20元钱的复制费，放大复制了一份。

　　这篇文章长达20多页，不但详细地描述了超音速火箭取样器气动设计问题以及风洞模型设计与风洞实验问题，还介绍了过滤材料阻力特性的测量问题。林清泉如获至宝，夜以继日地阅读起来。白天，在办公室里看；夜里，在招待所里还看。肖亮建议，把这篇文章翻译出来，他也要好好学习学习。于是，清泉便边看边翻译。一天深夜，他又在边看边译，为了不影响肖亮睡觉，他把桌上的台灯用报纸罩了起来。肖亮一觉醒来，迷迷糊糊地睁开眼，看了看手表，说："喂，别再翻啦，都两点多了，赶快睡吧！"清泉说："快译完了，我翻译完了再睡。"天亮了，清泉躺在床上翻来覆去的，还是不能入眠。肖亮边穿衣服边问："老林，你好像一直都没睡着，总在翻身打滚的。"清泉说："我的大脑一直处在亢奋状态，怎么也睡不着。"肖亮说："肯定是大脑疲劳过度了，快去501医院看看吧！"

　　清泉不得不再一次走进501医院。他在挂号室挂了号，在内科诊室看了病，在药房拿了药，之后便去找彩云。他慢慢腾腾地上楼，在外科病房的楼梯口恰巧碰到了正要下楼的小赵。小赵调皮地说："刺儿头！"他抬头一看是她，苦笑一下并说："小赵，你好。"小赵有点儿吃惊，忙说："哟，今天你这是咋的了，怎么无精打采的?"

　　"我一夜都没睡着，现在还头昏眼花的。"

　　"病家不用开口，我便知病情根由，你得的肯定是相思病，只要见到你那位亲爱的，你这病立马就好了！跟我来。"

　　"小赵，我就不进去打扰了，请你把她叫出来，我在后院等她。注意，悄悄地……"

　　"我知道，打枪的不要。"小赵转身回去。

　　清泉转身下了楼，来到静悄悄的后院，站在一棵大树下等待他的心上人。

　　彩云"噔噔"地下了楼，出了后门，用目一打量，看见了树下的他，便快步走上前去。他听到脚步声，转身一看是她来到了自己的身旁，便迎上前去。

　　"亲爱的，你怎么了?"

　　"我想把一份英文资料翻译完，开了夜车，快天亮了才躺下，结果却怎么也睡不着，大脑异常兴奋，一会儿是英文，一会儿是公式，一会儿又是插图，一直就没合眼。没法工作了，我就不得不来看病了。"

　　"你这是大脑疲劳过度了。你这个搞科学的呀，只知道金属会疲劳过度，却不知道大脑也会疲劳过度；只知道拼命工作，却不懂得科学工作！"

　　"事与愿违，我也是追悔莫及呀！"

"看过了吗?"

"看过了,药也拿了。"

"你在这儿住几天院吧?"

"我可不想住院,我还是回去吧。"

"不行,有病你得听我的!你这个病,一是要吃药调理调理神经,二是要让大脑得到充分的休息。你回去以后,工作起来就忘乎所以了,我又鞭长莫及;在这儿住院呢,不但治疗条件好,我还可以监督你、陪陪你。"

"那我只好从命了。"

于是,清泉又一次住进了医院。彩云对清泉实行严格管理,不准他看书、杂志和报纸,连打扑克也不准,只准他散步、逛街、逛商店、聊天。每天晚上,她都陪他散步,有时她挽着他的胳膊,有时她拦着他的腰,有时她拉着他的手。当两个人来到一个僻静之处时,他便把她紧紧地搂进怀里,热烈地亲吻她。顿时,两个人春心荡漾,幸福的暖流汹涌澎湃,整个世界好像都是他们两个人的。爱情是多么的奇妙,多么的美好呀!亲切的关怀和甜蜜的爱情,使清泉的病情很快好转了。

一天晚上,在一阵热烈的亲吻后,两人脉脉含情地对视着。

"亲爱的,现在,夜里睡得好吗?"

"吻过你以后,睡得特别的香。有时候,梦里还在吻你呢。"

"以后可不许再开夜车啦!"

"再也不敢啦。对一个知识分子来说,万一大脑失灵了,那可就是一个残废人啦!"

"你现在倒是挺明白的,可不要好了疮疤忘了疼噢!"

"我想明天出院了。"

"再住几天,巩固巩固。这样吧,你星期天出院,跟我回家去,我妈有事要跟咱俩商量。"

女儿没对象,妈妈着急;有了对象,女儿不结婚,妈妈还着急。

康父和康母坐在床上正在唠嗑。彩云领着清泉进了家门,问候了老人之后,坐下了。

康母便迫不及待地问:"你们俩打算什么时候结婚呀?"

"明年。"

"你们俩都老大不小的了,又好得难舍难分的,今年就结婚吧!"

"妈,今年秋天他还要回新疆执行任务,没时间。"

"不行,我说今年就今年!要是执行完任务今年还能回北京,那就回来以后再结婚;要是今年回不来呢,那在他走之前就结婚!"

"妈,您干吗催得这样急呀?"

"你们一天不结婚,妈就为你担一天心!"

"妈,我又不是小孩子了,您有什么不放心的吗?"

"我一听说谁家的姑娘还没结婚就大肚子了,我这心里就直打鼓!"

康父动员道:"彩云,清泉,你们就听你妈的,今年就结婚吧!我和你妈想外孙子

都想疯了。"

彩云用期待的目光看着清泉，问道："那我们今年就结婚？"

清泉说："我也想结婚了，可是，今年秋天我还有任务。要不，等我执行完任务回来再结婚，好不好？"

康母说："不行！执行任务前就给我结婚！"

清泉说："结婚得有房子呀，我的家在黑龙江，我们单位在新疆，房子问题不好办。要不，彩云跟我去新疆结婚？"

康母说："不行！就在北京结婚！房子嘛……实在不行，里间的小屋就做你们的新房！"

清泉说："这不合适吧？"

彩云说："这样吧，我在我们医院申请一间房子。"

清泉说："申请房子都是以男方为主，单位能给你吗？"

彩云说："你是边疆的部队干部，会照顾的。再说了，我们单位地处偏僻，还有几间空房。"

清泉说："这可太好了！等你把房子申请下来，咱们就结婚！"

康母下地，高兴地说："我给你们包饺子吃！"

康彩云在医院把房子要下来了。于是，彩云和清泉开始拍结婚照和置办东西。

在中国照相馆里，彩云和清泉拍了两张结婚照，一张是穿军装照的，一张是穿便衣照的。

在王府井百货大楼里，在布匹柜台前两人在选软缎被面；在针织品柜台前，两人在挑选提花枕巾；在服装柜台前，两人在挑选衬衣……

两人提着大包小裹，亲热地说笑着走在王府井大街上。

"彩云，下个星期天，我跟你去布置新房吧。"

"布置新房不用你，我带领我的那帮小姐妹，利用业余时间就干了。"

彩云的新房是在医院的一栋家属宿舍楼里。这是一座筒子楼，洗脸间和厕所都是公用的，家家户户的炉灶都在楼道里，虽然生活十分不方便，但能有一个自己的安乐窝就已经不错了。彩云的新房在三楼楼道顶头的一个房间里，比较安静。房间里，有一张旧双人床、一张旧办公桌和两把旧椅子。彩云带领着小赵和小柳，先把房间打扫得窗明几净、一尘不染，然后就开始精心布置新房。她们在床板上铺了一床又厚实又柔软的大垫子，之后在垫子上铺了两条新褥子，之后在褥子上铺了一条大花床单，之后在床头放了一对绣着一对鸳鸯的绣花枕头并在枕头上放了红色提花枕巾，之后在床尾放了一对红色软缎子棉被。铺完床，她们在窗户上和门上贴了大红喜字，在窗台上摆上了一盆鲜艳的红玫瑰花，在天花板上十字交叉式地悬挂了两条拉花。新房里充满了温馨和浪漫的情调。最后，彩云在墙上挂上了一张毛主席像。彩云满心欢喜地等着当新娘了。

喜日子终于到了，人逢喜事精神爽，月到中秋分外明，清泉和彩云满面红光，喜气洋洋。清泉下身穿一条黑色西裤，上身穿一件雪白的衬衣，益发显得英俊潇洒。彩云下身穿一条灰色西裤，上身穿一件桃红色的衬衣，益发显得美丽动人。但是，他们的结婚

第十四章　柳暗花明

过程却是简单得不能再简单了，没有结婚仪式，也没有开宴席。清泉和彩云事先商定，结婚不办酒席不举行婚礼。在他俩的耐心说服下，两位老人勉强同意了他们的请求，但却遭到彩霞的反对。在彩云结婚这一天，康父和彩霞都在厂里加班，连家都没回；只有康母为女儿、女婿做了一顿家常便饭，连酒也没上。在落座之前，清泉郑重其事地给岳母行了一个鞠躬礼，然后第一次叫了一声"妈"，康母脸上乐开了花。落座后，康母和女儿、女婿一面吃饭一面嘱咐小两口，今后要互敬互爱，好好过日子。

天黑后，清泉和彩云告别了母亲。康母看着两人离去的背影，又是喜欢又是惆怅：自己的女儿就被这个小伙子从她手里夺走了，而且还不知道他将来把她领向哪里，后悔当初心太软，没有把这个小伙子打出去。哎，女大不中留，早晚是人家的人，嫁鸡随鸡，嫁狗随狗，随她去吧；日后苦也罢累也罢，那她都是自愿的，怪不得我当妈的；女婿是个实在人，他会对女儿好，他会把心都掏给她，小两口一定会相亲相爱、白头到老；小两口回去就入洞房了，明年给我生个外孙子也行，生个外孙女也行，彩云工作忙没时间带孩子，我给她带，她生几个我给她带几个。

第十五章　双喜临门

　　一轮明月挂在晴朗的天空中。彩云和清泉到达 501 医院时，已经是夜深人静、万籁俱寂。两个人手拉手走进医院大门，上了筒子楼，来到他们的新房门前。彩云开锁，推开门，拉开灯，洞房顿时一片红彤彤，充满了喜气、温馨和浪漫。
　　彩云关上房门，插上门闩，拉上窗帘，这便拉开了神秘二人世界的序幕。在护士长的严格要求下，二人刷过牙、洗过脸后，又洗干净了下身隐秘的地方。新婚之夜，两个人的身体要做亲密无间的第一次接触，为了两个人的身体健康，必须洗得干干净净，才好放心地做夫妻。新娘温情脉脉地看着新郎，新郎深情地看着新娘，两个人紧紧地拥抱在一起，爱情之火重新燃烧起来。她仰着泛起红晕的脸，闭上美丽的眼睛；他亲吻她的双眼，亲吻她的双颊，之后把他的双唇紧紧地贴在她的双唇上，爱的信息从嘴唇像电流一样迅速地传遍她的全身。他激情澎湃，热血沸腾，声音颤抖地说："亲爱的……亲爱的……我……我受不了了。"他急不可耐地把她抱起来，放在了床上……
　　灯熄了。躺在暖烘烘的新被窝里的新娘，想着即将发生的事情，她害臊了，赶紧用被子蒙上了头，有点儿激动有点儿紧张，有点儿神秘有点儿期待。新郎却好不害臊，居然脱得赤条条地钻进了她的被窝。他猴急地脱去了新娘的背心，然后又去扒她的裤衩，尽管她连说"不要……不要"，结果还是让他扒得溜光。他光溜溜的身体压在她光溜溜的身上，身体第一次亲密的接触，令她魂飞魄散、好似腾云驾雾一般；他兴奋地狂吻她的嘴唇，狂吻她的乳房，一遍又一遍。在他的强烈刺激下，她兴奋得不得了，声音有点儿颤抖："亲爱的……亲爱的……我受不了了。"火候到了，他刚劲有力地动作起来，她愉悦地、舒服地呻吟着，轻声细语地说："亲爱的，你悠着点儿，悠着点儿。"在一阵剧烈地震颤之后，他把爱情的种子播撒进那片新开垦的土地上。新郎和新娘终于揭开了夫妻之间的神秘面纱。她温柔地抚摸着他汗津津的脊背，莺声燕语地说："亲爱的，我喜欢你搂着我睡，在你的怀里，安稳，舒服。"他搂抱着她温暖的、光滑的身体进入了甜蜜的梦乡。天蒙蒙亮时，他和她都醒了。他尝到了做丈夫的滋味和甜头，想起那美妙的时刻，又兴奋起来；她享受到了做妻子的愉悦和乐趣，想起那幸福的时光，意犹未尽。于是，夫妻二人再度缠缠绵绵、颠鸾倒凤地云雨了一番。夫妻二人同时获得了精神上和生理上的高度满足之后，又互相搂抱着进入了甜蜜的梦乡……

一轮红日从楼顶上爬上来，灿烂的阳光透过窗帘洒满了洞房。新婚夫妇醒了。她用手指头点了一下他的脑门，笑道：

"你真坏，一夜工夫就把我从大姑娘变成小媳妇了。"

"以后，我还会让你变成妈妈呢。"

"我是妈妈，你是爸爸，生活多么的美好呀！那你喜欢男孩还是女孩？"

"我都喜欢。你最好先生一个女孩，然后再生一个男孩。儿女双全，才最美！"

"美得你！"她又点了一下他的脑门。他哈哈大笑。

"哈哈哈！"门外的笑声传进洞房。

"谁？！"

"不是小赵就是小柳。快起来吧！"

在门外偷听的小柳哈哈笑着跑出筒子楼，跑进单身宿舍楼，推开一间护士宿舍的门，大惊小怪地说："小赵，不好啦！不好啦！"

小赵说："小柳，火上房了？"

小柳说："我的挎包落在护士长新房里了，我刚才去取。我站在门外正要敲门时，新房里突然传出一个男人的哈哈笑声……"

小赵一拍桌子，说："这个刺儿头！他居然敢欺骗我们，明明说今天举行婚礼，可昨天夜里他就跟护士长度过洞房花烛夜了！他想逃避婚礼，逃避闹新房，没门！"

小柳说："对，咱们不能让他们的阴谋得逞，不能饶了他们！"

小赵一挥手，说："姐妹们，走，咱们把他俩从被窝里揪出来，批斗！"

小赵带领着几个伙伴，来到新房门外，边敲门边大喊大叫："开门！开门！开门！"

彩云拉开门，乐呵呵地说："请进吧，姐妹们！"护士们随即一拥而进。

清泉满面春风地说："欢迎，欢迎各位光临寒舍！"

"哟？！"小赵上下打量着他，说，"这位酸不溜丢、文绉绉的是谁呀？我怎么不认识呀？"

"小赵，你怎么装糊涂呀？"

"哦，你就是那个刺儿头吧？我说刺儿头，你怎么私自钻进我们护士长的新房里来了？"

"你们护士长的新房也就是我的新房呀。"

"那么说，你就是新郎官了？"

"正是鄙人。"

"姐妹们，你们承认这个未在婚礼上露过面的新郎官吗？"

"不承认！"众护士异口同声地叫。

小赵柳眉倒竖，杏眼圆睁，说："这是哪儿来的野小子？姐妹们，给我打！"顿时，

拳头和巴掌像雨点般落在清泉身上，吓得他躲在彩云身后，两手拽着她的后衣襟躲闪着。彩云伸开两臂保护丈夫，说："姐妹们，饶了他吧！饶了他吧！让他给你们赔礼道歉。"

小赵停止了攻击，哈哈大笑道："姐妹们，你们看哪，护士长像老母鸡一样护着她的小鸡崽呢！"众护士跟着大笑。

小柳说："老母鸡夜里还搂着她的小鸡崽呢！"

彩云从桌子上端起一盒糖，对大家说："姐妹们，你们辛苦了，来吃喜糖吧！"

小赵板着脸说："不吃，没举办过婚礼的喜糖不甜！"

彩云撒谎："婚礼举办了，是在我们家举办的。"

小赵说："不管你们举办没举办过婚礼，没有我们参加的婚礼，一律无效！"

几个护士七嘴八舌："一律无效！""一律无效！"

小赵自告奋勇："姐妹们，咱们给他俩举办婚礼，我当司仪。"

几个人立刻就把新郎和新娘推到一起，面对毛主席像站好。

清泉本来想先斩后奏，不在婚礼上任人摆布，但是，在这帮护士的强迫下，他还是没有逃脱任人摆布的命运。她们是好意，新郎和新娘只好乖乖地听从他们的摆布。

"向毛主席三鞠躬！一鞠躬——二鞠躬——三鞠躬——"

"向来宾三鞠躬！一鞠躬——二鞠躬——三鞠躬——"

"夫妻对拜！一鞠躬——二鞠躬——三鞠躬——"

"下面由新郎介绍恋爱经过！"

新郎说："小赵，这一项就免了吧，我们俩的恋爱经过，你最清楚，不用再浪费时间了吧。"

小赵说："这一项免了可以。但是，新郎和新娘叼苹果是'必保'项目，绝对不能免！"

胖护士和瘦护士举着一根筷子，筷子下用线吊着一个苹果，来到两位新人面前。叼苹果游戏开始了，新郎和新娘面对面地去咬那只动荡不定的苹果。当吊着的苹果下降时，新郎冷不丁地一手抓住筷子，一手抓住苹果使劲一拉，苹果便到了他手中。新郎咬了一口苹果，然后把苹果放在新娘嘴边，说："来，你也咬一口！"新娘也咬了一口。新郎得意地说："我们俩都咬着了，这个项目结束。"几个护士没提防新郎会来这么一手，一时不知所措。

小赵清醒过来，忙说："犯规！罚他俩再来两次！"

"小赵，别来这一套了。"新郎神侃，"叫新郎新娘咬苹果的把戏，谁的心里都明白，无非是来宾们想看新郎和新娘亲嘴。我告诉你们吧，我们俩已经秘密地接过无数次的吻了，可惜你们都没看见……"

新娘嗔怪道："你胡说些什么呀！"

小赵说："新郎官，那你敢当我们的面，吻一下你的新娘吗？"

说时迟那时快，新郎冷不防地捧住新娘的脸，亲热地吻了一下。

护士们先是一怔，继而便是开心大笑，有的笑得前仰后合，有的笑得流出泪水。彩云照着丈夫后背就是一巴掌，嗔怪道："该死的！"

护士们兴高采烈地嚷嚷着:"太棒啦!""太精彩啦!""再来一个!""来一个慢动作的!""来一个时间长一点的!"

清泉说:"这一个足够让你们心满意足、大开眼界的了,要是再来一个呀,你们护士长晚上就不让我上床了。"护士们又是一阵开怀大笑。

小柳说:"护士长,你嫁了一个又英俊又机灵、又快乐又幽默的丈夫。我都羡慕死你了!"

小赵宣布:"这个节目通过啦!婚礼结束!"

彩云即席发言:"姐妹们,你们为我们举办了一个迟到的婚礼,我们很高兴。下面请大家吃喜糖吧。"

小赵说:"不行,光吃喜糖不行,我们还要喝喜酒!"

"我们要喝喜酒!"众护士齐声响应。

彩云爽快地说:"那好,你们在家吃喜糖,我们俩去买酒买菜,请你们喝喜酒。"说完,从抽屉里拿出一个钱包。

小赵一把将钱包夺过去,说:"你们俩在家继续接吻吧!姐妹们,咱们去买酒买菜喽!"说完,领着一群护士出了房间。

清泉和彩云亲亲热热、如胶似漆地度过了新婚之后的前两天,第三天彩云带着女婿回门了。小两口提着礼物走进了那个熟悉的小院,走进了那间熟悉的小屋。结婚是一道分水岭,因此这次回来与以往回来有着天壤之别,人际关系发生了根本的变化。

清泉一进门,爽朗地叫道:"爸爸!""哎!"康父脸上乐开了花。然后又爽朗地叫道:"妈妈!""哎!"康母脸上乐开了花。

彩霞却冷着脸,责怪道:"姐夫,你很不像话。结婚不举行婚礼,不摆酒席,连爸爸、妈妈和我,都没能参加你们的婚礼,都没有喝上你们的喜酒。你对得起我们和我姐吗?"

彩云说:"爸爸、妈妈、彩霞,我们带来了烟、酒、糖和一些熟食品,过一会我俩再去买些鱼、肉和青菜,晚上,补办两桌酒席,一桌摆在咱们家,一桌摆在杨大妈家。"

康母说:"知道你们今天回门,鱼、肉和青菜我都买好了。"

康父说:"我呢,把我的几个老朋友请来。彩云,你把你的几个好朋友也请来。今天大家在一块儿喝杯喜酒,共同庆贺你们的新婚之喜!"

当天晚上,康家还是热热闹闹地开了酒席。酒席散后,小两口起身要走。

康母发话了:"你们俩今天就别走了,就住在家里吧,至少在家住三天!"

彩云说:"妈,家里没地方住,我们还是回去吧。"

康母说:"你们俩就住里间屋。"

彩霞问:"妈,那我住哪儿呀?"

康母说:"你跟我住外屋大床。"

彩霞说:"妈,您偏心眼儿!"

康母笑道:"我就是偏心眼了!以后啊,你姐和你姐夫,想什么时候回来住就什么

时候住,我这儿就是他们的家!"

清泉说:"谢谢妈妈。"

彩霞说:"老丈母娘心疼姑爷,这话一点也不假。姐,你赶快给妈生个外孙吧,那时候呀,还不把妈乐得屁颠屁颠的。"

康母给了彩霞一巴掌,说:"我打你这个臭丫头蛋子!"

一家人快乐地笑起来。当晚,彩云和彩霞姐妹俩的小屋变成了彩云和清泉小两口的第二个新房。

高粱红了,谷子黄了,清泉村是一片丰收景象。

清泉结婚的喜讯飞到了清泉村林家,林家的四个子女终于都成家立业了,林父和林母自然是喜上眉梢、乐在心头。青山和桂芝的儿子叫小泉,快三岁了。青霞和桂芝的弟弟桂生刚完婚,林家和孙家是亲上加亲,皆大欢喜。两位老人整天盼着清泉结婚,给他们生孙子、生孙女,生得越多越好,过日子就是"过孩子"嘛。

林父和林母坐在南炕上,每人拿着一张照片端详着。小泉趴在奶奶的身后看。青山和桂芝坐在北炕的炕沿上看着老人和孩子。

小泉问:"奶奶,这两个人是谁呀?"

林母说:"小泉,是你二大爷和你二大娘啊。"

小泉说:"不对,我二大爷和二大娘是解放军,他们俩是老百姓。"

林父说:"小泉,你过来看看爷爷这一张。"

小泉立即跑到爷爷身后,搂着爷爷的脖子看,并说:"这两个人都是解放军,他俩才是我二大爷和二大娘呢。奶奶的那一张上的两个人是假的。"小泉天真的话语逗得笑声一片。

林父说:"看完了就都装在相框里吧!"

林母说:"留出一张给他老姑吧!"

桂芝说:"娘,两张不一样,不给她老姑了!"

"三嫂,不给我什么呀?"青霞带着女婿一脚门里一脚门外就搭了腔。

"青霞,你来得正好。你二哥跟你二嫂的结婚照,你看看吧。"林母把照片递给女儿。

青霞接过一看,欣喜地说:"我二哥娶了这么个大美人,他可真有福气呀!"然后把照片给桂生看。

林父举着照片,说:"青霞,你再看看这一张。"

小泉一把将照片抢过去,说:"不给,这是我们家的!"

青霞骂道:"小兔崽子,跟你妈一样抠门!哼,我还不稀罕要你们的呢,我写信管二哥要它十张八张的!"

青山说:"可惜呀,二嫂不是夏彩虹,而是康彩云。"

桂芝说:"二哥在信上说,她俩长得一模一样,不知道的人很难分清谁是谁呢。"

林母得意地说:"要是她俩都做我的儿媳妇,彩虹为大,彩云为小,那该有多好啊!"

第十五章 双喜临门

青霞笑道:"娘,你美得都不知道姓啥了吧?"

一家人哈哈大笑,这笑声就是对清泉和彩云新婚的最好祝福。

夜里,正在度蜜月的新婚夫妻躺在床上亲热地唠嗑。沉浸在幸福里的清泉,没有忘记彩虹,没有忘记对李阿姨的承诺。

"彩云,明天我们俩到夏彩虹家去看看李阿姨吧,并请她把我们的结婚照转给夏彩虹,好吗?"

"好吧。你从不食言,我陪你去。"

"那你给夏彩虹写一封信吧。"

"写什么呀?"

"就把你和我结婚的消息告诉她,免得她还惦记着。"

"好吧。不过,只此一次,从今以后你必须断绝与她的来往,只许你爱我一个人。"

"正因为如此,这封信才让你写,我不写。"

她用手指头点着他的脑门,说:"鬼灵精!"

第二天上午,清泉带着彩云来到夏家新家门外,清泉敲门。李阿姨在门里问:"谁呀?""李阿姨,我是林清泉啊!"

李阿姨打开门,高兴地说:"清泉!快请屋里坐!"她忽然瞥见了清泉身旁的彩云,愣了片刻,继而惊喜地说:"彩虹,彩虹啊!你怎么回来了?"

清泉笑道:"李阿姨,您老认错人了,她不是夏彩虹,她叫康彩云。"

李阿姨说:"清泉,你这孩子怎么也骗我,她不是彩虹是谁呀?"

彩云笑道:"李阿姨,我真的不是夏彩虹,我叫康彩云。"

李阿姨说:"我以为是彩虹回来了呢。咋这么巧呀,这俩孩子长得一模一样,就是说话声不一样。对不起,我认错人了。"

清泉说:"没关系,李阿姨,我头一次见到她时,也错把她当成彩虹了。"

李阿姨说:"看,我都老糊涂了,光顾着在门口问长问短了,忘了请客人进门。清泉,彩云,快请屋里坐!"

清泉和彩云随着李阿姨进了屋里,在椅子上坐下。

清泉说:"李阿姨,我跟彩云结婚了,今天我带她来看看您老人家。"

李阿姨高兴地说:"恭喜,恭喜!清泉结婚了,也了却我跟彩虹的一桩心愿。"

"李阿姨,"彩云一边从挎包里掏出一包糖果和一封信放在茶几上,一边说,"这是我们的喜糖和信,我们的结婚照夹在信里。请您转给彩虹姐。"

李阿姨说:"好,我一定替你们把信和照片转给彩虹。她看到清泉的结婚照,就可以放心地跟彭刚结婚啦。"

清泉惊愕地问:"李阿姨,您说什么呀?!"

彩云莫名其妙地问:"李阿姨,彩虹她还没结婚吗?!"

李阿姨伤感地说:"是的,她还没有结婚。她怕连累清泉,所以她离开了他;她怕他等她而耽误了他,所以又给了她一张还没结婚的结婚照。走之前她对我说,只要清泉一天不结婚,她就一天不结婚!这孩子是个死心眼。"

清泉的眼圈湿润了,说:"彩虹啊彩虹,你为我牺牲得太多太多啦!"
彩云感动地说:"彩虹姐真是用心良苦哇!"
李阿姨语重心长地说:"过去了的就让它过去吧,跟谁结婚就得跟谁好!今后你们好好地各过各的日子吧!"
时光一去不复返,往事毕竟是往事,过去了的就让它过去吧!

几天后,康彩云写给夏彩虹的信终于到了成都。
彩虹宿舍的房门敞着,她坐在办公桌前正在看《红楼梦》。彭刚拿着一封信进来,说:"小夏,你忠实的通信员给你送信来了。"他把信交到彩虹手里,坐在床上。彩虹拆开信,抽出信纸展开一看,见到一张二寸照片的背面,她翻过来一看,见是林清泉和康彩云穿军装的结婚纪念照,顿时惊得跳了起来:"啊?!"彭刚也跳了起来:"小夏,你怎么啦?"彩虹把照片递给他。他接过照片一看,惊讶地说:"啊?!这不是你吗?难道你有分身术不成?""真是个谜呀!""看看信不就明白了吗?""刚才一看照片我都蒙了,竟然忘了看信。"她开始看信。

彩虹姐:
你好!
我叫康彩云,是501医院的护士长。
清泉本来是属于你的,但是因为阴差阳错,他已经成了我的丈夫。又因为阴差阳错,我和你的相貌又十分相似,不少人把我误认为是你。如果你不反对的话,让我叫你一声姐姐吧。你放心吧,我会像你以前爱清泉那样爱他。
我和他衷心地祝福你和彭刚相亲相爱,生活美满幸福。遗憾的是,至今我们都不知道你们在哪里。假如有一天我能见到你,我一定当面叫你一声姐姐……

彩虹看完信,顿感悲喜交加,喜的是清泉终于跟一个这么爱他的人结婚了,而且这个人又酷似自己,说明他并没有忘记她,只不过他把他对她的爱转移到康彩云身上罢了;悲的是他毕竟成了别人的丈夫,而自己即将成为另外一个人的妻子,当初的美好愿望终于化为泡影。真是有心栽花花不开,无心插柳柳成荫呀!
彩虹从沉思中回过神来,果断地说:"彭刚,现在我可以实现我的诺言了。明天我们就去领结婚证,后天就结婚!"彭刚高兴地说:"我早就盼着这一天呢!"说完,又沉吟道,"后天是不是有点儿太仓促了?我们还有好多事没准备呢。"
"不用准备。"
"新房呢?"
"就用我这间!"
"床上用品得买一套新的吧?"
"我妈早就为我买好了,就装在我的箱子里。"
"那是为你跟老林结婚准备的吧?"
"谁跟我结婚就是为谁准备的!"
"香烟和糖果总得准备点儿吧?"

第十五章　双喜临门

"一会儿就去买！"

"婚礼得举行吧？"

"不举办任何形式的婚礼！"

"好吧，只要你愿意跟我共同建立一个温暖的家，什么条件我都答应你。但是我也有一个条件，也请你答应我。"

"说！"

"在我们结婚之前，是不是把老林写给你的信……"

"烧！统统烧啦！"

彩虹也是一个说话算数的人。夜深人静之时，彩虹从她的帆布箱里拿出一摞信放在桌子上，又拿过一个脸盆放在地上，之后坐在椅子上，拿过一封信划着一根火柴点着，当信烧起来时，她把信丢进脸盆里。火苗烧着那封信，就像烧着她那颗心，泪水不由滚了下来。接着她把一封又一封信投进脸盆中。看着那燃烧的火苗，她的眼前不断浮现出一幅又一幅画面：

她和小女孩赤裸双脚挽着清泉的胳膊走在长安街上；

她依偎在清泉的怀中，欣赏香山红叶；

她和清泉在大海里游泳；

在那棵大树下，清泉第一次热烈地拥抱和亲吻了她；

在罗布泊核试验场上，她跟清泉并肩站在戈壁滩上，看着滚滚升起的蘑菇云。

彩虹禁不住热泪纵横……

林清泉的蜜月过了还不到一半，就不得不告别新婚妻子进场执行任务了。

1970年秋，数千名核试验大军又云集在罗布泊核试验场上，为一次新的氢弹试验做各种各样的准备，寂静的戈壁滩又喧闹起来。火箭设计院、火箭发射队和火箭取样队又会师于和平村，共同为火箭取样紧锣密鼓地忙碌起来。

火箭设计院还是原班人马，火箭发射队却换将了，郑队长和刘指导员因家庭和社会关系等问题在"清队"中也被扫地出门了，新任队长是原电路班班长杨月辉，新任指导员是原回收班班长党有光。火箭取样队实行场上队长轮流制，这次任务的场上队长是陈南，他积极性很高，工作十分卖力，不但做好了火箭取样方案，还随火箭发射队提前进场。这次任务用五枚和平-5号火箭实施取样。国庆节前，他们完成了五枚火箭的装配；国庆节后，开始上架，每天上一枚火箭。

1970年10月14日，中国又一颗氢弹爆炸成功了。

几分钟后，蘑菇云还在翻江倒海般翻腾的时候，第一枚火箭从发射井里飞了出来，喷着熊熊烈火冲向蘑菇云。以后，每隔10秒钟，就有一枚火箭从发射井里飞出来，飞进蘑菇云。随后，一顶接一顶降落伞飘飘荡荡从天而降，犹如天女散花。

闪光过后，四架歼-6飞机，一架接一架从马兰机场起飞了。几十分钟后，一架接一架飞机飞进了一片又一片核烟云中实施取样。飞机取样队圆满地完成了任务，并荣立了集体三等功。

火箭取样并不理想，五枚火箭，一枚没有发射出去，一枚失踪，只回收到了三枚。

陈南等三人到现场检查时才发现，爆炸后落下的尘沙和石块落在井盖上，当井盖运行到一半时，几块小石头刚好卡在井口与井盖的缝隙之中，井盖被卡死了。井盖没完全打开，火箭就发射不出去，这倒充分证明了火箭发射的连锁控制方式是相当成功的。尽管两发火箭出了事故，但回收回来的三枚火箭取样器，都获得了样品的丰收，还是超额完成了这次任务。

完成任务后，基地研究所作业队撤回红山。

火箭取样队作完任务总结，总结报告由陈南写。另外，组织上批准了肖亮的结婚报告，也批准了陈南的申请家属随军报告，二人如愿以偿。

林清泉又要动身回北京了，李保国夫妇设宴为他送行。三个好朋友，一边吃喝一边天南海北地唠家常。

清泉说："祝贺你们得了一个大胖小子。遗憾的是，我没有看到他。"

方芳说："任务这么忙，还要经常进场，我没有时间照顾孩子，只好把他留给我妈妈了。"

清泉说："方芳，那你不想孩子吗？"

方芳说："那是我身上掉下来的肉，能不想吗？"

保国说："她呀，刚回来那几天，想孩子想得天天晚上趴在我怀里哭。"

方芳嗔怪道："你胡说些什么呀。"清泉哈哈大笑。

方芳立即转移话题："肖亮对我说，康彩云非常像夏彩虹。老林，是真的吗？"

清泉说："是真的。第一次我见到她时，是我错把她当成夏彩虹，我们才认识的。随后我们俩就恋爱，结婚。"

方芳说："康彩云是从天上掉下来的七仙女吧，她看你可怜，就从天上下来，代替夏彩虹，和你结为夫妻。"

清泉说："七仙女是董永的妻子。"

方芳说："那她就是七仙女的妹妹——九仙女。"

清泉和保国哈哈大笑起来。

经过四天多的长途旅行，清泉终于又回到了北京。到车站来接他的当然是他的新婚妻子。一个多月前，蜜月才过了一半，清泉就抛下新婚妻子去执行任务了。彩云在北京站送走丈夫之后，回到新房，看着空荡荡的房间，不由鼻子一酸，眼泪哗哗往下流，然后她趴在床上大哭了一场，她自己也没想到她想他想得是如此伤心。她每天都在想他：他今天到哪儿了，他今天在干什么，他什么时候能回到她的身边。在他离开她的那些日子里，为了避免孤独，她常请小赵来陪她。她跟赵一面聊天一面织毛衣，为他织一件军绿色毛衣，让他回来就能穿上。今天，他终于回来了，终于回到他们的新房了，新房又喜气洋洋了。小两口紧紧地拥抱在一起，然后便是一阵热烈的吻。简短的欢迎仪式结束后，清泉脱下上衣，彩云接过挂在衣帽钩上，回身看着他身上的那件套头灰色毛衣。

"你的这件毛衣是不是夏彩虹送你的？"

"是。"

"你把它脱下来。"

第十五章 双喜临门

"冷。"

"脱!"

清泉乖乖地脱去毛衣。彩云拿来她新打的那件开身军绿色毛衣,披在他身上,说:"穿我给你新打的这件。"清泉穿上,彩云一面为他系扣子一面说:"以后只许穿我给你打的这件,不许再穿夏彩虹送你的那一件了。""遵命!但是,你千万别把它烧了。""我还没有那么小心眼。你们相好一场,还是把它洗洗收起来,给你留作纪念吧。"他一边拥抱着她,一边说:"亲爱的,谢谢你的理解,谢谢你的毛衣。"

清泉在家里只休息了三天,就到火箭设计院上班去了。虽然他舍不得新婚妻子,但他重任在肩,舍不得也得舍,分不得也得分。

清泉告诉徐参谋:1971年没有火箭取样任务,可以集中精力研制挺进-1号火箭,本年内一定要拿下超音速火箭取样器的设计。

清泉继续秘密地进行他的伟大工程,看书看文献,继续研究和探索超音速火箭取样器的设计理论和技术问题。他把美国那篇文献看了又看,又把文献中所给出的几个公式进行了严格的推导,证明正确无误才放心大胆地使用。他在一步一步地接近目标。在火箭设计院上班,离家太远,不能通勤,他只好住在招待所里。只有在星期六,他才可以回家,和妻子共享甜蜜生活。

爱情的种子发芽了。

一天早晨的交接班会上,护士长正在布置当日的工作,说着说着,彩云忽然觉得有点儿恶心,于是便赶快说:"好了,大家开始工作吧。"话刚住口,就扶着桌子一阵干呕,然后捂着嘴就往洗手间跑。小柳莫名其妙地问:"小赵,护士长得什么病了?"小赵笑呵呵地说:"护士长得的是世界上最好的病。小柳,你可真傻!"小柳怔怔地说:"瞎扯!世界上的病都是坏病,哪还有最好的病?"小赵说:"只有结婚妇女才能得的这种病。小柳,你可真笨!"小柳恍然大悟,叫道:"哇!护士长怀孕啦!"

洗手间里,彩云一阵呕吐后,自言自语:"清泉,你这个坏家伙,你惹了事就跑了,只管你的火箭,不管我了。下次,不管你怎么赖皮,我也不理你。"

天上纷纷扬扬地飘下一场大雪来。清泉冒着大雪回家,他下了一辆汽车又上了一辆汽车,下了一辆汽车又上了一辆无轨电车,下了一辆无轨电车又上了一辆汽车,下了一辆市区汽车又上了一辆郊区汽车,天黑了才到家。彩云一见到清泉便笑逐颜开,早就把背后骂他的那些话忘到九霄云外去了。她为他拂去身上的落雪,帮他脱去棉袄,然后端上热乎乎的饭菜。于是,小两口开始吃饭了。吃着吃着,彩云突然起身,扶着床头干呕了几声。清泉急忙起身为她捶背。

"亲爱的,你怎么了?"

"我有了。"

"你有什么了?"

"傻瓜,我有小宝宝了。"

"太棒了!太棒了!你要当妈妈了,我要当爸爸了。"

"为了孕育这个小生命,我可要受10个月的罪呀!最后为了生他,我还要过一道鬼门关呀!"

"我看你受罪比我自己受罪还难受。这样吧,等要下一个孩子的时候,你休息,我怀孕。"

彩云"扑哧"一声笑了,说:"净说傻话,谁见过公鸡能下蛋?"

"我不说傻话,你还得呕。"

"就你鬼主意多。"

"这样吧,以后我来洗碗、做饭,你休息。"

"以后,还是我做饭,你负责洗碗就行了。"

于是,小两口坐下来继续吃饭。吃完饭,清泉把饭碗、盘子和筷子收拾到洗菜盆里,端着到公用洗漱间里洗去了。彩云望着丈夫离去的背影,心中暗暗自喜。他爱她,关心她,体贴她,照顾她;她很知足,很满意,很欣慰,很幸福。女人最大的心愿就是丈夫像宝贝一样爱她。

俗话说,没有不透风的墙。林清泉和肖亮私自设计火箭取样器的事终于有一天露馅了。

1970年末,国防科委在国务院西直门招待所召开1971年工作计划会议。基地研究所科技处的副处长靳心田和参谋唐峰、31所的计划科科长吴兴宇以及火箭设计院科技处参谋徐明媚,都出席了这次会议。上午散会后,与会者步出会议室,走进餐厅。餐厅里,徐明媚、唐峰和靳心田坐在一张圆形大餐桌旁,一面等着吃饭一面聊天。这时,吴兴宇和另外几个人在这张桌子旁坐下了,吴兴宇正好坐在他们的对面。

靳心田说:"徐参谋,林清泉和肖亮长期在你们院搞协作,在工作上和生活上你们都给了他们很大的帮助,我代表所里谢谢你们。"

吴兴宇一听林清泉和肖亮的名字,眼前一亮,便注意倾听他们谈话。

徐明媚说:"靳处长,不必客气。我们可不能慢待客人和朋友哦!"

吴兴宇看着徐明媚,问:"这位女同志,您就是火箭设计院的徐参谋——徐明媚同志?"

徐明媚莫名其妙地问:"您怎么知道我?请问您是……"

吴兴宇说:"我是31所计划科的吴兴宇。林清泉常跟我提起您。"

徐明媚高兴地站起来和起身的吴兴宇握手,说:"原来您就是吴科长,久闻大名,如雷贯耳。今天认识您,很高兴。"

唐峰起身跟吴兴宇握手,说:"吴科长,我是基地研究所计划科的参谋唐峰。见到您非常高兴。"然后他向吴兴宇介绍了靳处长。靳处长起身同吴科长握了握手。之后大家又落座。餐厅服务员开始上菜。

唐峰说:"吴科长,感谢你们承担超音速火箭取样器的气动设计任务。请问,现在这项设计工作进展到什么程度了?"

吴科长一怔,忙说:"唐参谋,因为种种原因,这项设计任务我们并没有承担呀!这项工作是林清泉跟肖亮自己在干,他们俩只是在我们那里学习,接受我们的指导罢了。"

"什么?!"徐明媚睁大了眼睛问,"是他们自己在干?!"

唐峰狐疑地问:"不可能吧?"

吴兴宇肯定地说:"是我亲自安排的,这还能有假!"

"这个林清泉!"靳心田把脸拉得老长,责怪道,"无组织无纪律,自作主张,瞒天过海,胆大包天!"

吴兴宇这才意识到林清泉既瞒着所里又瞒着设计院,后悔不已,忙说:"都怪我多嘴,泄露了他们的天机!"

肖亮和梁馨在沈阳度过蜜月后来到北京。林清泉夫妇热情地招待了这对新婚夫妇。在陈南的婚礼上,梁馨见过夏彩虹,当时婚礼主持人路雨声曾经开玩笑说,要给他们三对同时主持婚礼。可是,现在她跟肖亮终于如愿以偿,而林清泉的婚姻却开了一个时代玩笑,夏彩虹不知何处去,他的妻子却是一个酷似夏彩虹的护士长康彩云。梁馨认为,康彩云比夏彩虹更好,她年轻,她更会体贴和照顾林清泉。肖亮送走新婚妻子梁馨之后,又回火箭设计院上班了。

窗外正在下大雪。清泉和肖亮坐在办公室里正在讨论火箭取样器的设计问题,徐明媚推门进来,通知他俩马上去广安门基地办事处一趟。二人不敢怠慢,立即动身前往。清泉和肖亮顶着纷纷扬扬的大雪,换了几次车,才走进了广安门办事处大院。

办公室里,靳心田正在批评坐在他对面的唐峰:"唐参谋,林清泉就在你眼皮子底下,他私自搞取样器设计这么大的事,你竟然不知道?"

唐峰说:"靳副处长,我的确不知道,老林向我汇报是31所在为我们搞设计的,谁知道他搞的是'明修栈道,暗度陈仓'之计啊?"

"对,这话是我说的,这事是我办的,请靳副处长不要责怪唐参谋,请你批评我好啦!"清泉进了门,一面打扫身上的积雪一面说。

唐峰说:"老林,肖亮,请坐,请坐。"清泉和肖亮分别坐在他们办公桌侧面的两把椅子上。

靳心田严厉地说:"老林,搞取样器设计这么大的事,你不请示不汇报,擅做主张,难道不该批评还该表扬吗?!"

"从组织纪律上讲,我是该挨批评。但是……"

"你不要拿但是来当挡箭牌!你是学核物理的,你懂空气动力学吗?"

"过去是不懂,但是,现在我基本上学懂了。"

"哦,大学几年的课程,你几个月就学懂了?你可太聪明了!"

"我当然不能像在校学生一样按部就班地学了,我是有选择性地学,急用先学,立竿见影。"

"那你也是一个二把刀!那么多专门从事空气动力学研究的人都不敢干,你一个二把刀倒大包大揽,岂不是不知天高地厚,自不量力吗?"

"是的,我是不知天高地厚,自不量力。但是,为了完成等动力学取样火箭的研制任务,我必须行动,行动也许会成功,也许会失败,但不行动永远不会结出胜利的果

实！你说，在谁都不干的时候，我们搞火箭取样的不干，谁干?!"

"你就知道干干干！你考虑过没有，假如因为你的设计而导致了研制时间的延误或者导致火箭试飞的失败，你负得了这个责任吗?"

"如果我前怕狼后怕虎，瞻前顾后，就会失去勇气和力量，就什么事都不敢干！既然我敢干，我就敢负责任！"

"老林啊老林，我说一句你有一万句等着我，看来我是说服不了你。但是，你必须立即停止设计工作，等我回所里向程所长汇报后，再作定夺！"

"靳副处长，你的这个决定可太英明了，趁此机会我们俩可以躺在床上睡大觉啦！"

"这……"肖亮犹豫地说。

"照靳副处长的意见办没错！"

"我没别的事了，你们可以走了。"靳心田怒气冲冲地下了逐客令。

清泉和肖亮出了办公室，来到院子里。肖亮埋怨道："队长，你怎么打退堂鼓了？咱俩使了九牛二虎之力，不是白费啦！"清泉诡秘地说："肖亮，你可真傻，跟他啰唆什么，回去后我们照干不误，而且干得还要更欢更好！"肖亮说："你这是阳奉阴违！"清泉语出惊人："不，我这是糊弄糊涂蛋！"

清泉是一个不折不扣的刺儿头。

靳心田回到红山后，立即向程所长汇报了林清泉擅自决定自己设计取样器的事。程所长觉得此事非同小可，便请路雨声和靳心田一块来商量。

程开甲说："路主任，关于林清泉擅自决定自行设计超音速火箭取样器的事，我想先听听你们室里的意见。"

路雨声说："所长，我听说这件事后，不仅吓了一大跳，也很生气。但是，当我看完了林清泉的汇报材料后，才知道他们的苦衷。这两个年轻人明知山有虎偏向虎山行和不畏艰险敢于挑重担的精神是十分可嘉的，是应当鼓励的，不应该给他们泼冷水。目前，他们已经基本上掌握了空气动力学有关知识和扩压器的设计技术，在31所有关专家的指导和帮助下，非常有把握把这种取样器按时设计出来。再说了，反正现在已是生米煮成了熟饭……"

靳心田冷冰冰地说："就怕他们煮成一锅夹生饭！"

路雨声说："靳副处长，林清泉下决心干的事情，就是豁出命他也要把它干成功！要相信他们，让他们自己干去吧！"

程开甲说："既然如此，那就放心大胆地让他们干去。但是，在他们设计完成后，我要亲自审查，然后在北京请一些有关专家进行评审，评审通过后方可采用他们的设计方案！"

靳心田说："好！还是所长考虑得周到！"

路雨声说："对！这样就万无一失啦！"

程开甲说："靳副处长，你立即打电话通知唐参谋，让林清泉他们继续干！"

林清泉胆大妄为，程开甲一锤定音。有了尚方宝剑，清泉的设计工作从秘密转为公开。在火箭设计院军代表办公室里，清泉和肖亮在讨论下一步的工作。

第十五章　双喜临门

"肖亮，既然有了尚方宝剑，今后咱俩就可以大张旗鼓地干啦！"

"你说，下面该怎么干？"

"下面我们就正式进入超音速火箭取样器的气动设计阶段。我想把外压式、内压式和混合式三种形式的扩压器都设计出来，最后经过分析对比，选定其中一种。你看如何？"

"三选一，这样做好，我同意。"

"你负责设计外压式的，我负责设计内压式和混合式的。"

"这是一个完整的作战方案，队长，就这样定了吧！"

两个人捋胳膊挽袖子，要大干一场！

火箭设计院招待所各个房间里的灯光，一个接一个熄灭了。紧张忙碌了一天的清泉和肖亮，躺在被窝里聊天。

"今天是腊月二十三了吧？"

"是啊，今天是小年了。过了小年，家家户户就开始办年货了。"

"梁馨来信说，她特别想我，让我最好回太原跟她一起过春节。到底回去不回去，我还没拿定主意。"

"回去，一定要回去！婚后第一个春节，当然应该跟新婚妻子一起过个团圆年啦！"

"我不想在年初就把今年的探亲假给休了。"

"春节不是有五天假嘛。"

"去掉路上往返的两天时间，我们小两口在一起还没热乎够就又得走了，反而冷了她的心，让她心里不痛快。"

"县官不如现管，我放你几天假，过了正月十五你再回来，让你们小两口热乎够。但是路费嘛，你可得自己掏腰包噢。"

"你这话当真？！"

"君子一言，驷马难追！"

"我花点儿路费倒是小事，就是要少上好多天班。"

"知识分子的工作时间是不能单纯用上班时间来衡量的，因为知识分子在走路的时候、在乘车的时候、在吃饭的时候，甚至在睡觉的时候，都在工作。至于下班后还在工作更是家常便饭，就说你我吧，晚上工作的时间还少吗？"

"那我回来以后，更得加倍努力工作！"

"话虽然可以这样说，但是，此事不能张扬，只能是你知我知！"

"对，只能是你知我知，连天地都不让它们知道！"

"现在车票紧张，你要早点儿去买预售票噢！"

"买不到坐票，站着我也走！"

"为了夫妻团圆，值！"

肖亮归心似箭，天一亮就进城买预售票去了。

肖亮动身的当天下午，清泉为他送行。他们没有直接去车站，而是先进了东单菜市场。北京毕竟是首都，在全国各地物资匮乏、供应紧张的情况下，为了维护首都的光辉

形象,不仅市场物资供应充足,而且有许多东西不要票随便买,于是北京便成了全国的购物中心。北京市民近水楼台,外地群众顺便借光。到北京出差的和在京路过的外地人,便在北京大肆购买商品,服装鞋帽呀,糖果糕点呀,鸡鸭鱼肉呀,只要是不要票的,几乎是见什么买什么,然后像一条驴子驮着大包小裹挤上火车抢占地方放东西。

在东单菜市场里,肖亮买了十几斤猪肉,其中有几斤肥膘肉,油不够吃,得炼些大油,买了一只鸡、几条黄花鱼和几条带鱼。傍晚,清泉把肖亮送上火车。肖亮带着这些见面礼欢欢喜喜地去太原探望妻子了。

快过年了,成都街头热闹起来,家家户户都在筹办年货。

彭刚回到家里,见彩虹什么都没盖躺在床上休息,便把一件军棉大衣盖在她身上。

"小夏,屋里阴冷阴冷的,身上也不盖点儿东西。"

"我就躺着歇一会儿,不睡。"

"你怀孕了,你不心疼你自己,我还心疼你和那个小生命呢。"

"你不用担心,我会爱护自己和这个小宝宝的。"

"咱家的购物票呢?我去中心菜市场买些副食品回来。"

彩虹起身下地,从抽屉里找出两大张购物票递给他,他揣进兜里。

"小夏,你躺下歇着吧,我走了。"

"买什么都得排大队,我跟你一块去吧。"

"你可不能去,你的任务就是保护好我们的孩子!"说罢,彭刚提着菜篮子出了门。

成都的物资供应十分紧张,肉鱼蛋要票,烟酒糖要票,黄花木耳也要票,除了青菜之外,几乎是没有不要票的东西。每年每人发一大张购物票,每大张购物票上共印有100号小票,哪号票买什么东西不固定,以商店的临时通知为准。

彭刚走了,彩虹又躺下,盖上大衣。想到过年,又勾起了彩虹的万千思绪。自结婚以来,丈夫对她体贴入微,关怀备至,也从未因为她跟清泉的那段刻骨铭心的爱情而醋意大发,因为他爱她、理解她。她怀孕之后,他更是无微不至地关怀他,鸡蛋呀,奶粉呀,糖呀,鱼呀,几乎都让她一个人吃了。他说,他那份让给小宝宝了。对这样的丈夫她感到很知足,很满意,和他的感情日益加深,然而两人之间的感情总还是有点距离,因为她心里最爱的还是清泉,甚至在她闭着眼睛跟他做爱时,她眼前浮现的也是清泉的面容。她深感内疚,觉得自己对不起丈夫对他的一片深情,于是,她竭力想把清泉在脑海中擦掉,但是如同擦玻璃一样却越擦越亮。于是她又盼着自己腹中的胎儿尽快降生,她便可以将她的爱倾注在孩子身上,忘掉不愉快的一切,然而这时她又下意识地想,如果这个孩子是她跟清泉的,那该有多好啊!不对不对,还是李阿姨说得好,跟谁结婚就得跟谁好。清泉跟康彩云结婚了,就得对她好;我跟彭刚结婚了,我就得对他好。我怀孕了,那个护士长肯定也怀孕了,假如我生一个女儿,她生一个男儿,也许两家会成为亲家……彩虹在迷迷糊糊的胡思乱想中,不知不觉地睡着了。

彭刚提着菜篮子随着熙熙攘攘的人群进了中心菜市场,只见人来人往,人头攒动,卖肉的、卖鱼的、卖烟酒的、卖糖果的及卖豆腐的各个摊位前,都排着长队,人们拿着各种各样的副食票耐心地等候着买过年的食品。每个摊位前都挂着一个牌子,上面写着凭某某号票购买此种食品的数量。他排了半个小时的队买了几斤猪肉，排了一个多小时的队买了几斤带鱼，又排了一个多小时的队买了几斤豆腐。过了中午，他提着菜篮子高高兴兴地回家了。

梁馨在回沈阳结婚前，厂里就分给她一间房子，面积虽然还不到八平方米，但她已经是非常知足了。如果她不沾边疆军人家属的光，她这个单身女人连一平方米的房子也休想。这令她那些眼巴巴等着房子结婚的小姐妹羡慕不已。从沈阳回来之后，她就独自一人住进了这间没有新郎的新房。如果过年她还独守空房，那就太孤独太冷清了。于是，她给丈夫写了一封信，倾诉了她的思念和孤独，希望丈夫能来跟他一起欢欢喜喜过个年。清泉虽然结婚不久，但毕竟是过来人，非常理解新婚夫妇的情感生活，便给了肖亮一些方便。

火车到达太原车站时天已黑了，肖亮下了火车，又上了一辆公共汽车，汽车在太原钢铁厂家属区停下。肖亮提着两个大提包、风尘仆仆地来到他们的家门前，怀着激动的心情敲门。

"谁呀？"

"我是大灰狼。"肖亮跟媳妇开玩笑。

"你作什么妖？"

"小孩儿乖乖，把门儿开开，我要进来。"肖亮念起了小学课本的童谣。

"你到底是谁？"

"你耳朵里塞鸡毛了，连我的声音也听不出来呀？"

"哎呀，还是你这个该死的！"梁馨顿时喜上眉梢，立即跳起来打开门，接过两个手提包放在地上，回身插上了门闩。肖亮把棉帽、棉袄丢在床上，紧紧地搂住妻子。

"想死我了。想死我了。"

"我想你想得好苦好苦。"

之后，两人便是一阵热烈的亲吻。

"亲爱的，你怎么不打电报回来，我好去接你。"

"第一，我是想给你一个意外的惊喜；第二，黑灯瞎火的，我不放心你。"

"你不是说不回来了吗？"

"老林同意我过了正月十五再回去，让咱俩亲亲热热地过个快乐的春节。同时，也让我将功补过，在家多照顾你些日子。"

"老林真是个好人哪！"

"这是他送给我的一份战友情啊！"

"那好，明天咱俩一块去买年货，准备过年！"

"我从北京带来一只鸡、几斤肉和几条鱼，我们俩可以过一个丰盛的年了。"

"太好了！太原买什么都要票，供应我一个人的那点东西，还不够塞牙缝呢！"

久别胜新婚，这一夜，小两口终于在他们自己的新房里度过了一个良宵。

快过年了，清泉和彩云边吃晚饭边商量过年的事。

清泉夹了一块带鱼放进彩云的碗里，说："你喜欢吃带鱼就多吃点儿，但别把鱼刺吃进肚子里，把孩子扎得哇哇哭哦！"

彩云把碗放下，"咯咯"笑道："你可真能瞎编！"

"只要你笑口常开，孩子一落地就会哈哈大笑。"

彩云笑得上气不接下气，过了一会才说："你别逗了好不好，再逗我就没法吃饭了！"

"好，不逗了，吃饭。"

"爸妈让我们回家过年。"

"回家过年可以，但是，他们得给我压岁钱。"

"不害臊，你都多大了，还要压岁钱？"

"论女婿，我才一岁呀。"

"财迷心窍！"彩云又"咯咯"笑起来。

快乐就是幸福。清泉用快乐点燃彩云的快乐，使她幸福。

北风吹，雪花飘，雪花飘飘年来到。

除夕夜，康家一家人欢聚一堂在吃团圆饭。今年过年，可乐坏了康家老两口，有了身孕的彩云带着女婿头一次回家过年，一下子添了两个喜；彩霞当上了厂劳模又添了一喜；在东北插队的老儿子春生也回家过年了，又加了一喜。全家大团圆，四喜临门，老两口乐得合不拢嘴。

清泉举着酒杯，说："我敬爸爸、妈妈一杯。祝爸爸、妈妈万寿无疆！"

康父嗔怪道："这孩子，可别瞎说，会犯错误的。只能祝毛主席万寿无疆。"

清泉振振有词："爸，您不用担心。万岁也好，万寿无疆也罢，其实都是祝福语，翻译成英文就是祝您长寿的意思。"

春生举着酒杯，说："还是姐夫有学问。我也祝爸爸、妈妈万寿无疆！"

清泉说："干杯！"

春生说："干杯！"

全家人一同饮酒。

康母说："今年夏天彩云就该生了，要是生个大胖小子就好了。"

彩霞说："我不喜欢小子，我喜欢小姑娘。"

清泉说："彩云，那你就生一个龙凤胎，一个小子，一个姑娘，让妈妈和妹妹都满意。"

一家人哈哈大笑。

夜深了，两位老人躺在床上睡觉了，四个年轻人还在打扑克。春生嫌他的两个姐姐打牌臭，便跟姐夫一伙打他的两个姐姐。清泉伸长脖子偷看彩霞的牌，被彩云发现了。彩云揪着他的耳朵，说："还偷看不偷看牌了？"乘这个时候，春生偷换了桌子上的一张牌，被彩霞发现了，揪着他的耳朵，说："你还偷换不偷换牌了？"清泉告饶："不敢了，不敢了。"春生告饶："不敢了，不敢了。"姐妹俩哈哈大笑。

天空中，"噼噼啪啪"的鞭炮声震耳欲聋，新的一年开始了。

除夕夜，梁馨和肖亮小两口在吃团圆饭。

第十五章 双喜临门

两人一面喝酒一面亲热。喝一口酒就亲吻一次,喝一口酒又亲吻一次。酒足饭饱之后,小两口下跳棋玩,赢亲嘴的,谁输了谁就主动让赢家亲一口。第一盘肖亮赢了,梁馨闭上眼睛让肖亮亲了一口。第二盘梁馨赢了,肖亮闭上眼睛等着妻子来亲他,梁馨却悄悄溜了;肖亮睁开眼一看,发现上当了,便起身捉住她,搂着她亲吻起来。小两口陶醉在幸福的二人世界里。

北国是千里冰封、万里雪飘,南国依然是绿水悠悠、青山悠悠。

除夕夜,太原的肖亮夫妻在过年,北京的康家在过年,湖南的陈家也在过年。陈母、陈父、陈南、乔秀秀及其两岁多的女儿小梅,正在吃团圆饭。穿着一身新花衣服的小梅撂下筷,高兴地在地上蹦蹦跳跳。一家人看着可爱的孩子,乐不可支。陈南这次探家,一是过年,二是搬家。

陈南说:"爸,妈,过了年我们就开始收拾东西,准备搬家了。"

陈父说:"那你们准备什么时候动身呢?"

秀秀说:"陪爸妈过了正月十五吧。我们进了新疆,再想跟爸妈一起过个年,那可就难了!"

陈父说:"你们的孩子都两岁多了,一家三口总是分着过日子也不是回事儿,去新疆就去新疆吧!"

陈母眼圈湿润了,说:"我呀,就是舍不得我这个小孙女。"

小梅说:"奶奶,你想我了,我就回来看你。"

陈母说:"这么老远,你怎么回来呀?"

小梅说:"让爸爸在我身上贴张邮票,把我邮回来呀!"

孩子天真的话语顿时引起一阵欢笑。

过了正月十五,陈南带着老婆孩子告别了父母,告别了家乡,进了新疆,从此在红山安家落户了。

过了正月十五,肖亮回到火箭设计院上班了,清泉和肖亮继续他们的超音速火箭取样器设计工程。

窗外,大雪纷纷。清泉和肖亮坐在火箭设计院军代表办公室里,正在进行设计计算。清泉拉着计算尺算完一个数据,写在公文纸上,又拉计算尺。肖亮摇了几下手摇计算机,放下摇柄,拿起笔在公文纸上记录,接着又摇计算机。

窗外,雪白的玉兰花正在开放。清泉和肖亮坐在火箭设计院军代表办公室里,正在画超音速火箭取样器型面设计图。肖亮画的是一张外压式超音速火箭取样器型面设计图,清泉画的是一张混合式超音速火箭取样器型面设计图。

窗外,大雨纷纷。清泉和肖亮坐在火箭设计院军代表办公室里,正在作最后的选择。清泉指点着放在桌子上的三张超音速火箭取样器型面设计图,说:"肖亮,咱俩把三个设计方案都反复看过了,请谈谈你的意见。"

"三个方案各有千秋,但我最喜欢的还是混合式的。因为不仅其气动性能好于另外两种,而且其超音速进气口的内型面是平直段,便于加工。你看呢?"

"我和你的意见完全一致。"

"那我们就选混合式的。"

清泉从三张图中抽出一张,说:"对,就是它啦!"

清泉将他们完成了超音速火箭取样器的气动设计任务的好消息,分别报告了驻京办事处的唐峰和红山的路雨声,唐峰又将这消息报告了红山的靳心田,靳心田又将此消息报告给了所长程开甲。之后,唐峰要了一辆车,在林清泉和肖亮的陪同下,去邀请了701所所长、中国著名空气动力学专家庄逢甘和31所的吴兴宇科长与扩压器专家张宝胜等人。火箭设计院的总工程师王凌云也被邀请当了评委。程开甲和路雨声到了北京之后,专家评审会便在火箭设计院会议室里召开了。会议室里的第一排坐着取样器气动设计评委们,评委会主席是庄逢甘。第二排坐着林清泉、肖亮、唐峰、徐明媚、宋天成、李求实和蒋明宇等人。后面几排是前来旁听的人,大家都想听听这取样器的气动设计到底是怎么一回事。黑板中间挂着一张超音速火箭取样器型面设计图。

程开甲起身,讲话:"各位专家、各位同志,今天我们在这里召开'超音速火箭取样器气动设计专家评审会'。我们邀请的专家有中国著名空气动力学专家庄逢甘、火箭设计院的总工程师王凌云、31所的扩压器专家张宝胜等。下面就请评委会主席庄逢甘同志主持会议。"

庄逢甘也不多言,直接进入主题:"先请林清泉同志作技术报告!"

林清泉拿着讲稿走上讲台,把讲稿放着讲台上,首先敬了个军礼。

"各位评委,各位同志:我们的这项设计,是在31所张宝胜等同志的指导和帮助下完成的。首先我要向他们表示诚挚的谢意。谢谢!"说着又敬了个军礼。

清泉拿起教鞭照图讲解:"这个取样器的设计马赫数为2.0,根据总压恢复系数最大原则,我们选中心锥半角为22.5度。由这个中心锥产生的斜冲波半角为40度。根据流量最大原则,我们选进气口直径为150毫米。因为在设计马赫数下的斜冲波必须封口,于是我们不难算出进气口的前缘位置是89毫米……"

程开甲、庄逢甘、王凌云点头表示理解和赞同。

"混合式扩压器有一个喉道,在喉道处产生一道正冲波,正冲波之前是超音速气流,之后便是亚音速气流。为了不使气流在喉道处产生壅塞,根据流量方程我们算出其最小面积,从而确定中心锥的最大直径为86毫米……"

宋天成、李求实、蒋明宇时听时记。

"超音速气流经过第一道斜冲波压缩减速后,又经过喉道前的收缩区进行第二次减速增压,之后便在喉道后的亚音速扩张段内进行第三次减速压缩,在过滤器前就达到了很高的压力和较低的速度,以使气流能够比较顺畅地通过过滤器。因为气流必须折转90度之后才能排入大气层,所以亚音速扩压段的型面是按照等熵滞止扩压器的流线方程结构做的……"

徐明媚对唐峰耳语:"没想到,只一年多时间他把扩压器知识学得如此精通。佩服,佩服。"

放化专家路雨声虽然听得津津有味,但他却是鸭子听雷——不懂,然而他终于明白了一个问题,难怪没有人敢接受这项设计任务,难怪清泉被逼上梁山。清泉今天站在讲台上,就像站在了一座山峰上,他成功了。

清泉继续侃侃而谈:"过滤器做成柱面型。过滤器之后加了三排导流片,以使出口气流再折转 90 度之后进入大气层……"

张宝胜的脸上露出满意的微笑,为他的弟子,也为自己。

"取样器的各特征点的坐标以及各段的曲线方程都写在报告里,不再累述。我的报告到此结束。谢谢各位评委!谢谢各位同志!"掌声一片。

庄逢甘说:"下面请各个评委提问题和发表意见。"

张宝胜问:"它的总压恢复系数是多少?"

清泉答:"理论值是 0.79。"

王凌云问:"等动力学取样高度范围是多少?"

清泉答:"在 15 公里至 25 公里之间。"

王凌云说:"好,满足设计指标了。"

张宝胜说:"他们的这个设计方案我事先拜读过了,型面设计符合空气动力学要求,各项参数达到了设计指标。所以,我认为,这个方案可以通过。"

庄逢甘说:"这项工程设计是没有问题的,可以用。但是光有理论数据还不行,还必须做个模型吹吹风,用实测数据来验证理论计算结果。"

清泉说:"庄所长,这个模型的风洞实验我们一定要做!我已经把模型的设计方案和测量要求都写好了。但是,要设计和加工模型,要安排实验,我们实在是无能为力了!"之后望着王凌云,清泉恳切地说:"我已经跑累了。王总,是不是请贵院接过我的接力棒呀?"

王凌云极聪明,立即转移视线,说:"老林,你是聪明一世、糊涂一时呀,放着真正的专家你不求,你老盯着我干什么?"

清泉恍然大悟,朝张宝胜一抱拳,说:"张老师,请伸出你的手再拉弟子一把吧!"张宝胜说:"我只搞扩压器的气动设计,对扩压器的模型设计也是一窍不通啊!"

清泉说:"可是,你们扩压器组有几位同志是专门负责扩压器模型设计的呀!"

张宝胜哈哈一笑,说:"吴科长,我这个弟子够精明的吧?他把我们的秘密都给探听去了。"然后和吴兴宇交头接耳地商量起来。

王凌云帮腔:"31 所的同志们,帮人帮到底嘛,你们就再帮他们一次吧!"

程开甲亲自出马,说:"那就请 31 所的专家们再帮我们一次忙,我们把取样器模型的设计、制作和风洞实验工作全权委托给你们,所有经费由我所出,你们看如何呀?"

庄逢甘助威道:"31 所的同志们,一个总工程师和一个所长都求你们了,这项任务你们就接了吧,别让他们为难了。"

张宝胜起立,说:"好,这项任务我们接啦!"

清泉敬礼:"谢谢张老师!谢谢吴科长!"

程开甲起身,宣布:"评审会到此结束!谢谢庄所长,谢谢王总,谢谢各位评委,谢谢 31 所的同志们!"

设计通过了,两个胆大包天的年轻人终于松了一口气。

但是,取样器的设计工作才完成了一半,于是,林清泉和肖亮便马不停蹄地开展下

一步工作。首先,他们把技术报告和图纸交给蒋明宇,请他完成取样器的结构设计。然后,他们又跑到31所,把模型的设计方案和测量要求交给了张宝胜,请扩压器组设计和加工取样器模型,并安排风洞实验工作。

一切安排停当之后,肖亮留下来坚守工作岗位,清泉回501医院休探亲假了,因为他要当爸爸了。

芙蓉出水,荷花绽放。

一天夜里,在501医院的产房里,彩云躺在产床上,一手紧紧抓住床边,一手紧紧抓住小赵的手,痛苦地呻吟着。

小赵出主意:"护士长,别忍着,骂可以减轻你的痛苦。骂那个罪魁祸首,使劲地骂!"

一阵疼痛朝她袭来。她大声骂道:"林清泉!……你这个该死的!……你这个挨千刀的!"

产房外,清泉看看手表,已经过了一个多小时了,还没有听见婴儿的啼哭声,急得他在走廊里踱来踱去……

产房里,又一阵疼痛朝她袭来,彩云又大骂起来:"林清泉!……你这个坏蛋!你再敢碰我……我就咬你!……我就打你!我就咬掉你的鼻子!打掉你的牙!"

小赵添油加醋地说:"对,咬掉他的鼻子!打掉他的牙!让他满地爬着找牙,爬呀爬,像王八!爬呀爬,像王八!"助产医生和护士禁不住哈哈大笑。

彩云大骂:"小赵,你是个坏蛋!"

小赵说:"护士长,你骂错了,你骂那个刺儿头,别骂我呀。"

彩云说:"我就骂你!小赵,你是个坏蛋!"

小赵忽然醒悟自己说走了嘴,惹护士长生气了,便哈哈大笑起来。彩云不由也呵呵笑起来。没想到,在笑声中婴儿露头了。

小赵呐喊助威:"出来啦!出来啦!使劲!使劲!"

随着"哇"的一声啼哭,孩子终于呱呱落地了。彩云的痛苦顿时解除,如释重负,做妈妈的幸福感油然而生。护士把婴儿抱给产妇看,并说:"护士长,恭喜你,得了个千金!"已累得筋疲力尽的彩云看了看孩子,微微一笑,然后两眼一闭,便带着甜蜜带着幸福,躺在产床上睡着了……

小赵从产房里出来,对清泉说:"老林,恭喜你,得了个千金。母女平安。"

清泉眉飞色舞地说:"太好啦!太好啦!我当爸爸啦!我当爸爸啦!"

"你当爸爸倒容易,当妈妈的可遭大罪了。"

"我知道,孩子的生日,就是妈妈的受难日。"

"你知道就好。"

"小赵,我可以进去看看吗?"

"不可以!要看,你明天早晨再来,带着熟鸡蛋来。"

"我知道,带着红皮鸡蛋来。"

清泉笑呵呵地回家了。他给他们的宝贝女儿取名叫小云。

第十五章 双喜临门

母女俩出院后,医院派了一辆救护车将他们一家子送到康家。康家的那间小屋成了他们一家子的安乐窝。康母心疼女儿和外孙女,要亲自侍候彩云坐月子,她才不相信他那个笨手笨脚的女婿呢。

菊花开了,千姿百态,妩媚动人。

身在成都的夏彩虹临产了。她挺着个大肚子,脚刚迈出门槛,隔壁邻居崔姐过来拉着她的手,神秘兮兮地说:"小夏,你回屋里,我跟你说件惊天动地的大事。"她扶着彩虹进了屋。

"崔姐,什么事啊?"

"爆炸性的特大新闻!"

"现在爆炸性新闻太多了,今天这个被打倒了,明天那个被打倒了,不稀罕。"

这时,彭刚提着两个暖瓶从外边回来。

崔姐悄声地说:"林彪摔死啦!"

彩虹惊得目瞪口呆,忙问:"真的吗?!"

彭刚把两个保温瓶放在地上,起身说道:"千真万确。刚才我在打水时,大家都在纷纷传说这个爆炸性新闻。现在,关于林彪反党集团的中央文件已经传达到高级干部了。过不了多久,就会传达到广大群众。"

彩虹不解地说:"林彪是把毛泽东思想红旗举得最高的人,是毛主席最亲密的战友,是上了党章的毛主席的接班人。怎么一下子会变成反党分子呢?"

崔姐说:"在去年秋天举行的庐山会议上,林彪想当国家主席遭到毛主席的严厉批评,于是便怀恨在心,妄图谋害毛主席抢班夺权。他的政变阴谋败露后,今年9月13日凌晨,他便带着老婆叶群和儿子林立果在山海关机场乘坐一架三叉戟出逃,飞机在飞往苏修的途中失事,林彪一家三口摔死在蒙古的温都尔汗荒漠上了。"

彭刚说:"奇闻,天大的奇闻!笑话,天大的笑话!毛主席最亲密的战友和接班人,竟然是想谋害毛主席的人。林彪这个政治大骗子,欺骗了全中国,欺骗了全世界!"

彩虹说:"林彪果然是个大奸臣呀!"

彭刚说:"贺龙和我爸爸等一大批部队老干部都是受林彪迫害的。林彪不死,天理难容啊!"

崔姐说:"林彪一死,也许'文化大革命'快结束了,你们两口子也快有出头之日了。"

彭刚说:"难说啊,这年头,你方唱罢我登场,林彪死了,说不定还会出江彪和张彪呢。"

这时,彩虹突然捂着肚子"哎哟哎哟"地叫起来。

彭刚紧张地问:"小夏,你怎么了?"

崔姐说:"她快生了,赶快送医院呀!"

当天晚上,彩虹在医院里生了一个女儿,取名叫莺莺。

第十六章　家家有本难念的经

1971年冬，当林清泉在火箭设计院正在精心撰写总结报告《超音速火箭取样器的气动设计》时，唐峰的一个紧急电话把他叫走了。他顶着鹅毛似的大雪从南苑赶到了广安门办事处，两脚一踏进唐峰办公室的门，便赶紧摘下皮帽子拍打了一阵浑身的落雪，然后坐在唐峰对面的椅子上。

"唐高参，林清泉奉命火速赶到，请你传达首长指示吧！"

"老林，根据程所长的提议，司令员决定，这次任务火箭取样还是要上！"

"什么，这次还上火箭取样?! 原来决定不上，现在突然又要上，这不是杀我们一个措手不及嘛！"

"军令如山，你上也得上，不上也得上，你赶快做准备吧。"

"这次任务是小当量试验，应该上和平–4号火箭才是，但是火箭设计院库存的只有和平–5号火箭。"

"生产和平–4号火箭肯定来不及了，那就只有上和平–5号火箭。你回去立即通知徐参谋，请他们于一周之内总装出四发和平–5号火箭运走。你和肖亮马上准备回红山，还有火箭发射井的问题亟待你们回去研究解决。"

"梁馨正在娘家休产假，肖亮还在沈阳伺候月子呢。"

"伺候月子有他老丈母娘就行了，有他没他一个样。你马上拍个加急电报，让他明天火速赶到北京，后天你们俩就动身。"

"那好，拍完电报我就去买车票。"

"票不用买了。后天有一架运送同位素的飞机飞马兰，你们俩搭飞机走，当天就到啦！"

清泉立即给肖亮发了一个加急电报，然后又马不停蹄地赶回火箭设计院，同徐参谋一起落实火箭装配计划。徐参谋提出，和平–5号火箭是老型号火箭，火箭发射队完全

第十六章 家家有本难念的经

可以独立完成火箭装配任务，火箭设计院不再派人参加。清泉表示同意。清泉办事一向干脆利索，从不拖泥带水，所以很快就安排好了进场前的一切准备工作。临出发之前的那天夜里，他才回家与妻子和女儿告别。

彩云休完产假，便带着女儿云云从娘家回到医院上班了。有了孩子，彩云可就忙得不可开交了，上班把孩子送进托儿所，下班把孩子接回来，一天还要跑几趟托儿所给孩子喂奶。她那个丈夫吧，平时在火箭设计院搞他的火箭，晚上住在招待所里也不回家，一点儿也帮不上她的忙，只有周末才回家看看她们母女俩，帮帮她的忙。那家伙，白天帮她的忙，夜里就缠着她要慰劳慰劳他，可不害臊了。

有了孩子，他们的这间新房就益发热闹起来，小赵和小柳常跑来逗孩子玩。孩子的笑声，大人的笑声，使房间里充满了勃勃生机和快乐。云云在妈妈怀里一天天长大，如今已经过了百天，会"咿咿呀呀"地说、会"咯咯"地笑，越来越招人喜欢了。有时彩霞也跑来看望她这个可爱的外甥女。

云云躺在床上正在吮手指，彩云坐在床边一遍又一遍地逗她："云云，你这个馋丫头，又吃手！"彩云每逗一次，云云便"咯咯"笑一次。彩云又换了话题："你那个傻爸爸，就知道傻忙，也不回来看看他这个傻丫头。"听见敲门声，她问："谁呀？""我是傻丫头的傻爸爸。"彩云急忙起身开门，让进丈夫。清泉把帽子和挎包往门后的衣帽钩上一挂，便来到床边弯腰亲了一下女儿的小脸蛋。彩云插上门闩后也来到床旁，搂住丈夫的腰，跟他一块儿看孩子。

"你喜欢她吗？"

"我的女儿，又可爱又漂亮，喜欢死我了。"

"那你还喜欢我吗？"

"当然喜欢，你是我的妻子。"

"那你回来为什么亲她不亲我？"

清泉哈哈笑道："我的护士长，你可真不害臊！跟女儿争风吃醋。"然后捧着妻子的脸就是一阵热烈的吻。

"亲爱的，你要是天天跟我们娘俩在一起，该有多好呀！"

"可惜呀，因为有紧急任务，我必须马上回新疆。"

"哪天走？"

"明天！"

"太遗憾了，说走就要走。"

"对不起，春节我也得在红山过，我们一家三口不能团圆了。"

"既然有任务，那你就放心地走吧！春节，我带着孩子回娘家过，你甭挂着。"

"又让你一个人受苦受累啦。"

"我要是怕受苦受累，就不嫁给你了。"

清泉逗着女儿，说："云云，你是个小傻丫头，你妈是个大傻丫头！"

云云舞动着小手，踢蹬着小腿，"咯咯"地笑。

第二天早晨，清泉和肖亮乘坐一架伊尔-14运输机离开北京，飞往马兰。飞机在

云层上飞行,机舱里,清泉和肖亮透过舷窗,欣赏着茫茫的云海和灿烂的红日。

当天晚上,他俩就到了红山。隆冬时节,红山已是遍地大雪,到处都是一片白茫茫。在"备战备荒为人民"的思想指导下,基地机关已由马兰迁移到红山。清泉和肖亮到红山后的第二天,便同路雨声、靳心田、金振兴和陈南一起出现在基地司令部作战室里。这次紧急会议由基地司令部作试处召开,由处长沈平主持。参加会议的还有机关的几位参谋、工程处的王处长带领的陈参谋和张参谋以及工兵团的张团长带领的几位参谋。参加会议的各单位都到齐,会议开始了。

沈平说:"同志们,根据司令员的指示,我们今天召开一个紧急会议,专门讨论这次任务的火箭发射井工程问题。先请路主任谈谈对火箭发射井工程的具体要求。"

路雨声扫视了一遍会场,说道:"我们根本没打算上这个项目……"

沈平立即打断了路雨声的发言:"对不起,路主任,司令员已经决定,火箭取样必须上!所以今天不讨论上不上的问题,而是讨论如何上的问题。请你只提对工程的具体要求!"

路雨声简洁地说:"就这次任务来说,原有的发射井都不能用。要上火箭取样,必须新建发射井,具体要求跟原来的一样。"

王处长一脚把球踢了出去,说:"我们工程处没问题,图纸现成的,张团长只要照图施工就行了。"

张团长叫苦不迭:"沈处长,现在已经是11月下旬了,过了年就要用,满打满算也只有40天的时间了,别说是在冬天,就是在夏天,要在一个多月的时间内建四口发射井,那也是天方夜谭哪!"

路雨声不肯让步:"张团长,如果你建不出这几口井,我们的火箭取样就不上!"

张团长毫不相让:"路主任,我们工兵团可没有这么大的本事!这样吧,路主任,你去把孙悟空请来,让他用金箍棒一捅一个井,一捅一个井!"大家禁不住笑起来。

沈平硬下命令:"张团长,反正这项施工任务就交给你了,你请孙悟空用金箍棒捅也好,你求猪八戒用耙子耙也罢,年底之前,你必须完成任务。"

张团长抗命不遵:"沈处长,这项任务我肯定完不成!干脆你请司令员把我这个团长给撸了吧!"

沈平心里也没有底,他不过是奉命行事而已,于是口气缓和地说:"说实在的,这的确是强人所难。其实呢,现在的关键问题就是,在一个多月的时间里如何建发射井。现在就请在座的各位开动脑筋,献计献策!"

于是乎,有的交头接耳窃窃私语,有的低头苦思冥想,有的扶腮静思;清泉背靠椅子,用八叉手托着后脑勺,闭目沉思起来。过了一会儿,沈平催促道:"喂,大家想好了没有?谁有什么高招就使出来吧!"会场顿时安静下来,万马齐喑,会议陷入僵局。沈平再次催促道:"大家快发言哪,别闷着。今天要是拿不出一个主意来,咱们就不吃饭,不散会!"

工程处张参谋发言:"在这么短的时间里,又要挖井,又要架钢筋,又要浇水泥,又要制作井门和井盖,就是让工兵团24小时连轴转也不可能完成这项任务啊!"

工程处陈参谋说:"我看,就是把诸葛亮请来,他也拿不出什么锦囊妙计!"

靳心田说:"我看也不现实。沈处长,你跟司令员请示一下,火箭取样还是别上为好。"

金振兴说:"火箭取样就是勉强上去了,恐怕也是凶多吉少。我看,火箭取样还是别上为好。"

沈平说:"司令员的决心是不会动摇的!大家还是再想想办法,看能不能另辟蹊径。"他一抬眼看见了林清泉,眼睛一亮,好像捞到了一根救命稻草,便点名发言:"林清泉,你搞了这么多年火箭取样,经验丰富,敢想敢干,点子又多,我看你一直在思索,你想出什么办法没有?"

林清泉说:"处长,办法我倒是想出一个,不过还不成熟。"

肖亮说:"处长,我们队长是不到火候不揭锅呀。"

沈平说:"我都饿急了,林清泉,不到火候你也揭锅吧!"

林清泉:"处长,我这可是一着险棋呀,我就是说出来,你也未必敢走。"

沈平忙说:"说!说!"

清泉直击问题要害:"我认为,解决当前这对矛盾的出路只有一条,那就是建四口简易发射井!"王处长好像看见了一线曙光,眼前突然一亮,两眼紧盯着他。张团长好像捞到了一根救命稻草,也用期望的目光看着他。

沈平催问:"林清泉,请你说具体点儿,怎么一个简易法?"

清泉简洁明了地说:"就是只打土井,在井底只浇筑一个安装发射架的水泥底座,不架钢筋,不浇水泥,不开井门,连井盖也不要。"此语一出,举座皆惊!

靳心田率先反对:"老林,你这不是险棋,你这是乱弹琴!"

张参谋质问:"老林,不盖井盖,火箭抗得住强烈的光辐射吗?"

清泉说:"能!火箭表面的白漆具有很强的防光辐射能力,再说,这次的当量小,光辐射不但弱,作用时间又极短,因此,光辐射不会损伤火箭。"

陈参谋继续发问:"老林,即便是火箭防得住光辐射,不盖井盖,难道能防得住强大的冲击波吗?"

清泉有条有理地分析:"冲击波的破坏力分两种,一是静压,二是动压。火箭蒙皮强度很高,具有很强的抗静压能力。爆心下的动压较低,再说火箭毕竟是在井底,因此动压也不会损坏火箭。"

沈平说:"林清泉,你分析得头头是道,但是,你有事实证明吗?"

清泉说:"有!我们曾经在爆心下做过这方面的效应试验……"

肖亮恍然大悟,立即插言:"对,对!1969年那次大当量氢弹试验时,我们在爆心下的露天效应试验火箭发射架上,安放了一个旧火箭箭头做效应试验。爆后一看,箭头居然安然无恙。"

沈平说:"这么说,打简易发射井不成问题。"

王处长茅塞顿开,大声喝彩:"好!这一招太好啦!简直是太好啦!"

张团长高兴地一拍桌子,说:"老弟高见!如果是建这种简易井,我保证提前完成任务!而且我还可以用枕木将井壁被覆,在枕木外再钉上一层白铁皮!"

清泉的这个大胆设想,除了得到王处长和张团长的赏识之外,还是遭到多数人的强

烈反对："太悬乎了！""太冒险了！""用简易井不行，绝对不行！""出了问题谁负责，是提建议的人，是工程处，还是工兵团？"连路雨声、金振兴、肖亮和陈南也面面相觑，不敢苟同。

沈平不敢走这一步险棋，他沉吟片刻后说："林清泉确实出了个好主意，但是这也确实具有一定的风险，因为事关重大，我也做不了主。这样吧，你们继续讨论，我去请示司令员。"说完，起身出了门。

"林清泉同志！"沈处长一走，靳心田积压在心中的怒火便一下子燃烧起来，说，"你太胆大妄为啦！你擅自以所代表的身份跟设计院签署过会议纪要，我批评过你；你擅自承担取样器的气动设计，我也批评过你；今天，你又突然擅自出这种鬼主意，你跟路主任商量过吗？！你跟我商量过吗？！"

清泉冷静地说："靳副处长，因为事情来得突然，我的建议也是刚刚冒出来的。"

"林清泉同志！"靳心田起身，一拍桌子，说，"如果造成箭毁井塌，你负得了这个责任吗？！这不但影响了任务的完成，就是对你个人也不好啊？！"

随着"啪"的一声响，林清泉"腾"地站起来，说："处长阁下！有道是，让一让二不让三，休怪我老林不客气啦！我这个人，只服从真理，不服从权利！喜欢以理服人，讨厌以势压人！既然你说我的主意是鬼主意，我宣布无效，就算我什么都没说，你们什么也没听到！想必你比诸葛亮还诸葛亮，必有锦囊妙计，请拿出来吧！再见！"他拿起帽子，一拉椅子就走！

靳心田张口结舌，十分尴尬。其他人面面相觑。

路雨声厉声地说："林清泉！你给我回来！"林清泉头也不回地往外走，刚拉开门，正与沈处长撞了个满怀。沈处长一看林清泉怒气冲冲地要走，便推着他往回走，并说："回去，回去。有话好好说，干吗生这么大的气？"沈处长把余怒未息的清泉按在椅子上，然后回位坐下。

沈平郑重其事地说："同志们，我现在传达司令员的决定……"与会者的眼睛同时"唰"地一下盯着讲话者。"司令员说：过去打仗还带一定的冒险呢，在这种紧急情况下也允许我们的科学试验带一点儿冒险嘛！即使是这次试验失败了，也不要紧，失败是成功之母，我们可以为今后的小当量试验的火箭取样积累一些宝贵的经验嘛。就按林清泉同志的意见办，建四口简易火箭发射井！"

林清泉一语惊四座，司令员一声压众声。

1971年冬，中国核试验大军再一次云集在罗布泊核试验场上。火箭取样队和火箭发射队再一次会战于和平村。12月29日，火箭取样队完成了火箭发射控制系统的安装调试，四枚和平－5号火箭整装待发。

1972年1月7日13时，飞行员杨国祥驾驶强－5飞机飞临靶心上空，按下投掷开关，原子弹从投弹舱里甩入蓝天，飞机快速逃离了。30秒钟后，一道闪光划破万里长空，一个火球冉冉升起，一朵小蘑菇云开放在戈壁滩上。

十几秒钟后，第一枚和平－5号取样火箭飞出发射井，飞向蘑菇云。之后，一枚又一枚火箭飞出发射井，飞向蘑菇云。

第十六章 家家有本难念的经

这次任务的场上队长是肖亮。爆后，他带领林清泉和陈南立即驱车前往发射井查看火箭发射情况，他们一一查看了四口简易发射井，四枚火箭全部飞走了，发射井安全无恙。三个人欢呼雀跃，庆祝火箭发射成功。看来还是得具体问题具体分析，不可一概而论，不可人云亦云。

第二天，肖亮带领林清泉和陈南，乘坐一架直升机进行火箭的回收。飞机在靶心上空像犁地一样飞了大半天，却只找到两枚火箭，另外两枚火箭失踪了，三个人的心顿时凉了半截。回收到的两枚火箭，经测量放射性微弱，三个人的心凉透了。第三天，他们在实验室打开取样器时，令他们大吃一惊：过滤器黑乎乎的，被烧焦了的丝棉残渣挂在过滤网上。呜呼！可怜的丝棉。

丝棉为什么会被烧焦了呢？火箭取样队带着百思不得其解的疑问，回到了红山。对于这次火箭取样的失败，靳心田理直气壮、振振有词地说："我说简易发射井不行就是不行嘛！发射井没有井盖，虽然侥幸逃过了光辐射和冲击波，但是没有逃过核爆炸产生的电磁波。电磁波在'零时'就把火箭点着了，火箭钻进了火球，是火球把丝棉烧焦了。除此之外，难道还有其他合理解释吗？"

大多数人都支持靳心田的观点，包括肖亮、陈南、金振兴和路雨声。

下班了，一辆接一辆自行车从放化楼前的山梁上飞驰而下，你追我赶，犹如一场自行车比赛。陈南在红山安家了，骑着车随着车流往家跑。路上步行的，多半是单身军人。吴玉萍和林清泉、肖亮在山梁上不期而遇，便一同下山回生活区。三个人一路走一路聊天。吴玉萍既了解林清泉的优点，也了解他的缺点。她不表扬他的优点，但对他的缺点却毫不留情。

吴玉萍说："老林，你干冒险的事儿，出冒险的主意，你都成了冒险家了。你吃的批评还少吗？你图个啥呀？"

清泉说："我只想如何完成任务，不辱国家使命。"

吴玉萍说："可是，你知道人家背后说你什么吗？"

清泉问："说什么了？"

吴玉萍说："纯粹是为了个人逞英雄，出风头！"

肖亮说："这可冤枉老林了。老林就一根筋，一心只想着任务，从不考虑个人得失，无私才能无畏呀！"

清泉说："哪个背后无人说，哪个背后不说人哪！走自己的路，让人说去吧！"

吴玉萍说："我还听说，你在会上不但顶撞了靳副处长，还大发雷霆。人家说，这是你骄傲自满、目中无人的一次大暴露。"

肖亮说："老林爱冲动的老毛病又发作了，今年的组织问题又没希望了。党支部多数党员同志认为，老林的入党问题暂时不予考虑，考验他两三年再说。"

清泉说："别说是考验两三年，就是考验十年八年的，也没关系。我早就做好了接受党组织长期考验的思想准备。"

吴玉萍说："顽固不化的家伙，你好自为之吧！肖亮，今后你要经常提醒提醒他，少让他犯错误。"

肖亮说："老林吧，平时好好的，不招灾不惹祸的。可是，不知道他的哪根神经过敏，谁要是不小心触动了这根神经，他'腾'地一下子就蹦起来，这个时候啊，就是九条老牛都拉不住呀！"

清泉哈哈大笑道："知我者，肖亮也！"

肖亮哈哈一笑，两手一摊，说："小吴，对他我是毫无办法。"

总结完，1972年的春节就到了，清泉和肖亮是在红山过的。

春节后，在火箭取样队的会议室里，清泉指点着画在黑板上的蘑菇云图在讲解："根据文献调研结果和火箭遥测结果，我们知道，烟云中放射性气溶胶的浓度分布是很不均匀的，烟云的中心和周围的浓度较低，而烟云半径一半处的浓度最高。所以，火箭的最佳穿云部位就是烟云浓度最高的这个部位……"

"要是我们的每一发火箭都能在最佳穿云部位中穿过，那就太美啦！"肖亮插了一句。

"但是，因为我们用的是无控火箭，它的弹道受风的影响很大，所以要使火箭穿过烟云中浓度最高的部位几乎是不可能的！这就给我们的火箭取样带来很大的困难，使得每发火箭的取样量大相径庭，有的可能穿过烟云中浓度较高的部位，有的可能穿过烟云的中心，有的可能穿过烟云的外围，具体部位我们无从得知……"

"所以，有的火箭取样量多，有的火箭取样量少，有的只取到了一点点！"陈南插言。

"正是如此！"

"那我们到底应该瞄准哪儿打呢？"肖亮问。

"当然瞄准烟云半径的一半处打，没有其他选择！至于火箭究竟往哪儿飞，那就是它的自由了。"

"对大当量试验问题还不大，打五枚火箭，总有一两枚火箭会获得较多的样品。但对小当量试验来说，这问题就相当严重了。"陈南说。

"今后，要进行一系列小当量试验，所以，如何提高取样火箭命中率的问题，已经迫在眉睫，必须立即着手研究这个问题，争取尽早攻克这个堡垒。"

"你们俩还得回北京参加挺进-1号火箭的研制，这个问题由我来解决！"陈南主动承担了这项任务。

清泉坐下，接着说："下面，我们再来讨论发射井的布局问题。老陈，你对这个问题进行了一定时间的研究，请谈谈你的意见。"

陈南说："原来发射井位置不太合理。这次新建简易发射井，我是按照场区多年风的统计数据选择的井位，效果相当不错。所以我建议，我们要再建几口发射井。你们看如何？"

清泉沉吟片刻，说："再建几口发射井，这样就可以左右逢源，提高火箭取样成功率。好主意。我赞成。"

肖亮说："我举双手赞成。"

清泉说："这件事情就这么定了。这项任务还是由陈南具体负责。"

陈南说:"那我明天就打报告。"

清泉说:"最后一项,肖亮,你的总结报告什么时候完成呀?"

肖亮说:"我最怕写总结报告了。队长,还是请你代劳吧。"

清泉起身,摇头晃脑地唱了一句京剧:"我袖手旁观哪,稳坐在钓鱼台。"推开门,走了。

清泉和肖亮又出发回北京了。

火车到了西安,肖亮转车去了太原。肖亮到家时已是夜深人静了。梁馨坐在床上,一面轻轻拍着红红,一面轻轻哼着催眠曲:"宝贝,你爸爸过着动荡的生活,他参加游击队去打击敌人哪,我的宝贝……"穿着皮大衣、戴着皮帽子的肖亮敲了几下家门,叫道:"梁馨,我回来啦!""等一等,我给你开门!"梁馨一声叫把正要入睡的红红惊醒了,她睁开了小眼睛。梁馨抱着孩子起身开门。肖亮提着两个手提包进了门,将手提包放在地上,就去看女儿。那双小眼睛一看到他,吓得"哇"的一声哭了。梁馨抚摸着她的头哄着:"扑啦扑啦毛吓不着,扑啦扑啦头下一会儿。"又冲丈夫叫道,"活像从威虎山下来的,把孩子都吓坏了,还不赶快把帽子和大衣都脱了!棉袄也脱了吧,屋里不冷。"肖亮一一照办。肖亮伸着两只手,说:"来,红红,让爸爸抱抱。"红红把脸扭到后面,两手紧紧地搂着妈妈的脖子,根本不理他这个爸爸。梁馨嗔怪道:"孩子刚出满月你就走了,她能认识你吗?"丈夫张开双臂就要拥抱妻子,并说:"她不认识我,你可认识我呀!"妻子躲开,嗔怪道:"去,看你那个脏样,还不赶快去洗洗。"肖亮可怜兮兮地说:"我这个新疆大兵好可怜噢,女儿不认,妻子嫌脏。"说完,突然在妻子脸上亲了一口。

红红趴在妈妈怀里睡着了,梁馨把她放在床上,盖好被子,起身问:"亲爱的,你还没吃晚饭吧?"

"当然。"

"我去给你煮碗挂面,再煮上两个鸡蛋。"

"千万不要煮鸡蛋!鸡蛋这么稀罕,还是留给你吃吧!你要给孩子喂奶,太需要营养了。"

"是啊,现在不仅是鸡蛋稀罕,肉、鱼、油、米、面,哪样不稀罕?哪样不要票?哎,这日子可怎么过呀!"

"我把发给我的保健罐头、奶粉和白糖,统统带回来了,帮你解决点困难。"

"你总跟放射性物质打交道,留着自己吃吧,保重身体重要。"

"你们母女的身体比我的身体更重要。我壮得像头牛,刀枪不入,那点 γ 射线算什么?!"

"你洗洗,我去给你做饭。"梁馨出了门,到走廊里做饭去了。

肖亮洗完脸,俯身看着正在熟睡的女儿红扑扑的脸蛋,幸福地笑了。

清泉和肖亮回到设计院,立即投入到挺进-1号火箭的研制工作中。电源舱、回收舱和超音速火箭取样器的样机终于做出来了,在总装车间的一张大工作台上竖立着一个卸掉整流罩的挺进-1号火箭取样器,在它旁边整齐地摆放着取样器的几个大部件:两块半整流罩、一个过滤器和一个密封盒等。清泉、肖亮、徐明媚、李求实、胡师傅和倪师傅等人站在工作台旁边，听蒋明宇介绍他的产品："这就是挺进－1号火箭取样器。上面是中心锥和进气口，下面是排气口和导流片，导流片里面就是过滤器……"清泉连连称赞："很好，很好。"

蒋明宇接着介绍各部件："这是两块半整流罩。将这两块半整流罩扣在取样器外面，然后用两只分离弹射筒和四只爆炸解锁螺钉将它们牢牢地连接在一起，于是就把进气口和排气口同时关闭了。当火箭接近云底的时候，两只分离弹射筒和四只爆炸解锁螺钉同时起爆，把两个半整流罩快速地弹射出去，取样器的进气口和排气口同时打开，取样便开始了……"肖亮连连称赞："很好，很好。蒋工，我们出的几个难题你都巧妙地解决了。"

清泉和肖亮对他们的火箭取样器充满了信心，下面他们关心的就是火箭取样器模型的风洞试验了。

31所按照3∶1用不锈钢制作的火箭取样器模型，做工精细，小巧玲珑，银光闪闪，简直就像个精美的艺术品。看后，清泉和肖亮非常满意。之后，他俩和火箭设计院的蒋明宇与李求实随同31所的张宝胜、董松林等人到了位于绵阳北部山区的风洞实验基地，进行了超音速火箭取样器模型的风洞实验。一周之后，实验获得了所需要的全部数据。这些实验数据充分证明了清泉和肖亮所设计的这个取样器是合理的、成功的。清泉和肖亮悬着的那颗心终于落地了。

火箭设计院开始正式研制挺进－1号火箭。

康家门前大柳树的树叶又黄了。

彩云带着丈夫和女儿一进家门，云云就叫"姥爷"、"姥姥"，叫得两个老人眉开眼笑。康母把云云抱在怀里，说："彩云，你又有了，云云她爸又常常不在家，今天就把云云给我留下吧，我替你带着。云云乍离开你，头几天夜里肯定要闹觉，所以第一个礼拜，你天天晚上要回来住。"彩云说："行，让她适应了我再离开。"清泉说："这里离设计院近，那这几天我也回来住。"彩云说："你还是住招待所吧。云云离不开我，你也离不开我呀？"清泉说："当然了，这还用问吗？"彩云笑道："不害臊，脸皮真厚。"两位老人看着他们这个调皮的姑爷，笑了。他们这个姑爷一回来，总会给家里带来不少笑声。

从此，云云便在姥姥的精心呵护下一天天长大，长得越来越漂亮，越来越聪明伶俐，越来越活泼可爱。

随着时光的流逝，骚动在人们心中的狂热的革命热情渐渐冷却下来，埋藏在人们心中的冷酷的仇恨渐渐淡忘了，人们开始怀念过去美好的岁月和友情。在火箭设计院军代表办公室里，清泉正在看《超音速火箭取样器风洞实验分析报告》，肖亮拿着一封信进来，说："老林，我想跟你商量件事。"

"什么事？说吧。"

"金振兴来信说，组织上考虑到他家庭生活的困难，已经批准他转业了。"

"他家是够困难的：俩孩子都小，老岳母有高血压，爱人是医生，不但要经常值夜班,有时还要随着医疗队下乡,是应该放他走了。"

"你还挺理解他的困难。"

"家家都有一本难念的经嘛!"

"老金过几天就要路过北京,他想和咱俩来告别。不知你愿不愿意见他?"

"见!一定要见!我们是蘑菇云下的老战友了,为什么不见?!"

"你如此宽宏大度,真是好样的!"

"我不但要见他,还要在全聚德请他吃烤鸭,为他饯行!"

"好,也算我一个!"

几天后,金振兴一下火车,便受到了林清泉和肖亮的热烈欢迎。他们立即把他请进全聚德烤鸭店。清泉点了一只烤鸭和几个冷盘,要了一瓶二锅头和一升啤酒。当凉菜和酒都上来后,大家就开始动筷了。

"老金,"清泉一边斟白酒一边说,"今天我和肖亮在这儿为你饯行。这饯行酒咱们可要连干三杯哟。但在每次干杯之前,咱仨轮流说一句祝福的话,作为临别赠言。"

清泉率先举起酒杯,说:"举杯,举杯!"大家举起了酒杯。

"这第一杯酒,我祝你这位曾经穿过蘑菇云的英雄,在新的工作岗位上为人民再立新功!"

金振兴眼里闪着激动的泪花,说:"谢谢,谢谢!"

"干!"三人同时干了第一杯酒。

肖亮给每个人斟完酒后,大家又举起了酒杯。

"这第二杯酒,我祝你这位曾经和我们一起摸爬滚打的战友,身体健康,家庭幸福!"

金振兴热泪盈眶,连声说:"谢谢,谢谢!"

随着一声"干",三人干了第二杯酒。金振兴给每一位斟酒。大家再次举起了酒杯。

"这第三杯酒,祝你们在今后的工作上取得更辉煌的成就!为祖国建立更大的功勋!"

清泉和肖亮异口同声地说:"谢谢!"

随着又一声"干",三人同时干了第三杯酒。

金振兴的热泪滚了下来,诚恳地说:"我非常感谢二位的盛情款待!战友之情,在平时还不怎么在乎,但是在分别之时,我才真正感到这种感情是多么的珍贵!老林哪,以前我受了林彪极'左'思潮的影响,做了一些对不起你的事情,我今天……"

"老金,"清泉立即打断他的话,"过去的事,你有错,我也有错,陈芝麻烂谷子的事就不提了,过去了的就让它过去吧!今天,我们只说高兴的,不提不愉快的往事。"

肖亮随声附和道:"对对,快乐的事情都说不完,那些不愉快的事情让它见鬼去吧!喝啤酒,喝啤酒!"

清泉喝了一口啤酒,说:"老金,你忘了没有?1969年国庆节前,火箭发射队食堂发给我们每人五斤苹果。大家把苹果装在一个纸箱里,放在自己的床底下……"

肖亮抢话说:"我想起来了,我想起来了。每当老金从外面回来,我们和陈南三个

人总有一个人热情地请老金吃苹果。老金边吃边说谢谢……"

金振兴也勾起了记忆,说:"我老吃你们的苹果,可我的苹果一个还没动,觉得怪不好意思的,于是我想请你们吃苹果。我从床底下拉出箱子一看,就剩下几个了。我很纳闷,难道是让耗子偷吃了吗?我突然醒悟过来,原来你们三个人不仅偷吃了我的苹果,还居然用我的苹果请我的客。"

肖亮笑道:"你这个大傻瓜呀!"

金振兴笑道:"你们这三个捣蛋鬼呀!"

三个人又同时笑起来,笑得眼泪都流了出来。

这时,服务员把一盘片好的烤鸭、葱段、甜面酱和一盆鸭架汤端上了桌。

清泉潇洒地一挥手,说:"老金,请!"

宴请在友好愉快的气氛中进行。

当晚,林清泉和肖亮把金振兴送上了火车,他带着微笑和友情奔向远方……

冬去春来,春天过去,转眼间夏天又到了。

康家门前的大柳树上,蝉儿在歌唱,蜻蜓在纷飞。树阴下,康母和杨大妈正在唠嗑。康母的外孙女叫小云,杨大妈的外孙女叫小菊,小云和小菊都两岁多了,小云比小菊只小两个月。两个小姑娘几乎天天在一起玩耍,小云穿着一件红色连衣裙和一双红色塑料凉鞋,头上扎着两个朝天辫,手里拉着一辆大公鸡车在前面走。小菊穿着一件绿色连衣裙和一双绿色塑料凉鞋,头上也扎着两个朝天辫,手里拉着一辆鸭子车在后面跟着。俩孩子拉着玩具车在院子里走来走去。

这时,清泉和挺着大肚子的彩云进了院子。康母一眼瞥见女儿和女婿回来了,便叫道:"云云,看谁来了?"云云抬头一看,立即丢下车,高兴地叫着:"爸爸!妈妈!"扑了上去,然后抱着彩云的大腿撒娇:"妈妈抱抱,妈妈抱抱。"彩云抚摸着女儿的头,说:"云云,妈妈身子不方便,让你爸爸抱吧。"清泉抱起女儿,并亲了一下她的小脸蛋。云云说:"爸爸,我喜欢你。"

杨大妈说:"云云的小嘴真甜!彩云又快生了,要是生个儿子,那可就是儿女双全了!"

康母说:"借你一句吉言,彩云要是生个儿子,我请你喝喜酒!"

杨大妈说:"彩云咋不在他们医院生呢?"

康母说:"他们医院离家太远,是我让她到第四医院生的,这儿离家多近哪,走着就到了。"

彩云一家子一回来,又把康家的里间小屋"霸占"了。屋里的灯熄了,皎洁的月光透过窗帘洒在双人床上,清泉躺在外边,盖着一条毛巾被;彩云躺在中间,盖着一条毛巾被,大肚子隆起;云云躺在里边,肚子上横搭着一条小毛巾被。天热睡不着,夫妻二人在亲热地唠嗑。

"这个小家伙真不老实,又踢了我一脚。"

"他是想出来经风雨见世面了。"

"哎,你说这个孩子叫什么名字好呢?"

第十六章 家家有本难念的经

"大的叫小云，这二的嘛……如果是个男孩，就叫小青。"

"要还是个女孩呢？"

"那就叫她小彩。"

云云伸出两只小手把彩云的头扳了过去，搂着她的脖子，说："妈妈，你老跟爸爸说悄悄话，也不跟我说悄悄话。"女儿的嫉妒惹得两口子禁不住笑了起来。

云云撒娇道："妈妈，你别笑，你别笑，你跟我说悄悄话。"

"好，妈妈跟你说悄悄话，不理你爸爸。"

"那我就成了狗不理了。"清泉插了一句。

"爸爸，你别打岔好不好！"云云抗议道。

"就是嘛，我们娘俩说悄悄话，你瞎打什么岔！"彩云斥责丈夫。

云云摸着妈妈的肚子，问："妈妈，你的肚子这么大，里面装的是什么呀？"

"是小孩呀。"

"那他怎么还不出来跟我玩呀？"

"现在还不到时候。到时候他就会从妈妈的肚子里爬出来，跟你玩。"

"太好了，太好了。"云云拍着小手说。

"云云，你喜欢小弟弟呢还是小妹妹呀？"

"小弟弟。"

"好，过几天妈妈就到医院里去，让你小弟弟爬出来。"

第二天晚上，清泉把彩云送进了第四医院妇产科。

清泉一夜没睡踏实，一会儿梦见彩云生了个男孩，一会儿梦见彩云生了个女孩，一会儿又梦见彩云生了个龙凤胎，他高兴得都笑醒了。天蒙蒙亮，清泉就起床了，康母随后也起床了。在清泉洗漱的时候，康母就把鸡蛋煮好了，并装在一个饭盒里。清泉把饭盒刚装进挎包里，云云就在里屋叫了起来："爸爸，妈妈呢？"爸爸回答女儿："你妈妈去医院生小孩了。"云云又叫道："爸爸，你带我去医院，看妈妈，看小孩。"爸爸赶紧给女儿穿好衣服，洗洗脸，然后背着挎包，抱着云云，就匆匆走了。

清泉抱着云云来到妇产科住院部门口，转脸一看传达室，见值班的老头儿正低头扫地，便"哧溜"一下子冲了过去，小跑几步就进了楼。他"噔噔"地上了二层，又见走廊里静悄悄的空无一人，便大摇大摆地走进彩云的病房。正沉醉于幸福之中的彩云，看到这父女俩早早就来了，便坐了起来。清泉把云云和挎包放在床上，云云叫着"妈妈"坐在彩云身旁。

"你们两口子真有福气呀！有了一个女儿，又添了一个儿子，真是要什么来什么呀！"还没等清泉开口问，邻床产妇羡慕地说，"这个漂亮的小姑娘，有了一个小弟弟了。"

云云叫道："妈妈，我要看小弟弟！我要看小弟弟！"

值班护士闻声进了病房，一看清泉和云云，责怪道："唉唉，还没上班呢，你怎么就闯进病房里来了？"清泉转身看着护士，"嘿嘿嘿"地傻笑着。

"云云，问阿姨好！"彩云用女儿做挡箭牌。

云云甜甜地问好:"阿姨好!"

这招真管用,护士的脸上由阴转晴,笑眯眯地看着云云,说:"好漂亮的小姑娘哟!你叫什么名字啊?"

"我叫林小云,小名叫云云。"

"云云,你干吗这么早就来了?"

"阿姨,我想看小弟弟。"

"好,阿姨抱来给你看。"说完转身进了婴儿室。少顷,她抱来个婴儿给云云看,并说:"云云,你看,这就是你的小弟弟。他叫青青。"

云云站起来看了看,说:"青青,叫姐姐,叫姐姐。"青青闭着眼睛睡得正香,睬也不睬他这个小姐姐。

云云不满地说:"就知道闭着眼睛睡觉,也不知道叫姐姐。"一屋子人都笑了。

护士又把婴儿递给清泉,说:"来,抱抱你的儿子吧!"清泉接过婴儿,用两手托着,不知所措。

护士批评道:"你这个当爸爸的,连个孩子都不会抱!"

清泉笑道:"像只小耗子似的,让我怎么抱啊?"护士赶紧接过孩子。

彩云笑道:"你们瞧这爷俩哟,一个嫌他不叫姐姐,一个说他像只小耗子,他们恨不得这孩子一生下来就能满地跑!"大家都笑了。

护士说:"你们看完了就赶快走吧,要是让护士长看见了,非批评我不可。"

清泉说:"就走,就走,等我爱人吃完鸡蛋我就走。"

护士说:"快一点儿,别久留!"说完,抱着婴儿走了。

清泉从挎包里掏出一个铝饭盒递给彩云,说:"妈早晨刚煮的鸡蛋,还热乎着呢,吃吧!"彩云打开饭盒,拿出一个鸡蛋剥蛋壳。

云云说:"妈妈,我也要吃鸡蛋。"

彩云把剥好的鸡蛋递到孩子手里,云云接过鸡蛋吃,彩云剥另一个鸡蛋……

有小不愁大,一转眼青青就满月了。

清泉的脖子上挂着一架照相机,在房前摆好一把藤椅后,冲屋里喊道:"彩云,带着孩子出来照相吧!"彩云抱着青青,康母领着云云从屋里走出来。

彩云说:"这可是青青的满月相,也是他人生的第一张相,你行吗?"

清泉吹牛:"行吗?我的照相水平那可是全国一流的,新华社还想请我去当摄影记者呢。"

彩云瞅着天,说:"你看,天都让你吹了个大窟窿!"

清泉哈哈大笑道:"不吹白不吹!"

云云先爬到藤椅上,说:"爸爸,你别说话了,快给我照相吧!"

清泉举起相机,说:"云云,看着我……好,再笑一笑……好啦!"按下了快门。

云云下了椅子,彩云把青青放在藤椅上,清泉举起相机,趁青青正在吃手时,他按动了快门。

云云又爬上藤椅,搂着青青,说:"爸爸,给我和弟弟照一张。"清泉又一次按动

第十六章 家家有本难念的经

了快门。

彩云的产假满了之后，带着青青回医院了；清泉又回设计院住招待所了；云云还是住在姥姥家。

清泉在喜悦的同时，又增添了一些烦恼：一家四口分三地居住，这日子可怎么过呀？这么多年工资一点儿也没涨，这俩孩子可怎么养呀？

稻浪滚滚，一片金黄，秋天又到了。

肖亮总是步清泉的后尘，他结婚他也结婚，他得了一个女儿他也得了一个女儿，他得了一个儿子他也想得一个儿子。

灯熄了，在火箭设计院招待所里，清泉和肖亮躺在床上聊天。

"今年，我们完成了取样器模型的风洞实验，完成了取样器的封网实验，完成了取样器的开壳实验。现在，挺进-1号火箭的研制已经到试制阶段。"

"那你一个人在这里坚守岗位吧。梁馨快生了，我得回家洗尿布去。"

"梁馨是回沈阳生，还是在太原生？"

"我母亲摔骨折了，全靠我妹妹侍候。我丈母娘参加医疗队下乡了，所以只能在太原生了，我得去太原侍候月子。"

"你一个人行吗？"

"行也得行，不行也得行。丈母娘体谅我的难处，让梁馨的小妹梁玉来帮我。过几天，梁玉带着红红到北京，然后我们一起去太原。"

"这回可够你呛的。走的时候，别忘了多买点儿东西带着。"

"我哪次回家不像一条驴子一样往家驮东西呀！为了老婆孩子，做牛做马也心甘嘛！就是不知道，我的这个孩子是男还是女？"

"也许今年是儿子年，春天，陈南得了个儿子；夏天，我也得了个儿子；秋天，你也应该得个儿子。要不然，那就是你没本事。"

"借你一句吉言，我有了儿子一定请你吃烤鸭。"

"算了吧，还是省点儿钱养活你儿子吧。有一个孩子，手头上还可以，有了俩孩子之后，我马上就感到：罗锅子上山——钱紧啦！"

"是啊，这么多年来，年头在长，年龄在长，运动在长，就是不见工资涨！哪个不感到钱紧呢？"

"只搞革命，不抓生产，国家没钱，拿什么给我们涨工资呀？"

"我正犯愁呢，添了这个孩子之后，我们俩可怎么带呀？"

几天后，梁玉带着红红到了北京，肖亮带着喜忧参半的心情回太原了。

肖亮如愿以偿，梁馨果然给他生了个儿子，取名叫彤彤。

梁玉才是一个十二三岁的小姑娘，除了帮着带带孩子外，其他家务活也不会干，所以梁馨坐月子，还全靠肖亮唱主角。每天，他做饭，洗衣服，洗尿布，忙得是不亦乐乎，要不是有小姨子帮忙，非把他累趴窝了不可。一天晚上，梁玉坐在桌前正在看小人书，肖亮坐在小板凳上正在洗尿布，梁馨坐在床上正给孩子喂奶，红红坐在妈妈身旁看着弟弟吃奶。红红看弟弟吃得那么香，便把脸往弟弟脸前一凑，同时"哞"地一叫，

逗得彤彤一笑,松开了奶头。当弟弟含住奶头刚吃了几口,她又逗他一次,他又笑着松开了奶头。

梁馨说:"红红,彤彤正在吃奶,你别逗他,下地玩去!"

红红爬下床,穿上鞋,走到父亲身后,搂着他的脖子,说:"爸爸,妈妈说你洗得不干净。"

肖亮说:"我都累得腰酸背疼的了,你妈还挑毛病,几片腪尿布干不干净有什么关系?"

"哟,你才干这么点儿活就抱屈呀。孩子叫你爸爸的时候,你眉开眼笑的,你以为当爸爸就那么容易吗?你把这个家当旅馆了,一年才回来一次,住上几十天,然后拍打拍打屁股就走了,留下我一个人守着这个不像家的家!"

"看看,我才说了一句,你就说了一大车。其实,我哪能不知道你的苦处呢?刚才我不过是随便说说罢了,哪儿敢在你面前抱屈呀!"

"我的产假快满了,你也快回北京上班了,你说说,这俩孩子怎么带吧?"

"小的要吃奶,只有你自己带。大的可就难办了。"

"反正你不能把俩孩子都丢给我。这样吧,咱俩一人带一个,公平合理。走的时候你把红红带走。"

"你怎么净说气话,哪儿有当兵的单身男子汉还带着个孩子的?"

"你不是说,你们单位有好几个单身男子汉把孩子带进红山了吗?"

"确有其事。不过,我是出差在外,住在招待所里呀!"

梁玉起身过来,说:"姐姐,你别给姐夫出难题了。由我帮着你带俩孩子就行了。"

"梁玉,你还小,能帮我把彤彤带好就行了,红红还是让你姐夫带走吧!带上一年,等彤彤满了一岁,就好办了。"

彩云坐在床上给孩子喂奶,清泉搂着她的腰看孩子吃奶。

"看,这小家伙吃得多香啊,馋得我都流口水了,给我吃一口吧。"

"不害臊!哪儿有爸爸跟儿子争奶吃的?"

"逗你玩嘛。"

"都是俩孩子的爸爸了,还逗我玩,没正行!"

"那我以后逗孩子玩。"

"那你可就成了老顽童了。你怎么就一点儿也不知道犯愁呢?"

"笑一笑十年少,愁一愁白了头。"

"家里多了一口人,我这家就难当了。"

"没关系,你把好咱家的经济关,不求有存款,但求不出现财政赤字。我有月票,以后兜里只装一块钱做机动费,免得乱花钱。咱们暂时过几年苦日子吧!"

"有你和这两个可爱的孩子,我很知足,日子苦点儿我倒不怕。"

"是啊,现在大家的日子过得都苦,咱家苦,还有比咱家更苦的;咱家难,还有比咱家更难的。就拿肖亮来说吧,他们的红红还不知谁给带呢?"

清泉为自己家的事操心,还为肖亮家的事操心。

第十六章 家家有本难念的经

肖亮实在走投无路，只好硬着头皮把红红带到北京。清泉到车站来接这父女俩。太原开往北京的一列客车停靠在北京站内。清泉从车窗口接过两个旅行包放在站台上。肖亮背着挎包、抱着红红从车上下来，走到清泉面前。红红真是名副其实的红红，身穿红灯芯绒的棉衣棉裤，头戴红毛线帽，外披一件红棉斗篷。

清泉笑呵呵地说："哎哟，红红真成了红孩儿了！"

肖亮说："红红，问林伯伯好！"

红红甜甜地问了一声："林伯伯好！"

"老林，红红的入托问题解决了吗？"

"解决了。徐参谋向幼儿园园长说明了你的困难后，那园长被感动了，同意破例收下红红。不过，明天你得带红红去医院检查身体，体检合格后才能入园。是日托，早晨上班前送去，晚上下班后接回，还得你自己带。"

"日托也很好，总算帮我解决了一个大难题呀。"

"那咱们就出站吧，其他话回招待所再说。"

在招待所食堂里，清泉、肖亮和红红围着一张饭桌在吃饭。红红指着一盘猪肉烧粉条，说："爸爸，我还要吃肉肉"。肖亮夹了一块红烧肉放在她的饭碗里。红红吃着，香香的。

清泉说："肖亮，红红吃了不少肉了，别再给她吃了，吃多了顶着。"

红红吃完，又对爸爸说："爸爸，我还要肉肉。"

肖亮夹了一筷子粉条放进女儿的碗里，说："吃粉条吧，可香了。"

红红说："那你明天还给我买肉肉吃。"

肖亮说："好，爸爸明天还给你买肉肉吃。"

红红说："爸爸，这么多人在一块吃饭，真好玩！"

肖亮说："星期天，爸爸带你去林伯伯家，去跟小姐姐玩，好不好？"

红红说："好。"

清泉说："肖亮，吃完饭我回家去住。你可要注意哟，孩子刚离开妈妈总要闹觉的，起码要闹两三天，而且这头一夜闹得最厉害。"

清泉这是经验之谈，因为云云离开彩云，跟姥姥睡觉的前几天，就曾经大闹过。清泉说得没错，红红果然在夜里大闹招待所。红红白天看什么都新鲜，都觉得好玩，可到了夜里就不是那么一回事了。

"妈妈！妈妈！"睡梦中的红红突然大哭大叫起来。

肖亮惊醒了，轻轻拍着孩子，说："不哭不哭，爸爸在这儿，爸爸在这儿。"但无论他怎么哄，孩子依然哭叫不停。肖亮起床下地，抱着孩子在屋地上转着圈儿，边轻轻拍着边"噢噢"地哄孩子。红红的哭叫声渐渐减弱，"抽抽搭搭"地睡着了。肖亮把孩子轻轻放在床上，正要上床，孩子又大哭大叫起来。肖亮又抱起孩子在地上走来走去地哄着。门外有人敲了几下门，愤怒地抗议道："哭！哭！哭！还让人不让人睡觉啦？！这是招待所，不是托儿所！"肖亮听着门外的抗议声，听着红红一声又一声哭叫，酸甜苦辣一起涌上心头，不由鼻子一酸，眼泪像断了线的珠子，"哗哗"地往下流……

一连闹了三夜之后,红红把爸爸当妈妈了,不再闹夜了。

星期天,清泉一家子回到康家,肖亮带着红红来做客,康家一下子热闹起来。里屋,清泉抱着儿子和肖亮在聊天;外屋,彩云和母亲在包饺子;云云和红红在快乐地玩耍,一会儿跑到里屋去逗逗青青,一会儿在外屋大床上踮着脚尖学跳芭蕾舞,一会儿跑到院子里蹦蹦跳跳。红红度过了一个快乐的星期天。

从此,肖亮带着红红在招待所住下来,每天早晨他把孩子送进幼儿园,然后去上班;每天下午下班后,再到幼儿园把孩子接回招待所。

在火箭设计院,肖亮一边工作一边带孩子,熬过了一天又一天,熬过了一月又一月。1973年过去,1974年的春节又快到了,肖亮的这种又当爹又当妈的日子总算熬到头了。

在招待所客房里,清泉躺在床上正在给他身旁的红红念小人书《草原英雄小姐妹》,此时,走廊里的一阵脚步声传进屋里。清泉起身下地,红红跟着起身下地。红红打开门一看,见妈妈抱着弟弟站在门外,高兴地叫道:"妈妈!"梁馨激动地喊道:"红红!"红红开大了门,说:"妈妈,外边冷,快进屋!"梁馨抱着孩子进了屋,把孩子放在床上,脱下了她的红斗篷。随后,肖亮提着两个旅行包和梁玉进了屋,并把旅行包放进壁橱里。

梁馨抱起红红,亲了又亲,说:"想死妈妈了,想死妈妈了!"

梁玉抱着红红亲了又亲,说:"红红,小姨想死你了。"

看到肖亮一家人难得的相聚,清泉感动地说:"你们这一家子总算团聚了。"

梁馨说:"这是暂时的。过了春节,我们还得跟牛郎织女似的。"

肖亮说:"最困难时期总算熬过去了。我母亲的腿好了,过了年红红可以跟着奶奶,就不用跟着我了。"

梁馨说:"那你可就彻底解放了。谁嫁给你们当兵的谁受罪!"

肖亮说:"那好啊,我让你解放我受罪,我像牛郎一样,挑着俩孩子去新疆。"

梁馨说:"得了吧,你自己爱怎么受罪就怎么受罪,我可不让我的俩孩子跟你去受罪!"

清泉说:"喂,你们两口子一见面就斗嘴,是不是嫌我碍眼哪?我走,我这就走!"

梁馨说:"老林,你别多心哪!"

肖亮说:"梁馨,你听他的,他是想赶紧回家找他那位护士长斗嘴去了!"

清泉说:"对喽,我回家找护士长斗嘴去。你们一家子就住在这屋里,明天我过来送你们上车。明天见!"说完,出了屋走了。

次日,清泉送肖亮一家子回沈阳过年去了。

柳树吐芽,春天又到了红山。

傍晚,乔秀秀正在厨房里炒菜,小梅跑到厨房门口嚷嚷着:"妈妈,我要吃煮鸡蛋!我要吃煮鸡蛋!""馋丫头,你又看见谁吃煮鸡蛋了?""兰兰。""兰兰家养鸡了,咱家没养鸡,又没处去买鸡蛋,我拿什么给你煮呀?小梅,快进屋看弟弟去!"话音刚落,就听屋里"扑通"一声响,接着便传出小兵的"哇哇"大哭声。秀秀丢下锅铲跑进里屋，赶紧抱起摔在地上的小兵，一摸他的额头，心疼地叫了一声："哎哟，我的宝贝，头上摔了个大包！"一边揉着他的额头一边哄着，"小兵不哭，小兵不哭……"这时厨房里响起"噼噼啪啪"声，同时她也闻到了一股糊味，便抱着孩子跑进厨房里，赶紧把菜锅移到灶台上，气呼呼地进了屋。自知失职的小梅吓得躲在墙角里，低着头不敢出声。秀秀把小兵放在床上，拉过小梅，照着她的屁股就是几巴掌。她一边打一边狠狠地骂："我让你吃鸡蛋！我让你吃鸡蛋！"小梅"哇哇"大哭起来。

下班回到家门口的陈南，听到孩子的哭声，把自行车一放，赶紧进了屋里。小梅一下子扑过来，抱住他的大腿诉苦："爸爸，妈妈打我屁股！"

陈南抱起女儿，问："小梅，你犯什么错误了？"

小梅"抽抽噎噎"地说："我……我……我要吃煮鸡蛋。"

陈南哄小梅："小梅不哭，小梅不哭，小梅是个听话的好孩子。红山买不着鸡蛋，咱家又没有养鸡，没有鸡蛋妈妈怎么给你煮呀？开春了，让你妈孵一窝小鸡，爸爸也开荒种地，以后小梅和小兵就有鸡蛋吃了。你说好不好啊？"

小梅说："爸爸，咱家养好多好多鸡，下好多好多蛋，吃也吃不完。"

为了孩子能吃上鸡蛋，陈南决定开荒种地、养鸡养鸭。温暖的阳光照耀着山沟里的这片草原，草发芽了，骆驼刺吐出了嫩绿的小叶，蒲公英舒展开它的叶片迎接着美好的春光。在这春意盎然的时光里，那些在这里安家落户的军官们像农民一样忙着春耕。一条水沟流水潺潺，水沟两岸的地里，有的在开荒，有的在播种，有的在打土墙，有的在盖鸡窝……说笑声、呼喊声、劳动号子声以及孩子们快乐的打闹声，响彻天空。红山人为了克服生活上的困难，把"自力更生，丰衣足食"的南泥湾精神发扬光大了。

一只母鸡领着一群毛茸茸的鸡崽子正在地里觅食。小梅领着刚会走路的小兵在看鸡。陈南夫妇用铁锹正在翻地……

康家门前的大柳树，又是枝繁叶茂、绿叶飘飘。大树下，青青坐在一辆竹制儿童手推车上，康母坐在小凳子上看孩子，彩云正在用搓衣板洗衣服。青青头上扎着两个朝天辫，身上穿着一件花衣裳，活脱脱的一个漂亮小姑娘。彩霞偏爱女孩，喜欢把自己的外甥打扮成外甥女。不知道的人，自然而然以为青青是个小姑娘，但一看开裆裤里露出的小鸡鸡，方知原来是个假姑娘。

清泉一手提着一个装满菜的菜篮子，一手领着云云，回到院里。云云来到康母面前，亲热地说："姥姥，我跟爸爸买了切面、肉馅、韭菜、黄瓜……还有好多好多东西。"康母说："好！姥姥中午给你们做炸酱面，晚上给你们包饺子。"杨大妈提着水桶从家里出来去打水，走到云云身旁。云云主动问候："杨姥姥好！""云云的嘴真甜哪！"杨大妈看看云云，又看看青青，笑道，"这俩孩子，像两朵水灵灵的花儿，喜欢死人喽！"说完，到井上去接水。清泉用笤箕端着韭菜从屋里出来，随后坐在马扎上开始择韭菜。

"妈妈，"云云走到彩云身后，搂着妈妈的脖子提抗议，"你跟爸爸就知道干活，星期天也不带我和弟弟出去玩。"

"彩云，"康母说，"这么好的天，你们俩就带着孩子出去玩玩吧！"

"彩云,"杨大妈关了水龙头,也来说情,"你们俩就带着孩子出去玩玩呗!"

彩云说:"我哪儿有工夫呀,这一大堆东西就够我洗半天的啦!"

杨大妈提着水桶往家走,清泉赶忙起身接过水桶,送到杨大妈家,又转身回来。

彩云抬头看着清泉,提议:"哎,我洗衣服,你一个人带着俩孩子出去玩吧!"

康母说:"云云她爸,菜我来择,你就带孩子们去玩吧!"

清泉说:"好,我带两个小宝贝去逛龙潭湖,去看湖,去滑滑梯。"

云云高兴地爬进竹车,坐在弟弟对面,拉着他的小手说:"青青,滑梯可好玩了,你不会,姐姐抱着你滑,噢。"

清泉双手扶着把手,说:"小朋友,请坐好扶好,我要开车喽!"随后推着车朝外走去。清泉推着俩孩子穿小巷走大街,来到龙潭湖公园。这里,空气清新,环境清幽,树木茂盛,湖水碧波荡漾,令人心旷神怡。龙潭湖公园虽然是一个开放式公园,但因地处偏僻,游人寥寥无几。清泉推着俩孩子沿着湖滨路缓缓而行,看着辽阔、波光粼粼的湖水,俩孩子高兴得手舞足蹈、又笑又叫。之后,清泉又推着俩孩子来到了儿童游乐场玩滑梯。云云抱着弟弟从滑梯上滑下来,云云高兴得哈哈笑,青青却吓得哇哇哭……

在岳母家愉快地度过了星期天,星期一早晨清泉又到火箭设计院上班了。在军代表办公室里,清泉和肖亮正在商量今年的任务。清泉说:"陈南建议,在今年秋季的氢弹试验任务中,还是上五枚和平-5号火箭,在靶心西边的发射井里打两发,在东边新建的发射井里打三发。我看这个方案不错,你看呢?"肖亮说:"我同意。就按照这个方案准备吧。"

这时,徐明媚推开门叫道:"老林,电话!"

清泉来到徐明媚办公室,拿起听筒:"喂,我是林清泉。"

电话里传出彩云急切的声音:"清泉,你快回来吧!妈得了脑中风,正在同仁医院抢救!"这突如其来的消息惊得他目瞪口呆,拿着听筒傻愣着。

彩云催问道:"你哑巴了?快说话呀!"

"彩云,你别着急,我马上就回去!"清泉说完,放下听筒,回到办公室,对肖亮交代完工作,就匆匆走了。

在同仁医院急救室里,昏迷不醒的康母躺在病床上正在打点滴,彩云守候在一旁。清泉走进来,来到彩云身旁,看了看老人那张苍白的脸,问道:"早晨我走的时候,妈还好好的,怎么突然就病了?"

"你走后不久,我抱着青青出了门,妈出来送我,还没走几步远,妈要跟我说什么,却干张嘴说不出话来。我一看不好,赶紧把孩子放进屋里,回来把妈扶进屋躺下,然后从街道服装厂借了一辆三轮车,把妈送来医院急救。是高血压害了妈。"

"幸亏你还没走,要不然妈就很危险了!"

"放心吧,危险期过去了。"

"谢天谢地,没生命危险就好!"

"妈妈得病的事,我还没来得及告诉爸爸和彩霞呢。"

"他们的工作都忙,暂时不告诉他们也好。俩孩子呢?"

第十六章　家家有本难念的经

"杨大妈给看着呢。"

"那你快回家吧，我在这儿护理妈。"

"还是你先回去吧，吃完饭后，你再来替我，青青夜里离不开我。"

"好吧。"

"妈虽然没生命危险了，但一时半会儿好不了，爸爸和彩霞又都住在厂里，你干脆休假在这边照顾妈和云云，过几天我得带青青回医院上班。"

"可以。我把工作已经跟肖亮交代好了，今天就开始休假。"

"那以后照顾妈的责任就全靠你了！"

"我一定把妈照顾好，让她老人家早日恢复健康。"

由于抢救及时，一天之后，康母就苏醒过来；三天之后，她就出院了。母亲出院之后，彩云带着青青回医院上班了，留下清泉照顾老人和云云。在清泉的精心照料下，她一天天好起来，但脑中风给她留下了轻度的后遗症，右手还不能端碗使筷，嘴角有时还流涎。屋子里，康母跟杨大妈坐在床上正在唠嗑。

杨大妈说："那天早晨，幸亏彩云把你及时送到医院抢救，要不然你的这条老命就没了！"

康母说："这些天，多亏云云爸爸侍候我，还用车推着我上医院去针灸，要不然我也不会好得这么快！"

"你这个女婿比儿子还强呢！"

"可不是呗。那个死老头子和彩霞住在厂里，光忙着加班，哪还顾得上我呀！春生在内蒙插队，根本回不来。"

"当初你要是不要这个女婿呀，我立马就把他领到我们家去。我要是有这么个知冷知热的女婿，那我就烧高香了！"

"你怎么还惦记着跟我抢女婿呀？"

"你这女婿就是比我那女婿好嘛。"

"清泉哪点都好，就是在新疆工作，弄得一家子东一个西一个的。"

两个老人在屋里，你一言我一语，唠起家常来没完没了。

院子里，云云跟小菊骑着儿童三轮车在院子里追逐着。骑在前头的云云，回头挑战："小菊，你追不上我！"小菊应战："看我追上追不上你！"蹬着车追了上去。俩孩子笑着，叫着……

清泉做好了饭，站在门口喊："云云，别玩了，回家吃饭吧！"云云把三轮车放在树下，进了屋子。

"云云，上床喂姥姥吃饭去。等姥姥吃完了，咱爷俩再吃。"清泉说罢，从饭桌上端了一盘鸡蛋炒西红柿、一盘熘肉片和一碗米饭放在岳母面前。云云爬上床，跪在姥姥面前，端起饭碗，舀了一勺饭放在姥姥嘴边，说："姥姥，吃吧！"康母吃了一口饭，笑眯眯地看着外孙女："云云，姥姥没白疼你，比小狗有用了！"云云又舀了一勺鸡蛋，说："姥姥，吃鸡蛋，你吃多多的，病就好了。"康母眼里噙着泪花，说："云云，你是姥姥的心肝宝贝！"云云耐心地一口又一口地喂姥姥吃饭。云云长大了，懂事了，她不但不是清泉的累赘，而且还是他的好助手。

又要去医院给姥姥针灸了，云云把那辆竹制童车推到门口，然后喊道："爸爸，走吧！"清泉听到女儿叫，便搀扶着岳母从屋里出来，扶她慢慢地坐进车内。

云云说："姥姥，你也是小孩了，坐我跟弟弟的车。"

康母说："你们俩是小小孩，我是老小孩噢。"

"姥姥，你坐好喽，爸爸就要开车了。""我坐好了，开车吧。""爸爸，开车吧！"云云像个小指挥官，下了命令。

清泉像个服从命令的士兵，推着车朝外走。云云在车旁跟着，还不断提醒爸爸："爸爸小心，前面有坑！""爸爸小心，前面有砖头！"康母看着走在车旁的外孙女，不由感慨万千：云云小小年纪，就这么细心，就这么有良心。都说"外甥是姥姥家的狗，吃饱了就走"。不管有多少条狗，她的云云不是，她的青青也不会是，因为有他们的父母做他们的榜样。

清泉搀扶着岳母来到针灸室门前，云云推开针灸室的门，清泉搀扶着岳母走了进去，然后和一位女医生把康母扶上床并扶她躺好。

医生说："同志，你带着孩子在走廊里等着吧，20分钟之后我叫你。"

云云嘱咐医生："大夫，你轻点儿扎啊，别把我姥姥扎哭了！"

医生笑道："看在小朋友的面子上，我也得轻点儿扎啊。小朋友，跟爸爸出去吧！"

云云又嘱咐姥姥："姥姥，扎针不哭啊，哭不是好孩子。"

康母说："姥姥不哭，云云，跟爸爸走吧！"清泉拉着女儿的手走出针灸室。

医生一边针灸一边说："大妈，你这个外孙女可真懂事，像个小大人似的。"

康母闭着眼睛，微微一笑。清泉和云云隔一天推康母到医院针灸一次，经过一个多月的治疗，康母基本上好了，一家人非常欢喜。

又是一个星期天，云云用竹车推着弟弟在院子里玩，清泉跟彩云坐在树下正在择芹菜。

"姐，姐夫！"彩霞进了院子叫道。她手里拎着一个塑料袋，塑料袋里装着大约两斤活鲫鱼。彩云赶忙起身拿了个脸盆接了些水放在地上。彩霞把鱼倒进盆中，鱼顿时在水里游起来。

云云边推着车边叫着"姨"边跑了过来。彩霞边喊着"别跑"边迎了上去。

彩霞抱起青青，说："这小公子越长越漂亮了！"

云云撒娇道："姨，抱抱我。"

彩霞又抱起了云云，说："这小姐也越长越漂亮了！走，我带你们看鱼去。"她一手抱着一个孩子来到鱼盆旁，把云云放在地上。俩孩子看着鱼高兴得直叫。云云伸手去抓鱼，不料那鱼使劲一摆尾溅了她一身水。大家都笑了起来，连青青也跟着傻笑。

彩云从彩霞怀里接过青青，说："爸妈都在屋里，进去看看吧！"彩霞转身进了屋。

彩霞进屋就叫："爸，妈，我回来了！"

正躺在床上休息的两位老人闻声坐了起来。

彩霞说："妈，你利索点了吗？"

康母说："差不多了，就是右手还有点儿不听使唤。"

康父说:"算你运气。得了你这种病的人,没卧床不起就烧高香了!"

彩霞说:"妈,我和爸的厂子离家都远,平时住在厂子里,没能照顾你。这一个多月,可多亏了我姐和姐夫了。"

康母说:"可不是呗。多亏你姐把我及时送到医院抢救;多亏你姐夫天天伺候我,还隔一天推我去医院针灸一次;云云可懂事了,不但喂我吃饭、陪我针灸,还给我跳舞、讲故事,给我解闷。"

"是吗?妈,她会讲些什么故事呀?"

"《小猫钓鱼》呀,《小马过河》呀,还有《小狗找工作》呀……"

"云云聪明,她爸爸、妈妈给她讲的故事她都记住了。今天晚上让她跟我睡一个被窝,我也听听她讲故事。"

屋子里,彩霞在问长问短。院子里,清泉和彩云一边择菜一边在商量。

"妈现在生活基本能自理了,你可以上班去了。"

"我明天就去上班。我跟妈商量好了,白天我去设计院上班,晚上回来洗衣、做饭,照顾妈和云云。"

完成了护理岳母的任务之后,清泉又投入到核试验任务中去了。

第十七章　解燃眉之急

林清泉刚上班,肖亮便向他报告了一个新情况。

"老林,由于新氢弹的研制进展顺利,今年的任务由秋天提前到夏天了。"

"好啊!可是,这么大的变化,你咋不早告诉我一声呢?"

"我怕你着急上火嘛!这一个多月,你又带孩子又伺候病人,就够你受的了。与其让你知道,还不如不让你知道。你放心,所有的准备工作我跟徐参谋都安排好了。倪师傅和胡师傅正在进行火箭总装,保证下周发货。"

"好,干得好!"

又要进疆执行任务了,清泉急忙回医院跟彩云商量。傍晚,彩云坐在床上,两手扶着青青的腋窝,叫着"跳啊!跳啊!"青青随着母亲的叫声,哈哈笑着,在她双腿上一跳一蹦的。

清泉进得屋来,鼓励儿子:"青青,加油!青青,加油!"然后在彩云身旁坐下,搂着妻子的腰,亲了一下她的脸。

"打你!"青青照着父亲的头就是一巴掌。

"你这个臭小子,敢打老子!"老子笑骂儿子。

"谁让你欺负他妈妈呢!儿子快满一周岁了,可以保护我了。"

"遗憾的是,我不能为他过一周岁生日了。"

"有任务,又要走?"

"对,我回来就是跟你商量这事的。今年的任务提前了,再过五六天我就得出发,不能再照顾妈跟云云了。你说咋办呢?"

"家里的事儿再大也是小事儿,国家的事是大事,你就放心地走吧!家里的困难咱自己克服。前一阶段你休假,后一阶段我休假,带着青青回家去,照顾妈妈和俩孩子。"

第十七章 解燃眉之急

"谢谢你，亲爱的！谢谢你对我工作的大力支持！"说罢，丈夫又要去亲妻子，随着一声"打你！"头上又挨了儿子一巴掌。

彩云笑道："以后啊，只许你规规矩矩，不许你乱说乱动。"

火箭设计院将火箭发走了，清泉告别了岳母、妻子和一双儿女，踏上了万里征程。一列客车从北京站方向开了过来。彩云一手抱着青青，一手拉着云云，站在铁路旁，看着开过来的客车。"妈妈，爸爸是坐这趟火车上新疆吗？"云云问。"是。你爸爸每次上新疆，都是坐这趟火车。你好好看着窗户。"说时迟那时快，列车风驰电掣般从她们面前驶过，带起了一阵风，吓得青青赶紧趴在妈妈的怀里。清泉从一个窗口里向他们不停地挥手。转瞬间车就远去了，彩云带着孩子往回走。

"妈妈，我就看见一只手在乱摆，怎么没看见爸爸呀？"

"那个向我们摆手的人就是你爸爸呀！"

"那爸爸能看见我们吗？"

"能看见，一定能看见。"

火车拉着清泉和肖亮，越过平原，跨过黄河，穿山越岭，奔向那遥远的地方。

数千人又云集在罗布泊核试验场上，人声、车声和机器声交织在一起，寂静的戈壁滩又一次沸腾了。火箭取样队和火箭发射队又会师于和平村，和平村又热闹起来了。这次任务，火箭设计院没有参加，三方合作变成双方合作，因为和平－5号火箭是老型号火箭，火箭发射队完全有能力独立地完成火箭的装配。火箭取样队的场上队长轮到林清泉。在发射队队部里，林清泉正在主持双方协调会，参加会议的有肖亮、陈南、杨月辉、党有光和各班班长。虽然刚刚进入夏季，戈壁滩已是烈日炎炎似火烧了，所以与会者都穿着白衬衣。

林清泉说："这次任务，我们共用五枚和平－5号火箭实施取样。火箭的装配时间表已经发给各班了，我就不多说了。明天，我们就开始装配火箭。杨队长，党指导员，你们有什么意见没有？"

杨月辉说："林队长，你是我们的总指挥，你怎么指挥我们就怎么干，保证按时完成任务。"

党有光说："林老师，还有陈老师，从第一次核试验开始，你们在核试验场上摸爬滚打了十几年了，为我国的核试验立下了汗马功劳。我就不明白，为什么你们现在还是普通群众，连个党员都不是。"

林清泉说："我想，可能有如下几个原因。第一，我的毛病很多，大错误不犯，小错误不断，离入党条件差得比较远；第二，我是资产阶级知识分子——臭老九，浑身上下都散发着资产阶级的臭气，所以我得不断地接受工农兵的再教育，脱胎换骨。"

杨月辉愤愤不平地说："扯淡！别人我们不知道，你们俩我们还不清楚吗？克服重重困难研制火箭的有你们，冒着爆炸的危险发射火箭的有你们，冒着放射性危险回收火箭的有你们，喝苦水战严寒斗酷暑的还有你们，世界上难道有这样的资产阶级知识分子吗？！"

党有光说："肖老师，你是老党员了，怎么就不帮帮你的两个老战友呢？"

肖亮说："不是我不帮，研究所和连队不一样啊！在知识分子堆里入党得排队挂号，每一年才能挂上一两个号。对知识分子入党要求又格外严格，你说错一句话，办错一件事，得罪一个人，至少得考验你两年三年的。所以呀，在我们所里，入伍五六年就能入党是快的，入伍10年入党的也还是少数，入伍10年以上还没有入党的，还是大多数。"

大家都沉默了。过了一会儿，党指导员想出了一个主意。

"肖老师，下次任务期间，把你们的组织关系转到我们发射队来，咱们成立一个临时党支部，脱离你们那个支部，排除干扰，我们发展他们俩火线入党！"

肖亮沉吟着："火线入党……火线入党……嗯……这倒是一个好主意。"

当林清泉在核试验场上紧张忙碌的时候，彩云带着一双儿女在家里照顾母亲。

下雨了，豆粒大的雨点儿落在水中，溅起一片水泡，前面的水泡消失了，后面的水泡又冒出来。小孩子就像小鸭子一样喜欢玩水，云云和小菊戴着草帽、挽着裤腿、光着小脚丫穿着塑料凉鞋，一边趟水一边反复地唱："下雨喽，冒泡喽，王八戴个草帽喽……"

外屋，坐在床上打瞌睡的康母睁开眼，看了看屋里，喊道："彩云！彩云！"

彩云抱着青青从里屋出来，问："妈，什么事？"

"云云在里屋吗？"

"没有啊。我还以为她在外屋呢。"

"你快出去看看吧，说不定在大雨里疯呢。"

彩云把青青放在母亲身旁，转身就去开门。门一开，俩孩子的快乐童谣声便传了进来："下雨喽，冒泡喽，王八戴个草帽喽……"

彩云大声喊道："云云！小菊！你们两个作死啊？！云云，快给我滚回来！小菊，你也回家去！"

裤子湿漉漉的云云赶紧跑进屋，把草帽丢在饭桌上，雨水"嘀嘀嗒嗒"地落到地上。

"哎哟，"康母心疼地说，"我的小祖宗唉，裤子都湿透了，快上屋里换喽！"

彩云拉着孩子进了里屋，又是心疼又是生气，一边给女儿换衣服一边训斥："下这么大的雨还在外头疯，找打啊你？！"

"妈，下雨可好玩了！"云云还沉浸在快乐之中。

"好玩，好玩，浇出病来就不好玩啦！谁教你这么玩的？""爸爸。他说他小时候净这么玩，可好玩啦。""你爸爸净教你干淘气的事，看他回来我怎么收拾他！"

云云果然感冒了，第二天早晨，她就发高烧，躺在床上起不来了。彩云在给她测量体温。

康母摸着云云的头，说："哎哟，烧得跟个火炭似的！"

彩云从她腋下拿出一只体温表，看了看，说："39.2摄氏度。"

康母说："彩云，我看着青青，你快抱云云上儿童医院看病去吧！"

彩云抱起云云就走……

第十七章 解燃眉之急

云云在儿童医院打了点滴，体温渐渐退了。

傍晚，云云躺在里屋床上正在睡觉，康母坐在树下看着蹒跚走路的青青，彩云正在厨房里做饭。

"妈妈！妈妈！"云云睁开眼睛一看没人，便叫了起来。

彩云急忙跑进屋里，问："云云，你睡醒了？"

云云说："妈妈，我饿了，想喝粥。"

彩云流着激动的泪水，说："好，好，粥熬好了，我就给你盛去。"说完，几步来到门口说，"妈，云云想吃饭啦！"

康母高兴地站起来，边进屋边说："想吃饭就是好啦！想吃饭就是好啦！"她进了小屋，看着云云，说："我的小宝贝，你可好啦！"

云云说："姥姥，我想出去跟弟弟玩。"

"好，姥姥抱你出去。"康母抱起云云就往外走。

"妈！"彩云大吃一惊，说，"你的胳膊好使了，能抱动云云啦！"

康母把云云抱到院子里放在地上，青青向姐姐扑来，云云把弟弟搂到怀里。

罗布泊核试验场进入最后的安装调试阶段。

6月15日，五枚火箭全部上架完毕。6月16日，火箭取样队将各个发射井的发射控制系统安装调试完毕。五枚和平－5号火箭已经被关闭在五口发射井里，随时可以腾飞。

与此同时，马兰机场上，李保国带领飞机取样队也在加紧试验前的准备。金振兴转业后，郑茂功当了取样大队的大队长，李保国当了飞机取样队队长。李保国当了队长后，重点抓飞机取样器的小型化问题。他同172厂设计所09产品设计组合作，研制出了09－7型飞机取样器。09－7型是09－1型飞机取样器的改进型，体积小了，重量轻了，更受飞行员欢迎了。6月15日，飞机取样队完成了四台09－7型飞机取样器的装配。6月16日，两架歼－6飞机停靠在机场上，整装待发。

1974年6月17日，阳光灿烂，蔚蓝的天空中飘动着朵朵白云，又是一个试验的好天气。一架轰－6甲重型轰炸机携带一枚氢弹飞到靶心上空，投下氢弹，疾驰而去。倏然，一道强烈的闪光划破万里长空，一个通红的火球在飞一样地升、飞一样地长，转瞬间这火球就变成了滚滚升腾的一朵蘑菇云，壮丽无比。中国又一颗氢弹爆炸成功了！

蘑菇云下，"嗵"的一声响，井盖拉开了；"嗵"的又一声响，井盖撞到了行程开关上；"咔啦啦"一声响，从井里冒出一股浓烟；紧接着，一枚火箭从浓烟里钻出来，喷着熊熊烈火飞上天空，钻进了蘑菇云。之后，又有四枚火箭接二连三地腾空而起，直插蘑菇云，实施穿云取样。

40分钟后，蘑菇云变成了一片片核烟云，随风向东飘去。一架歼－6取样飞机钻进一片白云。稍后，又一架歼－6取样飞机钻进另一片白云。过了几分钟，两架飞机相继从白云中飞出来，飞过气象大沟，飞过白云岗，飞过东大山，飞过博斯腾湖，降落到马兰机场上，滑进停机坪停住。两个全副防护装备的人，每人胸前挂着一台γ射线剂量仪，手持一个γ射线探头，分别跑到左右机翼下，测量取样器的辐射水平。一人将取样器从头到尾测量一遍，仪表指针只在零点附近微微摆动，他又测量一遍，指针还是在零点附近微微摆动。之后，两个人急急忙忙跑到另一架飞机下测量了一遍，结果完全一样！两个人脱掉防毒面具，气恼地将其摔到地上。这两个人原来一个是李保国，另一个是李海生。李保国惊叫道："糟啦！惨啦！两架飞机，四个取样器居然颗粒无收！"李海生惊叫道："为什么？为什么呀？！"李保国说："今天，天空云量较多，一定是飞行员误把自然云当成核烟云了。"

李保国立即将飞机取样惨败的消息报告给在红山的路雨声。路雨声拿着电话听筒惊讶地说："什么?！两架飞机误把自然云当成核烟云了，一点儿样品都没取到！这不是要我的命嘛！"他放下听筒起身，在屋里走来走去，急得团团转。少顷，他自言自语："我就指望火箭了，要是它们也都放了空枪，这次任务的放化分析可就全泡汤啦！"

飞机取样从来都是一帆风顺，战绩辉煌，没有失败过。这次的失败，无论对飞机取样队，对室主任路雨声，无疑都是一个晴天霹雳！路雨声把最后的希望都寄托在火箭取样上。火箭取样是成功还是失败，牵着领导和取样队员的心。

"零后"第二天，火箭取样队乘一架直升机进行火箭的回收。飞机在靶心上空盘旋，搜索目标，当飞行员发现一顶红白相间的降落伞连着一个箭头躺在地上，便驾机降落在戈壁滩上，飞转的旋翼搅得周围飞沙走石。林清泉、肖亮和陈南穿着防尘服、戴着防尘口罩从飞机上下来，走到箭头旁。陈南用仪器测量箭头的放射性，清泉和肖亮在他身两旁探头看着。仪表指针"忽"地一下子飘了上去。肖亮摘下防尘口罩，兴奋地叫道："丰收啦！又丰收啦！"清泉严厉地说："戴上口罩！戴上口罩！"肖亮赶紧戴上口罩。随后，他们切断伞绳，将箭头和降落伞分别装进两个塑料袋内，抬上飞机，飞机起飞了。他们又成功地回收了一枚火箭，虽然没有前一枚火箭取样量多，但依然不菲。直升机继续在空中盘旋，寻找另外三枚火箭。但是，又飞了两个来小时，依然没有见到一枚火箭的踪影。火箭取样队只好带着遗憾，乘坐直升机返回场区机场。

回到招待所，林清泉立即打电话向路雨声报告："路主任，五枚火箭，只回收到两枚，另外三枚全部失踪……"

路雨声惊愕地说："什么?！三枚都丢了！你们是怎么搞的?！明天再去给我找！"

"主任，虽然我们只回收到两枚火箭，但是，样品还是获得了大丰收，我们还是超额完成了任务！"

"什么?！什么?！"路雨声不敢相信自己的耳朵。

"回收回来的两枚火箭，样品获得了大丰收！"

"吓死我了！清泉，你怎么说话大喘气呀?！你怎么先报忧后报喜呀?！"

"主任，我想考验考验你承受打击的能力。"

"坏小子，坏小子，你要是把我吓出心脏病来，我找你算账！"

清泉对着听筒哈哈大笑。

路雨声兴奋地说："火箭样品丰收了，真是太棒啦！清泉，你们挽救了这次核试验样品的危机呀！你们为中国的核试验又立了一功呀！我谢谢你们，谢谢你们！"

"主任，不必谢，你撤销我们明天再去找火箭的命令就行了。"

"好，我撤销我的命令。但是，你们今天下午必须把样品分装完毕，明天我派飞机去场区机场接你们。"

"是!"

随后,林清泉又打电话向杨月辉报告了火箭样品丰收的喜讯。

杨月辉兴奋地说:"林队长,我立即派车去接你们回来,咱们共同庆祝胜利!"

林清泉说:"不行啊,小杨,下午我们还要到基地实验室分装样品,最快也得6点钟才能分装完。"

杨月辉说:"那好,下午6点我再派车去接你们。"

"谢谢。"盛情难却,林清泉只好同意。

傍晚,火箭取样队完成了样品的分装后,从场区机场回到了和平村。杨月辉和党有光带领火箭发射队像欢迎凯旋的英雄一样欢迎他们。然后,在帐篷食堂里摆酒设宴,慰劳他们。

杨月辉手拿酒杯讲话:"同志们,这次火箭取样又获得了成功,这功劳首先归功于火箭取样队,其次才归功于我们。我提议,为这次核试验的成功,为火箭取样的成功,为林老师、陈老师和肖老师的健康,干一杯。干杯!"全体干杯。

党有光手拿酒杯讲话:"林老师、陈老师和肖老师,不仅仅参加了火箭的研制,不仅仅参加了火箭的装配和发射,而且还参加了火箭的回收和样品的分装,他们继承和发扬了我军连续作战的优良传统,他们是当之无愧的功臣!……"(掌声)

党有光口气一转,说:"但是,有人还说他们是资产阶级知识分子,难道有这样不计个人得失、任劳任怨、忠心耿耿的知识分子吗?"

大家众口同声说:"没有!"

"我和杨队长都是老党员了,我们的每一个班长和副班长,人人都是党员。可是,我们的林老师和陈老师,论军龄比我们长,论资格比我们深,论学历比我们高,论贡献比我们大,可至今还是普通群众,但是他们无怨无悔,依然为我国的核试验事业奋发图强,努力奋斗!我深信,在不远的将来,他们一定会成为优秀的共产党员!……"(掌声)

"我提议,为林老师和陈老师早日成为党员,再干一杯。干杯!"全体干杯。

杨月辉说:"明天早晨,林老师、陈老师和肖老师,还要乘飞机押运火箭样品飞往马兰机场,完成他们最后的任务。我们再为他们干一杯。干杯!"全体干杯。

飞机取样队和火箭取样队回到红山,便立即进行任务总结。

在飞机取样队办公室里,李保国正在主持总结会,大队长郑茂功也参加了这次会议。

李保国说:"这次飞机取样的失败,表面上看起来是飞行员的责任,实际上是我们的责任,放射性烟云和自然云看起来完全一样,飞行员仅凭肉眼怎么能分得清呢?我们为什么早没想到给他们另外安上一双眼睛呢?"

刘海泉说:"我们只想着飞机取样保险得很、非常可靠、万无一失,犯了麻痹大意的错误。麻痹大意就要害死人!"

孙志刚说:"幸亏火箭取样这次获得了成功,挽救了样品的危机,不然的话,我们

就没法向祖国和人民交代啦!"

李海生说:"真是东方不亮西方亮啊!"

郑茂功说:"亡羊补牢,未为晚矣。现在我们就研究一下在飞机里给飞行员装上一双什么样的眼睛。"

李保国说:"我想在取样器里装上一个γ射线探头,在飞行员面前装上一个取样监视仪,便可以解决这个问题。"

郑茂功说:"好主意,那就请你务必在今年把它研制出来,明年任务一定要用上!"

与此同时,在火箭取样队办公室里,林清泉也在主持总结会。

林清泉说:"这次任务,火箭取样虽然获得了成功,但是,我们千万不要忘记有三枚失踪了,损失了一半多呀!多可惜呀!不然的话,我们的取样量还可以翻一番。"

陈南说:"每次试验,几乎都有火箭失踪,真可惜呀!"

肖亮说:"多半是爆炸螺钉惹的祸。三个爆炸螺钉,任何一个出了问题,甚至三个爆炸螺钉爆炸不同步,都会导致头体分离的失败。头体不能分离,降落伞打不开,火箭就一头栽进戈壁滩里,那就很难找了。"

清泉说:"可惜呀,爆炸螺钉是一次性使用产品,使用前只能测试,不可先试验。所以火箭上天之后,只能听天由命了。"

光阴荏苒,转眼之间到了1975年的春天。

"五一"国际劳动节的早晨,云云和青青一起闹着上动物园去看小猴子,两口子必须满足俩孩子的美好愿望,于是换上便装,带着孩子出发了。清泉领着云云,彩云抱着青青,踏着明媚的春光,迎着和煦的春风,随着熙熙攘攘的游人,走进了动物园。

在熊猫馆里,一家子在看憨态可掬的熊猫。云云高兴地叫:"大熊猫!大熊猫!"青青高兴地叫:"猫猫!猫猫!"

在熊山围栏外,一家子在看馋嘴熊。胖乎乎的家伙站立起来,向游人要东西吃,有的人投给它们面包,有的人投给它们水果。

在猴山围栏外,一家子看猴子在猴山上上蹿下跳、自由自在地玩耍,俩孩子高兴得又笑又叫。

看完了猴子,夫妻二人带着孩子朝外走。云云叫起来:"爸爸,我不回家!我不回家!"青青拍着妈妈的头叫:"不回家!不回家!"

清泉说:"不回家,咱们今天在动物园里看一天动物。"云云说:"爸爸,我累了,你抱着我吧!"清泉说:"我也累了,你还是自己走吧!"云云抱着父亲的大腿撒娇:"刮风了,爸爸,你还得抱着我走!"父亲一笑,抱起女儿。青青学姐姐的样子,立即抱着母亲的大腿撒娇:"出太阳了,妈妈,你也得抱着我走!"彩云抱起儿子,阴阳怪气地说:"你们这俩孩子呀,跟你爸爸一样,就是会耍赖皮。癞蛤蟆没毛——随根!"青青说:"妈妈,爸爸也让你抱着吗?"一句童真的话,逗得清泉笑出了眼泪。

云云要求道:"爸爸,我想去看长颈鹿。"青青随声附和:"妈妈,我也要去看长颈鹿,我也要去看长颈鹿!"清泉说:"好,咱们现在就去看长颈鹿。"云云拍着手,高兴地说:"太好啦!太好啦!"青青拍着手,高兴地说:"太好啦!太好啦!"

第十七章　解燃眉之急

夫妻二人抱着孩子朝长颈鹿馆走去……

1975年，中国号称千万吨级的特大当量的氢弹试验提到议事日程，各个核测试项目都在紧锣密鼓地做准备。由于特大当量的氢弹试验产生的蘑菇云更高更大更稀薄，给核爆炸烟云的取样带来了很大的困难。和平–5号火箭不能用了，必须上挺进–1号火箭；歼–6飞机不能用了，必须上歼–7飞机。火箭设计院必须在本年内完成挺进–1号火箭的研制。三机部172厂必须在本年内完成超音速飞机取样器的研制。三机部172厂位于古城西安，主要担负我国轰炸机的研制任务，自核试验以来，还承担了飞机取样器的研制任务。172厂有个设计所，则担负轰炸机的设计和飞机取样器的设计。专门担负飞机取样器设计任务的是172厂设计所09产品设计组，组长叫夏永康。这些年来，09产品设计组先后完成了09–1至09–9型飞机取样器的设计，为我国的核试验事业立下了汗马功劳。但是这一年，他们却是老革命遇到了新问题——研制超音速飞机取样器。为了研制这种新型取样器，军代表李保国来到09产品设计组督战。

过了"五一"，副所长魏民正式向09产品设计组下达任务："同志们，明年我国将要进行一次特大当量的氢弹试验，烟云特别高呀，云底都超过了16 000米呀！歼–6飞机的升限不够，只能望云兴叹了，因此国防科委和空军共同研究决定，采用歼–7飞机进行取样。大家都知道，歼–7机是超音速的，而原来的各种09产品又全是亚音速的，一个都不能用，所以我们必须研制出一种可与歼–7机相匹配的超音速飞机取样器。厂领导决定：今年三季度必须完成产品的设计；明年二季度必须完成产品的生产，三季度必须完成产品的试飞，四季度必须交付使用。产品设计任务还是由你们09产品设计组完成。由于时间紧、任务重，所党委要求你们，务必按时完成这项艰巨而光荣的任务，为我国的核试验再立新功！"他停住口，用眼光扫视了每一个人之后，问："你们有信心完成这项任务没有？"大家面面相觑。会场鸦雀无声。魏民没有听到坚定有力的回答，便催促道："都哑巴了？说话呀！"

机械工程师说："我是负责取样器结构设计的，不管是亚音速的也好，还是超音速的也好，只要老夏把取样器的型面设计图和设计要求提供给我，我保证按时完成取样器的结构设计任务。"

电器工程师说："我是负责取样器电器设计的，不管是亚音速的也好，还是超音速的也好，只要老夏把电器设计的具体技术要求提供给我，我保证按时完成取样器的电器设计任务。"

魏民说："夏永康，他俩把球都踢给你这位组长了，那你能不能按时完成这种超音速飞机取样器的气动设计任务呀？"

夏永康说："没有把握。我设计过亚音速的，但从来没有设计过超音速的。超音速飞机取样器与亚音速飞机取样器截然不同，所以，我心里一点儿底都没有。"

魏民说："你心里一点儿底都没有，这可如何是好呀？"

李保国说："魏副所长，我向你推荐一个人，也许他能完成这项设计任务。"

魏民问："谁？"

李保国说："我的老同学，火箭取样队队长林清泉。"

魏民问:"他是学什么的?"

李保国说:"学核物理的。"

魏民一边摆手一边说:"隔行如隔山,学核物理的,不行不行!"

李保国说:"魏副所长,挺进-1号火箭的超音速火箭取样器的气动设计,就是这个外行亲自完成的哦。"

魏民惊讶地问:"是吗?!"

夏永康说:"我可听说,他那个火箭取样器是东抄西抄抄来的,有的是抄31所的,有的是抄美国的,有的是抄苏联的。再说了,飞机取样器与火箭取样器的设计速度和结构有很大不同,就算他会设计火箭,也未必会设计飞机。既然他能搞火箭,我们为什么不能搞飞机呢?老李,你跟我一起搞怎么样?"

李保国说:"在这里,我当然服从你的领导。"

魏民说:"我支持你们自己搞。但是,为了避免少走弯路和浪费时间,你们俩还是应该向林清泉同志请教一下。不管他是不是抄来的,既然他搞过,就一定掌握了超音速取样器的气动设计技术并积累了一些经验,请教一下会有益处的。如果可能的话,再要一点儿资料回来。你们也可以抄嘛!"

夏永康说:"事不宜迟,魏副所长,我们明天就动身。"说完,又问,"老李,林清泉在新疆呢还是在北京?"

李保国说:"在北京。"

两天后,夏永康和李保国一同来到了火箭设计院,求教于林清泉;林清泉和肖亮热情地接待了两位不速之客。夏永康诉说了来意之后,林清泉便简明扼要地介绍了超音速火箭取样器的气动设计之要点。二人听后方知此事非同小可。

李保国惊讶地说:"喔,原来这超音速取样器的气动设计还有这么多弯弯绕呀!又是正冲波又是斜冲波的,又是中心锥又是喉道的,又是内压式又是外压式的。我就像听天书一样啊!"

夏永康感慨地说:"这里的学问很多呀,不是随便几笔就能画出来的,也不是随便鼓捣鼓捣就能鼓捣出来的。看来,不花长时间不下苦工不行,今年完成这项任务的希望太渺茫了。"

肖亮说:"要不然,我们俩怎么搞了两年多才搞出来。即使如此,至今我还没有能力独立地完成设计,只能给我们队长当助手。"

夏永康说:"看来,我们在今年之内完成这个设计是不可能的。老林,请你去帮帮我们的忙,好吗?"

林清泉说:"对不起,老夏,我实在没有时间帮你们。挺进-1号火箭的研制正处于紧张阶段,火箭取样器的加工需要我,火箭发射井的设计需要我,火箭发动机的试验还需要我,时间表安排得紧紧的,我实在脱不开身呀。"

夏永康说:"既然你么忙,脱不开身,那我就不麻烦你了。老林,你能不能给我提供一些参考文献?"

林清泉说:"可以。"随后拉开抽屉,从里边拿出三份资料。他先把一本书放在夏永康面前，说："《冲压式喷气发动机》，苏联人写的。"之后又放上一份复制的资料，说："《超音速火箭取样器的气动设计和风洞实验》，美国人写的。"最后放上一本铅印资料，说："《TJ-1型超音速火箭取样器的气动设计》，中国人写的，具体来说就是鄙人写的。不过，我可是抄美国人和苏联人的噢，如果你们不感兴趣，这份可以不要。"

夏永康说："恰恰相反，我最感兴趣的正是你写的这一本，因为它更具体更适用。"

林清泉递给他一张公文纸，说："我写的这本是保密资料，老夏，请你给我打个借条。"

夏永康写完借条，然后把资料装进文件包里，说："我们拿回去好好拜读拜读。谢谢，那我们就告辞了。再见！"夏永康和李保国起身。

林清泉说："吃过午饭后再走吧，我请客。"

夏永康说："谢谢。时间太紧了，今天晚上我们俩就返回西安。"

当清泉和肖亮正准备随同李求实和洪涛赴内蒙参加发动机试验时，一个坏消息从内蒙传到了北京，发动机试验取消了。原来，火箭发动机研究院的一个生产404型聚硫橡胶复合药的车间爆炸了。404型聚硫橡胶复合药自发爆炸，说明其性能不稳定，很不安全，绝不可以再使用。但是，这种火药正是挺进-1号火箭助推器使用的火药。迫在眉睫之时，出了这么严重的问题，无疑是雪上加霜。

怎么办？怎么办？重新设计助推器肯定是来不及了，是换一种火药，还是另打别的主意？有些人主张：用402型聚硫橡胶复合药代替404型聚硫橡胶复合药，虽然402型火药性能比404型的低一些，使得火箭的最大飞行速度和顶点高度有所下降，但依然能满足使用要求。有些人主张：用T7A火箭的助推器代替挺进-1号火箭助推器，虽然这种助推器又粗又重，但绝对可靠，不必再试验，直接可以用。T7A助推器虽然可靠，但技术上比较落后。它的直径为460毫米，比原设计直径大了100毫米；它的重量为420公斤，比原设计重了100多公斤。它的里面装了七根性能比较低的火药药柱。林清泉赞同换402型聚硫橡胶复合药，不赞成使用T7A助推器。因为使用这种助推器不但增加了火箭的长度、重量和直径，还增加了火箭的速度和高度，使火箭变得又笨又蠢，降低了火箭的档次，失去了原设计火箭的先进性。两种意见，一时争论不休。为了争取时间，确保万无一失，上级最后还是决定：用T7A火箭的助推器直接代替挺进-1号火箭助推器。

夏天即将过去，秋天即将来临。

172厂设计所的超音速飞机取样器的气动设计工作还没有多大进展，依然没有攻下这个科学难关。取样器的气动设计是取样器研制的开路先锋，这一关过不了，其他各项工作就都卡壳了，这使负责抓此项任务的副所长魏民大伤脑筋。

这一天，魏民又走进了09产品设计组的办公室，向夏永康了解情况。

魏民说："老夏，你的取样器的气动设计工作进展到什么程度了？"

夏永康说："魏副所长，我还没拿准主意呢。超音速取样器的设计可比亚音速取样器的设计难得多，一个进气口就把我难住了，采用斜冲波进气口吧，扩压器性能最好，但是因为有个中心锥，没有办法装进气口阀门，而且设计比较复杂，我们还没掌握这项

设计技术；采用正冲波进气口吧，设计虽然简单，进气口阀门也好解决，然而扩压器的总压损失太大，难以满足等动力学取样的要求。"

"正冲波进气口也好，斜冲波进气口也罢，你总得给我一个明确的答复吧？明天我就要去北京，参加国防科委召开的这次任务准备情况汇报会了，你们让我在会上可怎么说呀？"

"看花容易绣花难哪！看老林的设计好像也没什么，不就是那几根线条吗？可是一动手所有的问题就都暴露出来了，这根线条是直线还是曲线，那根线条的角度应是多少，两根线条如何连接，等等。"

"那你就抄火箭的嘛！"

"两者的设计马赫数和结构差别很大，想抄也抄不成。"夏永康一筹莫展。

"我再给你一个季度的时间，如果在年底之前你还搞不出来的话，那么这种超音速飞机取样器的研制计划就肯定完不成，明年用歼-7飞机取样的任务肯定实现不了，咱们怎么向党和人民交代呀?！"魏民心急如焚了。

"魏副所长，现在能解我们燃眉之急的只有一个人了，那就是我的老同学林清泉。您在北京开会时会肯定会遇到他，您最好把他请来帮帮忙。"李保国建议。

"魏副所长，如果您能把他请来，那是再好不过了。就怕他忙得脱不开身，请不来。"夏永康忧心忡忡地说。

"他再忙，也得先来解我们的燃眉之急。魏副所长，我跟您去，绑我也得把他绑来。"李保国献计。

魏民笑道："李保国，你可不要学莽张飞哟，我还是学刘备三顾茅庐吧。"

一列由西安开往北京的客车驶进北京站，魏民抵达北京。

这次任务准备情况汇报会在国务院西直门招待所召开。在一间小会议室里，正在开取样分组会。参加会议的有路雨声、魏民、宋天成、徐明媚、林清泉、肖亮、郑茂功、刘海泉、孙志刚以及国防科委和空军的几个参谋。会议的召集人是路雨声。

黑板上挂着一张《TJ-1型超音速火箭取样器型面图》，林清泉站在黑板前侃侃而谈，与会者兴趣盎然地倾听他的报告。对这个报告最感兴趣的是魏民，他面露微笑，不时地点头。林清泉讲完，又回答了几个人提出的问题。

魏民发言："林清泉同志，有人说你这个取样器是抄来的，我听你讲得头头是道，才知道你是个行家，确实掌握了超音速取样器的设计技术。"

林清泉谦虚地说："魏副所长，您取笑了。我可是绒毛鸭子初下河呀！"

魏民说："你不是鸭子，是雄鹰。"说完，看着路雨声说："你们红山真是藏龙卧虎呀，山沟里居然还有这样的人才。路主任，把林清泉同志借给我用几个月，行不行啊？"

路雨声说："魏副所长，林清泉可是半路出家，一瓶子不满半瓶子晃荡，你可别把他当一回事。"

魏民说："会念经的和尚就是好和尚，我不管他是不是半路出家。路主任，请你直接回答我，借还是不借？"

第十七章　解燃眉之急

路雨声说："借，当然借。飞机取样也是我们的项目嘛，超音速飞机取样器的设计我们有义不容辞的责任。"然后看着林清泉，问："清泉，你敢不敢接受这项任务呀？"

"这……这……"林清泉犹豫着。

"林清泉同志，是你不敢接受这项任务呀，还是嫌我官小呀？"

"都不是。魏副所长、夏永康和李保国正在搞，我去插一杠子，怕不合适吧？"

"哎哟，原来是为了这个呀！林清泉同志，你不要有什么顾虑，正是老夏和老李建议我邀请你的。在我走之前，他们还没有搞出什么名堂，现在已到了火烧眉毛的时候了，你赶快去救救急吧！"

"魏副所长，既然您这么信得过我，我去！"

"我给你两个月时间，能完成吗？"

"两个月，太多了。"

"那就一个月。"

"一个月，还多。"

路雨声说："清泉，军中无戏言啊！"

林清泉说："路主任，我没开玩笑，如果在半个月之内完不成，我情愿受军法处置！"

路雨声一声喝彩："好！清泉，你这么胸有成竹，我放心啦。祝你一帆风顺，马到成功！"

魏民起立，高兴地"太好啦！简直是太好啦！超音速飞机取样器的设计任务在今年完成不成问题了。"又问，"清泉同志，会后你随我一起去西安，行吗？"

"魏副所长，我愿意随您前往。"

一列从北京开往西安的旅客列车驶进西安站，林清泉随同魏民抵达西安。一辆伏尔加小轿车驶进172厂设计所。魏民把林清泉领进了09产品设计组办公室。

魏民得意地说："同志们，看，我给你们请来一个'及时雨'，欢迎吧！"

夏永康上前握着清泉的手，说："老林，欢迎你，欢迎你呀！"

李保国上前拥抱着清泉，说："老同学，你来得太及时了，太及时了。"

魏民说："老夏，我把林清泉交给你了，关于取样器设计的具体问题，你们研究吧，我就不参加了。我得赶紧回去向所长汇报北京会议情况。半个月后，我来听你们的汇报。再见。"说完，走了出去。

夏永康指着一张办公桌，说："老林，这张桌子归你用。桌子上的手摇计算机、办公纸、三角板、铅笔等都是给你准备的。请坐吧！"

"谢谢。"清泉说完坐下。夏永康等也都落座。

夏永康说："老林，你一路辛苦了，今天休息一天，明天我们再研究取样器的设计问题。"

清泉说："老夏，既然任务紧急，我看咱们还是说干就干，现在就开始工作吧！"。

夏永康说："痛快，不愧是军人，雷厉风行！我就喜欢跟你这样的人打交道。"

李保国说："老夏，我这个老同学，办事一向干脆利索，从不拖泥带水。"

夏永康说:"老林,我听说你立下了军令状,在半个月之内完成这种超音速飞机取样器的气动设计,是吗?"

清泉说回答:"是的。"

夏永康说:"太好了。那你是怎么具体安排的、有什么要求,可以先给我们交个底吗?"

清泉说:"当然可以。为了表达方便,老夏,能不能先给这种超音速飞机取样器一个型号?"

夏永康说:"所有的飞机取样器都简称为09产品,这个系列产品现在已经排到09－9,我们的这个新产品的型号自然就是09－10型。新产品的全称是09－10型超音速飞机取样器,简称为09－10型飞机取样器。"

清泉说回答:"好。09－10型飞机取样器的气动设计工作,我计划分四步走。第一步,初步方案设计阶段,由我独立完成,大约需要三天时间;第二步,设计计算阶段,请老夏和老李协助我,大约需要三天时间;第三步,方案讨论阶段,全体参加,只需要一天时间;第四步,修改定型阶段,由我、老夏和老李共同完成,大约还需要三天时间。大致就是如此。"

夏永康说:"老林,你不是说得半个月时间嘛,这才10天哪!"

清泉说:"我立了军令状,不给自己留一条后路,那不是等死吗?"

李保国指点着清泉,说:"老同学呀,老同学呀,你可真鬼呀!"

清泉说:"你以为我是傻瓜呀!"

夏永康说:"又提前了五天时间,太好啦!太好啦!老林,你还需要哪些具体要求?"

清泉说:"我需要设计马赫数、最大外径和最大长度等设计条件和主要技术要求。"

夏永康把一张办公纸递给清泉,说:"设计条件和主要技术要求,都写在这张纸上啦。"

清泉说:"谢谢。我的方案设计从现在开始。这几天,我需要集中精力考虑方案,请不要问我任何问题,请原谅。"

夏永康说:"你放心,这几天我们谁都不干扰你。"

林清泉在核试验场上养成了一种雷厉风行的工作作风,一向是说干就干,说动手就动手。

旭日东升,朝霞照耀着广阔的闫良机场,一些人在机场上晨练,有跑步的,有做操的,有打太极拳的。清泉做完早操之后,便沿着机场跑道边散步,走着走着,他忽然收住了脚步,从地上捡起一条树枝,蹲在地上写写画画了一阵子。随后,他站起来,又继续散步……

在办公室里,他埋头写了一会儿,然后直起身,背靠椅子,用八叉手托着后脑勺,闭目沉思。过了一会儿,又伏案疾书……

在办公纸上,他依次写出了超音速扩压器设计、亚音速扩压器设计、过滤器设计、排气口设计以及一系列公式和方程式……

在招待所里,他躺在床上依然在闭目沉思,想着,想着,他翻身坐起来,开灯,下地，坐在桌前又写写画画起来……

办公室里，他摇着计算机计算了一阵子，把结果写在办公纸上，又摇起了计算机……

两天之后，清泉就完成了方案的初步设计。

于是，林清泉和夏永康、李保国一起进入设计计算阶段，夏永康负责计算，李保国负责记录，林清泉负责画图。办公室里，夏永康摇着手摇计算机在取样器的型面数据，李保国把计算数据写在一张表格上，林清泉按着这些数据在图纸上画取样器的型面图……

完成了设计计算，便开始进行09-10型超音速飞机取样器的气动设计方案的讨论会。讨论会在设计所的会议室里进行的，参加会议的除夏永康的09产品设计组外，还有魏副所长及一些旁听者。讨论会由夏永康主持。

大黑板上，右边写着一些公式和方程式，左边挂着一张《09-10型超音速飞机取样器型面设计图》。

夏永康说："同志们，今天我们讨论09-10型超音速飞机取样器的气动设计方案。首先请林清泉同志介绍这个方案。"

林清泉走上讲台，敬了一个军礼，然后开讲："魏副所长、各位同志：现在，我汇报09-10型超音速飞机取样器气动设计方案，有不对之处，请大家批评指正；有遗漏之处，请大家补充。"说完开场白，便拿起教鞭，言归正传：

"09-10型取样器的设计条件是：设计马赫数为1.6，设计工作高度为17 000米，最大直径为280毫米，最大长度为2 000毫米。主要设计要求是：当飞机在16 000米至18 000米之间以1.6马赫数至1.8马赫数飞行时，可实现等动力学取样，也就是确保流量系数等于1，以获得最大取样量和最有代表性的样品……

"09-10型取样器由超音速扩压器、亚音速扩压器、过滤器和排气段组成。超音速扩压器选择外压式。外压式扩压器有中心锥和喉道，喉道之前为超音速段，之后为亚音速段。根据争取流量最大和总压恢复系数最大的原则，扩压器的进气口直径选为124毫米，中心锥半角选为20度。根据流量方程，经过严密计算我们得到喉道处中心锥的直径为140毫米，排气口直径为210毫米。亚音速扩压器是按着缓慢扩张的等效锥形扩压器设计的。排气段是按着缓慢收缩的等效锥形扩压器设计的。过滤器还是采用锥形的。至于进气道内的各段曲线方程和特征点的坐标我都写在图纸上了。我的报告到此结束。下面请大家发表意见。"

夏永康说："老林，我还有一事不明，请问，你是如何解决进气口阀门问题的？"

林清泉说："对不起，对不起，刚才我把进气口阀门问题忘讲了。进气口阀门是一个最伤脑筋的问题。我苦苦思索了几天都没有找到一个好的解决办法。前天夜里，我躺在床上还在冥思苦想。突然，我眼前一亮，豁然开朗……"大家都瞪着眼看着他。他拿起粉笔在中心锥的中间画了一条竖线，说，"我们为什么不可以这样做呢?!"

夏永康眼前一亮，说："你是说把中心锥一分为二？"

林清泉说："对，把中心锥一分为二！后半个中心锥固定不动。而前半个中心锥是可伸缩的，平时它处在最前端，将进气口封闭，当阀门用；当取样开始时，把它收缩回

来，做中心锥用。"话音刚落，顿时响起一片掌声。

夏永康喝彩："妙！想得真妙！"

李保国说："老同学，都说你鬼点子多，真是名不虚传哪！"

魏民说："这不是鬼点子，而是金点子啊！"

林清泉说："但是，这样做给前半个中心锥的设计带来很大困难，因为它既要满足型面的设计要求，又要同时满足阀门的设计要求。"

魏民问："这个问题你解决了吗？"

林清泉说："经过反复设计，这个问题已经圆满解决了。"

电气工程师说："好办法。这样，我在后半个中心锥里装一个直流微电机，带动前半个中心锥的前进或后退，实现你的设计要求。"

林清泉说："谢谢。"

结构设计工程师说："老林，现在我可以根据你的型面设计图进行取样器的结构设计了。"

林清泉说："为了确保万无一失，我们还需要对所有的公式、方程式、数据和图纸再进行一次仔细的复核。请你再等两三天吧。"

魏民说："同志们，林清泉同志严谨的科研作风，很值得你们学习呀！"

夏永康说："下面，我和老李进行复核。老林，你动手写设计报告吧。"

林清泉说："我不过是来帮忙的，老夏，你是项目负责人，这个设计报告应该由你来写。"

夏永康说："谢谢你，老林。通过写这个报告，可以加深我对整个设计方案的理解。不过，老林，还需要你给我把关哪。"

魏民掐指一算，说："就是再加上三天，设计才用了九天。林清泉，你不是说得用15天吗？"

夏永康说："魏副所长，老林给你打了埋伏。"

魏民指点着林清泉说："林清泉啊林清泉，你小子可真精明啊！"

大家笑声一片。

几天后，为172厂设计所解了燃眉之急的林清泉，胜利而归了。他设计的09-10型超音速飞机取样器，性能到底如何，还需要拭目以待。

1975年，周恩来总理病重，毛主席决定重新起用邓小平，让他当了党中央副主席、国务院第一副总理、总参谋长，党、政、军权集一身。邓小平不负毛主席和周总理的重托，不负全党、全军和全国人民的殷切希望，以无产阶级革命家的大无畏精神进行大刀阔斧的整顿和改革。全国形势得到明显好转，全国人民无不欢欣鼓舞。然而好景不长，随着寒流的到来刮起了反击右倾翻案风。全国人民愤怒了。

林清泉和肖亮坐在军代表办公室里正在看《人民日报》。肖亮放下报纸愤愤地说："真是岂有此理！全国形势刚刚好转，这帮狐群狗党就迫不及待地大刮反击右倾翻案风。看来，他们不把邓小平打倒是不会罢休的。""哼，"清泉放下报纸气愤地说，"邓小平抓生产是右倾，搞整顿是右倾，这也是右倾那也是右倾，就他们成天唱高调不干正

第十七章 解燃眉之急

事不是右倾！再左，老百姓都喝西北风吧！"正在二人忧国忧民之际，徐明媚送进一封信就走了。清泉看完陈南的来信，将信交给肖亮。

肖亮看完信，笑道："哈哈，这个老陈，居然也会卖关子了，信中只说他找到了提高火箭命中率的一种方法，但却没有具体说是什么方法。"

"这次的地面爆炸试验，比那次小当量空爆试验的当量还小得多，能不能提高火箭的命中率，就成为这次火箭取样成败的关键。"

"不知道老陈给我们搞出个什么样的洋玩意。"

"他搞的东西呀，肯定洋不了。"

"那就是土得掉渣。"两人哈哈笑起来。

几天后，林清泉告别了妻子儿女，和肖亮一起上了火车，奔向新疆。

林清泉和肖亮下了火车又上了汽车，一路风尘仆仆又到了罗布泊核试验场。这时已经是1976年了。寂静的罗布泊核试验场又热闹起来。各个营地不仅是炊烟袅袅，而且是炉烟袅袅。孔雀村已是今非昔比，一座座帐篷消失了，取而代之的是一排排半地下式地窝子。每排地窝子有六个房间，每一个房间住一个项目组或一个单位。房间里有一个用砖砌的火炉。住地窝子比住帐篷强多了，冬暖夏凉，宽敞明亮，不怕风沙。第一排左数第一个房间就是火箭取样队的宿舍。房间里，靠门口的炉火正红，炉子上的水壶冒着热气。

场上队长陈南正在向两个来自北京的队员介绍任务情况："根据所里要求，为了便于管理，从这次任务起，我们火箭取样队必须回孔雀村居住，不再住在和平村。所里保证每天的工作用车，但必须在每晚10点以前，将次日的用车计划报到车队。肖亮，你负责要车。"肖亮说："是！"

陈南接着说："这是一次万吨级以下的小当量试验，因此采用地面爆炸方式。爆心选在青石山北面五公里多的地方。我们新建的露天火箭发射阵地就在爆心东1 600米处。火箭发射阵地虽然在沾染区里，但是，火箭从东往西顶着风打，因此火箭箭头将落在干净的戈壁滩上，这样回收就十分方便……"

清泉哈哈一笑，说："老陈，你的胆子也大了嘛，居然敢在爆心东1 600米处，露天发射火箭。"

陈南说："发射阵地为什么要离爆心这么近呢？因为越近越能打得准，提高火箭的命中率。这对小当量试验，尤为重要。"

肖亮说："十分正确。"

陈南说："我们在青石山的一座山头上，建了一个露天火箭发射站，在这个发射站上设立了一个火箭观测发射系统，以便于就地观测就地发射火箭。这是我们提高火箭命中率的一个关键举措。"

清泉说："老陈，采用近距离观测烟云，就地近距离发射火箭，就是你提高火箭命中率的诀窍。对吗？"

肖亮说："队长，你是一言以蔽之啊！"

陈南说："我跟火箭发射队提前半个月就进了场，已经把六台火箭发射架移到了火

箭发射阵地，并在青石山上建立了火箭发射站。"

清泉说："老陈，明天你就带我们去青石山火箭发射站。"

次日，陈南带领林清泉和肖亮，登上了青石山露天火箭发射站。山顶上，虽然是阳光灿烂，但却是寒风阵阵，三个人足蹬大头鞋、身穿皮大衣、头戴大皮帽，抵御寒冷。

陈南手指北方，介绍说："你们看，北边那个红砖房就是这次地面爆炸的爆室，也就是爆心。爆心东1600米处就是我们的火箭发射阵地，那里共有六台和平-3号火箭发射架。我们这里就是青石山火箭发射站，方位是178度、5100米。"

发射站上竖立着一个奇特的大铁架子，铁架子高三米左右、宽约两米，架子的上半部是用细铁丝编制均匀的方格网，像排球网子，又像竖立在地上的一张大的透明坐标纸。

陈南手指铁架子介绍说："这个铁架子是烟云观测架。架子上的每个方格标定为100米。"

铁架子后面立着一根一米来高的钢管，钢管顶上横着一个观测筒，钢管后面有一个约半米深的战壕。铁架子旁边用几个大木箱子搭了一个临时工作台。

陈南跳进战壕，手指那个望远镜似的东西，介绍说："这个是观测筒。观测筒、观测架与爆心之间的距离都是按照三角原理按照一定比例测量好的。因此，从观测筒透过观测架看烟云，便可知道烟云的底高、顶高、直径及其当前的位置。当烟云的中部进入火箭弹道时，观测员就立即发布发射口令。听到口令，发射员把发射按钮轻轻一按，火箭就飞了出去。"

看完了陈南发明的这套装置，听完了他的介绍，清泉和肖亮哈哈大笑。

陈南被他俩笑蒙了，忙问："你们俩笑什么呀？"

清泉说："老陈，你搞的这玩意，果然是土得掉渣呀！"

肖亮说："这个办法是有些土，但是，造价低廉，使用方便。"

清泉说："黑猫白猫，抓住耗子就是好猫！洋办法土办法，取到样品就是好办法！"

看完了青石山火箭发射站，第二天，陈南等三人乘坐一辆八座吉普车来到和平村。在发射队队部里，三个人与队长杨月辉和指导员党有光一起讨论了和平-4号火箭装配时间表。讨论完，党有光又把话题转移到林、陈二人的入党问题上。

党有光说："肖亮，这次任务，可是解决林老师和陈老师火线入党问题的好时机，你们的组织关系能不能转到我们支部来，就成为解决问题的关键。肖亮，就看你的了。"

肖亮说："我请示过所组织科，他们不同意这样做，我也没有办法。"

杨月辉说："大好的时机又错过了，真遗憾。"

清泉说："小党，小杨，谢谢你们俩对我们俩政治上的关心。但是，目前的大事是完成这次试验的火箭取样任务，而不是我们的入党问题。你们高质量地完成六枚和平-4号火箭的装配任务，就是对我们入党问题的大力支持。"

杨月辉说："林老师，我们不会让你失望的。"

第十七章　解燃眉之急

1976年1月21日，六枚火箭上架完毕。1976年1月22日，火箭发射控制系统安装完毕。

1976年1月23日，晴空万里，阳光灿烂，微风徐徐，又是一个艳阳天。陈南、清泉和肖亮，在发射站上分头做着火箭发射前的准备，陈南站在战壕里正在练习观测烟云，清泉正在用万用表检查三条四芯野战电缆通路，肖亮站在他旁边做记录。

清泉测完第一条电缆，报告："1号和2号线路正常。"肖亮在记录表上打了两个对号。

他测完第二条电缆，报告："3号和4号线路正常。"肖亮在记录表上又打了两个对号。

他测量第三条电缆的一对红线，电表指针毫无反应，他又测了一遍，指针依然无动于衷，不由自主地"嗯？"了一声；随后测量一对白线，电表指针纹丝不动，他又"嗯？"了一声。

肖亮问："怎么了？"

清泉说："5号和6号线都不通啊，昨天检查还是好好的。"

"我来测测。"肖亮从清泉手中接过表笔，测了一遍，抬头看着他，说，"的确是不通。"

"真糟糕！"清泉说，"离'零时'只有几个小时了，偏偏出这种事儿，这不是要我们好看吗？！"

"老陈！"肖亮喊道，"不好啦！5号和6号线都不通！"

陈南一惊，赶紧跑过来，自言自语道："5号和6号线都不通……这四条线是一根电缆……肯定是这根电缆断啦！"

"老陈，"清泉说，"你判断得对，一定是这条电缆断啦！"

"老林，你留在这里！"陈南下令，"肖亮，你跟我去查线！"

陈南和肖亮下了山，来到了停在山坳里的一辆八座吉普车旁，上车走了。吉普车沿着电缆沟缓缓地往前行进着，坐在副驾驶位置上的陈南两眼紧盯着已经填平了的电缆沟。走着走着，陈南喊道："停车，停车！"车停住了。只见车前方的电缆沟上横着两道新的、深深的履带车印。原来是六大队的坦克闯的祸！

陈南和肖亮每人提着一把工兵小铁锹，走到电缆沟上的履带印旁，挖出电缆，重新接好，再把电缆掩埋好。两个人坐在地上，长长地舒了一口气。他俩休息片刻，上车返回发射站。清泉把三条电缆逐一重新测了一遍，全部正常。这时，三颗"砰砰"乱跳的心才渐渐恢复了平静。他们胜利地度过了一次危机。

中午，白日当空，山坳里暖洋洋的。林清泉、陈南、肖亮和小司机，坐在皮大衣上，吃烙饼和榨菜，喝凉开水。饭后，他们仰面朝天地躺在皮大衣上小憩，放松放松紧张的神经，冷静冷静纷乱的头脑，迎接即将开始的一场紧张战斗。

"零前"20分钟，他们又回到发射站上。林、陈、肖三人并肩站在山头上，面戴防护镜，眼望红砖房。

微弱的闪光，小小的火球，慢慢升起的小蘑菇云。

1976年1月23日，一次小当量地面爆炸试验成功了！

　　三人同时摘掉防护镜。陈南跳进战壕观测烟云；清泉站在发射台后，手握一个闸刀开关的手柄。

　　陈南透过观测架看，蘑菇云飘进中部，立即下令："1号，预备——放！"

　　清泉把闸刀开关按了下去，又立即把闸刀拉开。随他又握住另一个闸刀的手柄。

　　火箭阵地上，两枚火箭同时起飞了，拖着白云冲进蘑菇云。

　　肖亮高兴地喊："进云啦，两发火箭都进云啦！"

　　陈南又下令："2号，预备——放！"

　　清泉按下闸刀开关，又立即拉开。接着又握住了最后一个闸刀开关的手柄。

　　天空中，又有两枚火箭同时飞向蘑菇云。

　　肖亮兴奋地说："打得漂亮！打得漂亮！"

　　陈南再下令："3号，预备——放！"

　　闸刀按下，又立即拉开。最后两枚火箭风驰电掣般钻进了蘑菇云。

　　肖亮欢呼："打得好！打得好！"

　　陈南走出战壕，三位战友并肩站在山头上，共同观赏随风飘动的蘑菇云。

　　他们为火箭的发射成功而欣喜，同时也为取样是否成功而担忧。

　　次日，茫茫一片戈壁滩上，稀稀落落地飘动着几顶红白相间的降落伞，好像是开在戈壁滩上的几朵鲜花。一辆解放牌大卡车行进在戈壁滩上。林、陈、肖三人，身穿防护服，面戴防尘口罩，站在卡车上，搜索着目标。当他们发现一顶降落伞时，卡车便拉着他们来到这个箭头旁。三人下了车，朝目标走去。陈南用仪器测量箭头，清泉和肖亮在他的两旁伸头看着。仪表指针"忽"地一下子飘到满量程，陈南急忙换了一个量程，指针在仪表盘上半部的某个位置上微微摆动着。

　　哇！丰收了，样品大大地丰收啦！

　　火箭取样队凯旋了！

　　在全室大会上，路雨声站在讲台上讲话："同志们，在如此小的当量情况下，火箭样品获得了特大丰收，这是他们发扬了'一不怕苦二不怕死'精神的结果，这是他们正确地选择了和平-4号小火箭的结果，这是他们采用了陈南发明的烟云观测系统的结果。为表彰他们的卓越功绩，火箭取样队荣立集体三等功，陈南同志荣立个人三等功。现在请郭政委为他们颁发奖状，请林清泉同志和陈南同志上台领奖！"

　　在一片热烈的掌声中，林清泉和陈南走上前去，转身面对全体同志，敬礼。林清泉向政委敬礼，接过集体立功奖状。陈南向政委敬礼，接过个人立功奖状。两人高举奖状，向全室同志致意。在一片掌声中，两人回位坐下。

　　路雨声又部署新任务："新年伊始，我们的取样队就胜利地完成了这次小当量试验的取样任务，来了一个开门红。今年冬季，我国将进行一次特大当量的氢弹试验。小有小的难处，大有大的难处，取样的任务更艰巨呀，火箭取样要上七枚挺进-1号火箭，飞机取样要上两架歼-7超音速飞机。请火箭取样队务必抓好挺进-1号火箭的试飞和产品的生产，请飞机取样队务必抓好09-10型超音速飞机取样器的试飞和产品的生产。希望你们再接再厉，再为人民立新功！"

第十七章　解燃眉之急

火箭取样队的"三剑客"带着立功奖状，回到了办公室。在林清泉和陈南的指挥下，肖亮站在办公桌上，把集体立功奖状挂在墙上。

陈南发出邀请："今天晚上，我和秀秀举办庆功宴，请两位届时光临寒舍。"

肖亮从桌子上跳下来，问："老陈，有什么好吃的？"

陈南说："秀秀杀了一只大公鸡。"

肖亮说："才一只鸡呀？"

陈南说："这只鸡，退了毛还有五斤多呢，你还怕不够吃呀？"

肖亮说："我想吃百鸡宴。"

清泉说："你想吃百鸡宴，红山没有，那你还是上威虎山吃去吧！"

肖亮说："那还是到老陈家吃去吧。"

在陈家的家宴上，三个人一面喝酒一面聊天，聊着聊着就想起了他们的老朋友吴玉萍。

清泉说："哎，这次回来，我怎么没有见到吴玉萍？"

陈南说："她转业走了。"

肖亮说："老林，你知道吴玉萍为什么坚决要求转业吗？"

清泉说："她需要回家照顾她年迈的父母呗。"

肖亮说："这只是原因之一，这原因之二嘛，就是因为你。"

清泉说："因为我？别开玩笑了，她转业是她自己的事，跟我有什么关系？"

肖亮说："与你有一定的关系。去年年底支部在讨论党员发展计划时，你和陈南又没有通过。陈南还是老问题，政治学习发言不积极。至于你嘛，有人说你和吴玉萍的关系暧昧，需要继续考察。这话传到小吴的耳朵里，她大哭了一场，也痛快淋漓地大骂了一场。为了照顾她的父母，为了不影响你，她就决心转业，从此离开这个是非之地。"

清泉说："这么说，还是我害了她。"

肖亮说："你呀，就是一个害人精，不光害了夏彩虹，还害了吴玉萍。"

清泉茫然地说："我真不明白，难道男女之间，除了爱情之外，就不许有友谊了吗？"

第十八章 故乡的呼唤

1976年5月，挺进–1号火箭的试飞还是在西北导弹试验场1号靶场进行。

为了尽快掌握这种新火箭的操作技术，杨月辉和党有光率领火箭发射队也来参加这次试飞。所有参试人员都住在靶场招待所里，吃在招待所里。全国物资匮乏，供应紧张，又赶上青黄不接，地处内蒙荒凉戈壁滩上的试验场，其生活的艰苦程度就可想而知了。这时，萝卜、土豆、大白菜没有了，吃的是海带、粉条和蛋粉等，偶尔加一道炒黄豆芽。没有新鲜肉，炒菜用的是干巴巴的腊肉。主食是干渣渣的小米干饭，直噎嗓子。吃饭只是为了填饱肚皮，维持生命而已，毫无乐趣，人们叫苦不迭。苦也好，累也罢，为了完成国家任务，他们在这片荒漠上开始了挺进–1号火箭的试飞。

1976年5月5日凌晨，随着"咔啦啦"一声巨响，7601号火箭以85度角飞出发射架，喷着熊熊烈火朝西飞去。之后，火箭按照以下时间程序工作：4秒，助推器熄火；11秒，主发动机熄火，火箭进入惯性飞行；18秒，火箭高度达到15公里，速度高达3.5马赫数，两个开壳弹射筒和四只爆炸螺钉同时起爆，包裹着取样器的两片半整流罩同时飞开，取样器的进气口和排气口同时打开，取样开始；32秒，火箭高度到达25公里，速度下降到2.8马赫数，封闭作动筒启动将过滤器关闭在取样盒内，取样结束；91秒，火箭到达顶点42公里，头体分离，抛掉主发动机；101秒，抛掉扩压器外壳，以减轻回收重量；200秒，回收物体降落到5公里左右，开减速伞减速；218秒，回收物体降落到2公里左右，开主伞；406秒，降落伞携带者回收物体着陆。

测控站的雷达跟踪到了7601号火箭的落点，李求实、蒋明宇、林清泉和肖亮等人立即驱车前往回收。大家来到回收物体跟前一看，全傻眼了：头部摔毁了！第一次试飞失败。于是，许远征把收回来的电路板上的三个点火电阻测量了一遍，这才发现那个电路工作不正常的电阻比另两个电阻高了0.2欧姆。仅仅是差了0.2欧姆，居然惹了这么大的祸。查到了原因，问题就不难解决了。

第十八章 故乡的呼唤

6月6日，7602号火箭试飞成功。

6月9日，7603号火箭试飞成功。

两胜一负，挺进-1号火箭试飞基本成功。

试飞完后，林清泉和肖亮又返回北京，抓正式产品的生产，为今年冬季进行的特大当量的氢弹试验做准备。

山是家乡美，月是故乡明。

一个人不管离家多久、多远，他都会无时无刻地思念他的家乡，思念家乡的山山水水，思念家乡的花草树木，思念家乡的亲人。同样，家乡的亲人也在无时无刻地思念着远方的游子，归来哟，归来哟。

夏日的夜晚，皓月当空，星光灿烂，皎洁的月光把林家小院照得通明。林父、林母、青山、桂芝、青霞和桂生，坐在院子里一面乘凉一面唠家常。小泉、小玲和小明在院子里大呼小叫地玩捉迷藏。小泉是青山和桂芝的儿子，七岁多；小玲是他们的闺女，五岁多。小明是青霞和桂生的儿子，和小玲同岁。

如今，林家虽然依然贫穷，但已经是一个快乐的大家庭了。中国的农民对生活水平的要求很低，只要饿不着冻不着，只要子孙满堂人丁兴旺，他们就会由衷地感到幸福。林父和林母也是如此。林父看到三儿子一家子和老闺女一家子，不由又想起了远方的二儿子一家子。

"哎，"林父叹息一声，"你二哥结婚后就没有回来过。现在，云云五岁多了，青青也三岁多了。可是，至今我还没见到我那儿媳妇、孙女、孙子什么样呢！"

"是啊，"林母附和说，"我和你爹都是70多的人了，过了今天没明天。死之前，不见上他们一家子一面，我也合不上眼哪！"

"娘，"青霞嗔怪道，"你老糊涂了吧，怎么净说不吉利的话！你和我爹身板挺硬朗的，少说也能活到90多岁。"

"别说爹和娘想二哥一家子，就是我也想看看他们一家子呢！"桂芝说，"都说二嫂长得好看，可那毕竟是相片呀！我真想看看她本人到底是啥模样。"

"三哥，"青霞说，"你给二哥写封信吧，就说爹娘想他们想得老掉眼泪，他们心疼爹娘，一咬牙就回来了！"

"嗨，"林父说，"他们过得也不易呀，四口人还东一个西一个的，挣钱也不多，每月还给我邮10块钱，回家的路费又得自己掏。难哪！"

"不管他有多难，今年他们一家子务必得回来一趟！"林母坚决地说，"三儿，给你二哥写信！"

"娘，我明天写。"青山回答。

"不行，你现在就进屋去写！"母亲下了命令。

又是一个周末，康家又热闹起来。

傍晚时分，云云和小菊等几个小女孩在玩跳皮筋，青青站在旁边看热闹。康母和彩云坐在树下边择豆角边聊天。

"妈，孩子他三叔又来信了，说孩子他爷爷跟奶奶想俩孩子想得老掉眼泪，让我们一家子今年无论如何得回老家一趟。"

"你们的俩孩子都这么大了，他们至今连你这个儿媳妇也没能看上一眼，当老人的哪能不想呢。你们是该回去看看了。"

"我们本打算下个月回家看看，可是，他昨天又收到西安172厂的一封邀请信，请他下个月参加飞机的试飞。"

"又是火箭，又是飞机的，云云他爸爸到底是干什么的呀？"

"我也说不清楚。"

"你也是军人，又是他媳妇，他对你也保密呀？"

"嘴严着呢。"

说曹操曹操到。清泉进了院子，站在儿子身后笑眯眯地看女儿跳皮筋。他看儿子还没有发现他，便弯下身子，把他的开裆小裤衩突然往下一拉，露出一个小光腚！

爸爸看着儿子的光屁股呵呵笑。小姑娘们皮筋都不跳了，笑着起哄："青青光腚喽！""青青羞死喽！"青青慌忙提上裤子，回头一看是他爸爸，把小嘴一撇，"哇"的一声哭了。他跑到彩云面前告状："妈妈，爸爸耍流氓，他扒我裤子！"大家笑得更欢了。彩云抱着儿子站起来，照着丈夫的后背就是一巴掌，说："打你这个臭爸爸！扒儿子的裤子，没正行！"青青要求："妈妈，我要骑大马！"彩云把儿子放到丈夫的脖子上，说："好，罚你爸爸当马！"青青拍着爸爸的头，喊道："驾！驾！"爸爸驮着儿子边跑边喊"一、二、一，一、二、一"，儿子高兴得哈哈笑。

杨大妈站在门口笑道："瞧这爷俩呀！"

爸爸驮着儿子回来，把他放在地上，进了屋里。

康父进了院子，在马扎上坐下，叫道："青青，到姥爷这来！"青青来到姥爷面前。康父伸出手，说："青青，来，让姥爷摸摸小鸡鸡。"

青青吓得跑到姥姥怀里，告状："姥姥，姥爷耍流氓，他要摸我小鸡鸡！"

康母抱着青青，说："都想欺负我们小傻瓜。你姥爷没正行，你爸爸也没正行！"

青青突然冒出一句："癞蛤蟆没毛——随根！"顿时笑声一片。清泉和彩云站在门口笑。

青青跑到妈妈面前，说："妈妈，我再也不穿露鸡鸡的裤衩了！我再也不穿露鸡鸡的裤衩了！"

彩云说："好，好。明天，妈妈带你去买两条不露鸡鸡的裤衩。"

第二天，云云领着弟弟从外面进来。云云大惊小怪地说："妈妈，不好了！不好了！"青青哭哭唧唧地来到彩云面前，说："妈妈……妈妈……"彩云一看，青青穿的那条不露鸡鸡的新裤衩湿漉漉的一片，笑道："哎哟喂，我的傻儿子哟，穿不露鸡鸡的裤衩，尿尿得脱裤子了。"

清泉看着儿子的狼狈样子，哈哈大笑。这个没正行的爸爸，特别喜欢他的一双儿女。

9月初，林清泉又来到了西安172厂设计所。一年前，他应魏副所长的邀请，在这

第十八章　故乡的呼唤

里完成了09－10型超音速飞机取样器的理论设计，解了燃眉之急；这一次，他是应夏永康的邀请，参加09－10型超音速飞机取样器的试飞。能亲眼看看自己所设计的产品试飞，当即知道产品的实际性能，正是林清泉所期望的，所以他宁愿推迟探亲，也不肯失去这次难得的试飞机会。

　　试飞预备会在设计所的会议室里召开，参加会议的有：设计所夏永康的09产品设计组成员，飞机试飞所邱锋的测试组成员，空军歼－7机试飞大队成员，还有基地研究所的李保国和林清泉。会议由魏民主持。

　　魏民首先讲话："同志们，这次09－10型超音速飞机取样器的试飞十分重要，它将用事实证明，这种取样器的性能是否达到了设计指标，是否满足了使用要求，是否可以在今年冬季将要进行的特大当量的氢弹试验中使用。所以，我们要紧密地配合，圆满地完成这次试飞任务。下面，请夏永康同志介绍试飞方案。"

　　夏永康站在讲台上介绍："这次共进行九架次试飞，每天飞两架次，上午一架次，下午一架次。试飞高度在15 000米至19 000米范围之间，高度间隔为500米。每一个架次飞一个高度，每一个高度上飞四个不同的速度，即马赫数1.5、1.6、1.7和1.8。实际高度和速度，以实测数据为准。实测数据除了飞行高度和速度外，还有产品内部的流量、温度、总压和静压，根据所测数据，可以计算出取样器的实际流量系数。这个流量系数就是鉴定取样器性能的主要依据。详情细节请看《09－10型超音速飞机取样器试飞大纲》，不再多讲。谢谢大家。"说完，走下讲台。

　　魏民宣布："试飞，明天正式开始！"

　　秋高气爽，天高云淡，明媚的阳光照耀着广阔的机场。机场跑道旁，夏永康、邱锋、李保国和林清泉等人，在观看飞机的起飞。机场跑道上停靠着一架整装待发的歼－7飞机，飞机的左右两个机翼下各悬挂着一个特殊的航空器——09－10型超音速飞机取样器。飞机像一辆汽车在跑道上滑行，越开越快，转瞬间就飞起来了，越飞越高，直到飞到15 000米高空，便开始巡航。它以1.5马赫飞了第一圈，以1.6马赫飞了第二圈，以1.7马赫飞了第三圈，以1.8马赫飞了第四圈。最后，风驰电掣般降落到跑道上，随后滑到停机坪停住。试飞员打开机舱盖，下了飞机。等候在停机坪旁的夏永康、邱锋、李保国和林清泉等人迎上前去。邱锋带领他的一个组员上飞机去取数据。

　　夏永康握着试飞员的手，说："祝贺你胜利地完成第一架次的试飞。你感觉如何？"

　　试飞员说："感觉非常好，飞机挂上它几乎和没挂它一个样。老夏，你们设计的这个09－10型超音速取样器，阻力小、重量轻。好极了。"

　　夏永康说："太好了，太好了。第一架次试飞成功，我的心里就有底了。"

　　听试飞员和夏永康如此一说，李保国和林清泉都十分欣慰，不由相视一笑。

　　试飞按着计划一天接一天地顺利执行，五天之后，九架次的试飞圆满结束了。

　　在试飞总结会上，邱锋作了试飞总结报告，其结论是：① 歼－7机外挂两个09－10型超音速飞机取样器后，在各个高度和不同速度下，飞机的操纵性、稳定性、安定性以及加力起飞，不受影响。② 在空中和打开或关闭进气口时，中心锥工作正常。只是在取样工作状态下，由于阻力加大，飞机速度略有降低。③ 在取样过程中，1号滤布完好无损，足以证明扩压器的减速增压效果良好，满足使用要求。④ 飞机在15 000

米以上高度，以大于1.6马赫数实施取样时，取样器的流量系数始终保持1，即实现了等动力学取样。因此，我们有充分的理由认为：09-10型超音速飞机取样器是一种先进的等动力学取样器；同时我们也相信：这个取样器在今后的核试验中会发挥重要作用。

听到如此的结论，无论是魏民和夏永康，还是林清泉和李保国，都十分满意，心中的一块石头终于落了地，并对09-10型超音速飞机取样器寄予了厚望。

试飞结束后，李保国回了新疆，林清泉回了北京。

林清泉回到北京，立即行动起来。他让彩云请了半个月的假，自己到办事处开了军人通行证，又借了100元路费，然后到东单预售票处买了一张卧铺票和一张硬座票。买完火车票，当即在东单邮电局给弟弟拍了一个电报。林清泉的电报很快就飞到了清泉村林家。日落西山，灿烂的晚霞映照着林家小院。

小泉带着小玲跑进院子，小泉举着一封电报喊："爷爷！奶奶！我二大爷来电报啦！"小玲跟着喊："爷爷！奶奶！我二大爷要回来啦！"闻声，林父和林母从屋里走出来，双眼露出喜悦的光芒。桂芝和青山收工回来，每人手里提着一把镰刀走进院子。小泉知道爷爷和奶奶都不识字，便把电报交给父亲，青山打开电报看。

林父问："三儿，你二哥他们一家子真的要回来了？"

青山说："电报都来了，不会有错。"

林母问："他们什么时候到啊？"

青山说："明天10点在金泉站下车，用不到晌午就能到家了。"

林父嘱咐："桂芝啊，把你刚拆洗好的被褥给你二哥二嫂用，放在我那屋北炕上。另外，他们住床住惯了怕热，你就别再用北边那口锅烧火做饭了。"

桂芝说："爹，我知道了。"

小泉说："弟弟和妹妹来了，我带他俩出去玩！"

小玲说："我带他俩出去玩！我带他俩出去玩！"

林母说："好，好，你们俩带他俩出去玩。小泉，去告诉你老姑，你二大爷一家子明天就回来了。"小泉拔腿就跑，小玲跟在哥哥后身也跑走了。

青山说："吃完饭，我到生产队去借一挂毛驴车，明天去车站接二哥一家子。"

桂芝说："借车，还是我去，你借不来。"

青山说："是啊，你是妇女队长，面子大，还是你去吧。"

夜色茫茫，一列由北京开往牡丹江的快车疾驶在京哈线上。

一节硬卧车厢的下铺上，云云和青青脚对脚地躺在里面睡着了。彩云坐在对面一位女旅客的下铺上，看着丈夫在折腾。清泉从铺位底下掏出一个大手提包放在铺位旁边，然后又从行李架上拿下一个大手提包摞在上面，又按按平，说："彩云，你看，我给你做的加宽卧铺怎么样？""你倒挺有办法的。""老坐火车，逼出来的。""你躺下试试，看看行不行。不合适我再给你调整调整。"

彩云脸朝里躺下，说："还可以。"

"你就躺在外面，即可以挡住孩子别掉下来，又可以睡觉，一举两得。快清铺了，我得回硬座车厢里去了。"说完，走了。

女旅客说："你们买两张卧铺多好，一人带一个孩子，省得这么麻烦。"

彩云说："不是图省几个钱嘛。我说跟他一起坐硬座的，可他还是给我们娘仨买了一张硬卧。"

女旅客说："你丈夫这么心疼老婆孩子，真是一个好丈夫。"

这时，硬卧车厢里的大灯都关了，说话声随之都停了。

车轮飞转，列车驰骋在东北大地上。

太阳从东山上升起来，灿烂的朝阳照耀着一片山区。

林青山用树条子赶着一挂毛驴车奔跑在田间大路上，孙桂生侧身坐在车后望着一片金秋的田野。车轮飞转，过了一条河，过了一个铁路桥洞，穿过金泉镇，来到金泉车站外。青山进了车站，桂生留下看车。

青山站在站台上，望着西边。一列客车徐徐驶进车站，清泉从敞开的车窗口挥手，青山跟着车跑。车停了，清泉将两个旅行包从车窗口递给青山，青山把包放在站台上。清泉下了车，回身抱下青青和云云，彩云跟着下了车。清泉带领一家子来到青山面前。

青山高兴地说："二哥，二嫂，你们可回来了！"

清泉对俩孩子介绍："云云，青青，这是你三叔。"

俩孩子一边鞠躬一边说："三叔好！"

青山说："云云，青青，三叔带你们俩坐毛驴车去。"

青山提起两个旅行包就走，清泉领着云云，彩云领着青青，跟着他出站，来到毛驴车旁。

桂生笑呵呵地说："二哥，二嫂，你们回来了，真是太好了。"

清泉对俩孩子介绍："云云，青青，这是你老姑父。"

俩孩子边鞠躬边说："老姑父好！"

桂生说："这俩孩子，又有礼貌，又招人喜欢。"

青山说："二哥，二嫂，上车吧，有话咱们路上说。"

车上铺了两个草袋子，清泉和彩云先上了车，坐在草袋子上。桂生把云云抱上车放在清泉怀里，又把青青抱上车放在彩云怀里。青山把两个旅行包放在车后，然后坐在车前，用树条子抽了一下驴屁股，喊了一声"驾"，小毛驴便颠颠地跑起来。桂生一跳上了车，侧身坐在车后。青山赶着毛驴车出了金泉镇，上了一条大路。青青对小毛驴产生了浓厚的兴趣，于是从母亲怀里挣脱出来，坐到叔叔身旁，问长问短。

"三叔，小毛驴会叫唤吗？""会。""那驴怎么叫唤呀？""哞——""不对，这是牛叫。""咩——""不对，这是羊叫。"

青山笑道："这小嘎子哎，逗不了他。"然后学了一声驴叫。听见驴叫，小毛驴自己叫了起来。

青青说："三叔，你叫得没有小毛驴叫得好听。"一阵笑声荡漾在田间。

当驴车走在大路上的时候，林父蹲在清泉村外的大路旁，抽着他的小烟袋锅，眼望着大路，等着他的儿子和孙子的归来。"呜——"随着一声长鸣，一列客车开过来，从

村中"呼呼隆隆"地穿过。林父自言自语:"我孙子快到了。我孙子快到了。"

小泉带着小玲和小明跑过来。小泉问道:"爷爷,我二大爷怎么还没有到呀?""快了快了,票车过去就快了。"

驴车放慢了速度,悠闲地走在大路上。路两旁红红的高粱、金黄的水稻、大豆和谷子,不断在眼前闪过。远处群山叠嶂,近处满山五彩缤纷,好一派金秋时光。清泉和彩云欣赏着沿路风光。

"二嫂,"青山问,"咱家乡的山美不美呀?"

"美,真美呀!"彩云由衷地赞道,"你二哥老当我面夸咱们的家乡多么美,我笑话他吹牛。现在一看哪,我服了,真是让人看也看不够啊!"

青山说:"秋天的山,五彩缤纷,我们叫它五花山。"

桂生说:"这山不光美,山里还藏着许多宝呢!山里红、山葡萄、山核桃、蘑菇,满山遍野都是啊!"

清泉说:"这山不光秋天美,一年四季都美呀!春天,雪白的梨花,粉红的杏花,红艳艳的山丹丹花,把这山装扮得格外艳丽;夏天,莽莽森林郁郁葱葱,山上云雾缭绕,犹如仙境一般;冬天,是银装素裹、高雅圣洁的另一番景象。"

彩云说:"瞧,你二哥又来诗性了,再说就该醉了!"

清泉说:"醉翁之意不在酒,在乎山水之间也!"

彩云笑道说:"瞧,说他胖他还喘起来了!"大家齐笑。

青青抗议道:"你们乱七八糟地说什么呀?三叔,车走得这么慢你也不赶,让我来赶吧。"

青山把树条子递给他,说:"好,让我这小侄子当小老板子。"

青青接过树条子,边抽打驴屁股边喊:"驾!驾!"小驴颠颠地跑起来。

青山夸道:"嘿!这小子还真行!"

青青又抽了几下驴屁股,小毛驴跑得更快了。驴车沿着河边的大道往前跑着、跑着。驴车拐了一个弯,前面豁然开朗,一个山村近在眼前。清泉把手往前一指,说:"云云,你看,前面就是清泉村!"

云云问:"爸爸,你就是在这个村里长大的吗?"

清泉说:"是啊,爸爸就生在这个村,长在这个村。"

云云说:"这里多好啊,有山有水,有草有花,比姥姥家好多了。爸爸,你小时候为什么不把妈妈领来玩呢?"一句话把大人都逗笑了。

云云自己解释:"我知道,准是妈妈嫌你是臭小子不跟你玩。我们小姑娘就不喜欢跟那些臭小子玩,他们净捣蛋使坏。"大人又笑了起来。

"二哥,"青山往前一指,说,"你看前面蹲在路边的是谁?"

清泉手搭凉棚一望,说:"是爹!"

青山说:"是爹。爹和娘天天盼着你们回来呀!昨天接到电报,爹和娘高兴得一宿没睡着,天刚亮就起来了,又是扫院子又是扫地的,又是看月亮又是看太阳的。"

桂生说:"我们赶车走的时候,爹就蹲在那里等你们啦!"

清泉叫道："停车！停车！"青山喝住了驴，大家都下了车。
　　小泉、小玲和小明，嗷嗷叫着跑过来。小泉和小玲躲在青山身后，小明躲在桂生身后。
　　青山说："小泉、小玲，你们俩不是成天嚷嚷着要看你二大爷、二大娘嘛，快叫啊！"俩孩子忸怩地走到清泉和彩云面前，怯怯地喊道："二大爷，二大娘！"清泉和彩云愉快地应答着。
　　桂生说："小明，还不赶快出来叫二舅、二舅母！"小明走上前，低着头说："二舅，二舅母！"清泉和彩云愉快地应答着。
　　清泉领着一家子来到老人面前，林父站了起来。
　　清泉给父亲敬了个军礼，问候："爹，您好！"
　　彩云给公公敬了个军礼，问候："爹，您好！"
　　林父高兴地说："好，好，你们回来比什么都好啊！"
　　清泉把俩孩子推到父亲面前，说："云云，青青，叫爷爷。"
　　俩孩子给爷爷边行鞠躬礼边问候："爷爷好！"林父眼里闪着激动的泪花，抚摸着俩孩子的头，说："云云，青青，爷爷想你们哪！"
　　小泉从父亲手里拿过树条子，叫道："青青，云云，小明，小玲，上车！上车！"孩子们争先恐后地上了车，小泉赶着车朝村里走去，桂生和青山跟在车后。
　　清泉、彩云和林父一起，唠着家常，朝村里走。
　　林父说："彩云，你爸爸和妈妈都好吗？"
　　彩云说："我爸身体挺好的。我妈前几年得了一场大病，落下点病根。"
　　林父说："我真想去北京看看我的两个亲家，就是太远了。"

　　小泉赶着毛驴车来到林家的大门外，喝住毛驴。孩子们争先恐后地下了车，小玲和小明带领着青青和云云进了院子，就大呼小叫起来。
　　小玲说："奶奶！奶奶！青青和云云来啦！青青和云云来啦！"
　　小明说："姥姥！姥姥！青青和云云来啦！青青和云云来啦！"
　　林母、青霞和桂芝从屋子里走出来。林母激动地迎上前去，叫着："我的孙女啊，我的孙子啊，你们可回来了，快让奶奶瞧瞧，快让奶奶瞧瞧！"云云和青青边给奶奶敬礼边问候："奶奶好！"林母激动得热泪盈眶。
　　小明拉着青霞的手，介绍："云云，青青，这是我妈妈，你们叫老姑。"云云和青青边敬礼边问候："老姑好！"
　　玲玲拉着桂芝的手，介绍："云云，青青，这是我妈妈，你们叫三婶。"云云和青青边敬礼边问候："三婶好！"
　　桂芝夸奖道："这俩孩子多有礼貌。还是二哥和二嫂会教育孩子。"
　　青霞端详着俩孩子夸奖道："二哥和二嫂真有福气呀，生了这么一对可爱的孩子。青青长得真精神，像我二哥；云云长得这么漂亮，肯定像我二嫂。"
　　小泉站在秋千架下叫："云云，青青，来打秋千喽！"
　　几个孩子都朝秋千架跑去。桂生提着两个手提包送进屋里。清泉和彩云进了院子，首先来拜见母亲。

清泉边敬礼边问候："娘，您好！"

彩云边敬礼边问候："娘，您好！"

林母端详着儿媳妇，说："彩云哪，你长得比照片上还好看哪，跟画上的美人似的。"

青霞说："娘，我二嫂本来就是大美人嘛！"

桂芝说："二嫂，你不光自己长得漂亮，生的孩子也是个个漂亮！"

清泉笑道："嗨，青霞，桂芝，你二嫂生了两个漂亮孩子是不假，可是也有我的一半功劳呀。你们俩怎么光夸你二嫂，不夸夸你二哥呀？"

青霞笑道："哟，瞧瞧，瞧瞧，二哥吃二嫂的醋了！"大家笑了起来。

林家有三间茅草房，外屋是厨房，东屋住老两口，西屋住小两口。

林母发话："彩云，走，咱们娘几个上西屋歇着去！"说罢带领着林家的女人们进了西屋。林父则带领着林家的男人们进了东屋。

彩云进屋一看，屋里有南北两条大炕，北炕上放着一个饭桌、一个盖着盖帘的面盆和一个饺子馅盆。

桂芝说："二嫂，给你们接风洗尘，我请你们吃饺子。"

青霞说："二嫂，这面还是大哥从哈尔滨拿来的，爹娘舍不得吃，留着等你们回来吃。"

彩云说："娘，北京供应条件好，白面呀、肉呀，都不缺，常吃饺子，甭惦记着我们。"

林母说："那可不一样，今天咱们吃的是全家团圆饺子。"

彩云说："娘，其实，我和清泉就想吃咱们家乡的粗茶淡饭。"

桂芝说："二嫂，都给你们预备好啦，苞米大喳子呀，大芸豆呀，大煎饼呀，倭瓜呀，豆角呀……以后我换着样儿的做给你吃。不过，这顿饭咱们还得吃饺子。"

彩云说："他三婶，来，咱们一块包饺子。"

桂芝说："二嫂，不用你沾手了。你跟娘上炕唠嗑，我跟他老姑包就行了。"

彩云说："娘，您上炕歇着，看我们姐妹几个包饺子。"

林母笑呵呵地说："好，我上炕，我上炕。"说完，脱鞋上了炕。

桂芝说："看娘今天乐的，嘴都合不上了。"

青霞说："娘，您可悠着点儿，别把大牙笑掉喽！"屋里顿时响起阵阵笑声。

彩云把军帽和上衣脱了，青霞接过去放在炕柜上。桂芝、青霞和彩云开始包饺子。林母看到她的这个二儿媳妇，又年轻漂亮，又随和，又勤快，脸上乐开了花。

院子里，五个孩子正在轮流打秋千，云云打完了青青打，青青打完了小明在打。

突然，一股风吹来，刮起一片灰尘，迷了青青的眼睛。青青揉着一只眼睛，叫道："姐姐，姐姐，我眼睛睁不开了！"云云上前拉着弟弟就走，说："青青，不怕啊，姐姐带你去找护士长。"

云云领着青青进了西屋，叫道："护士长，我弟弟的眼睛迷了，你快给治治吧！"

彩云放下包好的一个饺子，在脸盆里洗了洗手、擦干，蹲在青青面前。
青青说："护士长，我睁不开眼睛，好难受呀！"
彩云翻开他的上眼皮，吹了几下，又看了看，把眼皮合上，说："好了，玩去吧！"云云拉着弟弟边跑边喊："打秋千去喽！"

彩云又开始包饺子。
青霞笑道："二嫂，你这俩孩子真调皮，不叫你妈叫你护士长。"
彩云说："还不都是跟他爸爸学的，有个头疼脑热的，就管我叫护士长了。在医院里我是护士长，回到家里呀，我还得给他爷仨当护士长。"
桂芝说："哟，没想到二哥还这么调皮捣蛋的。"
彩云说："在家里，他不但常跟我捣蛋，还跟他儿子捣蛋呢！"
青霞说："哟，没想到，我二哥还跟他儿子捣蛋。二嫂，你说说，他是怎么跟他儿子捣蛋的？"
彩云说："有一次他下班回来，趁青青不注意，冷不丁地把他的开裆裤扒下来，青青'哇'的一声哭了，跑到我跟前告状……"
青霞说："告他爸爸什么呀？"
彩云说："妈妈，我爸爸耍流氓！"
屋里顿时爆发出一阵笑声，一个个笑得前仰后合。林母笑得流着眼泪，说："我儿子调戏我孙子，30多岁的人了，还这么没正行，该打。"又是一片笑声。
西屋里，林家的女人们，快乐地说笑，快乐地包饺子。东屋里，林家的男人们，快乐地唠家常。院子里，林家的孩子们，快乐地玩耍。
青霞站在门口叫："孩子们，别玩了，回来吃饺子吧。"
孩子们连蹦带跳地跑进西屋。云云和青青叫："妈妈，我要洗手！"小泉、小玲和小明跟着叫："我也要洗手！"
青霞说："你们仨起什么哄？见样学样，长个葫芦瓢样。"
彩云耐心地给孩子们一个一个洗手。洗完手，孩子们进了东屋。

东屋里，南炕上放了一张八仙桌，林父、林母、清泉、青山和桂生，一面喝酒一面等着吃饺子；北炕上也放了一张八仙桌，小泉、云云、青青、小玲和小明，一面嘻嘻哈哈说笑着一面等着吃饺子。彩云和青霞每人端着一盘热气腾腾的饺子进来，放在南炕的饭桌上。孩子们用筷子敲着碗嚷嚷："我要吃饺子！我要吃饺子！"青霞呵斥道："别敲了！敲碟子打碗饿得翻白眼。小兔崽子们，等着！"彩云和青霞每人又端着一盘热气腾腾的饺子进来，放在北炕的饭桌上。孩子们高兴地叫起来："吃饺子喽！吃饺子喽！"青霞警告说："孩子们，小心，别烫着！"云云叫道："我要吃醋！我要吃醋！"青青叫道："我要吃醋！我要吃醋！"青霞拿过醋瓶子，给俩孩子的碗里倒了些醋。另外三个孩子叫："我也要吃醋！我也要吃醋！"青霞说："见样学样，长个葫芦瓢样。"孩子们哈哈大笑。
青霞说："二嫂，你这俩孩子这么喜欢吃醋呀？"
清泉插言："这俩孩子都是跟他妈学的。你二嫂最能吃醋了，一顿就能吃一瓶子，

气得老西子翻白眼。"

青霞哈哈大笑："二哥呀二哥，你可真能调皮捣蛋呀！"

彩云告状："娘，我没有冤枉你儿子吧？"

林母笑道："彩云，等我吃饱喝足了，我揍他一顿，给你出出气！"

小泉说："奶奶，我二大爷是解放军，你打解放军，是犯错误。"顿时，又是笑声一片。

林母说："彩云，让她们姑嫂俩煮饺子就行了，你上炕吃饺子吧。"

彩云说："娘，你们先吃吧。我们姑嫂三人吃最后一锅。"

清泉一家子的到来，给林家带来了格外的温馨和快乐。一大家子快快乐乐、热热闹闹地吃饺子。两位老人看在眼里，喜在心头，乐在脸上。

天黑了，五个孩子玩累了，也困了，云云和青青上了东屋的北炕，准备睡觉。小玲、小泉和小明跟着上了炕，他们要和云云、青青在一个炕上睡觉。他们的妈妈叫都叫不走，只好由着他们。很快，五个孩子就睡着了。

林父看着他的孙辈们，笑道："这五个孩子，见面还不到一天就亲热得不得了，一快吃、一块玩，连睡觉也不想分开了。"

林母说："孩子嘛，都爱图新鲜，凑热闹。这五个孩子躺成一流儿，倒挺好看的。过日子还不就是'过孩子'嘛！"

青山说："他们五个把炕都占满了，挤得二哥和二嫂都没地方睡了！"

桂芝说："二嫂，你到我那屋睡去，咱们妯娌俩好好唠唠。让他哥俩跟孩子们挤去！"

彩云说："好啊，咱俩唠它一夜！"

清泉说："你们俩唠是唠，可不许背后骂我们哥俩噢。"

彩云说："骂你是少不了的。我还要向娘告你的状呢！"大家笑起来。

清泉说："坏了，我把'揭老底战斗队'领到家里来了！"

彩云说："娘，你儿子的捣蛋劲上来了吧？"

桂芝说："二哥二嫂真有意思，还净逗笑。"

林母说："看到他们一家子和和美美的，两口子亲亲热热的，我真高兴啊！彩云，我跟你一个炕上睡去，我听听你告状。"

青霞说："今天我也不走了，跟二嫂一个炕上睡，听听二嫂告二哥的状。"

林母、桂芝、彩云和青霞到西屋去了。

林父说："孩子们睡觉不老实，翻筋斗打把式的。清泉，青山，你们哥俩到南炕来睡吧，我也跟你们唠唠。"

桂生说："爹，我也不走了，我们跟爹也唠它一宿。"

林父说："好，东屋就是咱们爷们的天下。"

月亮升高了，朦胧的月光洒进西屋。南炕上，林家的女人们谈笑风生。

林母说："彩云哪，看到你们两口子亲亲热热的，你们一家子欢欢喜喜的，娘这心里呀，别提有多高兴了。"

第十八章　故乡的呼唤

青霞说:"娘,见到我二嫂一家子,你美得不知道姓啥了吧?"

林母说:"今天夜里,我头一次跟我的两个儿媳妇睡在一条炕上,娘这心里呀,就更高兴了。"

青霞说:"娘,你倒是高兴了,可我二哥和三哥可就不高兴了。"

林母说:"瞎说,他哥俩怎么能不高兴呢?"

青霞说:"娘,你老糊涂了吧,我二哥和三哥不能搂着他们的媳妇睡觉了,他俩能高兴吗?"

彩云打了青霞一巴掌,笑道:"小姑子,你狗嘴里吐不出象牙来!"

桂芝说:"二嫂,打得好,小姑子平时老欺负我,今天咱俩一块打她!"起身也打了青霞一巴掌。

青霞叫道:"娘,你的两个儿媳妇一块欺负你的老闺女,你管不管呀?!"

林家的女人们一起笑起来,真是三个女人一台戏呀!

东屋,北炕上,小泉、小明和青青睡意正浓;南炕上,林家的男人们唠得正欢。

林父说:"清泉啊,我的亲家待你恩重如山,比我和你娘都强啊!把这么好的闺女嫁给你,给你媳妇侍候月子,给你带孩子。你可要好好待彩云,好好孝敬你的老丈人和老丈母娘啊!"

清泉说:"爹,你放心,我不会忘恩负义的。"

青山说:"现在,山里还有蘑菇,还有山里红。二哥,明天你们一家子进山玩玩吧。"

林父说:"那几个孩子还不都得跟着呀。"

清泉说:"跟着就跟着吧,孩子多了热闹。"

青山说:"孩子多了,你们可管不过来,让她老姑一块去吧。"

桂生说:"三哥,青霞不能去。我爹昨天就上哈尔滨我大哥家去了,要买些肉和鱼回来。明天前半晌回来,晚上请我二哥一家子吃饭。"

青山说:"那就让桂芝回家去做饭,让她老姑带着他们进山。"

太阳从山上爬上来,朝霞灿烂。

听说进山去玩,把林家的孩子们乐得屁颠屁颠的,清泉和彩云还在屋子里换衣服,小泉等五个孩子就站在院子里等着出发了。青青等得不耐烦了,叫起来:"爸爸,妈妈,别磨蹭了,快点走吧!"

清泉和彩云身着便装、头戴便帽、足蹬解放鞋,从屋里走出来。青霞随后跟了出来。青山从苞米架子下的棚子里拿出三个柳条筐和三把镰刀,分别交给三人。于是,清泉、彩云和青霞,每人一手拎着把镰刀,一手提着个小筐,带领孩子们出发了。他们出了村,过了河,沿着村南大道,向南山进发。小泉带领着小玲、小明、云云和青青,连蹦带跳地在前面走,清泉、彩云和青霞连说带笑地跟在后面行。他们过了一片地,过了一个铁路桥洞,过了一座小山,走进一座大山,钻进一片树林中。他们在树林中,东张西望地寻找蘑菇。青霞眼前一亮,往前一指,只见前面不远处的一个腐烂的树根周围长满了一片金黄色的榛蘑。孩子们蜂拥而上,蹲在树根周围采蘑菇,把采的蘑菇装进筐子里。孩子们在采蘑菇的时候，清泉和彩云又在找蘑菇，又一片蘑菇出现在他们眼前，孩子们欢呼着跑过去采蘑菇……

他们继续行进在树林中，走着走着，小玲叫了起来："葡萄！葡萄！"大家抬头看去，只见一棵树上挂满了黑黝黝的葡萄。孩子们高兴地叫着："葡萄！葡萄！"青青叫着："爸爸，我要吃葡萄！"树高，清泉跳了几次，也没摘到葡萄。于是，他灵机一动，把小泉扛在肩上，让小泉摘葡萄。小泉从树上摘下一串串葡萄，青霞接过去递给一个个孩子。孩子们一边吃葡萄一面赞不绝口："又酸又甜，真好吃呀！"之后，他们又把摘下的葡萄装进一个筐子里……

采了一筐蘑菇，又采了一筐葡萄，已经过了晌午了。青霞带领他们来到树林中的一股清泉旁，放下筐子，席地而坐，开始吃午饭。他们吃的是大煎饼。有的是卷大葱的，有的是卷咸菜的，孩子们都饿了，吃得格外香。吃完饭，小泉趴在泉边"咕咚咕咚"喝了一通水，其他孩子学他的样子，都趴在泉边喝了几口泉水。清泉也趴在泉边喝了几口水，似乎又回到了童年，赞美道："家乡的泉水，真甜呀！"

青霞带领一行人从树林中走出来，沿着树林边走，走着走着，一棵山楂树映入他们的眼帘，树上挂满了红艳艳的山里红，落了一地。小泉爬上树，摇动树枝，山里红纷纷落下。于是，他们又采了一筐山里红。

他们满载而归，兴高采烈地下山了。青霞提着一篮子山里红在前面带路，孩子们跟在她身后，彩云提着一篮子蘑菇跟在孩子们身后，清泉提着一篮子葡萄断后。

走着走着，青青出了列，等父亲走到他身旁，便一下子抱住父亲的大腿，说："爸爸，我走不动了，你背着我吧！"小泉过来接过篮子。清泉蹲下，背起儿子下山，青青笑眯眯地趴在爸爸背上，双手搂着爸爸的脖子。

小明跑到前面，抱住青霞的大腿，撒娇道："妈妈，我也走不动了，你背着我吧！"青霞说："青青小，你大了，自己走吧。"小明抱住青霞的大腿不撒手，说："你不背我，我就不让你走。"青霞说："见样学样，长个葫芦瓢样。"然后把篮子交给小玲，背起儿子下山。俩孩子趴在温暖的背上，睡着了……

村南路东的一个院落就是孙家，和林家一样的三间茅草房一样的格局，老两口住东屋，小两口住西屋。招待亲家一家子，孙家今天显得特别热闹，像过年一样。

西屋招待女宾客和孩子，女宾客由孙母和青霞作陪，孩子们不用人陪，由他们自己无拘无束地吃。北炕上，孩子们在吃豆沙馅的粘饼子。青霞问："云云，青青，粘饼子好吃吗？"俩孩子异口同声地说："好吃！真好吃！"桂芝问："二嫂，我烙的粘饼子好吃吗？"彩云说："非常好吃。"

东屋招待男宾客，由孙父和桂生作陪。

划拳声响成一片："哥俩好啊"、"五魁首啊"、"六六六啊"……两位亲家捉对厮杀，青山和桂生捉对厮杀，清泉不会划拳，只好看热闹。

划了一会儿拳，开始慢酌慢饮。

孙父说："昨天我在哈尔滨听说，毛主席死后，老百姓最怕'四人帮'上台，发动第二次'文化大革命'。"

清泉说："是有这种危险，北京的老百姓也害怕'四人帮'上台，今年清明节爆发的天安门事件，就是北京人民反对'四人帮'的伟大革命行动。'四人帮'不倒，国家难以安宁啊！"
　　青山说："莫谈国事，还是划拳吧！"
　　于是，"哥俩好啊"、"五魁首啊"、"六六六啊"的声音又响起来了。

　　林清泉一家子的归来，最幸福的是两位老人，最快乐的是五个孩子。
　　小泉是孩子头，天天带着弟弟和妹妹们换着花样地玩，云云和青青特别开心。
　　他们在河边钓鱼。鱼咬钩了，青青一甩竿，鱼没有钓上来，鱼食却没了。鱼咬钩了，云云一甩竿，鱼刚出水面，就掉了下去了，云云懊悔地直跺脚。鱼咬钩了，小泉一甩竿，一条鱼被钓了上来，孩子们高兴得嗷嗷叫。小泉摘下小鱼，放进一个盛着水的罐头瓶里，鱼儿在瓶里游起来。
　　孩子们钓鱼归来，青青和云云每人提着一个罐头瓶跑进院子，大惊小怪地说："妈妈！妈妈！鱼！鱼！"彩云端着一盆水放在院子里，青青和云云把罐头瓶的鱼倒进盆子里，鱼儿在盆里游，孩子们在旁边笑。
　　小泉带着一只小狗在前面跑，其他孩子跟在狗后面追，叫着笑着。
　　在林家自留地里，小泉带着孩子们在摘倭瓜，拔大萝卜。孩子们从自留地里归来，小泉和小玲每人抱着一个大倭瓜，小明、青青和云云每人提着一个大红萝卜走进院子。青青和云云叫着："妈妈！妈妈！大萝卜！大萝卜！"

　　一天过去，一天又来，不知不觉中，清泉一家子在家乡度过了一段美好时光，该回北京了。
　　林家东屋里，青青和云云疯玩了一天，早早就睡了，林家的老两口和两对小两口还在唠嗑。
　　桂芝说："二哥，二嫂，你们就不能在家多住几天，过了国庆节再走？"
　　彩云说："我只请了两个星期的假，过了国庆节就得上班。"
　　林母说："我和你爹看到了我的儿媳妇、孙女、孙子，我知足了，走就走吧。"
　　林父说："官身不得自由啊，走就走吧。"
　　彩云说："爹，娘，等几年我们住上宽敞一点的房子，把你们接过去住上一年半载的。"
　　林母说："其实啊，城里还没有乡下好，小房子，小床，小锅小灶，憋屈得很。我在哈尔滨你大哥家住不上三天，就得往回跑。"
　　清泉说："我们到哈尔滨我大哥家还要住上两三天。"
　　桂芝说："二嫂，咱们采的蘑菇，我都穿好晾得半干了，还有你们采的山里红，你们走的时候带到北京去，尝个新鲜。"
　　青山说："桂芝，咱们回去吧，让二哥二嫂早点休息吧。"
　　青山两口子走了，清泉两口子睡下了。

　　月亮落下去了，太阳又升起来了。清泉一家子就要动身了，林家一家子出来送行。

林母说:"彩云哪,回去给你爸爸和妈妈捎个好啊!"

林父说:"清泉啊,路上,千万照顾好孩子啊!"

青山和桂生赶着毛驴车,来到院门外。桂生、青霞和桂芝,把两个手提包和一个筐子装上车。

青山叫道:"云云,青青,上车吧!"

云云、青青跑到车旁,青山把俩孩子抱上车,把树条子交给小侄子。

青山又喊:"二哥,二嫂,快上车吧!"

彩云往院外走,热泪盈眶,不敢回头。

清泉回过头,眼含热泪,说:"爹,娘,青霞,桂芝,都请回吧,我们走啦!"一扭头,拉着彩云上了车。

云云和青青坐在车上,挥着手喊着:"爷爷,奶奶,再见!""三婶,老姑,再见!""小泉,小玲,小明,再见!"

桂芝热泪滚滚,说:"二哥,二嫂,你们什么时候再回来呀?"

青霞泪水滂沱,说:"二哥,二嫂,过几年,再回来看看呀!"

青山催道:"青青,快赶车走!"

青青照驴屁股打了一条子,喊道:"驾!"小驴撩开四蹄小跑起来。青山和桂生一跳坐在车上。

望着渐渐远去的清泉一家子,林父一脸的忧伤,林母的眼泪禁不住"哗哗"流淌。相见是快乐的,幸福的;分别是忧伤的,痛苦的。清泉一家子走了,至于什么时候再回家乡,谁也不知道。

多情自古伤离别,更哪堪冷落清秋节。

大路上,一挂驴车驶向金泉火车站。铁路上,一列客车奔向哈尔滨。中午时分,清泉一家子到了哥哥家里,哥哥和嫂子热情地接待了他们。遗憾的是,哥哥家房子小,只有一条炕,人多没处住,哥哥、嫂子和他们的俩孩子只好出去找宿住,把房子留给他们住。工人的生活过得很苦。

第二天,清泉带领着一家人去看了哈尔滨防洪纪念塔,逛了太阳岛。正值清秋时节,江边秋风瑟瑟,落叶飘飘,游人寥寥无几,十分萧条,一家子游兴索然,便早早回去了。为了不给哥哥和嫂子添麻烦,第三天清泉一家子就上火车回北京了。

清泉一家子从故乡归来,最高兴的还是两位老人。康母搂着外孙女,说:"云云,云云,想死姥姥了,想死姥姥了。"康父抱起外孙子,用他胡子拉碴的嘴亲他的小脸蛋,吓得青青又躲又叫:"妈妈,救救我!妈妈,救救我!姥爷的胡子扎死我啦!"俩孩子又给康家带来了欢乐。

这时,一道振奋人心的电波传遍了大江南北、五湖四海:"四人帮"被粉碎啦!"四人帮"是在"文化大革命"中起家的,也是在"文化大革命"中灭亡的。

金秋十月,是光辉的十月,是胜利的十月。粉碎"四人帮",大快人心,全国人民欢欣鼓舞,热烈庆祝中国人民的第二次解放。北京市人民的游行队伍,在天安门前,在长安大街上,在大街小巷里,有的高呼"打倒四人帮"的口号,有的敲锣打鼓、载歌

第十八章 故乡的呼唤

载舞,欢庆粉碎"四人帮"的伟大胜利。为了庆祝粉碎"四人帮"的伟大胜利,许多人都到菜市场去买螃蟹,而且点名要"三公一母"。

为了庆祝粉碎"四人帮"的伟大胜利,家家户户都像过年一样,喜气洋洋,举杯庆贺。康家就是其中之一。

清泉举起酒杯,说:"为庆祝粉碎'四人帮'的伟大胜利,干杯!"大家举起了杯子,云云和青青也举着一杯汽水凑热闹,一家人互相碰杯,喝酒。

康父说:"打倒了'四人帮',那些受'四人帮'迫害的老干部也快解放了!"

彩云问:"清泉,你说夏彩虹的爸爸会不会解放啊?"

清泉说:"我始终相信会有这么一天!"

康父疑惑地问:"夏彩虹是谁呀?"

彩云说:"他原来的女朋友。他俩都要结婚了,夏彩虹的爸爸被打成了叛徒关进了监狱。因此,组织上不批准他俩结婚,她也被部队清除了。我呀,是捡了一个狗剩。"

清泉说:"哎,你可别捡了便宜卖了乖噢。"

康母说:"这事怎么没听你们提起过?"

彩云说:"妈,那是他最伤心的事,还提它干吗?今天我也是一时高兴,才说走了嘴。"

康母说:"哎呀,我想起来了,那个叫吴玉萍的姑娘上咱家来,不是说彩云跟另外一个人长得一模一样嘛,那个人是不是就是夏彩虹啊?"

彩云说:"就是她。清泉头一次见到我的时候,也把我当成夏彩虹了。"

"蹊跷,真蹊跷!"康父好像想起了什么,忽然问,"夏彩虹的爸爸叫什么名字呀?"

清泉说:"夏晓光。"

康父:"不是,不是他。"

彩云说:"不是谁呀?"

康父说:"你有个姑父也姓夏,叫夏有才。抗日战争时他就参加了革命,现在还活着的话,也是个大干部啦!"

彩云问:"那我姑姑呢?"

康父说:"你姑姑叫康海蓝,也是抗日战争时期参加革命的。"

彩云说:"那我怎么没听你们提起过?"

康母说:"你小时候也常提起,你不记得就是了。后来就不想提了。"

彩云问:"为什么?"

康父说:"新中国成立后一直没有他们俩的消息,我估摸他俩都为革命牺牲了。伤心的事,不提也罢!"

清泉说:"哎呀,夏彩虹的妈妈也姓康,叫康晓棠。"

康父说:"呀,这事可就更蹊跷啦!"

康母说:"云云她爸,你下次见到夏彩虹,把她领到家里让我看看。"

清泉说:"我也不知道她如今在哪儿呢。"

此时此刻,在成都化工设计院彩虹家里,彩虹一家人也在举杯庆祝粉碎"四人帮"

的伟大胜利。

彭刚与彩虹碰了一下杯,说:"为庆祝粉碎'四人帮'的伟大胜利,干杯!"夫妻二人各干了一杯。

彭刚又举起酒杯,说:"叶帅英明,挽救了中国,功高盖世。为叶帅再干一杯!"

彭刚和彩虹再一次干杯。

彩虹说:"别看口号上喊打倒王张江姚,其实,'四人帮'真正的头子不是王洪文,而是江青。这个老妖婆,自'文化大革命'以来,凭借她的特殊地位,飞扬跋扈,横行全国,凌驾中央,祸国殃民,罪恶滔天!"

彭刚说:"林彪不死,天理难容!'四人帮'不倒,天理难容!"

"老彭,小夏,"邻居崔姐一面叫着一面走进屋来,喜气洋洋地说,"'四人帮'打倒了,'文化大革命'快结束了,你们两口子快有出头之日啦!"

第十九章　意外重逢

"四人帮"被粉碎了,那些长期受"四人帮"迫害的艺术家解放了,纷纷闪亮登场,引吭高歌。"大快人心事,粉碎'四人帮'!粉碎'四人帮'……"著名豫剧艺术家常香玉慷慨激昂地唱出全国人民的心声。"正月里闹元宵,金匾绣开了……"著名歌唱家郭兰英在深情地歌颂毛泽东、朱德和周恩来。

当全国人民依然沉浸在欢庆粉碎"四人帮"伟大胜利的喜悦之中时,正在口诛笔伐"四人帮"祸国殃民的罪恶之时,一节专车拉着七枚挺进-1号火箭离开北京奔向新疆。几天之后,林清泉和肖亮便带领着由宋天成、徐明媚和李求实等20多人组成的火箭设计院参试队伍,到了罗布泊核试验场。

罗布泊核试验场又进入了它的黄金时期。几千人鏖战在戈壁滩上。公路上,车水马龙;工号里,灯火通明,机声隆隆;各个村庄里,炊烟袅袅,笑语欢声。按所里规定,火箭取样队和火箭设计院都住在孔雀村,在孔雀村与和平村之间发一趟班车,接送他们上下班。陈南是随所里大部队一起进场的。这次任务是首次使用挺进-1号火箭,数量又多,路雨声亲自带领三个人来支援火箭取样队。这三个人,一个是七室参谋老冒,一个是化学组的老张,还有一个是物理组的老赵。火箭取样队还是住第一排房子左数第一个房间,这排房子的其他几个房间住火箭设计院的同志。当晚,火箭取样队房间里,炉火通红,炉子上的水壶里冒着热气,火箭取样队在讨论工作计划。

清泉说:"路主任,这次任务您亲临现场,是不是请您来指挥我们作战哪?"

路雨声说:"你可别拿我当冤大头哦,我是来参观学习的,不管你们的事,还是你自己指挥吧。"

清泉说:"都是大官指挥小官,哪有小官指挥大官的呢?"

路雨声说:"在这里,你是队长,我是你的队员,你的官就比我大,我当然听你的调遣。另外,这次任务的工作量大,挺进-1号火箭又是第一次上,所以我把老冒、老张和老赵都带进场来支援你们,他们三人统统听从你的调遣。"

清泉说:"哟,这三位可都是布尔什维克呀!"

肖亮说:"不是布尔什维克我还不要呢!"

路雨声说:"肖亮,你点名管我要三个布尔什维克,你这葫芦里到底卖的是什么药啊?"

肖亮直言不讳:"我就是想过把党支部书记的瘾,没有你们这四个布尔什维克捧场,我这个书记怎么当啊?"

路雨声说:"肖亮,你如愿以偿了,经临时党委批准,我们五个党员组成一个临时党支部,由肖亮同志任支部书记。"

肖亮哈哈一笑,得意地说:"瞧,我当上了支部书记吧!"

清泉说:"肖亮,你得意什么呀!一个临时党支部书记,撤场就无效了。"

肖亮说:"有权不用,过期作废。我会充分发挥这个临时权力的作用。"

清泉说:"闲言少叙,言归正传。现在,我把这次任务的工作分工宣布一下:陈南带领老冒、老张和老赵,主要负责火箭的发射控制和火箭的回收;我和肖亮主要负责过滤器的装配和样品的分装;当然我还要负责抓总。"

路雨声说:"队长,那我干什么呀?"

清泉说:"你吗?……你是自由人,想参加哪项工作就参加哪项工作。"

路雨声说:"那好吧,我来个全面实习,从火箭的装配到样品的分装,我都亲自学习学习。"

清泉说:"陈南,明天你带领我们去看看新火箭发射井吧。"

陈南说:"挺进-1号火箭发射井和和平-5号火箭发射井有很大不同,值得看看。"

旭日东升,阳光明媚,新的一天到来了。火箭取样队乘坐一辆大卡车,出了孔雀村,过了罗布泊村,上了通京路,向靶心地区驶去……

卡车在两口发射井之间停住,大家下了车,来到一口发射井处。井口的后方有一个钢丝绳绞盘,前方有一个大约半米高的建筑物。陈南和肖亮一起像推磨一样围着绞盘转圈,缓缓拉开钢板井盖。大家从井口往下看去:一台火箭发射架竖立井内,井周围有两层操作平台。

清泉赞扬道:"有操作平台好,这样,在火箭上架后,电源舱的测试以及电源舱门的打开和关闭就十分方便了。这与和平-5号发射井相比有了重大进步。"

陈南指着井口旁凸起的建筑物介绍:"这个是火箭发射控制室,也是发射井的入口,因为是密闭式结构,克服了和平-5号发射井的缺点,防止了沙子堵门现象的发生,同时也省却了摆钢轨、压沙袋等的繁琐操作。"

路雨声赞扬说:"好啊!你们是打一仗进一步呀!"

陈南带领着大家从控制室上面的人孔进入控制室。控制室里,两侧是铁轨,带滚轮的井盖在铁轨滚动,又轻便又不会偏航;拉动井盖的重锤在一个导管里运行,安装简单,运行可靠;用解锁弹射筒解锁重锤,操作方便,工作可靠。这一些,都是和平-5

第十九章 意外重逢

号发射井所不具备的优点。之后,他们又驱车来到靶心东,逐一查看了另外五口发射井。大家都感到比较满意。

中午时分,火箭取样队和火箭设计院的人员都回到了孔雀村吃午饭,午饭后午休片刻。下午,陈南带领着三名支援兵去发射井安装调试发射控制系统。林清泉、肖亮和路雨声跟火箭设计院的同志们一起去了和平村。

杨月辉和党有光带领火箭发射队提前一周就到了和平村,不但完成了七台挺进-1号火箭发射架的安装,还打扫好了各个火箭装配间,迎接火箭设计院人员的到来。和平村里,火箭发射队、火箭设计院和火箭取样队一起,开始按照林清泉制定的时间表,有条不紊地装配挺进-1号火箭。电路间里,电路班正在装配电源舱,许远征在旁指导,宋天成和杨月辉在旁监督。回收间里,回收班正在装配回收舱,陆蓝天在旁指导,党有光在旁监督。总装间里,发动机班正在总装一枚火箭,胡师傅在旁指导,李求实和徐明媚在旁监督。

无尘室外间,倪师傅和蒋明宇,身穿白大褂,头戴白帽,把立在地上的一个火箭取样器的两个半整流罩拆开了,露出了取样器的外貌。无尘室里间,打扮得像医生一样的路雨声、清泉和肖亮,也在忙碌着。清泉正在往内过滤网上装丝棉;路雨声和肖亮,每人在擦拭半个外过滤网。

日出日落,月圆月缺,过了一天又一天,七枚火箭装配好了,七口火箭发射井的发射控制系统安装调试好了。

当林清泉带领火箭取样队在装配火箭时,李保国带领飞机取样队在马兰机场装配09-10型超音速飞机取样器。夏永康应研究所的邀请,亲赴现场执行这次任务。郭臣和郑茂功也都参加了进来。大家都对首次歼-7机取样充满了期待。无尘实验室里,戴白帽、穿白大褂的李保国和李海生在装配一台过滤器,孙志刚和刘海泉在装配另一台过滤器。

日出日落,过了一天又一天,四台09-10型飞机取样器装配完毕。

各个项目都准备就绪,全场区进入待命阶段。

夕阳染红了半边天,灿烂的霞光照耀着广阔的戈壁滩,照耀着孔雀村,照耀着气象大沟边上的一道山梁,照耀着山梁上两个走动的身影。肖亮和清泉一边悠闲地散步一边推心置腹地谈话。

"老林,根据我的提议,经临时党支部大会讨论通过,并请示了所临时党委书记,大家一致同意陈南同志火线入党。我和路主任做他的入党介绍人。"

"其实,你借调三名党员来支援我们的意图,我早就猜个八九分了。"

"但是,你的入党问题还得再等一等,请你有个思想准备,千万不要有思想情绪。"

"首先,我为陈南同志感到高兴;其次,我已经做好了充分的思想准备,就是再等个十年八载的,我也不会闹情绪。"

"说实在的,这次就是破格发展陈南一个人,也会在原支部里引起一场轩然大波;要是把你们俩同时都发展了,那还不闹翻了天!"

"我理解你。"

"今天晚上支部表决陈南的入党问题,请你列席参加。"

当晚,表决陈南入党的党支部会议在地窝子里举行,会议由肖亮主持。首先由陈南宣读入党申请书,之后入党介绍人肖亮和路雨声分别介绍了陈南同志的优缺点,之后其他党员都表了态,最后进行表决。

肖亮说:"同志们,现在我们就进行表决,同意陈南同志入党的请举手!"五名党员全举起了手。

肖亮说:"一致通过!"掌声响起。

陈南起身,眼里闪着激动的泪花。

清泉起身,走上前握着陈南的手,说:"老陈,祝贺你!"又是一阵掌声。

陈南火线入党的消息,像风一样刮到马兰机场,刮进飞机取样队的队员们的耳朵里,立即引起他们的极大兴趣。

郑茂功说:"陈南终于火线入党了,我为我的老同学感到由衷的高兴。"

李保国说:"陈南在戈壁滩上已经摸爬滚打了13年,该解决他的入党问题了。"

刘海泉说:"老郑,老李,你们俩是老党员了,下次任务也让我老刘火线入党吧!"

孙志刚说:"还有我老孙一个呢!"

李海生说:"别把我小李子忘了哦!"

郭臣说:"肖亮用火线入党解决一些老同志入党难的问题,的确是个好主意,得到了室党委的大力支持。但是,反对的也会大有人在呀!"

郭臣说得没错,在支部通过陈南入党后的第二天晚上,反对的声音就通过遥远的电话线送到了孔雀村火箭取样队的房间。

电话铃声响起来,肖亮拿起听筒,说:"是,我就是肖亮……嗯……嗯……陈南入党是没有征求你们的同意,你有意见可以理解。但是这个问题三言两语我也解释不清楚,等我回去面谈吧!"撂下电话,说道,"找上门来啦!"

电话铃声又响起来,他又拿起听筒:"喂……是我……什么?!你说我学'四人帮'那一套,搞突击发展?!这个意见我是断然不能接受的!现在临时支部已经通过啦,临时党委已经批准啦!你有意见找党委去!""啪"的一声把听筒摔在电话单机上,并说"岂有此理!"

清泉第一次看到他这个一向温和的老战友发这么大的脾气。

火线入党问题,由于遭到不少党员的激烈反对,所党委最后决定:在执行任务期间,只能进一步考察当年已经列入党员发展计划的同志,但不得发展其入党。林清泉、刘海泉、孙志刚和李海生等人等待下一次任务火线入党的希望,又像肥皂泡一样破灭了。

1976年11月15日,全场区进入"零前"48小时准备阶段,各个单位又紧张行动起来。

通京路上,一辆汽车起重机拖着一辆装载着一枚挺进-1号火箭的运输车,缓缓地开往火箭发射阵地……

第十九章　意外重逢

在靶心西的6号发射井处,井周围停靠着一辆大轿车、一辆卡车、一辆吉普车、一辆汽车起重机和一辆火箭拖车。杨月辉正指挥着汽车起重机将一枚挺进-1号火箭缓缓下放……

在控制室里,陈南、林清泉和肖亮正在安装调试火箭发射控制系统……

马兰机场停机坪上,停靠着两架歼-7飞机,飞机的左右两个机翼下各悬挂着一台09-10型超音速飞机取样器。孙志刚和刘海泉,每人推着一辆专用手推车,沿着跑道来到一架飞机下,两位空军机械师将车上的过滤器分别推进两台飞机取样器内,扣上头罩。李保国和李海生,每人推着一辆专用手推车,沿着跑道来到另一架飞机下,两位空军机械师将车上的过滤器分别推进两台飞机取样器内,扣上头罩。

飞机取样准备完毕,两架取样飞机整装待发。

1976年11月17日,又是一个微风徐徐、阳光灿烂的日子。

白云岗参观场上,数千名参观者面戴防护墨镜,面向东方,等待着那惊心动魄时刻的到来。在众多参观者中,有宋天成、徐明媚等火箭设计院的同志,有杨月辉、党有光等火箭发射队的同志,有陈南、肖亮和路雨声等火箭取样队的同志,唯独没有林清泉。他在哪里?

参观场附近停靠着一部空军的雷达车,雷达天线在不停地转动,搜索着目标。雷达车里,清泉坐在一位雷达技师的身旁,聚精会神地观看着雷达荧光屏。

突然,一个亮点在雷达荧光屏上一闪。雷达技师兴奋地说:"爆炸啦!爆炸啦!"

天空中,一道强烈的闪光划破万里长空,一个明亮的火球闪闪发光,一股强大的冲击波横扫戈壁滩,一朵巨大的蘑菇云滚滚升起……

中国号称千万吨级的特大当量的氢弹试验成功了!

雷达荧光屏上,一个绿色的光标蹭蹭地往上蹿。技师高兴地说:"出来一个火箭!出来一个火箭!"又一个绿色的光标蹭蹭地往上蹿,技师说:"又出来一个火箭!又出来一个火箭!"接着,又一个绿色的光标蹭蹭地往上蹿,技师又叫道:"这是第三个火箭!这是第三个火箭!"少顷,荧光屏上的信号全部消失了。

"哎,技师同志,怎么没有了?"

"就这三个呀!"

"不对,应该是七个!"

"我只抓到这三个目标,绝对没错!"

清泉大惊失色,忙说:"不好!出事啦!"随即跳下雷达车,跳上一辆八座吉普车。车像一只离弦的箭,飞了出去……

场区机场招待所火箭取样队的房间里,陈南、肖亮、路雨声和三位支援兵,正在准备防护服装。吉普车在门外"嘎"的一声刹住车,清泉匆忙跳下车,站在门口喊道:"大事不好!七枚火箭,雷达只抓到了三枚!"屋里人各个瞠目结舌。

"怎么回事?!"路雨声问。

"不清楚。只有到现场看看才能搞明白。陈南,肖亮,马上跟我出发!"

"不能去,现在发射井地区还有沾染!"

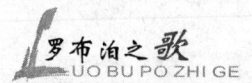

"轻微沾染，不怕！"

"穿上防护服！"

"不用！"说完转身就走。陈南跟了出去。路雨声举着几个白口罩，说："戴上防毒口罩！戴上防毒口罩！"肖亮一把抓过口罩，追了出去。三人登上吉普车，车便像一支离弦的箭飞了出去。吉普车上了通京路，过了黄羊沟，过了气象大沟，过了效应试验区，到了靶心西的一口发射井旁，戛然而止。林、陈、肖三人戴着防尘口罩下了车，来到井口边一看，顿时傻了眼：只见石块和沙土几乎把整个井口都填平了，井盖开了一条大缝，就被卡死了。三个人立即跑到隔壁的一口发射井一看，情况基本相同，井盖开了一半左右，也被卡死了。三个人立即驱车来到另外两口发射井察看情况，依然令他们瞠目结舌：一个井盖开了一小半，另一个井盖开了一大半，都被卡死了。三个人又驱车来到东边，一一察看了发射井，井盖都开了，火箭都飞了。

清泉终于恍然大悟："哦，原来是冲击波惹的祸！井盖上都被石块和沙土填满了，所以井盖打不开，火箭发射不出去！"

陈南说："好强大的冲击波呀，四枚火箭被它关了禁闭，只有这三枚火箭得以逃脱，真是不幸中的万幸呀！"

肖亮心有余悸地说："如果是全军覆灭，那就更惨啦！"

清泉追悔莫及，自责道："要是那样的话，我得跳井啦！"

陈南另有见地。他说："看明天的回收结果吧。如果三枚火箭就超额完成了取样任务，咱们还省了四枚火箭呢！"

清泉反问："如果是颗粒无收呢？"

肖亮干脆地说："那咱们三个一块跳井！"

三个人驱车返回场区机场，路过和平村时，向杨月辉和党有光通报了火箭发射情况，并要求火箭发射队做好准备，明天开始回收那四枚没有发射出去的火箭。

三个人回到场区机场，清泉向路雨声等汇报了四枚火箭发射失败的原因后，自责道："四枚火箭被关了禁闭，是我考虑不周，因此完全是我的过错。"

陈南说："发射井是我主持设计的，是我考虑不周，因此完全是我的过错。"

路雨声一声喝彩："好！有功不争功，有错不互相推诿。主要原因是冲击波太强大了，这是我们都没有料到的。我向你们报告一个好消息，我刚刚接到李保国的电话，飞机样品获得了特大丰收！"

清泉如释重负，说："太好了！简直是太好了！飞机样品获得特大丰收，我们肩上的压力就大大减轻了。"

陈南说："明天我们就去回收，但愿我们的样品也获得丰收。"

路雨声说："林队长，明天我也上直升机参加回收吧。"

清泉说："不可以。"

路雨声说："那就让我参加样品分装吧。"

清泉说："这个嘛……可以。"

路雨声说："场区实验室工作条件不如马兰机场无尘实验室的好，所以我建议，从今以后，火箭样品的分装改在那里进行。"

第十九章　意外重逢

清泉说:"这个建议很好,我完全同意。"

清泉把火箭的回收和样品的分装都安排妥当,才安下心来。但是,由于火箭发射出现了严重事故,他一直处于内疚和自责之中,饭吃不下,觉睡不好。夜深人静,别人都在酣睡,他却在辗转反侧:我真该死,明明知道冲击波十分强大,为什么事先没有做点防范措施呢?……要是在井口上再加一个防沙盖就好了……不行不行,防沙盖薄了吧,抗不住冲击波;厚了吧,怎么打开呀……也许,在井口前端加一个刮沙板能行……不行不行,要是沙子落在发射架的导轨里,火箭虽然点火了,却卡在发射架上,那后果不堪设想……

天破晓了,他才眯瞪了一会儿。

晴空万里,艳阳高照,暖意洋洋。

通京路上,尘土飞扬,车声隆隆,各个效应大队开始撤场了,司令部开始撤场了,研究所也开始撤场了。在各单位纷纷撤场的时候,火箭取样队却还在紧张地工作。

林清泉、肖亮和路雨声,站在场区机场上,一面等着回收人员归来一面议论。

肖亮忧心忡忡地说:"这三枚火箭虽然都顺利着陆了,但是究竟能取到多少样品,还是前途未卜呀。"

路雨声说:"当量越大,烟云中放射性物资的浓度越低,取样量就越少。所以,你们只要能完成规定的取样任务就好,我不指望你们获得大丰收。"

"看!"清泉伸手一指,说:"飞机回来了!"

三个人一同望着东方那片天空,只见一架直升机像一只大蜻蜓飞过来,越来越近,越来越大,越来越清晰,飞机的轰鸣声也越来越强,转眼间就来到了眼前。飞机发着巨大的轰鸣声缓缓降落到停机坪上,飞转的旋翼搅得尘沙飞扬。随着飞机旋翼转得越来越慢,机舱门开了,陈南带领三个支援兵下了飞机。三个支援兵每人手里提着一个取样盒,过滤器就密闭在其中。三个支援兵将取样盒放在停机坪旁的戈壁滩上。

林清泉、肖亮和路雨声迎上前去。肖亮提着一台 γ 射线剂量仪依次测量取样盒表面的 γ 射线剂量率。测完第一个,报告:"260 毫伦。"测完第二个,报告:"420 毫伦。"测完第三个,报告:"605 毫伦。"

路雨声满意地说:"不错,不错。总取样量超过 10 微克,火箭取样超额完成任务了。"

清泉如释重负,说:"上帝保佑,阿门!"

肖亮笑道:"看,咱们的队长什么时候成了基督徒了?"

路雨声说:"午饭后,我就带着我的三个兵押送样品回马兰机场,下午分装,晚上火箭样品就可以进放化楼了。"

清泉说:"下午,陈南,肖亮,咱们三个做善后工作。"

午饭后,路雨声和他带来的三个支援兵乘直升机飞向马兰机场。

清泉、肖亮和陈南乘一辆卡车奔向和平村,去处理善后事宜。当他们三人来到和平村时,和平村已是人去屋空。原来,在他们回收火箭的时候,杨月辉和党有光便带领火箭发射队,把关闭在发射井里的四枚火箭,一个一个地吊出来,一个一个地拉回和平

村,一个一个地分解开装在火箭包装箱里,储藏在仓库中。下午,他们就撤场了。

林清泉等三人和司机把个人行李放进火箭发射队的队部里,立即驱车奔向火箭发射井。他们将七口发射井里发射控制盒收回来,关闭井盖,锁上人孔盖,然后又返回和平村。回到驻地,天已黑了。司机在队部里生炉子。清泉等三人到厨房里做饭。炊事班给他们留了些切面、馒头、两棵大白菜及两盒大肉罐头等,清泉掌勺,做了一个油炸馒头片,做了一个白菜、大肉罐头煮面条。四个人在暖烘烘的队部里美餐了一顿,然后倒头便睡。他们马不停蹄地忙了一天,实在太累了,一觉睡到大天亮。早晨,四个人把昨天晚上的剩菜、剩饭打扫光了,便乘卡车撤场了。

火箭取样队是研究所最后撤回红山的。

数日后,路雨声在全室大会上正在作任务总结:"这次特大当量核试验,火箭取样队虽然超额完成了任务,但很不尽如人意呀,只有三枚火箭打了出去,四枚火箭被关了禁闭!所以,火箭取样队不能立功受奖……"

"这次飞机取样任务完成得特别出色,取得了从来没有过的辉煌!不但样品获得特大丰收,而且样品浓度相当高,质量非常好,飞机样品首次出了聚变当量!09-10型超音速飞机取样器立了大功,飞机取样队立了大功!为了表彰飞机取样队的卓越贡献,基地政治部决定授予飞机取样队集体三等功、李保国个人三等功!现在请郭政委为他们颁发奖状!"

在一片掌声中,李保国和郑茂功上台领奖。郑茂功敬礼,从政委手中接过集体立功奖状。李保国敬礼,从政委手中接过个人立功奖状。两人高举奖状向全室同志致意。

肖亮对坐在他身旁的清泉说:"队长,你又在为他人作嫁衣。"

清泉微微一笑。

当晚,李保国夫妇宴请老朋友林清泉。

李保国拿出一瓶茅台放在饭桌上,说:"老同学,这是我珍藏的一瓶茅台酒,专等你回来喝。"

清泉说:"谢谢。"

保国斟完酒,举起酒杯,说:"今天,我们飞机取样队和我个人立功受奖,你功不可没。来,我敬你一杯!"两人干了一杯。

方芳把刚炒好的一盘菜放在桌上,抱怨地说:"你们俩呀,真是三句话不离本行,张口闭口不是蘑菇云就是取样。就不能说说别的?老林,说说你的护士长和孩子。"

清泉说:"我的护士长嘛,又要带孩子又要上班,辛苦得很,真可谓是贤妻良母。我成天东奔西跑的,那个家全靠她了。"

方芳说:"背后夸老婆。老林,你真是个好丈夫。老李,你怎么不夸夸我呀?"

保国说:"老夫老妻了,还夸什么。"

方芳:"你追我的时候,嘴上像抹了蜜一样,连空气都是甜的。我给你生了俩孩子,成了黄脸婆了,嫌弃我了?"

清泉说:"方芳,你跟老李斗嘴,是不是嫌我喝你们家的茅台酒了?"

方芳说:"老林,你这张嘴呀还是这么厉害。来,我也敬你一杯。"

三个老战友无拘无束地饮酒聊天。

光阴荏苒，转眼就到了1978年。

1978年3月18日，在全国科学大会的开幕式上，邓小平正在讲话："……四个现代化，关键是科学技术的现代化。没有现代科学技术，就不可能有现代农业、现代工业、现代国防。没有科学技术的高速度发展，也就不可能有国民经济的高速度发展……"会场里爆发出暴风雨般的掌声。

"……科学技术是生产力，这是马克思主义历来的观点。"会场里爆发出经久不息的热烈掌声。

"……在社会主义历史时期中，只要还存在着阶级矛盾和阶级斗争，知识分子就需要注意解决是否坚持工人阶级立场问题。但总的来说，他们的绝大多数已经是工人阶级和劳动人民自己的知识分子，因此也可以说，也是工人阶级自己的一部分。他们与体力劳动者的区别，只是社会分工的不同。从事体力劳动的，从事脑力劳动的，都是社会主义的劳动者。……"会场里掌声雷动。

大会代表郑茂功流着激动的泪水，热烈鼓掌。

邓小平的讲话句句是实话，不是空话、假话、大话，句句说到知识分子的心坎上，因此引起了长期被压抑的广大知识分子的强烈反响和共鸣。邓小平的话鼓舞了他们的革命斗志，焕发了他们的革命青春。

阳光明媚，百花盛开，百鸟歌唱，科学的春天来了！

在火箭设计院军代表办公室里，清泉对肖亮描绘出一幅新的取样火箭蓝图。

肖亮说："在全国科学大会上，我们核试验取样队被授予'全国先进科技集体'的光荣称号，这是党和国家对我们十几年来取样工作成绩的肯定，也是对我们的鼓励和鞭策。"

清泉说："所以，我们更要努力奋斗，使火箭取样工作更上一层楼。现在，科学的春天来了，我想乘着这股春风，再干一件事。"

"你又想干什么？""再设计一种新的超音速火箭取样器，再造一种新的取样火箭。""TJ-1型超音速火箭取样器不是很好吗，何必费劲再设计新的呢？""不知道你注意到没有，TJ-1型还存在三大缺点。""哪三大缺点？"

清泉从抽屉里拿出TJ-1型取样器蓝图铺在桌子上，说："你来看。"之后在图上指指点点地说明着："第一点，因为在进气口和排气口处都没设阀门，所以用两个又大又重的半整流罩来保证样品洁净，这样既增加了火箭的阻力，又增加了重量；第二点，因为后部没有气流出口通道，所以必须从侧面排气，这样既增大了压力损失，又增大了阻力；第三点，用钻了许多孔的不锈钢筒做过滤网，不仅使过滤器的阻力增加了，还使它的有效过滤面积减少了，因而取样量也减少了。"

"那你想如何改进呢？"

"我想，如果设计一个大头取样器，也就是取样器的直径比箭体直径大得多，利用两者之间所形成的环形部分做排气口，不就可以直接从取样器的后部排气了吗？如果再在进气口和排气口处都装上阀门，不就可以去掉外面的两个半整流罩了吗？前两个问题

解决了,就可以采用不锈钢丝网做过滤网了,第三个问题不就迎刃而解了吗?"

"改掉了原产品的缺点,新产品就更先进了。好是好,就是大气层核试验已接近尾声了,再费千辛万苦研制新的,值吗?"

"值不值,让上级去决定。"

"你想给这种大头火箭取个什么名字呢?"

"这种大头火箭将像雄鹰一样捕捉蘑菇云中的放射性粒子,我想叫它雄鹰-1号。取样器的型号自然就是XY-1型。"

"好名字。"

"那我给路主任打个报告?"

"打!"

于是,清泉又是写又是画的,花了几天时间给路雨声打了一个《关于研制雄鹰-1号取样火箭的报告》,并附上了一张雄鹰-1号取样火箭示意图。

不久,清泉的这份报告跨过万水千山到了红山,落在路雨声的办公桌上。路雨声看完报告,将其合上,放在图旁。他看着图自言自语:"雄鹰-1号火箭……有意思,有意思。清泉总是能搞出点新名堂。"他抬起头,望着坐在他对面的陈南,征询地问,"陈南,你看清泉和肖亮的这个建议怎么样啊?"

陈南说:"主任,你不是一直希望用一种新火箭取代和平-5号吗?我看这种火箭最合适。"

"程副司令在上任之前,对取样工作向我提出两点希望:一是希望用一种性能更好的单级取样火箭取代和平-5号,二是希望尽快用无人驾驶飞机取样取代有人驾驶飞机取样。"

"既然程副司令有这意图,那他肯定会支持我们的。"

"那我也打个报告?"

"打!"

于是,路雨声给新任所长沈平打了一个报告;沈平在路雨声的报告上签署"同意,请程副司令审批"后,将报告呈报给新任副司令程开甲;程开甲在报告上批示:"贵在大胆创新。这种雄鹰-1号取样火箭就有很多创新之处,希望尽快把它研制出来,早日为祖国立大功。当否,请科委首长指示。"不久,这份报告又回到北京,摆在国防科委作试处的办公桌上。

几天后,唐峰一个电话就把林清泉叫到了广安门办事处。唐峰传达国防科委的指示:"关于研制雄鹰-1号取样火箭的报告,科委作试处已基本同意,但是,他们一定要听过你的当面汇报后再下决心。"清泉说:"那好,明天我就去作试处汇报。"唐峰说:"我和你一块去。我也想了解了解你这个雄鹰-1号火箭。明天上午9点,咱俩在科委门口会合。"

崇文门内大街上,车辆川流不息,行人络绎不绝。

北京同仁医院门前,前来看病的患者进进出出。一位脸色憔悴的中年妇女出了医院大门,拐过弯,缓步走在人行道上。

第十九章　意外重逢

林清泉大步流星地沿着人行道走来，正与她擦肩而过。她先是一怔，然后回转身，望着他离去的背影，自言自语："不是他。不是他。"失望地回身就走。

他收住脚步略一沉吟，立即转回身急匆匆地追了上来，在她身后叫道："前面那位女同志，请你等一等！"她止步，转身，看着他。

四目相望，两人顿时悲喜交加，激动得半天没说出话来。

"彩虹，"清泉不敢相信自己的眼睛，问道，"是你……真的是你吗？"

"清泉，"彩虹也不敢相信自己的眼睛，问道，"真的是你吗？我不是在做梦吧？"

清泉伸出手，彩虹伸出手，两位昔日恋人的两只手紧紧地握在了一起。顿时，一股暖流通过这双手，从一个人的身上传递到另一个人的身上。

彩虹眼里闪着晶莹的泪花，说："这张脸还是这么英俊，这只手还是这么温暖，是清泉，是清泉，我没有做梦。"

清泉眼里闪着喜悦的光芒，说："彩虹，你的声音依然是这么甜美，你的手依然是这么温柔。"

彩虹说："路边不是说话的地方，咱俩到东单公园坐坐吧。"

于是，两个人走进清静的东单公园，面对面地坐在两块石头上，促膝谈心。

"难道我真的变成又老又丑的老太婆了，连你也认不出来了吗？"

"对不起，彩虹。一是我走得太匆忙没留神；二是我以为今生今世不会再见到你了；三是你脸色憔悴，满面病容，不像我以前的那个光彩夺目的彩虹了。"

"10年了，青春一去不复返了。还是你们男人心宽哪！你看你，依然是红光满面、英姿勃勃。"

"我痛苦过、悲伤过。听说你结婚之后，我甚至打算打一辈子光棍。后来，我在医院里碰到了酷似你的康彩云，一下子又点燃了我的爱情火焰，于是我们俩当年就结婚了。也许，这就是天意吧。"

"康彩云是幸福的，我却饱受痛苦的折磨。当年，我们俩坐在一块石头上，我依偎在你的怀里欣赏香山红叶，如今我们俩只能坐在两块石头上，倾诉衷肠。无论如何，见了你呀，我的心情好多了，等我把一肚子心里话对你说完，我的病就全好了。"

"你的这份情，这份爱，我会永远珍藏在心里。"

"有你这句话，我就心满意足了。"

清泉看了看手表，说："对不起，彩虹，我得走了，其他的话以后再说吧。"

"你有急事？"

"我们要研制一种新取样火箭，科委要我去汇报，唐参谋也去。他和我约定9点在科委门前会合。"

"那好吧，你去办你的大事吧！这样吧，我送你到东单汽车站，咱俩边走边说。"

于是，两人边往东单车站走边谈心。

"彩虹，这些年你到底上哪儿去了，让我好找。"

"当我的美好希望破灭之后，我随彭刚去了成都，在那里我们结了婚，并生下一儿一女。"

"我祝贺你有了一个美满的家庭。"

"今生今世，令我感到最大遗憾的是，这个家庭不是与你组成的。"

"这个不幸不是你我造成的，是'文革'！'文革'改变了多少人的命运，破坏了多少美满幸福的家庭啊！"

"真像是一场噩梦啊！"

"彩虹，你爸爸解放了吧？"

"他已经官复原职了，彭刚的父亲也官复原职了，两个老头子又焕发了革命青春，发誓要把失去的时光再追回来。"

"你们的父亲解放了，你们俩就顺理成章地平了反，又回到了北京。"

"正是如此。"

"你弟弟呢？"

"去年恢复高考，他考上了上海复旦大学，正在那儿读书呢。"

"你妈妈呢？"

"离休了。"

"李阿姨呢？"

"她为我们家操劳得头发都白了，不过身体还很好。"

"请代我问他们好。"

"你像查户口一样把我们家查了个遍，现在该介绍介绍你的家了吧！"

"我和康彩云也有了一儿一女。"

"祝贺你，你的家庭才真正美满呢。"

"我成天东奔西跑的，很少顾家，我们这个家全靠她了。为了这个家，她可吃了不少苦呢。"

"你这个护士长倒挺能干的，一定是个贤妻良母，我真想见见她！"

"她也一直盼着见见你呢！"

"要是我们俩站在一块，那多有意思！"

"就像一对孪生姐妹。"说话间，两人已来到汽车站。

"我这一家子跟我妈住在一起。这个星期天，你带着你们一家子到我家来做客吧。"

"我那俩孩子不喜欢憋在家里，一到星期六，就嚷嚷着去逛公园。"

"没错，我那俩宝贝也是喜欢逛公园。"

"那咱们两家去北海公园见面，好不好？"

"好，就去北海公园。星期天9点，我们两家在北海公园门口见。不见不散！"

"不见不散！"

周末，清泉回到家里，把他遇到彩虹的事儿对彩云一说。彩云是又惊又喜，她恨不得马上就看到那个神秘的夏彩虹。

明媚的阳光照耀着北海公园山顶上那座白塔。星期天早晨，清泉带领全家人提前半个小时就到了北海公园。清泉与人约会，从来都是提前到达约会地点，宁愿他等别人，不愿别人等他。今天与彩虹全家人约会，他当然到得更早。清泉和彩云站在公园门口，望着络绎不绝走过来的游客，等待着彩虹一家子的到来。孩子是没有耐心等人的，云云和青青手拉着手，东走走，西看看。

第十九章　意外重逢

清泉眼前一亮，手往前一直指，说："彩云，你看，彩虹一家子来了！"只见，彩虹领着儿子鹏鹏，彭刚领着女儿莺莺，随着人流走了过来。彩云兴奋地说："我看见了，我看见了那个像我的人来了。"说罢迎着彩虹走过去，她跟她紧紧地拉着手，互相凝视着。

"彩虹，你好！"

"彩云，你好！"

"我在给你的信中说过：我见了你，一定当面叫你一声姐姐。今天我终于见到你了，那就让我叫你一声姐姐吧！"

"那就让我叫你一声妹妹吧！"

"彩虹姐！"

"哎！彩云妹！"

"哎！"

她和她激动地拥抱在一起。清泉和彭刚激动得热泪盈眶。孩子们感到莫名其妙。

"妈妈，"云云拉着彩云的手，问："这个阿姨是谁呀？她怎么长得像你呀？"

"是夏阿姨。云云，问夏阿姨好。"

"夏阿姨好！"

"妈妈，"莺莺拉着彩虹的手，问："这个长得像你一样的阿姨是谁呀？"

"是康阿姨。莺莺，问康阿姨好。"

"康阿姨好！"

"爸爸，"鹏鹏拉着彭刚的手，说，"别让她们俩站在一块了，我都认不出来谁是我妈妈了。"

"爸爸，"青青拉着清泉的手往里拽，说，"你们乱七八糟地说什么呀，还不进去玩！"一句话把大家都逗笑了。清泉接受儿子的批评，领着青青，交了门票，进了大门。其他人随后跟了进去。

清泉和彩虹一起逛过北海公园，他和彩云也一起逛过北海公园，但是他跟彩虹和彩云一同逛北海公园，这还是第一次，今日故地重游，不由感慨万千。彩虹的心里也是波澜起伏。只有彩云的心里依然像湖面一样平静。

两家人的第一项活动就是爬山。山高坡陡，爬一会儿歇一歇，再爬一会儿再歇一歇。爬山，孩子们的兴致最高，你追我赶地率先爬上了山顶。第二个爬上山顶的是清泉和彭刚。最后爬上山顶的是彩虹和彩云。站在山上看北海，看北京，令人心旷神怡，孩子们不由欢呼起来。彭刚把孩子们的欢呼场面抓拍了下来，随后给清泉一家子拍照，给彩虹和彩云拍照。清泉也为彩虹一家子拍照。照完相，他们下山了。

中午时分，他们走进"御膳房"餐厅就餐，吃了北京几种小吃和小窝窝头。这小窝窝头是"御膳房"餐厅的特色食品，因为它不是用玉米面做的，而是用栗子面做的。

湖水碧波荡漾，岸边绿柳成荫。两家人湖边漫步。云云和莺莺手拉着手，青青和鹏鹏手牵着手，在前面连蹦带跳地走。清泉与彭刚肩并肩，聊着天。彩云跟彩虹肩并肩，说笑着。

"彩云,"彩虹问,"我一直很纳闷,你跟清泉是怎么认识的?"

"说起来真是有点儿巧。"彩云说,"有一次,他到我们医院去看病,但是没有带转诊介绍信,于是跟护士小赵争吵起来……"彩云把那天的事简单地说了一遍。

彩虹笑道:"他可真是个刺儿头啊!"

清泉蓦然回首,问道:"彩云,你是不是跟彩虹说我刺儿头呢?"

彩云对彩虹使了个眼色,说:"看,刺儿头劲又来了吧?"

彭刚举着相机对着她俩,说:"这个地方风景不错,给你们俩拍一张!"彩云和彩虹站在湖畔看着镜头,只听"咔嚓"一声,两人的影像留在了底片上。这时,四个孩子搂抱着喜笑颜开地出现在镜头前,他又按动了快门。

之后,他们乘渡船到了对岸的九龙壁游览,在九龙壁前又拍了一些照片。

两家人快乐地游园,快乐地说笑,快乐地拍照。谁也没料到,他们拍的这些照片却引出一个鲜为人知的故事来。

又一个星期天到了。

彭刚和俩孩子坐在客厅里在看彩色大电视,放的是《动物世界》。李阿姨坐在小凳上在择菜。夏母坐在沙发上看报纸。彩虹从外边进来,把一沓照片递给母亲,说:"妈,您看看我们上星期天在北海公园拍的照片。"夏母戴上老花镜,兴趣盎然地一张一张地看照片。看着看着,她拿着一张林清泉一家的合影仔细地看了看,惊奇地说:"彩虹,这个人不是林清泉吗?她旁边的人不是你吗?你什么时候又跟他结婚了,还有了俩孩子?"彩虹"咯咯"笑道:"妈,您上当了不是。我又不会分身术,那个人怎么会是我呢?"夏母疑惑地问:"那是谁呀?"

李阿姨接过照片看了看,说:"哦,她叫康彩云,和咱们彩虹长得一模一样。林清泉带她上咱家来给我送喜糖时,我亲眼见过的。老康,你刚从干校回来的时候,我把这件稀奇事跟你说过的,你忘了?"夏母说:"那时候我哪有心思啊,这耳朵听了,那耳朵就冒了。"她翻到了彩云和彩虹的那张合影,端详着说:"两人长得真是一模一样啊!"她好像想起了什么,又问,"彩虹,她叫什么名字来着?"彩虹说:"康彩云。"康母自言自语:"彩云,彩云,我姓康,她也姓康,难道真的是她吗?"

"妈,您看她长得跟我一模一样,就喜欢上她了,是不是想收她做干女儿呀?"

"别跟我打岔!我问你,康彩云的父亲叫什么?他们家住在哪里?"

"他们家就住在崇文区。她父亲叫什么,我没问过。"

"彩虹,上班后你马上给林清泉打电话,请他们一家子务必下星期天到我这来一趟,就是天上下刀子也得来,我要亲眼看看、亲自问问那个康彩云!"

彩虹心里纳闷:妈妈为什么急于见康彩云呢,是恨她把清泉抢走了想批评她,是爱她想收她做干女儿,还是她和她之间有什么关系?

彩虹没敢追问,她知道母亲的脾气,她是不到火候不揭锅的。

火箭设计院军代表办公室里,清泉的办公桌上放着一本技术报告《XY-1型超音速火箭取样器的气动设计》,清泉和肖亮正讨论着。

徐明媚推门进来,高兴地说:"老林,报告你们一个好消息,雄鹰-1号取样火箭的研制任务已经正式下达到我院了！"

"太棒啦！"清泉高兴地站起来，拿起桌子上的报告递过去，说，"徐参谋，我现在就向你交技术报告。"

徐明媚接过去念道："《XY-1型超音速火箭取样器的气动设计》。老林，你们的气动设计已经走在前头了，跟当初设计挺进-1号时可大不一样啦！真是'三日不见，当刮目相看'哪！"

肖亮说："我们掌握了超音速取样器的气动设计技术之后，不管再设计什么样的取样器，那都是轻车熟路了。"

徐明媚说："老林，能不能把你们这个雄鹰-1号取样器先讲给我听听啊？"

"雄鹰-1号是一种单级固体取样火箭，它的发动机直接采用挺进-1号的主发动机，它的回收舱和电源舱也直接采用挺进-1号的……"

"这样好，可以节省大量人力、物力和财力，同时也节省了大量的宝贵时间。"

清泉指着图介绍："所以，研制雄鹰-1号取样火箭的问题其实就是研制XY-1火箭取样器的问题。为了扩大等动力学取样高度范围，我们选设计马赫数为1.5。为了增加取样量，我们选进气口直径为200毫米。根据流量守恒定律，我们计算出所需要的排气口面积，进而得到取样器的最大外径是560毫米。因为火箭主体直径是360毫米，这样，我们就可以把两者之间约100毫米宽的环形部分做排气口，使气流直接从后部排入到大气中去……"

肖亮说："这样既可以提高取样器的性能，又可以大大增大过滤器面积，从而进一步增加取样量。"

徐明媚说："很好。但是，排气口的环形阀门可怎么做呀？"

"我想在这里装一个像自行车轮胎一样的环形可膨胀阀门。"

"嗯，这主意不错。"

"具体问题留给蒋明宇同志去解决，我在这里不过是抛砖引玉而已。"

"那进气口的阀门呢？"

"采用09-10型超音速飞机取样器进气口的那种可移动式中心锥，又当中心锥又当阀门。在进气口和排气口处都设置了阀门，外面的整流罩自然就可以省去了。"

"妙哉！这比挺进-1号的取样器先进多了！"

"这样一来，不但可以不用取样盒，而且还可以采用不锈钢丝网做过滤网了。"

"好，产品的结构简单了，加工也省事了。"

"林清泉，电话！在徐参谋办公室里。"走廊里有人喊。

林清泉和徐明媚走出一个办公室，进了另一个办公室。清泉抓起听筒："喂……是我……好，好，我们一定去！……对，我现在就在徐参谋办公室里……你等等。"他把听筒递给徐明媚，说，"请你听电话。"

徐明媚接过听筒，疑惑地问："谁来的电话呀？"清泉冲她诡秘地一笑。

"喂，您是哪一位呀？"

"你猜猜。"

"我猜不出来。"

"你仔细听听我的声音。"
"没听出来。"
"你把我这个妹妹忘了吧？徐姐！"
"哎哟，还是你这个鬼丫头啊！想死我了！小夏，这些年你跑到哪儿去了？"
"一言难尽哪！详细情况你问老林吧。"
"你抽空到院里来一趟好不好？咱姐俩好好聊聊。"
"我现在已经没有资格登贵院的大门了。"
"那到我家来。"
"谢谢。有工夫我一定登门拜访。再见！"
"再见！"徐明媚撂下听筒。
徐明媚看着清泉，问："老林，你们见过面了？"
"见过了。"
"你们俩终于第二次握手了。遗憾的是，你们这对有情人终于没能成眷属啊！"
"我们现在依然是亲密的朋友。"
"她是不是约你去他们家呀？"
"不，是她妈妈特别想见康彩云。"

一个星期天过去，一个星期天又来。
夏家客厅里，彭刚和俩孩子在看电视。
厨房里，李阿姨正在预备菜。夏母走进来，说："李阿姨，今天人多，辛苦你多做几道菜。"
李阿姨说："老康，也不知是怎么的，我特别喜欢清泉那孩子，我一直就觉得他还是你的女婿。我还像招待你的女婿一样招待他。"
这时，彩虹领着清泉一家子进了客厅，彭刚急忙起身迎接。
彩虹喊道："妈！您请的客人到了！"
夏母急急忙忙从厨房里走出来。
清泉说："伯母，您好。我把彩云给领来了，您看看像不像彩虹？"
彩云说："伯母，您好。见到您很高兴。"
夏母端详着彩云，又把彩虹推到彩云身旁，打量了一番，惊喜地说："太像了！太像了！彩虹，彩云，要是你们俩穿戴打扮得一样，恐怕连我也认不出来呢！"
彩虹说："妈，您要是喜欢彩云，就收她做干女儿吧，我多想有一个妹妹呀。"
彩云叫道："云云，青青，叫姥姥！"
俩孩子异口同声地喊道："姥姥好！"
夏母抚摸着俩孩子的头，说："多么可爱的俩孩子呀！"
李阿姨笑容满面地从厨房里走过来，说："清泉啊，清泉啊，快让我瞧瞧你的俩孩子！"
清泉说："云云，青青，这是李奶奶，问李奶奶好！"
俩孩子异口同声地喊道："李奶奶好！"

第十九章 意外重逢

　　李阿姨喜滋滋地看着俩孩子，夸奖道："这俩孩子，红扑扑的脸蛋，水灵灵的大眼睛，爱死人啦！云云，你几岁了？"
　　云云回答："李奶奶，我快七岁了。"
　　李阿姨说："你跟莺莺同岁，秋天就该上学了。"
　　青青自报家门："李奶奶，我叫青青，今年五岁了，跟鹏鹏同岁。"
　　李阿姨笑道："瞧，这张巧嘴哟。云云，青青，奶奶给你们做饭去。"说完，转身朝厨房走去。
　　青青说："爸爸，李奶奶就是李铁梅的奶奶吧？"一句话逗得满屋子人快乐地笑起来。
　　夏母说："云云，青青，你们俩跟莺莺和鹏鹏一块看电视去吧！"俩孩子高兴地跑过去，坐在沙发上看电视。
　　夏母说："彩云，我想跟你单独谈谈，请你跟我到卧室来。"
　　彩虹说："妈，你喜新厌旧，有了干女儿，就不要你的亲女儿了。"
　　夏母说："两个我都要，你们俩一块跟我来吧。"彩虹和彩云随着夏母走进她的卧室。
　　彭刚和清泉在沙发上坐下。
　　"我这老岳母今天是怎么了，神秘兮兮的！"
　　"我也纳闷呢。她跟彩云素不相识，有什么好谈的。"

　　夏母卧室里，夏母坐在椅子上，看看坐在床上的彩云，又看看彩云身旁的彩虹，最后把目光落在彩云脸上，她开口了，却语出意外：
　　"彩云，我会相面。看了你一会儿，不用你开口，我便知道你的身世。"
　　"妈，您这个唯物主义老太婆，怎么搞起唯心主义来了？好，我今天就看看您的本事。"彩虹笑道。
　　"彩云，我问你一句，你如实地回答我一句。"
　　"伯母，您问吧。"
　　"你属羊，1943年6月8日出生，对不对？""对。"
　　"你有一个哥哥，但他只比你大六个月，对不对？""对。"
　　"你老家是河北省清苑县康家村？""对。"
　　"你母亲叫刘芳，是吧？""是。"
　　"你父亲叫康海松，是吧？""太对啦！"
　　彩虹插言："妈，我还以为您是吹牛呢，没想到您还真有两下子，连她父母的名字都相对了。"
　　彩云如梦方醒，说："伯母，那您就是康海蓝吧？！"
　　夏母说："对。我现在的名字是康晓棠，原来的名字叫康海蓝。"
　　彩云激动地站起来，说："姑姑！您还活着，我爸爸想你想得好苦呀！"
　　夏母激动地站起来，说："孩子，我可找到你啦！"
　　彩虹也激动地站起来说："哎呀，彩云原来是我表妹呀！"

夏母说:"不!她不是你表妹,她是你的亲妹妹呀!"

彩虹惊奇地说:"什么什么,彩云是我的亲妹妹?!"

彩云惊奇地说:"什么什么,我是您的亲女儿?!"

夏母揭开谜底:"彩云,你本不姓康你姓夏,你原来的名字叫夏彩云。"

彩云说:"我从小就叫康彩云哪。"

夏母说:"你回去问问你的爸爸、妈妈就知道了,我才是你的亲妈呀!"

彩虹说:"彩云,你是妈的亲女儿,快叫妈呀!"

彩云一下子扑在夏母的怀里,喊道:"妈!"母女俩紧紧地拥抱着,热泪盈眶。

彩虹眼里闪着激动的泪花,说:"妈,您把我都闹糊涂了,这到底是怎么一回事呀?"

李阿姨在外边喊:"老康!吃饭啦!"

夏母说:"说来话长啊!咱们还是先去吃饭吧,吃完饭我再讲给你们听。"

夏母在两个女儿的搀扶下,步入餐厅。

客厅里,四个孩子围坐在茶几周围,无拘无束,又吃又喝。

餐厅里,餐桌上摆了八道菜。大人们座次分明:夏母坐上座,她的左右是她的两个女儿,清泉挨着彩云、彭刚挨着彩虹坐,李阿姨坐在夏母对面。大家刚落座,彩虹便发布新闻:"今天,本来是我和妈妈邀请彩云一家子来家做客的,谁也没想到,顷刻间就在我们家发生了一件爆炸性新闻!……"

清泉、彭刚与李阿姨都一怔。

"妈妈失散了30多年的另一个女儿——今天终于找到啦!……"

彭刚问:"妈还有一个女儿呀?"

清泉问:"在哪儿找到的?"

彩虹说:"就在你那儿找到的,就是你把她领到我们家来的!"

清泉瞪大眼睛看着妻子,惊讶地说:"彩云,原来是你?!"

彭刚说:"怪不得妈急着要见彩云呢,原来如此!"

李阿姨说:"怪不得这俩孩子长得这么像呢,原来还是亲姊妹俩呀!"

彩虹说:"清泉,以前你失去了叫妈的机会,现在你可以名正言顺地叫妈了。叫吧!"

清泉起身看着夏母,张了张嘴,却没好意思叫出口。

彩云鼓励道:"叫吧!我已经叫过了。"

清泉拉起彩云,说:"来,你陪我叫!"

夫妻二人异口同声地喊道:"妈!"

"哎!"夏母脸上乐开了花。

彩虹高兴地说:"彭刚,开法国香槟!"

彭刚从桌子上拿起一瓶酒打开,只听"砰"的一声,瓶塞飞了出去,酒沫飞溅。孩子们都转过头来看热闹。

彭刚一一给每个人面前的酒杯斟上酒,举起酒杯,祝酒:

第十九章　意外重逢

"为妈妈和彩云母女重逢,为彩虹和彩云姐妹重逢,干杯!"大家干杯。

彭刚和清泉碰杯,说:"清泉,彩虹和彩云把你和我连在一起了,咱俩就成了连襟了。来,咱哥俩干一杯。干!"两人干杯。

清泉和彩云起立,清泉为新任老岳母祝酒:"妈妈,我和彩云敬您一杯,祝您福如东海长流水,寿比南山不老松。干杯!"夫妻二人与夏母饮酒。

清泉为李阿姨祝酒:"李阿姨,感谢这些年来您老人家对我的关心和照顾,以及对我的热情招待。我和彩云敬您一杯,祝您老人家健康长寿!干杯!"夫妻二人与李阿姨饮酒。

清泉为彩虹和彭刚祝酒:"彩虹和彭刚,按彩云这边论,你们就是我们的姐姐和姐夫了。我和彩云敬姐姐和姐夫一杯,祝你们身体健康,生活愉快。干杯!"两对夫妇饮酒。敬完酒后,落座。

彩云说:"妈,虽然我叫过您好几声妈了,但至今我还糊涂着呢,这到底是怎么一回事呀?"

彩虹说:"妈,是不是您看着彩云像我,就认她做女儿了?"

彭刚说:"妈,我心里还是迷雾重重啊!"

清泉说:"妈,我不知道应该不应该管您叫妈。"

夏母说:"你们这四个孩子呀,轮番向我狂轰滥炸,都把我炸蒙了。好吧,那我就把事情的来龙去脉讲给你们听听,省得你们疑神疑鬼的。说来话长啊,从哪儿说起呢?"

彩虹提议:"从你和爸爸认识说起。"

"好吧。"于是,夏母讲述了一个尘封了30多年的革命故事:

抗日战争时期,你爸爸在保定一家医院里当外科医生,我当护士。那时你爸爸是地下党员。在他的帮助下,不久我也成为一名地下党员。我们俩的主要任务是为"抗战"部队购买药品和医疗器械,有时我们俩还扮成夫妻进山,为部队的伤病员做手术。后来,我和你爸爸成了真夫妻。一年后,我生下彩虹。彩虹断奶后,我就把她送到她奶奶家,由李阿姨带着。

1943年6月8日,我又生了一个女儿,我给她起名叫彩云。在彩云过满月不久,你爸爸在进山回来的途中不幸被捕入狱。组织上命令我立即转移。我只好把小彩云送到她舅舅——康海松家抚养,因为她舅妈有个正吃奶的儿子。没想到,从此我们娘俩就彻底失散了。

后来,你爸爸经过组织营救出狱了。组织上分配他到一个野战医院当院长,我当护士长。新中国成立后,我和你爸爸分到外贸部工作,进了北京。我回康家村找彩云,谁知道她舅舅带着一家人早已不知去向。打听村里的人,乡亲们光知道他们一家人逃难上了东北,详细地址谁也不知道。东北那么大,我上哪儿找去呀?!

夏母喝了一口酒,看着彩云,说:"彩云,下面的故事,该你讲给我听了。"

彩云说:"上学前的故事,我一点儿也没记住,都是听妈妈讲的。当然了,她实际上是我的舅妈,但是,她对我比对她的亲女儿还亲,还好!是她,用她的奶水把我喂养

大；是她，教我走路说话；是她，为我缝缝补补、洗洗涮涮；是她，不顾年迈，现在还帮我带孩子。她永远都是我的好妈妈，我亲爱的妈妈！"她流出了动情的眼泪。

清泉握着她的手，眼泪汪汪地说："彩云，你说得好，说得好啊！"在座的其他人无不为之动容。

夏母说："孩子，你说得对呀！人到什么时候都不能忘恩负义！我是你的生母，她是你的养母，我们俩都是你的妈妈！"

彩虹说："妹妹，你有两个妈妈、两个爸爸、两个孩子，还有一个爱你的丈夫，多幸福呀！好了，不说这些了，我们还是听你把故事讲完吧！"

"那个年代，正是日本鬼子在冀中平原疯狂大扫荡的年代，弄得人心惶惶、鸡犬不宁。康家村的许多人家纷纷外逃。就在我出生的那年秋天，听说鬼子又要进行大扫荡了，父亲便带领我们一家子逃到齐齐哈尔，并在那里安家落户。一家人靠父亲做木匠为生。1950年，北京正在大搞建设，需要大量木工，于是我们举家搬迁到了北京。自从我记事的时候起我就叫康彩云，户口本上登记的也是康彩云。"

夏母说："你的名字是我起的，所以一听彩云，我就感到特别的亲切。你的姓准是我那位哥哥给改了。不过，改得好，随我姓，你爸爸知道了也干瞪眼。"

彩云说："妈，爸爸原来的名字是不是叫夏有才呀？"

夏母说："对呀。他出狱后就改为夏晓光了。造反派们就是抓住这件事大做文章，说他改名字是为了掩盖他的叛徒罪行。"

彩虹说："爸爸从欧洲访问回来，见到彩云还不高兴得晕过去。"

夏母说："如果你们还不相信，彩云，下午你就带我到你们家去，看看把你养大成人的哥哥和嫂子，他们可以证明这一切。"

彩虹说："妈，那我也跟您去看看我的舅舅和舅妈。"

当日下午，彩云和清泉领着夏母和彩虹刚走到大院门口，云云和青青便像两只快乐的小鸟飞进了康家那间小屋。

云云叫道："姥爷，姥姥，有人来看你们啦！"

康母不以为然地说："有什么大惊小怪的，不就是你爸爸和妈妈吗？"

青青说："不是，还有一个姥姥跟一个大姨呢！"

康父、康母急忙起身迎出来，刚出门口，便碰上了客人。

彩云神秘兮兮地说："爸，妈，我给你们带来两位客人，好好看看，认识不？"

夏母和彩虹微笑地看着康父、康母。康父看了看夏母，又将目光移到彩虹身上，他眼前突然一亮，高兴地笑了，说："这事难不倒我，这个跟彩云长得一模一样的，准是夏彩虹！"

康母说："不用说，这个大妹子就是彩虹的妈。"

夏母说："你们说得都对，但不全对。你们再仔细看看，我到底是谁？"

康母说："您就是彩虹的妈呗！"

夏母说："30多年了，你们俩老喽，我也老喽，认不出来了。"

康父恍然大悟，激动地说："你是海蓝！"

第十九章　意外重逢

夏母激动地说:"哥哥!嫂子!我可找到你们啦!"

彩虹亲热地叫道:"舅舅!舅妈!"

康父和康母高兴地答应,然后把客人让进屋里。大家落座后,喝着茶拉家常。

康父问:"海蓝,妹夫怎么没来呀?"

夏母说:"他带领一个卫生代表团到欧洲考察去了,还得一些日子才能回来。"

彩虹说:"这件大喜事,我妈还没敢告诉爸爸呢,怕他一激动犯高血压。"

康母说:"他姑,我一直想把彩云还给你,可是一直没见你们来接。你终于来了,我今天就把彩云还给你,还捎带着女婿、外孙子、外孙女。"

夏母说:"嫂子,要还你可得还我刚出满月的那个彩云噢。"

康母说:"他姑,您还想讹我呀?!"

夏母说:"嫂子,我是她妈,你还是她妈;我那儿是她娘家,你这儿还是她娘家!"

彩云说:"姐姐说我最幸福,有俩妈俩爸俩娘家。"

夏母说:"这次我找到你们,清泉可立了大功啊!"

清泉说:"其实,立大功的还是彩虹啊!没有她,我跟彩云怎么能走进你们的家门呢?"

康母说:"这功劳啊,还有我们彩云一份呢!这三个孩子,东碰西碰的,竟然碰到一块啦,你说巧不巧?"

夏母说:"清泉和我们家有缘哪!他没有成为我的大女婿,却一下子成了我的二女婿。"

康父说:"我们兄妹团聚了,你们母女团圆了,今天可是个大喜的日子!咱们要好好庆祝庆祝。"

康母起身,说:"好,现在我就去买肉买菜,包饺子!"

彩云起身,说:"妈,还是我去吧,你们姑嫂俩好好叙叙旧吧。"

彩虹起身,说:"彩云,我也跟你去。"

彩云说:"好,咱姐俩一块去。"

彩云提着菜篮子,跟姐姐一块出了家门。

过了些日子,夏父从国外考察回来了。彩虹立即打电话告诉彩云,彩云喜出望外,立即带着一家子去看望亲生父亲。夏父一见失散了30多年的女儿,激动地从沙发上站起来。

彩云边敬军礼边叫:"爸爸!"

夏父激动得热泪盈眶,说:"哎!坏事可以变成好事,我那几年监狱没白蹲,蹲出一个女儿来。"

彩虹说:"爸爸,你的辩证法学得可真好,可以当活学活用毛主席著作的积极分子了。"

清泉边敬军礼边叫:"爸爸!"

夏父说:"哎!我又多了一个女婿。清泉,你就是变成孙猴子,也逃不出我如来佛的手心,你蹦跶了十几年,也还是我的女婿!"一家人都笑了起来。

云云和青青同时行鞠躬礼同时叫:"姥爷!"

夏父说:"哎!我又多了一个外孙女和一个外孙子。"

彭刚拿来照相机,建议:"爸爸,今天,咱们一大家子大团圆,拍个全家福吧。"

夏父说:"人太多,在家里拍不好,我看咱们还是到中国照相馆去照吧。"

李阿姨说:"你们去照相,我在家里给你们做饭。"

夏母说:"李阿姨,你也别受累了。咱们一起去照相,照完相,让老夏请咱们下饭馆。"

夏父说:"好,照完相,我请你们下饭馆。"

听说去下饭馆,四个孩子"嗷嗷"地欢呼起来。

第二十章 何去何从

　　天上纷纷扬扬地飘着雪花，地上的积雪越来越厚，大地一片洁白。在这天寒地冻的日子里，林清泉又要进场执行任务了。出发之前，在彩云陪同下，他首先到康家和岳父岳母告别。到家时，已是傍晚时分了。
　　彩云一进门就亲热地叫："爸，妈，我们回来了。"
　　康母问："你们俩回来了，那俩孩子呢？"
　　彩云说："天冷，路远，没带。"
　　康母问："那他俩怎么吃饭呀？"
　　彩云说："食堂买去。那姐弟俩呀，喜欢吃食堂的饭菜。"
　　康母说："孩子嘛，就是图新鲜。"
　　清泉说："爸，妈，明天我就回新疆了。"
　　康父说："又有任务？"
　　清泉说："对，今年的任务还没有完成。"
　　康父问："春节前能回来吗？"
　　清泉说："肯定回不来。什么时候回来，没准。"
　　康父说："那你就放心地走吧。"
　　康母说："俩孩子在家我不放心，你们俩吃完饭赶快回去吧。吃炸酱面，酱炸好了，我去煮切面。"
　　彩云说："妈，您歇着，我去煮切面。"
　　吃完饭天已黑了，清泉和彩云又来到夏家辞行。在客厅里，夏母、彩虹、彭刚、清泉和彩云，一边喝茶一边话别。
　　彩虹感慨地说："清泉，我真想跟你进场执行这次任务啊，那波澜壮阔的场面，那惊心动魄的时刻，总是令我魂牵梦绕，难以忘怀呀！"

彭刚说："我也很想再看一次那壮丽的蘑菇云呀！"

清泉说："那好，你们俩跟着我去，咱们一块儿朝蘑菇云里打火箭。那阵势，壮观极了！好玩极啦！"

彩云说："妈，您瞧瞧您这位姑爷呀，都快四十的人了，还跟他儿子似的，好玩极啦！"大家都笑了起来。

彩虹伤感地说："遗憾的是，我和彭刚已经没有资格踏进罗布泊核试验场了。"

清泉说："如果你们愿意回去，完全有可能。张爱萍平反之后，当上了国防科委主任。他上任后，大抓拨乱反正工作，张蕴钰又回基地当司令了，那些在1969年'清队'运动中被错误处理的同志，凡是愿意回去工作的，一律恢复军籍。"

彩虹说："不回去了。那是我的光辉之地，也是我的伤心之地，还回去干嘛。"

彭刚说："不回去了。十几年不干了，业务生疏了，回去只能跟在别人后头打狼。再说了，大气层核试验已经接近尾声了，回去的意义也不大。"

彩云说："等大气层核试验结束了，你也转业回来吧，咱们一家子该团圆了。"

夏母说："彩云，清泉，你们两口子快回去吧，俩孩子在家，我不放心。"

心里惦记着孩子，彩云和清泉起身走了。

1978年底，中国要进行一次最小当量的原子弹试验，因为当量小，采用地面核爆炸方式，为此在上一次地面小当量的原子弹爆心之南建了一个新爆心。火箭取样还是采用近距离观测烟云就地发射火箭方式，以提高火箭取样成功率。此次任务共用六枚和平-4号火箭实施取样，火箭发射阵地就设在爆心东1 400米处。在林清泉到达场区之前，火箭发射队冒着严寒已经把六台火箭发射架从前一次的阵地移到现在的阵地。第二天上午，陈南带领清泉和肖亮去看了新的火箭发射阵地发射控制站。

外面虽然寒冷，但地窝子里却是炉火通红，暖意洋洋。下午，三个人一边喝水一边讨论问题。

"啊哈！"随着一声爽朗的大叫，从门外走进一个大大咧咧的人来。此人头戴一顶大皮帽，两只帽耳向上翘着，忽闪忽闪的，活像鸟儿的一对翅膀。林、肖、陈同时望向门口，看着这位不速之客——赵万林。

"啊哈！赵万林！"清泉率先迎上前去，以同样的热情欢迎他，"是哪阵风把你给刮来啦？"两只手热烈相握。

赵万林说："东风。东风压倒西风嘛！"

清泉说："不可能。要是东风就把你刮回马兰啦！"大家一阵寒暄之后，坐在床上。

赵万林自从调到了基地防护部后，大家就很难见面了。所以今天一见，大家显得格外亲热。

清泉说："老赵，自从把你调到防护部之后，我就一直没见着你。"

赵万林说："老林，你没见着我的时间和我没见着你的时间是完全相等的。"

清泉说："完全正确。另外，我们孔雀村到你们向阳村的距离，和你们向阳村到我们孔雀村的距离也是完全相等的。"

第二十章 何去何从

赵万林说:"佩服。老林,你果然机敏过人,我甘拜下风。"

清泉说:"过奖,过奖。"

赵万林说:"我们两个村相距不到一公里,鸡犬之声相闻,可不能老死不相往来呀!"

清泉说:"我有时间也到你们那里看看。"

陈南说:"老同学,你不是有线遥测就是无线遥测,都老掉牙了,有什么好看的。"

赵万林说:"对。有线遥测和无线遥测,不是铺设电缆,就是架设天线,而且都是定点测量,太落后了,都被我们淘汰了。从这次任务开始,我们用一个新项目取代了这两个陈旧的项目。"

陈南说:"你上了什么新项目?"

赵万林得意地说:"我呀,上无人机遥测,用小型无人机遥测地面沾染的 γ 射线剂量率。"

清泉说:"无人机遥测,这可比原来的有线遥测和无线遥测先进多了,机动灵活,监测地域宽广。哎,老赵,你从哪儿鼓捣来的小无人机呀?"

赵万林说:"西北工业大学(西工大)。他们研制的小无人机靶-2是一种导弹靶机。我把它买来,在其肚皮底下吊上一个 γ 射线探测器,它就为我服务了。"

清泉说:"好主意!好方法!好玩意!"

赵万林问:"你感兴趣?"

清泉说:"当然。我对什么新鲜玩意都感兴趣。"

赵万林问:"想看不想看?"

清泉说:"当然想看!"

赵万林说:"想看,现在就跟我走,我带你们去开开眼。"

说走就走,四个人出了门,朝向阳村走去。向阳村和孔雀村都建在气象大沟边上,两村只隔一道小山梁,近在咫尺,说话间就到了。向阳村虽然不如孔雀村大,但房子却比孔雀村气派,一律都是大砖房,一栋是宿舍,一栋是办公室,一栋是食堂。赵万林带领着林清泉等三人走进食堂。食堂后面的一个角落里,一架小型无人驾驶飞机静静地爬在托架上,飞机旁边站着三个人。赵万林带领着林清泉等三人,来到飞机旁。赵万林首先向林清泉等三人一一介绍他的客人。赵万林指着一位中年干部模样的人,说:"这位是西工大飞机系的刘主任。"林清泉等三人一一上前和刘主任握手,并自报了家门。赵万林指着一位老年工人干部模样的人,说:"这位是西工大飞机系的李师傅。"林清泉等三人一一上前和李师傅握手,并自报了家门。赵万林指着一位戴眼镜的青年人,说:"这位是西工大飞机系的张老师。"林清泉等三人一一上前和张老师握手,并自报了家门。

赵万林又补充道:"林清泉、陈南和肖亮三位同志,是火箭取样队的元老,林清泉是队长,可称得上火箭取样方面的专家。"

清泉说:"老赵,你可别给我戴高帽子,还是给我们介绍介绍无人机吧。"

赵万林说:"张老师,你是无人机方面的专家,还是你来介绍吧。"

于是,张老师有条不紊地讲起来:"这种小型无人机叫靶-2,它是一种导弹靶机。

靶-2 的最大飞行高度为 2 500 米。靶-2 机采用降落伞回收，因此可以重复使用。如果靶-2 机在空中停飞、失控或出现其他故障，可立即发出指令，启动一套安全系统，进入开伞回收程序。"

张老师介绍完，又回答了林清泉等三人提出的一些问题。

赵万林提议："老林，将靶-2 机用于取样怎么样？"

清泉说："不行。最大飞行高度才 2 500 米，高度太低了。"

赵万林问："如果就用在这次任务中呢？"

清泉说："那当然可以。"

张老师说："明天 10 点，在前面的气象大沟里，我们要进行靶-2 机的第一次试飞，欢迎三位届时光临指导。"

清泉说："谢谢您，张老师。我们一定来观看靶-2 机的精彩表演。"

西工大三人与基地研究所三人的第一次邂逅，双方都留下了美好的印象。

当天夜里，清泉向唐峰汇报了靶-2 机之事，并邀请他一块去看靶-2 机的试飞。唐峰现在是科技处计划科的科长，也是这次任务的指挥组组长。唐峰对此十分感兴趣，慨然应允。

灿烂的阳光照耀着平坦的气象大沟，照耀着那架趴在发射架上的、小巧玲珑的无人机。张老师站在飞机旁正在调试他的遥控器，刘主任、李师傅、赵万林和防护部的副部长霍达站在一旁观看。外围，还围了一些前来看热闹的干部和战士。

清泉、陈南、肖亮和唐峰，步履矫健、精神抖擞地沿着气象大沟走过来。当来到跟前时，赵万林迎上去和他们一一握手。随后，霍达也与他们一一握手。

赵万林向霍达请示："霍副部长，试飞开始吧？"

霍达下令："开始！"

赵万林传达："张老师，起飞！"

随着一阵发动机的轰鸣声，这架小型无人机飞起来了。张老师熟练地操纵着遥控器，使飞机爬升。当飞机升到一定高度后，从飞机上缓缓放下一条尼龙绳来，尼龙绳下端吊着一个银光闪闪的 γ 射线探测器。然后飞机在空中盘旋，下降，开伞。一顶雪白的降落伞带着无人机飘飘荡荡地缓缓降落到气象大沟里的一片戈壁滩上。

西工大的人、防护部的人跑过去回收，一些参观的人跑过去看热闹。基地研究所的四人转身回孔雀村。

陈南说："下午，我们去火箭发射队打扫实验室，准备装配取样器。"

清泉说："老陈，你是场上队长，我们当然听你指挥。"

唐峰问："老陈，听说你们这次要用两种过滤材料，是吗？"

陈南说："是的。一种是丝棉，另一种是 400 目不锈钢丝布。"

唐峰说："丝棉多好，干吗用 400 目不锈钢丝布呀？"

陈南说："这是路主任的建议。用 400 目不锈钢丝布专门获取烟云中数微米至数十微米的较大粒子样品，在电子显微镜下做分凝研究用。"

清泉说："老陈，具体是怎么安排的？"

陈南说："两枚火箭装不锈钢丝布，四枚火箭装丝棉。"

第二十章 何去何从

下午，火箭发射队在继续装配和平-4号火箭，火箭取样队在打扫无尘实验室。

皎洁的月光照耀着孔雀村。赵万林带领着刘主任和张老师，踏着月光走进了宁静的孔雀村。说者无意，听者有心，没想到林清泉和赵万林的几句戏言，倒引起了西工大人的极大兴趣。

林清泉等三人坐在房间里正在讨论明天的工作，门开了，一股凉风冲了进来，赵万林、刘主任和张老师出现在门口。

赵万林叫道："啊哈！老林，我又来啦！这次，我是给刘主任和张老师当向导的。"

清泉起身，和来客一一握手，待客人坐下后，自己才坐下。

清泉单刀直入："刘主任，张老师。你们深夜来访，是不是为无人机取样的事啊？"

刘主任实话实说："老林，你果然是个聪明人。如果我们的小无人机能够在核试验的取样工作中也能发挥点儿作用，我们将感到不胜荣幸。"

张老师说："老林，我们非常想在这次试验的取样中试一试我们的无人机，因此非常希望您能帮助我们！"

清泉问："老赵，是你鼓动刘主任和张老师来的吧？"

赵万林说："是刘主任和张老师主动要来的。当然，我也积极支持他们的想法，搂草打兔子——当捎带的事。"

清泉说："别捎带了，还是集中精力搞好你们的无人机遥测吧，不要喧宾夺主。"

赵万林说："我们有三架飞机，正式使用两架，备用的一架。我们想把这一架备用的用于取样，岂不一举两得。"

清泉说："既然你们想干那你们就干嘛，何必找我？"

赵万林说："我们有飞机，可是没有取样器呀！所以我们想跟你合作，我们提供飞机，你负责造取样器。"

清泉说："飞机取样队正在和南京航空学院协作研制无人驾驶取样飞机，他们一定对这件事感兴趣，你们到马兰机场找李保国去。我是搞火箭取样的，不介入飞机取样的事。"

赵万林说："远水解不了近渴呀！我们才是近邻，合作起来十分方便。再说了，造取样器非你莫属。"

清泉说："老赵，你以为造取样器是吹气呢，这么几天我也造不出取样器来。"

赵万林说："我说你能造出来。超音速飞机取样器是你设计出来的，超音速火箭取样器也是你设计出来的，凭你这水平，造一个小飞机取样器还不是跟玩一样。"

刘主任说："老林，听说您是取样器方面的专家，只要您下决心干就一定能造出来。"

清泉说："老赵，刘主任，你们别给我戴高帽子，我只是一个普通取样队员，不是什么专家。"

张老师说："老林，你就帮帮我们吧，如果失去这个千载难逢的好机会，我们会后悔一辈子的。"

肖亮插言："老林，我看不妨用这种小无人机为今后的大无人机取样趟趟路子，这可是千载难逢的好机会呀！"

赵万林兴奋起来，说："啊哈！老弟高见！老弟高见！用小无人机既可多获得一些样品，又可为今后的无人机取样趟趟路子，老林，难道你还无动于衷吗？"

一直一言不发的陈南开口了："老林，既然大家都求你了，那你就别袖手旁观了。"

清泉说："老陈，你是场上队长，你支持我，那我就试试。不过，这么大的问题，我们做不了主，得等我请示过沈所长之后再作决定。"

刘主任说："老林，我们静候你的佳音。"

熄灯号响了，三位客人起身告辞。送走了客人之后，林清泉向唐峰汇报了之后，又同唐峰一起走进了所长沈平的房间。听完汇报后，沈平问说："林清泉，这么几天，你能把取样器造出来吗？"

清泉胸有成竹地说："能！但是，只能造一种简易取样器。"

沈平说："嗬，上次造简易发射井，这次又要造简易取样器。"

清泉说："造正规的，肯定来不及，只有造简易的。"

沈平说："那就造简易的吧！核爆炸烟云样品是十分珍贵的，多多益善，就是怕少不怕多。另外，趁此机会正好为今后的无人机取样趟趟路子。干吧！此事就由你和唐科长负责，你负责技术问题，唐峰负责与防护部的工作协调。"

清泉回到宿舍，陈南和肖亮已经躺下了，他一面铺被一面汇报了所长的指示。陈南表态："老林，那你就集中精力搞取样器，火箭方面的工作你就不用管了。"

林清泉没想到，这项工作得到了所长、科长以及陈南和肖亮的大力支持，他的信心就更足了。

当晚，赵万林也向副部长霍达做了汇报，霍达对这项工作也表示积极支持。次日，霍达立即召开研究所、西工大和防护部三方的工作协调会。会议在防护部会议室里进行，与会的有林清泉、唐峰、刘主任、张老师和赵万林。

霍达说："同志们，今天我们召开防护部、西工大和研究所的三方会议，共同协商用靶－2机取样的问题。先请林清泉同志介绍取样方案。"

清泉简明扼要地介绍："根据烟云发展变化规律和无人机的性能，我们拟订的取样方案是：取样高度为1 900米；取样时间是，'零后'8分钟进云，15分钟出云。如果飞机只携带一个取样器，其取样量至少不低于一枚火箭的取样量。"

赵万林高兴地说："有这么多呀？这可比用火箭划算多了！"

张老师兴致勃勃地说："可以早期穿云和反复穿云就是无人机取样的优点嘛，我让它多穿几次云，取样量还会更多！"

清泉说："张老师，这个取样时间会不会影响你们测量工作的进行呢？"

张老师肯定地说："不会。因为 γ 射线剂量率的测量是在'零后'1小时才开始，这个时候也许你们已经把取样器送进实验室了。"

清泉说："张老师，您对取样器有哪些条件限制？"

张老师说："重量不大于5公斤，直径不大于100毫米，长度不大于500毫米。"清泉把这些数据一一记在保密本上，之后说："谢谢您，张老师。我没问题了。"

第二十章 何去何从

霍达说:"哪位还有问题?"没人吱声。

霍达说:"我决定,12月8日前,基地研究所要研制出三个取样器,一个试飞用,一个正式使用,一个备用;12月9日,西工大负责把取样器安装在飞机上;12月10日12时,靶-2机携带取样器的试飞准时开始!主要工作是取样器的设计与加工,请林清泉同志务必抓紧!散会!"

核试验场上的会议,从来都是有啥说啥,不拖会,不磨会。

陈南和肖亮到和平村上班去了,清泉在宿舍里开始设计他的取样器。他背靠椅子,用八叉手托着后脑勺沉思片刻,然后拉着计算尺在进行取样器的计算;他背靠椅子,用八叉手托着后脑勺沉思片刻,然后开始设计取样器的零部件及装配图。

设计完毕立即进行加工。在加工厂的一顶帐篷里,一位电焊工在焊接取样器的骨架,一位钣金工在敲敲打打地制作取样器的蒙皮。

几天后,两个用马口铁皮做蒙皮的袖珍型飞机取样器放在靶-2机旁边的一张饭桌上。林清泉向刘主任、张老师、李师傅和赵万林介绍他的作品:"这个取样器,它的最大直径为80毫米,进气口直径为50毫米,排气口直径为78毫米,总长360毫米,总重量为1.8公斤,最大阻力不超过2公斤。"

张老师说:"很好,完全符合我们的设计要求。"

刘主任说:"老林,你设计制作的取样器小巧玲珑,很是地道,不愧是取样器方面的专家。"

赵万林说:"说实在的,老林,我对你在这么短的时间里能不能做出取样器来,一直抱怀疑态度。今天一见,我佩服得五体投地。"

清泉说:"现在说好为时过早,是骡子是马得拉出去遛遛,结果究竟如何,得看明天的试飞结果。"

刘主任说:"李师傅,你现在就把它装在飞机上。"

李师傅说:"我琢磨一会了,装在肚皮下和机翼下都不合适,最好装在机背上,让飞机背着它。"

刘主任说:"就这么办。李师傅,你就装吧。"

于是,李师傅开始往飞机上装取样器。

气象大沟里,一架靶-2机趴在发射架上,背上背着一个袖珍型取样器。林清泉、陈南、肖亮、唐峰、刘主任和赵万林等以及一群前来参观的干部和战士,站在戈壁滩上,等待观看这次飞机的试飞。

12月10日12时,飞机准时起飞了。张老师操纵着遥控器,命令飞机起飞、爬升、盘旋、下降、开伞。降落伞携带着飞机随风飘荡着,缓缓地降落下来。不少人朝飞机着陆点跑过去。林清泉和张老师并肩向目标走去。

"张老师,飞机飞得不错,您操纵得真好。谢谢您。"

"老林,你这个取样器真不错,体积小、重量轻,阻力也小,对飞机的飞行一点儿影响都没有,带它跟没带它一个样。"

"张老师,正式取样用不会有问题吧?"

"绝对没问题。我尽可能让它在蘑菇云里多飞几圈,让你那个取样器吃得饱饱的,你们就把铅罐准备好,等着装样品吧。"

无人机携带取样器的试飞成功,坚定了林清泉和张老师的信心。

次日夜里,林清泉、陈南和肖亮坐在房间里一边喝水一边议论。

陈南说:"六枚火箭已经全部装配完毕,明天就开始上架了。"

肖亮说:"这次任务,咱们不但上火箭取样,还加了一个无人机取样,双管齐下,一定能获得样品双丰收。"

清泉说:"但愿如此……"

突然,一股冷风灌进了房间,随后赵万林风风火火地闯了进来,气喘吁吁地说:"老……老林……不……不……不好了,出岔子啦!"

清泉瞪大了一双眼睛看着他,问:"什么?!"

"无……无人机取样……要砸锅!"

"为什么?!"

"我……我……我可怎么跟你们说呢?"

"老赵,别着急,请慢慢说,天塌不下来!"

"我们部里坚决反对将备用机用于取样!"

"霍副部长不是决定可以用吗?"

"霍副部长只是二把手,做的决定不具有权威性。一把手具有一票否决权,只要他反对,决定的事情不是都可以推翻吗?"

"原来是半路上杀出个程咬金,那一定是你们的葛部长到了!"

"老赵,是你们防护部和西工大硬把老林拉上马的,你们说下马就下马,这不是出尔反尔吗?"肖亮抱怨道。

赵万林耸耸肩,两手一摊,一副无可奈何的样子。

陈南倒比较冷静,说:"这本来就是一个临时上马的计划外项目,下马就下马吧。没什么可惜的,就当我们做了一次游戏。"

清泉说:"这件事已经在所里挂号了,要下马也得向所里报告。我现在马上向所长汇报去。"

沈所长听完清泉的汇报,觉得下马实在太可惜,便立即给在马兰的程副司令打了个电话,希望他能挽回这个局面。程副司令立即给试验总指挥张蕴钰打了个电话,于是张蕴钰便决定召开会议讨论无人机取样问题。

会议在罗布泊村核试验指挥部会议室进行。这是一间大帐篷会议室,和常见的会议室没有什么不同,有讲台、有讲桌、有黑板,还有铺着军绿色毛毯的会议桌。出席这次会议的除了当事三方之外,还有兰空作战部的于副部长和指挥部的刘秘书与李参谋等人。

张蕴钰环视一圈与会人员后,说:"同志们,我先向大家介绍一下参加此次会议的主要人员:防护部的葛部长和赵万林……"二人起立,坐下。

"西工大的刘主任和张老师……"二人起立,坐下。

"研究所的唐峰和林清泉……"二人起立，坐下。

"另外，我还特意把兰空作战部的于副部长请来了。"于起立，坐下。

"今天的会议就是对无人机取样到底上还是不上的问题，做出最后决定。防护部和研究所对这个问题持有截然不同的两种意见，争论的焦点问题就是取样的无人机和有人机会不会在空中发生相撞。程副司令昨天夜里从马兰打电话向我建议，召开一个专门会议来论证一次。现在论证开始，先请林清泉同志发言。"

林清泉连讲稿都没拿，便胸有成竹地走上讲台。他从讲桌上拿出一支粉笔，环视了一下会场，讲道："我认为，有人机和无人机在空中发生相撞是绝对不可能的！其理由有三个：一是时间差，二是高度差，三是位置差。我先说时间差问题。无人机是在'零后'8分钟进云、15分钟出云、20分钟着陆的。当无人机着陆后，有人机才开始进云。试问，二者怎么能相撞呢？……"

他转身在黑板上画了一个蘑菇云示意图，又在其上部画了一条有人机飞行路线，并写上数字2 500；在其下方画了一条无人机飞行路线，并标明1 900。之后，他回身讲道："我再讲高度差问题。无人机取样高度是1 900米，而有人机的取样高度是2 500米。即使是两架飞机同时穿云，二者之间还有600米的高度差呢！试问，二者又怎么会相撞呢？除非它俩有深仇大恨！……"

指挥部的刘秘书和李参谋相视一笑，葛部长苦笑了一下。

"最后我说说位置差问题。大家都知道，烟云从形成时间起，就是不断随风飘的，不是像电线杆子一样傻乎乎地站在那儿不动。我估算了一下，当有人机进云时，烟云至少比无人机出云时往东飘了2 000米。姑且不讲时间差和高度差问题，就是两架飞机同时在飞，就是无人机成心想撞有人机，那也不是痴心妄想吗？……"

刘秘书和李参谋又相视一笑，葛部长冷笑了一声。

"我讲完了。各位有什么不同意见，请讲。我愿意回答各种问题。"清泉俨然像一个外交官准备答记者问。

葛部长对赵万林耳语了几句，赵万林面露难色。葛部长鼓励地说："讲嘛，大胆地讲嘛！"

赵万林硬着头皮说："老林，就算你以上说得有理，但是你还没考虑到，万一无人机失控，还是有可能撞上有人机的。"

清泉指桑骂槐："一个傻瓜所提出的问题，恐怕10个聪明人也回答不出来！"有人惊愕，有人窃笑，刘秘书和李参谋竟然笑出了声。

葛部长气得脸煞白，一拍桌子，说："林清泉同志！你太狂妄！"

清泉亮出挡箭牌："对不起，葛部长，这话可是列宁同志说的噢。"

葛部长干瞪眼，气得说："你……你……"

张蕴钰严厉地说："林清泉，说你的理由，别说些没用的！"

清泉问："赵万林同志，请问，重力是向下呢还是向上呢？"

赵万林回答："当然是向下了，这是个常识问题，还用问嘛。"

清泉："既然如此，无人机失控后会往下掉，而不是再往上爬600米去撞有人机，即使是它们同时在取样。"

赵万林说:"无人机失控后还会向上飞。"

清泉说:"假如我没记错的话,张老师曾经向我介绍过,无人机装有一套安全系统,万一失控,可立即发出指令,进入开伞回收程序。张老师,我没有说错吧?"

张老师低着头,脸几乎贴到桌面上,一言不发。

清泉理解他的尴尬处境,便说:"对不起,张老师,我让您为难了。"

赵万林说:"即使如此,这种危险还是存在的。"

清泉说:"老赵,既然你非要让它俩相撞,那就让它俩撞个粉身碎骨吧!真是'成也萧何,败也萧何'呀!"说完,愤愤地回到原位坐下。

葛部长盛气凌人地说:"林清泉同志,不要以为自己有了点儿知识就有多么了不起,话中带刺儿,咄咄逼人!"

清泉反唇相讥:"葛部长,您应该说知识越多越反动!"唐峰用大头鞋踢了他一脚。

葛部长说:"不怕一万,就怕万一嘛!万一出了事,你负得了这个责任吗?军人嘛,就得服从命令听指挥,不能由着自己的性子乱来!"

清泉说:"既然如此,还论证什么?干脆下个命令得了!"唐峰又踢了他一脚。

张蕴钰说:"好了好了,你们俩别争了!现在听听其他同志的意见。"会场从紧张的争论气氛中顿时又冷了下来,过了好半天,也无一人敢表态。

司令员只好点名:"刘主任,无人机是你们的,你说无人机会不会撞上有人机呀?"

刘主任圆滑地说:"司令员,这么大的问题,我们可担待不起呀!还是请司令员自己拿主意吧!"

司令员又点名:"于副部长,有人机是你们的,你认为他们的无人机能撞上你们的有人机吗?"

于副部长可是踢球高手。他说:"司令员,首长是现场总指挥,我当然听首长的!"

张蕴钰说:"一票赞成,一票反对,两票弃权。看来,我这张票最重要的,但是,不管我投谁的票,都会得罪一个人哪!……"

司令员扫视了一下会场,果断地说:"我决定:无人机取样立即下马!"

林清泉和唐峰面面相觑。

张蕴钰问:"林清泉,你还有什么要说的吗?"

清泉直率地说:"司令员,从组织上讲,我坚决服从您的决定!但是,从科学上讲,我只服从真理,不服从权力!"唐峰狠狠地踢了他一脚。

张蕴钰生气地说:"林清泉啊林清泉,你小子也太傲气了!除了你之外,还从来没有一个下级敢顶撞我!"

清泉讥笑地说:"司令员,您忘了吧?我可亲眼见过您的许多下级,把您拉到台上,戴上高帽子,进行批斗!"唐峰又狠狠地踢了他一脚。刘秘书和李参谋又笑出了声。

张蕴钰对这个刺儿头无可奈何,不由脱口骂道:"你这个臭小子,竟然敢揭我的伤疤?!看在当年你敢站在我身旁陪斗的分上,我先饶了你!"

清泉起立,敬礼:"对不起,司令员,在下失礼啦!"

张蕴钰说:"林清泉,不管你想通想不通,只要坚决服从就行。从现在起,立即放

第二十章 何去何从

弃你的无人机取样，集中精力搞好你的火箭取样吧！你要是把火箭取样给我搞砸啦，我饶不了你！"

这个会议在激烈的争论中进行，在司令员的命令下收场。在这场争论中，葛部长虽然落得下风，但他毕竟是胜利者；林清泉虽然占上风，但他毕竟是失败者。

1978年12月14日14时，中国最小的一朵蘑菇云升起在辽阔的戈壁滩上。

林清泉、肖亮和陈南，站在青石山顶上的火箭发射站上，像上次一样，对准蘑菇云发射了六枚和平-4号火箭。清泉依然当发射员，肖亮依然当监督员，陈南依然是观测员。发射完火箭，三人一边观赏着蘑菇云一边发着感慨。

肖亮说："今天天气多么晴朗啊，能见度又很高，蘑菇云和火箭都看得十分清楚，眼瞅着六枚火箭咻溜咻溜地钻进蘑菇云中去了。这次火箭样品肯定又是大丰收！"

陈南说："假如无人机取样也上的话，肯定也能取得大量样品，那我们就是双丰收啦！"

清泉懊悔不已，说："千载难逢的好机会呀，硬是被错过了！错，错，错呀！"

然后，三人开始收拾东西，准备撤离。

一阵飞机的轰鸣声传到了寂静的山头，三人抬头望去：蘑菇云已经失去了初期的蘑菇状，变成一片长条云，一架歼-6取样飞机呼啸着从烟云的西端钻进去，又从东端钻出来，返航了。片刻之后，第二架歼-6取样飞机风驰电掣般从烟云的西端钻进去，又从东端钻出来，返航了。

肖亮自豪地说："我们近距离地观看了火箭穿云取样的全过程，又近距离地观看了飞机穿云取样的全过程，真是大饱眼福啊！"

陈南说："全场区，也只有我们三个人离蘑菇云最近，才有如此的眼福。"

清泉说："不止是全场区，不止是全中国，就是全世界，有如此眼福的也只有我们三个人。"

三个人站在山头上，一同哈哈大笑。在笑声中，三个人携带着东西下山了。

当天晚上，火箭取样队正在讨论第二天的火箭回收方案。

唐峰进门就问："老林，我现在到指挥部去开会，你有事没有？"

清泉把一封信递过去，说："唐科长，请你把这封信当面交给司令员。"

唐峰说："什么内容？"

清泉说："我写的检讨。"

核试验指挥部的会议结束后，张蕴钰拿着一摞文件走进帐篷，在他的办公桌前坐下。他从文件堆里抽出一封信，撕开信封，抽出信纸，展开看完，接着便是一阵爽朗大笑。他边笑边说："哈哈！这他妈的臭小子，真是个不折不扣的刺儿头啊！他竟然敢骗我，这哪儿是什么检讨啊，分明是写诗批评我嘛！"

听过那天唇枪舌剑论证会的刘秘书和李参谋立即凑过来看稀奇。司令员把信递给刘秘书。刘秘书接过去浏览了一遍，然后念道：

良机已过,错,错,错!
有理无权,莫,莫,莫!

李参谋赞扬道:"这诗写得很精彩,语言简练,内涵丰富。这'错,错,错'和'莫,莫,莫',好像是在哪儿见过?"

刘秘书说:"这不是从陆游的《钗头凤》里引来的吗?你可别说,引得还相当巧妙!"

司令员又爽朗大笑,并说:"哈哈!你们这两个臭小子,竟然夸起那个臭小子来啦!"

刘秘书说:"司令员,您不觉得那天那个臭小子的论证无懈可击吗?而那个香小子所提的问题是滑稽可笑、所回答的答案是强词夺理吗?"

司令员说:"如果我连这个问题都看不出来,还当什么司令啊!我是总指挥,责任比谁都大呀,万一出点儿什么事,我负担得起吗?!再说了,无人机遥测是必保项目,而无人机取样则是临时上的计划外项目,我当然砍它啦!"

刘秘书说:"你把它砍了,至今那个刺儿头还耿耿于怀呢!"

司令员说:"他认真负责的态度,严谨的科学作风,坚韧不拔的毅力,为真理而斗争的精神和才华,都很难得呀!"

李参谋问:"司令员,您怎么也夸起他来啦?"

张蕴钰又是一阵爽朗大笑。

第二天,有的单位开始撤场,有的单位准备撤场,火箭取样队却在紧张地进行火箭的回收。回收的结果令他们非常满意:六枚火箭全部实现回收,四枚火箭样品丰收,显然是打进烟云中部;两枚火箭几乎没有取到样品,显然是擦了云边。这么小当量的试验,居然可以取到这么辉煌的战绩,再一次证明了近地观测烟云人工控制发射火箭的方法是十分成功的。

火箭取样队凯旋了。但是,回到红山不久,林清泉就受到了他的两个老战友的一顿狂轰滥炸。

陈南说:"这次任务火箭样品又获得了丰收,不但取得了丝棉样品,还取得了不锈钢丝布样品,超额完成了这次取样任务。"

肖亮说:"但是,我们取样队却失去了立功的大好时机。"

清泉说:"对不起,这都是我惹的祸。"

肖亮说:"对,就是你惹的祸!昨天我们开了个支部会,会上再次讨论了你的入党问题,支部指派我们俩找你好好谈谈,帮助帮助你。"

清泉说:"好啊,咱们仨在一起摸爬滚打了十几年了,你们俩最了解我。我有什么缺点错误,你们俩可是一清二楚哇!"

肖亮说:"总的来说,你的表现还是不错的,工作积极努力,任劳任怨;政治上能靠拢党组织,经常向组织上汇报思想……"

清泉说:"肖亮,你还是说'但是'吧!"

肖亮说:"但是,你的优点明显,缺点也明显,一遇到不顺心的事情,往往缺乏冷静。就拿这次无人机取样的事来说吧,你在论证会上的发言就很不冷静嘛!这次你捅的娄子也太大了!你舌战赵万林也就罢了,何必对葛部长冷嘲热讽呢,弄得他下不来台!"

清泉说:"我看他那种不讲道理、以势压人的样子,心里就不痛快!"

肖亮说:"你的嘴倒是痛快了,可是功也丢了,入党也吹了!"

陈南说:"还有,会上你顶撞司令员,会后你又写讽刺诗批评司令员,你的胆子是越来越大了!"

肖亮说:"所以,支部多数党员同志都认为,这是你目中无人、骄傲自满情绪的一次大暴露,需要接受组织的长期考验!"

林清泉总是惹是生非,因此他总是入不了党。

花开两朵,各表一枝。放下红山的林清泉不表,且说北京的彩云和她的俩孩子。

一天傍晚,彩云和小赵坐在床上,一边打毛衣一边聊天,云云、青青和荣荣正在屋子里玩上课的游戏。荣荣是小赵的女儿,和青青同岁,也是学龄前儿童。云云站在挂在墙上的小黑板前正在写"我爱北京天安门"。这个刚念了半年书的小学生,竟然想当老师了,不过她的学生只有两名,一个是她的弟弟,另一个就是荣荣。她写完字,回过身看了一眼坐在小椅子上的学生,严厉地说:"林小青,坐直了,背过手去!"学生不敢违背老师的意志,乖乖地服从。云云侧过身,用铅笔指点着黑板上的字,念道:"我——爱——北——京——天——安——门。念!"两个学生跟着一字一字地念了一遍。云云又重复教学生一遍。

刚念完,青青便叫道:"姐姐,我要撒尿!"

云云纠正道:"有事要喊报告,不要叫姐姐,要叫林老师!"

青青急忙改口:"报告!林老师,我要撒尿!"

云云严厉地说:"上课时间不许请假,下课再上厕所!"

青青说:"林老师,我憋不住啦!"

妈妈替儿子求情:"云云,快让你弟弟去吧!要不然,他又该尿裤子了!"

荣荣又叫道:"林老师,我也要撒尿!"

云云开恩了,说:"去吧,去吧,快去快回!"

青青起身就跑,刚出门就与夏彩虹撞了个满怀。彩虹笑道:"这孩子,跑什么呀?"青青叫了声"大姨"就急急忙忙跑走了。

彩云立即放下毛衣,起身迎了出去,高兴地叫道:"姐姐!快进屋!"

彩虹提着一网兜水果进了屋,笑呵呵地说:"彩云,你们这可真远哪!"

彩云随手关上门,接过网兜放在桌子上。彩虹脱掉大衣、围巾和头巾,彩云接过去一一放在床上。

小赵睁大了眼睛看着姊妹俩,惊奇地说:"天哪!这姊妹俩真像是一对双胞胎呀!难怪当年老林认错了人。"

彩云介绍:"姐姐,这位就是我常跟你提起的小赵。"

彩虹握着小赵的手，说："哦，你就是那位跟老林吵得天翻地覆的小赵呀！"

小赵说："我们俩这一吵啊，倒吵出一段好姻缘和一个幸福的家庭呢！"

三个女人一起笑了。青青和荣荣回来了。

小赵说："彩虹姐，你们姊妹俩好好唠唠吧，我得回家做饭去了。再见。"说完，领着荣荣走了。

云云搬过一把椅子放在彩虹身后，亲热地说："大姨，您坐在椅子上！"

彩虹抚摸着云云的头，说："云云懂礼貌，真是一个好孩子。"说完在椅子上坐下。

彩云说："姐，这么远的路，大冷的天，你怎么跑来了？"

"清泉不在家，一是来看看你们有什么困难没有；二是快过年了，妈让我请你们回家过年。"

"孩子大了好带，你们放心好了。过年我们肯定是要回去的。不过，我打算年三十和初一在舅舅那边过，因为那是我的第一个娘家，我不回去他们会伤心的，初二我再带着俩孩子去给爸妈拜年。"

"你想得挺周到，就这么办吧。"

"姐，你歇着，我去做饭，吃完饭你好早点回去。"

"今天晚上我不走了，就住在你这儿，咱姐俩唠他一宿。"

饭菜上了桌，姐俩一边吃饭一边唠嗑，说的都是孩子的故事。

夜深了，俩孩子都睡着了，姐妹俩躺在被窝里还唠个没完。

"彩云，你们一家子亲亲热热、和和美美的，真是幸福呀！唯一不足的是，你们长期两地分居也不是个办法呀？"

"他说了，等大气层核试验结束了，他就转业回来，和我们一家团聚。"

"那你自己还得苦几年。"

"这么多年都熬过来了，再等几年也没关系。"

"这次任务不知道他完成得怎么样，是成功了还是失败了？"

"成功也好，失败也罢，那是他的事，我只要他平安归来。"

"在执行任务中，他们有成功的喜悦，也有失败的痛苦。他没给你讲过吗？"

"没有。他的嘴可严了，核试验的事他很少跟我讲，我从医院里听到的都比从他嘴里听到的多得多。我就知道，他去新疆了，又是进场执行任务去了；他回来了，又忙着为下次任务做准备。"

"你也不问问他？"

"该说的他自然跟我说了，不该说的自然有他不说的道理。"

"你这么理解他，我真高兴！"

"如果一个妻子连自己的丈夫都不理解，那她就不是一个好妻子！"

"看来，他没爱错你，我的这根爱情接力棒也没交错人。"

"姐，我也理解你。当初，你跟他在核试验场上建立的那段爱情是非常美好的、纯真的。可是后来因为爸爸的问题，你怕连累他，就忍着巨大的悲痛离开了他。其实，你心里一直深深地爱着他。姐，我不怪你，也不嫉妒你！"

彩虹情不自禁地搂住彩云，说："彩云，你真是我的好妹妹！"

彩虹对清泉刻骨铭心的爱只能深深地埋藏在心底，直到永远。

1979年春节，彩云带着俩孩子在康家过了两天，又在夏家过了两天。这个春节，林清泉是在红山过的，李保国请过他，陈南也请过他。

光阴荏苒，草又绿了，树又绿了，花儿又开了。在这阳光明媚、春意盎然的日子里，一件振奋人心的消息惊动了寂静的红山：科技干部评定技术职称啦！一石激起千层浪，红山沸腾了。

十年浩劫，不仅严重地破坏了国民经济，也严重地破坏了科研单位正常的生活秩序：大学停办了，造成科技人员的大断层，后继乏人；工资长期停留在一个级上，给广大科技人员的生活造成很大的困难；技术职称停止评定了，吃大锅饭，严重地挫伤了广大科技人员的积极性。重新启动评定技术职称工作，令广大科技人员无不欢欣鼓舞，兴奋异常。如果评上中级技术职称（相当于团级），工资和待遇都有大幅度提升；如果评上高级技术职称（相当于师级），那就可以享受高级干部的待遇。因此，人人擦拳摩掌，个个跃跃欲试。当然，各个研究室的普通技术干部，只能竞争中级职称，只有各个研究室的主任和副主任（已有中级职称）才有资格竞争高级职称。

在全室大会上，路雨声正在作评定技术职称的动员报告，他慷慨激昂地说："同志们：我所建所以来的第一次技术职称评定工作，今天就开始啦！"会场里爆发出暴风雨般的掌声。

"我们的老同志都工作10年以上了。十几年来，你们在核试验场上喝苦水，战严寒，斗风沙，摸爬滚打；十几年来，你们为我国的核试验事业，呕心沥血，艰苦奋斗，努力拼搏；十几年来，你们胜利地完成了一次又一次核试验任务，取得了大量的珍贵的测试数据，为我国核武器的发展立下了汗马功劳。但是，你们这一代人命苦哇，吃的是草，挤出来的是奶呀！由于长达10年的'文化大革命'，十几年没有给你们提过一次级，涨过一次工资，十几年没有给你们评过一次技术职称，至今你们还只是技术员。按照正常的技术职称评定程序，你们都应该是副研究员、研究员或高级工程师啦！通过这次技术职称评定，你们之中的许多人也能获得助理研究员或者工程师的称号。即使如此，由于名额的限制，会有一些同志评不上，那就只能请这些同志再忍耐几年，等下一次啦！我在这里向大家说一声：对不起，请多包涵吧！……"会场一片骚动。

"凡是参加这次技术职称评定的同志，必须在全室大会上作一个学术报告，题目自选，时间限制在15分钟之内。我给大家三天准备时间，三天之后，就在这里开始作报告……"

动员大会后，大家立即行动起来，开始回忆自己的"丰功伟绩"，寻找自己的闪光点，查资料查档案，撰写报告。

取样队员们不甘落后，开始写论文。林清泉的论文题目是：几种超音速取样器的气动设计。肖亮的论文题目是：取样火箭的几种发射控制方式。陈南的论文题目是：提高取样火箭命中率的简单方法。李保国的论文题目是：飞机取样技术的发展。孙志刚的论文题目是：几种过滤材料技术性能的测定。郑茂功的论文题目是：烟云中的 γ 射线剂

量率。

技术报告如期开始了，报告会由路雨声主持。

郑茂功报告了《烟云中的γ射线剂量率》之后，李保国开始报告《飞机取样技术的发展》。他报告了首次原子弹试验中用伊尔-12运输机取样问题，他报告了首次氢弹试验中用歼-6飞机取样问题，他报告了在特大当量的氢弹试验中用歼-7飞机取样问题。他在一片掌声中走下讲台。

之后，林清泉站在讲台上报告《几种超音速取样器的气动设计》。他报告了挺进-1号超音速火箭取样器的设计理论和要点，他报告了超音速飞机取样器的设计理论和要点，他报告了雄鹰-1号超音速火箭取样器的设计理论和要点。他有条不紊地讲解，赢得了一阵热烈的掌声。

你方唱罢我登场，林清泉报告完，陈南报告；陈南报告完，肖亮报告。这场报告，一直持续了三天才告结束。

评定技术职称成为当前所里的焦点问题，因此也就成为人们茶余饭后议论的话题。林清泉和肖亮躺在被窝里还在说长道短。

"队长，这次评职称对我们取样队最不利，可能刷下来的人比其他组的人多。"

"肖亮，你估计得有道理。若论执行任务次数，我们有很大优势。若论学术水平，我们就不如化学组和物理组了。简单说来，我们取样队有三多三少。"

"哪三多哪三少？"

"执行任务多，看书学习少；跑跑颠颠多，书写文章少；吃射线多，吃洋文少。"

"嚆，你挺会总结的嘛，还一套一套的。"

"还是常说的那句话，要做好两手准备。评上当然好，但还要保持一个平常心，切不可忘乎所以；评不上虽然会伤心，但不要太在乎，更不能趴下！"

"当然了，哭天抹泪绝不是男子汉干的事情。"

"职称评完了，怎么还不放我们走？咱俩还得回北京参加雄鹰-1号的研制呢！"

"我听说，大气层核试验已接近尾声，科委可能允许所里放一批人。"

"是不是小道消息呀？"

"说不准。这消息是从北京传来的，说得有鼻子有眼的。"

"要是果真如此，那可太好了。"

"那就可以实现我们全家团聚的梦想了。"

林清泉和肖亮都希望这小道消息变成大道消息，实现他们全家团聚的梦想。

无风不起浪，评定技术职称热潮刚刚冷却，小道消息果然变成了大道消息：科技干部可以转业啦！红山又掀起一阵波澜。

研究所的大多数科技干部，都像取样队的林清泉、肖亮、孙志刚、刘海泉和郑茂功一样，长期过着夫妻两地分居的生活，给家庭生活造成很大的困难，无不渴望全家大团圆的那一天。这一天终于来临了，许多人蠢蠢欲动。

在全室大会上，郭臣正在作转业动员报告："同志们：我国的大气层核试验已接近尾声，因此国防科委决定，从今年开始，我所可以根据工作需要，分期分批放人……"

会场里一片欢呼。

郭臣挥动两手向下压着，说："静一静！静一静！"会场终于又恢复了平静。

"大家不要高兴得太早！转业是有条件的，不是谁想走就走！第一，必须是工作可以脱离得开的；第二，优先照顾长期两地分居、家庭生活特别困难的单身干部……"清泉和肖亮高兴地相视一笑。

"第三，双军人的，第一批一律不放。但是，空口无凭，以转业报告为证。所有想转业的干部，必须打一个转业报告交给我。当然，不是所有打报告的人都可以转业，还要经过组织批准……"

一石激起千层浪，一语撼动百人心。转业报告很快就像雪片一样飞落在郭臣的办公桌上。打报告最积极的当然是那些常年两地分居的单身干部。林清泉和肖亮进了政委办公室，把转业报告往桌上一放，二话没说，转身就走。

郭臣叫道："你们俩给我回来！"两人停步，回身。

郭臣问："你们俩跑来凑什么热闹啊？"

清泉说："政委，您这话就不对了，我们俩是响当当地符合转业条件的，怎么是凑热闹呢？"

郭臣说："你们俩只符合第二条，不符合第一条。第一条是根本，这一条不符合，其他有多少条符合都没用！"

肖亮说："政委，这您放心。工作问题我们俩已经商量好了，陈南留下，室里再给他派两个人代替我们俩，我们俩不就可以离开了吗？"

郭臣笑道："哈哈，你们俩的小算盘打得可够精的！那你们俩的如意算盘当着陈南的面扒拉过了吗？"

肖亮说："还没来得及呢。"

郭臣说："你们三个人在核试验场上一块摸爬滚打了十几年，难道你们俩就忍心把他一个人丢下走了？"

清泉说："天下没有不散的宴席，该分手时就分手吧！"

郭臣说："如果你们俩走了，正在研制中的雄鹰－1号火箭必然就得下马，你们俩忍心吗？"

清泉迟疑着，说："这……"

肖亮说："下马就下马吧！连大气层核试验都要下马了，雄鹰－1号下马也没什么可惜的！政委，您就高抬贵手，放我们走吧！"

郭臣说："就是我高抬贵手了，还有所里呢？还有基地呢？我劝你们俩把报告收回去，另作打算！"

清泉说："为了一家人的团聚，除了转业，还能有什么打算呢？"

郭臣说："把你们的爱人调进来，把你们的家搬进来，不是也可以实现你们团聚的梦想吗？"

肖亮说："政委，您开什么国际玩笑？别人从红山走出去，您却让我们走进来，这太不公平了吧？"

郭臣说："我不是跟你们开玩笑，这是真的。国防科委刚刚出台的一个文件已经到达基地，马上就会传达。这个文件的主要精神是：将一些工作上实在离不开的单身干部的爱人调进所里，穿军装的照样穿军装，没穿军装的也可以穿军装。"

清泉态度坚决地说："我只要求转业，不考虑其他！"

肖亮随声附和："我的态度跟他一样！"

郭臣说："这样吧，你们俩坚决要走，就去找所长，如果他同意放你们俩，我绝不阻拦！"

"找就找，走！"清泉拉着肖亮就走。

林清泉和肖亮骑着自行车从放化楼前的山梁上飞驰而下，一路下坡，又一路上坡，奔到所办公大楼前。两个人跳下车，脚步匆匆地进了门，"噔噔"地上了楼，急急火火地进了所长办公室。沈平莫名其妙地看着这两个不速之客。

清泉开门见山地说："所长，我们俩要求转业，请您同意！"

沈平说："转业的事先找你们政委谈，不要越级！"

清泉说："我们刚从他那儿来。郭政委说，只要您同意，他就同意！"

沈平说："噢，原来是这样。对技术骨干力量的去留问题，必须经过司令员的同意。这样吧，你们俩去找司令员，假如司令员同意，我绝不阻拦！"

"好吧，我们这就去找司令员！"

"林清泉，司令员正要找你这个刺儿头算账呢！你还敢亲自送上门去呀？"

"所长，您甭吓唬我。他当面臭骂我一通，然后再把我一脚踢出去，也值啦！"

"既然你不怕，那你就找他去吧。"沈平打开窗户，往楼下一看，说，"司令员还没走，在大楼前正跟人谈话呢。"

"走，找他去！"清泉拉着肖亮的手边说边往外跑。

在所办公大楼前的广场上，张蕴钰站在吉普车旁，跟一个干部正在谈话。刘秘书站在他的身旁。

林清泉和肖亮"噔噔噔"地下了楼，出了楼门，直奔司令员跑去。

刘秘书一抬头看见跑来的两个人，叫道："司令员，您看，那个刺儿头找您来啦！肯定是为转业的事。"司令员抬头一看，叫道："这个刺儿头难缠，赶快上车！"说完便跟刘秘书匆忙地上了车。清泉和肖亮边跑边喊："司令员！等一等！等一等！"张蕴钰命令司机："快开车！快开车！"司机一踩油门，车便飞了出去。林、肖二人跟着车紧追不舍。司令员从车窗口探出头看着奔跑的清泉和肖亮，挥着手说："再见！再见！"累得气喘吁吁的两人，无可奈何地看着吉普车远去……

林清泉和肖亮碰了三鼻子灰，仍不死心，便把一线希望寄托在路雨声身上。他俩一进主任办公室的门，路雨声便幸灾乐祸起来："哈哈，不听老人言，吃亏在眼前。怎么样，你们俩又吃闭门羹了吧？"

肖亮说："还哈哈呢，郭政委、所长和司令员，都会踢皮球，成心溜我们的腿，就是不打算叫我们走！"

路雨声说："你们俩不能走，我国的核试验事业还需要你们。大气层核试验只是接近尾声但还没有结束，还需要你们去打火箭，去造新火箭雄鹰－1号。即使是大气层核试验结束了，还有地下核试验呢。"

清泉笑道:"主任,你们还想把我们俩永远拴在中国核试验的战车上呀?"

路雨声说:"你们俩是两匹不用扬鞭自奋蹄的骏马,不拴你们拴谁呀?"

清泉说:"主任,你不是不知道,我们家里不是有困难吗?顾了工作顾不了家。"

路雨声说:"你们的困难我当然知道。你们要是把家搬进来,不是两全其美了吗?国防科委首长这次特批给我们基地一批家属可以调入基地的名额,就是为了照顾你们这些人的。机会难得呀!如果你们俩错过此次良机,那可真是'错,错,错'啦!我劝你们俩回去,好好做做自己爱人的工作,把家搬来吧!我和政委等着欢迎你们!"

清泉无可奈何地说:"你们三级领导把我们俩的转业之路都封锁了,就给我们留了这一条道,我们不走也得走啊!那我就回去试试吧。"

肖亮也没咒念了:"那我也只好回去试试了。"

"这才是好样的!"路雨声高兴地一拍大腿说,"我跟政委商量过了,你们俩马上就可以走,一边去设计院继续研制雄鹰-1号火箭,一边做爱人的工作。时间不限,只要年底之前把家搬进来就行!"

陈南和李保国也都劝他俩把家搬进来,大家还要一起战斗。

几天后,林清泉和肖亮又启程了。

第二十一章 红山欢迎您

　　林清泉和肖亮动身了。这一次，他们没有走老路，而是搭车直接到乌鲁木齐。他们进疆16年了，都是在吐鲁番站上下车，从来没有到过乌鲁木齐，便决定绕道去乌鲁木齐走一遭，看看这座城市的美丽风光和风土人情，再买些具有新疆特色的礼物带回家去，"贿赂贿赂"老婆孩子。

　　乌鲁木齐市位于天山北麓，是新疆维吾尔自治区的首府，是西北边陲的一颗璀璨的明珠。马兰招待所是核试验基地在乌鲁木齐市设立的一个大型招待所，招待基地过往人员以及外单位进退场人员。马兰招待所位于长江路的南端，靠近火车站，买车票和上下车都十分方便。林清泉和肖亮在招待所登记好房间，放下行装，洗去风尘，便到附近的一个小饭馆吃了新疆拉条子。吃完饭，两人便回到房间早早睡了。一路劳顿，十分困乏，一觉睡到大天亮。

　　早晨上班后，两人到招待所预订票处登记完，便去逛大街。你要想熟悉一座城市，最好是步行，不要坐车。坐车是走马观花，步行是下马观花。林清泉和肖亮便开始漫游乌鲁木齐市。两人漫步在和平东渠与和平西渠之间的河滩路上，一面看河一面欣赏沿路的风光。两人沿着长江路、扬子江路一直走到红山百货商场。在商场的民族商品柜台前，两人被那漂亮的维族小花帽深深吸引了，每人买了几顶，回去送给孩子。两人出了商场，又走进商场对面的一个"巴扎"。这里，人头攒动，叫卖声此起彼伏，讨价还价声不绝于耳，十分热闹。这里，各式各样的民族小商品，琳琅满目，令人目不暇接，其中有制作精美的维族腰刀、漂亮的维族小花帽、葡萄干和杏干。两个人再次出手，买了维族腰刀、葡萄干和杏干。两人信步走在繁华的大街上，一路走一路看，见了感兴趣的商店便走进去。在一家小店里，两人坐在凳子上，第一次品尝香喷喷的烤羊肉串。在一家维族饭馆里，两人第一次品尝抓饭，但他们不会抓着吃，用的还是勺子。

　　第三天傍晚时分，林清泉和肖亮在乌鲁木齐站登上了70次特快列车的卧铺车厢。

第二十一章 红山欢迎您

　　两个人把旅行包放在行李架上刚坐下，又有两个人的旅行包挨着他们的旅行包放下，随后两个漂亮的坤包分别放在他俩上面的中铺上，之后，有两个人挨着他俩坐下。原来是两个漂亮的维族女青年。两个女青年朝他俩莞尔一笑，两个解放军回敬了一个微笑。站台上，几个来为她们送行的维族男女青年"哇哩哇啦"地说着祝福的话，两个解放军主动地把两个靠窗口的位置让给她们，于是，车上和车下"哇哩哇啦"地聊起天来。车开了，车上和车下的人挥手告别。列车驶出乌鲁木齐站，向吐鲁番站驶去。"解放军同志，谢谢你们！"一个女青年用一口流利标准的普通话致谢。"不客气。"林清泉回敬道。两个女青年不但汉语说得很好，也很健谈。于是，两个维族女青年便和两个解放军热情地攀谈起来。她们介绍了维族的风俗习惯、哈密瓜的品种以及如何做抓饭等许多有趣的问题。她们还说，北京好，上海也好，但是都不如乌鲁木齐好。林清泉和肖亮对两个女青年热爱家乡的美好感情，大为赞赏。

　　在不断的聊天中，火车到了北京。下车后，肖亮去了火箭设计院招待所，林清泉回了家。

　　三天后，林清泉和肖亮又出现在火箭设计院。在总装车间里，一张工作台上放着雄鹰-1号取样火箭的XY-1型超音速火箭取样器的样机。蒋明宇指点着样机对林清泉、肖亮、徐明媚、李求实和倪师傅介绍他的作品。

　　第二天，林清泉和肖亮就去了31所。31所早把风洞实验模型制作出来，就等着他俩过来。几天后，林清泉、肖亮、蒋明宇和李求实便同31所的张宝胜等人到了风洞试验基地。试验进行得很顺利，不到10天就圆满结束了。

　　火箭研制工作告一段落，肖亮回了太原，林清泉回了医院，两人开始做妻子的思想动员工作。

　　北京已经进入汗流浃背的盛夏，学生已经放暑假了。

　　夜里，俩孩子已经睡着了，每人的肚子上盖一条小毛巾被。清泉与彩云每人盖一条毛巾被，靠在床头上，一边摇着蒲扇一边聊天。

　　彩云抱怨道："北京的夏天真热，热死人了！前半夜热得人都睡不着。"

　　清泉趁机宣传："若论气候啊，红山好得简直没治了，冬暖夏凉。尤其是夏天，晚上睡觉还得盖棉被。所以呀，红山是夏天避暑的好地方。"

　　"红山好是好，就是太遥远、太偏僻了。"

　　"红山天高地阔，空气清新，没有污染，没有城市的拥挤和喧闹。另外，草原青草肥美，还可以开荒种地，养鸡养鸭，过田园式的生活。"

　　"你这么热衷于吹嘘红山，是不是想动员我们娘仨跟你去红山呀？"

　　"知我者，护士长也。"

　　"你呀，黄鼠狼给鸡拜年——没安好心！"

　　"我是爱你们的，无论如何不会害自己的老婆孩子！"

　　"红山这好那好，请问，红山的教学质量好不好呢？"

　　"就是这点不尽如人意。所以，凡是有办法的人都把孩子放在内地上学。"

"我担心的就是这个问题呀!你把你自己奉献了,我支持你!你把我也奉献了,我也无怨无悔。难道你还要把我们的俩孩子都奉献了吗?!"

问得清泉哑口无言。他顾虑的也是这个问题,秋天开学,云云就上二年级了,青青也要上学了,这正是孩子开始打学习基础的时候,对今后的学习至关重要。清泉也是左右为难。

太原,肖亮也在花言巧语地做梁馨的工作。早饭后,肖亮扎着围裙正在刷碗。

"哎,肖亮同志,"梁馨一边穿衣一边唠叨,"领导不是给了你自由假期吗?那好,这个假期你就给我在家洗衣、做饭、带孩子,体验体验生活的艰辛。其他的事,一概免谈!"

肖亮笑呵呵地说:"请首长放心,我保证完成各项家务任务,争取立功受奖。"

梁馨说:"好好干活,少拍马屁。"

肖亮说:"领导批评得完全正确!"

红红说:"妈妈,爸爸比我还听话呢。"

梁馨说:"你爸爸这是黄鼠狼给鸡拜年——没安好心!"

彤彤说:"妈妈,我爸爸可好了,给我和姐姐买一毛钱的大雪糕,可你老是给我们买三分钱的冰棍。"

梁馨说:"你爸爸这是在搞物质刺激!"

彤彤说:"我喜欢爸爸的物质刺激。妈妈,你也刺激刺激我吧!"

梁馨说:"傻小子,就长了个吃心眼。"说完,出门上班去了。

红红说:"爸爸,今天你带着我们上公园玩去吧!"

肖亮解下围裙,说:"好。咱们现在就走。"俩孩子高兴得又蹦又跳。

纵贯南北的汾河把太原市分割成东西两个区域,东区最大最繁华,有太原火车站,有迎泽大街,有迎泽公园,有动物园。肖亮带领俩孩子在逛迎泽公园。俩孩子一边吃着大雪糕,一边看风景。在儿童游乐场,俩孩子一会儿坐转椅,一会儿滑滑梯,玩得不亦乐乎。

太原,肖亮想方设法做梁馨的工作。北京,林清泉想方设法做彩云的工作。

饭桌上摆放着两菜一汤:红烧狮子头、糖醋鱼、冬瓜氽丸子汤。彩云一家子一面吃饭一面评头论足。

青青说:"爸爸,你做的红烧狮子头真香!"

云云说:"爸爸,你做的糖醋鱼才好吃呢,又甜又酸的。"

彩云说:"这冬瓜氽丸子汤,味道十分鲜美。"

清泉得意地说:"我研究过菜谱,拜过师学过艺,做的菜能不好吃吗?我还要多学几招,等到了红山,我天天做给你们吃,让你们吃得路也走不动、山也爬不动。"

彩云说:"噢,原来你做好菜给我们吃,是为了拉我们跟你进红山哪。"

云云问:"爸爸,红山好玩吗?"

清泉说:"好玩极了!美丽的草原,到处是鲜花,遍地是牛羊,还有骆驼在游荡。"

云云说:"那我去看羊,看牛,看骆驼。"

青青问:"爸爸,那里有河吗?"
清泉:"有。河里的鱼一群一群的。"
青青说:"那我去钓鱼。"
清泉说:"那河里的鱼傻乎乎的,可好钓了。"
彩云说:"云云,青青,我看你们俩才傻乎乎的呢,一会儿就上你爸爸的钩了。"
清泉哈哈大笑。

北京,清泉使尽浑身解数做动员工作;太原,肖亮也使尽浑身解数做动员工作。
饭桌上摆放着切好的西瓜,梁馨一家人一面吃西瓜一面聊天。
彤彤说:"这西瓜真甜呀!"
红红说:"爸爸说,那新疆的西瓜才叫甜呢!爸爸,你唱唱你编的真甜歌吧!"
肖亮按着《解放军进行曲》的旋律唱:"真甜真甜真甜,新疆的西瓜真是甜……"
梁馨阴阳怪气地说:"你爸爸的嘴呀,那可是甜得没治啦,会用甜言蜜语骗孩子喽!"
红红问:"妈妈,你怎么净用恶毒的语言攻击爸爸呀?"
梁馨一语揭穿了丈夫的阴谋诡计:"你爸爸这是用花言巧语骗你们进新疆呢!"肖亮哈哈大笑。

肖亮和清泉虽然不断碰钉子,但他俩一点也不灰心,火箭取样那么多的难题都攻下了,妻子的堡垒再坚固也一定会攻下来的。

天安门广场之夜,流光溢彩,微风阵阵。不少北京人从四面八方来这里乘凉。彩云一家子和彩虹一家子也来了。云云、青青、莺莺和鹏鹏在人民英雄纪念碑前,相互追逐着玩耍。清泉和彭刚坐在纪念碑前的台阶上,一边看着孩子们玩耍一边聊天。彩云跟彩虹姐俩站在他们后面的平台上,手扶栏杆,窃窃私语。

"姐,他成天跟我死缠乱磨的,又使出他那般不达目的誓不罢休的架势,我有点儿招架不住了。"

"你也知道,他那个人事业心很强,他所以动员你跟他走,一是领导不放,二是他还恋着他的蘑菇云、恋着他的火箭。你们去红山,有如下几个好处:第一,一家团聚了,不但解除了两地分居的烦恼,而且也节省了家庭开支;第二,红山的住房比较宽敞,可以改善你们的住房条件;第三,红山可以种地,养鸡养鸭,使生活更加丰富多彩。"

"这些他都跟我说过,我也觉得挺好的。但是,我只有一个顾虑,就是怕耽误了俩孩子的前程。"

"那你跟他提条件,到红山之后,业余时间好好辅导俩孩子。"

"这些条件他已经满口答应了。"

"那你也答应他吧,别让他为难了。"

"他还对孩子们说,红山如何如何好玩,把俩孩子都说动心了。"

"这也是实话,红山除了遥远、偏僻之外,还真是个好地方。"

"这个决心我实在是难下呀!"

"你要是不跟他去，我可跟他去了！反正其他人也分不清你和我。"

"姐，你还想跟我抢他呀？"姐俩"咯咯"笑了。

女人的心软，刀子嘴豆腐心，更架不住丈夫的甜言蜜语和软磨硬泡，康彩云终于松口了。

北京，清泉攻克了彩云这个堡垒。太原，肖亮还在努力攻克梁馨这个堡垒。

肖亮正在主持家庭会议："现在，我们举手表决去不去红山的问题。同意去红山的请举手！"自己先把手高高举起来。

红红毫不犹豫地举起了手。

彤彤看看爸爸举的手、看看姐姐举的手，刚举起了手，又看妈妈还没有举手，又把手放下了。

梁馨说："彤彤，别看我，你要是想举就举吧！"

彤彤又把手举了起来。

梁馨无可奈何地说："你爸爸真会拉选票呀！"

俩孩子每人拉着妈妈的一只手举了起来，叫道："妈妈举双手赞成！"

清泉接到方芳乘坐30次列车到北京的电报，便跟彩虹一块去北京站接她。

30次列车徐徐驶进北京站，清泉和彩虹随着车慢跑着，彩虹脚下一滑打了个趔趄，清泉手疾眼快，一下子抱住了她。她趁势趴在他的怀里，再一次享受他温暖的怀抱。她柔情地说："清泉，你真像我的哥哥，在我遇到危险的时候帮助了我。多抱我一会，好吗？"他紧紧地拥抱了她一下说："你没事吧？""没事儿。就是吓了一跳。要不是你抱住我，说不定摔得鼻青脸肿的。""没事就好。快走吧，说不定方芳已经下车了。"

当两人来到一节硬卧车旁时，方芳已经站在站台上等他们了，地上放着两个旅行包，身旁站着酷似她的女儿小芳，五六岁的光景。"彩虹姐！"方芳高兴地叫着扑进彩虹的怀里，不停地说，"想死我啦！想死我啦！""方芳，我也想你呀！"两个老战友久别重逢，激动得热泪盈眶。清泉提醒道："彩虹，方芳，这里不是说话的地方，有话回家说去。"

彩虹说："方芳，到我家去，那里还有人等着欢迎你呢！"

方芳叫女儿问候过清泉和彩虹，便开始出站。清泉一手提着一个旅行包在前面走，方芳领着女儿，彩虹和方芳亲热地说笑着紧随其后。转眼间，他们就消失在地下通道里。

夏家厨房里，彩云帮助李阿姨在做饭；客厅里，四个孩子在看电视，彭刚和岳母在唠嗑。

"彭刚，这个方芳你认识吗？"

"认识，但不怎么熟悉。彩虹一开始就跟她在一个组工作，两人关系十分亲密，形同姐妹。"

说话间，彩虹和清泉带着方芳母女俩进了客厅。彭刚和夏母立即起身招呼客人。方芳母女俩问候过夏母和彭刚。

彩云姗姗进了客厅，小芳看了看彩虹，又看了看彩云，拽了拽妈妈的衣襟，问：

第二十一章 红山欢迎您

"妈妈，怎又出来一个夏阿姨？是不是像真假美猴王一样，一个是真，一个是假？"大家都笑了起来。

彩云和方芳握手，说："欢迎你，方芳。"

方芳说："彩云姐，我们俩虽然是初次见面，却好像是旧时友。彩云姐和彩虹姐真像是从一个模子里倒出来的。"

夏母笑道："她们俩呀，都是从我这个模子里倒出来的。"笑声响彻夏家。

"饭菜都好了，彩虹，带着客人来吃饭吧！"李阿姨叫。

孩子们还是单独在茶几上吃饭，小客人自然加入他们的行列，喝汽水，抢着吃鱼吃肉，谁也不客气。

大人们在餐厅里就餐，彭刚和清泉喝的是白酒，女人们喝的是小香槟。大家一面喝酒一面聊天。

方芳说："彩虹姐，听老林说你又回北京了，而且他的爱人还是你的亲妹妹，高兴死我了，恨不得马上飞到北京来看看你们。今天，我终于如愿以偿了。"

彩虹说："方芳，见到你我也非常高兴。你就住在我家里，咱俩唠它一天一夜。"

方芳说："没时间了。我还得到前门售票处去买预售票。买好票，我再带小芳去看看天安门，逛逛动物园，小芳想看大熊猫。"

彩虹说："预售票我已经给你买好了，后天的，还是下铺。明天，我陪你们娘俩出去玩。"

方芳说："太好了。谢谢你，彩虹姐。"

彩虹："你是我的老战友，还客气什么。"

清泉问："方芳，你光带女儿进红山，怎么不带儿子呢？"

方芳说："孩子的爷爷说啥也不让我带。我带小芳走，我母亲还哭了一大场呢。"

夏母说："当老人的都这样，谁也舍不得自己的儿孙到那遥远的地方去。彩云马上就要带着她的俩孩子进红山了，我这几天正伤心呢。"

方芳说："彩云姐，你决定去红山了？"

彩云说："老林成天跟我软磨硬泡的，我有什么办法呢，嫁鸡随鸡，嫁狗随狗吧。"

方芳说："彩云姐，我和保国在红山等着欢迎你。"

送走了方芳母女俩，康彩云的调令也到了，林清泉夫妇开始打点行装，康家和夏家也都为彩云搬家做准备。

康家门前的柳树叶子开始发黄了。外屋的角落里立着一个新打好的米黄色的五屉柜，新刷的清漆闪着亮光。康父和康母站在柜子前欣赏着。

康父自鸣得意地说："老太婆，你看看，我打的这个五屉柜漂亮吧？"

康母不屑一顾地说："八级木匠，连这个小家具都做不好的话，那不太丢手艺了！"

康父说："给自己闺女做的，那得精益求精，锦上添花。"

康母拿了一条旧床单盖在柜子上，说："别落上灰！"

"姥爷！""姥姥！"云云和青青叫着跑了进来，清泉和彩云随后跟了进来。

康母抚摸着俩孩子的头，笑眯眯地说："哟，我的两个小宝贝回来喽，想死姥

姥喽！"

康父把柜子上的旧床单慢慢拉开，高兴地说："彩云，你看！"

彩云惊喜地说："五屉柜！"

康父问："喜欢吗？"

彩云回答："太喜欢啦！"

康父说："你们结婚都七八年了，家里就是用几个木箱子放衣物，连一件像样的家具都没有。这是爸爸送给你的礼物，你把它带到新疆去，放个人的衣物。另外，你以后见到它就像见到我和你妈一样。"

彩云说："谢谢爸爸！"

康父介绍自己得意的作品："左半边是一个小挂衣柜，右半边是五个抽屉。最上面的这个抽屉，放户口本呀、购粮本呀、副食本呀、钱呀、粮票呀、布票呀等贵重东西，所以我给加了一个暗锁。下面四个抽屉呢，你们每人一个，装自己的衣物。"

青青问："姥爷，有我的吗？"

康父说："有哇，最下面的那个就是你的。"

云云问："姥爷，那倒数第二个就是我的？"

康父说："对呀。"

"太好啦！太好啦！"俩孩子高兴地欢呼起来。

看着两个活泼可爱的孩子，康父的脸上挂满了微笑，康母却黯然神伤道："要是不走，多好！哎，折腾来折腾去，这个女婿还是把我的闺女和两个小宝贝要走了，要带到新疆去了。留不住呀，由他们去吧！"

彩云有两个娘家，就有两份礼物，康家有康家的，夏家有夏家的。

夏家客厅里，夏父、莺莺、鹏鹏、云云和青青坐在一起正在看电视。聪明机灵的米老鼠和滑稽可笑的唐老鸭，不时激起孩子们捧腹大笑。夏父也跟着孩子们一同大笑，与其说是米老鼠和唐老鸭给他带来了快乐，倒不如说是天真烂漫的孩子们给他带来了无比的快乐。

夏母卧室里，靠墙放着一台缝纫机，缝纫机上放着一台电子管收音机。夏母、彩虹、彩云、彭刚和清泉，站在旁边看着。

夏母说："彩云，妈知道你喜欢缝纫机，我把这台蝴蝶牌缝纫机送给你，你把它带到新疆去，给孩子们做衣服，或者缝缝补补的，用得着。"

彩云说："谢谢妈妈！"

彩虹说："彩云，你们家除了锅碗瓢勺有响声外，别的响声听不到，姐姐送给你一台红灯牌电子管收音机。这种收音机灵敏度高，选择性好，非常适合在红山用。"

彩云说："谢谢姐姐！"

彭刚说："彩云，我已经找好了两个木箱，一个装缝纫机，一个装收音机。明天我就跟你姐姐装箱。托运的时候，你来车拉走就行了。"

彩云说："谢谢姐夫！"

彩云得到的礼物都是她生活中最需要的，也是她还买不起的，这无异于雪中送炭。

第二十一章　红山欢迎您

之后，她和清泉便忙着买钉子、草绳子、草袋子，开始装箱，打包装。装完了医院家中的，夫妻二人到康家来包装心爱的五屉柜。五屉柜在院子里，他们先用旧床单包了一层，然后在外面包扎一层纸板后，在外面再包上一层草袋子，最后在外面密密麻麻缠上一层草绳子。包装得相当好，不怕磕碰，万无一失。对于在核试验场上摸爬滚打出来的清泉来说，装箱、打包装那是他的基本功，打得又快又好。彩云想不到丈夫还有这个本事。

打完了包装，彩云在医院里要了一辆卡车拉搬家物资。清泉和彭刚一起，到西直门货运站办理了慢件托运手续。

彩云在医院的家已经是空空如也，彩云一家子只好回到康家暂住。当夜，就纷纷扬扬地下了一场大雪，天亮时，满地大雪，漫天皆白。下雪了，云云和青青可高兴坏了，便在院子里堆起雪人来。

临行前，清泉又去了一次火箭设计院，和徐明媚辞行并商量了明年雄鹰-1号火箭试飞的相关事宜。

临行前，康彩云又回了一趟医院，跟有关领导和她的那些小姐妹辞行。她走了，她的那个房间成了一对年轻人的新房。她走了，小赵成了她的接班人，当了护士长。新护士长带领她的一班护士为老护士长设宴饯行。最后，大家洒泪而别。

临行前，夏家为女儿一家子设宴饯行。客厅里，四个孩子一边看电视一边吃饭。餐厅里，老两口、彩虹夫妇、彩云夫妇和李阿姨，饮着酒，聊着天。

彩云说："爸，妈，我跟清泉要远走高飞了，再也不能经常来看望你们了，请原谅女儿的不孝吧！"说着，几滴泪水禁不住滚了下来。

夏母擦着泪，说："彩云，咱们母女俩才相认了一年多，你就又离开我远走他乡了，恐怕今后三年五载也难再见上一面。"

李阿姨也眼泪汪汪的。

夏父抱怨道："老太婆，你怎么也不懂道理！自古道，忠孝难以两全，孩子们去新疆，那是响应党的号召，听从祖国召唤，服从革命工作需要，这是最大的忠。我们应该为他们高兴才是，你何必哭哭啼啼的呢！"

夏母说："谁像你呀，铁石心肠，到什么时候都不掉一个眼泪疙瘩的！"

夏父说："清泉，彩云，我为你们做出这样的决定，感到高兴。你们要扎根边疆，努力工作，为人民再立新功。"

彩虹说："彩云，你去吧，代替我去完成我未竟的事业。今后，生活上有什么困难来封信，我们会帮助你们的。"

彩云说："谢谢姐姐。"

彭刚举杯，说："清泉，彩云，来，为你们的一路平安，干杯！"

一路平安对即将远行的人来说是最美好的祝福，大家一同干杯。

彩云出了这个娘家，又回到另一个娘家，康家那间小屋又成了彩云一家子的安乐窝。他们对这间小屋怀有一种依依不舍之情，彩云是在这里长大的，云云和青青也是在这间小屋里度过满月的，清泉在这间屋里也度过了许多美好的日夜。云云、青青和彩霞的儿子小强，躺在被窝里还在嘻嘻哈哈地打打闹闹。大屋里，清泉、彩云与康父、康

母和彩霞还在话别。

彩云泪水涟涟地说："爸，妈，实在对不起，我走远了，再也不能在跟前照顾你们了，连常回来看看你们也不可能了。"

彩霞说："姐，你放心地走吧，照顾父母有我呢！再说了，现在知青开始返城，过一两年彩生也就回来了。"

康父说："是啊，闺女去了新疆，儿子也该从内蒙回来了。"

康母一把鼻涕一把泪地说："彩云，你们走就走吧，甭惦记着我们。就是你们这一走啊，妈怕这一辈子再也见不到俩孩子了。"

清泉说："妈，您甭伤心。我到北京出差和开会的机会多，我会常回来看你们的。你们要是想彩云了，就写封信说一声，让她请假回来看你们。"

康父说："这么远的路，得花多少钱哪！我知道你们手头紧，到现在连一分钱的存款都没有攒下，还是攒点钱过日子吧，俩孩子都大了，以后用钱的地方多着呢！"

清泉说："爸，虽然我们没攒下钱，但攒下了俩孩子，这可是我们家最宝贵的财富啊！"

康母说："这俩孩子又聪明又可爱，你们可别把他俩耽误了啊！"

彩云说："妈，您放心，十几年后，我们让他俩回北京来上大学。"

康母说："那敢情好。为了这个，我也得多活些年！"

彩霞说："姐姐，姐夫，明天，小强的爸爸还要上班，他就不来送你们了。"

彩云说："他忙他的吧。明天，姐姐和姐夫，还有医院的几个护士都去送我，人够多的了。"

第二天，彩云一家子告别了父母，登上了北京开往乌鲁木齐的69次特快列车。列车缓缓启动了，车上的清泉、彩云跟站台上的彩虹、彭刚、小赵和小柳挥手告别。

硬卧车厢里，彩云望着离她越来越远的彩虹，泪水滂沱。站台上，彩虹望着远去的列车泪如泉涌，彩霞忍不住号啕大哭。

列车驶出北京站，速度越来越快。康父和康母站在铁路边上，望着疾驰而来的列车。云云和青青透过车窗看见了挥着手的两位亲人，不由叫道："姥爷！姥姥！"彩云望着站在寒风中的父母，泪水禁不住滚了下来。客车风驰电掣般在两位老人身旁驶过。两位老人望着渐渐远去的列车，禁不住热泪盈眶。

69次列车出了北京，奔向那遥远的边疆。日落月出，列车奔驰在白茫茫的华北平原上。硬卧车厢里，女列车员在清铺，旅客们在铺床准备睡觉。清泉一家子买了两张下铺和两张中铺，俩孩子还躺在中铺上看小人书。

彩云起身叫道："云云，青青，你们俩下来睡下铺，我和你爸爸睡中铺。"

云云说："妈妈，还是你和爸爸睡下铺吧，我和弟弟喜欢睡中铺。"

彩云说："你们俩睡觉不老实，夜里掉下来怎么办。"

青青说："没事，掉不下来。"

彩云说："掉下来就晚了。"

清泉说："他俩喜欢睡中铺就睡中铺吧。"

彩云说:"你老惯孩子。"

清泉没有搭话,而是从放在铺位下的旅行包里掏出两条背包带,起身站在一个中铺前,将一条背包带交叉缠绕在两条中铺吊带之间,然后又把另一条背包带交叉缠绕在对面的两条中铺吊带之间。转眼之间,两个简易防护网就做成了。

女列车员夸奖道:"解放军同志,你可真有办法,什么事都难不住你。"

清泉说:"雕虫小技。雕虫小技。"

女列车员说:"我要关灯了。小朋友,快去上厕所,回来睡觉。"俩孩子下了中铺,上厕所去了。彩云给孩子铺床。

女列车员说:"解放军同志,我看你很面熟,你经常坐我们的车吧?"

清泉说:"是的,这趟车我坐了15年了。"

女列车员问:"你这次是回北京搬家的吧?"

清泉说:"是的,从今以后,我们一家子都是新疆人了。"

女列车员说:"我们新疆是好地方,欢迎你们到新疆来。"

两个孩子回来了,爬到中铺去睡觉。两个大人也躺下睡了。

灯关了,清泉一家子进入了甜蜜的梦乡。

艳阳高照,69次列车奔驰在八百里秦川上。

清泉一家子在吵吵嚷嚷地打扑克,旁边两个乘客在兴趣盎然地观阵。

中午时分,餐车服务员推着车送饭来了。清泉买了四个盒饭,一家子开始吃饭,俩孩子吃得津津有味。

清泉一家子帮助列车员打扫车厢,彩云扫地,清泉拖地,俩孩子擦茶几,赢得了一些旅客赞许的目光。

日落日出,朝霞灿烂,69次列车奔驰在嘉峪关下。

一节卧铺车厢里,俩孩子趴在两个中铺上往外看,彩云和清泉坐在下铺上朝外看,只见宏伟的嘉峪关在灿烂朝霞的映照下,显得格外的雄伟、壮丽。

"看!"清泉指着窗外介绍,"那就是嘉峪关!"

"爸爸,"云云问,"长城的东边是山海关,西边是嘉峪关,对吗?"

"对。"清泉说,"咱们已经到了'劝君更尽一杯酒,西出阳关无故人'的地方了。"

云云朗诵道:"羌笛何须怨杨柳,春风不度玉门关。"

"我也会。"青青也不示弱,念道,"天苍苍,野茫茫,风吹草低见牛羊。"

彩云笑道:"你们这爷仨呀,在车上开起赛诗会来了。"

云云又朗诵道:"玉门关外胡儿家,早穿皮袄午穿纱,晚上围着火盆吃西瓜。"

"好!"女列车员喝起彩来。

日落日出,69次列车奔驰在茫茫戈壁滩上,驶过哈密,驶过鄯善。列车广播:"下一站,吐鲁番。有在吐鲁番站下车的旅客,请准备下车。"列车员拿着票夹子给林清泉一家子换了车票。

列车员说:"解放军同志,你们在吐鲁番站下车,是去马兰吧?"

清泉问:"你怎么知道?"

列车员说:"在吐鲁番站下车的解放军同志,绝大部分是去马兰的。这是公开的秘密。"清泉微微一笑。

列车员说:"解放军同志,你们为国家干了许多惊天动地的大事,我敬重你们,羡慕你们,能为你们服务,我感到很光荣。"

清泉说:"我们都是为人民服务。"

列车员走了。清泉夫妇开始收拾东西。

吐鲁番站上,陈南和小曹等待迎接林清泉一家子。

69次列车徐徐驶进车站,缓缓停车。车门开了,列车员提着一个旅行包下了车,将旅行包放在站台上;随后,林清泉一手夹着皮大衣,一手提着一个旅行包下了车,将旅行包放在另一个旅行包旁边,回身接下俩孩子;最后下车的是康彩云。康彩云头戴一顶棉军帽,身穿一件棉军大衣。云云头戴红毛线帽,身穿一件红条绒的棉大衣。青青头戴一顶黑皮帽,身穿一件蓝色棉大衣。

陈南和小曹跑了过来,林清泉向妻子介绍了陈南和小曹,让俩孩子问候过陈伯伯和曹叔叔。

陈南说:"老林,你跟肖亮是不谋而合呀,他们一家子上午到的,你们一家子下午也到了。"

清泉问:"那肖亮一家子呢?"

陈南说:"他们下车后,我们就开着卡车直奔货场提了货,然后他们驱车去了托克逊。他们在托克逊兵站等我们呢。"

清泉说:"那好,我们也直奔货场提上货,追他们去!"

于是,他们出了站,上了停在战前广场上的一辆卡车。车直接开到货场,他们提了货,将林清泉一家的全部家当装上了车,他们的搬家物资却只占了车厢的三分之一,少得可怜。彩云和俩孩子上了驾驶室。林清泉、陈南和小曹上了大厢板,把皮大衣裹得紧紧地挤靠在一起,坐在车厢前面的行李上。卡车驶离大河沿,拖着一溜烟朝托克逊奔去。卡车到达托克逊兵站,已是黄昏时分。

下车后,林清泉等一行人提着大包小裹走进招待所。招待所中间是一条走廊,走廊两侧是客房。客房是用火墙取暖的,各个房间的炉子都在走廊两侧。林清泉一家四口住一个房间,肖亮一家四口住一个房间。林清泉一家四口刚在床上坐下,肖亮就带着梁馨走了进来。林清泉和康彩云急忙起身相迎。

肖亮哈哈笑着,说:"哈哈!队长,咱俩又是不谋而合呀!"

梁馨哈哈笑着,说:"哈哈!护士长,咱俩是一路同行啊!"

彩云说:"老林和肖亮是老战友,咱们俩就是新战友了。"

"啊哈!老林!"摘掉了领章和帽徽的赵万林还是那副德行,哈哈笑着走了进来,两只帽耳向上翘着,呼扇呼扇的。他边走边说:"没想到,我们相逢在哈尔滨,分别在托克逊。"

"啊哈!老赵!"林清泉以同样的热情方式回应他,"没想到,我们来了,你却走了。"

"老林，"彩云问，"这么熟悉，他是谁呀？"

"哦，我忘了给你们做介绍了。"清泉说，"这位是防护部的工程师赵万林，是老陈的同学。"

"护士长，久闻大名，如雷贯耳，咱俩握握手吧。"赵万林主动伸出手，彩云伸出手。在握手之际，赵万林说道："咱俩是第一次握手，也是最后一次握手，再见吧！"

"老赵，"清泉问，"你怎么走了，不搞你的无人机了？"

"今后不再搞地面试验了，我的无人机无用武之地了。"赵万林说，"所以，我被打回老家闹革命去了。你们两家就在红山安家落户闹革命吧。"

"林工，肖工，"小曹插言，"我们战士都在背后议论你们俩，人家纷纷转业回内地，你们却从内地搬进红山，这兵是越当越傻了！"

彩云笑道："他们俩呀，傻得浑身都冒傻气了！"

梁馨笑道："我看哪，他们俩是精过头了，要不然怎么能把老婆孩子都骗到这不毛之地来呢？"又是一阵笑声。笑声还没有停，钟声响了。

小曹叫道："开饭啦！开饭啦！"

于是，大家步出房间，一路上说笑着向食堂走去。

彩云、梁馨和他们的俩孩子，第一次品尝了新疆的拉条子，第一次在戈壁滩上度过了新疆之夜。

太阳出来了，灿烂的阳光照耀着莽莽天山。两辆卡车驶出托克逊不久，便钻了天山，缓缓地行进在弯弯曲曲的搓板路上。前一辆车的驾驶室里，坐着彩云和她的俩孩子，清泉和陈南坐在大厢板上，龟缩在皮大衣里。后一辆车的驾驶室里，坐着梁馨和她的俩孩子，肖亮和小曹坐在大厢板上，蜷缩在皮大衣里。两辆卡车颠簸着前行，不时与迎面开来满载搬家物资的卡车擦车而过。两个多小时后，车终于爬上天山的山顶，车停靠在路边。大家下了车，休息，方便。司机检查车辆。稍事休息之后，车开始下山。两辆车时而左拐，时而右拐，一溜烟地飞奔。中午时分，车到达库米什兵站。下车后，大家走进兵站食堂。清泉、肖亮、陈南和小曹到食堂卖饭窗口排队买饭买菜，彩云、梁馨和四个孩子围坐在一张大饭桌旁等着吃饭。

"妈妈，"青青问，"红山怎么还不到呀？"

"你爸爸说，"彩云说，"还远着哪，天黑之前能赶到红山就不错了。"

"哎呀，这么远呀！"云云说，"我们坐了三天三夜的火车，今天又坐了半天的汽车，还没到。"

彩云说："现在，你们知道什么叫'天涯海角'了吧？"

云云说："妈妈，我想姥姥了，咱们还是回北京吧！"

彩云说："出来容易，回去难。你们的户口都迁出来了，回不去了。"

梁馨阴阳怪气地说："嫁鸡随鸡嫁狗随狗，嫁个叫花子满街走。认了吧！"

彤彤问："妈妈，你说谁是鸡呀？"

梁馨说："你爸爸。"大家笑了。

红红说:"妈妈,你怎么又用恶毒的语言攻击爸爸呀?"

青青问:"妈妈,那谁是狗呀?"

彩云说:"你爸爸。"大家又笑了。

云云问:"妈妈,你怎么也用恶毒的语言攻击爸爸呀?"

红红说:"你妈妈跟我妈妈学的呗。"大家哈哈大笑。

这时,清泉喊:"孩子们,来端菜喽!"四个孩子立即跳下凳子,朝售饭窗口跑去……

午饭后,他们从库米什出发继续他们的漫漫旅程。两辆车在漫长的南疆公路上一路飞奔,到达乌什塔拉时,天已黑了。车在这里拐了一个弯,过了基地医院,钻进大山,向红山驶去……

两辆车到达红山时,红山已是一片灯火辉煌,一轮皎洁的明月高挂天空,月光洒在雪地上,大地一片白茫茫。汽车的轰隆声打破了红山的宁静,两辆卡车开到6号家属楼前停住,便响起了几声汽车喇叭声。

郭臣、路雨声、郑茂功、李保国等取样队的同志们从楼里走出来了,欢迎他们的新战友。康彩云和梁馨带着孩子们下了车,郭臣和路雨声等迎上前去。郭臣握着康彩云的手,说:"欢迎欢迎!"路雨声握着梁馨的手,说:"欢迎欢迎!"其他同志也上前和两位新来的同志热烈握手,表示欢迎。

乔秀秀走上前拉着彩云的手,爽朗地说:"我一眼就认出你是彩云姐——彩虹姐的妹妹嘛!真是名不虚传,姐俩长得一模一样,不知道的人还以为是彩虹又回来了呢!"

"哟,"彩云说,"那你一定是乔秀秀了?"

"彩云姐,"秀秀说,"以后你就叫我秀秀好了。"

"梁馨姐,"秀秀又上前拉着梁馨的手,"咱们又见面了!"

"秀秀,"梁馨说,"我上次见到你的时候,你还是个新娘子呢!"

"梁馨姐,"秀秀说,"那时候你还是个大姑娘呢!"两人都笑了。

"彩云姐,梁馨姐,"秀秀说,"带着你们的孩子,到我家歇着去。"说完便带领着彩云、梁馨和她们的孩子进了楼。

人真是神仙哪!前几天,彩云家还在北京,梁馨家还在太原,这转眼工夫,这两家便和秀秀家成了近邻了。秀秀家住一楼东套间,彩云家住她家对面的西套间,梁馨家住彩云家旁边的一个大间和一个小间里。

郑茂功、李保国等取样队的同志们帮助林清泉和肖亮卸车、拆包装,把家具等抬进房间,出出进进,忙得不亦乐乎。

人多好干活。林清泉家套间的里间里,五屉柜、缝纫机、碗橱和收音机等东西已经摆放整齐,双人床已经铺好。外间里,清泉和陈南又在铺两个单人床……

与此同时,在肖亮家大间里,家具和物品也已经摆放好,双人床已经铺好。小间里,肖亮和小曹正在铺两张单人床……

肖亮带着妻子和孩子,来到他们的新家。

第二十一章　红山欢迎您

肖亮推开小间的门，拉开灯，说："红红，彤彤，这是你们俩的房间。"

俩孩子惊喜地看着房间：两张单人床，一张书桌，两把椅子。随即走进自己的房间，高兴得又蹦又跳。

肖亮推开厨房门，打开灯，说："梁馨，这就是咱们家的厨房。"

梁馨说："这间厨房够大，就是太暗了，白天做饭也得开灯。不过，比起在走廊烧火做饭，那可是强多了。"

梁馨推开大间的门，拉开灯，说："这间卧室相当不错，宽大，敞亮。"

肖亮说："这是咱们二人的自由世界，不受任何人干扰。"说罢，就想亲吻妻子。

梁馨把他推开，嗔怪道："脏兮兮的，离我远点。去，生炉子去，烧一锅水，洗洗再睡觉。"

肖亮到厨房生炉子去了。梁馨开始打扫房间，她太爱这个新家了。

清泉带领一家人来到他们新家的门前。他拉开外屋门走了进去，进走廊不远，便停住脚步，往左侧一指。

彩云一看，高兴地说："厨房！从今以后，我再也不用在黑咕隆咚、乌烟瘴气的筒子楼里的走廊里做饭了！"

清泉推开外间门，闪开身往里一指：房间里有两张单人床、一张书桌和两把椅子。俩孩子睁大了一双惊喜的眼睛。青青高兴地跳起来，说："姐姐！这是我们俩的房间！"云云兴高采烈地说："太好啦！太好啦！我和弟弟终于有了自己的房间啦！"青青手舞足蹈地说："从今以后，我再也不跟爸爸、妈妈挤在一张床上睡了！""这张床是我的！"云云一下子趴在里面的一张单人床上。"我睡这张床！"青青扑在另一张床上。"脱鞋！脱鞋！别把床弄脏啦！"彩云叫了起来。俩孩子赶紧起身脱鞋。

彩云推开里屋门一看，里面的家具等摆放得井井有条，表扬道："亲爱的，你可真能干！"清泉把门关上，悄悄地说："那你今天晚上得好好慰劳慰劳我。"彩云用手指头点着他的脑瓜门，说："三句话不离本行，你脑瓜子里想什么呢？"之后又命令道："你去生炉子，烧上一锅水，洗干净了再上床睡觉。"清泉去厨房生炉子烧水去了。彩云开始打扫房间，扫地，拖地，她太爱她的这个实现了团圆之梦的新家了。当她打扫到外屋时，一看俩孩子躺在床上睡着了。叫，叫不醒；扒拉，扒拉不醒。两口子只好给他们脱了袜子洗了脚，脱了衣服盖上被。俩孩子太疲乏了，让他们好好睡吧。

彩云打扫完房间，已是夜深人静之时，两口子才洗洗上床睡觉。两口子躺在床上，兴奋地聊着天。清泉的鬼点子又来了。"亲爱的，你对我们这新家满意吗？""满意，非常满意！我们一家总算团圆了，再也不分开了；住房条件有了相当的改善，我知足了。""那，就像新婚之夜一样，咱们在床上开夫妻联欢会，怎么样。""你呀，狗嘴里吐不出象牙来！"她打了他一巴掌。他关了灯，钻进了她的被窝，又是拥抱，又是亲吻。她抵御不了他的猛烈攻击，只好任由他摆布。其实，她也渴望在红山的第一夜过得像新婚第一夜那么烂漫，那么激情，那么富有情调。于是二人配合默契，相互协调，渐入佳境，顷刻之间，那张床就"咯吱咯吱"地响起来，像是在为夫妻二人的联欢会做伴奏。

在清泉夫妇如狼似虎地做爱的同时,他们的邻居——肖亮夫妇也在缠缠绵绵、颠鸾倒凤地恣意快乐,以庆祝全家大团圆。

晴朗的夜空中,月亮笑弯了腰,星星直眨巴眼。

鸡叫三遍,天亮了。彩云和她的俩孩子在红山度过了第一个甜蜜的夜晚,又迎来了第一个美丽的黎明。太阳冉冉升起来了,灿烂的阳光照耀着红山,照耀着白茫茫的雪地,反射出许多道刺眼的光芒。红山又进入了新的一天。大路上、小路上都是上班的人流,有骑车的、有步行的,还有背着书包上学的学生。随着上学的学生流,林清泉夫妇和肖亮夫妇带着他们的儿女到红山小学去报到。

红山小河从西北山涧里流出来,穿越草原,流进八一水库。小河南北走向,以小河为界,小河以东是研究所的生活区和工作区,小河以西为服务区和教学区。红山军人服务社、红山粮店、红山邮局、红山澡堂和红山理发店都集中在服务区里,这里靠近公路,来往十分方便。教学区在服务区的后部,这里比较安静,是理想的学校所在地,这里有红山中学和红山小学。学校离生活区比较远,学生上学要走比较远的路,还要经过小河上那座桥。

清泉和彩云带着云云、青青,肖亮和梁馨带着红红、彤彤,走过小桥,走进红山小学的校门,走进教师办公室,接待他们的是女教导主任。四个学生同时向老师敬礼。懂礼貌,主任第一印象不错。她又分别问了四个学生几个问题,四人对答如流,主任脸上露出了笑容。她又给了每人一张试卷,让他们作答,考考他们的学习水平。20分钟后,四个学生交卷了,都得了满分。主任非常满意,痛快地收下了这四个从内地转学来的新生。云云和红红在二年级班,青青和彤彤在一年级班。从此,这四个学生就成为红山小学的学生。

送孩子们报到后,清泉和肖亮又送妻子到干部科报到。接待他们的是陶干事,也是一位女同志。陶干事告诉康彩云,她还是干她的老本行,到卫生所当护士长,安好家后就去上班。梁馨也还是干老本行,被分配到七室化学组当实验员。从此,她俩就成为和丈夫并肩战斗的战友。

出了干部科,肖亮带着梁馨到军务科领了一套新军装。回到家她就迫不及待地穿上了,英姿飒爽,增加了几分精神,增加了几分漂亮。肖亮给了她一个热烈的吻,以前是军人对老百姓妻子的吻,现在是军人对军人的吻,意义有所不同了。夫妻二人正在亲热,俩孩子背着书包回来了,吓得两口子急忙分开了。

当天下午,林家一家和肖家一家一同到军人服务区洗了澡,逛了军人服务社,并买了一些日常生活用品。从此,两家人融入了红山这个小社会,成为新的红山人。

秀秀走进梁馨家,说:"梁姐,老陈的一个老乡转业走了,老陈把他们的菜窖、菜地、鸡圈都给你们要下了,还把菜窖里的菜和两只母鸡给你买下了。今年冬天你们家吃菜就不用愁了。"

梁馨说:"秀秀,你们两口子比我们考虑还周到呀,真是太感谢你们了!"

秀秀说:"客气什么呀?老陈和他林叔、肖叔,是亲密的老战友,亲如兄弟;我和康姐、梁姐就得亲如姐妹;我们三家就得亲如一家!"

梁馨说:"秀秀,你说到我心坎里去了!"
秀秀说:"梁姐,你跟我走,我现在就把你们家的菜窖、菜地和鸡圈都交代给你。"
梁馨说:"走吧。"说完,跟着秀秀走了。

清泉回到家里就烧了一锅水,彩云把一家子洗澡换下来的脏衣服泡进加入洗衣粉的洗衣盆里,准备洗衣服。敲门声响起,清泉起身去开门。门开了,来人是李保国和他的女儿小芳。
保国说:"老同学,护士长,为了欢迎你们的到来,我今天是来给你们送见面礼的。"
清泉开玩笑道:"是虎皮呀还是地下先遣图呀?"
保国说:"是菜窖、菜地、鸡圈和母鸡。"
清泉惊喜地说:"老同学,你真是雪中送炭哪!"
保国说:"你现在就去看呢还是明天去看?"
清泉急不可耐地说:"现在就去!现在就去!"
彩云说:"我也去看看!"
他们刚出楼,云云和青青就回来了。
保国说:"小芳,带着姐姐和哥哥到咱们家玩去!"
清泉说:"云云,青青,去吧!"
小芳带着云云和青青朝前面的5号楼走去,保国带着清泉和彩云朝鸡圈走去。
保国一路走一路介绍:供电连的一位副连长转业,他的菜窖、菜地、鸡圈要转让,除了剩余的大半窖菜和两只母鸡收成本费外,其余奉送。保国和方芳一商议,决定给清泉买下来。
说话间,他们过了大路,来到了一片鸡圈群区。这里,干打垒鸡圈一座连着一座,菜地一畦连着一畦,菜窖一个挨着一个,左一个右一个,前一个后一个,高一个低一个,随心所欲,毫无秩序。红山人都是多面手,上场能搞原子弹,下场能搞鸡鸭下蛋。他们来到一座鸡圈前,保国指着一口菜窖,说:"这口菜窖就是你们家的,里面有白菜、土豆和萝卜。你们可以随吃随拿。"
保国来到鸡圈门前,掏出一把钥匙,打开锁,推开门,走了进去。只见宽敞明亮的鸡圈里,迎面的左边有一个草棚子,两只母鸡正在墙根下觅食,角落里堆着一堆破木箱、旧木板和干树枝等乱七八糟的东西。
彩云惊讶地说:"这么大呀!我原以为鸡圈只有一点点大呢。"
保国说:"这就是红山的好处,地皮随便占,只要你有能力,鸡圈想盖多大就盖多大,菜地想开多少就开多少。"
保国带着他们走进草棚子,介绍道:"这草棚子也够大的,右边这两个大鸡窝,足够你们家养二十来只鸡的;左边这个仓库,能装好多东西,暂时不用的木箱、纸箱等乱七八糟的东西都可以放在这里,家里就利索了。"
他们出了鸡圈,绕到鸡圈的后面,这里有一条水沟,水沟北边是一片菜地。保国指着其中一小片菜地,说:"这片菜地就是你们家的。"

保国交代完，三个人便往回走。

清泉说："我都成了接收大员了，什么都是现成的。当年它的主人为了建设它，不知道费了多少力气呢？这一呢，是老同学及时做出英明决定；这二呢，就是，懒人有懒命。"

彩云说："明年，咱们家得多种一点菜多养几只鸡！"

保国自豪地说："种菜养鸡累是累点，但是，这不但解决了吃鸡蛋和吃菜的问题，还会给你带来不少乐趣呢。在城里住的人，他们永远也享受不到这种快乐。"

彩云说："孩子们都饿了，咱们得回家做饭去了。明天，我和老林来把鸡圈好好打扫打扫。"，

保国说："今天晚上你们不要做饭了，到我家吃去，我为你们接风洗尘。"

彩云说："怪麻烦的，改天再说吧。"

保国说："方芳昨天上马兰送她的一位转业的老同学去了，今天上午才回来。到家后就开始准备饭菜了。你们要是不去，方芳嫌你们外道，会不高兴的！"

清泉说："彩云，我是他们家的常客，他们家请客，去去去！"

清泉和彩云回家梳洗打扮一番，带上礼物，便到李家去赴宴。李家住5号楼二层北套间。外间，小芳、云云、青青和邻居家的一个孩子坐在床上玩扑克，书桌上放了几小盘菜，有的盘子上还扣着大碗；里间，一张流行折叠式圆形餐桌上（俗称"靠边站"）摆满了一桌子菜，有的盘子上也扣着大碗。方芳做好了饭菜，等候客人的到来。清泉夫妇走了进来，保国夫妇热情地欢迎客人。一阵寒暄之后，客人送上礼品：一盒点心、一盒牛奶糖、一瓶法国小香槟和一瓶双沟大曲。主人谢过，收下礼品，放好。到别人家做客，不能空手，必须带些礼物，这是东北人的礼节。方芳安排好外间的孩子们吃饭之后，便到里间来陪客人。这时，保国已经斟好了四杯酒，两个男人喝二锅头，两个女人喝无核白葡萄酒。

大家落座后，保国举杯祝酒，说："老林，护士长，为你们家的大团圆，为你们家的幸福和安康，干杯！"四个人碰杯，饮酒。

方芳举杯祝酒，说："老林，护士长，为你们夫妻永恒的爱情，为你们一双可爱的儿女，干杯！"四个人碰杯，饮酒。

清泉举杯祝酒，说："老李，方芳，为我们深厚的友谊，为我们更加美好的未来，干杯！"四个人碰杯，饮酒。

彩云举杯祝酒，说："老李，方芳，为你们夫妻永恒的爱情，为你们一双可爱的儿女，干杯！"四个人碰杯，饮酒。

保国说："下面，咱们随意，一面吃喝一面唠嗑。"

清泉问："老李，你们的无人驾驶飞机搞得怎么样了？下次任务能上吗？"

"停！"没等保国开口，方芳就叫起来，"在家里，你们俩谈天说地可以，谈老婆孩子可以，谈养花种菜可以，就是不许谈工作！"

彩云坚决支持，说："酒席饭桌上，不许谈工作！要谈，上班后你们到办公室谈去。"

方芳说："谁提工作，就罚谁的酒！"

彩云说:"不,要掐脖灌酒!"
两个女人一唱一和,两个男人相视一笑,双肩一耸,一副无可奈何的样子。
保国给两个男人的酒杯里又倒满了酒,说:"今天高兴,来,咱们哥俩连干三杯,一醉方休。"于是,两人连干三杯酒,酒兴上来,话也多了。
清泉说:"保国,方芳,我们不费吹灰之力,就得到了鸡圈、菜地、菜窖和两只大母鸡,这全靠你们两口子的帮忙。"
保国说:"这主要是我的功劳。我一听说那位转业干部要转让这些东西,便当机立断:要!"
清泉说:"英明!"
保国说:"我跟清泉的关系,那可非同凡响。护士长,你想不想听听我们的故事?"
彩云不想扫他的兴,便说:"想听想听。"
保国说:"大学期间,我们俩就是形影不离的好朋友,一块起床,一块吃饭,一块上课,连上厕所都一块。"
清泉说:"毕业联欢会上,我们俩一块男扮女装跳的《采茶扑蝶》舞,把一些女同学都迷倒了。"
保国说:"还有的女同学给我们俩写条子,但我们连理都不理,因为我们从不和不漂亮的女人打交道。"
方芳讥讽地说:"你们俩呀,还互相吹捧,一块对着吹牛,把牛皮都吹破了。"
两个男人一块哈哈大笑。

这天晚上,林清泉家和肖亮家格外地热闹,来来往往的人络绎不绝,有的从这一家出来又进了另一家。到林家来的人都怀着一个好奇心,想目睹这位护士长和她的姐姐夏彩虹究竟有多像。清泉和彩云把欧秀丽和丁雪梅等几个化学组的同志刚送走,常达志和李茂松等几位物理组的同志就到了。把物理组的几位客人刚送出楼门口,又有一男一女走了过来。两人迎上前去,清泉逐一向彩云介绍。
他指着那位男同志,说:"这位是卫生所的罗主任。"
彩云说:"你好,罗主任。"
罗主任说:"欢迎你,护士长。"两人握手。
清泉指着女同志,说:"这位是卫生所的黄副主任。"
彩云说:"你好,黄副主任。"
黄副主任说:"欢迎你,护士长。"两人握手。
彩云说:"罗主任,黄副主任,请屋里坐吧!"
彩云把客人让进屋里,清泉给客人倒茶。
罗主任喝了一口茶,连声赞叹:"好茶好茶,香气扑鼻呀!"
黄秋菊喝了一口茶,端详着彩云,说道:"夏彩虹我认识,都说我们的新护士长跟夏彩虹长得一模一样,我还不大相信。双胞胎姐妹长得像这没什么奇怪的,要说普通姊妹俩长得一模一样这就很稀罕了。"
罗主任说:"世界之大无奇不有嘛。《野火春风斗古城》里的金环和银环姊妹俩不就是长得一模一样吗?"

黄秋菊说:"那是小说,是作家坐在屋子里绞尽脑汁胡编出来的。无巧不成书嘛。"

罗主任说:"那好,我就给你说个身边的真人真事。在通县时,咱们韩医生的两个儿子,虽然不是双胞胎,不就像是从一个模子里倒出来的吗?黄主任,难道你忘了吗?"

黄秋菊恍然大悟,说:"对对对,我还时常逗他俩玩呢!"

清泉笑道:"两位领导,你们今天不是来讨论谁和谁长得一模一样的吧?"

罗主任说:"哟,老林果然是个刺儿头啊!"

黄副主任说:"护士长,你们家新来乍到的,有什么需要帮助的没有?家里还有什么活,我派几个护士来帮你。"

彩云说:"没多少活了,剩下的我们俩干就得了。"

罗主任说:"原来的护士长刚转业走,我正等着你这位护士长走马上任呢!"

彩云说:"罗主任,下星期一我就上班!"

这片生活区南边的那座小山叫红山。山上白雪皑皑。蓝天上,白云悠悠。

灿烂的阳光照耀着正在登山的一行人。云云、青青、红红和彤彤,兴高采烈地走在前面,路雨声提着一架照相机走在中间,清泉、彩云、肖亮和梁馨在后面跟着。他们登上山顶后,回身一看,整个红山尽收眼底,顿觉心旷神怡,孩子们情不自禁地欢呼起来。

路雨声举起相机看了看背景后,说:"这个地方不错,居高临下,可以看到红山全景。就在这儿照吧!"

清泉说:"梁馨,你第一次穿上军装,英姿飒爽,意义重大,你先照!"

路雨声说:"对,新兵优先!梁馨你站过来!"梁馨走到镜头前站好,路雨声按下了快门。接着他又指挥着给肖亮两口子、肖亮一家子和他的俩孩子各照了一张相。

路雨声说:"护士长,你是老兵新传,单独给你来一张!"彩云走到镜头前,路雨声又按动了快门。路雨声继续导演着:"清泉一家子,上!"喜笑颜开的清泉一家人出现在取景器上,他再次按动了快门。

"哈哈!"路雨声笑道,"你们的魂都收在我的相机里了,以后谁也休想走!"

"主任,"清泉笑道,"你原来是一只老黄鼠狼啊!"

"快过年了,"肖亮笑道,"可得看好咱们家的鸡呀!"

一阵笑声荡漾在山顶上。

新的一周又开始了,红山的大路上、小路上,到处都是上班的人流。有骑车的,有走路的;有军人,有工人;有学生,有家属;有上行的,有下行的。在通往七室的那道山梁的路上,下行的车流犹如正在进行的一场自行车越野赛,你追我赶,浩浩荡荡,清泉和陈南随着车流过去了,肖亮和梁馨随着车流又过来了。在上行的人流中,走过来小梅、小兵、云云、青青、红红和彤彤等一群小学生。康彩云随着上行的人流走进卫生所。在护士长办公室里,黄副主任在向护士们介绍康彩云:"这位就是我们的新护士长——康彩云同志。大家欢迎!"(掌声)

"康彩云是大医院的护士长,到我们这个小卫生所当护士长,无疑是大材小用,屈才了。但是,为了支持国防事业,支持丈夫的工作,她自愿放弃北京的优越条件来到红山工作。我们应该向她的这种个人利益服从国家利益的精神学习,致敬!"(掌声)

"同志们,希望你们今后服从她的领导,积极支持她的工作。我相信,在康护士长的领导下,我们卫生所的护士工作会更上一层楼!"(掌声)

"下面,请康彩云同志讲话。"(掌声)。

康彩云说:"首先我感谢黄副主任的鼓励和同志们的热烈欢迎。我一定努力工作,带领同志们把护士工作搞好,为全所服务好!"(掌声)

康彩云说:"都说,新官上任三把火,我没多大能力,只能放一把火。"(笑声)

黄副主任笑道:"护士长,你让老林传染了吧,也会放火了。"(笑声)

康彩云说:"这几天,我听七室同志们反映,七室离卫生所太远,看病很不方便,工作又忙,有个小病小灾的,都懒得来看病。"

黄秋菊说:"是有这个情况。那你打算怎么办?"

康彩云说:"我建议,组成一个巡回医疗小组送医送药上门。这个医疗小组由一个医生、一个护士和我组成。我们把医药和关心送到科研第一线去,送到各研究室去!"(热烈的掌声)

黄秋菊说:"好!我当巡回医疗小组的第一个医生。"

护士小刘说:"那我当第一个护士。"

康彩云说:"谢谢黄副主任和小刘的支持。"

黄副主任说:"我们这个巡回医疗小组的第一站,就是七室!"

第二天,巡回医疗小组来到了七室。临时医疗站设在七室会议室里。听说巡回医疗小组来了,不少人都来了,有看病的、有要药的、有打针的,还有没病没灾来看护士长的。

巡回医疗小组又到其他各队送医送药,受到了广泛的欢迎,康彩云也成了受欢迎的人。

年末,取样队党支部改选,肖亮当了组织委员,李保国当了宣传委员,支部书记还是郑茂功。第一次支部会上,当讨论明年是否把林清泉列入党员发展计划时,就产生了意见分歧。

郑茂功说:"林清泉同志常年出差在外,对他的思想情况我们还不是十分清楚,我认为,明年发展他的时机还不成熟,还是再考验他一年看看。"

肖亮说:"林清泉同志虽然常年出差在外,但是一直坚持每个季度向支部写一封思想汇报。我也经常向支部汇报他的思想和工作情况。支部对他的思想和工作情况应该有个基本的了解。"

郑茂功说:"书面汇报毕竟是书面汇报,我们还应该实际考察考察。"

肖亮说:"论政治思想,林清泉同志对党赤胆忠心,对人民忠心耿耿,他已经完全具备入党条件了。在我所科技干部纷纷转业的时候,他却放弃个人意愿服从组织安排,放弃个人利益服从国家利益,把家从北京搬进了红山。难道这不是思想觉悟非常高的表

现吗?！这样的好同志，难道还需要我们没完没了地考察吗?！"

保国说："论科研工作，林清泉同志也完全具备入党条件，他兢兢业业，恪尽职守，带领火箭取样队多次圆满地完成了取样任务，为我国核试验任务立下了汗马功劳。难道我们还把这样的好同志拒之党的大门之外吗？"

郑茂功说："你们俩说得都对，但是，他的一些缺点与错误还没有完全改正。"

肖亮说："金无足赤，人无完人。谁没有缺点与错误？我们不能对他太苛求了。"

李保国说："我们这个支部，除了老林之外，全都是党员了。难道我们的党员就没有缺点与错误？不要再抓住老林的缺点与错误不放了，该放手时就放手吧！"

郑茂功说："既然你们俩的态度这么坚决，我也不再坚持我的意见。那谁做他的入党介绍人，负责对他的培养呢？"

肖亮说："我和陈南愿意做他的入党介绍人。"

肖亮和陈南商量了今后培养老林的具体问题，两人决定对他实行严格监督，防止他一时心血来潮犯错误。之后，两人一同跟林清泉谈了一次话，但没有告诉他已经被列入明年党员发展计划，因为这是党的秘密。林清泉是聪明人，岂能听不出这弦外之音，便下定决心，去争取胜利，不辜负党组织的培养，不辜负两位老战友的关心和帮助，也不让妻子再失望。

第二十二章　欢乐的红山

1979年过去，1980年又来到了。

过了元旦，所里便开始部署这一年的核试验任务。在研究所的作战室里，所长沈平正在主持取样工作会议。参加会议的有路雨声、郑茂功，火箭取样队和飞机取样队，唐峰和科技处的参谋们。大黑板上，左边挂着一张长空–1号无人驾驶飞机的正面图，右边挂着一张雄鹰–1号火箭示意图。

沈平说："现在已经进入1980年了。今年秋天我国将要进行一次重要的试验，所以一定要完成好。火箭取样队和飞机取样队已经圆满地完成了我国历次大气层核试验的烟云取样任务，这次任务依然是两支先锋军，所党委相信你们也一定会胜利地完成这次任务。这次任务，我们不再使用有人驾驶飞机取样，而要使用无人驾驶飞机取样；火箭取样不再使用挺进–1号，而要使用雄鹰–1号。下面先请李保国同志汇报无人驾驶飞机取样问题。"

李保国走上讲台，拿起教鞭，讲道："这次取样对我们组来说无疑是一次严峻的考验。有人机取样从此退出了核试验的舞台，无人机取样顶了上来。由于无人机取样比有人机取样的风险大得多，因此我们将承受更大的压力。但是，由于无人机里没有人，可以在烟云稳定后就进行穿云取样，因此可以获得早期的高浓度样品，而且还可以多穿几次云，直到捞够了为止。如果不出意外的话，一架无人机便可超额完成任务……"所长、主任和唐峰时听时记。

"我们选用的无人驾驶飞机是由南京航空学院（南航）研制的长空–1号，选用的取样器是09–7型飞机取样器。去年秋天，在长空–1号的机翼下外挂两个09–7取样器后进行了六个架次的试飞，飞行高度可达到16 500米，完全能满足这次取样的要求。这次任务我们向南航共订购了三架无人机，正式使用的两架，备用的一架。但是，这种飞机的一个最大缺点是硬着陆，而不是我们希望的软着陆，因此飞机着陆后基本上就损坏了。不过，这倒没关系，我们只要把取样器取下来就可以了，飞机残骸就地掩埋。我的汇报完了。谢谢。"李保国说完，走回原位坐下。

沈平说："下面请林清泉同志汇报火箭取样问题。"

林清泉走上讲台，抬头环视一遍会场，拿起教鞭，讲道："这次任务我们用六枚雄鹰－1号实施取样。去年，我们已经完成了取样器样机的动作实验，实验结果充分证明，它的工作良好，进、排气口的打开和关闭工作正常。去年还完成了取样器模型的风洞实验，证明其气动性能良好，符合设计要求。现在，设计院正在生产三枚试飞火箭，计划在4月份完成火箭的试飞……"说到这里，清泉看了一眼讲桌上的讲稿后，继续说："发射井还是用挺进－1号的，不用建新的。但是，火箭的发射控制方式，我们建议采用近区观测、人工控制发射方式，因为这种方式在试验中是很成功的。"

林清泉的建议得到了与会领导的赞同，当即决定开春时去现场勘查定点。

全所在积极准备任务中，春节又来临了，家家户户又积极准备过年了。年，年年有，年年过，并不新鲜。但是，对林清泉和肖亮两家来说，意义却不同，因为他们是第一次在戈壁深处的红山过年。

每逢佳节倍思亲，红山人纷纷到邮局往家里寄钱寄信，表达远方子女对父母的一片孝心。清泉和彩云当然也不例外，分别给林家、康家和夏家寄信寄钱。

红山在大西北，哈尔滨在大东北，两地相距万里之遥。但是，千山万水隔不断永远割舍不掉的亲情。

清泉村林家正在吃晚饭，清泉的父母和青山一边喝酒一边唠嗑。

林父说："他二哥给我邮来20块钱，让我过年打酒喝。俩孩子也懂事了，还写信给爷爷、奶奶、叔叔和婶子拜年。"

"哎——"林母一声叹息，说，"本指望他们一家子回来过个年，那该有多热闹啊！现在倒好，一翅子飞到新疆去了！这辈子，我恐怕再也见不到他们一家子了。"

桂芝劝道："娘，您身板硬朗着呢，能见着能见着。"

小泉说："爷爷，过年的时候，我想和小玲去给我二大爷和二大娘磕头。"

林父说："傻孩子，相隔一万多里呀，这头你们可怎么磕呀。"

小玲说："我有办法：在脑门上抹上红胭脂，我们把头磕在信纸上就留下了红头印，然后给我二大爷邮去呀！"孩子一句话，逗得全家人大笑不止。

"小泉，小玲，"林父高兴地说，"就冲你们俩的孝心劲，我给你们每人两块压岁钱。"说完，从兜里掏出钱，给了俩孩子。

俩孩子笑眯眯地接过钱正要往自己兜里装，桂芝伸着手发话了："小泉、小玲，把钱给我，妈给你们保管着。"吓得俩孩子把拿钱的手赶紧背到身后去。

小玲说："不给！这是爷爷给我的压岁钱，不是给你的！"

小泉说："不给！钱一到你手里，我们抠都抠不出来！"

桂芝骂道："这两个小兔崽子，一对小财迷。"

林父说："桂芝，这钱你就给孩子们留下吧，他们想怎么花就怎么花，只要他们高兴。"说完，林父从兜里掏出10元钱递给儿媳妇，说，"你二哥给我汇来20块钱，这

第二十二章 欢乐的红山

10 块钱给你，留着开春买件新衣服穿吧！"

桂芝说："爹，还是你留着花吧！"

林父说："我够花了。再说，你二哥下月还会给我汇钱来的。"

青山说："桂芝，爹给你，你就拿着吧。"

桂芝接过钱，乐呵呵地装进兜里。

小玲叫道："妈妈不害臊哟，那么大的人了，还要爷爷的压岁钱！"

顿时，一阵快乐的笑声荡漾在这个小山村里。

清泉村的林家惦记着远方的游子，北京的康家也惦记着远方的女儿一家。康父和康母一边吃饭一边叨咕。

康母说："往年过年，彩云一家子都回来过年，多热闹啊！今年不行了，他们走远了，回不来了，家里冷清多了。"

康父说："彩云还给我汇来 20 元钱。我不缺钱花，他们手头紧，自己留着花吧。"

康母说："钱不在多少，这是女儿和女婿的一番心意呀！"

康家在挂念女儿一家，夏家也在挂念女儿一家。夏父、夏母和彩虹一家一面吃饭一面聊天。

夏母说："过了小年了，彩云家的年货不知办得怎么样了。"

夏父说："入乡随俗，北京人有北京人的过法，红山人有红山人的过法。"

彩虹说："红山过年简单，土豆、萝卜、大白菜都在自家菜窖里，随吃随拿。想买别的新鲜菜也没有。买肉到供应点去。买一般的日用百货到军人服务社去。"

鹏鹏问："妈妈，那青青能买到鞭炮吗？"

彩虹说："能，军人服务社里有。"

莺莺问："那云云能穿上新衣裳吗？"

彩虹说："能，你姨心灵手巧，会给她做的。"

心有灵犀一点通，彩虹猜得没错，彩云会给她一双可爱的儿女做新衣服的。

中国老百姓管新年叫阳历年，认为那是洋人过的年，不是咱中国人过的年，拿新年根本不当一回事。只有春节，那才是咱中国人自己的年。要大张旗鼓地过，要轰轰烈烈地过；要打扫房子，要贴对联和年画，要杀猪宰鸡，要置办年货，要燃放鞭炮，要大摆宴席，要送旧迎新，要吃饺子，要拜年，还要敲锣打鼓扭秧歌。红山也不例外，家家户户都张罗着过年。

军人服务社的门口，采购年货的人进进出出，络绎不绝。服务社里，人头攒动，熙熙攘攘。在烟酒糖果柜台前，陈南一家子在买糖果和烟酒。在日用百货柜台前，肖亮一家子在买化妆品。在杂货柜台前，清泉一家子在买鞭炮。

供应点的几个窗口外，都排着长队，人们在耐心地等待买肉、买鸡、买鱼。林清泉和肖亮第一次加入这个队伍。

彩云带着俩孩子到鸡圈里喂完鸡，又到菜窖去拿菜。菜窖里，俩孩子把土豆、胡萝卜和大白菜装进一个吊篮里，喊了一声"拉"，彩云就拉着绳子把菜篮子提了上去。云

417

云和青青刚出菜窖,红红和彤彤就找他俩来玩。四个孩子到鸡圈里玩过家家去了。彩云提着菜篮子回家去了。

红山的夜静悄悄的,但林家却是一片喧闹。收音机里正在播送苏小明演唱的《军港之夜》。外屋里,云云、青青、小梅、小兵、红红和彤彤,吵吵嚷嚷地正在打扑克。

厨房里,清泉正在用大铝锅煮猪头肉和大肠,屋里弥漫着一股香气。

"哟!"梁馨一进走廊就嚷道,"你们家这是做什么好吃的呢?这么香啊!"

"猪头肉和大肠。"清泉站在厨房门口笑道,"小梁,你要不要来一块尝尝?"

"我跟护士长一样,没那口福。"梁馨说,"你们家爷仨,还有我们家那爷仨,都是肉脑袋,吃起肉来就没个够。"

梁馨说完进了外屋,瞧见玩得正热闹的孩子们,又叫道:"哎哟,你们家可真招孩子呀!他们闹闹哄哄地,你们烦不烦哪?"

"不烦。"清泉站在外屋门口,回道,"孩子越多越热闹,越喜庆!"

"那好啊!"梁馨说,"我把我们那两个都送给你们啦!"

"只要你们两口子舍得,"清泉说,"两个我就都要啦!"

"我就想清静清静。今天晚上你就把他俩都留下吧!"梁馨说完,推门进了里屋。

彩云踩着缝纫机正在做一件红色条绒衣服,头也没抬地说:"梁馨,你请坐。"

梁馨说:"哟,你这是给谁做的呀?"

彩云说:"这件是云云的。快过年了,给孩子们每人做一件新大衣穿。"

梁馨站在她旁边看。这时,秀秀又进来了,也站在旁边看彩云做衣服。

彩云车完了一行,才住了脚,起身说:"你们俩坐嘛!"

梁馨说:"不坐了。护士长,你手真巧,又会裁又会做。我也想给俩孩子做件新衣服,就是不会裁。"

彩云说:"你要是不嫌弃,拿来我给你裁。"

梁馨说:"那我先谢谢你了!"

彩云说:"咱们是姐妹嘛,何必客气呢。"

秀秀说:"彩云姐,我也想给我那俩孩子每人做件新衣服,可是我家既没有缝纫机,我又不会裁又不会做。"

彩云说:"秀秀,你的活我全包啦!"

秀秀说:"彩云姐,你真是个爽快人!"

彩云说:"你们俩现在就回家拿布去,今天夜里就裁出来。"

秀秀说:"这可太好啦!梁馨姐,走,咱俩回家拿布去!"说完,两人高高兴兴地回家了。

孩子们数着指头盼过年,腊月二十八,腊月二十九,腊月三十。腊月三十这一天,最快乐,最热闹,最忙碌。最快乐的是家家户户的孩子,穿新衣服,吃好东西,放烟花、鞭炮,自由玩耍,就是犯了错误,也不会遭到父母的呵斥。院子里,笑语欢声,云云、小梅和红红几个小女孩在一起玩耍,青青、彤彤和小兵等几个小男孩在一起玩耍。云云穿着一件红条绒大衣,大衣下边的两个兜上绣着两朵红牡丹;青青穿着一件军绿色条绒大衣，大衣的两个兜上绣着两只小鹿。

最忙碌的是家家户户的大人，准备菜，预备饭。红山人来自五湖四海，因此做的菜也是五花八门，南甜北咸，东辣西酸，各种地方风味的几乎都有：北京风味的，上海风味的，湖南风味的，四川风味的，山东风味的，山西风味的，东北风味的。陈家是秀秀掌勺，做的菜是地道的湖南风味。林家是清泉掌勺，做的菜是东北风味夹杂着北京风味。彩云管做饭，她蒸了一锅馒头、一锅包子，还专门为孩子蒸了一锅糕点：小刺猬样的、小兔子样的、小松鼠样的。孩子饿了，就跑回家里吃一个。

傍晚时分，孩子们在院子里放了一阵鞭炮就回家吃团圆饭了。云云和青青高高兴兴地跑进家一看，见爸爸和妈妈正在厨房里炸土豆合子。青青伸手就去抓炸合子吃，彩云照着他的小手就是一巴掌，说："去！把大衣脱了！先洗手再吃东西！"俩孩子乖乖地进屋脱了大衣，回来拧开水龙头洗了手、擦干，然后一人抓了两个合子边吃边进屋。彩云嘱咐道："吃完了还得洗手，别把衣服蹭脏喽！"

俩孩子进到里屋一看到满桌子丰盛的菜，异口同声地说："哇！这么多好吃的菜呀！"

云云用手数着菜，说："小鸡炖蘑菇、红烧肉、红烧狮子头、糖醋鱼、溜肥肠、酱猪头肉、蚂蚁上树、家常豆腐、凉拌白菜……"

儿子夸父亲："爸爸就是会做菜，做的菜倍儿香！"

女儿夸母亲："妈妈会做衣服，做的衣服倍儿好看！"

青青说："妈妈还倍儿讲卫生，不洗手就不让我们吃饭，不洗脚就不让我们上床睡觉。连爸爸也得服从妈妈。"

云云说："青青，你摆碗筷，我倒酒。等爸爸妈妈炸完合子，咱们家就吃团圆饭了。"

云云从碗橱上拿了一瓶双沟大曲和一瓶无核白葡萄酒，青青从碗橱里拿出一把筷子。云云往酒杯里倒酒，青青往桌子上摆筷子。

清泉把一盘炸土豆合子放在桌子中间，叫道："菜齐了，入席！"全家人各就各位，围桌而坐，开始吃团圆饭了。

云云端着酒杯祝酒："祝爸爸、妈妈，身体健康，春节快乐！"

青青端着酒杯祝酒："祝爸爸、妈妈，身体健康，春节快乐！"

彩云端着酒杯祝酒："祝云云、青青，身体好，学习好，春节快乐！"

清泉端着酒杯祝酒："祝我们全家，幸福美满，春节快乐！来，干杯！"

一家人相互碰杯，饮酒，吃菜。团圆饭在热烈的气氛中进行着。

云云起身打开收音机，立即传出："……车没啦，你的呀车没啦。车没啦，踩完你车我还踩马。啦呀啦，啦呀啦，啦啦啦啦啦……"

相声《下棋》把节日的气氛推向高潮，逗得俩孩子捧腹大笑。

当孩子们在外屋快乐地打扑克，清泉夫妇在厨房里，和面的和面、剁馅的剁馅，准备包饺子了。

子夜，在一阵接一阵震耳欲聋的鞭炮声中，送走了旧的一年，迎来了新的一年。家家户户吃饺子辞旧迎新。吃完了年夜饺子，孩子们要守夜，便成群搭伙地打着灯笼到处去玩了。

云云和青青说，红山过年，比北京有意思。清泉夫妇彻底放心了。

一声接一声的鸡啼唤来了红山的黎明，一阵又一阵的鞭炮声迎来了红山新春的第一天。红山的大年初一，跟内地一样喜庆，一样热闹，一样互相拜年。大路上，小道上，楼门前，来来往往拜年的人络绎不绝，这家出那家进。

清泉夫妇、陈南夫妇和肖亮夫妇互相拜年，大家一边喝着茶一边喜笑颜开地说些吉祥如意的话。

拜完年，人们陆续地走向红山礼堂。

礼堂里，正在播放电影《闪闪的红星》。银幕上，一条小船顺流而下，一支震颤人们心灵的歌声随之响起："小小竹排江中游，巍巍青山两岸走……"

林清泉一家子、陈南一家子和肖亮一家子，陶醉在这美丽的画面和优美、动人的歌声中。

打春阳气转，过了春节天便一天天暖和起来，温暖的阳光洒进屋里，撒在窗台上并排放着的两个小木箱上。

彩云走到窗台前一看，高兴地说："哎，你来看，西红柿苗和辣椒苗都出来啦！"

清泉走过去，搂着彩云的腰看秧苗，说："出得还挺整齐呢。"

彩云说："今年，咱们栽一畦西红柿、一畦辣椒，再种几垄豆角、黄瓜。"

两口子正在盘算种菜的时候，秀秀来了。秀秀是林家的常客，见门半掩着，料定家里有人，便走了进来。抬眼一看，她不由掩嘴一笑，暗自赞叹：嗬，大白天的，丈夫搂着妻子的腰，这两口子可真够浪漫的。见两口子还没有发觉她进来，秀秀轻轻咳了两声，两口子这才回过身来。

秀秀笑道："哟，你们两口子这么亲热，又在谈恋爱吧？"

清泉笑道："那当然啦。我们俩的恋爱呀，是天天谈，月月谈，年年谈。"

彩云嗔怪道："秀秀，别听他胡说，我们俩在看刚出土的西红柿苗和辣椒苗呢。"

"彩云姐，你想不想抱一窝鸡呀？"

"想，当然想啊！"

"我的那只大芦花要趴窝了，借给你。鸡蛋我也给你挑好了一些。"

"那可太谢谢你了，秀秀！方芳说也已经给我准备了一些鸡蛋。"

"你跟我客气什么呀？这么多年来，我们孩子吃的、穿的、用的好多东西不都是他林叔和肖叔从北京买来的，我跟你们客气了吗？"

"好，好，不跟你客气。我可从来都没孵过小鸡，秀秀，你可得教我呀！"

"行。你准备好一个抱窝的筐，明天我就把老抱子和鸡蛋给你送过来。"

林家鸡圈里，云云、青青、红红和彤彤，又在兴致勃勃地玩过家家。"咯咯咯咯嗒！咯咯咯咯嗒！"鸡叫了起来。云云和青青跑进草棚子，一只母鸡从鸡窝上面的蛋筐里跳下来，咯咯叫着走了。云云近前一看，筐里有两个鸡蛋，兴奋地说："鸡蛋！两个鸡蛋！"立即从筐里捡起来，一手拿一个。青青叫道："姐姐，给我一个！给我一个！"

于是，俩孩子每人拿着一个鸡蛋回家了。

云云和青青进了屋。把双手背在身后，笑呵呵地看着父母。

青青说："爸爸，妈妈，你们猜猜，我们俩手里拿的是什么？"

清泉说："是石头吧。"云云摇了摇头，说："不对。"

彩云说："是巧克力吧。"青青摇了摇头，说："还是不对。"

俩孩子同时举起了一只手，说："是鸡蛋！"

彩云惊喜道："太好了，咱家的鸡开始下蛋啦！"

清泉说："正好，明天抱窝的时候，把这两个新鸡蛋都用上！"

彩云讥笑道："没公鸡踩过的母鸡下的蛋能孵出小鸡来吗？连这个你都不懂，亏你还是农村长大的呢！"

清泉挠着头皮说："我怎么把这个茬给忘了。"

第二天，在秀秀和方芳的帮助下，彩云在家里孵上了一窝鸡蛋。

春寒料峭，清泉随着司令员张蕴钰率领的核试验基地的勘查定点队伍，进了罗布泊核试验场，驻扎在罗布泊村的一栋较大的平房里。这栋平房好似戈壁滩上的一个招待所，中间是一条长长的走廊，两侧是房间，每个房间外面用一个炉子烧火墙取暖。这时候的生活条件已经相当不错了。为了不使大家感到冷清，司令员还带来了一个电影放映队。到达的当天夜里，放了一场露天电影，片名叫《北斗》。这是一部新影片，十分有吸引力。天还比较冷，大家穿着棉衣棉裤、皮大衣和大头鞋，坐在露天里兴趣盎然地看电影。

第二天，勘查工作就开始了。林清泉、唐峰和工程处的张工，专门负责火箭发射站的勘查定点。他们乘坐一辆五座吉普车，沿着骆驼山南边的一条公路向南开，当行驶到跨越孔雀河的前进桥桥头时，戛然而止。三个人从车里下来，看着这座桥和早已干涸了的孔雀河，感慨万千，议论起来。

唐峰说："过了前进桥再往前走，就到楼兰遗址了。"

清泉说："可惜呀，孔雀河干得一点儿水都没了。第一次核试验时，我们还在河里游泳、摸鱼呢！"

张工说："三十年河东三十年河西呀！那时候，我们还是风华正茂的青年呢，可如今已是历经沧桑的中年人了。"

三个人回转身望着北方。

唐峰指着前方，问："老林，靶心是在这个方向上吧？"

清泉说："对。前面是骆驼山，骆驼山前面就是靶心。"

唐峰："老林，你选的这个地方真不错，靠近路边，交通方便；靠近河边，等秋天来的时候，草还是绿的，红柳的花正红，你们还可以赏赏戈壁秋景。"

清泉说："现在，我可是戈壁通了，对场区的一草一木、一沟一坎，我都了如指掌啊。"

唐峰说："那就把火箭发射站定在这里？"

清泉说："我看可以。张工，你的意见呢？"

张工说:"是不是请示司令员再做决定呀?"

唐峰说:"时间紧迫,我看不必了。定点问题老林说了就算。"

张工说:"既然你们所里同意,那就定在这里吧。"

清泉从汽车里拿出一个木桩和一把大铁锤,走到路西的一片平坦之处,将木桩插在土里,随后抡起大铁锤把木桩打了进去。木桩上用墨笔写着:前进桥火箭发射站。

随即,张工将一张火箭发射站平面图铺在地上,清泉和唐峰蹲下,听他讲解:"前进桥的方位是:172度,16.6公里。因为这里依然是危险区,所以全部发射控制工作必须在工号里进行。在工号里,面向靶心的墙上开两个窗口,一个为主观测窗口,一个为副观测窗口。在窗口外装钢防护窗。观测孔装在室内,观测架装在室外。室内用12伏直流灯泡照明。发射站的基本情况就是这样。老林,这样符不符合你们的要求?"

清泉说:"符合,我很满意。"

张工说:"那我回去就按照这个方案设计施工图了。"

火箭发射控制站的勘察定点工作圆满完成。

当清泉勘察定点时,肖亮和陈南在西北导弹试验基地参加了雄鹰-1号火箭的试飞。这次试飞非常顺利,三枚火箭全部成功。

当清泉勘察定点时,彩云孵的一窝小鸡陆续破壳出世了。一群毛茸茸的鸡崽子满地乱跑。云云和青青一人抱着一只小鸡,爱不释手地抚摸着。彩云把一盘用水泡过的小米放在地上,轻轻一唤,小鸡"呼啦"一下子跑过去抢食。俩孩子撒开手中的小鸡,俩小鸡扑棱着翅膀跑过去吃食。

小鸡给孩子们带来了欢乐,他们益发觉得红山比北京好玩,彩云更放心了。

陈南、林清泉和肖亮都回到红山后,火箭取样队便向室领导汇报工作。汇报在会议室里进行,听取汇报的有路雨声、郭臣、郑茂功等。首先,肖亮汇报了火箭试飞情况,之后清泉汇报了火箭发射站的勘察定点情况,最后讨论了火箭发射控制问题。因为前进桥火箭发射站太远,报时信号送不过去,需要搞一个报警器报时。

清泉提议:"自己做个光辐射和冲击波报警器,光辐射报警信号就是'零时'信号;冲击波报警信号就是开门、开窗信号。"肖亮和陈南都赞成。于是决定三人自己动手制作这台报警器,清泉负责报警器的设计,陈南和肖亮负责报警器的制作。路雨声和郑茂功都表示赞同。

郭臣说:"你们这三个老战友,工作上一直是团结合作,配合默契,互相支持,互相帮助,所以你们能战胜一切困难而不为困难所压服。希望你们再接再厉,圆满地完成今年的任务。"

清泉说:"谢谢领导的鼓励。但是,借此机会,我想代表取样队一部分同志向室领导,并通过你们向所领导提一个意见。不知当讲不当讲?"

路雨声说:"你想放什么炮就放什么炮吧,我们洗耳恭听。"

清泉说:"我们取样大队足足搞了16年取样了,可是,我们还像一群十足的大傻瓜!"

路雨声问:"这话怎么讲?"

清泉慷慨陈词:"我们把样品取回来就万事大吉了。可是,这些样品用在哪些测量项目上?是怎么进行放射化学处理的?又是怎么进行物理测量的?我们一概不知!你说,我们不是傻瓜是什么?"

路雨声说:"嗬!你这一连串重磅炮弹快把我打蒙了!"

清泉说:"我认为,我国的保密制度太死,苏联的保密制度太死,而美国的保密制度就很活。美国人把许多过时了的核试验情报及时解密,公开发表,我们不是从中受益匪浅吗?人家对全世界都不怕,而我们却自己怕自己!"

路雨声说:"天哪,你这重磅炮弹真是震耳欲聋啊!"

清泉继续侃侃而谈:"过分严格的保密,只能是自己卡自己!有些绝密数据,我们可以不问,但对于一般的方法和原理问题,纯属学术问题,为什么也对我们保密?这种保密制度不利于科研工作的开展和学术交流!"

郑茂功说:"我们取样大队许多同志都有这种意见,不过都是牢骚话,我没有敢向领导反映。还是老林胆子大,终于公开提出来了。"

路雨声说:"清泉,你提的意见很尖锐,也很合理,我诚恳地接受你的批评。这样吧,我请示一下所领导,然后再答复你。好吧?"

清泉的这些问题是积压在他心头多年的问题,也是他经过深思熟虑的问题,他觉得现在是到了可以说的时候了,于是便一股脑地释放出来。林清泉的意见还真起了作用,放化楼终于对他们敞开了大门,于是他跟陈南和肖亮第一次走进了放化楼。

在样品溶解室里,欧秀丽在对林、陈、肖三人讲解着:"你们取到的样品送进实验室后,先在样品分装室剪成若干小块,之后就送到我这个溶样室里。我把一块块样品放进一只只试管中,加入强酸溶解,再将溶解好的样品分别送到铀同位素、钚同位素和裂变产物分析室。我的任务就完成了。"她从桌上的一个玻璃盘里拿出一小块丝棉,放进一个试管中,然后用一支吸管从一个瓶子里吸进溶解液,边往试管里滴溶液边说:"我现在加入强硫酸溶解样品。"滴完后,她不断轻轻摇动试管。不一会儿,试管里的丝棉便无影无踪了。她说:"看,丝棉已被全部溶解了。这个过程就叫溶样。"

在裂变产物实验室里,丁雪梅对林、陈、肖三人讲解:"这是裂变产物分析实验室。当把溶解好的样品送过来之后,我要对其进行反复的分离纯化,直到得到纯净的只含有某一种同位素的溶液为止。我把这种溶液滴入一个类似于手榴弹的小塑料瓶内,然后再把这只手榴弹源送到 γ 实验室,我的任务就完成了。"

在这次参观中,林清泉受益匪浅,学了不少新知识,长了不少新见识。但是,后来他才发现,他这是聪明反被聪明误,没事找事,作茧自缚!

孔子曰:"贤哉回也,一箪食,一瓢饮,人不堪其忧,回也不改其乐。"

孔老夫子盛赞他的弟子颜回以苦为荣、以苦为乐的精神,假如他在天之灵有知,他对红山人又作如何评价呢?!

要想吃鸡蛋就得养鸡,要想养鸡就得有鸡饲料。用苞米面拌青菜就是最好的鸡饲料,这是红山人总结的养鸡经验。冬天的青菜就是大白菜,菜心留给人吃,其他部分给鸡吃。过了冬季,没有了大白菜,人们便去打野菜喂鸡,或用自家种的青菜喂鸡。种青

菜的最佳季节是春天。

春光明媚，绿草如茵。红山野外的一大片菜地里，家家户户忙着春耕，翻地的、种菜的、浇水的，人人忙得不亦乐乎。呼唤声，说笑声，荡漾在山沟里的空气中。红山人投入到"自力更生，丰衣足食"的生产运动中，沉浸在快乐的劳动中。李保国家、陈南家、肖亮家都在忙。林清泉一家子在栽西红柿，清泉在前边用锄头刨坑，彩云在后面栽西红柿，云云和青青用搪瓷缸往秧苗坑里浇水。

春天过去，夏天来了，到处都是一片勃勃生机。西红柿，开花了，结果了。豆角，开花了，结角了。黄瓜，开花了，结瓜了。辣椒，开花了，长出小辣椒了。

夏天是打鸡菜的最好时节。天蒙蒙亮，一辆又一辆自行车顺着公路飞驰而下。车流中，林清泉、陈南和肖亮穿着工作服、骑着车跟着飞了过来，车后座上夹着麻袋和镰刀。这是一支浩浩荡荡的打野菜的队伍，这支队伍成为红山一道独特的风景线。这道风景，恐怕你走遍全国各地也未能见得到看得到。

红山东南部是连队的菜地，有一片又一片的菜花地，也有一片又一片的土豆地。绿油油的土豆地里和金灿灿的油菜地里，苦苦菜一簇一簇的，又高又嫩。苦苦菜是鸡最爱吃的青菜之一，因此特别受养鸡户的青睐。每逢星期天早晨，许多人便成群结队地到这里来打鸡菜。每次打满一大麻袋苦苦菜，足够鸡吃一个星期的。菜地里，人头攒动，身影时隐时现，你呼我唤声此起彼伏，成为红山又一道风景线。

油菜地里，林、陈、肖三人正在用镰刀割苦苦菜，割完一捆，便抱到放在菜地边上的麻袋旁，然后装进麻袋里。之后，再去打菜。直到装满了麻袋，再用绳子扎紧袋口。打完菜，三个伙伴便走进旁边的一片荒草地去采蘑菇。三个人在荒草地里拉网式搜索蘑菇，就像在戈壁滩上搜索火箭一样。清泉眼前突然一亮，只见一小片肥硕的白蘑菇亭亭立在地上，他朝两个伙伴喊道："伙计们，快来吧，这里有一片蘑菇！"陈南叫道："你自己采吧！我这里也有一片！"肖亮喊道："我这儿也有！"于是，三个人开始采蘑菇。清泉脱下工作服铺在地上，将采的蘑菇放在衣服上，包好，再将两个袖子系在一起，一个简易的蘑菇筐就做成了，他还是这么能对付。

林、陈、肖满载而归了，后面车架子上驮着满满一麻袋野菜，前面车把上挂着用工作服包着的一袋蘑菇。出来时是下坡轻载，一溜烟就下来了；回去时，却是上坡重载，就比较艰难了。一路上，拼命地蹬，缓缓地上，遇到大陡坡时，只能下车推着车走。吃个鸡蛋真是不容易呀，要不是为了孩子，谁也不肯受这个累。

回到家，三个人已经是汗流浃背了。清泉把车子推到菜窖处，然后和彩云一起卸下麻袋。彩云让丈夫回家休息，自己和俩孩子把菜下到菜窖里储存。彩云用吊篮将菜一篮一篮地放进菜窖里，云云和青青把菜整齐地摆放在地上。菜窖里凉飕飕的，是储存青菜的理想之地。

清泉起大早打回来一麻袋野菜，又累又困，进屋倒头便睡。当他睡得正香时，青青摇着他的肩膀叫着："爸爸，爸爸，起来吧，起来吧，吃饭啦。"见爸爸没有反应，儿子冲着老子的耳边大喊一声："大懒虫！起床啦！"清泉激灵一下子睁开眼，伸了一个懒腰。青青两手拉着爸爸的手一使劲，说："快起来吧你！"清泉就势坐了起来，表扬道："我儿子长大了，有力气了。"清泉穿衣服时，青青端一脸盆水放在椅子上，把毛巾搭在

第二十二章 欢乐的红山

椅子背上。爸爸洗完脸，儿子又把牙缸、牙膏和牙刷送了过来。爸爸抚摸着儿子的头，说："谢谢你，我的好儿子。"受到爸爸的表扬，青青的脸上笑眯眯的，心里美滋滋的。

清泉洗漱完毕，走进外屋一看，饭桌上已经上了三盘菜：一盘韭菜炒鸡蛋、一盘菠菜炒粉丝和一盘煎豆腐。清泉刚坐下，一股香气扑鼻而来，他不由用鼻子嗅了嗅，问："什么味呀？这么香！"话音刚落，云云端着一盘菜进来，叫着："来啦！肉片炒蘑菇一盘！"随后把菜放在饭桌上。彩云端进一高压锅米饭放在桌上，于是一家人围着饭桌吃饭了。大家先尝肉片炒蘑菇，每人只吃了一筷子，便赞不绝口。

青青说："太香了！香得没治了。"

云云说："真香啊！香死人了。"

彩云说："味道十分鲜美！"

清泉说："我还从来没有吃过这么香、这么鲜美的蘑菇！"

云云问："爸爸，你这是在哪儿采的蘑菇呀？"

清泉说："打鸡菜旁边的荒草地里。"

云云说："你咋不多采点呀。"

清泉说："这蘑菇很稀少，不容易采，就是这些还是我撞大运撞上的呢！"

青青说："爸爸，你下次打鸡菜的时候，再去撞一次大运！"

彩云笑道："癞蛤蟆没毛——随根，你们这俩孩子呀，跟你爸爸一样，吃点儿好东西总是念念不忘。"

清泉说："哎哎，不要打击一大片噢。"

彩云说："云云，青青，快期末考试了，你们俩可要抓紧时间复习功课哟。"

云云说："妈妈，我保证考双百。"

青青说："妈妈，我保证考90分以上。"

彩云说："青青，你就是太贪玩，只要你改掉贪玩的毛病，就能考双百。"

清泉说："只要学生听懂了、学会了就好，能考双百更好，考90分以上也不错。"

彩云说："你呀，怎么就不能对孩子进行严格要求呢?！"

清泉说："只要孩子们自觉学习，就不要给他们施加压力，逼他们做分数的奴隶。"

彩云说："你呀，总是有理。"

期末考试，云云果然考了双百；青青，语文考了96分，数学考了98分。

放暑假了，学生们解放了，又可以自由自在地玩了，又可以满山遍野地跑了。一天晚上，云云和青青在外边玩够了回来，就提出新要求。

云云说："爸爸，妈妈，明天是星期天，你们带我们出去玩玩，好吗?"

彩云说："红山不是北京，一个公园都没有，上哪儿去玩呀?"

云云说："上个星期天，我们班一个同学家就到山里去钓鱼了。钓鱼可好玩了，咱们也去钓鱼吧。"

青青说："爸爸说，红山的鱼傻乎乎的，可好钓了，咱们就去钓鱼。"

清泉爽快地说："好！明天咱们就进山去钓鱼！"俩孩子高兴得又蹦又跳。

彩云说："那我去烙几张饼带着。"

清泉说:"好,你去烙饼,我和孩子们准备钓鱼竿。"

当天晚上,饼烙好了,罐头准备好了,钓鱼竿也做好了,只等明天去钓鱼。天有不测风云,后半夜下起雨来,雨越下越大,天亮时已转成瓢泼大雨了。早饭后,雨还是"哗哗"地下。俩孩子望着窗外的大雨抱怨:"该死的老天爷,早不下,晚不下,偏偏我们要去钓鱼了,你下!""讨厌!讨厌!""别下啦!别下啦!"任他们怎么诅咒,雨依然"哗哗"下着。

彩云一看不好,便赶紧接水,水桶、锅、盆里都接满了水,以备不时之需。下雨了,干吗还要接水储存?列位有所不知,红山的饮用水来自雪山下来的河水,河水经过一个滤水池过滤后方进入管网。每当下暴雨或大雨时,浑浊的河水夹带着大量的树枝、树叶、牲畜粪便和泥沙滚滚而下,很快就会把滤水池堵塞,这时必须关闭滤水池的闸门,暂时停止供水。越是下大雨越是没水吃,这是红山不可抗拒的自然灾害。

彩云接完了水,刚坐下休息,青青急不可耐地叫起来:"爸爸,妈妈,走吧!走吧!"

彩云说:"傻孩子,下这么大的雨,连门都出不去,还是别去了。"

清泉说:"云云,青青,今天咱们不去了,下个星期天再带你们去。"

云云说:"你们说话不算数!"

青青说:"姐姐,爸爸妈妈不去,咱俩去!"

夫妻俩本以为俩孩子闹闹气就消停了,没想到两人还挺坚决,穿上雨靴,每人背上一个装食品的挎包,扛上钓鱼竿,拿上雨伞,就要走。

青青威胁道:"爸爸,妈妈,你们去不去?不去,我们就走了。"

彩云说:"你们这俩孩子,怎么这么像你爸爸呀,不达目的誓不罢休哟。"

清泉起身,无可奈何地说:"他们俩呀,是不到黄河不死心,咱们俩只好舍命陪孩子了。"

彩云起身,埋怨道:"这俩孩子这么任性,都是让你给惯的。"

夫妻二人穿上雨靴,穿上雨衣,随着孩子出了门。一家子冒着大雨出发了,刚上公路,裤子就湿透了,身上发冷,脚步放慢了,热情下降了。

彩云乘机劝道:"云云,青青,雨又大,天又冷,你们俩要是感冒了,又要打针又要吃药,多不合算哪!咱们还是回家吧!"

青青打了退堂鼓,说:"回家也行,那你们得跟我们打扑克玩!"

云云也打了退堂鼓,说:"那下个星期天还得进山去钓鱼。"

父亲满口答应,他可惹不起这两个"小祖宗"。妻子埋怨他惯孩子,有的同志背后甚至指责他,老林脾气那么大,怎么在孩子面前就没有了呢?清泉自有他的道理。首先,他爱他们,视他们为自己掌上的明珠,舍不得捅一指头、骂一句。其次,他把老婆孩子从北京带进这遥远偏僻的山沟里,跟他一起受苦受累,心里一直感到很愧疚。对俩孩子进红山后的表现,他感到相当满意。假如俩孩子到后不适应这里的生活条件,成天哭着闹着要回北京,他自己都不知道如何面对。他很感谢俩孩子对他的支持,他要尽量满足孩子们的要求,关心他们、体谅他们、理解他们,让他们感到家庭的温暖和幸福以及父母的慈祥,让他们尽情享受童年的快乐和美好时光,使他们在这里也能健康、茁壮

第二十二章　欢乐的红山

地成长。让孩子经受一次风雨也好，这样他们自己就明白做得是对还是错。

一家子是冒着大雨出去的，又是冒着大雨回来的。做父母的不能对孩子食言，于是夫妻二人便陪俩孩子打扑克，而且故意卖些破绽让孩子们赢。俩孩子赢了爸爸妈妈，高兴得哈哈大笑，把未能去钓鱼的不愉快忘到九霄云外去了。

中午做饭时，水已经断了，只好动用备用水。第二天，洗菜到水沟里去洗，做饭还是用备用水。第三天，备用水也用光了，基地便派水罐车从马兰往红山送水，以解燃眉之急。直到第五天，红山供水才恢复正常。但是，不少水管子、水龙头还是堵了。于是，勤务连便到处去抢修，在肖亮家的水管子里掏出许多羊粪蛋，在林清泉家的水管子里掏出许多树叶和树枝，在陈南家的水管子里竟然掏出一只死青蛙。每年夏天，红山断水的事情总要发生几次。

这场大雨对红山草原来说，却是一场及时雨。雨过天晴，红山一片繁荣，绿油油的青草，绿油油的树，绿油油的庄稼，绿油油的菜地，土豆开花了，豆角结角了，西红柿红了，黄瓜绿了，一片生机勃勃的景象，红山进入了黄金季节。"八一"前夕，所里还从鄯善和吐鲁番等地拉来了大批哈密瓜、西瓜和葡萄，供应给大家，于是各家各户都储存了不少新鲜的新疆瓜果。

林家的桌子上放了一盘哈密瓜、一盘西瓜和一盘葡萄，全家人围着桌子吃瓜果，俩孩子一面吃一面赞不绝口。

云云说："吐鲁番的葡萄太甜了，都甜掉牙了！"

青青说："西瓜是甜的，哈密瓜是香的，都好吃。"

云云说："爸爸，今天晚上'八一'会餐，你想做些什么菜呀？"

清泉说："今天哪，咱们专门享受自己的劳动果实，做菜全用自己家种的菜。"

云云说："爸爸，你说具体点儿，到底是哪些菜呀？"

彩云拿过一张纸递给女儿，说："这是我和你爸爸制定的菜谱，你自己看吧。"

云云念菜谱："鸡蛋炒西红柿、大肉烧豆角、青椒炒土豆片、烧茄子、肉皮拌黄瓜。"

彩云说："云云、青青，跟妈妈到地里去摘菜，让你爸爸在家里做菜。"

妈妈提着菜篮子，带着俩孩子到菜地里摘菜去了。豆角架上挂满了豆角。西红柿秧上结满了西红柿，有青的，有红的，也有半青半红的。茄子秧上挂满了紫色的茄子。辣椒秧上挂满了碧绿的辣椒。彩云娘仨怀着喜悦的心情在菜地里摘菜。云云和青青一面哼着"小小竹排……"一面摘菜。

清泉在厨房里一面哼着"向前向前向前……"一面切肉。

"八一"会餐开始了，餐桌上摆满了新鲜的菜肴：鸡蛋炒西红柿、大肉烧豆角、青椒炒土豆片、烧茄子和肉皮拌黄瓜等。

收音机里正在播送相声《钓鱼》，一家人一面听广播一面吃饭。

甲说："……二子他妈妈，明天给我烙3张糖饼！"

乙说："三啦？改三张糖饼啦！"

甲说："他爱人一边烙饼一边琢磨：二子他爸爸，你可真哏呀，鱼呀你是一条没钓

来，饭量可见长！"

云云说："爸爸，明天是'八一'，该带我们去钓鱼了吧。"

青青说："爸爸，你可答应过我们的，你说话可要算数哟。"

清泉说："爸爸从不食言，明天一定带你们去。李叔叔家也要去，咱们两家一块去。"

云云高兴地说："好极啦！好极啦！"

青青说："妈妈，今天晚上你也给我们烙糖饼，我也要吃三张糖饼。"

彩云笑道："看把你们俩高兴的！"

云云说："爸爸，吃完饭咱们就去挖蚯蚓吧！"

清泉说："明天咱们不用蚯蚓做鱼饵。"

青青问："那用什么呀？"

清泉说："蚂蚱。现在蚂蚱遍地都是，明天咱们一路走一路抓蚂蚱。"

云云说："不但可以用蚯蚓做鱼饵，还可以用蚂蚱做鱼饵。爸爸，你的办法真多。"

清泉说："柳树叶也能把鱼钓上来呢。"

青青问："真的吗？"

清泉说："当然是真的。要不然我怎么说红山的鱼傻乎乎的呢。"

青青说："那明天我也试试。"

清泉在北京的时候就许诺带孩子们去钓鱼，他终于要兑现他的诺言了。

一轮红日照耀着红山的北山山口。一条小河从山涧里"叮叮咚咚"地流出来。山涧里，杂草丛生，绿树茂密。路两旁的草丛中，成群的小蚂蚱蹦来蹦去。林清泉一家四口和李保国一家三口在草丛中捕捉蚂蚱。他们将捉到的蚂蚱放在孩子们提着的空罐头瓶里，然后盖上开了许多小孔的塑料盖。孩子们捉蚂蚱的快乐笑声传向四面八方。捉完蚂蚱，他们又继续前进了。林清泉和李保国背着挎包，扛着钓鱼竿，在前面带路；云云、青青和小芳，扛着钓鱼竿，提着装蚂蚱的玻璃罐头瓶，紧随其后；彩云和方芳压阵，彩云提着一个网兜，里面装着小铝锅、碗筷和瓢勺，方芳提着一个菜篮子，里面装着西红柿、青椒和大葱等。一行人沿着河边小路迤逦而行，时而过草丛，时而过石滩，时而涉水过河，当他们到达河边一片敞亮的沙滩之地时，两个带路人停住了脚步。这是他们以前来过的地方，这就是他们今天的目的地。阳光透过茂密的树叶斑斑驳驳地洒在沙滩上和河面上，令人感到惬意和凉爽，真是一个休闲的好地方。大家放下东西，坐在沙滩上休息。

清泉问："孩儿们，这个地方怎么样？"

三个孩子异口同声地说："好！"

彩云说："这个地方是挺好的，青山绿水，蓝天白云，树叶飒飒，河水叮咚，在这儿钓鱼呀，就是一条鱼也钓不着，也够美的了。"

方芳说："老林爱发诗兴。彩云姐，你今天也诗兴大发了。"

保国说："让老林传染的呗。"四个大人笑了起来。

青青说："你们乱七八糟地说什么呀，还不赶快去钓鱼。"又是笑声一片。

第二十二章 欢乐的红山

清泉带领儿子和女儿沿着河边向上游走去,来到一个河水拐弯之处。这里水深,水流平稳,是钓鱼的理想之地,于是这里就成了他们的钓鱼场。青青和云云将蚂蚱穿进钓鱼钩,把钓鱼钩甩进河里,站在岸边钓鱼。清泉拿着一个深铝盆在河里舀了半盆水放在孩子旁边,然后坐在岸边钓鱼。保国和他的女儿在沙滩的下游选择了一个钓鱼场。

鱼咬钩了,青青猛地一甩钓鱼竿,一条白条鱼甩上了岸,挣扎着。他兴奋地喊:"爸爸!我钓上一条鱼!"然后把鱼摘下鱼钩,放进铝盆里,这条鱼又自由地游动起来。

鱼咬钩了,云云猛地一甩钓鱼竿,一条白条鱼甩上了岸。她兴奋地喊:"爸爸!我也钓着一条!"

鱼咬钩了,小芳猛地一甩钓鱼竿,一条白条鱼甩上了岸。她兴奋地喊:"爸爸!我也钓着一条!"就像是发生了链式反应一样,孩子们快乐的报捷声不断地回荡在河面上、树林中。

当清泉、保国和孩子们在钓鱼时,彩云和方芳在沙滩边上用石头搭简易炉灶。她们一面搭炉灶一面聊天。

方芳说:"彩云姐,1967年夏天,老林、老李、彩虹姐,还有我,到这里来过。那时候,老林和彩虹姐虽然关系亲密,但还没有正式确定恋爱关系;我和老李刚刚接触,他俩是有意要撮合我们俩。后来,我们俩结婚了,他们俩却散了,而你却和老林结了婚。再后来才知道,原来你是彩虹姐的妹妹。老林和你们姊妹俩的故事,要是写成一部小说,一定很精彩。"

彩云说:"方芳,那你就写吧,我当你的第一个读者。"

方芳说:"我连封信都写不好,还让老林来写吧。"

这边,两个女人唠得正欢;那边,爷仨钓鱼的兴趣正浓。

青青说:"爸爸,蚂蚱没有了,咱们用柳树叶钓吧。"

清泉说:"好!"

于是,爷仨把柳树叶穿进钓鱼钩,然后将钓鱼钩甩进河中……

彩云和方芳在树林中一面捡拾干柴一面议论。

方芳说:"用柳树叶钓鱼,老林的鬼点子就是多。"

彩云说:"姜太公钓鱼,愿者上钩呗。"

鱼咬钩了,清泉一甩钓鱼竿,一条白条鱼被钓了上来。他得意地说:"哈哈,你这个小傻瓜呀,连树叶你也咬,上当了吧?"

鱼咬钩了,青青一甩钓鱼竿,一条白条鱼被钓了上来。他兴奋地说:"爸爸!树叶真能钓鱼呀!"

鱼咬钩了,云云一甩钓鱼竿,一条白条鱼被钓了上来。她高兴地说:"爸爸!红山的鱼真是傻呀!"

下游处,不时传来保国和小芳的哈哈笑声。

钓完了鱼,三个孩子穿着背心和裤衩,在河里快乐地嬉戏。清泉和保国躺在河边的一块大石板上晒太阳,望着大山,看着蓝天白云,听着淙淙的流水声,听着孩子们的笑声,他们陶醉了,陶醉在大自然的怀抱中,陶醉在家庭的幸福中,陶醉在战友的友谊中。

彩云和方芳蹲在河边洗完西红柿、青椒和大葱，接着又择鱼洗鱼，烧鱼汤。

鱼汤烧好了，方芳站在河边喊："孩儿们！回来吧，回来喝鱼汤喽！"

孩子们一面往岸上跑，一面喊："喝鱼汤啦！喝鱼汤啦！"

两家人坐在沙滩上开始野餐。孩子们一边喝鱼汤一边赞不绝口："鱼汤真好喝呀！""真香啊！""真鲜美呀！"

在这幽静的山谷里，坐在河边的沙滩上，喝着鲜美的鱼汤，不能不说是一种美好的享受。

吃罢了午饭，三个孩子又困又累，便躺在沙滩上睡着了。妈妈怕孩子着凉，便给每个孩子身上盖了一件上衣。等孩子们醒来，他们便下山了。

他们出了山口，正好从一个连队的营房前经过。"林队长！林队长！请留步！"清泉停住脚步，抬头一看，来人是火箭发射队队长杨月辉。"林队长，请到队部里歇歇脚吧！"盛情难却，于是林清泉一伙人便随同杨月辉走进火箭发射队队部。

上次任务后，基地决定将火箭发射队划归研究所管，研究所又将这个特殊的连队划归技保营管。于是，火箭发射队从马兰迁进红山，驻扎在这个山口。

杨月辉叫通信员切了两个西瓜招待客人。天热，又走了一段路，人人都口渴了，便不客气地吃起西瓜来。三句话不离本行，杨月辉和林清泉说着说着，就把话题转移到任务上来。

"林队长，又快进场了。进场前，我有一件事想请你帮忙。"

"小杨，什么事儿，说吧。"

"这次任务全部上雄鹰-1号火箭，我想请你抽时间给我们讲讲课，行吗？"

"没问题。不过，你得给我一周的时间准备讲稿。"

"没问题。"

"小杨，谢谢你们的热情招待。告辞了。"

"通信员，套上毛驴车，送送我们的小朋友。"三个孩子"嗷嗷"地欢呼起来。

公路上，一辆毛驴车拉着三个孩子渐渐远去……

红山在准备进场，北京的火箭设计院也在准备进场。徐明媚把进场的消息用电话通知了她的好朋友夏彩虹，如果要往红山带什么东西请早些送过来。彩虹得知这个消息，便跟彭刚跑商店采购了一番。几天后，彩虹把一个小白塑料桶、一个手提包和一个捆扎结实的小纸箱放在火箭设计院的大门外，然后进传达室给徐明媚打了一个电话，从传达室出来便站在门口等。她和林清泉之间的一段幸福和辛酸的往事不由一幕幕地浮现在她眼前……

"小夏！小夏！"亲切的呼唤声把她从回忆中拉了回来，彩虹转忧为喜，亲热地叫道："徐姐！徐姐！"随后快步迎上前去。两个老朋友热烈地握手，紧紧地拥抱。徐明媚端详了夏彩虹一番，赞扬道："小夏，你也是快40岁的人了，看上去还这么年轻漂亮。""不行了，半老徐娘了。徐姐，你可还是风韵犹存哪！"两个女人互相赞扬了一番之后，转入正题。

"小夏，这么远的路，你一个人带这么多东西过来，够辛苦的。"

"我妹妹一家在红山辛苦得很,我这点辛苦不算什么。"

"小夏,你给妹妹家带了些什么东西呀?"

"塑料桶里装的是北京黄酱,他们家爱吃炸酱面;手提包里是我跟妈妈给俩孩子和彩云买的几件衣服;纸箱里装的是孩子们喜欢吃的糖、饼干和点心。"

"你想得可真周到。以前是老林给别人带东西,这次是我给他带东西。"

彩虹从兜里掏出一个信封递给徐明媚,说:"信封里装着钱和北京粮票,请你就地帮我买10斤挂面带走。"

"小事一桩,我保证完成任务。"

"谢谢你,徐姐。那我就回去了。"

"你别急着走啊,拿着东西咱俩一块儿送到工厂去。"

"我进不去呀!"

"我给你开了一张临时通行证,跟我走吧!"

"十几年没进这个大门了,我还真想再进去看看呢!"

"路上,咱姐俩好好叙叙旧。"

两人拿起东西进了大门。两个人走在林荫道上,一面走一面聊天。

"徐姐,请你替我捎个话给老林。"

"捎话比捎东西容易多了,装在脑子里就行了。捎什么话,说吧!"

"你知道的,老林胆子太大,无论是鼓捣雷管还是爆炸螺钉,无论是样品的回收还是分装,他都毫不在乎,总是大大咧咧的。请他多注意安全,爱护自己的身体,为了彩云、为了他、为了他那个幸福的家!"

"小夏,你放心,这话我一定带到! 我也要经常提醒他注意安全。"

"谢谢你,徐姐。"

"你走后,我们又先后研制出和平–5号火箭和挺进–1号火箭,今年又研制出了雄鹰–1号火箭。这次任务我们就上雄鹰–1号。"

"你们的成就辉煌,对核试验贡献很大。"

"这些年来,我们总是随着老林的指挥棒转。他今天一个主意,明天一个点子的。以后,还不知道他又抛出什么主意呢!"

"听说大气层核试验接近尾声了,他的历史使命快完成了,恐怕不会再有以后了。"

"那可没准。以前,老林让我们研制上天的火箭,取蘑菇云中的样品;以后啊,说不定老林还让我们研制入地的火箭,取地下的岩石样品呢!"

两个女人"咯咯"笑起来。

一周后,一节装有六枚雄鹰–1号火箭的专车从北京出发了。又过了几天,宋天成和徐明媚带领着一支20多人的队伍,乘坐69次列车开赴新疆。

第二十三章　最后的蘑菇云

红山的早晨，阳光灿烂，微风阵阵，凉爽宜人。研究所进场队伍马上就要出发了。数百人的队伍列队站在所办公大楼前广场上。广场旁边的公路上，停着一些吉普车、一些大轿车、一些工程车和一些大卡车。广场后面站着许多前来送行的军人、家属和孩子，其中有康彩云、梁馨、乔秀秀和她们的孩子们。

"同志们！"沈平站在队伍前铿锵有力地说，"我们的进场队伍马上就要出发了！现在，我宣布四条行军纪律：第一，各单位必须按照指定的车上车，不许乱上；第二，行军途中必须注意安全，不许把头和手伸出窗外；第三，必须按照规定的行车顺序行车，不得抢道，不得超车；第四，路上无论出现什么情况，各单位负责人必须立即向我汇报，不得擅做主张。解散！上车！"队伍解散了，出征的人纷纷去跟家人告别。然后，有的人上了吉普车，有的人上了工程车，有的人上了大轿车。林清泉、肖亮和陈南上了一辆大轿车后，趴在车窗口跟家人说笑着。一阵汽车喇叭声后，车队缓缓地出发了，车里的人和车外的人互相挥手告别。浩浩荡荡的车队渐渐远去……

黄昏时分，基地研究所作业队抵达目的地——孔雀村。

火箭取样队还是住他们的那间老房子。长期无人居住，房间里积满了灰尘和沙子。他们的第一项任务就是彻底打扫房间，清除垃圾，擦干净门窗、桌椅板凳和床铺，然后打开行李，铺褥子，放被子。火箭设计院还是住在他们隔壁的几个房间里。第二天上午，林清泉等三人打扫干净了客人们住的房间，摆放好了床铺，并在每个房间里打满了两桶凉水、打满了几暖瓶开水，等候火箭设计院同志们的到来。

傍晚，一辆大轿车和一辆大卡车拖着一路黄尘从气象大沟里开过来，驶进孔雀村。轿车里设计院的同志们顿时兴奋起来，从车窗里伸出手挥动着。林、陈、肖三人挥手笑迎来自远方的朋友。车在地窝子前停了，轿车门开了，宋天成率领他的队伍下车。林、陈、肖上前与他们一一握手，问候。最后下车的是三个女同志，除了徐明媚之外，又来了两位新的。这两个女同志一直参加取样火箭的研制工作，但从未到过核试验场，听说这次如果不来，恐怕再也没有机会了，于是两人找领导强烈要求进场，最后如愿以偿。林、陈、肖上前又与三位女同志一一握手，问候。简短的欢迎仪式后，便开始卸车。林清泉和蒋明宇爬上卡车，将车上的行李一件件往下传，陈南、肖亮和设计院的同志们一起往地窝子里搬行李。安顿好后，徐明媚走出房间叫住了林清泉。

"徐参谋，有事吗？"

"小夏托我从北京给你捎来一些东西，我把它们装在火箭箱子里了，请你去和平村的时候把它们拿过来。"

"谢谢你，徐参谋。彩虹她好吗？"

"她很好。她也问你好。她还让我转告你，不管工作有多忙，任务有多紧张，一定要注意安全，千万不可大意！"林清泉的眼睛湿润了，一句话也没说，点了点头就走了。他虽然没有成为她的丈夫，但她一如既往牵挂他、关心他，依然是他最好的朋友。

火箭取样队在孔雀村迎来了20多名火箭设计院的同志。飞机取样队在马兰机场迎来了南京航空学院的10多名教职员工。机场招待所会议室里，飞机取样队和南航的人正在开无人驾驶飞机取样的协同会议。研究所参加会议的有路雨声、郑茂功和李保国等，南航参加会议的有领队钱江主任、遥控工程师汪大光等。会议由路雨声主持。

路雨声说："今天我们开个会，讨论一下用长空-1号无人驾驶飞机取样的方案。先请李保国同志发言。"

李保国走上讲台，把保密本放在讲桌上，从讲桌上的粉笔盒里拿出一支粉笔，在黑板上边写边画边说："为了获得早期的、更多的样品，第一架飞机要在'零后'8分钟进云，而且至少穿云两次。在第一架飞机着陆后，第二架飞机起飞。飞机的着陆场地我们已选好，就在场区机场东北方的一片戈壁滩上。因此，我们飞机取样队要在'零前'进驻场区机场去，做好取样器的回收准备。我讲完了。谢谢大家。"说完，拿起保密本下了讲台，走回原位坐下。

路雨声说："下面，请汪大光工程师介绍长空-1号无人驾驶飞机和飞机的飞行路线。"

汪工走上讲台介绍了长空-1号无人驾驶飞机和飞机的飞行路线。

路雨声问："钱主任，您还有什么问题？"

钱主任说："蘑菇云里的放射性很强，会不会对无人机的飞行产生干扰？"

路雨声说："不会。钱主任，这一点您尽管放心。"

钱主任说："路主任，我们有一个请求，不知当讲不当讲。"

路雨声说："请讲。只要我们做得到的，我们一定满足你们的要求。"

钱主任说："我们南航是第一次参加核试验，对我们来说，核试验场很神秘、很新鲜，所以我们很想到场区去参观参观。"

路雨声说："没问题。不过现在不行，当试验准备工作全部就绪之后，在待命阶段，可以安排你们到场区去参观参观。"

钱主任说:"谢谢!谢谢!"

路雨声说:"从明天开始,请南航的同志们先把那架备用机安装调试好,然后我们就按着拟订的飞行路线进行一次取样试飞。"

黄昏时分,孔雀村食堂正在开晚饭,林、陈、肖三人一边吃饭一边商量工作。

清泉说:"明天咱们就去桥头火箭发射站,把工号打扫干净,然后再把两个观测架安装上。"

陈南说:"桥头发射站路太远,如果还想安装两个观测架的话,中午得带饭。"

清泉说:"对,明天咱们带午饭。老陈,这件事就由你跟食堂联系。"

肖亮说:"咱们的那两个大铁架子,得专门用一辆卡车装。"

清泉说:"对。肖亮,你负责到车队要一辆卡车和一辆五座吉普车。"

肖亮说:"好,吃完饭我就去。"

徐明媚带领两个女同胞端着饭菜过来,在他们身旁坐下。

徐明媚说:"听说你们三个人都能吃肉,我们三个人给你们送红烧肉来了。"三个女人把菜里的红烧肉挑到三个男人的盘子里。

清泉说:"徐参谋,你们明天乘班车去和平村,我们就不去了。"

徐明媚问:"那你们去哪儿?"

清泉说:"前进桥火箭发射站。"

第二天,火箭设计院和火箭取样队分头行动了。

旭日东升,阳光照耀着孔雀村停车场。各个单位正在上车。设计院的同志们登上了一辆开往和平村的大轿车,去了和平村。

陈南上了一辆装着两个大铁架子的卡车的驾驶室。林清泉和肖亮上了一辆五座吉普车。吉普车和卡车出了孔雀村,经过罗布泊村,上了通京路,绕过骆驼山一路向南,最后到达前进桥火箭发射站。

一座半地下式工号隐蔽在孔雀河边。孔雀河两岸的杂草,有的开始枯黄,有的依然青葱,几丛红柳正是叶绿花红,给这片荒凉的戈壁滩带来了一片生机,增添了不少美丽。林清泉、陈南和肖亮走进工号。

三个人在工号里打扫完房间,便开始准备安装观测架。首先需要测量观测架的安装方位。工号里,陈南透过窗口在测量方向;工号外,肖亮按照陈南的指挥左右移动着手中的方向杆。随着一声"好!",肖亮用方向杆的铁尖在地上扎了一个洞,林清泉在这个洞上打进了一根木楔。陈南和肖亮在刚才测量方向上用卷尺在测量观测架的安装距离,林清泉在卷尺的一处又打进了一根木楔。然后三人挖坑,立架子,加固架子。

安装完第一个观测架,已过了中午,林清泉等三人和两个司机坐在孔雀河滩上野餐。午饭后,两个司机坐在车里睡觉,林清泉等三人躺在河滩上小憩。阳光灿烂,暖意洋洋,林清泉等三人不知不觉中睡着了。

下午,他们在工号前树立了另一个观测架,然后在工号里安装了两个观测孔、一个发射控制台和一台报警器。

林清泉等三人完成了火箭发射站的建站工作之后,又马不停蹄地转移到和平村,投入到火箭的装配工作中。

一辆大轿车驶进了和平村，在工作区的马路上停车后，火箭取样队和设计院的同志们从车里下来，有的走向无尘间，有的走向电路间，有的走向回收间，有的走向总装间。

电路间里，电路班的战士们在对电源舱进行测试：许远征在旁指导，杨月辉在一旁监督。

回收间里，回收班的一位战士正在叠降落伞，其他几位战士在观摩；陆天在旁指导，宋天成和党有光在旁监督。

总装配间里，发动机班的战士们，有的在检查点火药盒，有的在检查发动机药柱，有的在检查尾翼；胡师傅在旁指导，李求实在旁监督。

无尘室的里间，林清泉、陈南和肖亮在装配过滤器；外间，倪师傅和蒋明宇在装配取样器。

徐明媚带领两个女同胞到各个班去参观。

下班号响了。辛苦了半天的人们纷纷从各个工作间里走出来。火箭设计院的同志走向班车，林、陈、肖三人也向班车走去，杨月辉和党有光挡住他们三人的去路。

杨月辉说："林队长，你们三位就别走了，午饭就在我们这儿吃吧。"

肖亮问："吃什么好东西？"

杨月辉说："红烧肉。"

肖亮说："红烧肉，不吃白不吃。"

徐明媚在车里喊道："老林，你们走不走了？"

林清泉摆了摆手。班车开走了。林清泉等三人和杨月辉、党有光一同朝食堂走去。

党有光说："林工，你工作这么认真负责，任劳任怨，入党问题怎么还没解决呢？"

林清泉说："我这个人毛病多，就像维吾尔姑娘的小辫子，一抓一大把！"

党有光说："我觉得，你们知识分子堆里的事就是难办，文人相轻，妒忌心强！"

杨月辉说："十六七年来，林工已经把他对党、对祖国、对人民的忠诚写在戈壁滩上了，这就足够了！"

陈南说："说得好！"

肖亮说："我和老陈一直为老林的入党而努力。你们放心，老林的入党问题指日可待。"

党有光说："我们期待这一天早日到来。"

林清泉的入党成了一个老大难问题，党有光和杨月辉觉得不可思议，甚至有些愤愤不平。如果他们这个可敬的师长、亲爱的老战友在他们所在支部的管辖之下，今天就让他向党旗宣誓，实现他的美好夙愿。

秋天的红山，到处是一片枯黄，草原是一片枯黄，菜地也是一片枯黄，只有残留在经霜打过的西红柿秧上的青西红柿还是绿的。

彩云春天孵的一窝小鸡如今都长成羽毛丰满、体态健壮的大鸡了。尤其是那只大白公鸡，粗壮的双腿、洁白的羽毛、红红的冠子，走路昂首挺胸、威风凛凛，俩孩子给它起名叫"大将军"。"大将军"虽然可爱，但性情凶猛，攻击力极强，为了保护它成群的妻妾，谁进入鸡圈，它就攻击谁。俩孩子来喂鸡屡遭攻击，吓得不敢来喂鸡了。有一次，彩云来喂鸡，刚把鸡食盆放在地上，正待起身，"大将军"冲上来就是一口，恩将仇报，把她的脸都啄破了。彩云决定就拿它开刀，于是她带领俩孩子来抓鸡。娘仨刚进鸡圈，正在墙根前刨食吃的"大将军"飞快地跑了过来，瞪着通红的双眼，张开双翅，朝他们扑过来，俩孩子吓得转身就逃。它又跳起来往彩云身上扑，彩云踢它一脚，它倒退一步，然后又一跳一跳地扑上来；彩云再踢它一脚，它又倒退一步，然后又一跳一跳地扑上来，大有不获全胜绝不收兵的架势。彩云斗不过"大将军"，只好甘拜下风，锁上门走了。"大将军"以它的勇猛逃过一劫。

全场区在紧锣密鼓的战斗中迎来了国庆节。国庆节快到了，红山有人散布小道消息：在场区执行任务的同志，国庆节放假三天，凡是家在红山的可以回家过节。听到这个消息，红山的家属们立即行动起来，买鱼买肉买菜，准备慰问劳苦功高的丈夫。康彩云、梁馨和乔秀秀更是不肯落人之后，忙忙乎乎地做着准备……

场区国庆放假纯属讹传，康彩云、梁馨和乔秀秀都上当受骗了。梁馨气愤地说："不知是哪个老娘们，想老头子都想疯了，胡说八道！"

其实，国庆节那天傍晚，孔雀村食堂正在进行大会餐，沈平带领几位所领导到各桌敬酒，给设计院敬酒之后，又给火箭取样队敬酒。晚上，放了一场露天电影，片名是《罗马假日》。第一次看到获得奥斯卡奖的精妙绝伦的美国影片，大家无不为之喝彩。

国庆节之后，场区进行了综合预演，一切正常，全场从此进入待命阶段。

在各单位休整的时候，火箭取样工作却转入了火箭上架阶段。慢鸟先飞，要把六枚火箭装到火箭发射井里去，不是一朝一夕的事情，必须提前行动。

在一口火箭发射井处，井旁停靠着吉普车、卡车、大轿车、汽车起重机和火箭拖车。杨月辉正指挥汽车起重机往发射井里下放一枚雄鹰－1号火箭。林清泉、宋天成、李求实和徐明媚等人站在一旁观看。

两辆五座吉普车开到井口附近停下，从一辆车里走出所长沈平，从另一辆车里走出来司令员张蕴钰。林清泉迎上前去，敬礼，报告："报告所长，火箭正在上架，请指示！"沈平回礼，回答："继续上架！"沈平带张蕴钰来到宋天成、李求实和徐明媚等人面前，说："宋主任，司令员是来看望你们这些火箭专家的。"张蕴钰和沈平与火箭专家们一一握手并送上亲切的问候。之后，他们站在一旁观看火箭上架。

张蕴钰说："雄鹰－1号火箭活像一个大头娃娃，还真有特色。"然后，他扭头问林清泉："我的火箭司令，你是怎么琢磨出来的呢？"

林清泉说："司令员，我是瞎猫碰上死耗子。"

张蕴钰说："你小子对上次我砍了你的小无人机取样，是不是还耿耿于怀呀？"

林清泉说："当然。"

张蕴钰说："这次用长空－1号无人驾驶飞机取样，终于实现了你的这个愿望，你满意了吧？"

林清泉说："当然。"

张蕴钰说:"我的火箭司令,你今天是怎么了,就用'当然'两个字回答我,你那浑身的刺儿都哪儿去了?"

林清泉说:"司令员,我浑身的刺儿不是都被你们拔光了吗?"

"哈哈!"张蕴钰爽朗大笑道,"你可真是一个地地道道的刺儿头呀!"大家都随着笑起来。

张蕴钰问:"林清泉,听说你把家从北京搬进红山了?"

林清泉说:"我想转业回北京,郭政委把皮球踢给所长,所长又把皮球踢给司令员,司令员见了我就吓得跑了。我玩不过你们,那就只好带着老婆孩子进红山了。"

张蕴钰说:"沈平,这个小子到现在还耿耿于怀呢,你听,他把我们两个都捎上了。"

沈平说:"我领教过,这个刺儿头实在不好惹呀!"

张蕴钰说:"惹不起咱还躲得起嘛,咱俩赶快跑吧!"说完,拉着沈平就走。

沈平和张蕴钰上了车,车开了。清泉学着张蕴钰的样子挥着手,说:"再见!再见!"发射井上笑声一片。

在一片笑声中,火箭稳稳地坐在火箭发射架上,上架班的战士开始卸吊具。

控制室里,陈南和肖亮正在安装调试火箭发射控制系统。林清泉从人孔下到井里,和他的两个战友一同工作。他们把井盖推到底,盖严了井口,然后用开盖弹射筒将井盖固定牢靠。之后,肖亮手拿安装调试记录表,逐项核对了一遍,确认万无一失之后,三个人从人孔里爬了上来……

六天之后,六枚火箭上架完毕。

林清泉带领火箭取样队马不停蹄地开赴场区机场,准备火箭的回收工作。他们依然住在招待所最北边的那个房间。随后,李保国率领飞机取样队乘坐一架伊尔-14抵达场区机场,他们住在火箭取样队的隔壁。这一次,一直各自为战的两支队伍第一次走到一起来了,林清泉和李保国第一次并肩战斗了。

1980年10月15日,全场进入"零前"24小时准备,各个单位对其测量设备和仪器进行最后的安装调试,使其处于待命状态。火箭发射队将电池盒装入电源舱,火箭取样队将点火电池转入火箭点火控制盒里,六枚火箭全部处于待发状态。

10月16日早饭后,全场区的"零前"行动开始了,各单位撤离驻地,开赴白云岗参观场。罗布泊村的基地司令部等单位撤走了,向阳村的基地防护部撤走了,孔雀村的基地研究所也撤走了。通京路上,大轿车、大卡车和吉普车络绎不绝地一路向西,朝白云岗参观场进发。通京路上,只有一辆五座吉普车与浩浩荡荡的车队背道而驰,一路向东,朝靶心方向进发。林清泉、陈南和肖亮坐在车里,兴趣盎然地欣赏着路两边摆列有序的、林林总总的效应物:装在铁笼子里的大白兔、大白鼠,一辆又一辆装甲车、大卡车,一架又一架飞机,一部又一部雷达。他们一路上欣赏着靶心附近的发射井和工号,欣赏着骆驼山,欣赏着茫茫戈壁。吉普车沿着骆驼山南的那条路,一路向南,终于到达了孔雀河边,在前进桥前戛然而止。他们下车后,走进工号。司机小心翼翼地开着车下

到河床里,将车隐蔽在桥下。这里离靶心虽然有 16 公里之遥,但冲击波依然比较强,车要是停在桥上,很可能被掀翻了。林清泉考虑问题一向很仔细。这些年来,他跟其他广大核试验战士一样,一直把周恩来的"严肃认真,周到细致,稳妥可靠,万无一失"的谆谆教导记在脑海里,落实在行动中。

在工号里,林清泉、陈南和肖亮把火箭发射控制系统又仔细地检查了一遍,做好了所有的准备工作之后,林清泉手里提着一架照相机从工号里走出来,陈南和肖亮随后跟了出来。在桥上,在红柳丛中,在芦苇丛中,在孔雀河里,三个人轮流照相。之后,林清泉为小司机在车旁留了个影,之后他把相机交给小司机。

在孔雀河里,林、陈、肖三人臂挎着臂站着,"咔嚓"一声……

在工号前,三人席地而坐,"咔嚓"一声……

照完了相,已是中午,他们坐在河滩上吃午饭,吃一口饼,吃一口榨菜,喝一口水。吃完了午饭,时间尚早,他们便躺在河滩上小憩,沐浴着秋日温暖的阳光,好不惬意,不知不觉中睡着了。林清泉一觉醒来,睁开双眼望着蓝天。只见一架轰炸机拖着一条长长的白云向东飞去。清泉看看手表,为时还早,便继续闭目养神。当他再睁开双眼时,轰炸机又飞回来了。清泉看看手表,时间已到,便叫醒了两个伙伴。三个人起身,进了工号。司机随后跟了进去。

灯开了,两盏电灯照得室内通明,随后,第一道厚重的钢筋水泥门关闭了,第二道坚固的钢板门关严了,两个钢窗也紧紧地关上了。陈、肖和司机各自坐在一个靠墙边放着的木箱上,林清泉站在工作台前,对大家作最后的提示:

"同志们,今天,我们四个人是全场区离爆心最近的人,这里又是相当危险的区域,所以大家一定要注意安全。我重申我们的工作程序:当看到报警器上的红灯闪烁时,表明'零时'到了,氢弹已经爆炸,大家立即各就各位。当听到报警器里的扬声器发出'嘀嘀嘀'的响声后,表明冲击波已经过去,这时我们才可以开窗,开门,打火箭,出去看蘑菇云。"

当林清泉在火箭发射站里讲解的时候,马兰机场上,第一架长空-1号无人驾驶飞机起飞了,汪工熟练地操纵着遥控器,引导飞机爬升,飞向蘑菇云升起的地方……

红山的山顶上站满了人,有红山中学的全体师生,有红山小学的全体师生。红山的公路上也站满了人,有军人,有职工,有家属,还有幼儿园的小朋友,大家都在等待观看核爆炸的精彩瞬间。

白云岗参观场上云集了数千名参观者,其中有宋天成和徐明媚等火箭设计院的同志,有杨月辉和党有光等火箭发射队的同志,有钱主任等南航的同志们。

高音喇叭里响起一个清脆悦耳的声音:"飞机第三次飞临场区上空,请首长和同志们戴上防护镜!"参观者们立即戴上防护眼镜,眺望东方那片神秘的天空。

天空中,轰-6甲后面拖着一条笔直的、雪白的云雾,飞临靶心上空,投下一颗氢弹后,疾速逃离。一顶巨大的降落伞带着氢弹降落,降落……

突然,一道强烈的闪光划破万里长空……

第二十三章　最后的蘑菇云

闪光划过白云岗，数千名参观者一下子摘掉防护镜，看着滚滚升起的蘑菇云，惊奇，激动……

闪光划过红山，红山山顶上的学生们，欢呼雀跃……

闪光划过前进桥火箭发射站。工号里，报警器上的红灯频频闪烁。

林清泉发出命令："各就各位！"陈南立即站到主观测窗后，肖亮立即站到副观测窗后。林清泉立即站到发射控制台后。

过了一会，"嘀嘀嘀"的报警声响起来。

林清泉下令："开窗！开门！"

陈南和肖亮立即打开钢窗，顿时两道明亮的光线照射进来，两股清新的空气冲进来。小司机打开两道门跑了出去。

陈南和肖亮从观测孔中观测蘑菇云：只见顶天立地的蘑菇云还在翻腾，上升……

陈南发口令："第一批次，预备！"林清泉的手抓住一个闸刀开关的手柄。

肖亮喊道："可以发射！"

陈南命令："点火！"

林清泉把开关按下去，两枚雄鹰－1号从发射井里钻出来，飞向蘑菇云……

陈南命令："第二批次，预备——"

肖亮说："可以发射！"

陈南说："点火！"

林清泉将又一个开关手柄按下去，又有两枚雄鹰－1号喷着熊熊烈火飞进蘑菇云……

陈南命令："第三批次，预备——"

肖亮说："可以发射！"

陈南说："点火！"

林清泉把最后一个开关按下去，最后两枚雄鹰－1号同时飞出发射井，同时冲进蘑菇云……

发射完火箭，林、陈、肖三人走出工号，站在前进桥上，观赏蘑菇云。他们意外地看见了一架长空－1号飞进了蘑菇云……

场区机场招待所旁，李保国、李海生、孙志刚和刘海泉看着无人机降落场。随着越来越大的轰鸣声，从蘑菇云里返航的第一架长空－1号无人驾驶飞机飞了过来，一边盘旋一边下降，最后降落在一片戈壁滩上，溅起的尘沙淹没了飞机。过了一会儿，第二架长空－1号降落在戈壁滩上，又溅起一股沙尘。

一辆剂量侦察车开到第一架飞机旁，围着飞机测量了一圈。然后，围着第二架飞机测量了一圈。之后，一个穿着防护服、戴着防毒面具的人从车上下来，朝天打了三发红色信号弹，向指挥部报捷：无人机样品大丰收！

李保国等飞机取样队队员们一起欢呼起来！

1980年10月16日，中国又成功地爆炸了一颗氢弹。这次氢弹试验果然成了中国

的最后一颗氢弹试验。也许是历史的巧合,也许10月16日是一个吉祥如意的日子,1964年10月16日中国第一颗原子弹爆炸成功,整整16年后,1980年10月16日中国成功地爆炸了最后一颗氢弹,从而结束了中国大气层核试验的历史。1964年10月16日和1980年10月16日,这两个光辉的日子都载入了史册。

为庆祝这次氢弹试验的成功,研究所在食堂里举办大会餐。桌上的菜肴虽然并不丰盛,但气氛十分热烈,敬酒声、谈笑声不绝于耳。

林清泉、陈南和肖亮端着酒杯来到了宋天成、徐明媚、李求实和蒋明宇等身旁,给他们敬酒。

林清泉举杯,说:"我代表我们火箭取样队,敬设计院的各位同志一杯,感谢你们为我们研制出多种优良的取样火箭,感谢你们亲临现场参加火箭取样工作,感谢你们对我们工作的大力支持。为诸位的健康,为我们的团结合作,为我们的友谊,干杯!"大家同时一饮而尽。肖亮和陈南给大家斟酒。

宋天成诚挚地说:"从另一方面说,正是你们的火箭取样推动了我们的探空火箭技术的发展,我们还应该感谢你们呢!"

徐明媚说:"老林,这些年你给我们出了不少研究课题,今后你还有什么打算呀?"

林清泉说:"几年前我就萌生了一个想法,不知你们想不想听?"

徐明媚说:"想听想听!"

林清泉说:"好,那我就胡侃一通。迄今为止,我们用的全部是无控火箭,火箭的弹道受风的影响特别大,就是从发射井里喷出的射流也明显地能使其弹道偏离。这样,火箭的实际飞行弹道与理论弹道偏差较大,因此有的火箭取样量较多,有的火箭取样量却很少,有的甚至一点儿也没取到。所以我建议,如果可能的话,我想请你们把可制导的取样火箭搞出来!"

李求实说:"老林,你敬的酒可不易喝呀,动不动你就给我们出难题了。"

宋天成说:"老林,你提了一个令人十分感兴趣的问题。我们还从来没搞过可制导的火箭,这无疑将大大推动我们火箭技术的发展。虽然困难很大,但技术上绝对可以实现。在火箭进云之前,可采用红外制导……"

林清泉说:"在进云之后,则采用γ射线制导,哪个地方放射性强,火箭就往哪儿飞。"

肖亮竖起大拇指,说:"高,实在是高!"

林清泉:"我的第二个问题是,我们不能总停留在从地面上或地下发射火箭阶段,而应该上天上去发射。"

徐明媚说:"那就只能用飞机发射火箭了。"

林清泉说:"对,用轻型轰炸机。一架飞机带上四枚火箭,当飞机距蘑菇云10公里左右时,四箭齐发。"

李求实说:"在空中发射火箭用推力不大的单级火箭就足够了,这样火箭的重量就可以大大减轻。"

宋天成说:"要是今年就把这项研制计划下达给我们院的话,明年我们就动手!"

徐明媚说:"宋主任,你都急不可耐啦!"

第二十三章 最后的蘑菇云

大家哈哈大笑。

"别笑啦！"肖亮笑道，"你们都中了老林的奸计啦！他这纯粹是畅想！"笑声接着又起。

林清泉说："是啊，我刚才说的这些已经不可能实现了，这只能是畅想了。"

陈南说："大家别听老林异想天开了，还是喝酒吧。饭后，我们还要去场区机场呢。"

"对，喝酒！"肖亮举起酒杯，说，"饭后我们就去场区机场准备明天的火箭回收，就不能为你们送行了，这杯酒就是你们的饯行酒，祝你们一路平安！"

二十几只举起的酒杯在空中相互碰撞……

当晚，场区机场招待所里，飞机取样队在开会。

李保国说："明天，无人机取样器的放射性水平就衰减到安全程度了，我们可以进行回收了。咱们分两组，我和李海生为一组，负责拆卸1号飞机的取样器；孙志刚和刘海泉为一组，负责拆卸2号飞机的取样器。"

与此同时，火箭取样队也在开会研究明天的火箭回收问题。

林清泉说："明天，火箭取样器的放射性水平就衰减到安全程度了，我们可以进行回收了。因为雷达预报的落点比较准确，所以我们用一架次飞机就可以完成回收任务。"

灯熄了，即将出征的取样队员们进入甜蜜的梦乡。

太阳升起来了，灿烂的阳光照耀着场区机场，取样队员们展开样品的回收。

停机坪上停靠着一架直升机，林、陈、肖三人穿着防护服登上飞机，飞机起飞了……

公路上，李保国、李海生、孙志刚和刘海泉身穿防护服、面戴防毒面具，站在卡车上，奔向无人机降落场……

靶场上空，一架直升机在低空盘旋。机舱里，林、陈、肖三人各自透过一个舷窗窥视地面，搜索目标。地面上飘动着的一顶红白相间的降落伞，伞绳上连着回收舱和电源舱，电源舱上一条尼龙带连着大头取样器。视野广阔的飞行员首先发现了这个目标，驾机降落在戈壁滩上。林、陈、肖三人下了飞机，走近目标。陈南用剂量仪在取样器上测量，仪表指针"忽"地一下飘了上去，他急忙换了一个量程，指针在中部摆动着，样品大丰收了。陈南笑了，林清泉笑了，肖亮振臂欢呼。之后，林清泉用导线切割器切断尼龙带，陈南和肖亮将一个大塑料袋套在取样器外面，并将其抬上飞机。飞机起飞了，去寻找下一个目标……

他们顺利地完成了六枚火箭的回收，两枚获得样品大丰收，两枚获得较多样品，两枚获得样品甚微。总的来说，他们大大地超额完成了任务。

无人机降落场上，李保国和李海生拆卸下1号飞机的两台取样器，与此同时，孙志刚和刘海泉拆卸下2号飞机的两台取样器。之后，四个人同心协力，把四台取样器抬上卡车，分别装进四个木箱里。卡车开向场区机场……

罗布泊核试验场上数核试验取样队最辛苦,他们的野外作业量又大又多,风里来沙里去,终日不得清闲;他们是直接跟蘑菇云打交道的人,要戴防毒面具,要穿防护服装,要受放射性的污染和照射;他们是撤场最晚的人,当各个项目组撤场的时候,他们却正投入紧张的战斗,回收样品;当其他项目组已经回到红山享受家庭温暖时,他们却还在分装样品,直到把样品送进放化分析实验室,他们才算完成了任务。这些年来,他们对待每次任务都是如此,恪尽职守,无怨无悔。这次任务也不例外。

第二天,一架伊尔–14飞机满载着四台飞机取样器和六个火箭取样器飞向马兰机场。

在机场无尘实验室里,首先,林清泉率领他的队员们分装火箭样品,清泉从过滤网上拆下丝棉,并剪成四片;陈南将每一片分别装进四个洁净的塑料袋内,并用白线绳扎上口;肖亮则将每一个塑料袋装进一个铅罐中,并打上铅封。他们如此这般,完成了六个火箭样品的分装。有趣的是,在他们分装过程中,研究所的科长唐峰和国防科委的两个参谋以及基地的两个参谋,戴着防尘口罩,一直站在实验室的角落里观看。他们想最后看一看,火箭取样队究竟是如何分装样品的,如果这次不看,以后恐怕就没有机会看了。

火箭取样队完成了火箭样品的分装之后,李保国带领飞机取样队完成了飞机样品的分装。

两种样品分装完毕,路雨声指挥来接样品的同志,把装样品的所有铅罐装上一辆专门运输放射性物质的同位素车。这辆军绿色车,驶离机场,驶向红山……

分装完样品,取样队员们在淋浴室里进行了洗消。之后,他们登上一辆大轿车。大轿车出了机场,过了马兰,过了乌什塔拉,过了基地医院,驶向红山……

灿烂的晚霞映照着红山。深秋的红山,秋风瑟瑟,落叶飘飘,到处都是一片金黄。车队驶过小桥,经过幼儿园时,一队放学的学生正往家走,林清泉、陈南和肖亮朝他们挥手,几个学生边喊着"爸爸!爸爸!"边跟在车后跑。

大轿车在路边停了,车门开了。

林清泉提着一个手提包走下车来,云云和青青高兴地叫着迎上前去,一双儿女抬着一个手提包,有说有笑地领着父亲回家……

陈南提着一个手提包走下车来,小梅和小兵高兴地叫着迎上前去,一双儿女抬着一个手提包,有说有笑地领着父亲回家……

肖亮提着一个手提包走下车来,红红和彤彤高兴地叫着迎上前去,一双儿女抬着一个手提包,有说有笑地领着父亲回家……

是啊,分别一个多月了,孩子们怎能不想父亲呢。当然,盼望他们归来的不只是他们的孩子,还有他们的妻子。康彩云、乔秀秀和梁馨,站在楼门前正在迎候自己的丈夫,虽然心里燃烧着火,但没有拥抱,没有亲吻,只是一个淡淡的微笑,一声淡淡的问候:"你辛苦了,回家吧。"

回到家里,清泉望望妻子,望望儿女,望望里里外外,感到特别的亲切和温馨,金窝银窝不如家里的草窝,千好万好不如家里好哇。彩云准备好了一桌丰盛的家宴,犒劳自己劳苦功高的丈夫，一家子围着一张饭桌热热闹闹地吃饭，亲亲热热地说笑，回家的感觉真好。

久别重逢，全家人自然是欢喜异常，夫妻二人更有不是新婚胜似新婚之感。没想到，当清泉和彩云宽衣解带，正要上床之时，青青穿着裤衩、背心跑进来，爬上床，"骨碌"一下子钻进里面母亲的被窝，说道："妈妈，我好久好久都没跟爸爸一张床上睡觉了，今天我和爸爸一张床上睡，噢！""青青，你占了我的被窝，那我睡哪儿呀？"彩云问。青青答："咱俩换换，你上我床上睡去。"青青的话音刚落，云云穿着裤衩、背心也跑了进来，上了床，"骨碌"一下子钻进外面父亲的被窝。彩云嗔怪道："你们这俩孩子，瞎折腾什么呀！"云云拉着父亲的手，说："爸爸，你快上床钻被窝吧。"清泉拗不过女儿，又不愿让孩子失望，只好上床钻进了被窝。云云搂着爸爸的脖子撒娇："爸爸真好。"青青一看生气了，也钻进了父亲的被窝，俩孩子把父亲夹在了中间。"嘿嘿，"彩云笑道，"你们爷仨把床都占满了，我上哪儿睡去呀？""妈妈，"云云说，"外屋有两张床，你爱睡哪张就睡哪张。""就是嘛，"青青跟着说，"这么简单的问题都不明白。"清泉朝妻子使了个眼色说："真不害臊，跟孩子抢被窝！你到外屋去睡吧！""看样子，还是你们林家爷仨亲哪，把我这个姓康的排挤在外了。"彩云边往外走边说，"好，我走，我走！"走到门口，随手拉灭了灯。

两个童真的孩子浑然不知搅了父母的一场好梦，还缠着父亲讲故事。

青青说："爸爸，你好久好久都没有给我们俩讲故事了，现在你讲个故事吧？"

清泉说："好，我给你们讲《小马过河》。"

云云说："不听不听，都老掉牙了！"

清泉说："那就讲《草原英雄小姐妹》。"

青青说："不听不听，都听过100遍了！给我们讲个新的吧？"

云云说："爸爸，我们在红山看到氢弹爆炸的闪光了，好亮好亮啊！你给我们讲讲场区里的故事吧！"

清泉说："好，我给你们讲场区里的故事。这次啊，我和你陈伯伯、肖叔叔就工作在孔雀河边……"

青青说："孔雀河里有鱼吗？"

清泉说："孔雀河早就干了，哪里还会有鱼啊？连河边的树都死光了，只剩下一些芦苇、杂草和红柳了。"

云云说："真悲伤。"

清泉说："第一次核试验的时候啊，河边长满了绿树和青草，孔雀河里的水还很多，我们吃的用的都是孔雀河水。孔雀河水是盐碱水，又苦又咸，可难喝了！'八一'那天，我和你陈伯伯和肖叔叔在河里快乐地游泳，你陈伯伯还摸到一条鱼呢……"

青青说："真好玩！"

云云问："爸爸，你看见过黄羊吗？"

清泉说："看见过，看见过好多次呢！孔雀河边上的黄羊可多了，经常成群在戈壁滩上跑来跑去。我们坐汽车的时候啊，就经常能看到。有些黄羊还跑到我们住的地方找菜叶吃，一点儿也不怕人。你们说有意思没有？……"没有听到回答，清泉轻轻叫了

几声:"云云,青青。"还是没有回答,俩孩子都睡着了。

清泉起身下地,抱起云云进了外屋,放在她的床上,给她盖好被子。与此同时,彩云把青青也抱了出来,放在他的床上,给他盖好被子。之后,两口子手拉着手进了里屋,插上门。妻子上了床,钻进了自己的被窝;丈夫上了床,掀开妻子的被子就钻了进去。妻子撒娇道:"真不害臊,跟我抢一个被窝!回你自己的被窝去!"现在一切话都是多余的,丈夫也不答话,把妻子紧紧地搂在怀里,就是一阵热烈的亲吻,爱情的烈火顿时就像点火后的火箭一样熊熊燃烧起来。于是便是一番激情荡漾、如胶似漆的云雨。云雨之后,夫妻二人心满意足地互相搂抱着,进入甜蜜的梦乡……

天上,月亮在笑,星星在不停地眨眼。红山之夜,万籁俱寂。只有放化楼依然是灯火辉煌,人机两忙。

在裂变产物实验室里,丁雪梅等人正在分离纯化样品。

在重元素实验室里,赵巧玲等人也在分离纯化样品。

在 α 实验室里,李茂松正在用多道分析器测量钚同位素的 α 能谱。

在 γ 实验室里,常达志正在用多道分析器测量锆同位素的 γ 能谱。

过了半夜,当天的工作完成了,人们走出实验室,先在淋浴室洗消后,回到办公室吃夜宵。在裂变产物组办公室里,丁雪梅等人正在吃香喷喷的大肉罐头下面条。在 γ 组办公室里,常达志等人正在吃馄饨。在 α 组办公室里,李茂松等人正在吃烙饼。在重元素组办公室里,赵巧玲等人也在吃面条。

吃完夜宵,人们踏着月光下班了。

在放化分析工作还在紧张进行的时候,闲不住的林清泉又坐不住凳子了。他提议:"这次任务的总结做完了,咱们现在到放化楼去,看看物理组是怎样测量我们采集的样品的。"

肖亮积极响应:"走,再去开开眼。"

陈南却无动于衷,说:"要去你们去,我可不去!回来以后我就听说了,明年所里还要放一大批人。我的父母年迈多病,需要我回去照顾,我已经在室领导那里挂上号了,明年转业是大有希望了,我现在就打转业报告。"

清泉说:"看看也无妨嘛,也不会影响你转业。"

陈南说:"别看进眼里拔不出来!还是离放化楼越远越好!"

清泉问:"那你不跟我们俩站好最后一班岗了?"

陈南说:"我决定下岗了,要站你们俩继续站吧!"

肖亮说:"那好,你就留下来打你的转业报告吧,我们俩去!"

清泉和肖亮出了取样楼,进了放化楼。

在 γ 实验室里,常达志对他俩眉飞色舞地讲解着:"我们 γ 实验室主要是测量各种核裂变产物。我们的主要测试设备,就是由锗锂探测器、γ 谱仪和多道分析器组成的这套测量系统,它是与计算机联机的,可以将测试结果自动打印出来。这套设备能以极高的分辨率分析出各种 γ 放射性核素的含量,直至最后给出裂变当量……"

在 α 实验室里,李茂松向清泉和肖亮轻声慢语地介绍:"我们 α 实验室主要是测量钚、镅、锔等重同位素。我们的主要测量仪器是电离室、半导体α谱仪和多道分析器。这台是α电离室，用于α放射性核素的绝对测量。这台是α半导体谱仪，用于α放射性核素的相对测量……"

放化分析工作在放化楼里夜以继日地进行着。一个月之后，放化分析工作胜利结束了，这颗氢弹的爆炸总当量、裂变当量和聚变当量等重要数据都敲定了。

在全室大会上，路雨声正在宣布："这次的火箭样品不仅数量足够多，而且质量相当好，不但在多个放化分析项目上得到了应用，最重要的是得到了相当理想的聚变当量。雄鹰–1号立了大功，火箭取样队立了大功！基地政治部决定授予火箭取样队集体三等功，同时授予林清泉个人三等功！"会场响起热烈的掌声。

路雨声继续讲："这次无人机样品数量是足够高，但质量却不尽如人意，因为样品受到了尘土的沾染，出不了聚变当量，有些遗憾。飞机取样队超额完成了取样任务，基地政治部决定授予飞机取样队集体三等功，同时授予李保国个人三等功！"会场又响起了热烈的掌声。

路雨声继续讲："现在，请立功受奖的单位和个人上台领奖，请郭政委为他们颁奖！"

在整齐的掌声中，李海生和肖亮走上台去，向政委敬礼，从政委手中接过集体立功奖状，之后他俩高举奖状向全体致意。随后，林清泉和李保国走上台去，向政委敬礼，从政委手中接过个人立功证书；之后，郭臣在李保国胸前别上了一枚立功奖章，路雨声在清泉胸前别上了一枚立功奖章。两个人同时敬礼。

飞机取样队和火箭取样队终于为中国大气层核试验取样画了一个圆满的句号。

真是好事成双，林清泉刚立了三等功，党支部就通过了他的入党申请，党委批准他为中国共产党预备党员。

在大气层核试验的转折之际，林清泉何去何从成为路雨声等领导关心的一件大事。在主任办公室里，路雨声正与林清泉进行个别谈话。路雨声还是拐弯抹角地说话。

"清泉同志，祝贺你立了功又入了党。"

"谢谢。"

"放化楼里的各个实验室你都看过了，有什么感想？"

"真是大开眼界呀！物理实验室的核仪器全都鸟枪换炮了，计数管探测器换成了锗锂探测器和半导体探测器，机械计数器换成了多道分析器，同时，计算尺换成了计算机。"

"现在你不再是傻瓜了吧？"

"至少还是半个傻瓜。我不过是一只井底之蛙，看到的只是一小片蓝天。"

"我国的下一次大气层核试验到底干不干了，什么时候干，现在还没定下来。你是学核物理的，可以去参加核物理测量，去掉剩下的半个傻瓜。"

"到此为止吧！既然大气层核试验快结束了，我的历史使命也就快完成了，你还是高抬贵手，放我走吧！"

"即使是大气层核试验结束了，还有地下核试验呢！"

"主任，你还想把我永远拴在核试验的战车上啊？"主任笑了。

"你是一匹不用扬鞭自奋蹄的骏马，不拴你拴谁呀？"清泉笑了。

"那好，明天我就躺倒不干了！"

"你是那号人吗？"两人都笑了。

林清泉还是下决心走了，为了他的彩云，为了他的俩孩子，也为了彩云的两对双亲，于是他又行动了。

林清泉进了政委办公室，便把一份报告恭恭敬敬地放在郭臣面前。郭臣看了一眼，抬头望着他，说："咦，转业备忘录？林清泉，你又搞什么鬼名堂？别人递交的是转业报告，你却递交一份转业备忘录。"

"在大气层核试验没有停止之前，我打转业报告那是瞎子点灯——白废蜡，我何必多此一举呢？"

"嗬，你倒有自知之明啊！"

"我写这份备忘录的目的，就是提醒各位领导别忘了，一旦大气层核试验停止了，我的核试验生涯也就停止了。到那时候，请批准我转业。"

"要是我调走了呢？"

"那就请你把它移交给你的接班人。"

"清泉，趁你现在不忙，我建议你到物理组去学习学习。"

"我是要好好学习学习，但不是去物理组，而是自学。"

"你打算学些什么呀？"

"这些年来，我们成天东奔西跑的，从来没有静下心来好好学点儿新知识。如今，计算机技术突飞猛进地发展，应用也越来越广泛，可我还是个计算机盲。所以，我首先得学习计算机技术。另外，我的英语水平不高，需要大大提高。"

"那你可以用半天时间去物理组学习，用半天时间自学，这不是两全其美吗？"

"一心不可二用！"

"不全是这个理由吧？"

"我不想再踏进放化楼的门了。"

"为什么？"

"我怕陷进去就拔不出来啦！"

"你小子够精的！"

"政委，你以为我是傻瓜呀？"两人都笑了。

林清泉还是那个作风，说打就打，说干就干。他坐在办公室里正聚精会神地看《BASIC语言》一书，一边看一边做笔记。当陈南和肖亮回来的时候，他也没发觉，依然陶醉在有趣的、逻辑思维严密的算法语言当中。清泉放下手中的钢笔，身体往椅背上一靠，用八交手托着后脑勺，闭目沉思——他在消化他刚学的知识。

进入冬季，红山的黄金季节结束了，红山人便进入吃土豆、萝卜、大白菜的漫长日子。大白菜是人鸡可以共食的主菜，人吃菜心，鸡吃菜帮，所以特别受欢迎，家家户户都要储存大量的大白菜过冬。大白菜是部队派车从焉耆县拉来的，然后按照各家各户申报的计划分配给大家。分白菜期间，楼前楼后到处都堆着大白菜，菜窖周围晾晒的也还是大白菜，红山一时成了大白菜的世界。

林清泉家和肖亮家的菜窖在一个菜窖群，而且两个菜窖相隔不远。肖亮家的菜窖周围晒着一片大白菜。大白菜的清香引来一群牛，它们围着菜场转来转去，趁人不备冲进场内，叼起一颗大白菜就跑。彩云、梁馨和秀秀，一边驱赶着来偷吃白菜的牛一边聊天。

秀秀说："彩云姐，幸亏他林叔从火箭发射队借来一辆毛驴车，咱们三家运菜可省了不少力气。我们家的菜已经运完了，梁馨姐家的就剩最后一车了，下面就该运你们家的了。"

梁馨问："护士长，你们家买了多少斤菜啊？"

彩云说："2 000斤。"

梁馨说："这么多呀！吃得完吗？"

彩云说："我们家有三个菜耙子、12只鸡，怕还吃不到明年'五一'呢！"

说话间，清泉赶着毛驴车、陈南和肖亮跟在车后过来了，在菜窖旁停住。于是，大家七手八脚地卸菜。卸完菜，清泉赶着毛驴车走了，陈南和肖亮跟在车后走了。三个女人开始晾菜。

宿舍区的篮球场上，在一大堆白菜旁放着一台磅秤，七室的行政干事田农在指挥分白菜。有装菜的，有过磅的，有用筐抬菜的，有用手推车推菜的，一片繁忙景象。清泉赶着一辆毛驴车来到篮球场上。

田农看了一眼清单，喊："林清泉，2 000斤！"一筐大白菜上了磅秤。田农过完磅，喊："120斤！"陈南和肖亮抬起这筐菜倒在车上。清泉把菜码放整齐。又一筐大白菜上了磅秤。田农过完磅，喊："130斤！"陈南和肖亮抬起这筐菜倒在车上。清泉把菜码放整齐。转眼间，车装满了，林清泉赶着车走了。

当天傍晚，三家就把大白菜都下到菜窖里，储备起来过冬。

红山人一年四季过着半军半农的生活。春天，育秧种菜，孵鸡孵鸭；夏天，锄地浇水，打野菜；秋天，储存冬菜；冬天，虽然清闲一些，但每天依然得剁鸡菜，喂鸡喂鸭。

第二十四章　各奔前程

一片乌云笼罩了红山，接着就纷纷扬扬地飘下一场大雪来。这场雪彻底改变了红山的面貌，一夜之间，金黄的世界变成了雪白的世界，山白了，地白了，树白了，楼白了。人们踏着积雪上班，学生们踏着积雪上学。

又一场大雪送走了1980年，迎来了1981年。新年伊始，研究所1981年的转业干部名单就确定了。郭臣在全室大会上正在宣布转业干部名单："经过个人申请和组织批准，今年我室转业干部有下列同志：赵有亮、钱四海、孙满堂、李春丽、郑茂功、孙志刚、刘海泉、李海生、陈南。"

陈南微微一笑，他如愿以偿了。

过了小年，家家户户又开始置办年货，准备过大年了。供应点卖的肉都是马兰冷库里的陈年冻肉，不但不新鲜，而且有的风干了，还有的发黄了。为了让大家过年吃上新鲜肉，田干事亲自到焉耆买了两口大肥猪，就地宰了，只把肉拉回红山，供应给大家。分完了，还剩下了整整半扇肉，因为有些人嫌肉太肥，少买了不少。这下子可愁坏了热心的田干事。他左思右想，忽然想起一个救星：林清泉！老林，豪爽、实在、好说话，而且这一家子能吃肉。于是，他到林家找老林商量；老林果然爽快地答应了，小田喜出望外。这下子又愁坏了彩云：80多斤肉，怎么放啊？！

东北长大的林清泉自有办法，用雪冷藏！他家由6号楼一层搬进了8号楼一层，这是一套三室的大房间，北面还有一个朝外的露台。一家子齐动手，从外面端进一盆又一盆干净的白雪，倒在露台的地上，堆成了一个大雪堆，做成了一个天然冷藏室。之后，他把肉割成一条一条的，然后放在雪堆中，最后在上面再盖上一层厚厚的雪。这个既省钱又保鲜的天然冷藏室，可以一直使用到雪化冰消。有了猪肉，还要有鸡肉，林清泉就把那只"大将军"杀了。这只鸡的净肉足有五六斤，林清泉计划一鸡三吃，一份（鸡头、鸡脖子、鸡爪子和杂碎）炖蘑菇、一份（两只鸡大腿）做鸡丝面、一份（鸡身子）清煮卷烙饼。初一饺子初二面初三烙饼摊鸡蛋，这只鸡就成了林家过年的美味佳肴。林清泉还做了孩子们喜欢吃的红烧狮子头、虎皮鸡蛋、糖醋排骨和糖醋鱼等，今年过年的菜比去年丰盛多了，这其中就包含了全家人辛勤劳动的成果。

在"劈劈啪啪"的鞭炮声中，家家户户欢聚一堂吃辞旧迎新的年夜饭。在"劈劈啪啪"的鞭炮声中，家家户户吃饺子庆祝新的一年的到来。大年初二这一天，林清泉家显得格外热闹。林清泉家、肖亮家和陈南家，三家欢聚一堂，共度新春佳节。

外屋里，三家的六个孩子喝着小香槟，吃着美味佳肴，又说又笑。孩子们在一起吃饭，不讲客套，无拘无束，大家争着吃、抢着吃，好不热闹。

红红说："咱们三家在一块过年多热闹啊！云云，明天你们家还请客，啊？"

云云说："才不是呢！我爸爸说了，我们三家轮流请客。初二，我们家请客；初三，小梅家请客；初四，你们家请客。"

彤彤说："云云，我爸爸说，你爸爸的鬼点子多着呢，这准是他的鬼点子。"

小兵说："我爸爸也说你爸爸的鬼点子多，肯定是他的鬼点子。"

云云说："不！我爸爸的点子是金点子，不是鬼点子！"

青青说："我爸爸的点子不是鬼点子，是金点子！"

小梅："是金点子，是金点子！这三天我们三家总是在一起吃饭，多么热闹，多么叫人高兴啊！"

小兵说："我妈妈说，她要给你们做湖南风味的菜吃。"

红红说："小兵，你妈做的扣肉倍儿香。"

青青说："小兵，告诉你妈，少放辣椒。放多了辣椒，就是不想让我们吃。"

云云说："那就好比是仙鹤请狐狸的客。"

顿时，几个孩子哈哈哈大笑起来。

里屋，三家六个大人一面吃喝一面聊天，但是，言语中却流露出一些沉重和惆怅。

肖亮说："今年，飞机取样队的刘海泉、孙志刚和李海生等几个老同志都转业走了，就留了李保国一个人；咱们的老搭档老陈也要转业走了，连大队长郑茂功都转业了。我们这个取样大队开始解体了。"

清泉说："这就意味着，我国大气层核试验即将鸣锣收金，飞机取样队和火箭取样队即将完成它的历史使命，我和肖亮离转业的日子也为期不远了。"

彩云说："那敢情好，我们一家回北京去。"

梁馨说："那我们一家就回沈阳去。"

陈南说："我们三家在红山一起过春节，这是最后一次了。以后天各一方，恐怕连见面的机会也没有了。"

肖亮说："天下没有不散的筵席，该散就散、该分手时就分手吧！"

陈南说："从第一次核试验开始，我们三个人在核试验场上并肩战斗了快20年了，冷不丁地要分开，我这心里还怪不得劲的。"

肖亮说："以后，咱们就只能靠通信联系了。"

为了不使大家过分伤感而破坏节日的喜庆气氛，清泉换了个轻松的话题："最近，我在一本杂志上看到了一首短小精悍的小诗。这首诗似乎是专门为我们写的，当时就在我心里引起了强烈的共鸣，于是我就把它背下来了。"

肖亮说："老林，那你就给我们朗诵朗诵。"

清泉爽快地说："好！"说罢起身，一面踱步一面朗诵：

不！不是狂风与旋转的沙丘
不是燥热的太阳
还有我多姿的遐想和梦幻
还有我的爱
对那些岁月的爱
我的爱是凝聚成火焰的一簇小红花
燃烧在沙砾举着的骆驼刺上
哦，我的戈壁
我放牧过骆驼与青春的戈壁

清泉眼里闪着晶莹的泪花，陈南和肖亮的眼圈也湿润了。俄顷，掌声一片。

过了春节，没有了核试验任务的压力，林清泉开始执行自己制订的工作计划：上午，先自学两个小时的英语，然后自学两个小时的《BASIC 语言》；下午，写火箭取样总结报告；晚上，辅导俩孩子学习。他的学习比在校大学生还认真刻苦，逐章地学，逐章地记笔记，逐章地完成每个练习题。工夫不负苦心人，他的英语水平和计算机语言水平都有了明显提高。

林清泉把历次火箭取样的档案统统借来，一份一份仔细地看、仔细地研究，不时背靠椅子，用八叉手托着后脑勺，闭目沉思……

不知不觉中，春天又到了。路两边一簇簇的骆驼刺冒出了幼芽。红山的家家户户又忙着种菜了。清泉一家在栽西红柿，肖亮一家在种豆角，陈南一家在种蚕豆。陈南得等到年底才能走，菜还得种，还得过一年红山的日子。种完菜，陈南到长沙联系工作单位去了。

肖亮则被科技处计划科借调去帮忙了。计划科本来人手就少，又有一位参谋病重住进了医院，于是科长唐峰便打上了肖亮的主意。唐峰和肖亮打了多年的交道，对他是了如指掌：工作积极，性格开朗，为人热情，善于外交活动，是一个很好的参谋人选。肖亮对借调他去当参谋自是喜出望外：自己是中专毕业，底子本来就薄，再加上搞了十几年的火箭取样，学的那点化学知识早就荒废了，在业务上，他绝不是老林等人的竞争对手，树挪挪死，人挪挪活，不如趁此机会改行。于是，他高高兴兴地到计划科上班去了。

如今，火箭取样队就只剩下了清泉一个人，飞机取样队就只剩下了李保国一个人，两个人成了一对光杆司令。几天后，路雨声在全室大会上宣布：任命李保国为取样大队的大队长，林清泉和刘国梁为副大队长。清泉暗自好笑：除了地下取样队长刘国梁的任命有意义之外，对他和李保国的任命已毫无意义，无非是想把他俩牢牢地拴在核试验的战车上而已。

过了"五一"，一件喜讯轰动了全基地：马兰电视台就要开播了！

红山建了一个电视差转台，红山也能看到电视了。对这个文化生活十分贫乏偏僻的山沟来说，这无疑是一个特大喜讯，人们无不欢欣鼓舞、翘首以待。尤其是孩子们，就像数着指头盼过年一样盼望电视台早日开播。基地给每个基层单位都发了一台大型彩色电视机。各单位都把这台电视机像宝贝一样安装在会议室的机箱里，机箱还上了锁。七室会议室离生活区太远，所里就把山脚下一个连队的旧食堂给七室做电视机房。

1981年5月31日，马兰电视录像转播台开播了。这期节目是儿童专场，先放了国产动画片《大闹天宫》，之后又放了日本动画片《铁臂阿童木》，可把孩子们乐坏了。云云和青青回到家里，还眉飞色舞地向父母讲述孙悟空的神通广大和阿童木的英勇无畏。

马兰电视节目是先在乌鲁木齐录像，然后再在马兰电视台播放；星期一至星期六每天晚上播放，星期天全天播放。因为这是电视台精选的节目，没有广告和其他杂七杂八的节目的干扰，非常受欢迎。

一天吃晚饭时，云云和青青突然提出了买彩电的要求。

云云说："爸爸，妈妈，我们班的王霞他们家要买大彩电了。咱们家也买一台吧？"

青青说："我们班的李丹丹他们家也要买大彩电了。爸爸，妈妈，咱们家也买一台吧？"

清泉看着俩孩子，微微一笑，说："傻孩子，你们知道买一台彩电要多少钱吗？"

俩孩子摇头。

清泉说："买一台国产14英寸小彩电，也得2 000多块钱。"

云云问："妈妈，咱家攒了多少钱了？"

彩云说："在北京的时候，一分钱也没有攒下，就攒下你们两个人。到红山后，才开始攒钱，在红山储蓄所开了一个三年期的零存整取户头，每个月存30元钱。现在才存了500多块钱，离买一台电视机差远了。"

青青说："夏姥爷有钱。妈妈，让姥爷在北京给我们买一台彩电吧？"

彩云说："人得有志气，有了困难自己解决，不能向别人伸手。"

云云说："妈妈，以后每个月存40块钱吧，把我跟弟弟的零花钱都存进去。"

清泉说："这就对了嘛！种菜种地也好，养鸡养鸭也好，我们都是靠艰苦奋斗创造自己的美好生活，买电视机当然也不例外。等攒够了钱，咱家就买一台彩电，咱们一家子坐在家里就可以看电视了。"俩孩子高兴地欢呼起来。

清泉调阅了所有的火箭取样总结报告之后，便动手写《和平号取样火箭总结报告》。这个报告的书写提纲是：

和平号取样火箭的发展简史

和平号取样火箭的主要技术性能

和平号取样火箭的取样器

和平号取样火箭的几种发射方式

和平号取样火箭在核试验中的使用概况

路雨声又来动员他去放化楼学习,他便把总结报告提纲交给主任过目。路雨声不但没有怪罪他,反而连连赞叹:"好!好!写得很及时,到了应该全面地系统地总结的时候了。有了这个报告,不用再一份一份地查档案了。好好写。"路雨声不但没有再动员他去放化楼学习,而且还支持他鼓励他把这个报告写好,清泉心里更坚定了自己的信念和做法。但是,他是聪明反被聪明误,他自己把自己身上的夹板套得越来越紧了。

"这个清泉,不用我布置他自己就主动地写总结报告了,真是一匹不用扬鞭自奋蹄的宝马呀!哼哼,你小子不去放化楼学习,也休想逃出我的手心。"路雨声出了取样楼,一路走一路想。

红山的黄金季节又到了,路两边一簇簇的骆驼刺枝繁叶茂,绿叶中藏着绿色的刺针和金灿灿的小花。通红的西红柿,嫩绿的黄瓜,鼓着肚子的豆角,又成了家家户户的美味佳肴。甜美的西瓜又成了家家户户最受欢迎的消暑解渴的饮料,连水都不用喝了。

学校放暑假了,学生们像一群快乐的小鸟满天飞,像一群快乐的小白兔满山遍野地跑。云云、青青、红红、彤彤、小梅和小兵等几个学生,经常在一起快乐地玩耍。他们在草丛里逮蚂蚱;他们进山沟里钓鱼,熬鱼汤喝;他们在陈南家的地头上,用小铝锅煮蚕豆吃;他们在草原上看骆驼、牛群、羊群;他们爬上山顶,欢呼雀跃。晚上,他们坐在电视机房里看《排球女将》。

他们的暑假生活过得丰富多彩,十分快乐。孩子毕竟是孩子,他们不但需要学习,更需要快乐。

光阴似箭,日月如梭。不知不觉中,红山的黄金季节过去,秋天姗姗而至。路两边一簇簇的骆驼刺黄了,落叶一地,枝条上露出了金黄的刺针。

清泉坐在办公室里,一面学习,一面聚精会神地写他的报告。写累了,他起身站在窗前,望着白茫茫的戈壁滩和空旷冷寂的大山、枯黄的树木和遍地的枯枝败叶,心里不由一阵凄凉。

"老林,我回来了!"肖亮推门进来,叫道。

"回来好啊!回来好啊!我又有伴了。"清泉回过身来,高兴地说。

"对不起,从今以后咱俩得彻底分手了,我再也不能跟你做伴了。"

"那是正式把你调到科技处当参谋去了?"

"是的,调令已经下到队里了。"

"祝贺你!这个工作很适合你,也有发展前途。去吧!你什么时候上任呀?"

"下个星期一。"

"老陈转业不上班了,在家忙着打包装;你马上也要走了,这间办公室就只剩下我一个人了,我成了一个光杆司令!想起来好不叫人惨然哪!"

第二十四章 各奔前程

"老林，你不要太伤心嘛。"

"人有悲欢离合，月有阴晴圆缺，此事古难全。18年了，该散啦！"

"我走后，我劝你不要一个人闷在这间办公室里。你不是已经学会用 BASIC 语言编写程序了吗，你为什么不到放化楼里去上机呢？"

"不！就是我一个人，我也要坚守我们的这个火箭阵地，哪儿都不去！"

"你呀，还是这么固执。"

"江山易改，禀性难移呀！"

"科技处在上边给了我一个套间，我的家也得搬。"

"那我们就离得越来越远了。"

清泉和陈南帮助肖亮搬完家，又一同为肖亮一家饯行，三人忧伤而别。

一场大雪把红山送入了冬天。路两边一簇簇的骆驼刺被大雪掩埋了，只有枝头在寒风中瑟瑟发抖。孩子们爱春天，爱夏天，爱秋天，也爱冬天。云云、青青、小梅和小兵每个人在院子里堆了一个雪人，并以雪人为掩体打雪仗。孩子们什么时候都能找到自己的快乐。

这个时候，清泉终于完成了他的大作《和平号取样火箭总结报告》。路雨声审阅后大悦，并批示：请永久保存！随后这份报告就存进了所科技档案室。

进入冬季以来，随着各地调令陆续到来，转业干部随即陆续离队。这些在罗布泊核试验场上战斗了多年的核试验战士，他们来自于祖国的四面八方，又走向祖国的四面八方。

陈南的调令到了。他在临走之前回到办公室，在清泉的陪同下作最后的告别。陈南抚摸着自己坐过多年的那把椅子和用过多年的办公桌，抬头看看墙上挂着的几张集体立功奖状，不觉潸然泪下。

两人从办公室出来，又进了隔壁的实验室。在实验室地上，整齐地排列着五个用过的火箭箭头：和平-3号，和平-4号，和平-5号，挺进-1号，雄鹰-1号。

陈南抚摸着第一个箭头。

清泉回忆说："这是和平-3号火箭的箭头。和平-3号火箭在1967年的第一次氢弹试验中首次使用，用降落伞取样。当时我们都幼稚得可笑，只知道用降落伞取样，还不知道用火箭取样器。"

陈南抚摸着第二个箭头。

清泉解释说："这是和平-4号火箭的箭头。和平-4号火箭携带的是比较好的 HP-1型取样器。和平-4号火箭在1968年的那次氢弹试验中首次使用。但因火箭强度不够，两枚火箭折戟沉沙，取样失败。但是，在以后进行的一系列小当量的地面爆炸试验中，却屡立战功。当然，这和你发明的近距离观测发射方法是分不开的。"

陈南抚摸着第三个箭头。

清泉说："这是和平-5号火箭的箭头。和平-5号火箭运载的是经过改进了的 HP-1型取样器。在氢弹试验中，用和平-5号火箭获得了巨大的成功。以后，和平-5号火箭又屡立战功。"

陈南抚摸着第四个箭头。

清泉说:"这是挺进-1号火箭的箭头。挺进-1号火箭是先进的等动力学取样火箭,它运载的是TJ-1型取样器。在某次氢弹试验中首次使用。由于特别强大的冲击波扬起的大量的石块和尘沙将发射井的井盖都封闭了,致使只有三枚火箭逃出了发射井,但还是圆满地完成了那次任务。"

陈南抚摸着第五个箭头。

清泉继续说:"这是雄鹰-1号火箭的箭头。雄鹰-1号是更为先进的取样火箭,它运载的是XY-1型取样器。在去年秋天的那次氢弹试验中,它立了大功。也许,这是取样火箭在蘑菇云中唱的最后一支嘹亮的歌。"

清泉说起取样火箭来,滔滔不绝,如数家珍。

陈南听着清泉的讲解,他们三位战友在罗布泊核试验场上鏖战的场面,又一幕接一幕不断地在眼前闪过:他们站在青石山上发射火箭,他们站在工号里打火箭,他们乘直升机回收火箭,他们在实验室里分装火箭样品……

陈南走到门口时,又回过头看了那些火箭一眼,才依依不舍地转身离去。这一切的一切,他都历历在目,而且铭记在心,永远挥之不去。

两个人出了取样楼,经过办公楼,登上了那道山梁。两人回过头来,又看了看取样楼,看了看办公楼,看了看放化楼,然后转身向山下走去。

当天晚上,清泉夫妇烧了一桌子菜,为陈南一家子饯行。

云云、青青、小梅和小兵,四个孩子在外屋又吃又喝,无拘无束,热热闹闹。

清泉、陈南、彩云和秀秀,四个大人在里屋,面对一桌丰盛的菜肴和美酒,却满脸吃得索然无味。

清泉说:"老陈,肖亮到北京开会去了,不能为你送行了。要是我们俩一块为你送行,那该有多好呀。真是遗憾。"

陈南说:"是有些遗憾。不过,有你为我送行,我已经心满意足了。"

彩云说:"从今以后,你们三个人就彻底分手、各奔前程了。"

清泉说:"天下没有不散的筵席,各走各的路吧。"

秀秀说:"他林叔,彩云姐,这几天,天天在你们家吃饭,给你们添了不少麻烦,谢谢你们了。"

彩云说:"秀秀,你不是说,老林和老陈是老战友,亲如兄弟,我和你亲如姐妹。你还客气什么。"

秀秀说:"他林叔,这几天让你受累了,明天你就在这里送送我们就行了。数九寒天的,你就别去大河沿了!"

清泉说:"无论如何,大河沿我还是要去的。不把你们送上火车,我是不放心的。"

陈南说:"还是让老林去吧,他精明能干,好多事都得靠他帮忙。买卧铺票的事就得老林帮我办。"

彩云说:"基地转业干部办公室不是负责提供卧铺票吗?"

秀秀说:"每家才给一张卧铺票,其余的都是硬座,我们还想再买一张卧铺票。"

清泉说:"买卧铺票,除了排队之外,我可没有别的门路。"
秀秀说:"老陈,你把赵万林给你的信给他林叔看看。"
陈南从兜里掏出一封信递给清泉。
"好!"清泉看完信一拍桌子,说,"老陈,有了老赵这封介绍信,我保证帮你搞到一张卧铺票!"
听见里屋拍桌子声,孩子们不知道发生了什么事情,便站在门口看。
云云说:"爸爸,你喝醉了吧?"
彩云说:"你爸爸没有喝醉,是高兴的。"
小梅说:"爸爸,咱们该回家了,让叔叔和阿姨早点休息吧!"
秀秀说:"老陈,小梅说得对,他们两口子累了一天了,咱们回家吧,让他们早点休息吧!"
清泉和陈南同时举起酒杯。
陈南说:"为我们两家人的幸福和美好未来,干杯!"
清泉说:"为我们的战斗友谊,为你们全家人一路平安,干杯!"
干了这最后一杯酒,两个人热泪盈眶,心潮滚滚。

一轮明月高挂天空,皎洁的月光洒满大地,天茫茫,地茫茫。
陈南回到家里度过红山的最后一夜。这一夜,他心潮澎湃,翻来覆去地总也没睡踏实。此起彼伏的鸡啼声唤醒了陈南一家。他们便赶紧起床打点行装,然后又到清泉家吃了早饭。早饭后,路雨声、郭臣、李保国、方芳和梁馨等来送行的人到了,一辆八座吉普车和一辆大卡车也到了。于是,男人们把大大小小的木箱装上了卡车,最后抬上车的是一对紫色的柜子。梁馨、方芳和康彩云则把手提包等随身携带的物品装上吉普车。云云和青青与小梅和小兵告别后,上学去了。小梅和小兵头一次坐吉普车,觉得新鲜,便先上了车。秀秀跟梁馨、方芳和康彩云一一握手后,上了吉普车。陈南和领导与同志们一一握手后,也上了吉普车。司机一踩油门车开了,送行的人挥手与他们告别。随后,清泉和通信员小曹上了卡车驾驶室,司机一踩油门车开了。
两辆车出了红山,钻进大山,过了基地医院,过了乌什塔拉,上了南疆公路,驶向大河沿。公路上,来来往往的车络绎不绝。在北往的车辆中,不时驶过一辆装满转业干部搬家物资的大卡车。吉普车跑得快,把卡车远远地甩在后面,很快就在清泉的眼前消失得无影无踪了。吉普车进入天山峡谷。这个峡谷陈南不知道穿越了多少次,但这是最后一次,不免有些留恋、有些淡淡的忧伤。

清泉押运的卡车接近库米什时,突然抛锚了。小司机下车后,立即钻到车下检查。老林和小曹从驾驶室里下来,站在车旁看。过了好半天,司机才从车下钻出来,摇着头说:"麻烦大啦!"
"怎么了?"
"轴瓦坏了,走不成了!"
"糟糕!那怎么办?"
"我这辆车是没法跑了,只有换一辆车。"

"换车?！那今天就走不了了！"

"当然，今天肯定得在库米什兵站住一夜了。你们在这儿等着，我去库米什兵站打电话管连里再要一辆车。"司机说完，转身就走。

"小同志，把车停在路上不是个办法。这里离兵站不远了，你看能不能把车将就着开到库米什兵站去，悠着点儿开。"

司机爽快地说："上车！"于是司机开着车，像老牛一样慢慢腾腾地来到库米什兵站门前的停车场上。老林、小曹和司机先后下了车。

"首长，你们两位现在卸车，我去打电话。"

"我看还是不卸得好。卸车至少得四个人，车上俩，车下俩，我们俩怎么能卸下这一车沉重的箱子呢？"

"你不先卸下来怎么换车呀？"

"好办得很！等那辆车来到之后，先把两车相对的侧面大厢板放下来，然后那辆车跟这辆车并排停住，把这辆车上的箱子平移到那辆车上去，不就行了吗？又快又省力！"

"首长，真有你的！"

"小鬼，我吃盐比你吃的米多，过的桥比你走的路也多呀！"

小曹问："林工，几点了？"

老林看了看手表，回答："快两点了。"

小曹说："食堂马上就要收摊了。林工，咱们还是先去吃饭吧，不然的话就得挨饿了。"

老林说："小鬼，你去打电话要车，我们俩去买饭。"

于是，三个人进了兵站大院，司机进值班室去打电话，老林和小曹进了食堂。食堂里冷冷清清，就餐的人寥寥无几。两个人买好三份饭，刚放在饭桌上，司机就进来了。司机说："卡车得天黑以后才能到。"有车来救援就行，晚点就晚点吧，只要不耽误明天的行程就行。于是，三个人坐下来吃饭。

司机说："首长，库米什兵站过往的车辆和人员虽然很多，但在这里过夜的人很少，所以房间里事先不生炉子，像冰窖似的，特冷。我是四川人，生炉子是外行。"

小曹说："林工，我是湖南人，生炉子也是二把刀。"

老林说："你们这两个小鬼，生炉子都是外行，可吃辣椒却都是内行啊。"两个战士都笑了。

老林说："我是东北人，生炉子是行家，你们俩给我当徒弟，好好学习学习。"两个战士又笑了。他们觉得这位"臭老九"不但不臭，还挺香的。他没有架子，和蔼可亲、平易近人，还挺勤快，不像某些连队干部，趾高气扬、盛气凌人、好吃懒做，不但脏衣服臭袜子让战士洗，连牙膏都要战士给他挤在牙刷上。尤其是司机，车抛了锚，误了事，受了罪，他不但没有大发雷霆，而且不断出主意，为司机排忧解难。于是，这位司机的敬重之意油然而生。

招待所是一栋平房，中间是走廊，走廊两侧是客房，客房靠火墙取暖，火炉就在走廊里。两个战士抬进一筐煤块放在一个火炉旁，然后看着老林生炉子。他首先掏干净了

第二十四章　各奔前程

炉膛，然后在炉箅子上放了一张撕成几片的报纸，之后在报纸上交错地放了一些劈柴，之后划根火柴点着了报纸，待劈柴燃烧起来之后，他才用小煤铲一铲一铲地加入煤块。他盖上炉盖，待煤块烧起来之后，再加些煤块，再盖上炉盖。不久，炉火就熊熊燃烧起来，连炉盖都渐渐变红了，火墙开始向房间里散发热量，屋子渐渐暖和起来。两个战士看着他仔细地有条不紊地生炉子，赞叹不已：不愧是一位科学家，连生个炉子也是这么认真，这么仔细。生着了炉子，三个人走进房间。火墙热了，开始向房间里散发热量，屋子渐渐暖和起来……

陈南到了大河沿招待所，安排好住房，到转业办公室报了到，拿到了车票，了却了一件事情。于是，他就等着卡车的到来。可是，左等不来，右等不来。他跑到大门外看了几次，直到晚饭后也没看到车的踪影，心里不免焦急起来：车出什么事了？……

当月亮升上天空的时候，救援的卡车终于到了。按照林清泉的方案，两辆卡车并排靠在一起。借着朦胧的月光，老林和小曹在两个司机的帮助下，把一个又一个木箱从一辆车上移到另一辆车上。当移完这一车东西，一个个已累得汗流浃背、气喘吁吁了。

他们回到温暖的房间，倒头便睡。

这时，在大河沿招待所的陈南一家的房间里，俩孩子躺在床上睡着了。陈南两口子还在心神不定地念叨着。

"这么晚了，他林叔怎么还没到呀？"

"恐怕是汽车抛锚了。"

"要是明天货发不出去，后天咱们还走得了吗？"

"照走不误！"

"那东西你就不管啦？"

"交给老林办的事，你就放一百个心！"

"大冷的天，车又抛了锚，他林叔一定受了不少罪。"

"都是为了我。老林是一个实在又十分重情义的人，少有的好人哪！"

"现在卧铺票紧张得要命，要是买不到怎么办？"

"那你就跟俩孩子坐卧铺，我去坐硬座。"

"那就辛苦你了。"

"比起那年冬天，我跟老林和肖亮坐闷罐车，坐硬座舒服多了。"

陈南说完，出了房间，来到大门外，看着公路。只见公路上静悄悄的，既听不到隆隆的车轮响，也看不到摇曳的汽车灯光，陈南失望地回去了。

为了把耽误了的时间尽可能抢回来，次日天刚蒙蒙亮，林清泉就带领卡车出发了，车翻过天山到达托克逊兵站时，正是早饭时间，他们在这里吃过早饭又出发了。他们抵达大河沿，没有去招待所，而是直接到了车站慢件货物托运处，办理了托运手续。把货物卸在货场，就像卸掉了一个沉重包袱，林清泉心里轻松多了，然后车才开向大河沿招待所。

大河沿招待所停车场上，陈南夫妇正急得团团转。这时一辆卡车拉着一对柜子开进

了停车场,戛然而止,从驾驶室里走出来的正是老林和小曹。陈南两口子一见,顿时喜出望外,立即迎上前去。

陈南激动地说:"老林,小曹,你们可来了,我放心了、放心了!我不知道你们路上究竟出了什么事儿,可把我急死了。"

清泉说:"小事儿一桩。昨天下午,车在库米什抛锚了,是轴瓦坏了,只好又换了一辆车,折腾到半夜才把一车东西移过去。所以,昨天夜里只好在库米什兵站住了一宿。早晨天刚亮,我们就开车往这儿跑。到了大河沿直奔货场发货。"

秀秀说:"我看车上木箱子都没了,就剩下一对发快件的柜子了,是不是你们把慢件都发走了?"

清泉说:"都发走了。甩掉了一个沉重的包袱,下面我们可以轻装前进了。"

秀秀说:"他林叔办事就是果断,干脆利索。"

陈南说:"我不是跟你说了嘛,他办事我放心。"

秀秀说:"他林叔,小曹,你们辛苦了,到房间里暖和暖和,歇一歇吧。"

于是,老林和小曹随着陈南走进房间。老林和小曹把皮大衣脱掉放在床里,坐在床上。

秀秀说:"他林叔,小曹,你们俩起得早,一定困了,躺下睡一会儿吧?"

清泉看了看手表,说:"快开饭了,还是午饭后再睡吧。小曹,你去给咱俩登记一个房间。老陈,下午我们俩到车站调度室去找刘思恩,求她帮你再买一张卧铺票。"

陈南说:"好。"

午饭后,老林和小曹美美地睡了一觉。起床后,老林和老陈出了招待所,过了铁路,进了车站调度室。

清泉问一位铁路职工:"同志,请问刘思恩同志在吗?"

"对不起,她今天休息。"

"您能告诉我,她家住在什么地方吗?"

"站前街,12号。"

"谢谢。"两人转身离去。

老林和老陈出了车站,来到站前街找到了12号,进了一个小院。

院内一个中年女同志问:"解放军同志,你们找谁呀?"

清泉说:"请问,刘思恩同志是住在这里吗?"

"哎哟,你们来晚了一步,他们小两口刚出门。"

"您能告诉我,他俩上哪儿去了呢?"

"好像到商店买东西去了。"

"谢谢!"老林拉了老陈一下,说,"走,咱俩也去商店买东西。"

陈南不解其意,说:"我可不想买什么东西。"

"你不买,我买。"清泉说完,带领陈南匆匆出了小院,进了大河沿商店。

大河沿商店是大河沿镇唯一的一座百货商店,店内顾客稀稀零零的。老林和陈南进店后,站在门口把整个商店进行了180度的扫描,然后倒背着手,漫不经心地逛商店。他俩从第一个柜台开始"点货",清泉不时扭头看看门口,然后继续挨个柜台"点货"。当清泉再次扭头看门口时,只见两扇蓝色的棉门帘撩开后,进来一男一女两个人:那女的,高个,浓眉大眼,又精神又漂亮,身穿一身铁路职工制服;那男的,比他个头还高,很帅。赵万林信中的几句话在他耳畔响起:"刘思恩,我的表妹,高个,浓眉大眼,又精神又漂亮,热情爽朗。她见到我的信,会帮助你的。"清泉心中一亮,便转过身,两眼便紧盯着这两人。这一男一女亲热地说笑着往里走。清泉带着陈南跟了上去。这对青年夫妻来到卖高压锅的柜台前停住了,看货架上的高压锅。清泉领着陈南趁机凑了过去,站在那女同志的身旁,装模作样地看高压锅。

女同志问:"咱们买哪个牌子的高压锅呀?"

男同志说:"我也不知道哪个牌子的好。"

清泉一听时机来了,便赶快插话:"我建议你们买沈阳产的红双喜牌的,这是全国名牌,质量相当好。我家用的就是这个牌子的,已经用了五年了。"

女同志扭头看着清泉,微微一笑,说:"谢谢您,解放军同志。"

清泉说:"不客气。"

女同志又问:"同志,您看我们买多大尺寸的合适呢?"

清泉说:"这就要看您家里人多人少了。人多,买24厘米的;人少,买22厘米的就够了。"

男同志笑道:"同志,您在部队里是当参谋的吧?"

清泉妙答:"至少我现在是你们的参谋。"

女同志叫道:"售货员同志,我买高压锅!"

售货员从旁边走过来,问:"要什么牌子的,多大尺寸?"

女同志说:"红双喜的,22厘米。"

售货员开好票推过来,说:"交钱去吧。"男同志拿过票去交钱。

售货员拿过一只装高压锅的纸箱,打开让顾客看了看,顾客点头,她盖好纸箱,用塑料绳捆扎箱子。

清泉问:"同志,您是在车站工作吧?"

女同志说:"是。"

清泉说:"我想向您打听个人。"

女同志说:"说吧,您想找谁?在车站工作的,没有我不认识的。"

清泉说:"刘思恩,赵万林的表妹。"

女同志"扑哧"一声笑了,说:"此人远在天边,近在眼前。"

清泉惊喜地说:"您就是!"

陈南此时才恍然大悟,脸上露出了笑容,他真佩服老林的聪明和眼力。

刘思恩问:"请问,您找我有什么事?"

清泉没有回答,从兜里掏出一封信递给她。她接过信,从里抽出一张信纸展开看。看完,她问:"请问,你们哪一位是我表哥的老同学、老战友——陈南同志呀?"

陈南说:"我是。"

刘思恩又问:"那您呢?"

清泉说:"我叫林清泉,是老赵和老陈的老战友。我是来为老陈送行的。"

刘思恩说:"没有非常亲密的关系,我表哥是不会介绍你们来找我的。好吧,这个忙我帮了。"

陈南说:"谢谢!谢谢!"

刘思恩说:"老陈,您什么时候走,乘哪次车?"

陈南说:"明天,72次,到郑州。"

刘思恩说:"我搞一张卧铺票不成问题。不过,今天是办不成了,明天吧,明天我当班。记住,明天早晨上班后,你们就到调度室来找我。"

陈南说:"好的。我们一定及时赶到。"

这时,刘思恩的爱人回来了,交了付款凭证,拿起高压锅。

刘思恩说:"我们走了。老陈,老林,明天见!"

清泉说:"明天见!"

刘思恩走了几步回过头,说:"老林,以后您有困难,直接来找我,不用再带我表哥的介绍信了。"

清泉挥着手,说:"谢谢!谢谢!"

刘思恩和爱人说说笑笑地走了,清泉和陈南高高兴兴地走了。

第二天早晨,清泉和陈南如约来到车站调度室,找到了刘思恩。刘思恩果然说话算数,给了陈南一张卧铺票,而且是16号下铺,跟原来的那张15号下铺对面。陈南顿时喜出望外,高兴得连道谢的话都忘记说了。清泉千恩万谢地谢过刘思恩后,和陈南一起回招待所了。

当陈南一家子在收拾行装的时候,老林和小曹便带着卡车到车站托运那一对柜子了。卡车停在站外的广场上,老林和小曹分两次把两个柜子抬进吐鲁番站行包托运处里,放在磅秤上摞起来,等着过磅。托运处里有三位铁路职工,一位是青年,一位是中年,一位是老年。这三人均做袖手旁观样,对两位军人不理不睬。

老林微笑地说:"师傅,我们要托运的就是这两个柜子,请过磅吧!"

老年职工说:"你们等一会儿吧,过磅员不在,上厕所去了。"

老林朝小曹使了个眼色,小曹从兜里掏出一盒牡丹牌香烟递给老年职工,说:"请三位师傅抽烟!"那老职工指指墙上,只见警示牌上写着:库房重地,严禁吸烟。

老林说:"小曹,送三位师傅每人一包,带回去抽。"小曹又掏出两包烟,分别送给三人。三人把烟装进兜里。老师傅在一张桌子前坐下。

墙上的电表在飞快地旋转,可仍不见那位过磅员回来,老林心里不免有些焦急,便问:"师傅,都过了一刻钟了,那位师傅怎么还没回来呀?"

青年职工坏笑道:"可能是大便干燥吧!"三位职工窃笑。

老林催促道:"各位师傅,车都快到了,请帮帮忙,随便来一个人给过过磅吧!我求你们了。"

老师傅说:"我们这里实行岗位责任制,各司其职。我是开票员,只管开票不管过磅!"

中年人说:"我们俩是搬运员,只管搬运行李也不管过磅。"

老林碰了一鼻子灰,和小曹出了托运处,气呼呼地站在门外看。只见旅客们纷纷从候车室里冲出来,在站台上奔跑着,寻找自己的最佳位置。老林和小曹窃窃私语。

小曹说:"林工,您看出来了吗?他们是想要那个。"

老林说:"我明白。有钱也不能给他们,不惯他们这种坏毛病!再说了,陈工的那点儿转业费还留着安家呢,不能白白地被他们敲了去!"

小曹说:"柜子发不走,怎么办?"

老林说:"活人不能让尿憋死!车到山前必有路!"

小曹用手一指,惊叫道:"车进站啦!"只见72次列车"轰轰隆隆"地开了过来……

老林带着小曹急忙回到托运处,果断地说:"小曹!背!"说完,他一哈腰一使劲,背起上边一个柜子冲出门外。小曹背起另一个柜子紧跟着冲了出去。

三位铁路职工惊得目瞪口呆!

老林和小曹背着沉重的柜子迎着前进的列车,一路小跑。

车停了,车门打开,旅客们开始登车。秀秀犹豫地说:"他林叔还没来,咱们是不是等等再上车?""没时间了,赶快上车!"陈南带着一家人登上了车。

老林和小曹背着柜子跟跟跄跄地跑着、跑着,他俩脸上的汗水"嘀嘀嗒嗒"地往下流着、流着……

陈南站在车门口看到两个柜子来到眼前,大叫:"老林!到啦!我在这儿!"

老林一猛劲背着箱子上了车,小曹紧跟着也上了车。陈南要接,老林一边喊"闪开"一边背着柜子进了洗脸室,把柜子放到地上,然后闪到一边,让小曹把柜子摞上去。这时,站台上开车的铃声大作。老林对陈南说了声"再见",连个手都来不及握,便和小曹匆匆忙忙下了车。两人脚刚一落地,车门"砰"的一声关上了。大汗淋漓的老林和小曹擦汗时,列车缓缓启动了。老林望着"咯噔咯噔"渐渐远去的列车,耳畔不由响起了南斯拉夫电影《桥》的插曲:

啊,朋友,再见

啊,朋友,再见

再见吧,再见吧,再见吧

……

老林和小曹出了出站口,直奔停在站前广场上的卡车。小曹先进了驾驶室,老林上车后,把车门使劲一拉,车门"砰"的一声关严了。

司机问:"首长,今天咱们怎么走?"

老林说:"赶到托克逊吃午饭,然后直接回红山!"

"是!"司机一踩油门,车开了。

一轮弯月照耀着寂静的红山,林清泉踏着月光进了家门。

云云和青青已经睡着了。彩云靠在棉被上正在打毛衣,当她听到敲门声时,立即把

手中的毛衣放在床上，起身去开门。门开后，站在门外的是她风尘仆仆的丈夫。清泉进了里屋，脱掉了帽子、皮大衣和棉衣，彩云接过去一一放好。

"这么晚了还回来，不在外边住一夜？"

"外边再好也不如自己的家好。"

彩云端来一脸盆温水放在凳子上，清泉开始洗脸。

"把陈南一家都送走了？"

"送走了。车开后我们才回来的。"

"顺利吗？"

"净出娄子。"

"出什么事了？"

"一言难尽哪！以后再跟你详细说。"

他洗完脸又坐下洗脚。

"你走了这几天，基地就出了好几件新闻。"

"什么新闻？"

"张司令员调到国防科委当副主任了。"

"这个，我在大河沿就听说了。还有呢？"

"你们的郭政委和路主任也都高升了，一个调到所里当副政委，一个调到所里当副所长。命令都下了，两人过了元旦就要走马上任。"

"他们俩在原来的职位上已经干了将近20年了，也该升了。"说罢，他擦脚，擦完把毛巾丢进脸盆里，穿上拖鞋。

"你躺着歇会儿，我去给你下点儿汤面，再煎上两个荷包蛋。"她端起脸盆走了。

他看见书桌上放着一本新到的杂志《少年科学画报》，便拿起来翻看。翻了几页见里面夹着一封信，他拿出信，把杂志放在桌子上，然后抽出信纸看。看到第一句，他就蒙了，稍微镇定一会儿之后，他从头读下去：

二哥、二嫂：

我向你们报告一个十分不幸的消息：娘去世了，已经有100多天了！我之所以这么晚才告诉你们，就是怕你们要回来，影响你们的工作。你们不会怪罪我吧？

唯一让我们感到欣慰的是，娘走得很安详，没受罪。

唯一让娘感到遗憾的是，她没能看上二哥最后一眼，真是死不瞑目啊！二哥，娘最想念的就是你呀！娘在临终前，瞪着眼睛，就是不肯咽下最后一口气。我们明白，她老人家是等着看你最后一眼哪！

大哥趴在她耳边，痛苦地叫着：娘，您老人家走吧，别等清泉了，他离家太远了，太远啦！实在不能回来送您哪！您老人家就原谅他吧！

这时娘才慢慢合上了双眼，永远地离开了我们。

看到这里，清泉已经是泪流满面了。

彩云端着一碗汤面进屋一看丈夫在流泪，把碗放在桌子上，便上前安慰道："人有悲欢离合，月有阴晴圆缺，此事古难全。娘死了，你伤心，我也伤心，但是你就别太伤心了，保重身体重要。"她这一劝，反而使他痛哭起来："娘啊！娘啊！我没能为您老人家养老送终，我是一个不孝的儿子呀！娘啊，我对不起您呀！"

　　清泉哭了一阵之后，依然沉浸在悲痛之中，哪还有心思吃饭。于是，两口子就上床休息。母亲的不幸去世，同时也给清泉敲起了一个警钟，彩云的两对双亲年事已高，说不定哪一天哪一个突然病故，她就再也看不到自己的亲人了，那他就太对不起她了，应该让她回家看看老人去。

　　"彩云，彩虹来信说，爸妈想你和孩子了，让你回家看看。彩霞也来信催你回家看看。一晃，你出来都两年多了，是应该回家看看了。"

　　"我是很想回去一趟，可是，回家的路费可不少呀，又都得自费。还是等等再说吧。"

　　"不要再等了，也许等来的是永远的后悔。这样吧，等学校放寒假后，你就带着俩孩子回北京，陪着老人过个春节，学校开学前回来就行。"

　　"那你呢？"

　　"我留下来看家，还省了一个人的路费。不过，明年夏天我去兴城疗养，那时我可以公私兼顾。出了疗养院我先回老家去，看看父亲，给母亲扫墓、上坟。回到北京，我再去看望我的两对岳父母大人。"

　　"你呀，考虑问题总是这么周到细致，我真服了你了。"

　　"这是我在核试验场上磨炼出来的。"

　　第二天晚饭后，夫妻二人来到远离生活区的山脚下，烧了一堆纸钱为母亲送行。如果九泉之下的母亲有知，会原谅他这个不肖的儿子的。

　　肖亮调走了，陈南转业走了，如今火箭取样队只剩下清泉一个人了。他孤零零地坐在办公室里，又在伏案编写计算机程序。

　　路雨声推开门，和郭臣一前一后进了屋。清泉还在聚精会神地写。

　　"清泉，"路雨声叫道，"这么入神，又写什么哪？"

　　清泉扭头一看，立即起身，说："哟，是两位所领导驾到，有失远迎。请坐，请坐！"二人将原来陈南和肖亮的椅子调过来，坐下。清泉也把自己的椅子调过来，面对两位首长坐下。

　　路雨声说："清泉，你还没回答我的问题呢？"

　　"噢，我把所有的超音速取样器的气动设计计算公式，用 BASIC 语言编写成计算机程序，以后算起来就很快了。"

　　"你的精神可嘉呀！可惜再也用不上了。"

　　"这我知道。但我毕竟学会了编写计算机程序。"

　　"其实，你只学会了一半，现在不过是纸上谈兵，只有当你的程序在计算机上通过了，那才算你真正学会了。"

　　"这我也知道，可惜我没有计算机呀。"

　　"那你到放化楼里去算嘛。"

"路副所长,你绕了半天,原来是想让我上你的套啊?我可不上你的当!"

"清泉,你咋还这么固执啊?在大气层核试验结束之前的这段过渡时期内,首先需要你坚守原来岗位,一旦需要,你带上人马能冲上去……"

"我是一个光杆司令,哪儿还有什么人马呀?"

"这你不用担心,到时候会给你配的。同时,也希望你立即转移阵地,去参加地下核试验石样品的核物理测量工作。"

"不!我就等着大气层核试验结束的那一天,然后就带着老婆、孩子回北京!"

"郭副政委,对这个顽固分子,只有给他亮王牌啦!"

郭臣严肃地说:"林清泉同志,过了元旦我和路副所长就到所里上班去了。今天,我们俩是代表室党委跟你谈最后一次话。在昨天召开的室党委会上,其中一个议题就是专门讨论你的工作问题。党委会决定:现在不放你走,就是大气层核试验结束之后,也不放你走!地下核试验还需要你!现在你要一身兼两职,既要负责大气层核试验的火箭取样,又要同时参加地下核试验的物理测量。对这个决定,你能服从吗?"

清泉略一沉吟,坚定地说:"我是党员,既然是组织决定,我坚决服从!"

路雨声一拍大腿,高兴地说:"这就对了嘛!三个物理组,质谱组、γ组、α组,随你挑!"

"我想去李茂松的α组。"

"那好,这周之内你就到α组报到!"

"不,现在就去报到为时尚早。如今,我满脑子都是火箭和蘑菇云,把核物理知识几乎都忘光了,所以在我走上新的工作岗位之前,必须用现代的核物理知识重新武装我的头脑,这样我才能尽快地赶上队伍。"

路雨声和郭臣交换了一下眼色,问:"那你打算什么时候走上新的工作岗位?"

"过了明年'五一'吧。"

"磨刀不误砍柴工,行!只要你愿意到α组去,早一天晚一天并不重要。"

过了元旦,路雨声和郭臣到所里走马上任了。清泉到图书馆借阅了关于核物理图书和杂志,认真地学习起来。

学校放寒假后,彩云带着俩孩子回北京探亲了。

康父和康母见到了分别了两年多的女儿和外孙,激动万分。康母紧紧地拥抱着云云,怕她又走了。

夏父和夏母见到了分别了两年多的女儿和外孙,激动得热泪盈眶。夏母拉着云云的手,问长问短。

彩虹见到了分别了两年多的妹妹和外甥,十分欣喜。她跟彩云亲热地唠个没完没了。遗憾的是,她没有见到清泉。

彩云和她的一双儿女,有时住在康家,有时住在夏家,并在北京度过了一个快乐的春节。过了初五,彩云就带着她的一双儿女回红山了。她想念丈夫,想念家,还想念她的一窝鸡。

彩云带着俩孩子走后,清泉一个人忙得是不亦乐乎。上班,学习他的核物理;下班,洗衣做饭,喂鸡喂鸭。他想念妻子,想念孩子,盼望他们早日归来。

彩云带着俩孩子终于回来了,林家又恢复了往日的温馨和幸福生活。

冬去春来,清泉在学习中迎来了国际劳动节。"五一"这天傍晚,清泉夫妇设宴招待保国一家。清泉和保国一面喝酒一面聊天。

"老同学,过了'五一',你就到 α 组去上班了?"

"是的。当初,我想搞核物理,却偏偏让我搞取样;如今,我把核物理几乎都忘光了,却又偏偏让我搞核物理。"

"那你从头再学嘛。"

"常言道:人过三十不学艺。可是我呢,不但过了三十还学艺,现在都过了四十了,还得学艺。"

"凭你的坚实基础,凭你的才华,凭你的奋斗精神,我相信你会迎头赶上的。"

"但愿如此吧。你是如何打算的?"

"昨天,钱主任找我谈过话了,让我不但继续坚守飞机取样这个岗位,同时还要把工作重点转移到地下核试验取样上去。"

"决定了?"

"决定了。"

"咱俩又被牢牢地拴在核试验的战车上了。"两个人哈哈大笑。

方芳笑眯眯地看着彩云,问:"彩云姐,咱俩怎么嫁了这么两个傻家伙?"

保国笑眯眯地看着清泉,问:"为什么呢?"

清泉说:"因为她们俩比我们俩还傻!"四个人一同哈哈大笑。

送走了客人,收拾完桌子,清泉和彩云靠在床头上谈着过去、现在和未来。

"彩云,我们转业回北京的希望彻底破灭了,我只有继续当中国这驾核试验战车上的一匹骏马,一直拉到核试验结束的那一天为止!"

"那你就拉吧,我和孩子在这儿陪着你!"

"谢谢你,亲爱的,谢谢你这么多年来对我工作的大力支持。"

"咱们是患难与共、生死相依的夫妻,还谢什么呀。"

"这辈子,我最对不起的就是我的父母和你的父母,我跟你都不能在他们跟前尽孝道;其次就是你和俩孩子,让你们跟着我在这遥远而又偏僻的山沟里受苦。"

"不!你把我带进核试验基地,使我也能够参加到这项伟大的事业中,我感到无比的光荣和自豪!跟你和我们两个可爱的孩子生活在一起,生活再苦,我也感到无比的幸福!"

"你嫁给我不后悔?"

"不后悔。如果有来生,我还嫁给你!"

"假如来生我是女的,你是男的呢?"

"那你嫁给我!"

"你还赖上我了?"

"我就是赖上你了!"

在呵呵的笑声中,灯熄了。

"喔——","喔——",在一声接一声的鸡啼声中,太阳又升起来了。

云云和青青戴上红领巾,背上书包,跟爸爸、妈妈道过"再见",高高兴兴地上学去了。

彩云穿上上衣,戴上帽子正要走,清泉叫道:"等一等,亲爱的。"

"什么事?"

"今天我就走上新的工作岗位了,你也不送给我一件礼物?"

"说吧,你想要什么礼物,我去给你买。"

"不用花钱买。"说完,他轻轻地给了她一个甜蜜的吻。

"你呀,没个够!"

"我需要力量!"

彩云莞尔一笑,走了。

随后,清泉穿上上衣,戴上帽子,出了门,骑上自行车,走了。

在通往放化楼的路上,一辆接一辆自行车飞驰而下,李保国骑车过去了,李茂松骑车过去了,林清泉骑车过来了。当车来到那道山梁下时,李茂松突然加快速度冲上陡峭的山坡,林清泉也加快了速度紧跟着冲了上去。路上行人呐喊助威:"加油!加油!"两人使出浑身力气,艰难地蹬着车往上攀登,攀登……最后,终于登上了山顶。两个人下了车,蹬下车梯子,大口大口地喘粗气。过了一会儿,他俩才恢复了平静。

李茂松回头一看,惊喜地说:"老林,原来是你呀!"

清泉高兴地说:"老李,原来是你呀!"

"老林,你也能登上来,不简单嘛!"

"老李,我给你当徒弟,够格吗?"

"我怎么敢给你这位火箭司令当师傅呢?"

"我现在是光杆司令了,需要重新拜师学艺,另投山门了。请受小徒一拜!"清泉朝李茂松两手一抱拳。

"老林,欢迎你啊!"

李茂松伸着一只手走过来,清泉伸着一只手迎上去,两只手热烈地握在了一起。

灿烂的朝阳照耀着那道山梁,照耀着那一双紧握着的手,照耀着山梁上那两个走到一起的军人。

后　记

　　作为中国核试验的主力军——中国核试验基地研究所（原国防科委第 21 研究所）于 1963 年 7 月在北京诞生。1966 年 10 月，研究所从北京通县迁移到新疆红山。1987 年 9 月，研究所又从红山迁移到西安。从此，研究所才安定下来。

　　由于西安条件所限，1987 年至 1990 年间，参加当年放化分析任务的第七研究室的同志们便从西安回到红山，在放化楼里完成任务后再返回到西安。千里迢迢，来来往往，很麻烦，也很辛苦。当时，我是 α 组的组长，是主力队员，每次任务自然都少不了我。在执行任务期间，面对人去楼空的冷清，再也看不到昔日红山繁荣、热热闹闹的景象，我不由感到寂寞与孤独。夜深人静之时，我躺在床上睡不着，闪光、火球、蘑菇云、飞机、火箭……在我眼前不断闪过，挥之不去。于是，我渐渐萌生了一个大胆的想法：写一部小说，把中国核试验的领导者和组织者张爱萍、张蕴钰和程开甲等，把为核试验建立卓越功勋的核试验基地全体官兵、为核试验立下汗马功劳的研究所的年轻科学家们，把我们第七研究室和取样队的战友们，通通写进小说中，那一定很有意义和很有趣味。愿望是美好的，然而却是很不现实的，任务忙，工作紧，我根本没有时间写。

　　1999 年 10 月我退休了，我写小说的机会来了。

　　2002 年 7 月 28 日，我的处女作《当蘑菇云滚滚升起的时候》，在黑龙江日报社主办的《生活报》上发表，引起了母校哈尔滨工业大学以及许多校友的注意。初步的成功使我增强了信心，于是，我下定决心朝着既定的目标前进！

　　经过十几年坚持不懈的努力，经过十几次反复的修改，我终于完成了长篇小说《罗布泊之歌》的创作。

　　2011 年 10 月，我把《罗布泊之歌》书稿送到某文艺出版社，因为作品涉及核试验这个重大题材，没有把握，选题没有通过，书稿被退了回来。

　　同年的 12 月 28 日，由中山大学出版社编辑出版的《"零时"起爆——罗布泊的回忆》这部大型回忆录在广州公开发行，基地的老领导以及数十位老战友从全国各地赶来参加发行仪式，隆重而热烈。我灵机一动：找中山大学出版社合作，不会因为牵涉核试验这一题材而遭拒，再加上我的老战友陈君泽是本书的主编，家住广州市，他不但文笔好，而且和中山大学出版社打过长期交道，是我最理想的代理人。

于是，2012年1月5日我通过邮箱给陈君泽发去了一封求助信。陈君泽爽快地接受了我的请求，愿意做我的全权代表，帮我办理小说出版的具体事宜。

1月18日，我把存有书稿的U盘用特快专递寄给陈君泽。

1月29日，陈君泽将U盘交给中山大学出版社的社科编辑室主任嵇春霞副编审。

4月27日，陈君泽与出版社正式签订了出版合同。

6月5日，我收到陈君泽转来嵇春霞主任的邮件。未曾料到，嵇春霞主任对本书给了如此高的评价，使我忐忑不安的心情顿时踏实了，不再诚惶诚恐。小说的质量是小说的生命，质量没有问题，小说的出版就不是问题的问题了。庆幸我遇到伯乐了。

但是，好事多磨，只是在编审过程中，还是花了比较长的时间。因为牵涉核试验这一重大课题，为了慎重起见，中山大学出版社把书稿送交广东省新闻出版局，广东省新闻出版局便上报新闻出版总署，新闻出版总署又将其转给中国人民解放军总政治部，中国人民解放军总政治部又将其转给中国人民解放军总装备部政治部。中国人民解放军总装备部政治部组织一些专家对作品进行了认真细致的评审，并提出了若干修改意见。之后，再一级一级地反馈回来。当中山大学出版社接到广东省新闻出版局的最后通知时，已经是2013年的4月中旬了。

《罗布泊之歌》的出版，是我在古稀之年，为我国社会主义文化的大繁荣大发展作出的微薄贡献，也是为中国第一颗原子弹爆炸成功五十周年献上的一份厚礼。

《罗布泊之歌》的出版，我要特别感谢两个人：一位是我的老战友陈君泽，一位是本书的责任编辑嵇春霞。陈君泽作为我的委托人，他承担了在广州的全部出版事宜，与出版社签约、联系和不断沟通，还代我修改书稿，忙忙碌碌，辛辛苦苦。嵇春霞作为本书的责任编辑，审查书稿，送审书稿，提出建议，认真负责，一丝不苟，尤其是她对本书的评价，是对我的热情鼓励和积极鞭策，我没齿难忘。尽管我已年迈，在适当的时机，我一定要亲赴广州，当面向二位致谢，并致以崇高的敬礼。

杨吉纯
2013年7月22日于北京